전태일 실록 II

인간 해방의 횃불
전태일 실록 II

2020년 11월 5일 초판 1쇄 인쇄
2020년 11월 13일 초판 1쇄 발행

지은이 | 최재영
펴낸이 | 김영호
편 집 | 김구 박연숙 전영수 김율 디자인 | 황경실
펴낸곳 | 도서출판 동연
등 록 | 제1-1383호(1992. 6. 12)
주 소 | 서울시 마포구 월드컵로 163-3
전 화 | (02)335-2630
전 송 | (02)335-2640
이메일 | yh4321@gmail.com
블로그 | https://blog.naver.com/dong-yeon-press

ISBN 978-89-6447-628-4 04800
ISBN 978-89-6447-626-0 04800(세트)

인간 해방의 불꽃

전태일 실록

II

최재영 씀

동연

추 천 의 글

전태일은 살아 있다

아름다운 청년 노동자 전태일이 분신 항거하며 시대의 어둠을 밝히는 불꽃이 된 지도 어언 50년이 됐습니다. 50주년을 기념하며 그의 삶을 오늘에 되살려 암담하기만 한 현실을 이겨나가려는 운동이 여기저기에서 펼쳐지고 있습니다.

출판업계도 앞장서고 있습니다. 이미 11개 출판사가 힘을 모아 전태일 50주기 공동 출판 프로젝트 사업으로 '너는 나다'라는 제하의 전태일 관련 책을 각자 출간했습니다. 그밖에도 많은 출판사나 개인이 50주년을 계기로 책을 내고 있습니다.

최재영 목사님의 전태일 실록도 그중 하나이면서도 매우 특별한 의미가 있습니다. 조영래의 『전태일 평전』 이후 전태일의 일대기를 직접 다루는 첫 번째 책이기 때문입니다. 우리 모두가 인정하는 대로 조영래의 전태일 평전은 탁월합니다. 전태일이 분신 항거한 지 얼마 되지 않은 때부터 취재가 이루어졌고, 이소선 어머니나 전태일 친구들의 생생한 기억 속의 적극적 진술은 말할 것도 없고, 전태일이 직접 쓴 일기를 비롯한 수기, 편지, 소설 초안 등 원자료를 충분히 활용할 수 있었습니다. 거기에 비슷한 나이의 또 다른 아름다운 청년 대학생의 관점과 유려한 문장이 만나 최고의 평전이 되었지요. 그러나 집필 당시 조영래가 수배 중이어서 폭넓은 취재의 어려움과 국내출판 자체가 불가능했던 정치적 상황을 고려하면 전태일 평전이 갖는 또 다른 제약을 충분히 이해할 수 있습니다.

이번에 발간되는 『전태일 실록』은 이 모든 한계를 딛고 출발했다는 점에서 내용의 풍부함과 충실함을 충분히 담보하고 있습니다. 작가 최재영은 특유의 치밀함과 성실함으로 우선 조영래 평전의 서술을 모두 확인하고 기술되지 않은 부분까지 일일이 취재와 면담 등을 통해 전태일의 출생에서 죽음까지의 일대기를 정확하게 재구성하는 놀라움을 보여주고 있습니다.

그가 30년 전부터 시작한 집필 작업은 이소선 어머니 등을 인터뷰하기 위해 틈나는 대로 면담과 전화 등을 수시로 하거나 때로는 같이 밤을 새우는 등의 성실함을 보여주었으며 항상 상상하기조차 힘든 최악의 상황이었던 전태일의 처절한 삶을 좇아 일일이 발로 뛰며 현장을 확인했던 노력은 전태일의 삶만큼이나 치열했습니다.

이 책을 이렇게 출판하기까지도 많은 어려움이 있었습니다. 조영래가 전태일 평전을 쓰고 거의 10여 년이 지난 뒤에야 그것도 다른 이름으로 출판된 것처럼 전태일 실록도 많은 어려움을 겪었습니다. 전태일 분신 항거 50주년에 비로소 빛을 볼 수 있게 되어 더욱 뜻깊습니다.

나는 이 책이 전태일을 더욱 크고 깊게 이해하는 데 도움이 되리라 확신합니다. 우리는 이 책을 통해 가장 인간다운 전태일, 가장 노동자다운 전태일, 가장 노동운동가다운 전태일, 나아가서 한 시대의 변혁을 꿈꾸며 행동하는 가장 혁명가다운 전태일을 만날 수 있습니다. "이 순간 이후의 세계에서, 내 생애 다 못다 굴린 덩이를, 덩이를, 목적지까지 굴리려 하네." 지금도 외치고 있는 전태일과 손잡을 수 있습니다.

이 책이 빛을 볼 수 있도록 애써주신 많은 분들께 이 자리를 빌려 고마운 인사드립니다.

전태일재단 이사장 이수호

추 천 의 글

전태일이 꿈꾸던 세상

미국에서 남북을 오가며 '북 바로 알기 운동' 차원의 통일운동을 벌이며 왕성한 집필과 강연 활동을 하는 최재영 목사님이 30년이 넘는 오랜 기간을 두고 틈틈이 집필해 온 '전태일 실록'이 전태일 열사 50주기를 맞아 드디어 출간하게 됐습니다. 전태일 열사의 출생부터 장례식을 치르기까지 전 생애를 다룬 이 책을 통해 우리가 몰랐던 아름다운 청년 전태일의 새로운 이면을 알 수 있을 것 같아 저는 한껏 기대에 부풀어 있습니다. 전태일기념관 개관식을 하는 날 저자로부터 전달받은 실록 세부 목차 인쇄물을 읽어보니 놀라움과 함께 이 책이 단순하게 열사에 대한 삶의 추적기나 연구서의 관점을 넘어 전태일 생애 연구의 총서로서 확고한 기틀을 마련했다고 판단되었습니다. 따라서 이 책은 전태일이 지닌 인간애의 근간이 되는 사상과 정신 그리고 신앙과 철학을 독자들이 확실하게 종잡을 수 있도록 하는 로드맵을 제시했다고 보여집니다.

저에게도 삶의 궤적마다 전태일 정신이 매 순간 이끌어왔다고 해도 과언이 아닐 정도로 전태일 열사와는 떼려야 뗄 수 없는 관계에 있습니다. 저는 전태일 열사의 뜻을 이어받은 서울대 김상진 학우가 유신정권에 항거해 교내에서 할복 자결한 사건으로 촉발된 추모집회와 유신철폐 시위에 참가했다는 이유로 입학한 지 두 달밖에 안 된 상황에서 영등포 구치소에서 4개월간 복역하였고, 기소유예로 풀려났으나 학교에서 곧바로 제명되었습니다. 그 후 우여곡절 끝에 사법고시에 합격한 후에는 연수원에서 조영래 선배를 동기로 만나 호형호제하면서 줄곧 인권변호사의 길을 함께 걸어가게 되었습니다. 수배 생활 때문에 뒤늦게 고시에 합격해 연수원에 들어온 조영래 선배가 역사적인 '전태일 평전'을 쓰며 노동운동의 필요성과 함께 전태일의 존재를 대중들에게 처음으로 알리는 과정에서 가까이에서 큰 도전을 받았기 때문입니다.

그러나 평소 나의 멘토 역할을 해주던 조 변호사가 건강을 잃어버리는 바람에 안타깝게 일찍 유명을 달리했고 갈피를 못 잡던 나는 평소 "더 넓은 세상을 공부하려면 꼭 유학을 다녀오라"며 권유하던 조 선배의 말이 생각났습니다. 그리고 이듬해 홀연히 유학의 길을 떠나 영국과 미국 등지에서 연구에 매진하며 시민운동에 대한 계획을 세웠고, 귀국해서 유학 중에 체득한 경험을 바탕으로 참여연대를 설립해 시민운동가로서의 첫 출발을 내디뎠습니다.

그 후 서울시장에 출마하기 직전에는 40년을 노동자의 어머니로 사셨던 이소선 어머니의 민주사회장 영결식 노제에서 추모사를 낭독하기도 했으며, 서울시장에 당선된 후에는 전태일 정신을 시정에 적용하기 위한 첫걸음으로 서울시를 노동 존중 특별시로 만들기 위한 프로젝트를 세우기도 했습니다.

아울러 도시 차원의 좋은 일자리 노동 모델 구축 노력과 확산 방안을 연구하고 정책을 세워왔으며, 세계 10개 도시정부와 8개 국제기구, 국내 공공기관, 노사단체 등이 참가한 국제학술대회를 열기도 했는데 그때 당시 영국에서 참석한 가이 라이더 국제노동기구(ILO) 사무총장을 안내해 청계천 전태일다리(버들다리)에 조성된 전태일 열사의 기념 동상을 찾아 헌화하기도 했던 기억이 생생합니다. 그리고 기념 동상으로부터 10분 거리에 위치한 청계천변 수표로 코너에는 서울시의 협력과 지원 아래 전태일기념관이 개관되기에 이르렀던 것입니다. 기념관은 지상 6층, 연면적

1,920㎡ 규모로 서울시가 조성하고 전태일재단에 위탁하는 방식으로 운영되고 있습니다.

기념관이 완공되기까지 가장 불철주야 애쓰며 동분서주했던 전태일재단의 이수호 이사장님(기념관장)의 수고가 있었으며, 그분을 구심점으로 이 땅의 노동과 인권을 위해 피땀 흘린 수많은 분의 노고와 굳은 의지가 청계천으로 흘러들어 마침내 기념관이 탄생하게 된 것입니다. 준공식 날처럼 노동 존중 특별시라는 말이 가슴 벅차게 와 닿은 적은 없었던 것 같았습니다.

마침내 이 세상은 우리가 꿈꾸고, 전태일이 꿈꿨던 그런 세상으로 흘러갈 것을 확신하며 앞으로도 전태일기념관이 노동 존중 서울의 상징이자 중심이 되도록 지속적인 노력을 기울일 예정이며, 저는 노동 존중 특별시장 박원순으로 기억되기를 희망합니다. 전태일기념관은 스스로 불꽃이 된 전태일이라는 이름, 암흑했던 시절 시대의 어둠을 뚫고 전태일의 분신 항거 소식을 세상에 알렸던 조영래라는 사람의 이름 그리고 전태일 정신을 이어가려는 이들에게 기꺼이 우산이 되어 주었던 문익환이라는 이름, 한 청년의 어머니에서 이 땅의 모든 노동자의 어머니가 되어주신 이소선이라는 이름이 만나는 곳이며 노동과 평화와 인권이 만나는 역사적인 장소로 자리매김되고 있다고 생각합니다.

그렇다면 수십 년간 묻혀있던 전태일의 신앙과 사상 그리고 그의 빛나는 삶의 궤적을 새롭게 발굴하여 우리에게 알려준 최재영 목사님의 노력과 헌신도 역사적으로 높이 평가받아야 한다고 생각합니다. 아무쪼록 이 책이 많은 노동자들과 젊은 청년 대학생들은 물론 일반 대중들에게도 널리 읽히기를 희망하며 앞으로는 전태일 정신이 남측에만 머무는 것이 아니라 분단의 벽을 넘어 북측에도 널리 알려져 통일의 촉매제가 될 수 있기를 기원합니다. 독자들 모두가 전태일 열사가 보여준 희생의 가치를 깨닫

고, 그의 삶과 죽음의 의미를 깊이 이해하여 또 다른 전태일로 거듭나기를
기원합니다.

2020년 5월 3일

서울특별시장

박원순

* 이 글은 서울특별시장 재직 당시 작성해준 원고이며, 평소 전태일 기념사업에 많은
  관심을 갖고 지원을 해준 그분을 추모하며 이 추천의 글을 싣는다.

머 리 말

한 인물에 대한 역사적 평가와 그에 따른 교훈이 대중에게 알려지기 위해서는 정확하고 객관적인 1차 자료가 필수적이며, 그 토대 위에 연대별로 정리한 일대기가 나와야 한다. 그럼에도 분신 항거 이후 지금까지 전태일의 모든 생애를 체계 있게 정리한 일대기가 발간된 적은 없었다. 필자가 전태일 실록에 대한 집필을 결심하게 된 계기는 이런 요인을 포함해 다음과 같이 여러 가지가 복합적으로 작용했다.

필자는 어느 날 강원도 철원에 있는 대한수도원 경내에서 전태일과 이소선 어머니가 다녔다는 창현교회를 비롯해 임마누엘수도원과 대한수도원 소속 목회자들과 신자들 일행을 우연히 만나서 대화한 적이 있었다. 세 곳은 서로 밀접한 공동체를 형성하고 있었으며 여성 목회자 한 명에 의해 운영되고 있었다. 연이어 전태일과 한 동네에 살았던 이웃 사람들도 만난 적이 있는데 그들을 통해 전태일과 이소선에 관한 소소한 이야기들을 접하게 된 것이다. 그들의 증언들은 한결같이 가슴 뭉클한 이야기였음은 물론이거니와―긍정과 부정을 포함한― 우리가 전혀 모르는 이야기가 대부분이었으며, 기존에 공개된 이야기들과도 사뭇 차이가 있었다. 그 후부터 필자는 일부러 전태일과 관련된 구전들을 듣기 위해 여기저기 관련자들을 찾아다니며 체계 있게 탐문하기 시작했고, 그 결과 과연 우리는 얼마나 전태일을 잘 알고 있으며 그동안 우리에게 알려진 전태일에 관한 자료들은 얼마나 정확하고 신빙성이 있는가를 반문하지 않을 수 없게 된 것이다.

뿐만 아니라 암울했던 전두환 군부독재 시절인 1983년 어느 봄날 필자가 용산구 청파동에 있는 대한신학교(안양대학교 전신)에 다니던 중 불심 검문을 당한 적이 있었는데 평소 은밀히 애독하던 『어느 청년노동자의 삶과 죽음(전태일 평전)』이라는 책이 그날따라 가방 속에서 발견되는 바람에 군 입대를 코앞에 둔 신학생의 신분으로 불온서적 소지 혐의자로 몰려 한밤중에 남대문경찰서에 끌려가 조사를 받은 것이다. 이런 여러 가지 일이 계기가 되어 전태일의 죽음이 주는 역사적, 시대적, 사회적 의미는 물론 종교적, 이념적, 철학적 의미에 대해 심도 있는 고민을 했고, 그 후부터 마음을 다잡고 본격적으로 자료를 모으며 틈틈이 정리를 해가며 집필을 시작했던 것이다. 그러나 무엇보다 집필에 박차를 가하게 된 결정적인 계기는 폭압적인 정치적 상황과 열악한 노동환경이 맞물리면서 또 다른 전태일들이 자기 몸을 던지는 사건들이 연속으로 속출하고 있는 사회현상 때문이었다.

'세상이 점점 발전하고 잘살게 되는데 왜 우리는 아직도 또 다른 전태일이 필요한가'라는 의문과 함께 마치 이 사회는 아무 문제가 없는데 어느 청년이 노동 현장에서 불의의 사고로 죽음으로써 혹은 어느 노동자나 대학생이 분신 항거함으로써 그제야 없었던 문제가 갑자기 생겨나기라도 한듯 언론과 여론은 호들갑을 떨었다. 그러나 근본적인 해결책보다는 일시적인 미봉책이나 임시방편으로 일관하는 어처구니없는 모습을 목도하였으며, 집필하는 동안에도 이 땅의 젊은이들은 공장에서, 일터에서, 학교 캠퍼스에서 그렇게 전태일처럼 무수히 죽어가고 있었던 것이다.

노동자는 마치 죽어서 사라져야 증명되는 존재로 비치는 것을 보면서 집필을 중단하고 현장으로 뛰어들려는 충동을 수없이 느끼면서 언제까지 노동자들과 학생들에 대한 죽음의 알고리즘이 반복되어야 하는가에 대해 분노했다. 그러나 이는 단지 노동계만의 문제가 아니라 잘못된 국가의 이념과 방향에서 비롯된 사회 전반에 걸친 총체적인 문제에서 비롯됐다는 것을 알게 되면서 다시 집필을 이어가곤 했다.

그러나 집필이 소강상태에 빠져있을 무렵, 이소선 어머니를 만나보니 어느덧 칠순을 바라보는 나이가 다 되어가고 있었는데 그분의 얼굴에서 전태일이 선명하게 보였다. 그렇다면 아직 세상에 드러내지 않고 가슴 깊이 품고 있던 아들에 관한 애잔한 이야기들은 물론 어머니가 인지하고 있던 아들에 관한 생생한 기억의 편린이 망각되거나 희석되기 전에 하루빨리 소환해야겠다는 생각이 들면서 만사를 제쳐놓고 집필에 박차를 가했던 것이다.

하루 빨리 책을 완성해야겠다는 부담감이 짓누르고 있을 무렵, 이소선 어머니의 적극적인 구술과 협조 그리고 전태일 열사의 동생 전태삼 선생의 구술과 자료 제공으로 인해 마침내 원고가 완성을 향해 치달을 수 있게된 것이다. 특히 필자의 집요함 때문에 면담과 전화를 통한 증언과 구술과정에서 이소선 어머니는 진액을 뺄 정도로 최선을 다해주었으며 늘 친절한 호의와 사랑으로 흔쾌히 응대해 주었다. 스물 세 살의 나이로 각인된아들에 관한 모든 추억의 보따리를 필자에게 무한정으로 풀어 놓은 이소선 어머니에게 감사를 드리며, 삼가 이 책을 영전에 바치고자 한다.

전태일은 23년이라는 짧은 생애를 살았으나 워낙 가난한 상태에서 다면적인 삶의 궤적을 살아왔고, 박정희, 전두환 군사정권 하에서의 폭압적제약 때문에 자료들이 빈약하여 일반인들이 그의 삶을 좀 더 생동감 있게접하거나 이해하는 데는 어려움이 따랐다. 이에 필자는 집필 자료 확보를위해 전태일과 직·간접적으로 관련된 250명이 넘는 주변 인물들을 만난것은 물론 전태일과 관련된 각종 서적과 논문, 컬럼, 사설, 기고문, 특집기사, 인터뷰 기사 등을 선별해 참고하였다. 그중에서도 현존하는 전태일의일기장과 육필 원고를 고스란히 담은 이른바《전태일 일기 CD 사본》을 유족 대표인 전태삼 선생이 제공해주어 이 책을 쓰는데 큰 도움이 되었다.

전태일의 거주지 이동 경로와 취업 변동 경로를 따라가며 그동안 산재해 있던 자료들이 수집되고 주변 인물들의 증언과 구술 자료들이 확보될수록 누락되거나 간과된 전태일의 행적들이 하나씩 드러났으며, 직접 탐문해 자료를 확보하는 과정에서 취득한 여러 일화나 사건들에 대해 연도와 날짜를 표기하는 등 연대순에 맞도록 본문에 배치해 독자들이 전태일의 동선을 일목요연하게 파악하도록 했다.

특히 그동안 미공개되었던 전태일의 출생과 성장 과정에 얽힌 일화들은 물론 학력, 취업 등의 과정을 통해 그가 지닌 배움에 대한 열정과 사업에 대한 꿈을 재조명하였으며, 그의 가치관과 사상의 근간이 되었던 기독교 사상과 신앙생활에 대한 이야기도 빠짐없이 공개했다. 그의 종교적 성향과 배경을 따라가는 과정에서 교회 출석 이력과 종교적 행적은 물론 개신교 신앙인으로서 그가 지닌 영적인 면모와 그가 지향하는 신앙 세계도 새롭게 발굴하여 수록하였다. 또한 불투명하던 여러 곳의 피복업체 취업 경력도 새로 발굴하여 체계 있게 정리하였으며, 노동운동 시절의 각종 진정 활동과 투쟁 활동은 물론 분신 항거 사건 직전의 구체적인 일정과 행적들도 밝혀냈다.

또한 전태일이 평화시장 노동운동에 확신을 갖도록 뒤에서 자문역할을 아끼지 않았던 부친 전상수에 대한 자료를 확보하고, 교차검증 작업을 통해 그가 젊은 시절에 목격하고 체험한 노동운동 사건들이 오히려 아들이 노동운동에 눈을 뜨게 되는 동기유발과 촉매제 역할을 했다는 사실도 밝혀냈다. 이와 더불어 유능한 문학적 소질을 겸비한 전태일이 평소 수기장에 옮겨놓은 자작 시와 소설 초안 등을 가감 없이 게재하여 그의 문학적 세계관도 드러나게 했으며, 특히 기독교 사상과 천부적인 성품이 결합되어 형성된 그의 숭고한 인간애는 물론, 불의를 보면 참지 못하는 정의로운 인성과 투쟁가로서의 면모, 지독히 순수했던 연애 감성과 친구들과의 우정 관계, 냉철한 사고방식과 지혜로운 생활철학, 인간적인 면 등도 다양하게 재조명하였다.

또한 스스로 치밀하게 계획한 죽음의 결단과 분신 항거 그리고 사경을 헤매는 가운데서도 병원 침상에서 보여준 의연한 모습들과 유언을 통해 어머니와 친구들이 자신의 화신(化身)이 되어 살아갈 수밖에 없도록 했던 이야기들을 통해 죽음마저도 인간애로 승화한 전태일을 독자들이 새롭게 음미하도록 했다. 임종을 앞두고 유언을 받은 이소선은 죽어가는 아들과 맺은 유언을 하늘처럼 여기고 그 약속을 지키는 과정에서 스스로 투사가 되는 길을 걸었으며, 모든 집안일을 중단하는 것은 물론이고, 모든 사리사욕을 멀리하고 오직 아들의 당부를 이루는 일에만 몰두하여 마침내 모든 노동자의 어머니가 되었던 것이다.

이와 같이 자칫 사장될 뻔하거나 마치 기사의 오보처럼 왜곡되거나 굴절된 채 묻혀버릴 뻔했던 전태일 생애의 편린을 마치 퍼즐을 맞추듯 보완하는 작업을 통해 한 폭의 그림처럼 드러나게 했고, 순수했던 그의 삶을 연대순으로 재생해냈다.

실록 2권 뒷부분 <덧붙이는 글>에서는 전태일이 남긴 정신과 유훈이 남측에만 머무는 것이 아니라 분단의 벽을 넘어 북측에도 널리 알려지도록 하려는 의도에서 필자가 여러 차례의 방북을 통해 인민들과 노동자들은 전태일 분신 항거 사건을 어떻게 기억하고 이해하는가에 대해 알아보는 과정을 수록했다. 남측과 노동 현실이나 노동 구조가 판이하게 다른 북측에서는 전태일과 남측의 노동 현실을 어떻게 바라보는가에 대해 필자와 북측의 노동자, 학자, 목회자와의 대화록도 수록하였다.

이어서 장례식 전후의 국내 대학가의 주요 집회와 시위들을 도표와 함게 자세히 실었으며, 아직도 전태일의 삶과 죽음을 왜곡하는데 앞장서고 있는 일부 극우학자들의 불순한 주장과 이견을 사실에 입각해 논박했다. 또한 수출 목표를 정해놓고 개발독재에 여념이 없던 박정희 정권에서는 전태일의 분신 항거 사건에 대해 어떻게 반응을 보였고 어떻게 대응책을 마련했는지를 다뤘다. 한편 유신정권의 몰락을 가져다준 전태일의 분신 항거 사건과 박정희가 시해된 10.26 사건과의 연계성을 역사적 근거를 동원해 논리적으로 다뤘으며, 전태일의 분신 항거 사건을 보도한 언론들의 당시 보도 행태도 심도있게 수록했다. 이어서 언론사와 노동청에 의해 훼손되거나 도난당한 전태일의 일기장의 행방과 그것을 되찾아오는 과정을 통해 당시 언론과 정부의 민낯을 고발했고, 영화감독 신상옥이 전태일 영화를 제작하려는 과정에서 박정희 정권과 마찰을 빚은 이야기도 최초로 다뤘다.

본문 전개 방식은 우리나라 노동운동과 민주화운동의 기폭제가 되었던 전태일의 분신 항거 사건으로 다다를수록 실록이 절정에 이르도록 했으며, 새로운 역사의식의 관점에서 전태일의 생애를 펼쳐나갔다. 그러나 전태일의 생애를 지나치게 미화하거나 영웅시하는 것을 자제하고 가급적 있는 사실 그대로 가감 없이 수록했고, 사실이 호도되어 터무니없는 오해와 편견을 불러일으킨 부분을 바로잡아 실체적 진실이 독자들에게 전달되도록 했다. 집필 중에 발견한 그의 생애에 대한 잘못 알려진 부분들은 교차검증 작업을 거쳐 대폭 수정했으며, 그의 친필 수기 원문을 연대순에 맞도록 적재적소에 배치해 독자들로 하여금 전태일의 인간적 면모와 당시 내면의 세계 등을 숨결처럼 생생하게 느끼도록 했다.

실록의 주인공 전태일은 23년간의 짧은 생애를 살았으나 이 땅을 떠난 것은 아니며 실제로 지금 우리 곁에서 우리와 함께 호흡하고 있다. 따라서 이 책은 동료와 이웃을 위해 자기 목숨을 기꺼이 바친 전태일의 육체는 비록 소멸되었으나 그가 지닌 사회정치적 생명은 이 땅의 모든 노동자, 농민, 소외받는 민중들과 영원히 함께 하고 있다는 사실을 다시 한번 인지하도록 했다.

50주기에 맞춰 출간된 『전태일 실록』은 이제 전태일 연구의 기초를 닦는 서막에 불과하다고 생각한다. 아무쪼록 청년, 학생, 노동자, 문학가, 역사가, 정치가, 성직자들은 물론 일반 대중들 중에서 전태일을 깊이 연구하고자 하는 이들에게 이 책이 미력하나마 도움을 주는 텍스트 역할을 하기를 간절히 바란다. 이 책을 통해 누구든지 전태일처럼 사람이 주인인 사회를 만들 수 있으며 노동과 인간과 자유의 문제에 대한 사회개혁과 정치혁명, 인간 해방의 꿈도 꿀 수 있고, 문학과 사상과 종교의 꽃도 마음껏 피울 수 있을 것이다. 필자는 이 책을 통해서 독자들이 전태일을 아는 지식의 폭과 깊이가 더욱 넓어지기를 소망한다. 아울러 독자들의 의식이 점점 전태일에게 상정(上程)되거나 전태일을 영웅시하기보다는 각자 자신 안에 잠재되어 있는 전태일을 찾도록 이 책이 동기 부여의 역할을 해주기를 간절히 염원한다.

2020년 5월 17일

저자 최재영

차 례

1 권　차 례

일러두기

『전태일 실록』을 서술한 가장 핵심 자료는 전태일의 친필 수기 원문과 어머니 이소선, 동생 전태삼의 증언이다. 이 책은 먼저 전태일의 친필 수기 원문을 중심으로 그의 생애를 따라 연대별로 적재적소에 배치하였고, 그동안 공개되지 않았던 친필 수기장도 모두 포함하였다. 그중에 낙서나 판독 불가한 글자들도 새롭게 정리하여 모두 수록하였다. 그러므로 저자가 말하기보다는 전태일 자신이 직접 독자들과 소통하도록 하는 집필 방식을 취했다. 둘째로 이소선 어머니와 동생 전태삼의 증언이다. 특히 이소선 어머니가 전태일의 모든 생애를 회상한 진술들은 매우 구체적이며 사료적인 가치로서 충분했다. 자칫 소멸될 뻔한 증언들을 모두 소환하여 본문에 반영하였으므로, 새로운 시각에서 전태일을 해석하는 계기를 마련하게 되었다.

친필 수기와 관련된 몇 가지 집필 원칙들은 다음과 같다.

(1) 전태일의 유족들이 전태일 일기장 원본의 유실과 훼손, 도난 등을 대비해 〈친필수기 원본〉에 대한 스캔 작업을 통해 제작한 일명 〈CD사본〉을 제공 받아 가감 없이 실록 본문에 적용했다. 이는 육필 원본의 순수성을 그대로 살리고, 전태일의 글에서만 발산하는 특유의 문학성과 사실적 생동감을 독자들이 느낄 수 있도록 하려는 의도였다.

(2) 전태일의 일기는 유족들이 초창기 일기장 원본을 보존하는 과정에서 발생했던 유실 및 훼손과 도난 사건들로 인해 〈CD사본〉에서도 누락된 부분이 약간 발견되었으나 이런 문제는 이미 돌베개출판사에서 발간한 전태일의 수기집 『내 죽음을 헛되이 하지 말라』를 참조하여 나머지 부분을 보완하였다. 이로써 두 가지를 철저히 비교해 누락된 부분을 찾아내어 교차검증과 보완작업을 통해 전태일의 현존 친필수기는 한 구절, 한 단어도 본문에서 빠지지 않도록 했다.

(3) 친필 수기를 인용하는 데는 원문 내용상 전태일의 오기(誤記)나 착오 등으로 인해 맞춤법이 틀린 글자들은 독자들의 이해를 돕기 위해 문맥상 어긋나지 않는 범위에서 틀린 글

자를 수정해 원래의 뜻이 훼손되지 않도록 매끄럽게 하였다. 또 전태일의 친필수기 원문에는 간혹 난필로 인해 판독과 해독이 도저히 불가능한 경우가 발생하는데 이처럼 난해 문구나 조악한 글자들은 'X'로 표시하거나 그래도 어렴풋이나마 드러난 글자를 확정하여 표기하는 방식으로 처리했다.

(4) 특히 난해한 문구들 외에 낙서들까지도 모두 정리해 수록했기 때문에 전태일이 쓴 낙서의 의미까지도 헤아려 보았다. 아울러 전태일은 자신의 일기장에 글을 쓰다가 문맥이 바뀌거나 단원과 단원 사이에 단절하려는 경우에는 간혹 "×××" 표시로 구분하였는데 이런 경우에도 일기장 원문 그대로 표기했음을 밝혀둔다.

(5) 전태일의 착오로 수기원문 내용 중에 간혹 사실과 다른 경우에는 각주를 통해 바로 잡았으며 용어해설과 등장인물, 정황에 대한 보충설명 등도 독자들의 이해를 돕기 위해 각주에서 소상히 언급했다.

(6) 전태일의 수기 원문으로만 본문을 전개한 경우에는 저자가 그의 생애 연대순과 행적을 철저히 검증한 후에 적시 적소에 배치하여 수기 원본이 원래의 제 자리에서 전태일이 직접 말하도록 했다.

(7) 〈전태일의 친필수기〉라 함은 약 15가지 장르에 이르는 수기장의 여러 종류들을 총칭하는 것이다. 수기는 일기·자서전적 수기·각종 단상·유서·소설 초안·편지·시·금언·각종 문서와 양식·계획서·낙서·삽화 등으로 분류된다.

(8) 〈전태일 친필 수기〉는 노트(공책)와 각종 별지 등에 작성되었다. 전태일 열사가 바쁜 노동 일정 중에도 수년간 틈틈이 기록하다 보니 간혹 날짜를 적지 않거나 누락하는 경우로 인해 연대 추정에 혼란을 불러일으킨 적이 많았다. 이런 문제는 수기 내용과 관련된 인물들을 직접 만나는 검증 작업을 거친 후 객관적 기준으로 연대를 산출하여 해결하였다. 따라서 잘못 알려진 연대의 오류나 행적 등을 바로 잡았고, 이를 기준으로 전태일 연보를 부분적으로 수정하였다.

* 전태일 일러스트를 사용하도록 허락해준 최호철 작가와 협조해준 전태일재단에 감사한다.

제5부

젊은 베르테르의 슬픔

30장

해고, 사표, 면접을 반복하다

1969년 1월~8월 (7개월, 22세)

　　아래의 '중부시장 부흥사에 사표 내던 날'과 '평화시장 협신사에 면접 보는 날'은 자신이 처한 심정 묘사와 심리적 상황을 아주 세밀하게 수기에 기록한 것이다. 바보회의 활동으로 평화시장에서 블랙리스트에 올라 요주의 인물이 된 이후부터 실제로 취직하기가 매우 힘들어졌으며 그 때문에 부당해고와 자진 사표, 입사를 위한 면접 등이 반복되는 것을 볼 수가 있다. 특히 근로기준법과 노동운동에 대한 자각이 싹튼 후에는 자신이 일하고 있던 회사와 업주를 모두 근로기준법의 검증 대상에 올린다. 작업장과 가게, 업주, 노동자 등의 역학적 관계와 그 안에서 벌어지는 모든 노동 문제를 예민하게 주시하던 전태일은 결국 근로기준법의 잣대를 들이대며 업주를 지적하게 되는데 그러다가 업주로부터 부당하게 해고를 당하여 쫓겨난다. 그리고는 다시 부평초같이 여기저기 직장을 알아보러 다니는 것을 볼 수 있다. 자기 자신의 영달을 위해 자신에게 주어진 일이나 감당

1969년 초 서울로 올라온 대구 청옥학교 출신 친구들과 잠시 틈을 내 남산에서 즐거운 한때를 보내는 전태일(우측에서 두 번째). 친구들 중에는 군복무중 휴가 나온 친구들도 있었다.

하며 재단사로서 부지런히 돈이나 모은다면 그는 지금까지 편하게 잘살고 있었을 것이다. 그러나 그는 불편하고 고통스러워도 그 같은 삶에 안주하지 않고 끊임없이 이타적인 삶을 산다. 이 수기에는 전태일의 여린 성품이나 독특한 행동 양식 그리고 섬세한 심리묘사 등이 두드러지게 나타난다. 또한 쥐새끼와 쉬파리의 생존경쟁에 대한 글은 전태일이 우연히 발견한 쥐새끼의 주검을 보면서 그 주검에서 발생하는 쉬파리 알과 그 알에서 깨어난 쉬파리의 생태 관계를 빗대어 평화시장과 이 사회의 생존 관계를 심오하고 적나라하게 지적하고 있음을 알 수 있다.

1. 중부시장 부흥사(復興社)에 사표 내던 날
─ 1969년 2월 말

며칠 전까지 늦추위로 얼어붙었던 눈이 녹아 행인들의 발걸음을 조심스럽게 한다. 활짝 개고 풀린 추위로 너 나 할 것 없이 명랑한 표정들을 하고 길을 거닐지만 여기 을지로 5가 중부시장으로 들어가는 한 청년은 창백한 얼굴에 어두움을 지낸 채 망설이는 발걸음으로 직장을 향하여 걸어가고 있다. 그의 직장은 중부시장 안의 큰 건물 2층의 조그마한 제품공장이 그의 직장이다. 자세히 관찰하여 보면 그는 다른 모든 출근인 들보다 걸음을 천천히 조심스럽게 걷고 있다는 것을 알 수가 있다. 160을 조금 넘는 키에 알맞게 자란 검은 머리, 카키색 모직 바지에 흰색과 푸른색의 굵은 털실로 짠 노타이 디자인의 스웨터를 입은 모양은 퍽 그에 대한 밝은 느낌을 주나 그는 무엇을 망설이는지 불과 500미터 안팎의 거리를 십 여분이 지나도록 다가가지 못하고 망설이고 있는 것이다.

그가 망설이는 것은 몸살로 인해 4일간을 결근하면서 직장에 통고하지 않은 것과 사실 직장에서 자기를 해고해 줄 것을 기다렸으나 아무런 소식이 없으므로 스스로 사퇴하려고 출근한 것이다. 그의 직책은 기성복 공장부흥사(復興社)의 재단사로서 5년간의 경력을 가진 22세 된 청년이다. 오늘 사퇴를 하려고 무거운 기분으로 직장으로 향하게 된 동기는 대강 이러하다. 그의 직장 분위기는 그를 아주 정신과 육체를 지칠 대로 지치게 하는 그리고 일을 한다는 것과 하루하루 존재한다는 것에 대해 아무런 보람이나 희망을 가질 수 없게 만드는 아주 침울한 분위기를 자아내게 한다. 첫째로 그의 직장이 있는 공동으로 쓰는 큰 건물은 건축한 자가 30년 이상이 된 것 같지만 한번도 손질을 하지 않아 외국 거지들이나 사는 폐허가 된 빈민굴을 연상하게 된다. 그의 일터는 3층 계단에서 우편으로 처음 칸이지만 과연 이런 먼지투성

중부시장 안에 있는 '부흥사'에서 일할 때 동료와 함께 한 전태일. 우측 사진은 함께 일한 재단보조
와 어린 소녀 시다

이인 조그마한 한 짝의 출입구 말고는 환기통도 한 곳 없는 이런 곳에 여덟
평도 될까 말까 하는 면적에 20여 명의 종업원들이 일을 한다고는 누구도
상상하지 못할 것이다. 오늘 아침에도 이 건물을 들어서면서 먼저 느낀
지독한 인분 냄새와 생선 썩는 냄새와 함께, 어두침침한 곳을 좋아하는
것도 아닌데 왜 자기는 매일 이 시간이면 이 어두운 장소를 지나야 하는지!
어떤 재수 없는 날은 2층 가정집에서 버린 죽은 쥐를 컴컴한 2층 계단 맨
위에 돌아 올라가는 조금 넓은 곳에서 밟은 것이다.[1]

2. 평화시장 협신사(協信社)에 면접 보는 날
　　— 1969년 3월 초

이른 봄 아직도 먼 산에 흰 눈이 차갑게 덮여있다. 거리의 잎 없는 가로수에
어쩌다 한 잎 두 잎 남은 마른 잎은 심술궂게 봄 아가씨를 시샘하는 산들바람에

---

1 전태일, 『친필 수기』, CD 사본 5, 18-19.

몹시도 시달린다. 여기는 서울 번화가에서 조금 떨어진 동대문 옆 평화시장 청계천 넓은 도로를 앞에 두고 뒤는 메디칼센터 을지초등학교 뒤편이다. 3층으로 된 현대식 건물로서 1층은 통로를 사이에 두고 좌우편으로 기성복을 도매하는 우리나라 최대 규모를 자랑하는 상가, 건물의 길이는 동대문에서 서울운동장으로 통하는 도로에서부터 청계천 5가 방산시장 길 건너기까지 두 개의 건물로 연결되어 있다. 2, 3층은 기성복을 만드는 공장으로 사용되고 있다. 구조는 하층과 마찬가지로 좌우로 공장이고 통로를 사이에 두고 있는 어떤 큰 병원을 개조한 것 같다고 생각하면 근사한 것이리라. 검정 동복 코트에 검정 바지 약한 굽이 높은 검정 구두를 신은 청년, 얼굴은 너무 희기 때문에 누구나 병자로 취급해 주는 그런 청년이 평화시장 두 건물 사이 음대(서울대 음대)로 통하는 도로 입구에서 서성거린다. 검은 덥수룩한 머리에 한 오 분간 헤아리면 다 헤아릴 수 있는 결코 수염이라고 할 수 없는 검정 털, 나이야 이제 겨우 스물 두셋밖에 안 되었는데 차림새는 통 관심을 두지 않는 것이 역력히 나타난다. 닦지 않은 구두, 손질하지 않은 머리, 구김살 투성이 코트, 길고 짧게 산발적으로 돋은 수염, 얼굴색만이 희다 못해 창백하다. 왼쪽 코트 자락을 조금 들고 왼팔을 바지 주머니에 꽂은 채 감각을 잃어버린 듯 초점을 한 곳에 집중시킨 채 움직이지 않는다. 그는 미아리 너머 집에서 이 입구에 오면 필경 이런 상태 속에서 망설이리라 각오한 것이다. 햇빛은 보이지 않지만 아직 어두운 것은 아니다. 그가 이런 상태로 여기 이 자리에서 벌써 한 달 넘은 지루한 날들을 확고한 목적이 없는 조급함을 달래면서 이삼일마다 오후 3, 4시부터 어느 때는 7, 8시부터 10시 반 11시까지는 다른 사람이 생각하기에도 지루하게 3, 4시간씩 허비하는 것이다. 오후 8시가 되면 11시 반까지 5분의 간격도 두지 않고 계속해서 양쪽 2, 3층 계단에서 퇴근하는 소녀, 처녀들이 내려온다. 그는 생각한다. 앞으로 두 시간 정도만 되면 퇴근하기 시작할 거야. 두 시간….

그는 오늘도 4시에 여기 이 자리에 도착해서 단 한 번 동대문 쪽 건물 3층 중앙에 있는 화장실에 다녀온 일 외에는 계속해서 이 자리에 서 있었다. "정말, 그렇게 하면 될까? 날 보고 미친 녀석이라고 상대를 해주지 않으면 어떡하나. 주소는 어디라고 대답할까?" 그는 계속해서 혼잣말로 중얼거린다. 땅바닥을 쳐다보면서 오른발로 바닥에 박힌 흰 와이셔츠의 조그마한 단추를 비벼서 단추의 뒷면을 보아야겠다고 어렴풋이 생각하는 것이다. 그렇지만 그는 이 단추 생각을 하고 있는 것을 모른다. 집안 사정은 중급 정도 된다고 대답해야 될 거야. 아니, 그것을 물어보지 않을 사태로 일이 될 수도 있을 거야. 가령 그 선생이라고 하는 사람이(그는 선생이라고 하는 사람을 아직 한 번도 본 적이 없고 여자인지 남자인지 성이 누구인지 들어본 적도 없다) 이런 일은 세상에 알리지 않는 것이 좋다고 하면 나는 아주 말없이 수긍할 거다. 그리고 몇몇 사람만 알고 일이 끝날 거야. 그땐 시작한 날부터 한 달이 지난 날 세상 햇빛이 더욱 맑아서 수평선을 바라보기도 거북할 거야. 그럼 빨리 시작해야 되잖아. 빨리 시작을 어떻게 한다. 주소는 있지만 집도 아직 모르잖아. 집이 영천인데 어떻게 가나. 오늘은 늦었으니까 내일 아침부터 일찍 가야겠다. 아, 그렇지만 이런 그의 나름대로 생각을 하면서 계속해서 바로 비비고 있던 단추가 기어이 뒤집어지고 말았다. 그때야 머리를 숙이고 계속 한 동작만 취하고 있었다는 사실을 깨닫는다.[2]

3. '쥐새끼와 쉬8파리의 생존경쟁'에 대하여
— 1969년 7월

더욱 공기가 전신을 역습한다.

---

2 전태일, 『친필 수기』, CD 사본 5, 20-21.

불이 타는 냄새와 눅는 냄새로

사람의 후각을 어지럽게 하는 3층 복도

형광등 불빛은 겨우 형광등이 매달려 있다는 것만 인식될 정도.

네온사인처럼 껌벅이는 것이 더 많고

주정뱅이의 눈동자와도 같이 벌그레하다.

밑없는 도람무통(드럼통) 쓰레기통엔

죽은 쥐새끼가 썩어

뱃속은 살아 있는 양 꿈틀거린다.

쉬파리의 번식처 쥐새끼의 뱃속에서 쉬파리의 알이 번식을 한다.

이것이 생존경쟁일까?

쉬파리가 쥐새끼를 죽였을까?

쥐새끼는 다만 운이 없어서 인간의 눈에 띄어 법칙대로 된 것뿐이다.

쥐새끼의 썩어가는 창자 속에서 쉬파리는 자손을 번식하는 것이다.

아주 기름지게 팔팔한 자손을….

죽은 쥐새끼만이 죄가 있다.

살아서 생리작용의 요구 때문에 사람이 싫어하는 짓을 하면서

시간시간 생명을 연장하는 것은 죄가 없다.

쥐새끼가 농사를 지을 수 있을까?

살아서 활동하는 쥐새끼를, 쉬파리가 그런 생각을 할 수 있을까?

살아있는 쥐새끼의 뱃속을, 창자 속을 쉬파리들은 번식처로 생각할 수 없다.

그것은 도단과 위반3이다.

농사짓지 않고, 조상의 남김은(조상이 남겨 놓은 것이) 없어서,

---

3 도단(道斷)과 위반(違反).

하는 수 없이 생리작용과 창자의 요구를 채우려고
때마다 생명을 걸고 창자를 채웠던 것이다.
죄가 있다면 창자가 죄요, 죄가 있다면 조상이 죄요,
벌을 받아야만 될 것은 쉬파리 떼요.
책임을 저야 할 것은 태초의 오산[4] 그 자체다.
오산을 한 당신의 죄도 아니요, 오산을 낳게 한 사람이다.
사람 그 자체를 벌하라, 오산과 사람을.

쉬파리가 알을 까게 방치해 둔 법의 엉성한 망이 벌을 받아야 한다.
알을 깐 쉬파리와 휘황찬란한 오색의 불빛이 하늘을 수놓는 동경의 밤하늘.[5]

4. 외국 빈민굴을 연상케 하는 작업장의 참혹함을 폭로하다

지금까지 전태일이 거쳐 간 업체들중에는 노동자들을 위한 편의시설
은 전혀 없었다. 그저 최소한의 비용으로 최대한의 생산량을 늘리기 위한
방편으로 닭장 같은 다락방을 만들어 노동자들을 몰아 놓고 죽도록 일만
시켰을 뿐이다. 다락을 만든 이유는 재봉틀이나 미싱 기계를 한 개라도 더
들여놓기 위한 목적 때문이었으며 당시 대부분의 평화시장 공장들은 모
두 이런 방식의 구조였다. 대다락방은 대략 3미터 높이의 공간을 아래위
반으로 쪼개서 두 층으로 만들다 보니 각층 공간은 채 1.5미터가 되지 않
았다. 그보다 못한 더 낮은 작업장들도 많았다. 평균 신장의 성인들이 고
개를 숙이고 들어가야 하는 낮은 높이였으며 1층에는 미싱사들이 들어가
서 비좁은 공간에서 하루종일 중노동을 해야 했다. 일어설 때나 이동할 때

---

4 오산(誤算).
5 전태일, 『친필 수기』, CD 사본 5, 10.

는 고개를 숙여야 했고 협소한 공간마저 원단 무더기에 파묻혀 운신의 폭이 좁았다. 이런 작업장에서 마치 닭장 속에 닭들처럼 평균 30여 명이 옹기종기 모여 노동을 했던 것이다. 2층에는 재단사들이 일을 했고 그 곁에는 시다라고 불리는 보조원들이 재단사의 일을 거들어 준다.

그와 같이 한 층짜리를 잘라서 둘로 만든 공간 안에서 일하다보니 2층 다락방과 그 아래 1층에 있는 모두가 다 힘들고 불편하게 일하기는 매한가지였다. 평화시장에는 그런 형태로 영세 피복 공장들이 다닥다닥 들어서 있었다. 재단사가 된 전태일이 작업장의 2층 다락방을 오르내릴 때는 사다리를 통해서만 가능했다. 재단사가 2층에서 재단 감을 완성하면 아래 층에서 일을 하는 시다를 부른 후 아래로 툭 던져준다. 던져줄 때는 이름을 부르는 것이 아니라 숫자로 된 시다의 고유 번호를 부른다. "1번 보조!" "5번 시다" 하는 식으로 호칭을 부르면 아래층에서는 "네!" 하고 대답해야 한다. 그러면 대답과 동시에 재단을 마친 봉제 일감을 아래층으로 던져주는데 그것을 받아든 시다는 다시 미싱일을 해야 했다. 그러다 보니 먼지와 실 먼지가 온통 작업장을 떠다니고 숨쉬기조차 불편해진다.

전태일이 부흥사를 그만두게 된 동기도 참혹한 노동여건이 그 이유였다. 기성복 공장의 재단사로서 5년 경력을 가진 전태일을 가장 힘들게 한 것은 작업장의 열악한 내부 시설과 최악의 환경 때문이었다. 건축한 지 30년 이상이 더 된 것 같아 보이는 공장 내부는 마치 외국의 거지들 소굴처럼 빈민굴을 연상케 할 정도였다고 일기장에 썼다. 더구나 부흥사는 먼지투성이인 조그마한 작업장에 출입문 말고는 환기통도 전혀 없었고 여덟 평도 채 안 되는 공간의 희미한 불빛 아래 20여 명의 종업원들이 모여 일을 했다. 그것만으로도 부족해 작업장 안에는 지독한 인분 냄새와 생선 썩는 냄새 등의 악취가 떠나지 않았던 것이다. 한술 더 떠 환풍기 시설이 전혀 없어 환기조차 되지 않았고 출입문 외에는 창문도 하나 없어서 외부의 공기와 햇볕이 전혀 들어오지도 않는 밀폐된 공간이다. 그러다보니 그에 따른 고통은 고스란히 여공들과 전태일이 감내해야 했으며 가끔 재수가 없는 날에는 작업장 인근의 어두침침한 통로를 지나면서 죽은 쥐를 밟는 최악의 상황을 맞기도 한다. 이런 최악의 환경과 노동 여건에서 일하고 싶은 사람은 아무도 없을 것이다

5. 자작시, 단상, 낙서를 작성하다
— 1969년 8월 26일

전태일은 위와 같이 부당해고와 자진 사표, 입사면접을 하는 동안 1969년 8월 26일 무렵을 전후하여 자신의 수기장에 여러 가지 낙서와 자작시를 작성했는데 그중에 몇 가지만을 살펴보자. 특히 전태일은 단상에서 "비석도 없는 외로운 무덤을 만들지 말아 줘. 제발"이라는 말로 끝맺음을 했던 것으로 보아 이때 이미 자신의 죽음을 예견한 듯하다. 이런 식으로 자신의 죽음을 예견할 때 죽음의 예속에서 스스로 해방될 수 있다고 여긴 듯하다.

1) 낙서 1, 2, 3

① 이제 불행의 낮은 지나고 평화의 밤이 오매
노오란 야경 숲속에서 불행했던 낮을 생각하며
불행을 저주한다.
1969. 8. 26.[6]

---

6 위의 책, 15.

② 물, 물속에서 놀던 때가 그립습니다.

산, 너는 말하지 못한다. 말하지 못한다.

그렇지만 답은 해야 해! 답은 해야지.7

③ 좀 더 너그러이 살아봅시다. 겨레여

좀 더 깨끗하게 살아봅시다. 형제여

좀 더 성실하게 살아봅시다. 친구여

좀 더 냉정하게 판단합시다. 현실을

좀 더 정직합시다. 동포여.8

2) 자작시와 단상

① 자작시

바람이 불어, 바람이 불어

시원한 바람이 분다.

나비 떼가 쫓기는 강바람.

바람소리, 벌레소리 여름을 알고

새소리, 아지랑이에 봄은 익는다

서울 간 오빠는 소식이 없고

바람이 불어, 바람이 불어

시원한 바람이 분다.

아지랑이, 벌레 소리 봄을 알고

---

7 위와 같음.

8 위와 같음.

새소리 미향(매미소리)에 여름을 알고

시원함을 느끼는 가을바람에

눈 내리는 겨울을 기다린다.[9]

② 단상

그 어느 날 창밖은 한없이 평온하던 날

나! 말하고 싶었지, 괴롭고 지루하다고.

종점을 모르는 길이 여기에,

종점을 알 수 없었기에 종점을 모르며

행로의 목적을 못 알았기에

지금 종점을 알 듯하고

괴로움이 없어지기 시작하고

온 누리가 한없이 푸근할 때

잊기 위한 고달픈 여로였다고 (말)하리!

영, 너는 가야 해.

허전하고 비바람 부는.

소리 없이 천둥이 울리는.

내 가슴에 외로움을 무덤을 만들지 말아 줘

영. 어서

김재철, 김삼덕, 김덕팔, 김종서, 김종필, 김진규, 김상국, 김트위스트,

말씀이여 안녕 meboo

비바람 오는 내 허전한 가슴에

비(석)도 없는 외로운 무덤을 만들지 말아 줘. 제발, 영.[10]

---

9 전태일, 『친필 수기』, CD 사본 5, 17.

10 위의 책, 4.

6. 도시락밥 위에 쌓이는 까만 먼지와 몰래 우는 여공들

2만 7천 명에서 3만여 명에 가까운 평화시장 노동자들 중 40%에 해당하는 인원이 15세 미만 어린 여공들이었다는 사실을 파악한 전태일은 어린 여공들이 최악의 노동여건과 환경으로 인해 건강과 위생 문제는 물론 목숨까지도 치명적으로 위협당하고 있다는 사실을 직시한다.

전태일이 바보회라는 이름을 지은 사연들 중에는 여러 가지 배경들이 있었는데 그중에서도 주목할 만한 사연들중 하나가 어느 날 폐병에 걸린 어느 여공이 피를 토하면서도 돈 한 푼도 못 받고 업주에게 쫓겨나갈 때 그 옆에서 아무 말도 못하고 가만히 있었던 자기 자신이 "바보"였기 때문이었고, 또 하나는 근로기준법이 있음에도 불구하고 자신들의 무지와 무관심으로 인해 당당히 인간 대접을 받을 수 있는 권리를 찾지 못했던 자신이 "바보"였기 때문이다. 그 이후 그 사실에 대해 늘 후회하는 마음을 간직했던 전태일은 이를 악물고 어린 여공들의 일을 대신해 주거나 위로의 말로 용기를 북돋아 주었을 뿐만 아니라 피를 토한 여공의 손을 잡아 이끌고 병원 문을 두들겼다. 그러나 그 결과는 자신의 텅 빈 호주머니를 한탄하며 한계를 자각할 수밖에 없었던 것이다. 결국 "내가 안 죽으면 저 여공들이 폐병 걸려 죽고 사람 구실 못할 것이다"는 강박관념이 전태일을 사로잡았던 것이다.

봉제공장이다 보니 작업장에는 원단과 천들이 수북하게 쌓여 있는데 그것들이 실밥과 먼지를 유발시키는 주범이었다. 재단을 하기 위해 가위로 원단을 자르거나 미싱질을 하는 과정에서 먼지가 엄청나게 발생한다. 작업장에서 일하는 모든 직공들이 원단을 가만두는 것이 아니라 자신들이 맡은 각자의 임무대로 원단을 다루면서 풀썩거리니까 그 안에 있는 노동자들이 그 먼지를 고스란히 마시는 것이다. 일반 가정집에서 빨래감을 세탁해서 말린 후 빨래를 개는 일을 할 때도 먼지가 제법 발생하는데 비좁은 공장 안에서 원단을 가위로 자르고 그걸 재봉질을 하는 과정에서 많이 발생하여 심지어 재봉틀 바늘구멍에서도 먼지가 나와서 노루발 앞에 먼지가 수북하게 쌓인다.[11] 게다가 재단한 봉제일감을 위층으로 올리는 과정과 재단사가 완성한 봉제일감을 아래층으로 던지는 과정에서도 먼지가 많이 나는데 그런 좋지 않은 실 먼지들을 전태일과 여공들이 입과 코로 들이마시며 일을 한 것이다. 얼마나 심하게 먼지가 떠도는지 유난히 눈썹이 기다랗게 난 사람은 눈썹 위에도 먼지가 수북이 앉기도 하는데 이런 식으로 두세 시간만 일을 하면 머리 위에도 먼지가 수북히 쌓인다.

하룻밤이 지나면 미싱 위에 쳐놓은 전깃줄에 먼지가 눈처럼 쌓였고, 점심을 싸 올 수 없어 굶는 시다도 많았지만 그나마 점심을 먹으려고 도시락 뚜껑을 열고 밥을 먹다보면 어느새 밥 위에 까맣게 먼지가 쌓이기도 했다. 그러다 보니 마스크를 쓰고 일을 해야 했으나 대부분 숨쉬기가 답답해서 그냥 일을 했고 그로 인해 코를 풀면 콧물과 먼지가 뭉쳐서 덩어리가 된 채로 떨어져 나왔다. 이런 악조건에서 15~18시간의 노동을 13~15살 어린 시다들과 여공들이 매일 하는 건 불가능한 일에 가깝다. 그리고 이런 악조건이 잘못된 것이라는 것을 당사자들도 어느 정도 알고 있었으나 그 누구도 개선하거나 바꾸려고 하지 않았던 것이다. 그러다 보니 어쩌다 화장실을 가면 어린 여공들이 쪼그리고 앉아 울고 있는 장면을 쉽게 목격할 수 있었다.[12] 얼마나 일이 힘들고 고달프면 화장실에 가서 울고 있었을까를 생각하면 그 착취가 얼마나 심각한지를 짐작할 수 있다. 그러나 이처럼 부당하고 열악한 환경에 처해도 어느 누구도 업주에게 항의할 수 없었다. 누군

---

11 KBS 1TV 다큐극장,「우리를 바꾼 청년 전태일」, 당시 평화시장 시다로 근무했던 김혜숙의 증언, 책임PD 조인석, 연출 박익찬. 2013.6.8. 방영.

12 KBS 1TV 다큐극장, 위와 같음.

가 나서서 문제를 제기하면 당장 해고당하기 일쑤였고 오히려 회사 분위기를 망친다며 다른 동료들의 눈총과 핀잔까지 들어야 했기 때문이다.

31장

삼총사 친구와의 우정과 공사판 막노동 시작
1969년 9월 13일~11월 14일 (2개월, 22세)

1. 김재철과의 논쟁과 우정

전태일은 평화시장에서 노동문제 때문에 동분서주하면서도 대구 청옥시절 삼총사 친구인 김재철(金在哲)과는 자주 왕래하며 심중의 이야기를 자주 털어놓았다. 태일은 막노동을 시작하기 직전인 1969년 9월 초 전농동에 살고 있는 재철이를 만나러 일부러 찾아갔다. 그날 밤 두 사람은 재철의 방에서 밤을 새워 가며 많은 이야기를 했다. 주로 평화시장의 노동여건 참상을 들려준 태일은 흐지부지되고 있는 바보회 모임에 총무를 맡아 줄 것을 재철에게 권유했다. 그러나 재철은 태일의 속셈을 알아차리고 한마디로 거절해 버렸다. 친구를 아끼고 위하는 마음에서 볼 때 노동문제에 깊이 관여하는 친구 태일의 태도가 몹시 못마땅했던 것이다. 그도 그럴 것이 태일은 5년 차에 해당하는 매우 인정받는 일류 재단 기술자였기 때문에 노동운동을 안 하면 편하게 잘 살 수 있고 돈도 많이 벌 수 있었다. 비록 노동운동 때문에 위험분자로 낙인찍혔지만 그동안 재단 일 하나만 큼은 평화시장에서도 자타가 인정하는 최고 기술자라는 것을 재철도 익히 잘 알고 있었기 때문이다. 이윽고 재철은 태일에게 차분한 어조로 조용히 타일렀다.

"태일아, 너는 재단사 월급이 얼마인데 그런 걸 마다하고 노동운동에 뛰어드는 것이냐? 너는 직장에서 시키는 대로 조용히 재단사 노릇이나 하고 지내면 앞으로 편하게 식구들하고 잘 살아갈 텐데 왜 바보같이 꼭 그런 위험하고 복잡한 일을 나서서 하려고 하냐? 나는 다른 일이라면 모를까 네가 부탁하는 그 일에는 절대 협조할 수가 없다."

7~8년 넘게 이어져 온 친구에 대한 진심 어린 우정에서 나온 말들이었다. 재철의 못마땅한 마음은 거기서 가라앉지 않았다.

"야, 전태일, 이제 스무 살 갓 넘은 우리 같이 어린 나이에 너처럼 최고 기술자로 대접받는 사람들이 어디 그리 흔한 줄 아냐? 그러니 그 노동운동 하는 것 좀 제발 때려치우고 돈 좀 많이 벌어서 쌍문동 집이나 번듯하게 짓거라. 다 쓰러져가는 토굴 속에 사는 너희 집이나 빨리 헐고 집이나 한 채 멋있게 잘 짓고 혼자 되신 네 어머니 잘 모시고 동생들 뒷바라지나 잘할 생각이나 좀 해라."

재철의 단호한 꾸짖음에 태일도 더 이상 어쩔 도리가 없었다. 재철은 친구 태일의 전문적인 미싱 실력과 재단 실력을 평소에도 익히 잘 알고 있었다. 어느 날 재철과 태일은 시내 백화점에 들렀다가 의류진열대에 걸려 있는 멋진 제품을 우연히 스치듯 쳐다본 적이 있었다. 이때 태일은 진열대에 걸려 있던 옷들을 바라보며 재철에게 한마디 던졌다.

"야, 재철아, 나도 저 옷을 그대로 만들 수 있다?! 내 실력을 한번 보여줄까?"

"정말로? 저렇게 고급스럽고 멋진 옷을 네가 정말 혼자서 직접 만들 수 있단 말야?"

"그럼 임마, 저건 사실 아무것도 아냐, 내가 금방 만들 수 있어."

태일은 그날 오후에 재철을 데리고 자신이 일하는 공장으로 가더니 미싱 앞에 앉아 방금 백화점에서 본 제품 옷을 그대로 모방하기 시작했다. 이 광경을 목격한 재철은 전태일의 재단 실력에 혀를 내두를 수밖에 없었다. 태일의 실력은 제품을 모방하는 정도가 아니었다. 본래의 원형에서 디자인을 약간 변형해서 원본 제품보다 오히려 더 멋지게 작품을 만들어내는 수준이었다. 그것도 메모지와 줄자를 동원해서 치수를 재거나 메모를한 것도 아닌 상태에서 슬쩍 눈썰미로만 잠시 살펴본 후에 머릿속으로 기억해 감각적으로 만들어낸 것이다. 재철은 친구 태일이 일사천리로 옷을 만들어내는 솜씨를 보고 탄성을 자아냈다.[1] 그때의 일을 떠올리던 재철의 불만 사항은 단 하나였다. "그런 실력을 지닌 일류 재단사가 무엇이 부족해서 그토록 힘들고 남이 알아주지 않는 노동운동에 관여해서 고생을 자초하느냐?"는 것이었다.

이처럼 그 날 밤, 전태일과 김채철의 논쟁은 밤이 새도록 그칠 줄을 몰랐다. "나이 어린 여공들과 미싱사들이 기계처럼 인간 이하의 대접을 받으며 혹사당하는 것을 외면할 수 없다"는 친구 전태일의 주장과 친구의 안정적인 미래를 위해서 진심 어린 조언을 하는 친구 재철의 불꽃 튀는 논쟁은 밤하늘의 별들만큼이나 번쩍였다. 그리고 그날 이후로 전태일과 김재철은 서먹서먹한 관계가 되어 더 이상 만날 수 가 없었다. 막노동을 마친 전태일이 바로 삼각산수도원의 공사현장으로 올라가 5개월간의 노동봉사를 하였고 하산한 이후에는 삼동회를 조직해 투쟁한 끝에 분신 항거를

---

1 김재철, 「저자와의 인터뷰 증언」, 2006.6.9.

했기 때문에 시간적으로도 더 이상 재철과의 만남은 불가능했다. 결국 그 날 밤 두 친구의 만남은 이 땅에서 마지막 만남이 되고 말았다.[2]

2. 공사판 막노동을 시작하다
— 1969년 9월 13일~11월 4일

1969년 9월 중순 어느 날이었다. 새벽기도를 다녀온 어머니를 보며 전태일은 그날따라 유달리 점심에 먹을 도시락을 싸 달라며 보챘다. 이미 평화시장에서 해고당한 전태일은 어머니를 안심시키기 위해서 일부러 그런 것이었다. 며칠 전에 새로운 일자리를 다시 잡았다며 어머니를 속인 것이다. 그러나 소선은 주변 사람들로부터 아들의 노동운동에 대해서 전해 들은 이야기가 있어서 내색은 안 하고 있었으나 이미 태일이가 직장을 잃은 실업자라는 것을 잘 알고 있던 터였다. 이소선은 시치미를 떼고 물어보았다.

"그래, 새로 잡은 직장은 다닐만하더냐?"

"네, 다닐만해요. 엄마."

그러자 이소선은 사람들에게 전해 들은 이야기들을 사실대로 말했다.

"너 요즘 평화시장에서 노동운동 하러 다닌다는 얘기를 사람들한테 들어서 다 알고 있다."

이소선이 퉁명스럽게 말하자 전태일은 쑥스러운지 아침 식사도 거른 채 아무 말 없이 슬그머니 집을 나섰다. 그날 저녁 막노동에서 일을 마치고 돌아온 아들에게 소선은 다시금 아들을 추궁하기 시작했다. 어색해하던 전태일은 그동안 숨겨왔던 이야기들을 마침내 어머니에게 모두 털어놓기 시작했다. 노동운동을 한다는 이유로 업주들이 자신을 위험한 인물

---

2 위와 같음.

로 낙인찍어 한동안은 재단 일을 하기가 힘들게 되자 몰래 막노동을 다니고 있다는 것이었다.

　순간 이소선은 자신이 처녀 시절에 정신대를 끌려가던 당시를 떠올렸다. 정신대 대신 방직공장으로 끌려간 그 날부터 힘센 장정들이나 할 수 있는 막노동을 처녀의 몸으로 힘들게 혹사당했던 일이 주마등처럼 지나갔다. 그때부터 막노동이라는 것이 얼마나 힘들고 고달픈 것인가를 뼈저리게 체득한 그녀로서는 아들 태일의 말을 듣자 속이 답답하고 가슴이 멍해지는 것을 느꼈다. 이제는 더 이상 내려갈 데가 없을 정도로 한없이 추락하는 것만 같았다. 평생 가난하게 살다 보니 자식들에게 물질적으로 풍요롭게 베풀며 키우지는 못했어도 이다음에 성공해서 잘되기를 바라는 마음은 갖고 있었으나 현실은 갈수록 절망적이었다. 남편도 없는 상황에서 장남 태일을 은근히 기대하며 살아왔는데 "끝내는 공사판 막벌이 인생으로 끝나는 모양이구나"라는 생각이 들자 이소선은 이내 마음이 괴로웠다. 3

3. 공사판에서도 약자의 편을 들다
　　— 1969년 9월 13~11월 14일

　전태일은 어머니와 공사판에 다니는 이야기를 나누는 중에도 약한 사람을 돌봐주는 이야기가 나오면 입에 침을 튀겨가며 흥분한 어조로 말했다.

　"엄마, 이번 주간에는 동대문에 있는 상가건물 공사판에서 일을 하고 있는데 오늘 낮에는 못 볼 것을 봤지 뭐에요. 자갈 짐통을 져 나르는 사십 대 아저씨 한 사람이 저하고 같이 짐통을 지고 사다리를 올라가다가 그만 그 아저씨가 갑자기 배가 고파 그런지 다리를 힘없이 바들바들 떨며 휘청

---

3 조영래, 『전태일 평전』, 187.

공사장에 막노동하러
다닐 때 전태일의 모습
(우측)

거리고 서 있는 것을 옆에서 쳐다봤어요. 그 순간 나도 덩달아서 그 아저
씨와 함께 바닥으로 떨어질 것만 같아서 정신이 아찔해지고… 아주 혼났
습니다."

아저씨가 그토록 맥없이 일을 하게 된 이유는 노임이 제대로 안 나와
먹을 것을 제대로 먹지 못하고 일에 대한 의욕도 상실해서 그렇게 됐다는
것이 태일의 항변이었다.

"그 아저씨는 도저히 그 상태로는 일할 기운이 없어서 내일은 공사판
에 나올 수가 없으니 다음에 다시 만나자고 그러는데 정말 딱해서 못 보겠
어요. 그래서 제가 내일은 현장 책임자에게 말해서 그 아저씨 밀린 임금을
꼭 받아줘야겠어요."

이소선은 아들 태일의 그런 태도가 한편으로는 기특했다.[4] 언제나 남
의 고통을 당사자들보다 더 먼저 이해하고 배려하려는 착한 심성을 가진
태일을 보며 부끄럽지 않게 키운 것을 흐뭇해했다. 땀에 절어 냄새나는 작
업복과 요즘 들어 핏기없이 비쩍 야윈 얼굴을 보니 이소선의 가슴 한편이
저리듯 아파졌다. 그런 몰골을 하고 다니면서도 주제넘게 자기보다 못한

---

4 이소선, 「저자와의 인터뷰 증언」, 2006.8.11.

사람을 도와주겠다며 동정하는 모습을 보고 있자니 이소선은 아픔보다 오히려 코웃음이 먼저 터져 나왔다.

"엄마, 제가 그 아저씨한테 그랬어요. 아저씨 제가 내일은 틀림없이 밀린 임금을 어떻게 하든 받아드릴 테니 힘내시고 내일도 꼭 나오세요."

이소선은 그 말이 떨어지기 무섭게 태일에게 다그쳤다.

"태일아, 너 공사판에 가서도 노동운동 하다가, 거기서도 쫓겨나면 그 다음엔 어쩌라고 그러냐?"

그 말을 듣자 태일도 덩달아서 피식 웃었다. 이튿날 밤이 되었다. 그날도 태일은 공사판에 다녀오느라고 축 늘어져 힘없이 돌아왔다. 피곤할 텐데도 어머니를 붙들고 그 날 있었던 일들을 소상히 말해주던 태일은 어제 말했던 그 아저씨의 밀린 임금문제가 잘 해결됐다며 상기된 표정이었다.

"엄마, 참, 돈이라는 것이 좋기는 좋은가 봐요. 사람을 살렸다가 죽였다가 하니 말예요. 그 아저씨는 돈을 받기 전까지 어깨에 힘이 빠진 채 축 늘어져 있더니 돈을 손에 받고 나니 얼굴에 화색이 돌면서 갑자기 어디서 힘이 솟는지 그 무거운 짐통을 메고 날아가듯이 계단을 오르내리던데요?"[5]

점심시간에 그 아저씨를 대동하고 현장 책임자에게 찾아가서 밀린 임금 5천 원을 요구하며 딱한 사정 이야기를 해주니 책임자가 주머니에서 3,700원을 꺼내주며 우선 급한 대로 이것이라도 받아 두라며 친절히 대하더라는 것이었다. 등산을 하다 보면 정상에 다다를수록 한 길 높이가 천리 같이 느껴지듯이, 벽돌과 자갈 짐통을 등에 지고 건축 공사현장을 오르내릴 때마다 작은 체구의 전태일은 계단 하나가 마치 천 개처럼 힘겹게 느껴졌을 것이다. 그런 숨 가쁜 상황에서도 전태일은 자신의 한계에 머무르지 않고 타인을 돌아보며 그들의 아픔을 먼저 헤아렸던 것이다.

---

5 조영래, 위의 책, 188.

4. 삼총사 친구 정원섭에게 편지 형식의 자기고백서를 쓰다
— 1979년 9월 30일

1) 편지 형식의 자기 고백서를 쓰다

전태일이 1969년 9월 30일 무렵에 작성한 '원섭에게 보내는 편지'[6]는 평화시장의 노동운동이 실효를 거두지 못한 데다 실직 상태를 맞아 깊은 좌절에 빠지는 과정에서 옛날 삼총사 친구 중 한 명이던 정원섭(鄭元燮)이라는 친구에게 쓴 편지 형식의 자기고백서이다. 두 달간 막노동을 할 때 일과를 마치고 집으로 돌아와 기록한 글이다. 우선 이 편지 내용이 놀라운 것은 사실적 표현에 기초한 탁월한 문장력과 현실감을 기초로 내면의 심리를 우정의 관점에서 방대하게 서술했기 때문이다. 실제 자신의 경험을 토대로 번민 속에서 우러나온 솔직한 글쓰기라는 점과 오랫동안 많은 양의 독서를 했던 비결일 것이다. 편지에서 그는 대구 청옥학교 시절의 친구인 정원섭을 수신자로 정해 놓고 글을 작성했으나 실제로 원섭에게 우편물로 보내려는 일상적인 서신편지가 아니라 자신이 말하고 싶은 가슴속의 답답함과 내면의 이야기를 친구에게 고백한 글이다.[7] 집에서 칩거하며 재기를 꿈꾸는 도중에도 언제나 노동운동 문제를 떠올리며 난관을 어떻게 헤쳐 나갈 것인가를 몸부림치며 고민한 글이다.

---

6 전태일, 『친필 수기』, CD사본 2, 10-19.
7 실록의 저자는 인터뷰 과정에서 이 편지의 수신자인 정원섭 씨에게 전태일의 자필 편지 복사본과 그것을 다시 정서한 편지 내용을 36년 만에 전달하였다. 남미와 미국 등지를 오가며 살고 있는 정원섭은 2천년대 초반까지 이 편지의 존재를 모르고 있다가 실록 집필과정에서 저자를 통해 처음으로 알게 되었다.

2) 편지 서문

원섭아 내가 너에게 편지를 쓴다.

이 얼마나 중대하고 이상한 현상이고 평범한 사실이냐? 너는 내가 아는 친구. 나는 니가 아는 태일이. 지극히 상대적인 실지로구나. 왜 펜을 잡게 되는 것인지 확실한 것은 모르겠다. 그러나 속이 답답하고 무엇인가 누구에게 말하지 않고는 못 견딜 심정이기에 쓰고 있는 것 같구나. 서울에 와서 5년이란 세월이 지난 지금 너에게 할 말이 너무나 없다. 그러나 너무 많아서 그런지 모르겠다. 현실적으로 애통한 것을 너에게 심적으로 위로를 받으려고 이렇게 펜대를 할퀴는 것이다. 누구에게 겨누어서 할퀴는 것은 아니다. 이렇게 착잡한 심정을 어느 누구에게 나누어 주어야 한단 말인가? 불행히도 너는 나의 친구. 내가 괴로움을 당하고 있으니까 너는 나의 친구이니까 정이라는 점을 통해 너에게 답답하고 괴로운 심정을 보이는 거다. 너도 괴롭겠지만 보지 않을 수 없을걸세. 어쩌면 좀 잔인한 것 같지만 내가 지나온 길을 자네를 동반하고 또 다시 지나지 않으면 고갈한 내 심정을 조금이라도 적실 수 없을 것 같네. 내가 앞장을 설테니 뒤따라 오게.

×××

3) 공사판에 일하러 가는 첫날 아침 풍경

나는 한 보름 전에, 그러니까 9월 15일경에 공사판에 품팔이를 갔었다네. 자네에게는 좀 이상하게 곧이 안 들리겠지만 어쩔 수 없는 사실이었네. 그날은 날씨도 오늘처럼 침울하고 마음처럼 답답했네. 엷은 잿빛 구름은 온 하늘을 바둑판처럼 넓은 호수에 얼음이 녹는 것 같이 덮고 있었으니까! 그 전날 마음에 다짐을 해서 그런지 아침 5시 40분에 이부자리를 걷어치워

버렸어. 정말 기적에 가까운 일이었다. 내가 이런 시간에 기상을 했다는 것은 백과사전을 다 두둘겨 봐도 없는 기정사실일세. 우리 집안 식구들은 이런 나의 행동을 이해할 수가 없다는 표정일세. 이상하지만 그저 두고 보자는 것일 거야. 곧 칫솔질을 하고 세수를 하고 낡은 작업복 바지를 꺼내 입고 팔꿈치가 보이는 검정 와이셔츠를 바지춤으로 집어넣고 허리띠를 불끈 매었네. 불과 십 분도 안 걸렸을 걸세. 어머니께서 아무 말씀이 없으신 것이 아무래도 이상하네. 꼭 말씀을 하실 것인데 한마디의 말씀도 없이 밥상이 들어왔네. 이것 또한 이해할 수 없는 일일세. 나는 지금 어머니께서 무슨 말씀이든지 먼저 하시면 그것을 서두로 해서 오늘 아침의 나의 행동에 관해, 그리고 앞으로 있을 일에 대해 자초지종을 설명하고 이해를 구하려고 벼르고 있었지만 식사를 다 마칠 때까지 내 방엔 두문불출이시니 조용히 식사는 끝났고 아침 해는 머리를 조금 내밀었네. 아무 말 없이 집을 왔네. 6시 20분이었네. 왜 그랬을까? 아무래도 이상하네. 어머니 행동이 마음에 걸려 땅만 내려다보면서 버스 정류장까지 왔네. 아 그렇다. 자학이다. 지독히 못난 행동이다. 내가 얼마나 못난 철없는 바보였던가. 장사 광주리를 이고 그 만원 버스를 타려고 안간힘을 다하시는 어떤 부인을 보고 그만 나 자신 나를 책망하지 않을 수 없었네.

봐라. 얼마나 정직한, 충실한, 거짓이 없는 생존경쟁의 한 인간이냐? 불쌍하다 면 곧 잡터를 닦을 자리에 집을 짓는 개미보다 더 가엾고, 밉다면 지금 당장이라 도 목을 졸라 죽여 버리고 싶네. 미웁고 불쌍하니까 어쩔 수 없는 것일까? 아무튼 이런 어질고 꾸밈없이 현실 그대로를 알몸뚱이로, 하나도 놓칠세라 있는 힘을 다해 약한 자기와 불쌍한 자기 분신을 위해 강한 이상을 동원하여 팔과 허리 사이에 오리발의 물갈퀴처럼 벌리고 가시투성이 있고 얼음처럼 찬, 바위같이 무거운 냉철한 현실을 그대로 받아들이는 어떤 어머니. 왜 저런 헌신적인 인간을, 사람을 내가 정신적으로나마 학대해야 된단 말이냐.

나는 오늘 아침 분명히 어머니를 정신적으로 학대한 걸세. 그리고 나를 학대한 걸세. 어머니께서는 내가 공사장에 삽질을 하러 간다는 것을 알고 계셨거든. 약한 내가 그런 일을 한 번도 해본 일이 없는 자기의 소중한 전체의 일부가, 오늘 뜨거운 태양 아래 비지땀을 흘려야 한다. 신체적으로 약하고 자존심이 강한 내가 하루를 무사히 넘길지, 정신적으로 얼마나 상처를 많이 당할 것인가를 생각하신 것일세. 어미의 그런 심정을 자식은 알지 못하고 모든 부조리한 현실을 자식은 어미의 책임인 양 학대했던 거야. 무언으로 책임을 추궁했던 거야. 대답을 못하게 해 놓고 대답을 아니 한다고 자신에게 냉소했지. 언제나 그랬듯이 언제나 그렇구나. 무슨 잘못이 있단 말이냐? 현실이 나를 보고 외면하고 냉소한다고 나도 현실과 같은 패가 되어 나를 조롱하는구나. 조롱과 냉소가 지긋지긋하고 너무 답답했어. 잠시나마 본 나를 밑에 놓고 감정의 나는 같이 비죽거렸어. 콩나물시루 같다고들 흔히 말하지, 버스는 고무풍선처럼 자꾸 늘어났고 머리가 긴 화려한 산소와 모자를 쓴 산소, 형형색색의 산소들은 철판과 유리로 된 벽을 힘껏 밀었다. 조금이라도 더 크게 늘리려고. 드디어 하나 둘 비명소리를 내기 시작했다. 자기의 존재를, 지금 당하고 있는 형편을 알아 달라고 거의 뭇 동물과 같은 소리를 내는 것이다. 그렇지만 그것을 누가 알아준단 말이야. 어찌하란 말인지, 내가 탄 버스엔 2백 명은 탄 것 같네. 벌써부터 땀이 나고 공기가 희박하여 숨이 막힐 지경이다. 뭇 짐승보다 천대를 받는 인간들. 그것도 인간이 만든 자에게 말이다. 앞에 젖소가 트럭에 실려 간다. 다섯 마리를 칸막이를 해서 실었다.

4) 공사 현장 도착

우습지, 원섭아. 악몽 같은 40분이 지나고 현장엘 도착했지. 인부들이 나와 있었다. 늙은이가 넷, 중년 남자가 십여 명이 되었고 나같이 젊은 사람은 셋이었네. 두 사람은 다 헌출한 키에 머리는 대학생 타입이고 얼굴은 더욱 학생 티를 내게 하는 애송이 청년이었어. 일이 시작되었네. 나는 삽을 하나 배당 받았지. 손잡이에 종이 상표도 안 떨어진, 끝이 둥글고 뾰족한 어느 공사판에서나 볼 수 있는 삽이야. 십 오륙 명이 다 같은 목적을 가지고 파내다가 중단한 장차 지하실이 될 곳을 향해 아나방을 밟고 내려갔다. 내가 집에서 생각하는 것처럼 조그마한 두려움이라든지, 또 수치감이라든지 하는 것 조금도 없었어. 오늘 처음 왔건만 누구 하나 간섭이나 주의를 주는 사람도 없었지. 무엇을 물어 보는 사람도 없었고, 나라는 존재를 인식하는 사람도 없었고, 그저 묵묵하게 오늘 하루를 어떻게 견딜 것인가를 생각을 하는 것 같애. 무슨 회사나 공장 같으면 최소한 이름은 물어 볼 걸세. 물어 오는 게 뭔가. 아는 체도 않네. 이상한 지경일세. 원래 노동판은 다 그런가 싶네. 밑바닥을 파 흙을 위로 올리는 작업일세. 나는 뚱뚱한 중년 남자와 같이 마주 보고 삽질을 했지. 꽤 우스운 일이 있네. 반 시간이 되기도 전에 이마에 땀이 났고 손바닥이 후끈거리거든. 그런데 우스운 일이 있네. 나와 마주 보고 삽질을 하던 그 배가 사장 배 이상으로 앞으로 처지고 키는 1.7미터나 될 사람이 어디서 얻어 쓴 건지 기름에 절은 운전수 모자를 쓰고 바지는 군복 바지에 흰 고무신을 신었네. 런닝셔츠는 구멍이 마치 벌집처럼 뚫렸던 것을 입고 오른손엔 목장갑을 끼었는데 손가락은 다섯 개가 다 나오고 손바닥만 장갑구실을 하는 것일세. 얼굴은 일을 할 때나 쉴 때나 꼭 마도로스가 지평선을 바라보는 그런 표정일세. 그저 무의하게 사물을 판단하지 않고 사는 사람 같애. 삽질을 하나 점심을 먹나 시종 무관일세. 만약에 그 기름에 저린 운전수 모자를 벗겨 버린다면 그 사람은 당장에 그 자리에서 쓰러져 바보가 되지 않으면 죽어버릴 것 같네. 육체의 맨 위인 머리에서 거해 감독하고 그 사람을 속세의 사람과 같이 만들어 버렸어. 지금 현재 삽질을 하고 있으니까 말일세. 사실 그 사람이 삽질을 하고 있는 것이 아닐세. 그 때에

공사판 막노동하던 시기에 같이 노동하던 친구와 함께한 전태일(좌측).

긴 모자가 하고 있는 걸세.

5) 공사장의 배고픈 오후 시간과 퇴근

얼마나 위로해야 나의 전체의 일부냐? 얼마나 불쌍한 현실의 패자냐? 얼마나 몸서리치는 사회의 한 색깔이냐? 그렇다. 저주받아야 할 불합리한 현실이 쓰다 버린 쪽박이다. 쪽박을 쓰기 시작했으면 끝까지 부서지지 않게 잘 쓰던지, 아니면 아예 쓰지를 말던지, 이것도 아니고 저것도 아닌 그저 무자비하게 사회는 자기의 하나를 위해 이 어질고 착한, 반항하지 못하는, 마도로스 모자를 쓴 한 인간을 아니, 저희들의 전체의 일부를 메마른 길바닥 위에 아무렇게나 내던져 버렸다. 이 가엾은 인간은 처음 얼마간은 뜨거운 길바닥에서 정신을 못 차리고 얼마를 지나고, 또 정신을 차리고 얼마간은 시간을 보내고 또 의지와 자존심으로 얼마를 보내고 마침내 금이 간 쪽박은 뜨거운 열기에 물기가 증발되고 말자 비뚤어져서 두 쪽이 난다. 그중 한 쪽은 자진해서 쓰레기통에 기어 들어가 눈을 감고 죽어 버렸다. 어떻게든지 떨어져 나간 한쪽은 다시 물기를 빨아들여 비뚤어졌던 육체를 다시 펴고 어떻게 하면 또 다시 그 전체 속에 뭉쳐 보기를 희망하는 것일 거야. 그런데 내 앞에 선 이 반쪽은 희망하는 것이 아니라 떨어져 나간 반쪽을 생각하는 것 같애. 지난 날의 그 많은 양의 물을 옮기던 그 반쪽을 말일세. 나도 예외는 아닐세. 그렇지만 나는 그 속에 뭉치기를 희망하지 않고 그 뭉친 덩어리 전부 분해해 버리겠네. 오늘 나는 여기서 내일 하루를 구하고 내일 하루는 분해하는 방법을 연구할 것일세. 방법이란 여러 가지가 있겠지만 특히 나는 그 덩어리를 자진해서 풀어지게, 그들의 호흡기관 입구에서 향을 피울 걸세. 한번 냄새를 맡고부터 영원히 뭉칠 생각을 아니하는 그런 아름다운 색깔의 향을 말일세. 그렇게 되면 사회는 덩어리가 존재할 수 없기 때문에 또한 부스러기란 말이 존재하지 않을 걸세. 어떤가. 서로가 다 용해되어 있는 상태. 인간은 아직도 그릇 밖을 자진해서 걸어나가지는 않을 걸세.

배가 고프기 시작일세. 아직 일이 끝나려면 서너 시간은 있어야겠는데 배 속에 아무것도 없는 것 같고 머릿속이 텅 비어 있네. 확실히 노동은 건강에 좋은가 보네. 내가 배가 고픈 것을 느끼고 있으니 말일세. 그 운전수 모자를 쓴 사람은 나보다 몹시 더 시장한가 보다. 벌써 두 번이나 수도꼭지에 입을 대고도 시원찮은지 담배를 꺼내 피우기를 서너 번. 그래도 무엇이 부족한지 십장을 쳐다본다. 서너 삽 뜨고 또 쳐다본다. 왜 그렇게 쳐다보는지 처음에는 궁금했으나 나의 궁금증을 풀어 주기나 하듯이 십장이 간식을 가지고 오는 것이 아닌가! 아… 얼마나 반가운 물질이냐? 십 원짜리 삼립빵 두 개 정말 꿀맛 같다. 두 개만 더 있었으면 얼마나 만족할까? 너무 시장했으므로 코끼리에 비스케트 정도밖에 욕구를 못 채웠다. 오후 다섯 시. 아… 얼마만 더 지나면 집에 갈 수 있겠구나. 빨리 가고 싶다. 그 보기 싫던 열무김치라도, 이십 년을 하루같이 나를 대하던 그 구수한 흰밥을 마음껏 욕심을 내어 먹어 보라. 이런 공상을 하면서 하던 것을 하고 있었네. 손바닥은 부르터서 피가 나오고 허리는 아파서 펴지를 못하겠네. 얼마 있지 않으면 7시가 되겠지. 자넨 내가 왜 이런 짓을 했는지 모르겠지. 정말 나도 이런 짓을 하리라고는 생각 못하였네. 오늘 하루를 무사히 넘겨서 나는 그저 내일을 위해 오늘을 빨리 넘기려는 생각밖에 없었네. 아침에 생각으로는 말일세. 버스를 타고 집까지 온 것은 오후 8시 10분 가량 되었네. 집에 도착하자 녹초가 되었네. 그래서 무지하게 맛도 음미할 겨를도 없이 밥 한 그릇과 국 한 그릇을 삽시간에 때려 뉘여 버렸지. 그리고 곧 잠자리를 정하고 자버렸거든.

6) 자신이 재단사로 일하던 한미사의 참상을 공개하다

자넨 내가 삼 년 전부터 제품계통의 재단사인 줄은 잘 알 걸세. 그리고 묻지 않는 자네의 그 침착한 성격을 잘 안다네. 지금쯤은 한참 골똘하게 생각을 하고 있겠지. 애써 생각하지는 말게. 내가 서서히 실토할 테니까! 들어보게. 이런 현실 속에서 떨어져 나온 나일세. 내가 일하던 공장은 종업원이 30명쯤 되는 어린아이들 잠바를 만드는 곳이었다네. 지금은 가을 잠바를 만들지만 조금 있으면 동복용으로 잠바 속에다 털을 넣고 스폰지를 넣을걸세. 종업원 대부분이 여자로서 평균 연령 19~20세 정도가 미싱을 하는 사람들이고, 14~18세가 시다를 하는 사람들일세. 보통 아침 출근은 8시 반 정도, 퇴근은 오후 10시부터 11시 반 사이일세. 어떤가? 너무 지루하다고 생각하지 않나. 여기에 문제가 있네. 시간을 따져보세 하루에 몇 시간인가? 1일 14시간일세. 어떻게 어린 시다공들이 이런 장시간을 견뎌내겠는가? 연령이 많은 미싱공 들도 마찬가지일세. 남자들보다 신체적으로나 정신적으로 약한 여공들이, 더구나 재봉일이라면 모든 노동 중에서 제일 고된 노동일세. 정신과 육체를 조금이라도 분리시키면 작업이 안되네. 공사판 인부들은 육체적 힘을 요구하고 사무원은 정신적 노동을 요구하지만 재봉사들은 양자를 다 요구하거든.

그 많은 먼지 속에서 하루 14시간의 작업을 마치고 집으로 돌아가는 노동자들의 모습은 너무나 애처롭네. 아무리 부한 환경에서 거부당한 사람들이지만 이 사람들도 체력의 한계가 있는 인간이 아닌가? 원섭아! 나는 재단사로서 이 사람들과 눈만 뜨면 같이 지내거든. 정말 여간 고역이 아니야. 이제 겨우 열네 살이 된 어린 아이가 아침부터 퇴근시간까지 그 힘에 겨운 작업량을 빨리 제시간에 못해서 상관인 재봉사들에게 꾸중을 듣고, 점심시간이면 싸가지고 온 도시락을 먹는데 코끼리 비스킷을 먹는 정도의 양밖에 안될 거야. 부잣집 자녀들 같으면 집에서 아버지 어머니 앞에서 한창 재롱이나 떨 나이에, 생존경쟁이라는 없어도 될 악마는 이 어린 동심에게 너무나 가혹한 매질을 하고 있네.

원섭에게 보낸 편지 내용은 비로소 모두 멈췄다. 그러나 태일이 자신도 이 편지를 쓴 동기를 "왜 펜을 잡게 되는지 확실한 것은 모르겠다. 그러나 속이 답답하고 무엇인가 누구에게 말하지 않고는 못 견딜 심정이기에 쓰고 있는 것 같구나"라고 적었듯 누군가에게 자신의 답답한 심정과 꽉 막힌 하소연을 털어놓고 싶었던 것이다. 그리고 친구 원섭에게 "그 많은 먼지 속에서 하루 14시간의 작업을 마치고 집으로 돌아가는 노동자들의 모습은 너무나 애처롭네"라며 자신의 경험을 생생히 묘사했다. 삼총사이기 때문에 어떤 친구가 더 좋고 어떤 친구가 덜 좋다는 구분은 없으나 평소 과묵했던 원섭이를 지정해서 이 글을 쓴 것이다. 자신의 일기장에도 "원섭이 성격은 잔잔하고 입이 무거운 편이고 웬만한 일이면 절대로 입을 안 여는, 아주 친구로서는 A급에 속하는 친구다. 거기에 반해 재철은 노래도 잘 부르며 그 홀쭉한 허리를 흔들면서 어색하지 않은 몸짓과 한참 유행하는 맘보춤을 춘다고 여학생의 마후라를 빌려 쓰고 웃길 때는 정말 배가 아프고 눈물이 날 정도로 성격이 명랑한 아이다. 나는 아마 재철과 원섭과의 중간 성격이라면 그런대로 어울릴 그런 행동을 했다"라며 두 친구의 성격을 묘사했던 적이 있었다.

그리고 얼마 후 "사랑하는 친우여, 받아 읽어주게'라는 구절로 시작하는 마지막 유서에서도 전태일은 삼총사 친구들과 함께 다정히 앉아 테이블에서 대화하기를 원했다. "그대들이 아는, 그대 영역의 일부인 나, 그대들의 앉은 좌석에 보이지 않게 참석했네. 미안하네. 용서하게. 테이블 중간에 나의 좌석을 마련하여주게. 원섭과 재철의 중간이면 더욱 좋겠네. 좌석을 마련했으면 내 말을 들어주게." 두 친구의 중간에 앉아서 이미 시공을 뛰어넘는 영혼이 된 자신의 말을 좀 들어 달라고 애원조로 말했다. 물질과 권력의 횡포에 구애받지 않는 세상을 꿈꾸고 있는 자신의 이야기를 친구들에게 들어 달라고 고백하면서 스스로 못다 굴린 덩이를 친구들에게 맡기고 떠나는 것을 미안해했다. 이 편지의 수신자인 정원섭은 2000년대 초반까지 이 편지의 존재를 모르고 있다가 저자가 이 책의 집필을 위해 인터뷰하는 과정에서 전태일이 자신에게 남긴 편지의 존재를 처음 알게 되었다.

5. 그대 금전대(金錢袋)의 부피를

바로 위에서 보듯 원섭에게 보내는 편지는 상당히 장문이었다. 편지글을 마친 전태일은 그와는 별도로 아래의 글을 1969년 11월 말경에 작성했다. 당시 평화시장의 모순과 위선을 이미 뼈저리게 느끼고 있었을 때였다. 어린 시절을 회상하며 부산 영도다리 아래서 먹을 것을 찾아 바닷물에 뛰어들었다가 실수로 익사 직전의 수난을 겪은 이야기를 언급한 후 작성한 단상이다.

내가 보는 세상은, 내가 아는 나의 직장, 나의 행위는 분명히 인간 본질을 헤치는 하나의 비평화적, 비인간적 행위이다. 하나의 인간이 하나의 인간을 비인간적인 관계로 상대함을 말한다. 아무리 피고용인이지만 고용인과 같은 가치적 동등한 인간임에 추호의 차이도 없기 때문이다. 인간을 물질화하는 세대, 인간적 문제이다. 한 인간이 인간으로서 인간적인 모든 것을 박탈당하고 있는 무시무시한 세대에서 나는 절대로 어떠한 불의와도 타협하지 않을 것이며 동시에 어떠한 불의도 묵과하지 않고 주목하고 가치를, 희망과 윤리를, 아니면 그대 금전대의 부피를.[8]

어찌 된 영문인지 일기장의 단상을 적은 앞의 두 장이 날카로운 면도날에 잘려나간 상태였다. 이 글을 작성할 당시는 막노동 생활을 마무리하려던 무렵이었다. 단상의 내용을 보면 전태일은 자본주의 체제하의 노동력이라는 특수한 상품에 대해 고민한 흔적이 역력하다. 태일의 단상은 일찍이 "노동자는 자신의 노동력을 판매하는 것이지 자기 자신을 판매하는 것이 아니다"라고 강조한 알프레드 마샬[9]의 주장을 떠올리게 한다. 노동자들은 원래 자신의 노동력을 판매할 때 노동자 자신이 그곳에 가서 노동력을 제공하지 않으면 안 된다는 특징을 지니고 있다. 그러니까 노동력과 노동자는 분리될 수가 없다. 바로 이 점 때문에 노동자가 판매하는 것은 '노동력'이지만 노동자 스스로 사용자의 지휘와 감독하에 생산 작업을 하지 않을 수 없기 때문에 법률적으로는 노사가 대등한 관계로 설정되어 있으나 현실에서는 사실상 지배와 복종 관계가 되기 쉽다.

노동력이라는 상품은 여느 상품들과는 다르게 사용 여부에 관계없이

8 전태일·전태일기념사업회 엮음, 『내 죽음을 헛되이 마라』, 35.
9 Alfred Marshall(1842.7.26~1924.7.13.): 현대 주류경제학파인 신고전학파의 시초이자 미시경제학의 창시자이다. 경제학의 두 갈래인 미시경제학과 거시경제학의 상당수 이론이 그에게서부터 출발했으며 세계적인 경제학자 케인즈의 스승이다.

시간의 경과와 함께 자동적으로 소모되는 약점을 지니고 있기 때문에 노동자는 노사관계에서 불리한 입장에 있어야 하고 노동력이라는 상품이 지닌 특성 때문에 노사관계에서 항상 대등성을 견지하기가 어렵게 된다. 현대 자본주의 사회는 대다수의 노동자가 자신의 노동도구 즉 생산수단의 소유와 벗어나 있다는 점과 노동력이라는 상품 자체가 불리한 특성을 가진 관계로 인해 마치 노예제도 사회와 같이 자신의 노동이 온전히 자신의 것이 아니라 다른 사람을 위해서 불균형적으로 소모되고 있다는 것을 전태일은 호소하고 있다.

전태일은 평화시장 봉제공장 시다로 일한 얼마 후 재단사가 되어 시다들을 부리며 자기 기술을 팔아 웬만큼 먹고 살 수 있는 안정적인 위치가 되었다. 그러나 전태일은 그러기에는 너무나 예민한 사람이었다. 자신의 일기장에 "언제부터인지 모르지만 감정에는 약한 편입니다. 조금만 불쌍한 사람을 보아도 마음이 언짢아 그날 기분은 우울한 편입니다. 내 자신이 너무 그런 환경들을 속속들이 알고 있기 때문인 것 같습니다"라고 썼다. 그리고 어느 날 결핵 3기의 한 여공이 작업 도중에 피를 토하며 쓰러졌다. 창문도 없는 닭장 같은 공장에서 열댓 시간 재봉틀을 돌리다 얻은 직업병이었지만 그 일은 그 이름 없는 소녀가 해고되는 것으로 간단히 마무리됐다. 그러니 전태일이 볼 때 도무지 그 현실을 인정할 수가 없었던 것이다.

그리고 전태일은 말한다. "노동자들도 한 사람 한 사람 모두가 고귀한 인간이다. 그러나 이 시대는 천부적으로 부여받은 노동자들의 인간적인 권리를 아무렇지도 않게 박탈하는 무시무시한 세상이 되고 말았다. 그러나 나는 이런 인간성을 말살하는 그 어떠한 불의와도 타협하지 않을 것이며 동시에 여러분들이 지향하는 가치와 희망과 윤리, 혹은 그것이 아니라면 당신들의 금전대의 부피를 주목하면서 그 어떤 불의도 묵과하지 않을 것이다"라는 확고함으로 자신의 단상 내용을 마무리했다. 전태일이 주목한 "금전대의 부피"란 인간을 물질화하는 자본주의 사회에서 살아가며 금전지상주의, 물질만능주의로 변모하는 인간의 본질적인 욕망을 지칭하고 있다. 어쩌면 전태일은 오늘날의 우리들에게 "희망과 윤리"는 "금전대의 부피"와 동일한 것이 아니라고 항변하고 있을 수도 있다. 자본과 노동 사이는 물론 노동과 노동 사이에도 온갖 성벽이 견고하게 둘러쳐 있고 각기 저마다의 성곽에서는 양보와 희생을 용납하지 않고 손에 쥔 것들을 죽을지언정 절대 놓지 않으려 하고 있다. "인간을 필요로 하는 모든 인간들이여. 그대들은 무엇부터 생각하는가? 인간의 가치를 희망과 윤리를? 아니면 그대 금전대의 부피를?"이라고 전태일이 되물을 때 자신 있게 대답할 수 있는 사람은 얼마나 될까?

32장

평화시장의 젊은 베르테르가 되다

1969년 10월 (22세)

1. 젊은 베르테르의 슬픔과 전태일의 슬픔

평화시장에서 위험분자로 낙인찍힌 전태일은 한동안 실의에 빠지며 실업자가 되었으나 곧 마음을 추스르고 그런 기회를 활용해 오히려 많은 문학작품들을 섭렵하였다. 특히 소설에 대해 남다른 관심과 재능을 지니고 있었던 문학청년이었던 그는 어느 때부터인가 소설가의 꿈을 키우기 시작했다. 그의 대학 노트에 기록된 모든 수기 내용들과 소설 초안들을 살펴보면 그것들에서 나타나는 한 가지 중요한 단서가 확연히 드러난다. 전태일을 문학작가라고 가정했을 경우 작가 정신의 모체가 될 수 있는 근거들이 그의 수기장 곳곳에서 발견된다. 그것은 다름 아닌 괴테의 소설 <젊은 베르테르의 슬픔>이다. 전태일은 마치 그 같은 사실을 증명이라도 하듯 1969년 9월경부터 쓰기 시작한 자신의 수기 맨 첫 장에 <젊은 베르테르

의 슬픔>의 첫머리 일부를 가득히 옮겨 놓았다.[10] 이어서 그다음 장에는 놀랍게도 유서[11]가 한 페이지 가득 작성되어 있는데 이는 전태일이 써 놓은 최초의 유서였던 셈이다.

유서 내용을 읽어보면 소설 속 주인공 베르테르의 슬픔과 전태일의 유서와의 상관관계를 충분히 파악할 수 있다. 전태일은 <젊은 베르테르의 슬픔>[12] 내용 중에 일부를 자신의 노트에 인용할 때 소설 원본에 등장하는 편지 발송 일자 5월 10일, 5월 4일, 6월 16일을 각각 일부분만 아래와 같이 자신의 일기장에 옮겨 놓았다.[13]

희한한 상쾌감이 마음에 꽉 차 있네. 그렇지, 말하자면 달콤한 봄날의 아침나절같이 나는 온 마음을 함빡 쏟아져 이 상쾌감을 음미하며 즐기고 있네. 나는 이렇게 홀로이 살면서, 마치 나 같은 사람을 위해서 만들어진 것 같은 이 지방에서 즐거운 생활을 보내고 있는 것일세. 나는 행복하이. 고요한 현재의 생활의 정서 속에 푹 잠기어 버리고 말았네. 그 때문에 제작은 조금도 없어. 지금 같아서는 그림은 통 한 장도 못 그릴 것 같네. 그러나 이러고 있는 지금의 이 경지보다도 더 한층 위대한 화가가 되어 본 일은 지금까지 단 한 번도 나에게는 없어. 그리운 벗이여, 사람의 마음이란 참으로 이상한 것일세. 그렇게 까지 좋아하면서 헤어질 줄을 모르던 자네와 헤어져 버린 것이 지금에 와서는 오히려 즐거운 마음이 들거든, 자네는 섭섭하게 생각하겠지. 그렇지만 자네는 나를 용서하여 주리라 믿네.

×××

---

10 전태일, 『친필 수기』, CD 사본 2, 3.
11 전태일, 위의 책, 4.
12 요한 볼프강 폰 괴테 지음/ 도희서 옮김, 『젊은 베르테르의 슬픔』 (태동출판사, 2002).
13 특이할 만한 내용은 5월 4일 편지와 5월 10일 편지 순서를 뒤바꿔서 인용한 것을 아래와 같이 확인할 수가 있다.

하루는 이 지방 젊은 사람들이 무도회를 개최한 일이 있는데 거기에 나도
참석하게 되었네. 처녀들과 같이 마차를 타고 가는 도중에 S. 샤를롯테라는
처녀를 같이 데리고 가기로 되었네.
-JW 꿰에테[1749~1833년]
『젊은 베르테르의 슬픔』[요한 볼프강 꿰에테].14

전태일의 정신세계와 문학정신을 이해하기 위해서는 반드시 괴테가
저술한 <젊은 베르테르의 슬픔>이라는 작품의 줄거리15를 파악해야만 한
다. 전태일이 작성한 주옥같은 자필 수기들은 소설 속에 나오는 베르테르
가 구사하는 구어체와 형식이 거의 흡사함을 발견할 수 있다. 1774년에 간
행된 서간체 형식의 <젊은 베르테르의 슬픔>이 출간된 지 200년이라는
세월이 흘러 어느 덧 1969년 가을이 되었다. 한국의 청계천 평화시장에서
노동자로 일하던 전태일이라는 청년은 200년 전에 살았던 유럽의 보통 문
학청년들처럼 소설 속 베르테르라는 인물에 매료되었다. 그리고 그 소설
은 전태일로 하여금 행동하는 문학청년이 되는 발단과 원동력이 되기에
충분했다. 그리고 전태일은 자신의 실제 삶 속에서도 소설 속의 인물인 베
르테르의 영향을 받은 흔적이 곳곳에 엿보였으며 자신의 운명의 그 날이
점점 가까워지면서 베르테르의 모습이 전태일에게 더욱 확연히 드러나고

---

14 전태일, 『친필 수기』, CD 사본 2, 3.

15 〈젊은 베르테르의 슬픔〉(Die Leiden des jungen Werthers)은 괴테(Johan Wolfgang
von Goethe)가 젊은 나이에 문학적 정열과 생생한 삶의 체험을 바탕으로 집필한 최초의
독일 문학작품으로 전 세계적으로 가장 많은 독자를 가지고 있다. 그 작품은 실제로 '케슈
트너'라는 괴테 친구의 약혼녀인 '샤를로테 부프'에 대한 괴테 자신의 실연 체험과, 라이프
치히 대학교에서 함께 공부하던 '예루잘렘'이라는 학우가 유부녀에게 실연을 당해 자살한
실제 사건(1772.10.30)을 소재로 하여 쓴 작품이다. 괴테는 그 책에서 시대와의 단절로
고민하는 청년의 모습을 사실적으로 묘사함으로써 당시 독일 문학에 새로운 바람을 일으
켰다.

잠시 틈을 내 회사 동료들과 남산에서 즐거운 한 때를 보내는 전태일(맨 좌측).

있었다.

1967년 2월 22일 자 그의 일기를 보면 "현실을 모르는 소설 따위의 형용 인물에게 동경하다니 도대체 무엇이 무엇인지 구분할 수 없구나!"라는 고백이 나온다. 이는 전태일이 평화시장에 처음으로 취직한 1965년 8월 말부터 시작해서 1969말까지 여러 편의 시와 소설 등의 문학작품을 섭렵하고 그 작품들의 영향을 강하게 받아 온 것을 확인할 수가 있다. 1969년에는 대학노트에 직접 소설 집필 작업에 들어갔다. 방대한 분량의 노트에 수록된 전태일의 육필수기를 살펴보면 먼저 정원섭에게 써놓은 편지 형식의 자기고백서, 박정희 대통령과 근로감독관에게 써놓은 편지 형식의 진정서 등이 수록되어 있다. 또 다른 수기에는 소설 속 베르테르의 서신형식을 고스란히 취하고 있는 글이 있고 이어서 소설 형식의 자기고백서 초안, 유명시 인용, 자작 단상문 들을 연이어 작성했으며 서울 용두동에서 첫 가출할 때부터 19세에 평화시장 한미사의 재단사가 되기까지의 회상

수기 등 여러 장르의 수기를 연속적으로 기록했다. 무엇보다 <젊은 베르테르의 슬픔>은 전태일의 습작과 문학정신의 바탕이 되었음을 확인할 수 있다. 그러면 전태일의 마음을 사로잡은 젊은 베르테르라는 소설 속의 여주인공 샤를로테에 대해 알아보자.

2. 전태일의 샤를로테(Charlotte)와 빌헬름은 누구인가

결론부터 말하자면 전태일의 진정한 샤를로테는 평화시장의 고통 받는 어린 여공들이었다. 소설 속 주인공 베르테르가 샤를로테(Charlotte)라는 여성을 진정으로 사랑했던 것처럼 전태일이 실제 흠모했던 대상이 누구인가를 찾아 비교하는 것은 매우 흥미 있고 중요한 일이다. 전태일이 평생 살아오는 과정에서 흠모했던 여성은 두 명이었다. 먼저 전태일이 유일하게 "행복했던 시절"이라고 자부하던 것이 대구 학창시절인데, 그것은 대구 청옥고등공민학교에 다니던 때 16세의 김예옥이라는 여학생을 마음속으로 연정을 품었던 데서 기인한다. 그가 분신 항거하기 사흘 전 직접 대구로 내려가 마음속으로나마 흠모하던 김예옥을 만나 처음이자 마지막 데이트를 하고 서울로 올라 왔을 정도였다.[16] 전태일의 두 번째 여성은 19세가 되던 청년기에 자신이 재단사로 일했던 평화시장 한미사 사장의 처제인 오금희라는 연상의 여성이었다. 특히 오금희에 대한 전태일의 연민은 그 어떤 아름다운 사랑 이야기보다 더 애절했다. 그러나 그녀를 향한 전태일의 흠모와 짝사랑에도 불구하고 결국 이루어질 수 없는 사랑으로 흐지부지 끝나고 말았다. 전태일은 그의 일기와 수기에 오금희와의 실연의 아픔과 사랑의 고백을 구구절절이 기록해 놓았다. 이때만 해도 전태일의 샤를로

16 김예옥, 「저자와의 인터뷰 증언」, 2006.9.27.

테는 바로 오금희였다. 그러나 평화시장의 참혹한 노동여건을 본격적으로 겪은 후로는 전태일의 사랑은 김예옥이나 오금희를 뛰어넘는다.

그가 평화시장의 노동을 겪고 나 이후에 진정으로 사랑하는 샤를로테는 오직 평화시장의 어린 여공들과 정원섭과 김재철과 같은 노동자 친구들이었다. 전태일이 수기를 작성하면서 보여준 일관된 시각은 자신과 주인공 베르테르를 동일시한 것이다. <젊은 베르테르의 슬픔>이라는 작품은 약 1년 8개월 동안에 자신의 주변에서 발생한 사건들을 괴테가 한데 모아서 소설 작품으로 쓴 것이다. 작가 괴테는 주인공 시점에서 일인칭으로 서술해 나가는데, 주인공은 자신의 감성을 이해해줄 수 있는 수신인이 필요했기 때문에 그의 편지는 언제나 "나"로부터 시작하고 있다. 이는 편지를 받게 될 수신자인 "너"를 항상 전제로 하고 있다는 것을 의미한다. 전태일 역시 자신의 마음속에 있는 슬픈 연가를 누군가인 "너"에게 항상 진솔하게 털어놓거나 의논하고 싶었던 것이다. 그래서 베르테르의 편지가 고독 그 자체인 "나"로부터 출발하면서 항상 누군가와 대화를 나누고 싶어 하는 베르테르의 이중적인 감정의 표현인 것처럼 전태일도 그런 빌헬름이 필요했다. 일반적으로 자신이 느끼는 고독이나 권태, 고민과 같은 감정을 솔직하게 털어놓고자 할 때 어떤 상대를 선택하게 되는 것처럼 베르테르 역시 빌헬름을 수신자로 선택한 것처럼 전태일도 빌헬름이 필요했던 것이다.

3. 소설 속 베르테르와 전태일이 쓴 세 편의 유서들

베르테르가 구사하는 구어체는 전태일이 수기장들에 남겨 놓은 전체 문장에 흐르고 있는 호소력 있는 구어체와 맥을 같이하며 거의 유사한 통일성을 유지하는 것을 볼 수 있다. 전태일은 베르테르가 비극적으로 운명하는 장면을 감명깊게 읽었고 그 결과를 수기 첫 페이지에 베르테르의 글로 인용한 후에 곧바로 다음 페이지에 최초의 유서 "친구여 나를 아는 모든 나여, 부탁이 있네"를 한 페이지 가득 작성[17]했다. 전태일이 인용한 후반부의 일부 내용을 살펴보면 베르테르가 죽음을 결단하는 장면과 죽음을 미리 준비하며 쓴 전태일의 유서와 흡사한 흐름을 발견할 수 있다. 다음은 <젊은 베르테르의 슬픔>의 한 대목이다.

> (중략) 11시 지나서 주위는 적막 속에 잠겨 있습니다. 그리고 내 마음도 평온합니다. 하나님, 이 최후의 순간에 이런 열정과 힘을 저에게 주신 것을 감사드립니다. (중략) 이토록 냉정하게, 이토록 두려움 없이 죽음의 철문을 두드릴 수가 있다니! 로테! 나는 될 수만 있다면 당신을 위해 목숨을 버리고, 당신을 위해 이 몸을 바치는 행복을 누리고 싶었습니다. 당신의 생활에 평화와 환희를 되찾게 할 수만 있다면, 나는 씩씩하게, 기꺼이 죽어 가리라 생각했습니다.[18]

이어서 베르테르는 자기 한 사람의 죽음이 주변 친구들에게는 새로운 생명의 불길이 타오르게 하는 것이라며 마침내 자신을 행해 방아쇠를 당긴다. 마치 전태일의 죽음을 떠올리게 하는 대목이다.

> 그러나 아아, 가까운 사람들을 위해 피를 흘리고, 그 죽음으로써 친구들의 마음속에 새로운 생명의 불길이 타오르게 한다는 것은 극소수의 숭고한 사람들만이 할 수 있는 일이었습니다. (중략) 탄환은 재어 놓았습니다. 시계가 12시를 칩니다. 그럼 로테, 잘 있어요! 잘 있어요![19]

---

17 전태일, 『친필 수기』, CD 사본 2, 4.
18 괴테/ 도희서 옮김, 『젊은 베르테르의 슬픔』.

이처럼 전태일이 노트에 작성한 모든 수기에 나타난 대화체와 서간문 형식에는 이처럼 <젊은 베르테르의 슬픔>의 소설 원작이 영향을 끼쳤으며 글의 전개와 흐름도 유사한 맥을 이 흐르고 있다. 전태일의 모든 수기에서 발견된 유서는 총 세 편이다. 시차를 두고 1년 동안 연속으로 남긴 전태일의 주옥같은 유서들은 모두 서간체 형식을 띠고 있다. 아래는 전태일이 남긴 세 편의 유서 형식의 글들을 전태일이 작성한 순서대로 수록했다.

1) **첫 번째 유서**(1969.9.)

친구여 나를 아는 모든 나여. 부탁이 있네.

나를, 지금 이 순간에 나를, 영원히 기억해 주기 바라네.

그러면 뇌성 번개가 천지를 무너뜨려도

하늘이 바닥이 빠져도 나는 두렵지 않을걸세.

그 순간 무엇이 두려워야 된단 말인가. 두려워서야 될 말인가.

도리어 평온해야 될 걸세. 조금이라도 두려움을 가진다면 나는 나를 버릴걸세.

완전한 형태의 안정을 구하네. 순간, 그 순간만이 중요한 거야.

그 순간이 지나면 그 후론 거짓이 존재하지 않네.

그 후론 아주 안전한 완성된 白일세.

그 순간은 향기를 발하는 백합의 오후였다고 이야기를 나누게.

그리고 내 자리는 항상 마련하여 주게. 부탁일세. 테이블 중간이면 더욱 만족하겠네.

그럼 이만 작별을 고하네. 안녕하게.

아. 너는 나의 나다. 친구여 만족하네. 안녕.20

---

19 괴테, 위의 책.

20 전태일, 『친필 수기』, CD 사본 2, 4.

2) 두 번째 유서(1970.4.)

사랑하는 친우여, 받아 읽어주게.

친구여 나를 아는 모든 나여

나를 모르는 모든 나여

부탁이 있네. 나를, 지금 이 순간의 나를 영원히 잊지말아 주게

그리고 바라네. 그대들 소중한 추억의 서재에 간직하여 주게

뇌성 번개가 이 작은 육신을 태우고 꺾어 버린다고 해도 하늘이 나에게만

꺼져 내려온다 해도 그대 소중한 추억이 간직된 나는 조금도 두렵지 않을

걸세

그대들이 아는, 그대 영역의 일부인 나.

그대들의 앉은 좌석에 보이지 않게 참석해서 미안하네. 용서하게

테이블 중간에 나의 좌석을 마련하여 주게 원섭이와 재철이 중간이면 좋겠네

그대들이 아는, 그대들의 전체의 일부인 나. 힘에 겨워 힘에 겨워

굴리다 다 못 굴린 그리고 또 굴려야 할 덩이를

나의 나인 그대들에게 맡긴 채 잠시 다니러 간다네.

잠시 쉬러 간다네.

어쩌면 반지의 무게와 총칼의 질타에 구애되지 않을지도 모르는,

않기를 바라는 이 순간 이후의 세계에서 내 생애 다 못 굴린

덩이를, 덩이를 목적지까지 굴리려 하네. 이 순간 이후의 세계에서

또다시 추방당한다 하더라도

굴리는 데, 굴리는 데 도울 수만 있다면, 이룰 수만 있다면.[21]

---

21 전태일, 『친필 수기』, CD 사본 7, 74.

3) 세 번째 유서(1970.8.9.)

이 결단을 두고 얼마나 오랜 시간을 망설이고 괴로워했던가?

지금 이 시각 완전에 가까운 결단을 내렸다.

나는 돌아가야 한다. 꼭 돌아가야 한다.

불쌍한 내 형제 곁으로, 내 마음의 고향으로,

내 이상(理想)의 전부인 평화시장의 어린 동심 곁으로.

생(生)을 두고 맹세한 내가,

그 많은 시간과 공상속에서,

내가 돌보지 않으면 아니 될 나약한 생명체들.

나를 버리고, 나를 죽이고 가마.

조금만 참고 견디어라.

너희들의 곁을 떠나지 않기 위하여 나약한 나를 다 바치마.

너희들은 내 마음의 고향이로다….

오늘은 토요일. 8월 둘째 토요일.

내 마음에 결단을 내린 이 날.

무고한 생명체들이 시들고 있는 이 때에

한 방울의 이슬이 되기 위하여 발버둥치오니

하나님, 긍휼과 자비를 베풀어 주시옵소서.

-1970.8.9.[22]

전태일의 유서는 베르테르적 체험의 시적 구체화였으며 전태일의 죽음은 사회적, 정치적 영역으로 크고 넓게 퍼져나갔다. 베르테르의 죽음이

---

22 전태일·전태일기념사업회 엮음, 『내 죽음을 헛되이 말라』, 172-173.

마침내 유럽 전역에 유행처럼 퍼졌듯, 전태일의 유서와 분신 항거가 주는 상징성으로부터 대한민국은 자유로울 수 없었기 때문에 1980~1990년 대 민주화를 위해 분신 항거한 많은 대학생들 또한 그런 범례에 따른 것이었다. 그래서 자유와 정의를 지키겠다는 전태일 후예들의 열망은 선언적 의미가 아니라 온몸을 투척하여 실현하겠다는 실천의지로 나타났고 이 고고한 양심의 결단으로부터 그 누구도 벗어날 수 없었다.

베르테르처럼 한 사람을 죽도록 사랑을 하는 것을 짝사랑이라 칭하며 사랑의 열병을 앓고 있다고도 말한다. 짝사랑은 절대적으로 순수하다는 것이 그 특징이고 인류는 그런 사랑을 가장 아름답고 숭고한 것으로 추상하고 있다. 결국 베르테르는 호신용 권총을 빌린 후 끝내 그 총으로 스스로 목숨을 끊는다. 죽음을 불사할 정도의 터무니없어 보이는 이런 사랑의 깊이와 넓이는 소름이 끼칠 정도로 감동적이다. 구구절절 애끓는 베르테르의 글들을 읽고 난 후 연이어 전태일의 전태일의 유서를 읽으면, 어느새 우리의 삶에서 사랑이 모든 부분을 차지한다는 사실을 깨닫는 것으로 결말을 짓게 된다.

4. 수기 속의 금언들과 단상들
─ 1969년 9월~12월

전태일은 1969년 가을부터 연말까지(정확히 1970년 1월 초까지) 자신의 수기에 주옥같은 금언들과 단상들을 많이 남겼다. 아래에 적은 금언과 단상들은 원본에 기록한 것을 순서대로 남김없이 수록했으며, 그 외에도 여러 단상들이 수기장에 더 기록되었으나 이미 여러 부분에서 인용한 내용은 중복을 피하기 위해 제외시켰다. 여기서 전태일은 이 단상들을 통해 이미 죽음에 대해 깊이 생각하며 언급하고 있던 것으로 확인할 수 있다.

1) 창작 금언

① 불공평한 분수에 공평이란 대수를.

② 처음의 작품인 코스모스와 마지막 작품인 국화는 동시에 피는 모순.

③ 인생이란 오늘보다 낫도록 노력하는 그것이 인생이다. 진리란 경험에 의한 양심의 소리다.

④ 도덕이란 현실의 덫이다. 나의 경우에 한하여 사랑이란 모든 무유형의 으뜸이다. 악을 뺀.23

⑤ 역시 언젠가는 나의 자존심도 그 향기를 잃고 말 것을, 가지를 꺾어서

⑥ 1970년 1월 7일, 나 태일은 서울특별시 남대문구에서 돌아다녔다.24

2) 수필적 단상들

① 죽음 그 자체를 감사해라

망고강산 유람할세 심신 산이 어디메뇨.25 천차만별 인생 무대는 웅장했지만 배우는 작았다. 인간은 백 가지 욕망을 가진다. 그렇지만 겨우 한두 가지를 달성하고 죽을 뿐이다. 죽음 그 자체를 증오하기 앞서 생 그 자체에 환멸을 느낀다. 생 그 자체에 환멸을 느낀다면 죽음 그 자체를 감사해라. 앙상한 가지마다 잎새는 매달렸지만 짓궂은 북풍은 앙칼지게 발버둥치는 매달림을 비웃는다.26

---

23 전태일, 『친필 수기』, CD 사본 2, 79.

24 위의 책, 81.

25 민요가수 김세레나의 노래가사 중 일부를 인용한 듯하다. "만고강산 유람할제 삼신산이 어디메뇨 죽장 짚고 풍월 실어 봉래산을 찾아갈제 서산에 해는 지고 월출동령 달이뜨니 어화 벗님네야 우리 님은 어디갔나 어화좋다 어화좋다 우리님을 찾아가자"(1절).

26 전태일, 위의 책, 81.

1969년 말 친구들과 카메라를 들고 남산을 구경하는 전태일.

② 가을이라는 친구

9월, 너는 가을이라는 친구와 변함없는 우정의 상대자. 9월, 너는 언제나 그랬듯이 넓은 들판을 거두어 내는 쓸쓸함을 일으키고 한적한 늙은 절엔 객이 밤잠을 못 이루겠고 달이 활짝이 웃는 초야엔 새끼 사슴이 어미를 찾는 합창소리가 애처롭구나. 모두 혼자만이 낙엽이라고. 이 나무아래 떨어진 낙엽은 가을의 발 아래에서 썩는구나. 나는 삼거리의 이정표처럼 누가 같이 가자고 하는 이가 없구나. 바람이 부나, 눈비가 오나 모든 것을 그대로 받아들여야 하는 나. 마음의 기둥을.[27]

③ 아네모네 같은 정신

여보세요. 생각할 수 없는 현재 속에 나라는 무능한 인간은 무척이나 많이 원망하였습니다. 물동이 이고 가는 너의 아름답고 아네모네 같은 너의 정신은

─────────────

27 위의 책, 9.

결코 헛된 결과를 낳지는 않겠지.[28]

④ 내가 취해야 할 가장 올바른 방향

과거가 불우했다고 지금 과거를 원망한다면 불우했던 과거는 영원히 너의
영역의 사생아가 되는 것이 아니냐? 현시점에서 내가, 인간 태일이가 취해야
할 가장 올바른 방향은 어떤 길이냐?
무릇 색상의 색은 배합. 어쩔 수 없는 과정.[29]

⑤ 나는 결코 투쟁하련다

올해와 같은 내년을 남기지 않기 위하여 나는 결코 투쟁하련다. 역사는
증명한다. 버스 간의 시비를, 차장의 인간미 넘치는 호소를, 말을 해 다오
내가 가야할 길을 가리켜 주오. 중간치기 좌석은 필요 없다. 마차의 마부를
원하오. 中央 全泰壹 國極: 昌品大學校
평화시장 주식회사. 빙글빙글 도는 의자 회전의자는 내 마음속에 있는 생각도
정리하지 못하는 내가 어찌하여 대망을 바라고 사회정화의 선구자가 될려고
한단 말이냐?[30]

⑥ 아름다운 것을 보았냐구요

아름다운 것을 보았냐구요. 네 보았습니다. 아름다움의 극치를 보았습니다.
토스트에프스키의 비개덩이[31] 중에서 프러시아군대 병사가 자기들의 점령
지역 안에 혼자 사는 노파의 밀린 빨래를 빨아 준다는 그 아주 형용할 수

---

28 위의 책, 87.
29 위와 같음.
30 위와 같음.
31 〈비곗덩어리〉는 도스토옙스키가 아니라 모파상의 작품이다.

없는 감정의 아름다움을 음미했습니다. 내 존경하는 친구여, 자네는 어떤 것이 가장 아름답다고 생각하십니까? 저보다 더 아름다운 것을 아신 일이 있으면 저에게도 나누어 주십시오. 저의 메마른 심령 위에 향기로운 기름을 부어주십시오. 그리고 속세에서 심한 생존 경쟁의 싸움터에서 휴식을 갈구하는 미약한 저에게 동심의 감화로 눈물을 가르쳐 주십시오. 저는 너무나 메말랐습니다. 너무나 외롭습니다. 저에게는 휘황찬란한 물질문명의 베일보다는 외딴 초가집의 끄으름이 끼는 등잔 밑에서 노할아버지의 고담이 더욱 좋습니다. 밤이 되면 형형색색의 네온싸인이 불야성을 이루고 자동차의 행렬이 불꽃성을 이루는 도시의 소음보다는 귀뚜라미 소리 단조로운 사랑방에 동네방네 친구들과 사랑의 토론이 얼마나 멋일까요. 친구여. 나는 그토록 많은 시간을 그토록 허무하게 보냈습니다.

베니스의 상인⋯ 비개덩이. 부활.[32]

⑦ 싸늘하게 미소해 오는 죽음

온 누리는 허옇게 덮은 초겨울의 싸리 눈은 차가운 대지 위를 더욱 차갑게 덮고 있구나.

짙은 녹색의 아기 소나무는 그 끈질긴 생명력을 과시하면서 차가운 북풍에 좀처럼 허리를 굽히려고 하지 않는군요. 김 군, 자네도 나도 인간임에는 틀림없는 것일까? 역시 삼단논법에 의해서 태일도 죽는 날이 한발 두발 다가오고 있는 것일세. 아무리 강인한 개성의 이념의 소유자라 하더라도 죽음이라는 탈피하지 못할 너울은 기어이 언젠가 나를 미소했을 것일세. 싸늘하게 미소해오는 죽음은 너와 나의 장벽을 걷어 버리고 찬 현실이지만은 순종해야 할 과정인가 보이. 아무리 화려한 생활의 연속이라도 감방 안에

---

32 위의 책, 83.

◀ 평화시장 공장에서 함께 일하는 동료들과 떠난 야유회. 좌측 선그라스를 낀 사람이 전태일.

▼ 평화시장 공장에서 함께 일하는 동료들과 떠난 야유회(뒷줄 좌측에서 세 번째)

간힌 죄수가 감방 벽의 차가운 돌담에 화려한 그림을 그려 놓고 자기 도취에 취한 꼴이라고 말하곤 하지, 아… 역시 인간이란 망망한 바다에 일편 연잎에 지나지 않는가 보이. 앞으로 가는 길이 어디며 가야 할 곳의 목적도 모르며 그저 주어진 운명에 순종하는 것만이 가장 현명한 방법일까? 경쾌로운 리듬이 뇌의 나변에서 아직도 사라지지 않는 젊은 피의 소유자인 인간. 내가 역시 화려하지도 못한 벽에 억지로 도취해야 된단 말인가. 아닐세. 나도 지금 무엇이 무엇을 시기 질투하는지 알지 못하고 세월의 흐름 속에 나를 던져 놓고 나는 마리화나의 몽롱한 감각 속에 처참한 피의 절규의 애끓는 선율 속에는 듬뿍 취해서 꾸부러진 혀는 만고강산을 찾을 세에. 아… 이태백이여 안녕.33

⑧ 약속한 가을은 기쁨을 동반하고

현실에 입각한 젊은 창공의 대기는 차게 물든 두 볼을 스치지만 하얀 입김이 차가운 대기에 흡수될 때 약한 인간은 자연의 오묘한 힘 앞에 천천히 머리를 숙이지 않을 수 없을 것인가. 왜 당치도 않는 말을 늘어 놓지 않을 수 없단 말인가. 저 혼자 가장 인도주의자인 척 빠른 입을 나불거리고 지금은 나 혼자만이 안일한 자리에 안도의 한숨을 쉬고 기회주의자의 본심을 혼자 다 털어놓고 우리나라 대한민국이라고 제주도의 화이트 빠꾸사같은 부르죠아는 기름기계에 집어넣은 불쌍한 샐러리[맨]들을 마구 조롱하고 큰 오락이라도 하는 것처럼 짜낸 샐러리[맨]의 기름을 흐뭇한 기분으로 주판질한다. 울면서 가지 마오. 내 사랑 울면서 불면서 가지 마오. 쓰라린 후회만이 가슴에 남기면서 약속한 가을은 기쁨을 동반하고, 어찌할 수 없는 현재를 세월의 전체 속에 일부러 떠나려 가게 하는 것은.34

---

33 전태일, 위의 책, 85.
34 위의 책, 86.

33장

소설 형식의 자기고백서를 집필하다

1969년 11월(22세)

이제 전태일은 자신이 오금희에 대한 사랑에 괴로워하면서도 시들어 가는 평화시장의 동료들과 어린 여공들에게 동정과 연민을 느끼며 그들을 하루빨리 고통에서 구출해 주어야 한다는 일념에 가득 차 있었다. 아울러 문학청년으로서 전태일은 평화시장 노동문제에 대해 자신이 품고 있던 모든 생각들을 소설이라는 장르를 통해 자기고백 형식으로 연이어 작성했다. 여기에 수록된 4편의 미완성 소설 초안들은 말 그대로 완성되지 않은 초안들이 대부분이다. 그 내용들을 살펴보면 약간 난해하거나 조악한 느낌마저 준다. 그러나 전태일로서는 자신의 경험과 고민을 소재로 해서 어떻게 하든 완성하려는 시도가 엿보였고 최선을 다해 소설 초안을 작성했다. 그러나 시간적인 제약과 소설 창작 경험 부족으로 인해 거의 초안 서두에서 모두 중단하는 것을 볼 수 있다.

또 이 시기에 완성된 소설 초안 1은 '가시밭길'이라는 제목인데 우리

1969년 말 친구들과 설경 속의 남산을 구경하는 전태일(가운데)

에게 잘 알려진 전태일의 소설 초안이다. 완성된 소설 초안 1은 <사랑이라
는 차가운 수갑>(1969.11)이라는 제목으로 다시 정리해 보았다. '준오와
정희의 다정한 데이트', '준오와 정희의 이별', '정희에게 보내는 준오의 편
지', '준오의 사망 관련 신문기사' 등 크게 4단원으로 나누어지는 이 소설
초안은 마치 자기 자신의 죽음을 예견이라도 하듯 섬뜩할 정도로 자신의
앞날을 내다봤다. 주인공 준오가 자살로 삶을 마감하는 것과 주인공의 주
검이 성모병원으로 옮겨지는 것과 주인공의 사인이 왜곡되는 것 등은 실
제로 전태일의 죽음 전후에 발생했던 실화들이었기 때문이다.

1. 미완성 소설 초안

1) 〈꿈이 이루어지는 순간〉(1969.11.)

구성

남자 19-24   A

남자 17-22   B의 험한 여로 속에 꿈이 이루어지는 순간,

5년 전 어쩔 수 없는 환경 속에 정신적으로 성숙하지 못한 시기에 저지른

죄과 때문에

절망과 자폭 속으로 인생의 밑바닥으로 떨어져 독백을 씹으며,

산다는 것에 환멸을 느끼고 인생을 흙탕물에 밟아 버리는 청춘,

사장도 지위도 황금도 모두 포기해야 했다.

그리고 끝내는 전쟁터의 이슬이 되어야 했다.

5년 전의 일로 인하여

너는 지금 하고 있는 일이 정말 정당한 대가인 줄 생각하나,

그것도 말도 안 되는 것이다.

아니야, 그것은 거기에다 비하면 십 분의 일도 안 되는 일이야.

그렇지만 어쩔 수 없어 길은 많아.

그렇지만 내가 걸을 수 있는 길은 한 군데도 없어. 나는 너무도 악인이야.

그래 여기에 내가 취할 수 있는 최대의 힘을 쓰는 거야.[35]

2) 〈평화시장 노동자가 된 어느 일본인 이야기〉(1969.11.)

일본의 정상적인 남성인 수(기)가

(그의) 생활의 괴로운 이력

(그는) 일본인이었기에 괴로움을 참았다. 과거의 죗값으로 인하여

그렇지만 (이제는) 같은 민족으로서 왜 참고 사느냐?

그는 노력이 인생의 전부는 아니라고 비난한다.

---

35 전태일, 『친필 수기』, CD 사본 5, 7.

그리고 모든 현실을 모욕한다.

모든 참도.

사랑하는 애인도 무엇이든지 전부다.

애인의 권유로 마음을 잡고 살려고

또다시 재출발.

그(후) 얼마 아니 가서 애인이 병으로 눕고 자기도 눕고

죽음을 며칠 앞두고 마지막 힘을 다해서 자기 친구에게 자기의 의사를 말하고

은행을 털어서 친구에게 맡기고 스스로 죽음을 택한다.

부디 성공하라고 19살의 나이로서 지독하게 무식했기 때문에 법을 몰랐다.

자기 조국의 죄를 몇 만 분의 일이라도 갚기 위하여 절름발이 한국 유학생을

사랑한다.

(결혼 후에는) 그리고 조국을 버리고 사랑하는 부모 형제도 이별하고 한국으로 (건너왔다).

한국에서 (그는) 가지고 온 재산은(을) 장인이 놀음과 방탕으로 다 써버리고

결국 평화시장의 일개 일꾼으로 (일하게 됐다) 그렇지만 그것은 생지옥을

구경하는 것 같았다.

12~13세밖에 안 된 아이가 아침 8시부터 밤 11시까지 무려 15시간을

중노동을 한다.

노동법은 있지만 실효를 거두지 못하고 평화시장 조합 내에선 그것을 미끼로

돈을 뜯어먹고

주인은 그것을 보충하려고 밤 11시까지 일을 시키고 결국 투쟁을 벌였지만

수기가 일본인이었기에

정부에선 미성년자를 가족에(게) 내어 보내면 처벌을 (안)한다고 하지만

미싱사들은 돈은 벌지만 속으로는 신경통, 폐병, 빈혈 등으로(고통당한다)

오락시설이 없기 때문에

남성에게???[36]

3) 〈죽엽산장의 결투〉

이번에 우연하게도 공교롭게 죽엽산장으로 휩쓸려 들어가

일대 결투가 벌어졌던 사건을 돌이켜 생각하면 통쾌하기 그지없는 일이었다.

비록 두 차례나 생명을 잃어버릴 아슬아슬하고 위태로운 고비를 넘기며

생사지경을 헤맸다.

그는 하지만 영남 독악 성사원과 그놈의 제자라는 백독작과

비세결을 거꾸러뜨려서 의형제를 맺었던 형 서오의 원한을 풀어주고 실무를

할 수 있었다는

사실을 생각하면 다년간 두 어깨에 무겁게 지고 다니던 큰 짐을 시원스럽게

내려놓은 것만 같았고

정신적으로 고민하던 가슴속도 속이 후련한 것만 같았다.[37]

4) 〈인정의 투쟁〉

기획 [아무개] 감독 [맹공신]

A. 비참했던 과거와

B. 현 나의 실정과

C. 사회의 실정과

36 전태일, 『친필 수기』, CD 사본 3, 8-9.

37 전태일, 『친필 수기』, CD 사본 5, 17.

D. 제품계통의 실정과

E. 인간적인 인정의 투쟁

F. 앞으로의 진로

G. 인정을 얻기 위한 간구

H. 인간은 불공평한 입자인가 공평한 입자인가.

불합리한 요소를 제외한 모든 문제는 즉시 빨간 잎새에 빨간 가지에 빨간 줄기는 용서하십시오. 저는 얼마나 고독을 사랑해 왔는지 정말 지루하고 침울한 세월들이었습니다. 무지몽매한 우리네 농촌민들은 불공평한 시, 촌간의 수지균형에 극심한 경제적 피해를 입고 있습니다. 무수히 많은 순간들은 시간이라는 유형의 너울 위에 많은 측의 물, $H2O$.

분리당한 너여 나는 환경이라는. 불러도 대답 없는 영희씨 죄송합니다. 저의 괴로운 심정을 아신다면 영희 씨께선 대답을 주실 줄 믿고 팬길을 더듬습니다. 저는 이성을 알지 못하는 바보가 아닙니다. 사랑하는 남여 간의 아름다운 연애를 부러워했습니다. 꽃이 피어야 씨가 생기는 법칙을 이해합니다. 그러나 저는 너무나도 외딴 불모지에 피어난 한 잎 잡초에 지나지 못합니다. 너무나 엄청난 이상의.[38]

---

38 전태일, 『친필 수기』, CD 사본 2, 78.

2. 완성된 소설 초안(<사랑이라는 차가운 수갑>, 1969.11.)

1) 준오와 정희의 다정한 데이트

"희야 사람들은 흔히들 자기는 불행의 표본이라고 생각하는 것 같애. 그렇지만 실제로는 불행한 사람은 극히 적어. 제일 불쌍한 사람은 어떤 사람일 것 같애?" "오빠?" 둘은 집 뒤의 낮은 동산에서 뒤뜰 꽃밭을 바라보고 앉은 모양이 싱그럽다. "내가 먼저 물었으니까 희야가 대답을 할 차례야." 바람이 제법 기운을 낸다. 아주까리 약한 허리를 꺾으려고 덤빈다. 키다리 해바라기는 머리가 무거워 큰 키를 굽혀 사정한다.

제발 화를 풀으시라고. 난쟁이 맨드라미는 해바라기 하는 꼴이 우스워서 못 참겠다는 표정이다. 웃지 않으려고 얼굴빛이 노오랗다. 해바라기 옆에선 코스모스는 허리가 휠까 봐 그 날씬한 허리를 심술꾸러기 가시철망에다 기댄다. 철망은 기다렸다는 듯이 갸날픈 허리를 휘어지게 끌어안는다. 질색을 하는 코스모스. 해바라기는 목이 아파 못 견디겠는지 노오란 눈물을 한 방울 두잎 날린다. "정말 불행한 사람은 난 수도원의 수녀라고 생각을 해요. 오빠?" "왜 수녀가 불행하다고 생각하지? 이상한데, 정희의 생각은." "수녀들은 외출도 마음대로 못하고 또 평생 혼자 살아야 되잖아요. 그러니까 불행하지 뭐에요. 남들처럼 고운 옷도 못 입어보고 여행도 못하고, 또." "또 뭐지?" "아니 뭐 말하라면 못 할줄 알고? 오빠같은 사람하고 데이트도 못하고 얼마나 불행하우." "하하. 이거 당했는데. 그만. 그만. 하하." "그럼 오빠 어떻게 생각해요? 이번엔 오빠가 하실 차례예요." "정희의 그 태도가 행복한 것이다. 이 순간 만은." "오빠 딴 말이유. 누가 행복을 말했나, 불행을 말했지. 이젠 건망증까지. 아유 속상해" 하면서 정희는 준오의 가슴팍을 꼬집을 기세다. 눈은 장난기가 넘치는 짙은 호수. "아 그랬든가, 하하. 그럼 내가 이야기하지. 아주 뿔이 보이는구나. 개미라면 더듬이같이 빨갛게 열을 내겠는데, 하하."

"정말 놀리시기에요. 요번엔 용서 없어요." 상아로 조각을 한 것 같은 조그만 주먹이 준오의 믿음직한 가슴을 향해 돌진한다. 눈을 감고 힘껏 때린 주먹. 뚝. "아이구 가슴이야." 준오는 가슴을 움켜잡고 뒹군다.

2) 준오와 정희의 이별

황금빛으로 퇴색하는 누런 잔디 위를 얼굴을 찡그리고 곧 죽은 시늉이다. 곧 잠잠해지는 준오. 거짓인 줄 알면서 어떻게 명연기인지 겁을 내는 정희. 개구리가 가시를 먹고 경련을 일으키는 것 같다. "오빠." 정희는 준오를 흔들어 일으키려고 한다. 그러나 꼼짝을 않는 준오.

"아, 나는 기절을 했어. 기절을 한 사람은 물을 먹어야 빨리 깨어나는 거야. 빨리." 그 말과 동시에 벌떡 상반신을 일으키면서 바로 얼굴 위에 정희의 얼굴을 쳐다본다. 아… 너는 너무나 순진했어. 너무 성스럽고 티 없는 너를 내가, 이 무기력한 인간 준오가 가시밭길 험한 풍랑과 마주쳐야 할 내가 너를 동반자로 만들려고 그러는구나. 사랑이라는 차가운 수갑으로 너와 나를 채우려고 하는구나. 그럴 수는 없다. 아… 속으로 자학을 하는 준오. 쳐다보고 내려다 보기를 이삼분, 그렇게 명랑하던 정희도 준오의 강하면서도 우수가 스쳐가는 검은 눈 속에 흡수되어 버렸다. 정희의 입술의 미각을 음미하려던 준오는 벌떡 일어섰다. '아, 내가 기어이 해서는 안 될 생각을 했구나. 언제나 타산이 없는 이해는 성립이 안 되는구나. 떠나자 떠나. 결코 남겨 놓을 수 없는 짐이다. 정희 용서해. 난 언젠가는 정희를 또 한번 찾아오마. 아… 정희야' 말없이 일어선 준오는 정신없는 사람처럼 방앗간 비탈길을 방향을 무각한 채 앞을 향해 뛰는 것이다. 마침 큰길가에 서울행 시외버스는 뿌얀 연막을

1969년 말 친구들과 함께 폭설이 내린 남산에 올라 독사진을 찍은 전태일

뽑으며 막 떠나려고 앞 차장이 문을 닫으려고 하는 찰나, 준오는 잽싸게 총알처럼 버스 승강구에 박혔다. 온 전신엔 땀이 줄줄 내린다. 까만색 가디마이엔 잔디의 짜뜨려기가 매달려 있다. "오라이." 차장의 발차 신호. 그제서야 방앗간 다리 위로 정희의 뛰어오는 모습이 보인다. 준오 씨를 제창하면서.

3) 정희에게 보내는 준오의 편지

정희. 얼마나 이 준오를 많이 원망하였소. 언제나 그랬듯이 정희는 나의 소중한 동생이야. 그 이상의 자격을 줄 수 없어. 역시 자격 부족일 거야. 그리고 너무 거리가 먼 미성이야. 아무리 가까운 거리에 있어도 손에 잡아보지 못할 신성한, 그리고 손때가 묻으면 안 될, 아니 묻히면 안 될 거룩한 보배였다. 값을 매길 수 없는 보배, 그렇지만 정희 너는 내가 아는 보배. 어떤 무엇이든지 값이 붙은 것은 아무리 거액이라도, 귀중한 것이라도 (이미) 가치를 상실한 거야, 값이 붙은 그 순간부터. 정희는 값을 붙이지 못하는 무형의 실재야.

내가 값을 어쩌구 운운하는 것부터 죄송하다. 그날 내가 정희 집에서 뛰지 않을 수 없었던 나를 너같이 이해해 줄 것으로 알며 끝내 준오를, 이 인간 준오를 정희 너의 마음에서 밀어내지 말아 줘. 최초의 부탁이면서 최후의 부탁이다. 언제나 그랬듯이 너의 보름달처럼 환한 미소가 나를 아는구나. 안녕히.

준오로부터.

×××

4) 준오의 사망 관련 신문 기사

그 우울한 낯을 내던 정희. 우수를 깐 짙은 호수는 방울방울 수정을 떨군다. 석간신문은 무릎 위에 핀 채로.

「동아일보」 ××년 ××월 ××일

법학도, 법 자체의 모순을 시정하지 못하자 법이 시정되기를 기도 자살. 서울특별시 관수동 25의 4호에 세 들어 자취를 하던 법대생 김준오 군. 오늘 아침 새벽 2시 50분쯤, 방에서 신음하던 것을 주인집에서 발견, 곧 성모병원에 급송되었으나 워낙 다량복용으로 아침 4시 50분에 숨졌다. 유족은 아무도 없었으며 책상엔 소녀의 초상화가 있었을 뿐이다. 김준오 군은 전쟁고아이면서도 학우들은 그가 고아인 것을 전혀 몰랐다고 한다. 언제나 명랑한 성격에 자존심이 강한 사람이라 구차한 형편을 몰랐다고 한다. 구멍이라는 것은 보도통제로 기사화하지 못한 것이 유감이다. 이중환 성모병원 원장의 말은 원래 심장병의 증세가 있었던 것으로 보인단 말씀이시다.[39]

---

[39] 전태일, 『친필 수기』, CD 사본 2, 5-8.

34장

박정희 대통령과 근로감독관에게 편지 형식의 진정서를 쓰다

1969년 11월 중순~12월 19일 (1개월, 22세)

전태일은 1969년 11월경 마침내 진정서를 작성한다. 평화시장 노동문제를 해결하기 위한 자신의 노력에는 더 이상 한계가 있음을 깨닫고 최고권력자인 대통령에게 탄원을 하듯 편지 형식의 진정서를 작성한 것이다. 편지 내용을 읽어보면 당시 벌어지고 있던 평화시장 노동현실에 대해 전태일이 얼마나 정확하게 파악하고 있는지를 확인할 수 있다. 분신 항거 직후 신문을 통해 세상에 공개된 편지는 결국 청와대의 박정희 대통령에게도 보고가 되었다. 당시 이승택 노동청장[40]의 증언에 의하면 이 편지를 비서실장이 읽어주자 박 대통령은 아무 말 없이 다 듣고 나서 "젊은 사람이 그래도 예절 하나는 바르구만"이라는 말 한마디를 툭 던졌다고 한다. 전

---

40 이승택, 「저자와의 인터뷰 증언」, 2005.3.21.

태일이 편지 서문 인사말과 후반부에서 마치 봉건시대의 제왕에게나 사용할 법한 극존칭 표현을 쓴 것 때문에 박 대통령이 그런 말을 한듯하다. 대통령에게 편지를 쓴 전태일은 한 달이 지난 후엔 근로감독관에게도 편지 형식의 진정서를 작성했다. 해결방안 모색에 대해 갈등하던 전태일은 자신의 목숨을 담보로 한 투쟁만이 유일한 해결책이라는 것을 자각했던 시기에 절박한 심정으로 이 두 개의 편지를 작성한 것이다.

1. 박정희 대통령에게 써 놓은 진정서
— 1969년 11월

존경하시는 대통령 각하

옥체 안녕하시옵니까? 저는 제품(의류) 계통에 종사하는 재단사입니다. 각하께선 저(희)들의 생명의 원천이십니다. 혁명 후 오늘날까지 저(희)들은 각하께서 이루신 모든 실제를 높이 존경합니다. 그리고 앞으로도 길이길이 존경할 겁[것]입니다. 삼선개헌에 관하여 저들이 알지 못하는 참으로 깊은 희생을 각하께선 마침내 행하심을 머리 숙여 음미합니다. 끝까지 인내와 현명하신 용기는 또 한 번 밝아오는 대한민국의 무거운 십자가를 국민들은 존경과 신뢰로 각하께 드릴 것입니다.

저는 서울특별시 성북구 쌍문동 208번지 2통 5반에 거주하는 22살 된 청년입니다. 직업은 의류계통의 재단사로서 5년의 경력을 가지고 있습니다. 저의 직장은 시내 동대문구 평화시장으로써 의류전문 계통으론 동양 최대를 자랑하는 것으로 종업원은 2만 여명이 됩니다. 큰 맘모스 건물 4동에 분류되어 작업을 합니다. 그러나 기업주가 여러분인 것이 문제입니다만 한 공장에 평균 30여명은 됩니다. 근로기준법에 해당되는 기업체임을 잘 압니다. 그러나 저희들은 근로기준법의 혜택을 조금도 못 받으며 더구나 2만 여명을 넘는 종업원의 90% 이상이 평균 연령 18세의 여성입니다. 기준법이 없다고 하더라도 인간으로써 어떻게 여자에게 하루 15시간의 작업을 강요합니까? 미싱사의 노동이라면 모든 노동 중에서 제일 힘든(정신적으로, 육체적으로) 노동으로 여성들은 견뎌내지 못합니다. 또한 2만여 명 중 40%를 차지하는 시다공들은 평균 연령 15세의 어린이들로써 육체적으로 정신적으로 성장기에 있는 이들은 회복할 수 없는 결정적이고 치명적인 타격인 것을 부인할 수 없습니다. 전부가 다 영세민의 자녀들로써 굶주림과 어려운 현실을 이기려고 하루에 90원 내지 100원의 급료를 받으며 하루 16시간의 작업을 합니다. 사회는 이 착하고 깨끗한 동심에게 너무나 모질고 메마른 면만을 보입니다. 저는 여기에서 각하께 간구하지 않을 수 없습니다. 저 착하디 착하고 깨끗한 동심들을 좀 더 상하기 전에 보호하십시오. 근로기준법에선 동심들의 보호를 성문화하였지만 왜 지키지를 못합니까? 발전도상국에 있는 국가들의 공통된 형태이겠지만 이 동심들이 자라면 사회는 과연 어떻게 되겠습니까? 근로기준법이란 우리나라의 법인 것을 잘 압니다. 우리들의 현실에 적당하게 만든 것이 곧 우리 법입니다. 잘 맞지 않을 때에는 맞게 입히려고 노력을 하여야 옳은 것으로 생각합니다. 그러나 현 기업주들은 어떠합니까? 마치 무슨 사치한 사치품인 양, 종업원들에겐 가까이 하여서는 안된다는 식입니다. 저는 피 끓는 청년으로서 이런 현실에 종사하는 재단사로서 도저히 참혹한 현실을 정신적으로 받아들이지 못합니다. 저의 좁은 생각 끝에 이런 사실을 고치기 위하여 보호기관인 노동청과 시청 내에 있는 근로감독관을 찾아가 구두로서 감독을 요구했습니다. 노동청에서 실태조사도 왔었습니다만 아무런 대책이 없습니다. 1개월에 첫 주와 삼주 이틀을 쉽니다. 이런 휴식으로선 아무리 강철같은 육체라도 곧 쇠퇴해 버립니다. 일반 공무원의 평균 근무시간 일주 45시간에 비해 15세의 어린 시다공들은 일주 98시간

의 고된 작업에 시달립니다. 또한 평균 20세의 숙련 여공들은 6년 전후의
경력자로서 대부분이 햇빛을 보지 못한 안질과 신경통, 신경성 위장병 환자입
니다. 호흡기관 장애로 또는 폐결핵으로 많은 숙련 여공들은 생활의 보람을
못 느끼는 것입니다. 응당 기준법에 의하여 기업주는 건강진단을 시켜야
함에도 불구하고 법을 기만합니다. 한 공장의 30여명 직공 중에서 겨우
2명이나 3명 정도를 평화시장주식회사가 지정하는 병원에서 형식상의 진단
을 마칩니다. X레이 촬영 시에는 필름도 없는 촬영을 하며 아무런 사후
지시나 대책이 없습니다. 1인당 3백원의 진단료를 기업주가 부담하기 때문
입니까? 아니면 전부가 건강하기 때문입니까? 나라의 경제 발전을 위해서는
어쩔 수 없는 실태입니까? 하루 속히 신체적으로 정신적으로 약한 여공들을
보호하십시오. 최소한 당사들의 건강에 영향을 끼치지 않는 정도로 만족할
순진한 동심들입니다. 각하께선 국부이십니다. 곧 저희들의 아버님이십니
다. 소자된 도리로서 아픈 곳을 알려 드립니다. 소자의 아픈 곳을 고쳐 주십시
오. 아픈 곳을 알리지도 않고 아버님을 원망한다면 도리에 틀린 일입니다.

저희들의 요구는

1일 14시간의 작업시간을 단축하십시오.
1일 10시간~12시간으로,
1개월 휴일 2일을 일요일마다 휴일로 쉬기를 희망합니다.
건강진단을 정확하게 하여 주십시오.
시다공의 수당 현 70원 내지 100원을 50% 이상 인상하십시오.
절대로 무리한 요구가 아님을 맹세합니다.
인간으로서의 최소한의 요구입니다.
기업주 측에서도 충분히 지킬 수 있는 사항입니다.[41]

박정희 대통령에게 써 놓은 편지의 전반부

박정희 대통령에게 써 놓은 편지의 후반부.

41 전태일, 『친필 수기』, CD 사본 2, 72-75.

2. 근로감독관에게 써 놓은 진정서
― 1969년 12월 19일

여러분

오늘날 여러분께서 안정된 기반 위에서 경제 번영을 이룬 것은 과연 어떤 층의 공로가 가장 컸다고 생각하십니까? 물론 여러분의 애써 이루신 상업기술의 결과라고 생각하시겠습니다마는 여기에는 숨은 희생이 있다는 것을 명심하셔야 합니다. 즉, 여러분들 자녀들의 힘이 큰 것입니다.

성장해 가는 여러분의 어린 자녀들은 하루 15시간의 고된 작업으로 경제발전을 위한 생산 계통에서 밑거름이 되어 왔습니다. 특히 의류 계통에서 종사하는 어린 여공들은 평균 연령이 18세입니다. 얼마나 사랑스러운 여러분들의 전체의 일부입니까? 가장 잘 가꾸어야 할, 가장 잘 보살펴야 할 시기입니다. 정신적으로 육체적으로 어느 면에서나 성장기의 제일 어려운 고비인 것입니다. 이런 순진하고 사랑스러운 동심들을 사회생활이라는 웅장한 무대는 가장 메마른 면과 비참한 곳만을 보여 주고 있습니다. 메마른 인정을 합리화시키는 기업주와 모든 생활 형식에서 인간적인 요소를 말살당하고 오직 고삐에 메인 금수처럼 주린 창자를 채우기 위하여 끌려다니고 있습니다. 곧 그렇게 하는 것이 현 사회에서 극심한 생존경쟁에서 승리한다고 가르칩니다. 기업주들은 어떠합니까?

아무리 많은 폭리를 취하고도 조그만한 양심의 가책을 느끼지 않습니다. 합법적이 아닌 생산공들의 피와 땀을 갈취합니다. 그런데 왜 현 사회는 그것을 알면서도 묵인하는지 저의 좁은 소견은 알지도 못합니다. 내심 존경하시는 근로감독관님. 이 모든 문제를 한시바삐 선처 있으시기를 바랍니다. 1969.12.19.[42]

근로감독관에게 써 놓은 편지 전문.

42 전태일, 『친필 수기』, CD 사본 2, 77.

35장

할리우드 키드 전태일, 충무로의 단역배우가 되다

1967년 2월~1970년 3월 (4년, 20~23세)

1. 동시상영 극장에서 영화 관람하기를 좋아하는 전태일

전태일은 1967년도 새해에 접어들어 구정 무렵부터는 하루도 빼놓지 않고 일기를 꼼꼼히 기록했다. 한 가지 특이한 사실은 그가 쓴 일기 내용에는 영화 관람과 관련된 이야기가 몇 차례 수록되어 있다는 사실이다. 유난히 바쁘고 힘들게 노동을 하는 가운데도 방대한 양의 독서를 즐겼으며 그의 지적 호기심과 열정은 극장에서 상영되는 영화에까지 확대된다. 영화의 매력에 빠져 있는 헐리우드 키드(Hollywood Kid)[43]였던 셈이다. 이러

---

43 '헐리우드 키드'란 헐리우드(Hollywood)와 키드(Kid)의 합성어로서 미국 영화를 좋아하며 영향을 받고 자라는 어린이들이나 매니아를 뜻한다.

한 경향은 단순한 취미 이상의 의미로서 이는 평소 그가 지니고 있던 예술
적 감수성과 관심도를 여실히 보여주는 것이라고 할 수가 있다. 영화와 관
련한 전태일의 친필 일기 세 편을 읽어보자.

1967.2.20.[44]

참 우스운 일이다. 19시쯤 되어서 미도파 상층 미우만극장을 갔다. 「(중략)
기억을 상실하고 병원에 입원하고 있다가 전쟁에 이기고 사람들에 행렬
소리에 그만 정신이 다 팔려서 병원을 나와서 사람들 틈에 밀려다니다 몸이
피로해지자 어느 집 대문 앞에서 서 있게 되고 그렇고 그렇게 된다. 영화를
보는 시간이나마 고독이 없어지지, 일단 집에 들어오면 고독은 또다시 역습해
온다.[45]

1967.2.22.

이모가 한 달 후에는 이모 자기도 돈 벌러 간다는 소리를 듣고 그 어린애
같은 순진성에 얼굴이라도 만지고 싶은 심한 충격에 나 자신도 놀라다.
그래서 문 사이에 마루 쪽에 방안에 한발을 디밀고 한 번 더 이모에게 극장
구경을 시켜달라고 졸라야지.[46]

1967.2.26.

어제는 오후 두 시에 가게에 있다가 남산공원으로, 종로와 미도파 백화점,
시청 앞으로 해서 미우만극장을 갔다. 「탈주특급」[47]은 처음 보는 영화였지

---

44 이날 작성한 일기의 실제 날짜는 20일이었는데 전태일은 착오를 일으켜서 23일이라고
표기했다.

45 전태일, 『친필 수기』, CD 사본 7, 24.

46 전태일, 『친필 수기』, CD 사본 7, 30.

47 〈탈주특급〉(Von Ryan's Express, 1965)이라는 영화는 스릴러, 전쟁물로 115분짜리 미

만, 처음이 아니고 벌써 두 번째 보는 영화다. 후랑크 시나트라의 주연이지만 목사로 나와서 독일 장교를 가장하는 그 사람이 주연을 했으면 더 좋을 뻔했다. 결국 제일 죽지 말아야 할 사람이 죽었을 땐 정말 마음이 서운했다.[48]

전태일의 일기 내용들을 살펴보면 태일은 영화 한 편을 보아도 대충 넘기는 것이 아니라 영화의 줄거리와 핵심을 정확하게 파악하고 있는 것을 볼 수 있으며 더 나아가 영화에 대한 자신의 촌평까지 곁들이고 있는 것이 확인된다. 당시에는 극장에서 외국영화가 상영되면 거의 70~80%가 미국 영화였고 그 중에도 60~70%가 <엘도라도>, <황야의 삼상사>, <베라크루스> 같은 서부극이거나 나머지 대부분은 <나바론>, <탈주특급>, <공군 대전략> 같은 2차 대전을 중심으로 한 전쟁물이 주류를 이루었다.[49] 26일에 쓴 자신의 일기에는 <탈주특급>을 관람하고 나서 인상 깊게 본 대목을 회상했는데, 그것은 바로 그 영화의 마지막 장면이었다. 눈 덮인 알프스 산에서 남자주인공 라이언 대령이 기차를 향해 달려가다가 안타깝게도 결국 기찻길 위에서 사살당하는 모습이 나오는 마지막 장면을 술회하며 마치 자신의 죽음을 예견이라도 하듯 "죽지 말아야 할 사람이 죽었을 땐 정말 마음이 서운했다"는 감회를 밝혔다.

전태일이 자신의 일기에 영화에 관한 이야기들을 적던 무렵에는 서울 시내 단성사, 피카디리 등 소위 일류극장의 극장비(관람료)가 50~60원 정도였다. 주머니 속에는 달랑 편도 버스요금뿐이었으니 평소 일류극장에서 영화를 본다는 것은 거의 불가능했다. 물론 종로 2가 우미관이나 명

국 영화이다. 마크 로브슨 감독, 프랭크 시나트라 주연의 트레버 하워드, Raffaella Carra, 바드 텍스터, 세르지오 판토니 등이 출연했다.

48 전태일, 『친필 수기』, CD 사본 7, 34.

49 정승호, 『1920~1960년대 미국 영화산업에 관한 연구』 (서울대 대학원, 2000).

동의 경동극장, 종로4가의 한일극장 같은 괜찮은 재개봉관이 없지는 않았지만 그곳 역시 극장비가 30원에 육박했기 때문에 영화를 좋아했던 전태일이 부담 없이 찾기엔 벅찼던 것이 사실이다.[50] 결국 술, 담배를 일절하지 않았던 전태일은 용돈이나 차비 등의 생활비를 아껴가면서 극장비를 모았다가 자신이 보고 싶은 영화가 미우만극장에서 상영되기라도 하는 날에는 설레는 마음으로 한걸음에 달려가 두 번씩 반복해서 관람했던 것이다.[51]

미우만극장의 입장료는 당시 서울 시내 모든 3류 극장들을 통틀어 가장 저렴한 액수인 15원 미만[52]이었다. 물론 화신백화점 6층에 있던 화신극장도 미우만극장과 조건이 같았지만 거리상의 불편함 때문에 이용하지 못하고 미우만극장을 단골로 애용했던 것이다. 그런 극장들은 영화 상영 도중 가끔씩 필름이 끊겨 상영이 잠시 중단되거나 혹은 스크린 영상의 질이 현저하게 떨어져서 착시현상을 일으킬 정도였다. 심지어 화질이 혼란스러워 마치 소낙비가 내리듯 번쩍거리기도 했다. 비록 전태일은 비가 내리듯 번쩍이는 흑백 영화 스크린에서도 무한한 상상력을 키웠다. 그런 예술적 감각으로 인해 자신의 노트에 직접 소설 초안이나 시나리오를 만들기도 했던 것이다.

2. 충무로 영화가의 단역배우로 지원하다

전태일은 삼각산 임마누엘수도원에 오르기 직전인 1969년 말과 1970년 초 사이에 충무로 영화에 단역으로 출연한 적이 있었다.[53] 물론 비중 있

---

50 양을기, 「저자와의 인터뷰 증언」, 2007.9.7.

51 이소선, 「저자와의 인터뷰 증언」, 2006.8.13.

52 양을기, 위와 같음.

는 주연이나 조연 등의 역할은 아니었으나 돈벌이를 위해 잠시 엑스트라를 했던 것이다. 전태일이 엑스트라를 하게 된 배경에는 같은 동네에 사는 최미영이라는 여동생이 충무로에서 단역배우를 하던 자신의 오빠를 소개해줘서 그녀의 오빠와 함께 출연하게 된 것이다. 부친의 갑작스러운 운명으로 집안의 가장이 된 자신마저 평화시장에서 블랙리스트에 올라 실업자가 되자 집안 살림에 조금의 보탬을 주기 위한 처사였다. 더 나아가 평화시장 노동운동에 필요한 자금을 충당하고자 했던 것이다.

　어려운 재정 위기에 직면한 전태일이 궁여지책으로 젊은 동네 청년과 함께 단역배우를 한 것이다. 그러나 그와는 별도로 평소 독서와 영화에 몹시 열광했던 전태일은 영화에도 흥미를 느꼈기 때문에 선택한 요인도 있었다. 엑스트라로 한번 출연하면 적어도 300~400원의 일당을 받았는데 전태일이 출연한 영화는 김정훈과 문희 주연의 <꼬마신랑>[54]이라는 영화였다.[55] 덕분에 당시 전태삼은 한 동네 거주하는 친절한 동생 최미영과 순옥이를 데리고 촬영장을 놀러 가기도 했는데 마침 주연을 맡은 김정훈, 문희는 물론 허정강, 주증녀 등도 구경하고 돌아왔다고 한다. 1970년 초에 개봉한 이 영화는 인기의 여세를 몰아 속편에 이어 3편까지 나왔는데 전태일이 출연한 영화는 주연 배우들과 김희갑, 허장강, 주증녀, 도금봉 등이 출연한 본편이었으나 전태일이 등장한 장면은 편집과정에서 삭제되었는지 영화장면에는 실제 등장하지 않는다.[56] 이처럼 충무로에서 엑스트라를 잠시 했던 이야기는 거의 알려지지 않았다. 아무튼 전태일은 훗날에

---

53 최미영, 「저자와의 인터뷰 증언」, 2006.8.21.

54 1970년에 제작되어 개봉한 영화로서 이규웅 감독에 문희, 김정훈이 주연을 맡으며 허장강 등의 배우들이 출연했던 영화. 인기에 힘입어 같은 해에 〈꼬마신랑 2〉가 제작되었다.

55 최미영, 위와 같음.

56 전태일이 단역으로 출연했던 〈꼬마신랑〉에서 그의 얼굴이나 연기하는 장면이 포착될 것을 기대하고 해당 영화 장면을 면밀히 검토했으나 찾아볼 수가 없었다.

전태일이 단역배우로 출연한 김정훈·문희 주연의 〈꼬마신랑〉 포스터. 인기에 힘입어 연속으로 속편과 3편도 나왔다.

자신을 주인공으로 다룬 영화가 일본과 한국에서 각각 제작돼 상영될 줄은 꿈에도 몰랐을 것이다. 일본에서 제작된 영화 <어머니>와 한국에서 많은 시민들의 자발적 모금으로 제작된 영화 <아름다운 청년 전태일>을 통해 자신의 생애가 영화로 만들어지게 될 줄은 생각해보지도 못한 채 결국 전태일 자신은 영화처럼 살아갔다. 삼각산수도원에 오르기 전에 충무로에서 잠시나마 영화 일을 하던 전태일이 계속 영화인으로 남았더라면 우리나라 영화계가 어떻게 될까 궁금한 생각도 든다.

3. 양가 부모끼리만 혼담이 오간 전태일과 최미영

전태일과 한동네에 살면서 남달리 절친했던 최미영은 1951년생으로 48년생인 전태일 보다 세 살이나 아래였다. 그녀는 마치 모나리자처럼 갸름한 얼굴을 지닌 미인형의 아가씨였으며 아리땁고 명랑한 성격을 지니고 있었다. 그러나 양쪽 집안 모두가 생활이 그리 윤택하지 않았다. 양쪽 모두 어려운 살림살이를 하며 겨우 연명하며 살았기 때문에 최미영은 전태일, 전태삼 형제와 함께 충무로 엑스트라 일을 함께 다녔다. 이들은 평소에도 서로의 집을 오가며 마실을 다니거나 밤을 새워 허물없는 이야기를 나눌 정도로 절친하게 지냈다.

전태일은 간혹 급하다면서 최미영에게 돈을 빌려 가기도 했다. 최미영이 매번 돈을 빌려주면서 "어디에다 돈을 쓰려고 해요?"라고 물어보면 별다른 설명 없이 "노동운동을 위해 필요하다"며 빌려갔다. 두 사람은 한동네에 사는 가까운 이웃이면서 부모끼리도 매우 친한 사이였으니 돈을 거래해도 허물이 없었다. 특히 동네 사람들은 최미영 부친이 중국에서 살다왔다고 해서 그녀의 아버지를 "왕서방!"이라고 불렀다. 부모들끼리의 친분 관계 이상으로 양쪽 자녀들끼리도 이처럼 스스럼없이 친하게 지냈던 것이다. 어느 날 양쪽 부모끼리 자연스럽게 혼담이 오가는 중에 이소선과 전상수는 미영이를 며느리로 삼고자 했고 미영이 부모들은 태일을 사위로 삼고자 했다. 그러나 당사자인 두 사람은 정작 서로 사랑의 감정이 싹트거나 이성적으로 끌릴만한 사이는 못됐다. 연인 사이로 발전하기보다 그냥 동네 친한 오빠와 동생 관계로서 가까이 지내는 것을 선호했다. 아무런 거리낌 없이 밤을 지새우며 이야기꽃을 피울 정도로 친밀하기는 했으나 사랑하는 감정은 전혀 발생하지 않았다.[57] 동네 사람들은 양가의 친분 관계를 보며 실제 사돈을 맺을 정도의 관계로 인식하고 있을 정도였다. 그러나 미아리 길음초등학교 앞에서 미영이 어머니가 갑자기 교통사고를 당해 현장에서 운명하는 불행을 겪으면서 그 이후 미영의 가정은 많은 어려움을 겪게 되었고 혼담 이야기도 더 이상 없던 일이 되고 말았다.[58]

---

57 최미영, 위와 같음.

58 이소선, 「저자와의 인터뷰 증언」, 2006.8.13.

4. 전태일을 기념하는 두 편의 영화

1) 첫 영화 〈어머니〉

<전태일 평전>의 집필을 1977년 완료한 조영래는 박정희 정권의 서슬 퍼런 유신 체제하에서는 도저히 책으로 출판할 수 없게 되자 어쩔 수 없이 일본에 있는 '재일한국민주통일연합'(이하 한통련)에 연락을 취했다. 그리 고 국내에 있던 외국인 신부를 통해 크리스마스 무렵 한통련 의장 배동호 (裵東湖)에게 평전의 원고를 전했다. 대학노트에 쓰인 원고 원본은 보안상 짐 속에 넣어 보낼 수 없어 일일이 사진으로 찍은 후 총 332장에 달하는 분량의 사진을 신부의 비행기 수하물 속에 숨겨서 전달하려 했던 것이다. 사진 원고는 여러 사람의 분담작업으로 종이 원고로 정서되었고 작업이 끝남과 동시에 송인호에 의해 일본어로 번역이 시작되었다.

번역이 진행되는 동안 당시 한통련 김경식 문화국장이 평전을 영화화 하는 것에 대해 논의를 하면서 한국 공예의 가치를 일본과 세계에 널리 알 린 야마기 무네요시가 일으킨 민예운동에 소속된 일본 민예를 통해 배우 들을 섭외했다. 번역이 채 끝나지도 않은 원고를 들고 민예 배우들을 찾아 가 전태일에 대한 이야기와 함께 영화에 출연해 달라며 설득하였고 당시 사회적인 일들에 관심이 많았던 민예 배우들이 영화에 적극 동참할 것을 약속했다. 그러나 정작 번역 작업이 끝나고 출판사를 찾아다녔지만 경제 적 이익이 없다는 이유로 번번이 거절당했고 여러 우여곡절 끝에 일본인 요시마 목사의 도움으로 출판사를 소개받아 출판에 대한 손해보상을 약 속하고서야 겨우 책을 낼 수 있었다. 마침내 책은 『불꽃이여 영원하라』(炎 と永久下さい)는 제목59으로 출간됐고, 저자의 이름을 밝힐 수 없었으므 로 조영래의 가운데 '영'자를 따서 '김영기'라는 가명으로 책을 펴냈다.

1978년 11월 13일. 전태일 8주기 추도식에 맞춰 동경 이케부쿠로에서 첫 상영 시사회를 가진「어머니」영화 포스터(우측). 아들의 뜻을 따르는 이소선 어머니를 소재로 만들었다. 좌측은 1995년 개봉한 전태일의 분신 항거를 다룬 박광수 감독, 홍경인 주연의「아름다운 청년 전태일」영화 포스터

    그 후 영화가 제작되기까지는 문화국장 김경식의 노력과 공로가 크게 작용했다. 그는 600만 명의 회원을 두고 있는 일본노동조합총평의회(이하 총평)를 찾아가 당시 총평 사무총장이었던 도미쯔가 미쯔오를 만나 영화에 대한 이야기를 나누었고 그 결과 총평 의장이었던 마케에다 후미오가 상영실행위원회를 만들어 적극적으로 영화제작에 협조해 주었다. 무려 300만 엔이라는 거금을 지원받고 영화화된 평전은 1978년 11월 13일, 전태일 8주기 추도식에 맞춰 동경 이케부쿠로에서 첫 상영 시사회를 가졌다. 그러나 이 영화는 <어머니>라는 제목으로 상영되었으며 전태일의 뜻을 이어받아 노동운동에 헌신하고 있는 이소선을 소재로 만들게 되었다.

---

59 『불꽃이여 나를 태워라: 어느 한국 청년 노동자의 삶과 죽음』으로도 알려져 있다.

1년 동안 무려 전국 400여 개 도시에서 상영회를 개최해 총 60만 명의 관객을 동원하는 큰 호응을 받았다.

이와 같이 민청학련 사건으로 쫓기던 조영래가 전태일 평전을 썼고, 마침내 여러 사람들의 헌신적인 노력으로 그 원고가 일본으로 보내져 일본어로 출판됐으며, 그 책을 토대로 <어머니>라는 제목의 전태일 영화가 제작되었다. 자식을 잃은 고통과 그 이후의 역할을 잘 드러낸 작품으로 전태일과 그의 어머니 이소선의 가슴 아프고 감동적인 이야기는 한국보다 일본에서도 먼저 널리 알려졌던 것이다.

2) 두 번째 영화 〈아름다운 청년 전태일〉

그 후 『전태일 평전』은 우여곡절 끝에 1983년이 되어서야 일본에 이어 국내의 돌베개출판사를 통해 출간되었다. 세월이 흘러 1995년에는 드디어 전태일을 기념하는 <아름다운 청년 전태일>(A Single Spark)이라는 영화가 상영시간 96분짜리 작품으로 제작되었다. 감독에는 박광수, 주인공 전태일 역에 홍경인이 주연을 맡았고 문성근, 김선재, 유순철, 임진택 등의 배우가 출연했다. 1995년 11월 18일에 개봉하여 상영된 이 영화의 제작은 유인태 의원과 형제인 유인택이 담당했으며 각본에는 이창동, 김경환, 이효인, 허진호, 박광수 등이 맡았다. 대우시네마에서 배급을 맡았고 제작사는 기획시대와 전태일기념사업회가 공동으로 부담해 총제작비 15억을 투자했다. 뜻있는 이들이 동참한 모금과 후원금으로 충당한 이 영화는 분신 항거한 전태일의 삶을 의미있게 그렸다. 영화의 줄거리는 수배중인 김영수(문성근 분)[60]가 전태일(홍경인 분)의 전기를 집필하다가

---

60 이 영화에서 김영수는 1975년에 학생운동을 주도하던 조영래 변호사를 연상케 한다.

어머니로부터 넘겨받은 일기를 읽고, 사람들의 증언을 취재하며 전태일의 삶과 죽음의 의미를 새롭게 깨닫는다는 내용으로 시작된다.

한국영화 최초로 디지털 사운드를 도입하여 제작하였으며 전태일 당시를 그릴 때는 흑백 장면으로, 김영수의 삶은 컬러 화면으로 만들었는데 이 과정에서 국내 기술로는 한계가 있어 호주에서 작업을 진행하였다. 특이 주인공 홍경인이 화염 방지복이 없이 특수 젤만 바르고 직접 분신 연기를 해 화제를 모았으며, 서울시에서만 23만 명의 관객이 동원되면서 흥행에서도 좋은 성적을 거두었다.[61] 이 영화로 인해 전태일에 대한 문화적 브랜드가 더 이상 열사나 투사가 아니라 어린이부터 노인에 이르기까지 누구에게나 귀감이 될 만한 '아름다운 청년'의 이미지로 강조됐다. 영화로 인해 노동열사가 아니라 아름다운 정신은 물론 삶 자체도 아름다웠음을 알려주었다. 이는 시나리오를 쓴 박광수를 비롯한 영화제작에 관여한 386세대의 대표적 지식인들이 그들의 사회적 이상 실현을 전태일 재현에 투영했다고 볼 수 있다.

전태일은 살아생전에 틈만 나면 극장으로 달려가 영화 관람하기를 좋아했고, 충무로 영화가(街)를 찾아가 단역배우로 활동하기도 했으며, 영화처럼 살다가 영화처럼 인생을 마쳤다. 전태일에 관한 여러 권의 책, 공연, 음악, 영화 등으로 다양한 문화적 재현이 계속 이루어지고 있으나 진정성 담론 안에서 재현의 양상은 항상 비슷한 양상을 띠고 있다. 대개 노동자를 다룬 영화들은 갖가지 모습과 문제점들과 노동자들의 피폐한 삶을 직설적이면서도 날카롭게 지적하거나 풍자를 통해 사회 지배층을 혹독하게 비판하는 내용들이 많다. 그러나 이 영화는 자본주의가 빚어내는 각종 병폐들

---

61 이 영화는 제32회 백상예술대상 시나리오상을 비롯한 총 3개 부문, 제6회 춘사영화예술상 최우수작품상을 비롯한 총 5개 부문, 제16회 청룡영화상 최우수작품상을 비롯한 총 3개 부문을 수상하고, 제46회 베를린 국제영화제 경쟁부문에 출품하기도 했다.

을 지적하기보다는 전태일이라는 한 청년의 사상에 초점이 맞춰졌다. 아울러 전태일을 이 시대 진정성의 표상으로 그려냄으로써 보수와 진보를 막론하고 모두에게 존경받는 인물이 되는 데 크게 기여했다. 그러나 좀 더 자유롭게 그를 재현하는 새로운 전태일 영화가 등장해야 한다.

제6부

생존의지

36장

전태일의 신앙고백과 종교적 신념

1969년 11월~1970년 1월 초 (3개월, 22~23세)

1. 전태일의 신앙 태도

1) 자신에게는 냉정하리만치 철저하고 혹독한 청년 신자

전태일은 자신의 수기에 자신을 이기는 훈련, 이른바 '자기훈련의 37 가지 항목'을 스스로 작성하면서 제일 첫 번째 덕목으로 '종교적 신념'을 꼽았다. 그렇다면 전태일의 생애에서 신앙에 대한 생각은 어떠했을까? 그 것은 한마디로 단정하기 매우 힘든 부분이다. 그러나 그의 신앙을 논하기 전에 그가 평생토록 친구들과 동료, 이웃 그리고 가족에 대한 헌신적인 사 랑과 희생정신을 몸소 실천한 순수 청년이었다는 사실 하나만으로도 그 는 충분히 신앙의 사람이었음이 분명하다. 예수의 사랑을 철저히 이웃에 게 실천한 사랑의 사람이었다는 것은 이미 앞서 확인한 사실들이다. 그런

면에서 그는 분명히 행동하는 신앙인이었고 실천하는 양심이었으며 매우 인간적인 청년이었다. 그의 삶에서 드러난 신앙의 골격은 언제나 이웃과 동료 그리고 가난하고 소외받는 사람들을 향해 일관되게 나타나 있다. 그의 신앙 즉 종교적 신념은 다음과 같이 일곱 가지로 구분될 수 있다. 인격적 사랑, 동행적 자세, 자기 발견 촉구, 구도정신의 현시, 종교인 수준의 인생 태도, 약자에 대한 배려와 사랑, 예수 그리스도의 빛과 소금론 실천 등이다. 그의 가시밭길 인생에는 신앙을 통한 인간애가 행동의 근간이 되었다.

18세가 되던 해는 같은 또래 친구들이 모두 고등학교를 다닐 때였으나 그는 평화시장 봉제계통 공장에 미싱 보조로 첫 취직을 했다. 이전의 밑바닥 삶을 전전하며 거쳤던 구두닦이, 신문팔이 등 열두 가지가 넘는 직업들은 호구지책 차원의 일시적 돈벌이 수단에 불과했으나 이제 난생처음으로 버젓한 직장을 갖게 된 것이다. 전태일은 면접을 마치고 평화시장에 첫 출근을 하던 날 아침에는 목욕재계를 하고 매우 상기된 표정으로 일터를 향했다. 그는 평화시장에 자신의 꿈을 온전히 펼쳐 보고자 다짐했다. 비록 실 먼지 날리는 어두컴컴하고 좁은 작업장에서 허리와 목조차 마음대로 펴거나 들을 수 없는 열악한 상황에서 여공들과 뒤섞여 중노동을 했지만 언제나 감사와 만족을 느끼며 무던히도 인내했다.

그러다가 그는 그곳에서 매우 소중한 감동과 깨달음을 얻게 된다. 그것은 바로 나이 어린 연약한 여공들과 노동자들을 접촉하면서 그들의 모습과 체온 속에서 그리스도를 발견한 것이다. 이 노동자들이야말로 하나님의 형상을 닮은 사람들이며 자신의 친 형제자매 같았고 그들은 자신의 도움을 필요로 하는 존재들로서 지금 당장 주린 배를 채울 수 있는 검은 빵 한 조각과 따뜻한 말 한마디의 나눔이 절실하다는 것을 깨달았다. 당장 사건의 원인을 묻기 전에 어떻게 하면 그들의 시급한 문제부터 해결해 줄 수 있느냐가 그에게는 최고의 당면 목표가 되었으며 시급한 기도 제목이 되었다.

열악한 현실을 보다 못한 전태일은 30원의 왕복 차비를 모두 털어 여공들에게 풀빵을 사서 나누어 주었다.[1] 이런 행동은 이제 더 이상 그에게는 아무렇지도 않은 하나의 일상에 불과했다. 길거리 좌판에서 사주팔자를 보는 초라한 행색의 점쟁이 노인에게도 어머니가 사준 새 점퍼를 아까워하지 않고 조용히 벗어준 일이나 대구에서 동생 태삼과 상경해 자신도 가출한 처지이지만 역전에서 굶주린 군인에게 우동 한 그릇 사준 일[2]은 그가 불쌍한 사람들을 보면 마치 자신의 아픔처럼 고통스러워하는 천성을 지녔음을 확인할 수 있다. 그러나 또 다른 전태일의 이면을 엿볼 수 있는데 그것은 다름 아닌 자기 자신에게는 냉정하리만치 철저하고 혹독하다는 사실이다. 날마다 자신을 점검하며 기도로 하루 일과를 시작하고 밤이면 꼬박꼬박 일기를 쓰며 그날을 철저히 반성하며 자신을 되돌아봤다. 1967년 2월 14일 밤 작성한 그의 일기장에는 아래와 같이 자신을 호되게 채찍질하는 모습이 나온다.

하루를 넘기면서 아쉬움이 없다니, 내 정신이 이토록 타락할 줄은 나 자신도 이때까지 생각해 본 적이 없다.

그는 매일 자신이 처해 있는 환경에서 하늘로부터 받은 사명이 무엇인지 깨달으려고 몸부림을 쳤으며, 삶의 매 순간 하늘의 뜻과 섭리를 구하고자 힘썼다. 그리고 자신이 받은 사명을 진지하게 실천하는 삶을 살았던 것이다. 마침내 바보회를 조직해 평화시장의 노동참상을 만천하에 알리려고 백방으로 쫓아다니며 진정활동을 했으나 그럴수록 그는 불순한 사람

---

1 이소선, 「저자와의 인터뷰 증언」, 2006.8.13.
2 위와 같음.

으로 취급받아 평화시장에 위험분자로 낙인찍혀 취직조차 할 수가 없게 되었다. 당연히 고정적인 수입이 없게 된 그는 바보회 운영자금과 활동 비용을 마련하느라 어머니를 통해 동네 사람들한테 여기저기서 조금씩 돈을 끌어다 썼다. 어느 날, 빚쟁이 한 사람이 집으로 찾아와서 저주에 가까운 욕설을 퍼부었다. 이런 일을 겪어도 전태일은 태연했다. 왜냐하면 자신의 이익과 영달을 위한 것이 아니기 때문이다. 모든 것을 다 바쳐서라도 평화시장에서 고통받는 동료들을 위하는 일이라면 그 어떤 수치와 모멸을 당해도 기꺼이 수용했다.

2) 진정한 교회 선생이자 기도의 사람

평화시장에서 블랙리스트에 분류된 와중에도 전태일은 창현교회 주일학교 교사로서 주일학교 5, 6학년 학생들을 도맡아 가르치며 어린이들과 함께했다. 천막 교회로 출발해 가난한 동네에 세워졌던 흙벽돌 교회당이었으니 그다지 사치스런 교육이나 호사스런 교사 활동은 생각할 수 없었고, 교사로서 아이들과 때때로 교회 인근에 있는 연산군 묘지(燕山君 墓地)[3]로 소풍 가듯 몰려가서 잔디 위에서 서로 뒤엉키며 놀아주기도 했고 바로 앞에 있는 도봉산에 아이들을 데리고 등산을 하기도 했다. 또 가까운 학교 운동장에 가서 축구를 하거나 팔씨름을 하며 아이들과 뛰놀았다.[4]

그리고 아이들과 교회에서 모일 때는 대부분 자신처럼 가난한 아이들을 위해 한 사람씩 붙들고 껴안아 주며 기도를 해주었고 함께 울고 함께

---

3 현재 서울 도봉구 방학동에 있는 왕릉 중 하나이다. 156년 강화도에 조성된 연산군의 묘소를 1512년(중종 7) 거창군 부인 신씨가 중종에게 묘소 이장을 요청해 경기도 양주 해촌(현재 도봉구 방학동)에 태종의 후궁 의정궁주 조씨 묘소 위쪽으로 이장하였다.

4 이소선,「저자와의 인터뷰 증언」, 2006.8.13.

창현교회 주일학교 교사였던 전태일은 아이들을 데리고 이곳 연산군 묘소 주변에서 함께 뒹굴며 뛰어놀았다.

웃었다.

흔히 사회에서는 일선 초·중·고 학교에서 가르치는 교사를 부를 때 선생님이라고 호칭한다. 이와 더불어 교회나 성당에서 주일학교를 담당한 교사들에게도 선생님이라고 호칭한다. 이와 같은 맥락에서는 어떤 관점이 되었든 전태일을 선생님이라고 호칭해도 무리는 없을 것이다. 전태일이 분신 항거하자 함석헌은 공석이나 사석에서 전태일을 지칭할 때면 언제나 '선생님'이라고 정중하게 호칭했다. 옆에서 가만히 듣고 있던 이소선은 "아이구, 선생님! 듣고 있자니 민망합니다. 손자뻘 되는 사람한테 무슨 당치도 않게 왜 자꾸 선생님이라고 부르십니까? 그냥 편하게 태일이라고 부르세요" 하며 몸 둘 바를 몰라 하면 함석헌은 "그분은 이미 우리 모두의 선생님이시고 우리 모든 민족의 선생님이십니다. 그러니 호칭 같은 건 다 제가 알아서 결정해서 그렇게 부르는 겁니다" 하며 초지일관 전태일을 언급할 때면 선생님이라며 깍듯이 존칭했다.5 함석헌의 말처럼 전태일은 우리나라의 노동운동과 민주화운동을 촉발한 시대의 선구자요, 민족의 스승인 것이 분명하다. 전태일의 죽음 이후 여러 대학에서 추모식이 열렸

5 이소선, 위와 같음.

고 추도사가 낭독되었으며 여러 추념사와 강연에서 그를 선생으로 기렸으며 한국기독학생회총연맹(KSCF)의 오재식 사무총장도 스승으로 언급했다. 이처럼 청년 대학생이나 사회 원로급들에게까지 전태일은 잠든 시대정신을 일깨워준 선생이었던 것이다. 선생이란 앞서가는 사람이고 가르치는 사람이다. 청계피복노조가 발표한 결사투쟁 선언에서도 전태일은 노동자의 선생으로 불려졌고 노동자와 대학생들은 그를 뒤따랐다. 초등학교 졸업장도 없었지만 대학생에게 선생이었고 노동자들에게도 선생이었던 것이다.

2. 신앙의 실족을 경험하다
— 1969년 12월 19일 이후

그러나 기독청년 전태일은 1969년 12월 19일 이후에 기록한 수기에서 자기 신앙이 어느 날 걸려 넘어지게 된 상황을 단상 형식으로 간략히 피력했다. 자신의 신앙이 실족했다는 것은 무엇을 의미하는가? 이는 다른 말로 바꿔 말한다면 평소에는 자신의 신앙이 정상적인 궤도에 있었다는 것을 뜻한다. 평범한 신앙생활을 하고 있었는데 그 어떤 계기로 인해 믿음이 떨어졌다는 것을 의미한다. 그렇다면 무슨 연고로 신앙의 실족[6]을 맛봐야 했을까?

과연 신앙이 한번 실족을 하면 얼마만 한 속도로 떨어지는지 자네는 생각해본 일이 있는가? 과연 가공할만한 가속도일세. (중략) 여보시오. 여기 날개를 다친 독수리가 아닌 비둘기가 있습니다. 독수리로 착각마시고 치료해 주십시

---

6 실족은 헬라어로 '스칸달리조'인데, 무엇인가에 발부리가 걸려 넘어지는 것을 가리킨다.

오. 내 영혼이 은총 입어 중한 죄 짐 벗고 보니 주 예수의 발아래서 기쁜
찬송하리로다. 오 할렐루야. 주 예수 지낸 죄는 사함받고 주 예수와 동행하니
그 어디나 천국일세.7

성경8에는 예수가 "누구든지 나로 인하여 실족하지 아니하는 자는 복
이 있도다"라고 한 기록이 있다. 실족하는 것이 얼마나 힘들고 불행한 것
인가를 비유한 것이다. 평소 전태일은 자신이 다니던 교회와 수도원의 예
배를 통해 혹은 자신의 영적 체험을 통해 하나님의 은총을 무한히 체험했
다. 하지만 자신이 머무르는 곳에서 편안히 안주할 수는 없었다. 자신이
처한 모든 현실의 삶에 그 은총이 적용되어야만 했다. 결국 자신의 신앙을
현실에서 행동으로 옮기는 과정에서 실족을 경험했던 것으로 보인다. 현
실과 신앙의 괴리가 그를 그토록 힘들게 했던 것으로 보인다. 높이 올라가
면 올라갈수록 추락할 때는 더 많은 가속도가 붙는 법이다.
　드디어 그는 날개를 다친 한 마리의 순결한 비둘기로 자신을 묘사한다.
있는 힘을 다해 날갯짓을 하며 끝없이 비상하던 한 마리 비둘기는 날개를
다쳐 땅으로 곤두박질하는 위급한 상황을 만난 것이다. 전태일이라는 이
름의 한 마리 비둘기가 추락하는 가속도는 가공할 만한 것이었다. 계속해
서 전태일은 자신을 비둘기에 비유한 후 찬송가 495장 "내 영혼이 은총 입
어"의 가사 내용을 묵상한다. 사나이 전태일이 품고 있는 꿈과 희망은 태양
처럼, 용암처럼 이글거리지만 결국 다친 날개 때문에 도전과 웅비를 못 하
게 된 것이다. 날갯짓을 하며 훨훨 창공을 향해 날아가야 하는데 다친 날개
때문에 결국 날개를 접어야 하는 한 마리의 비둘기로 자신을 표현했다.
　독수리라는 새는 구약시대의 제사에서는 결코 제물이 될 수 없었다.

---

7 전태일, 『친필 수기』, CD 사본 2, 84.
8 신약성경, 누가복음 7장 23절.

제아무리 독수리가 새 중의 왕이라 해도 독수리는 결코 제물로 바치지 않는다. 그러나 수많은 새들 중에서도 가장 연약해 보이는 순결한 비둘기만 제물로 받는다. 이 실족의 시기가 지날 무렵, 전태일은 다시금 회복되어 평소처럼 순수한 믿음을 유지할 수 있었다. 특히 평소 그는 스스로 성경을 공부했으며 성경 구절도 놀라울 정도로 많이 외우고 있었다. 그는 교회에서도 언제나 맨 앞자리에 앉아 예배를 드렸고 근로기준법을 공부하면서도 성경 읽는 것을 게을리하지 않았다.[9]

3. 자기훈련과 종교적 신념
— 1969년 12월 31일 이후

　신앙의 실족을 경험한 전태일은 다시금 믿음을 추스르고 신앙을 다져나갔다. 1969년 12월 말경의 일기에서 그는 자신의 확고한 신앙관에서 비롯된 종교적 신념에 대해서 언급했다. 그는 자신을 이기는 훈련, 이른바 자기훈련 37항목을 스스로 작성하면서 제일 첫 번째 덕목으로 '종교적 신념'을 꼽았다. 그의 나이 19세인 1966년 6월에 본격적으로 교회를 다니기 시작했던 전태일은 3년의 세월이 흐른 후에는 어느덧 뜨겁고 열심 있는 기독교 신자로 변모해 있었다. 그는 기독교 신앙의 잣대로 모든 사물과 사건을 관념화, 일반화할 정도로 신앙에 깊이 매료되었다. 그가 작성한 아래의 항목들은 현대를 살아가는 오늘날의 사람들이 시대를 초월해서 누구나 자신의 책상 앞에 붙여 놓고 스스로를 점검하며 실천할 만한 알차고 교훈적인 내용들로 가득 차 있다.

---

9 이소선,「저자와의 인터뷰 증언」, 2006.8.13.

자기훈련

1. 나는 어떠한 일이고 종교적 신념을 가지고 있는가?

2. 나는 인생의 명확한 목적을 가지고 있는가?

3. 친구나 동료 윗사람에 대하여 성실하고 솔직한가?

4. 나는 도덕적으로 결백한가?

5. 나의 목적을 이룩하기 위하여 자기 수양에 노력하고 있는가?

6. 장래를 위한 지식을 쌓기 위하여 연구를 게을리하고 있지 않는가?

1. 두뇌의 능률을 유지하기 위하여 신체적 에네르기의 사용을 절약하지 않으면 안 될 육체적인 약점이 없는가?

2. 신장에 비하여 체중이 보통인가, 어떤가?

3. 음식은 충분한가, 과식은 하지 않는가?

4. 매일 밤잠은 잘 자는가?

5. 운동은 충분한가, 운동이 과하지는 않는가?

6. 몸과 마음에 나쁜 영향을 끼칠 좋지 못한 습관은 없는가?

1. 나는 쉽사리 낙담하지 않는가?

2. 생활상의 파란으로 극단적으로 낙관하거나 비판하거나 하지 않는가?

3. 실망, 낙담했을 때에도 일을 평상시와 같이 계속할 수 있는가?

4. 맡은 일에 매일 정력을 다 기울이고 있는가?

5. 어제 그릇된 일 때문에 오늘의 일에 방해가 되거나 하는 일은 없는가?

6. 결단을 신속하고 명확하게 내릴 수 있는가?

7. 확신 있는 해답을 내릴 수 있을 때까지 문제에 생각을 집중할 수 있는가?

8. 동료나 윗사람에 대하여 정직한가?

9. 나는 여러 가지로 생각이 깊고 신중하며 기략이 있고 친절한가 어떤가?

10. 딴 의견이 있을 수 있는 경우에 딴 사람의 의견만을 쫓는 일이 있는가, 없었는가?

11. 나는 일에 대하여 빈틈이 없고 또한 일하는 태도가 훌륭하다고 볼 수 있는가?

12. 수입의 몇 할을 저축하고 있는가?

13. 나의 교양과 지위 향상에 준비를 위해서 수입의 몇 할을 정해서 쓰고 있는가?

14. 기술과 집중력, 결단성, 인내력, 깊은 생각, 믿음성 등에서 현재의 내 지위에 가장 필요한 것은 무엇인가?

15, 나는 이러한 성능을 얼마나 지니고 있는가?

16. 현재의 일은 나의 일생의 목적에 대하여 얼마만한 의지를 가졌는가?

17. 현재의 일은 일생의 사업으로서 희망성이 있는가, 없는가?

18. 그러한 희망이 없다고 하면 일생을 걸고 할 사업으로서 따로 나에게 적당한 사업이 있겠는가? 없는가?

19. 나는 어찌하여 위의 말한 각 조목의 물음에 답하였는가?

20. 나는 나의 일생의 궁극의 목적을 달성할 수 있을 만한 인물인가?

• 목적을 잡고 꿈을 이루며 돌진해라. 자기 손으로.

• 일생의 건축기사로서 사람은 그 일에 온갖 정력을 퍼붓지 않으면 안 된다. 물질적으로 1달러도 못 나가는 육체까지도.

• 아무리 어려운 일이라도 해결할 수 있다고 생각되는 한 행동하라.

• 목적이 문제가 아니다. 목적의 성공이 목적이다.

• 입은 굳게 다물고 양 귀와 두 눈은 크게 떠라.[10]

---

10 전태일, 『친필 수기』, CD 사본 2, 11~13.

이처럼 자기훈련의 최우선 항목으로 종교적인 신념을 꼽았는데 그가 말한 신념은 "믿음의 사회적 표현"이었다고 볼 수 있다. 전태일은 자신의 노트에 종교적인 믿음만을 언급한 것이 아니라 "기술과 집중력, 결단성, 인내력, 깊은 생각"과 더불어 "믿음성"을 언급하며 어떤 일이든 종교적 신념을 접목시키려는 의도를 엿볼 수가 있다. 전태일은 모든 행동양식에서 기독교적 신념을 최고의 가치기준으로 세웠으며 행동으로 보여 주며 실천하고자 했던 것이다.

4. 신앙고백 단상들과 어록들

신앙에는 형식과 본질이 있다. 본질을 제대로 드러내기 위해서는 형식이 필요하다. 그러나 이 형식과 본질의 관계에 있어서 만일 형식만 남고 본질은 없어져 버린다면 그것은 심각한 사태를 초래하는 것이다. 차라리 본질을 그대로 두고 형식을 덜 소중히 여겨야 한다. 한국의 보수 기독교에서는 흔히 전태일을 이단아처럼 취급한다. 일부 목회자들은 수십 년이 지난 지금까지도 "전태일은 과격해서 분신자살해 죽었으니 지옥에 떨어졌다"는 말들을 아무렇지도 않게 내뱉는다. 그들은 아무런 성서적 기준이나 사회적 기준도 없이 전태일의 삶과 죽음을 매도했다. 그들은 무덤에 꽃 한 다발 갖다 놓았을 리 없고 추모의 마음을 가져 본 적이 있을 리 없었을 것이며 그가 왜 그토록 처절하게 외치며 죽을 수밖에 없었는가에 대한 내재적 접근을 해 본 적도 없었을 것이다. 그들은 그저 케케묵은 개신교 전통과 교리의 잣대로 판단할 뿐이다. 분신 항거 후 성모병원에서 죽어갈 때 사력을 다해 한국교회의 위선을 지적한 유언을 남겼는데 그중의 하나가 바로 전태일의 2차 침상 유언이다. 전태일은 유언을 통해 잠자고 있는 교회들과 물질만능주의에 취한 사회를 일깨워 주었다. 지금부터 전태일이

생전에 기록한 육필수기에 나타난 그의 신앙 고백적 단상들과 어록[11]들을
확인해 보도록 하자.

1) '자기보다 남을 낫게 여기라'는 좌우명

전태일이 일기장에 기록하고 좌우명으로 애송하던 이 말은 사실 신약
성경의 구절[12]에도 비슷한 구절이 나온다.

자기보다 남을 낫게 여기라.[13]

그는 평소 이 구절을 아끼고 좋아했으며 자신 또한 이 구절대로 살려
고 노력했다. 그는 생전에 그의 동생 태삼과 가족들에게 언제나 "나보다
남을 낫게 여기라"는 성경 말씀을 귀에 박히도록 이야기하였다. 심지어
1970년에는 동생(전태삼)이 못다 한 공부를 하겠다며 경북 김천에 있는
용문산기도원의 기숙사로 보따리를 싸고 떠나려고 하자 "남을 너보다 낫
게 여기려는 마음을 품고 있다면 공부하러 떠나도 괜찮지만 그렇지 않으
면 공부하러 가지 마라"고 일침을 놓았을 정도였다.[14] 이는 무엇을 말하
는 것인가. 아무리 많이 배워서 학식이 풍부한 지식인이라도 그것을 오로
지 자신의 이익과 영달에 사용하거나 다른 사람들을 지배하려는 데 사용
한다면 아무 의미가 없을 뿐 아니라 그 지식 때문에 오히려 다른 이들을

---

11 모두 전태일의 친필 수기에서 발췌하였음.
12 신약성경 빌립보서 2장 3-4절: 오직 겸손한 마음으로 자기보다 남을 낫게 여기고 각각
   자기의 일을 돌아볼 뿐더러 또한 각각 다른 사람들의 일을 돌아보아 나의 기쁨을 충만케
   하라.
13 전태일의 친필 수기.
14 전태삼, 「저자와의 인터뷰 증언」, 2006.8.13.

힘들게 하거나 피해를 입힐 뿐이다. 전태일은 평소에도 조용한 섬김의 리더십을 발휘할 뿐이었다. 그리고 그 죽음의 자리마저도 다른 사람을 내보낸 것이 아니라 자기가 직접 간 것이다. 가장 낮은 자리이자 가장 공포의 자리인 죽음의 블랙홀로 가는 길을 홀로 자원했던 것이다. 이 좌우명은 전태일뿐 아니라 만인의 황금률이다.

2) 미신을 경멸하다(1962. 8. 중순)

전태일은 헛된 인간의 운명을 예언하는 일에 종사하는 사람들을 비웃음으로 경멸하는 것을 볼 수 있다. 이 부분은 자신이 서울 남대문 일대 판잣집에 살 때 집 주변에 있는 남산 진입로를 오르내릴 때마다 목격한 것을 다시 한번 회상하며 오버랩하는 장면이다. 남산 입구 길거리에 좌판을 차려 놓은 사주팔자, 점쟁이, 관상쟁이, 작명가, 복술가 등을 다시 떠올리며 직업적으로 남의 운명을 판단하는 이들을 조롱했다. 태일은 그들을 "우스운 분들"이라고 표현했다. 무엇이 그토록 어린 그의 눈에도 우스운 분들로 비출 수밖에 없었을까? 시기적으로 볼 때 저 글을 쓸 때는 가출 생활 중이었으나 남의 운명을 판단하는 점술가들에 대해 호의적이지 않았음을 볼 수가 있는 대목이다. 주술 등을 미신으로 여기거나 우상을 숭배하는 일로 여겼으며 자신의 운명을 타력에 의지하지 않고 자기 의지로 개척해야 한다는 가치관을 지니고 있었음을 엿볼 수 있는 대목이다.

3) 조물주에게 감사했다(1963. 9.)

아홉 번째 서브까지 성공시키고 게임이 끝났습니다. 시합장엔 요란한 박수갈채와 승리의 개가가 퍼지고 나는 일약 오늘 이 게임에서 마스코트가 되었습니

다. 맑은 가을하늘은 구름 한 점 없이 깊었으며, 그늘과 그늘로 옮겨 다니면서
자라온 나는 한없는 행복감과 인간만이 누릴 수 있는 특권인 서로 간의
기쁨과 사랑을 마음껏 음미할 때 내일이 존재한다는 것이 얼마나 즐거운
일이며 내가 살아 있는 인감임을 어렴풋이나마 진심으로 조물주에게 감사했
습니다.15

남들이 볼 때는 아주 작은 일인데도 불구하고 전태일은 조물주에게 감
사했다. 개신교식 감사관에 익숙하긴 했으나 전태일은 자신의 개신교 신
앙을 통해 절대자에게 감사를 할 줄 아는 사람이었다. 전태일은 이날 야간
학교 대항 달리기 경기에서 청옥학교 대표로 출전해 꼴찌에서 두 번째로
골인하는 수모를 겪었으나 곧이어 벌어진 배구시합에서는 자신의 서브
때문에 청옥학교가 우승을 거두는 쾌거를 거두었다. 이때 그의 짧은 생애
를 통해 최고의 기쁨을 맛본 순간이었음을 고백하며 "조물주께 감사"하다
는 고백을 했다. 당시 청옥학생 중에는 좋은 부모를 만나서 호의호식하며
사는 학생들은 아무도 없었다. 대부분 배움의 기회를 놓쳐 아침저녁으로
세수 대야에 코피를 물들이는 고된 나날을 보내던 주경야독의 처지들이
대부분이었으나 전태일은 그것만으로도 감사했던 것이다. 그 고된 나날
속에서 벗들과 어울리며 서로가 서로를 사랑할 수 있었던 기쁨을 누렸던
것이다.

4) 교회 다니는 마음씨 고운 아저씨를 잊지 못하다(1964.3.12.)

지금의 뉴코리아 호텔 자리에 있던 신문팔이 소년들의 합숙소인 반들회는

---

15 전태일, 『친필 수기』, CD 사본 2, 38~40.

신문 파는 아이의 소개로 갔다. 무허가 하숙집과 비슷한 환경인데 숙박비는
안 받는 대신 식대는 한 끼 30원이었다. 단 타인은 잠을 잘 수 없으며 받들회에
가입하고 신문을 파는 소년들만이 잘 수 있는 곳이다. 어떤 뜻있는 아저씨께서
책임자이시고 주일에는 전원을 교회로 인도하는 마음씨 고운 아저씨였다.
나는 우선 간단한 절차의 신원을 기재한 후 동생을 한 곳에 눕히고 이불을
많이 깔고 덮어 주었다.[16]

식모살이를 떠난 엄마를 찾아 상경했던 절박한 상황에서 순덕을 업고
추위 속에서 굶주리다가 어느 신문 보급소 책임자의 선행과 도움을 받게
된다. 그 보급소에서 숙식을 하며 얼마 동안 신세를 진 그는 보급소 책임
을 맡은 아저씨를 "마음씨 착한 독실한 기독교신자"로 기억한다. 그 아저
씨는 보급소의 모든 청소년들을 자상하게 돌봐주었으며 주일이 돌아오면
그들을 모두 교회당으로 데리고 갔으며 전태일도 그 아저씨를 따라 주일
에 한두 번 정도 교회당에 나갔다. 그리고 그 아저씨에 대해 고마움을 훗
날까지 기억 속에 간직하고 있었던 것이다. 신앙인의 선행이란 이처럼 다
른 누군가에게 좋은 추억과 영향을 끼친다. 전태일은 그 보급소 아저씨를
생각하며 자신도 남에게 따뜻한 사랑을 베풀 수 있는 사람이 되고자 노력
했었을 것이다.

5) 주님 앞에 부끄러운 짓을 하지 않았는데 누가 나를 형벌 주나(1967.2.24.)

어제저녁 버스를 타지 않고 그냥 집으로 돌아오다 그 노인네가 가엾어서
천자책을 팔아준 것이 인연이 되어서 내 이름 끝자 一를 壹로 고쳐서 해명을

해 보니 과연 하늘과 땅이 뜻이 맞아 하는 일이 마음과 뜻대로 대성하라는 것이다. 그렇지만 형벌이 끼었다고 하지만 내가 공과 사를 구별하고 한 눈을 팔지 않고 주님 앞에 부끄러운 짓을 하지 않았는데 누가 나를 형벌을 준다는 말이냐?[17]

1967년 3월 24일에 기록한 일기 앞부분이다. 신앙을 가진 사람들 중에서 어느 인생도 자신이 창조주 앞에 떳떳하게 살았다고 감히 자부할 수는 없을 것이다. 그럼에도 불구하고 전태일의 고백은 진정으로 자신의 삶의 완전성에 대한 뚜렷한 소신과 주관을 이같이 표현했던 것이다. 하루하루의 삶 속에서 양심의 가책을 받을 만한 일이나 은밀한 죄를 짓지 않고 투명하게 살아왔다는 진정성을 자신감 있게 표현한 것이며 거짓과 불의를 단호하게 거부한 삶을 살았음을 의미한다. 이런 고백은 자칫 잘못하면 큰 오해를 불러올 수가 있으나 아무나 이런 고백을 할 수 있는 것이 아니다. 그러나 교만한 마음에서 비롯된 것이 아니기 때문에 태일에게만큼은 충분히 허락된 말일 것이다.

어느 날 을지로 좌판의 점쟁이 노인이 이름풀이를 해줄 때 이름 속에 무서운 형벌과 저주가 끼어 있으니 마지막 이름인 '一'(한 일)자를 '壹'(하나 일)자로 고쳐 개명을 하면 크게 대성할 뿐 아니라 이름 속에 있던 형벌과 액운이 없어지고 자신의 큰 뜻을 이룰 수 있다고 풀이해줬다. 당시 태일은 창현교회에 출석하며 신앙생활을 하던 상태였는데 이름 속에 형벌이 끼었다는 충격적인 말을 곱씹으며 집으로 돌아와 그날 일기를 쓴 것이다. 전태일은 점쟁이의 말에 반론을 제기한다. "나는 평소에 공사를 확실히 구별하고 한 눈을 팔지 않고 열심히 살아 왔고 주님 앞에 부끄러운 짓을 하지

---

17 위의 책. 33.

않았는데 감히 누가 나에게 형벌을 준단 말인가? 하나님 외에 그 누가 나에게 형벌을 줄 수가 있느냐?"는 항변이었다. 그는 단호히 운명의 장난 따위를 물리쳐 버린다. 그리고 오히려 "이제부터 지난 일은 싹 잊어버리고 매사에 충실하자"라며 새롭게 출발할 것을 다짐한다. 누구라도 점쟁이의 그와 같은 말을 들으면 기분좋을 리가 없었을 것이다. 이는 종교적 신앙의 확고함에서 우러난 고백이며 기독자로서 자신의 삶의 정체성을 잃지 않으려는 몸부림이다.

6) 공든 탑이 무너진다. 주여, 도와주시옵소서. 아멘(1967.2.26.)

26일 23시 30분, 청천벽락이 떨어졌다. 방을 비우라는 것이었다. (중략) 28일까지 방을 비우라니 바람 앞에 등불 같은 운명이다. 이제 겨우 좀 정신을 차리려고 하니까 또 고난이 온다. 큰일 났다. 아무래도 아저씨께서 방을 안 얻어 주면은 공든 탑이 무너진다. 주여 도와주시옵소서. 아멘. (중략) 빨리 먼동이 터라 동방의 빛이여. 여기 가련한 인생이 있으니 빛으로 비치시라.18

1967년 2월 26일에 기록한 일기로서 전태일이 숙소로 사용하던 단칸방 집 주인이 예고도 없이 방을 비워 줄 것을 통보하자 당황하는 모습을 적나라하게 늘어놓은 이야기이다. 오갈 데 없는 절박한 상황에서 여느 사람들처럼 주님을 향해 절실한 도움의 요청을 하고 있다. 위기가 닥쳤을 때나 어려움을 만났을 때 그는 습관적으로 기도하는 청년이었음을 단적으로 보여 준다.

---

18 위의 책, 35.

7) 주님을 보증 세우는데 안 되지는 않겠지(1967.2.27.)

하려고 노력하면 안 되는 일은 없다. (중략) 오늘은 하루종일 공장에서
먼지를 덮어쓰고 일을 했다. (중략) 나는 어떡하면 좋으냐? 아저씨께 매어
달릴 수밖에 없다. 주님을 보증 세우고 돈 10,000원만 융통하려고 주님을
보증 세우는데 안 되지는 않겠지.19

　　1967년 2월 27일에 기록한 일기의 중반부로서 다급하고 절박한 상황
에 처한 전태일은 주님을 보증 세우겠다는 전무후무한 발언을 했다. 구체
적으로 어떤 방법으로 주님을 보증 세운다는 것인지 내용만으로는 전혀
알 수가 없다. 실제상황에 적용하기에는 매우 모호하고 추상적인 표현이
다. 그러나 태일에게 유일한 재산목록 1호는 예수 그리스도뿐이라는 고
백은 분명히 드러나 있다. 그에게 주님만이 기업이고 재산이고 유일한 보
증이었던 셈이다. 보증을 선다는 것은 인간관계에서만 가능한 사회법 용
어이다. 대부분 인생을 살아가면서 재정적으로 어려움을 만났을 때 한두
번 정도는 지인이나 일가친척에게 보증을 부탁한 적이 있을 것이다. 반대
로 타인으로부터 보증을 서 달라는 요청을 받았을 때도 있을 것이다. 남에
게 선뜻 보증을 서 달라고 부탁하는 것은 죽기보다도 힘든 일이다. 또 어
려움에 처한 타인의 보증 요청을 거절하는 것도 매우 난처하고 곤란하다.
전태일의 주변에는 아마 실제로 재정 보증을 세울 만한 사람은 흔치가 않
았을 것이다. 그러나 전태일이 강조하는 의미는 주님을 앞세우면 이 세상
에 안 될 일이 전혀 없다는 고백이며 언제 어디서든 아무런 부담 없이 보
증을 부탁할 수 있는 상대는 주님뿐이 없다는 신앙적 고백으로 들린다. 자

---

19 위의 책, 36

신의 유일한 의지가 될 만한 이는 예수밖에 없다는 간증이기도 하다.

8) 초막이나 지옥이나 내 주 예수 계신 곳이 그 어디나 천국 일세(1969.3.)

초막이나 지옥이나 내주 예수 계신 곳이 그 어디나 천국일세, 할렐루야
주 예수 지난 죄는 사함받고 주예수와 동행하니 그 어디나 천국일세.[20]

전태일은 1969년 3월 이후 바보회 활동 때문에 위험분자로 낙인찍혀
해고와 사표 그리고 면접이 반복되는 어려운 시기를 맞이한다. 이 당시 일
기장 맨 뒤에 기록한 이 구절은 당시 찬송가 가사의 일부 내용이다. 그가
이 찬송가 구절을 옮겨 적은 이유는 아무리 어려워도 오직 신앙에 의지하
려는 다짐을 글로써 표현한 것이다. 비록 자신은 무허가 판잣집에 살아도
예수를 믿는 믿음 때문에 그 초라한 집이 곧 천국이라는 고백이었다. 찬송
가 가사처럼 주님은 언제나 자신과 동행해 주셨고 마음에는 언제나 천국
이 임했다. 그 당시는 전체 한국 개신교회가 일명 '새 찬송가'와 '합동 찬송
가'를 병행해서 사용하던 때였는데 이 가사 내용은 그보다 훨씬 이전에 사
용된 옛 찬송가 가사의 일부로 확인이 되었다.[21]

9) 교차로에서 알파와 오메가(1969.12.19.)

교차로에서 저는 언제나 좌회전입니다. 세상에선 우회전에 우선권이 있다는
법칙 속에서 우회전의 부러운 우선권을 바라보며 알파와 오메가.[22]

---

20 전태일, 『친필 수기』, CD 사본 5, 23.
21 전태일이 사용한 찬송가는 주로 대한수도원이나 임마누엘수도원에서 사용한 것이었다.
22 전태일, 『친필 수기』, CD 사본 2, 79.

1969년 12월 중순에 작성된 이 고백은 많은 것을 시사한다. 흑백논리나 선악의 논리는 흔히 좌우 대칭으로 구분이 된다. 또한 이념논쟁에서도 좌우로 구분된다. 그러나 전태일은 이 글에서 그러한 보편적 전통을 깨고 자신은 과감히 왼쪽을 택할 것이라고 천명한다. 좌회전과 우회전이라는 인생의 갈림길에서 대부분의 인생들은 우회전을 택한다. 좌회전은 성서에서 말하는 '좁은 길'이며 우회전은 '넓은 길'이다. 우회전은 편하고 안정적이다. 많은 이들이 우측 길을 원하고 있으며 그곳을 향해 질주한다. 반면 좌회전은 적막하고 고독한 사막의 길이며 때론 험한 가시밭길도 나온다. 그래서 그 길을 걷는 이들은 거의 없다.

그러나 전태일은 주저하지 않고 과감히 좌회전을 선택했다. 그가 선택한 좌회전은 남들이 잘 가지 않은 외로운 사막이며 험난한 가시밭길이다. 그러나 좌회전을 선택한 이후에도 간혹 그는 우회전을 하는 사람들을 바라보며 부러운 눈길을 보낸다. 그러나 삶의 기로(교차로)에서는 언제나 좌측이었다. 그렇다고 부자는 무조건 우파이고 가난하면 좌파가 아니다. 혹자는 전태일의 좌회전 행동이 이념적으로 좌파에 해당된다고 보기도 한다. 그러나 전태일에게 있어서 좌측이란 정직과 정의와 공의의 길이 아닐까 생각한다.

그리고 그는 알파와 오메가를 언급하며 단상의 글을 마무리한다. 알파와 오메가는 신약성경 요한계시록에 등장하는 단어인데 그는 왜 여기서 알파(A)와 오메가(Ω)라고 했을까. 알파는 '처음'이고 오메가는 '마지막'을 뜻한다. 세상이 창조되던 태초의 시각이 바로 '알파 포인트'이며 우주의 종말을 통해 인류 역사의 끝이 '오메가 포인트'가 된다. 전태일은 바로 이 세상 역사와 우주를 주관하는 창조주가 통치하는 시공 속에서 좌회전 인생으로서의 확고한 주관을 밀고 나갔던 것으로 보이며 선택의 여지가 없이 좌회전만이 그가 선택해야 할 유일한 방향이었던 것이다.

10) 여호와의 뜻이 계신 고로 우리는 한마음 한뜻으로(1970.1.)

올해와 같은 내년을 넘기지 않기 위하여 나는 결코 투쟁하련다. … (중략) 내 마음속에 있는 생각도 정리하지 못하는 내가 어찌하여 대망을 바라고 사회 정화의 선구자가 되려고 한단 말인가? 무서운 비바람이 어깨를 빼어 가려고 덤비는 12월의 혹한은 나약한 나에게는 견딜 수 없는 고통이 된다. 그러나 우주 만물의 창조자이신 여호와의 뜻이 계신 고로 우리는 한마음 한뜻으로 십자가를 지고 나아가야 할 것이다. 하늘에 계신 우리 아버지여 이름이 거룩히 여김을 받으시오며 나라에 임하옵시며 뜻이 하늘에서 이루어 진 것 같이 땅에서도 이루어지이다. 오늘날 우리에게 일용할 양식을 주옵시며 우리가 우리에게 죄 지은 자를 사하여 준 것 같이 우리 죄를 사하여 주옵시고 우리를 시험에 들게 마옵시고 다만 악에서 구하옵소서 대개 나라와 권세와 영광이 아버지께 영원히 있사옵나이다. 아멘.[23]

(구약성경 욥기서 7:21) 주께서 어찌하여 내 허물을 사하여 주지 아니하시며 내 죄악을 제하여 버리지 아니하시나이까 내가 이제 흙에 누우리니 주께서 나를 부지런히 찾을지라도 내가 있지 아니 하리이다.[24]

1970년 새해 벽두(1월 초)에 작성된 것으로 확인된 이 글은 이미 전태일 이 투쟁의 각오 즉 죽음도 불사하겠다는 의지를 가지고 새해를 맞이하며 자신의 심경을 토로한 것이다. 그는 올해와 같은 내년을 남기지 않으려는 굳건한 마음을 품고 자기 자신을 채찍질하는 모습을 볼 수 있다. 또한 자신 이 품은 생각조차 정리하지 못하면서 어떻게 사회 정화의 선구자가 되려고 하는가를 자책한다. 전태일은 이 사회의 선구자가 되려고 노력했다. 작년

---

23 위의 책, 88.
24 위와 같음.

(1969년)까지 살아온 그의 여정도 이미 선구자적인 삶이었다고 볼 수 있다. 나이 어린 청년 선구자는 엄동설한의 혹한도 참아야 했다. 주어진 고난과 역경이 아무리 무겁고 아파도 반드시 십자가를 짊어지고 가야만 했던 것이다. 전태일은 이 글에서 자신에게 주어진 죽음의 십자가를 달게 지고 가야 한다는 결단이 보인다. 아울러 주기도문을 묵상하며 기도를 한다.

그리고 주기도문을 끝내고 마지막으로 구약성경 욥기 7장 21절을 적어 놓으며 죽음에 대한 자신의 확고한 의지를 표현한다. 전태일은 놀랍게도 자신의 죽음과 관련된 성경 구절을 정확하게 찾아내서 일기장에 기록했다. "주께서 어찌하여 내 허물을 사하여 주지 아니하시며 내 죄악을 제하여 버리지 아니 하시나이까 내가 이제 흙에 누우리니 주께서 나를 부지런히 찾을지라도 내가 있지 아니 하리이다"(구약성경 욥기 7:21)라는 욥기의 구절을 인용하며 하나님 앞에서 자신의 죽음의 결단을 명확히 하고 있다. 심지어 자신의 죽음을 놓고 하나님과 한판 씨름이나 숨바꼭질을 하는 심정으로 힘겨운 기도 속에 묵상한 것을 볼 수가 있다.

성경 본문 전후 문맥을 보면 욥의 토로는 자신이 당하는 일이 너무나도 억울하고 분하여 잠잠히 있을 수 없다고 털어놓은 것이다. 말을 하지 않고는 미칠 것 같은 심정이었다. 정신을 차리고 있으면 하나님이 감시하는 듯하고, 잠자리에 들면 하나님이 악몽으로 그를 괴롭히는 듯한 상황이었다. 하나님의 관심조차 마치 감시자의 눈초리와도 같이 느끼며 숨 막혀 하던 욥은 마침내 삶을 자포자기하게 한다. 이렇게 사느니 차라리 죽는 게 낫다는 욥의 절규는 매우 절망적이다. 하나님에게 버림받고 죽음에게조차도 따돌림받았다고 생각하는 욥의 흐느낌이 태일에게 그대로 전이된 것이다. 죽음마저도 욥을 외면한 것처럼 전태일도 그러한 생각을 했다. 그러나 욥의 발언에는 사실보다는 역설적 표현이 많다. 하나님을 매우 원망하는 고백에서 볼 수 있는 것은 오히려 하나님을 향한 갈망이 많다는 의미이다. 죽음의 기로에 선 전태일은 마치 욥과 같은 심정이었을 것이다.

11) 주 예수의 강림이 불원하니(1970.1.)

주 예수의 강림이 불원하니 일찍부터 우리 사랑함으로써 저녁까지 씨를 뿌려 봅시다. 열매 차차 익어 곡식 거둘 때에 기쁨으로 단을 거두리로다. 거두리로다. 거두리로다. 기쁨으로 단을 거두리로다.[25]

어느 날 그는 찬송가 가사 두 곡을 묵상하였다. 오늘날의 찬송가 167장 "주 예수의 강림이 가까우니"와 찬송가 260장 "새벽부터 우리 사랑함으로 써"의 두 곡이 합쳐진 내용이다.[26] 특이한 사실은 260장의 찬송가 가사에 다 167장의 제목을 서두에 붙였음을 볼 수 있다. 전태일은 아마도 예수의 강림을 갈급하게 기다리며 빨리 하나님의 나라가 이 땅에 도래하기를 기도하며 노래했는지 모른다. 그리고 메마른 이 땅에 사랑이라는 씨앗을 아침부터 저녁까지 뿌려 보자고 노래했던 것이다. 그리고 세월이 흘러 그 사랑의 열매를 우리 모두 거두러 가자고 노래 한 것이다. 역시 이 찬송가 가사도 '새찬송가'와 '합동찬송가'를 병행해서 사용하던 시기에 인용했다.

12) 두 눈을 주신 여호와 하나님 아버지의 은혜에 감사(1970.3.10.)

먼저 피조물의 제한된 능력 안에서 두 눈을 만드신 창조주이신 하나님께 감사하며 몇 년 전만 하더라도 후진국의 맨 밑바닥에서 중진국의 지도자적

---

25 위의 책, 80.

26 전태일이 기록한 찬송가 가사는 위에서 언급한 것처럼 '새찬송가'와 '합동찬송가'를 병행해서 사용하던 시기였으며 오늘날처럼 가사가 통일되지 않았다.

위치에서 힘찬 전진을 계속하는 조국에 감사하면서 저의 한눈을 김형님께
드리고 싶습니다.[27]

이 내용은 모범업체 설립자금 마련에 대한 대책을 세우는 도중에 우연
히 「중앙일보」 사회면 기사를 읽고 전태일이 신문사 담당자에게 쓴 글이
다. 기사 내용은 연세대학교 졸업식에서 시각장애인이 장애를 무릅쓰고
음대 학사학위를 받는 기사였는데 전태일은 마침 자신의 한쪽 눈을 기증
하고 그 대가로 모범업체 설립자금을 마련할 수 있을 것이라는 다소 황당
한 기대를 하며 편지를 썼다. 편지봉투에는 발신자를 자신의 이름으로 쓰
면서 발신 주소를 다음과 같이 창현교회 앞으로 작성했다. 이 글 서두에는
인간을 피조물로, 하나님을 창조주로 인지하면서 인간은 피조물에 불과
한 연약한 존재라는 것을 은연중에 비친 것을 볼 수 있다.

서울특별시 성북구 쌍문동 山 1번지 창현교회 전태일 올림

또 주소만 보더라도 평소에 그가 얼마만큼 교회 중심의 생활을 했는가
를 한눈에 확인할 수가 있는 증거이다. 편지에는 자신의 한쪽 눈을 빼어서
라도 그가 꿈꿔 온 모범업체를 설립하고 싶은 애절한 심정이 담겨져 있다.
아무리 자금이 시급하다 한들 자신의 눈을 빼서 돈을 마련한다는 것은 대
단한 각오와 결심이다. 이 편지에서 "피조물의 제한된 능력 안에서 두 눈
을 만드신 창조주이신 하나님께 감사한다"고 고백했다. 건강한 육체를 주
신 하나님께 감사한 것은 물론 자신이 속한 이 나라 이 조국에도 감사하면
서 자신의 한눈을 아낌없이 기증하고 싶다는 것이었다. 모든 일에 감사하

는 마음을 지닌 전태일은 결국 자신이 그토록 갈망하던 안구기증과 자금
마련 계획은 신문사와의 교감 실패로 성사되지 못했다. 전태일은 이 편지
를 발송하면서 발신자 주소를 창현교회 주소로 표기한 것으로 보아 이 문
제를 놓고 평소보다 더 열심히 교회에 나가 기도하며 가슴 졸이며 답장을
기다려 온 것으로 보인다. 실제로 전태일의 천막집과 천막으로 지어진 창
현교회는 서로 붙어있었다. 만일 신문사로부터 반가운 소식이 왔다면 전
태일은 그것이 하나님의 응답이라고 여겼을 것이다. 전태일은 자신이 꿈
꾸는 세상을 하루빨리 앞당기기 위해서 자신의 눈을 빼서라도 이루고자
했던 것이다.

13) 여호와를 의지하는 것이 인간의 급선무(1970.6.)

> 인간의 힘으로 생각으로 해결할 수 있는 시대는 지나갔다. 신을 의지하고
> 신의 율례와 법도를 행하는 것만이 인간이 해야 할 급선무라고… 단일신
> 여호와를.[28]

이 글은 전태일이 치정범죄사건을 다룬 소설 '어쩔 수 없는 막다른 길
에서'라는 제목의 글 일부이다. 이 소설의 결론은 위의 글로써 마무리된
다. 전태일은 자신의 특유한 신앙관을 통해 이 참혹한 현실 세계를 어떻게
해석하는가의 논리를 펼쳤다. 전태일은 이 사회의 무질서와 불행의 원인
들은 더 이상 인간의 자구책으로는 해결할 수가 없다고 진단했다. 그 모든
불행의 문제를 해결하고 동시에 현 사회를 구원할 수 있는 방법은 유일하
게 "하나님 말씀의 율례와 법도"를 지키는 길뿐이라는 것을 강조한다. 말

---

28 전태일, 『친필 수기』, CD 사본 4, 8.

씀을 준행하며 지키는 길이 이 세상에서 제일 중요하고 가장 시급한 일이라는 주장을 통해 그가 얼마나 성경 말씀을 절실히 의지하는가를 파악할수가 있다. 여기에서 전태일이 언급한 '단일신'(單一神)은 유일신(唯一神)의 또 다른 표현으로 착각하며 적은 것으로 보인다.[29]

14) 여호와 하나님의 은총만이 현 사회를 구할 수 있다(1970.6.)

(여호와 하나님)의 율례를 벗어난 욕심이 곧 인간을 부자유스러운 환경속에 빠뜨리게 되고 더 나아가서는 인간 자신이 자기가 만든 철책에서 헤어나지 못하고 희생하고 있다. (중략) 신의 은총만이 현 사회를 구할 수 있다.[30]

이 글은 전태일이 '에고이스트와 휴머니스트'라는 소설 초안에서 언급한 소설의 내용 중에 'B-1'이라는 등장인물에 대해서 언급하며 주장한 내용이다. 하나님의 계명과 율례를 벗어난 인간들의 욕심 때문에 인류사회의 모든 불행은 시작되었고 그 욕심은 모든 인간들을 부자유스러운 환경속에 빠뜨리게 되고 더 나아가서 인간 스스로 자신들이 파 놓은 함정과 올무에 빠져서 헤어 나오지 못한다는 주장을 등장인물의 입을 빌어서 주장하고 있다. 결국 줄거리는 욕심은 죄를 낳고 그 죄는 다시 사망이라는 결과를 낳는다는 성경의 교훈과 상통하고 있다.

소설의 맨 끝부분은 "신의 은총만이 현 사회를 구할 수 있다"는 구절로마무리된다. 마치 어거스틴의 '신(神)의 도성'이라는 책을 연상케 할 정도

---

29 구약성서에 등장하는 여호와는 유일신(唯一神)에 해당된다. 여기에서 전태일은 아마도 유일신이라는 뜻을 단일신으로 이해했던 것으로 보이며 또한 유일신의 동의어로 혼동했던 것으로 보인다.

30 전태일, 위의 책, 10.

로 이 세상의 모든 불행한 문제에 대해서 "신의 은총만이 현 사회를 구할
수 있다"고 해석하며 사회를 구원할 수 있는 유일한 방법은 무한하고 자비
로운 하나님의 은총뿐이라는 것을 강조한다. 전태일은 당시 한국교회와
기독교가 사회를 구원할 만한 능력을 지닌 상황이 아니었다고 보았다. 실
제로 한국교회는 전태일의 분신 항거 이후부터 그제야 사회구원에 대해
눈을 뜨게 되었다고 해도 과언이 아니기 때문이다.

하나님의 은총만이 현 사회를 구원할 수 있다는 전태일의 이 한 마디
는 소위 민중신학자들이나 진보주의 신학자들이 주장하는 차원보다 한
단계 더 높은 차원의 의미일 것이다. 그리고 현 사회를 구원하기 위해 그
는 자신이 살고 있던 그 시대의 작은 예수가 되어 소중한 목숨을 버리면서
까지 사회를 구원코자 했던 것이다.

15) 빈한 자는 하나님께서 택하신 안식일을 지킬 권리가 없습니까?
(1970.4.)

나이가 어리고 배운 것은 없지만 그들도 사람, 즉 인간입니다. 태어날 때부터
생각할 줄 알고, 좋은 것을 보면 좋아할 줄 알고, 즐거운 것을 보면 웃을
줄 아는 하나님이 만드신 만물의 영장, 즉 인간입니다. 다 같은 인간인데
어찌하여 빈한 자는 부한 자의 노예가 되어야 합니까? 왜 빈한 자는 하나님께
서 택하신 안식일을 지킬 권리가 없습니까? 종교는 만인이 다 평등합니다.
법률도 만인이 다 평등합니다. 왜 가장 청순하고 때묻지 않은 어린 소녀들이
때묻고 더러운 부한 자의 거름이 되어야 합니까? 사회의 현실입니까? 빈부의
격차입니까? 인간의 생명은 고귀한 것입니다. 부한 자의 생명처럼 약자의
생명도 고귀합니다. 천지만물 살아 움직이는 생명은 다 고귀합니다. 죽기
싫어하는 것은 생물체의 본능입니다.[31]

전태일은 이 글에서 평화시장에서 목격했던 부조리하고 불합리한 모순들을 꼬집으며 신랄하게 지적했다. 가난하고 힘없는 사람들은 일요일을 주일로 여기며 신앙생활을 할 수 있는 권리조차 없는 것이냐며 충격적인 반문을 한다. 그의 눈에는 주일조차 부자들과 세도가들의 전유물처럼 보였던 것이다. 당시 평화시장, 통일상가, 동화시장 등 3동 시장 업주들 중에는 소위 신앙의 자유를 찾아 월남했다는 이북 출신들이 다수를 차지한다. 그들은 이념적으로는 반공을 내세웠고 신앙적으로는 보수적 교리 성향을 지닌 이들이 대부분이다. 그들 중에 일부는 겉으로 볼 땐 신앙심이 돈독했고 일요일이 되면 자신들은 교회를 찾아가 예배를 드리는 신앙의 자유를 누렸으나 정작 자신들이 운영하는 공장은 일요일에도 문을 열고 직원들에게 노동을 시켰다. 모두 하나님의 형상을 지니고 태어난 똑같은 인간으로서 고용주와 노동자라는 신분의 차이 때문에 누구는 주일을 지키고, 누구는 못 지킨다는 것은 도저히 용납될 수 없는 모순이었다.

16) 하나님, 긍휼과 자비를 베풀어 주시옵소서(1970.8.9.)

삼각산에 올라온 지 4개월가량이 지난 1970년 8월 9일 전태일은 마침내 하나의 완전한 결단을 내렸다. 그리고는 오랜만에 글을 다시 썼는데 그것이 바로 세 번째 유서이다. 이 유서는 전태일이 남긴 모든 수기 중에서 가장 아름답고 감동적인 것으로 손꼽힌다. 이 글에서 전태일은 자신을 한 방울의 이슬로 표현했다. 메마른 황무지 한가운데서 들풀들이 처절하게 시들어져 가고 있는데 자신은 그 풀 한 포기를 살리기 위해 한 방울의 이슬

---

31 전태일, 『친필 수기』, CD 사본 7, 81.

이 되기 위해 몸부림친다고 하는 이 고백이야말로 전태일의 신앙 사상과 문학사상의 금자탑이라고 할 수 있다.

오늘은 토요일, 8월 둘째 토요일, 내 마음에 결단을 내린 이날, 무고한 생명체들이 시들고 있는 이 때에 한 방울의 이슬이 되기 위하여 발버둥치오니, 하나님, 긍휼과 자비를 베풀어 주시옵소서(1970.8.9).[32]

전태일은 예감되는 자신의 죽음의 의미를 "무고한 생명체들이 시들고 있는 이때에 한 방울의 이슬이 되기" 위한 죽음이라고 말하였다. 그토록 번민하면서도 그의 마음은 온통 평화시장 여공들에게 향했다. 잠 안 오는 약을 먹고 사흘 연속으로 야간작업을 하던 중 폐병으로 피를 토하던 여공들을 위해 완전에 가까운 결단을 내리며 하늘의 은총과 자비를 구한 것이다. 가난과 굶주림 그리고 그에 따른 멸시와 모멸의 23년간의 민중적 삶을 통과하면서 평화시장의 어린 동심들을 자기가 돌보지 않으면 안 되는 나약한 생명체들로 보았으며 자신이 목격한 참경(慘景)이 선명하게 떠올려질 때마다 죽음과 절망이라는 비평적 언사를 늘어놓기보다는 형형색색의 단풍보다 더 아름다운 시어들로 참혹한 세월을 물들였던 것이다. 숨이 턱턱 막힐 정도로 타들어 가는 목마름에 허덕이는 소녀들에게 한 방울의 이슬이 되고자 마침내 자신을 불길 속에 던지려는 결단을 내린 것이다.

17) 생애 마지막 구역예배 찬송가와 성경 본문(1970.10.23.)

510장, 없음

---

32 위의 책, 74.

562장, 이 세상에 소망

532장, 오시오 즐거운 우리 집.[33]

히브리서 11:13, 17

13절: 이 사람은 다 믿음을 따라 죽었으며 약속을 받지 못하였으되 그것들을 멀리서 보고 환영하며 또 땅에서는 외국인과 나그네로라 증거하였으니.

17절: 아브라함은 시험을 받을 때에 믿음으로 이삭을 드렸으니 저는 약속을 받은 자로되 그 독생자를 드렸느니라.

사무엘상 1:18

가로되 당신의 여종이 당신께 은혜 입기를 원하나이다 하고 가서 먹고 다시는 수색이 없느니라.[34]

전태일은 자신의 죽음이 임박한 1970년 10월 23일 금요일이 돌아오자 식구들과 함께 그의 생애 마지막으로 구역예배를 드렸다. 한국교회에서는 매주 금요일마다 교회에 소속한 각 구역[35]을 중심으로 교인들끼리 집집마다 돌아가면서 예배를 드렸다. 그날따라 전태일의 집에서 구역예배를 드리게 되었는데 그 구역은 마침 이소선 어머니가 구역장 직책을 맡고 있었다. 평소에는 평화시장에 출근해서 일하기 때문에 구역예배는 거의 참여하지 못했으나 이날은 우연하게 전태일이 집에 있는 날이어서 아무런 부담없이 참석한 것이다. 그런 경우는 자주 있는 일이 아니었다.

그는 당시 불렀던 찬송가와 성경 구절을 노트의 맨 마지막 장에 메모

33 전태일, 『친필 수기』, CD 사본 1, 10.
34 위와 같음.
35 개신교 내에서는 각 교단이나 교회별로 구역 혹은 속회, 셀조직, 목장모임 등으로 부른다.

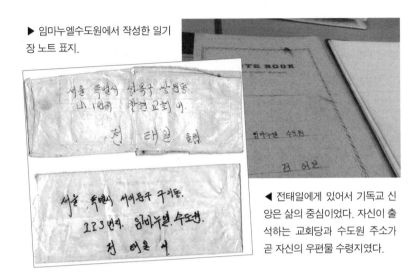

▶ 임마누엘수도원에서 작성한 일기
장 노트 표지.

◀ 전태일에게 있어서 기독교 신
앙은 삶의 중심이었다. 자신이 출
석하는 교회당과 수도원 주소가
곧 자신의 우편물 수령지였다.

하듯 썼는데 놀랍게도 구역예배 설교시 인용되었던 성경 구절들은 전태
일 자신의 앞날을 예견이나 하듯 실제 적중한 것을 볼 수 있다. "이 사람은
믿음을 따라 죽었으며…"의 히브리서 13장 13절의 내용과 독자 이삭을
산 채로 번제물로 드리는 히브리서 13장 17절의 "믿음으로 이삭을 드렸으
니… 독생자를 드렸느니라"는 내용들은 죽음을 결단한 전태일의 처지와
아들을 죽음의 길로 떠나보내는 이소선 어머니의 처지가 맞아 떨어지는
것을 볼 수 있다. 예배시간에 선포된 성경 구절들을 읽으면서 전태일은 아
마도 자신의 희생이 주님의 섭리 가운데 진행되는 것임을 깨달았던 것일
까? 이어서 적어놓은 구약성경 사무엘상 1장 18절 "당신의 여종이 당신께
은혜 입기를 원하나이다 하고 가서 다시는 수색이 없느니라"는 구절은 이
소선에게 해당되는 구절이었다.

하나님의 은혜를 입은 이소선은 실제로 아들의 죽음을 통해서 하나님
의 동행을 더욱 체험하였으며 그녀의 얼굴에 나타난 고통의 수색(愁色)은
더 이상 사라지고 평생을 용맹스러운 전사처럼 살게 된다. 결국 그날 구역

예배의 첫 번째 성경 본문인 히브리서는 전태일에게 해당되었고 두 번째 사무엘서는 어머니 소선에게 해당되었던 것이다. 마치 하늘로부터 계시와 예언이 내려진 것처럼 모자(母子)가 받은 성경 구절들은 실제로 각각 현실 세계에서 이루어졌다.

5. 십계명을 지키려는 헌신적 노력

한국교회사에서 대표적으로 거론되는 순교자를 꼽으라고 한다면 주기철 목사와 손양원 목사이다. 이 두 목회자가 지금까지 보수성향의 한국교회로부터 매우 존경받는 순교자가 될 수 있었던 것은 십계명의 첫 번째 계명인 "나 외에 다른 신을 섬기지 말라"는 계명을 위해서 목숨을 버렸기 때문이다. 신사참배를 강요당했을 때 이들은 감옥에서도 끝까지 신사참배를 반대했다. 이와는 별도로 손 목사는 자신의 두 아들을 죽인 가해자를 양자로 입양하는 초월적 사랑을 실천했다. 이와 같은 맥락에서, 전태일의 생애와 죽음은 비록 두 순교자와는 차원이 다르지만 십계명의 정신을 얼마나 온몸으로 지키려 했는가를 여실히 보여주고 있다. 기독교인에게 있어서 신앙의 필수 입문이라고 할 수 있는 십계명(十誡命)[36]을 좀 더 이해하기 쉽게 두 가지로 구분을 해보면 1~4계명은 대신계명(對神誡命), 즉 사람과 하나님과의 관계에 대한 계명이라고 할 수가 있으며, 5~10 계명은 대인계명(對人誡命), 사람과 사람과의 관계에 대한 계명이다. 그렇다면 전태일은 어떤 방법으로 십계명의 정신을 지키려고 했는가를 살펴보도록 하자. 이미 밝혀진 대로 친필 수기에서 두 가지 중요한 언급을 했다.

---

36 십계명은 구약성경 출애굽기 20장 1~17절에 근거하고 있다.

인간의 힘으로 생각으로 해결할 수 있는 시대는 지나갔다. 신을 의지하고 신의 율례와 법도를 행하는 것만이 인간이 해야 할 급선무라고… 단일신 여호와를… 37(여호와 하나님)의 율례를 벗어난 욕심이 곧 인간을 부자유스러운 환경 속에 빠뜨리게 되고 더 나아가서는 인간 자신이 자기가 만든 철책에서 헤어나지 못하고 희생하고 있다. (중략) 신의 은총만이 현 사회를 구할 수 있다.38

전태일이 주장한 "신의 율례와 법도"라는 것은 교리적인 측면에서 볼 때 십계명을 의미한다. 전태일은 십계명을 지키는 길, 즉 하나님의 율례와 법도를 실천하는 것만이 인간이 해야 할 가장 급선무라고 주장한 것이다. 전태일의 생애는 십계명의 정신에 부합되는 삶을 살았다고 볼 수 있을 것이다. 혹자는 "전태일이 자살했기 때문에 여섯 번째 계명을 범한 것이다"라고 말한다. 그러나 전태일은 자신을 위한 죽음이 아닌 만인을 위한 죽음이었음을 간과해서는 안 된다. "내가 내게 있는 모든 것으로 구제하고 또 내 몸을 불사르게 내어 줄지라도 사랑이 없으면 내게 아무 유익이 없느니라"(고전 13:3)는 신약성경 고린도전서의 구절도 이를 뒷받침하고 있다. 평화시장의 수많은 어린 생명체들을 위해 목숨을 버릴 정도의 순수하고 조건 없는 사랑이 자신에게 있는지를 오랜 기간을 기도하며 몸부림쳤다.

이어서 요한복음 15장 13~14절은 예수께서 "사람이 친구를 위하여 자기 목숨을 버리면 이에서 더 큰 사랑이 없나니, 너희가 나의 명(命)하는 대로 행하면 곧 나의 친구라"고 강조했다. 이 구절에서 강조되는 부분은 바로 "친구를 위하여 목숨을 버린다"는 부분이다. 여기서 "목숨을 버린다"는 것은 타살적 죽음은 아니다. 그렇다고 해서 자연사는 더더욱 아니다.

---

37 전태일, 『친필 수기』, CD 사본 4, 8.
38 위의 책. 10.

그러면 무엇인가. 이타적 목적으로 남을 위해, 친구들을 위해 기꺼이 자신의 목숨을 바치는 숭고한 죽음을 의미한다. 예수가 언급한 "버린다"에는 전태일이 선택한 죽음의 방식도 포함된다. 자신의 생명을 자원해서 던지는 방식이 분신(焚身)이라는 극단의 방법이 되어서는 안 된다. 그러나 전태일의 일기장에는 삶에 대한 외경과 애착이 곳곳에 언급되어 있고 누구보다 생명의 고귀함을 역설하고 있다. 그럼에도 불구하고 그가 삶의 회의나 허무주의 때문에 그런 방법을 택한 것이 아니었기 때문에 전태일의 이타적인 사랑의 실천은 예수의 말씀과 합일이 된다.

1) 주일성수를 위한 몸부림과 목숨 건 투쟁

전태일은 쌍문동 천막촌 동네에 세워진 작은 미자립교회에 불과한 창현감리교회에서 1967년 정초에 주일학교 5·6학년 반사(班師)로 임명을 받아 열심히 아이들을 가르치게 되었다. 그런 시기에 전태일은 평화시장에 출근해 재단사로 일하고 있었다. 그러나 업주로부터 주일(일요일)에도 출근할 것을 강요받았을 때 그는 몹시 괴로워했다. 갓 22세의 나이에 평화시장 5년 차의 재단사가 되어 어느 누구도 따라올 수 없을 정도로 유능한 일류 재단 기술자가 되었다. 그의 실력은 매우 뛰어나서 보는 사람들이 감탄할 정도였고 작업장 내에서는 언제나 자신에게 주어진 일들을 성실히 감당하던 청년이었다. 그런 그였기에 자신이 일하는 공장에서 만약 자신이 결근을 하게 되면 작업장의 전체적인 일에 막대한 지장을 초래할 수밖에 없었다. 그렇다고 교회를 다닌다는 이유로 무작정 결근을 할 수도 없는 노릇이었다. 그런 어려운 환경 속에서 전태일은 어떻게 하든 주일을 지키려는 몸부림을 칠 수밖에 없었다. 그가 얼마나 주일성수에 대해서 예민하게 생각하였는가는 아래의 수기 여러 곳에 잘 나타나 있다.

(1) 주일성수로 고민하는 동료의 상담을 받다

당시 열악한 노동조건과 불안정한 환경에서 전태일이 주일을 지킨다
는 것은 그의 표현대로 단지 "가냘픈 소망"일 뿐이었다. 전태일이 재단사
로 일하던 공장은 거의 주일(일요일)마다 문을 열고 작업을 했다. 그런 상
황에서 그가 신앙생활 하기가 얼마나 힘들었을지를 살펴보도록 하자. 아
래의 수기는 그가 주일성수 때문에 고민하던 상황을 다음과 같이 소설 형
식 초안으로 기록하고 있다.

마루에 앉아서 울타리 꽃밭을 쳐다보면서 그 어떤 심각한 생각 속에 잠긴 JL.[39]
철장 울타리 앞의 조그마한 꽃밭에 한시도 눈을 떼지 않지만 그의 생각은
멀리 시내 중부시장 그의 직장에서 어제 있었던 일을 다시 반성해 보는
것이다. 5번 미싱사의 그 가냘픈 소망을 자기에게 이야기하던 때의 상태를
"재단사요! 어디든지 주일날마다 쉬는 데를 좀 알아봐 주세요."
"글쎄?, 보세공장 같은데 말고는 어디 그런 곳이 드물꺼요. 요행이 (예수)
믿는 사람이 공장을 차리고 있으면 되겠지만 어디 그런 집엔 자리가 잘
비지 않으니까 하여튼 빨리 알아보도록 힘써 보지요." 이렇게 무성의하게
대답하는 그에게 5번 미싱사는 그 자리에서 표시할 수 있었던 가장 순박한
감사를 표하지 않던가? 그는 막상 어디에 알아보겠노라고 이야기는 했지만
막상 희망을 걸고 알아볼 곳은 없다. 평화시장의 여러 친구들에게 물어보고
부탁하여 놓은 게 보통이다.[40]

---

39 JL은 소설 속에서 전태일 자신의 영문(JUN TAE IL) 이니셜이다.
40 전태일, 『친필 수기』, CD 사본 7, 77.

수기에 등장하는 인물은 전태일과 함께 같은 공장에서 일하고 있는 동료이자 기독교 신자로서 통칭 "5번"으로 불리는 무명의 여성 미싱사였다. 그 미싱사는 자신이 현재 속해 있는 직장에서 하루빨리 그만두고 일요일에는 휴업을 하는 업체를 찾아보기로 결심을 한다. 그러던 어느 날 재단사인 태일에게 자신의 전후 사정을 상담하며 주일에는 쉴 수 있는 직장을 알아봐 달라는 부탁을 하는 것이다. 그리고 이튿날이 되자 하루 전에 있었던 일을 떠올리며 자신의 힘으로는 더 이상 그 동료를 도와주지 못하는 무능함에 대해서 안타까워하는 내용이다.

평소 어려운 동료들에 대해 남달리 관심을 보여주며 사랑으로 돌보아주던 재단사 전태일은 어제의 그 문제에 대해 무성의하게 대했던 아쉬움과 죄의식으로 괴로워했다. 당시 업주들은 자신의 공장 직원들 중에도 교회를 다니는 신자들이 있는 것과 주일성수 문제 때문에 괴로워하고 있다는 것을 대부분 잘 알고 있었다. 훗날, 전태일이 분신 항거한 직후 학생장으로 장례식을 치르려던 서울대의 장기표, 이신범 등은 그 뒤 정보기관에 끌려가서 뭇매를 맞았다. 이때 수사를 담당하던 기관원은 "도대체 미싱사한 놈이 죽었는데 서울대 법대생들이 웬 난리법석들이냐? 그럼 한 겨울에 들판에 죽어 나자빠져 있는 까치 새끼들도 많이 있던데, 그럼 너희들이 가서 까치새끼 장례식도 치러주지 그러냐!"며 폭언과 악담을 쏟아부었다.[41] 당시 박정희 정권에서 일하고 있던 대부분의 정보기관 종사자들이나 공무원, 업주 등을 비롯해 소위 사회지도층들이 지닌 노동자들에 대한 인식과 가치관을 단적으로 엿볼 수 있는 일화였다. 이처럼 여공들이나 하급 노동자들은 새 한 마리나 짐승만도 못한 취급을 당하는 인생들이었다. 업주들은 자신들의 공장에서 일하는 직공들의 인격이나 신앙을 그런 식으로

---

41 안경환, 『조영래 평전』 (도서출판 江, 2006), 220.

깡그리 무시해 왔던 것이다. 미싱사들도 버젓이 이름이 있건만 "1번 미싱
사", "2번 미싱사"라는 일련번호나 숫자로 불렸는데 이는 호칭의 편리함
을 빙자해 노동자들을 기계나 물건으로 취급하려는 저의가 깔려 있는 것
이다. 업주들은 하급 노동자들을 자신의 수하에 거느리는 하찮은 존재라
고 여기거나 "새 한 마리나 짐승"만도 못하게 취급하며 인격을 묵살했던
것이다.

(2) 자신들만 주일성수하는 악덕 업주들을 목격하다

평화시장의 수많은 업체들 중에는 근로기준법을 철저히 지키거나 일
요일마다 꼬박꼬박 쉬는 모범업체는 눈 씻고 찾아보기가 힘들었다. 반면
수많은 청계천의 나이 어린 노동자들 중에는 다수의 기독교 신자들이 있
었다. 더구나 그 업주들 중에는 전태일처럼 교회 중책을 맡은 신자들도 의
외로 많았다. 그런 업주들은 주일이 되면 자신들은 교회에 나가서 주일성
수를 하고 예배를 드리면서도 막상 자신들이 운영하는 업체의 노동자들
은 마치 재봉틀이나 미싱 기계 등 돈 벌어주는 기계로 취급했다. 그리고
당시 강남 신도시 개발 붐에 혈안이 된 업주들은 노동자들에 대한 억압과
착취로 벌은 그 돈을 땅투기에 쏟아부었다.[42] 전태일은 이런 역설과 모순
을 분명하게 확인한 것이다. 전태일과 평생을 붙어 다니다시피 했던 동생
전태삼은 그 같은 당시 상황을 똑똑히 기억한다.

그 당시 형(전태일)이 생각할 적에 장로, 집사들은 주일날, 수요일에 교회에
복음을 들으러 착실히 가면서도 막상 자기 공장에서 일하는 사람들을 주일날

---

42 KBS, 「다큐멘터리 인물현대사」, 2003.7.4./ 2004.5.21. 방영.

에도 공장에서 일을 시키잖아요. 형님은 그 광경의 모순을 정확하게 지켜본 거에요. 그러니까 그 모순의 극치 즉 자기들은 천국 가기 위해 그런 식으로 교회를 열심히 나가면서 미성년자들인 나이 어린 직공들에게는 일요일에도 공장 문을 열고 타이밍이라는 알약을 먹여 가며 하루 종일도 모자라 밤이 늦도록 평일과 똑같이 일을 시키는 거죠.[43]

당시 업주들은 그 같은 착취와 억압을 일삼으면서도 노동자들을 향해 죄의식이나 미안한 마음도 없이 마치 당연한 경영방식으로 알고 있었다. 모세가 이스라엘 백성들을 이끌고 이집트를 탈출할 때 바로 왕을 향해 "내 백성으로 예배하도록 자유케 하라"며 당당하게 요구한 것처럼 전태일은 탐욕에 가득 찬 업주들을 향해 "일요일은 제발 쉬게 하라"고 요구했으며 더 나아가 "교회 다니는 신자들에게 주일을 지키고 예배를 드릴 수 있도록 허락하라"며 항변한 것이다.

(3) 주일은 영육 간에 햇빛을 보는 날

전태일은 어쩌다 한 달에 한 번 겨우 쉬는 일요일을 애타게 기다리며 손꼽아 기다려 왔다. 그에게 주일은 "햇빛을 보는 날"이었다. 물론 어두컴컴한 형광등 몇 개가 전부인 공장에서 일하다가 쉬는 날이 되면 밖으로 나와 마음껏 하늘을 바라보며 맑은 공기를 쐴 수 있기 때문에 그런 표현을 했을 것이다. 그러나 그에게서 햇빛은 그 이상의 의미다. 영적인 차원에서 햇빛을 본다는 의미가 더 강했던 것이다. 그가 생각한 영혼의 햇빛은 하늘의 영광을 뜻한다. 그가 임마누엘수도원에서 하산한 후 삼동회 투쟁

---

43 전태삼, 「저자와의 인터뷰 증언」, 2006.8.13.

을 하다가 분신 항거하기 직전에 연필로 작성한 수기에 이렇게 적었다.

1. 근로기준법을 준수하라
2. 근로감독관 임병주를 고발한다(법 18조)
3. 우리는 재봉틀이 아니다
4. 대통령 각하(메세지) 우리도 인간임을 인정하여 주십시오
5. 일주일에 한 번이라도 햇빛을[44]

전태일은 그토록 햇빛보기를 원했으며 "우리는 재봉틀이 아니다"라며 끊임없이 주일에는 쉬게 할 것을 요구했다. 이소선 어머니도 주간지와의 인터뷰에서 "내 아들은 열사도, 투사도 아니야, 그저 사람을 사랑했을 뿐이야"라는 제목을 통해 당시를 생생히 증언했다. 기자가 "아드님의 정신과 사상에는 기독교 정신이 밑바탕에 있다고 들었습니다"라고 질문하자 아래와 같이 소상히 답했다.

> 많이 깔렸지, 지가(전태일이) 주일학교 선생을 하는데, 주일날에 평화시장 안 노니까 교회 선생을 못한다 말입니다. 그러니까 밤에 와서 (공과 준비)해 놓고, 내일 예배드릴 때 해야 되는데, 앞에 나가서 하는 거, 주일날은 안 노니까 못한다. 그러니까 주일 날 놀게 해 달라고 쉬게 해 달라고 맨날 일만 하니까 하루라도 쉬게 해 달라고, 그러니까 투사를 하려고 죽지도 않고, 열사를 하려고 죽지도 않고, 정말 그 사람들을 어떻게 해서 내가 돌 볼 수 있을까 그런 생각에서 노동청에 댕기다가 자기 힘으로 부닥치니까 그런 거지···.[45]

---

44 전태일, 『친필 수기』, CD 사본 1, 8.

45 이소선, "『조선일보』 조성관 기자와의 인터뷰", 「週刊朝鮮」 1870호 (2005.9), 4.

이처럼 전태일은 인간을 재봉틀처럼 여기는 고용주들에게 항변하면서 자신의 한 몸을 희생해서라도 다른 수많은 사람들에게 영육 간에 햇빛을 보도록 했던 것이다.

2) 동료들의 생명과 건강, 재산을 지키려는 행위는 십계명 정신

햇빛도 안 들어오는 닭장 같은 침침한 다락방에서 수많은 여공들이 허리 한번 제대로 펴지 못한 상태에서 실 먼지 마시며 일하는 것을 전태일은 못내 안타까워했다. 이 때문에 호흡기 질환과 폐병을 앓고 있으면서도 제대로 치료조차 받지 못한 것을 목격한 태일은 여공들의 건강과 생명을 보존하는 일에 적극적으로 뛰어든다. 전태일은 자기 집에 사는 두 여동생처럼 마냥 사랑스럽기만 한 평화시장 여공들의 건강과 생명 그리고 그들이 받아야 할 정당한 급여를 지키기 위해 대통령에게 편지를 썼는데 그 내용에는 여공들의 처절한 참상이 정확히 묘사되어 있었다.

전태일은 이들 연약한 노동자들이 악덕 기업주들로부터 착취당하며 억울하게 빼앗기고 있던 재산을 보호하며 되찾아 주려 백방으로 노력을 기울였으며 직공들이 일한 만큼의 급여를 정상적으로 받을 수 있도록 싸웠다. 업주들은 노동자들을 착취했고 정부는 그러한 업주들을 단속하기보다는 오히려 보호했다. 그리고 언론은 그런 노동자들에 대해 무관심하거나 외면했다. 어린 노동자들의 값싼 노동력을 착취하여 모은 돈으로 업주들은 한참 유행하기 시작했던 강남개발에 뛰어들어 자신들의 부를 축재하는 일에 몰두하기 위해 수단과 방법을 가리지 않았던 것이다. 이처럼 부의 분배는 고르지 못했다. 여공들에게 착취한 돈을 업주들은 노동자들과 공유하지 않고 고스란히 착복하며 자신의 배를 채우고 재산을 늘리는 데 급급했다. 전태일은 "네 이웃의 건강과 생명과 재산을 지켜야 한다"는 십계명의 정신을 온몸으로 지킨 것으로 볼 수가 있다. 죽음의 날이 가까워질수록 전태일의 수기에는 나약한 여공들과 노동자들을 지키려는 생각뿐이 없었다.

> 바람이 기운을 낸다. 코스모스 나약한 허리를 꺾으려고 덤빈다. 키다리 해바라기, 머리가 무거워서 오만하게 큰 키를 굽히면서 사정을 한다. 바람님 화를 거두시고 잠잠하시라고, (중략) 심술쟁이 철망은 오래오래 기다렸다는 듯이 그 가냘픈 허리를 정말 휘어지게 끌어안는다. 누가 볼까봐 수줍어서 허리가 아파서 얼굴이 창백하다. 키다리 해바라기 목이 아파서 노란 눈물을 한 방울 두 잎 날린다.[46]

이 수기를 읽어보면 전태일의 문학적 감수성이 매우 예민하다는 것을 알게 된다. 자신의 공장에서 기계처럼 착취당하는 여공들을 보면서 발휘된 상상력이다. 그의 눈에는 노동현장에서 착취당하는 여공들을 해바라기와 코스모스 꽃들과 비교했다. 키가 큰 해바라기가 쟁반만 한 무거운 얼굴을 하늘을 향해 쳐들고 있는 것을 보며 "목이 아파서 노란 눈물을 흘린다"고 표현했다. 일반인들은 해바라기를 보면서 목이 아프다고 느끼지는 않는다. 그러나 전태일은 그런 해바라기를 바라보며 차마 단순한 꽃의 아름다움에 도취될 수 없었다. 해바라기의 머리와 목이 얼마나 아플까를 생각해야만 했기 때문이다. 허리도 펼 수 없는 닭장같이 좁고 어두운 작업장에서 머리조차 제대로 들지 못하며 고개를 조아리고 일해야 하는 노동자들이 목과 허리에 느끼는 통증을 묘사한 것이다.

또한 하늘하늘한 몸매를 자랑하는 키 큰 코스모스를 바라보면서 "허

---

46 전태일·전태일기념사업회 엮음, 『내 죽음을 헛되이 말라』, 152.

리가 아파서 얼굴이 창백하다"고 노래했다. 역시 허리와 다리조차 펼 수 없어 혈액순환이 제대로 안 돼 얼굴이 창백해진 여공들을 표현한 것이며 얼굴이 창백하다는 것은 폐병을 앓는 이들과 햇빛을 보지 못해서 얼굴이 누렇게 떠버린 모습을 표현한 것이다. 노동 현장에서 일어나는 갖가지 모습과 그에 따른 갖가지 문제들 그리고 어린 여공들의 피폐한 삶과 여건, 자본주의가 빚어내는 각종 병폐 등이 짧은 그의 소설 한 편에 모두 담겨있다. 직설적이지도 않고 날카롭게 지적하지도 않으면서 비유를 통해 적나라하게 실상을 고발한 것이다. 숨이 턱턱 막혀오는 작고 어두운 공간에 갇혀 반 토막 영혼으로 뒤틀린 소녀들은 자신들이 지낸 붉은 세월을 이제는 더 심각한 상태인 노란 단풍으로 물들인다는 내용이다.

37장

모범업체 '태일피복'의 설립 착상과 계획

1969년 11월 1일~1970년 1월 4일 (약 2개월, 22~23세)

1. 모범업체 설립 동기와 최초의 착안

— 1968년 12월~1969년 4월

전태일은 자신이 일하던 한미사(韓美社)와 중앙피복(中央被服)을 연속으로 그만두고 그 후 중앙시장에 있는 형제사(兄弟社)에 취업하였으나 그곳에서 4개월 정도 재단사로 일을 하다가 결국 또 그만두고 쉬게 된다.[47] 이때 전태일은 잠시 쉬는 공백 기간에도 임시직으로 이일 저일 닥치는 대로 돈벌이를 하였는데 그 시기가 바로 1968년 12월경이었다. 그 무렵에 모범업체 설립에 대한 최초의 착상을 시작한다. 근로기준법을 철저히 지키면서도 다른 업주들의 존경과 부러움을 살만한 모범적인 피복 제조

---

47 김영문, 「저자와의 인터뷰 증언」, 2006.7.9.

업체 운영이 충분히 가능하다는 것을 확신하고 자신이 평화시장에서 그
런 업체를 직접 설립하려는 꿈을 꾸기 시작했던 것이다. 그로부터 4~5개
월 동안 전태일은 시간이 날 때마다 틈틈이 모범업체 설립에 대한 구상과
연구를 해 오다가 다음 해인 1969년 4월경에 구체적인 계획을 아래와 같
이 착수한다. 상상 속의 꿈의 공장이 구체화되는 순간이었다.

> 1969년 4월 달부터 일을 본격적으로 시작했다. 이 문제는 1968년 12월
> 달에 착상한 것이다. 나 자신이 꼭 해야 될 문제로 생각했다. 그러나 1969년
> 서울특별시 근로감독관실에 진정서를 제출했으나 심사도 받지 못하고 말았
> 다. 나 자신이 너무 어리다고 무시했기 때문이다.48

전태일이 모범업체 설립을 할 수밖에 없는 이유와 동기가 너무나 확고
했다. 그는 모범업체 설립 취지와 목적을 정당한 세금을 내고 근로기준법
을 준수하면서도 성공할 수 있다는 것을 입증하고, 악조건에서 일하는 어
린 여공들을 하루빨리 구하자는 것이었다. 전태일은 그것을 위해서라면
눈을 뽑거나 몸뚱이 전부를 팔아서라도 자신이 꿈꾸던 모범업체를 기필
코 설립하고자 했으나 현실은 녹녹치 않았다. 그가 모범업체라고 표현한
것은 사회적 기업일 것이다. 이런 구상은 기업가와 노동자의 사회적 책임
에 대한 전태일의 평소 인식과 인지능력의 결과물이다. 전태일이 세우려
했던 업체는 요즘의 사회적 기업에 해당되며 이와 동시에 기업의 사회적
책임을 비롯해 노동조합이나 노동자의 사회적 책임에 대한 시원이 사회
적 기업에서 출발한다.

---

48 전태일,『친필 수기 』, CD 사본 2, 104.

2. 생산주의 경쟁으로 인한 피해자들에 대한 단상
— 1969년 8월 말

전태일은 생산주의 경쟁 때문에 결국 손해를 보고 피해를 입는 부류는 결국 소비자들이라는 사실을 파악하고 있었다. 노동자를 착취하고 소비자들을 속이는 기업은 오래 못 간다. 전태일은 소비자의 입장에서 바라보며 업주들과 업체들의 비효율적인 생산체계를 예리하게 꿰뚫어 보는 안목과 예지력을 지녔다. 머지않아 모범업체를 설립할 사람으로서 그러한 부조리한 체계를 시정하여 소비자와 생산직 직공들이 모두 이득을 보는 방책을 세워 모범업체를 경영할 수밖에 없는 당위성을 제시했다. 기계처럼 밤낮없이 일만 하는 직공들이 받아야 할 이익을 고스란히 업주가 착복하는 것도 문제이지만, 반면 소비자들도 질적으로 저하된 제품을 구입함으로써 직접적인 피해를 입는 것을 바로 잡기 위한 것이다. 이처럼 전태일은 소비자와 생산직 종사자들이 입는 피해를 지적하고 이와 동시에 불법으로 이득을 착복하는 존재는 유일하게 사업주라는 것도 드러냈다.

생산주의 경쟁으로 피해를 당하는 것은 생산공과 소비자들이다.
이유, 첫째. 어떤 수를 쓰던지 가격을 인하할 목적으로 상품을 아주 형식적으로 생산한다. 예를 들면 원가의 지출을 감축하기 위하여 외향에서 보이지 않는 부분은 보이는 부분보다 떨어지는 비율이 1:5, 그러니까 겉 기지는 오 개월을 입을 수 있어도 속 우라는 1개월밖에 입을 수 없다는 결론이다. 여기에서 소비자는 피해를 보고 있는 것이다.[49]

---

49 위의 책, 76.

사진은 모범업체 '태일피복' 간판을 재현한 전태일기념관 전시물이다.

3. '태일피복' 출범에 대한 홍보와 초청장 형식의 글 작성
— 1969년 11월 1일

전태일은 자신의 집 책상 위에 있는 일반 대학노트와 메모지에 자신의 구상을 꼼꼼하게 적어가면서 모범업체 설립을 구상했다. 그러던 중 1969년 11월 1일 일기장에 자신의 이름을 딴 '태일피복'(泰壹被服)이라는 회사 이름을 짓고 그것과 관련한 글을 아래와 같이 작성했다. 참으로 전태일다운 발상이었다. 그가 평화시장에서 5년 동안 뼈저리게 겪은 불이익을 일거에 해결할 수 있는 이상적인 업체로 출범하는 것에 대한 긍지와 자부심이 드러나 있다. 그리고 모범업체 설립에 대한 첫 구상은 회사설립에 대한 홍보로 시작한다. 그는 초청장 형식의 홍보문을 다음과 같이 적었다.

안녕하십니까?
직접 찾아뵙지 못하고 지면을 빌리어 인사올리게 됨을 넓으신 아량으로 이해하십시오. 본사는 금번 평화시장 피복계에 일대 센세이션을 일으킨 태일피복입니다. 타사와 달리 철저한 품질관리와 생산 원가를 고객 여러분에게 솔직하게 알려 드리고 생산과정을 소개하여 드립니다. 가격은 고객 여러분께서 생산 원가를 뺀 얼마간의 이익을 불러 주시면 됩니다. 그리고 본사의 이윤은 기업주와 종업원이 공평하게 분배합니다. 여러분의 자녀분들인 종업원을 건강 보호부터 교육에까지 철저하게 관리합니다. 본사의 모토는 정직입니다. 종업원을 기업주와 하등의 차이도 없이 대우하고 사업을 해 나갈 수 있다는 기본을 보이기 위한 기업체입니다. 그러므로 언제나 양심적이며 실용적인 상품은 논할 것도 없으며 모든 기업체의 모범이 될 것을 약속합니다. 끝으로 본사를 좀 더 이해 많으시기를 바라고 많은 충고와 사랑이 있으시기를 기다립니다. 감사합니다.

1969년 11월 1일 태일피복 대표 전태일.[50]

이 초청장 문구에는 다른 피복업체와의 차별성과 독립성을 강조했을 뿐 아니라 투명한 경영방식에 대한 확고한 자신감을 가지고 생산원가와 과정을 소비자들에게 공개하겠다는 의지도 강조했다. 또한 태일피복에 근무하는 젊은 직공들을 '어린 자녀'로 표현하며 걱정하지 말고 부모들에게 마음 놓고 자녀들을 맡기고 기대해도 좋다는 말을 강조한 것으로 보아 직원들은 모두 18세 이하로 생각한 듯했다.

4. '태일피복'의 대성황에 대한 부푼 단상
— 1969년 12월 31일

이처럼 전태일이 모범업체 설립에 집착한 이유가 무엇이었을까? 지겹도록 가난한 환경에서 자라나긴 했지만 단순하게 가난의 굴레를 벗어나

---

50 위의 책, 10.

기 위한 몸부림에서 기인된 것만은 아니다. 모범업체 설립은 어린 여공들을 구출하기 위한 시급한 방편으로 인식하고 있었으며 일종의 사명감으로 작용하였던 것이다. 평화시장 안에서는 더 이상 자신이 바라는 이상적인 업체를 찾아볼 수 없게 되자 결국 모든 업체가 본받을 만한 이상적인 모델 업체를 만들어 보려고 했던 것이다. 그의 계획서대로라면 전태일은 사업가로서도 전혀 손색이 없는 선구자적인 CEO의 면모를 유감없이 발휘했을 것이다. 1969년 11월 1일에 회사설립에 대한 '홍보 및 초청장 형식'의 글을 통해 태일 피복 설립을 선언한 이후 전태일은 그 해를 보내는 1969년 12월 31일 밤, 송구영신(送舊迎新)의 순간에도 오로지 자신이 세운 모범업체가 급성장해서 자신의 매장이나 업체에 고객들이 만장으로 대성황을 이루는 상상을 한다.

> 왜 안 된단 말이냐. 여러분, 친애하시는 시민 여러분, 대단히 감사합니다.
> 끝에서부터 끝까지 처음서부터 끝까지 많이 관람하시고 만장의 대성황을
> 이루어 주서서 대단히 감사합니다.
> 1969.12.31.[51]

그러나 시간이 흐를수록 스스로 모범업체 설립이 불가능한 일이라는 것을 깨달았는지 자신에게 "할 수 있다"고 다짐을 하며 반문을 한다. 위의 글은 이런 상황에서 상상의 나래를 펼친 것으로 보인다. 꿈은 반드시 현실을 잉태하기 마련이다. 그럼에도 불구하고 그의 글귀는 모범업체 설립이 현실적으로 당장 불가능하다는 것을 알았는지 자꾸만 낙심하는 자신을 스스로 추동하며 안간힘을 쓰고 있는 것으로 보인다.

---

51 위의 책, 87.

5. 모범업체설립 1차 계획서: 사업방침서 작성
— 1970년 1월 4일

그리고 전태일은 이튿날 대망의 1970년 새해를 맞이했다. 1970년 1월 4일 신년 주일예배를 드리고 집으로 돌아온 전태일은 저녁식사를 마친 후 밥상을 물리고 책상머리에 앉아 머리를 싸맸다. 모범업체 설립에 관한 구상을 시작하며 첫 실행단계로서 모범업체설립 제1차 사업방침계획서를 구체적으로 작성한 것이다. 실무적인 내용이 포함된 이 방침은 평화시장에 입주하고 있는 수많은 피복제조업체에 종사하는 노동자들에게 근로조건 향상의 조건을 제공하여 그들이 좋은 조건에서 마음껏 일할 수 있도록 계획되었다. 전태일은 평소 평화시장 업주들이 노동자들에게 중노동을 시키면서도 막상 노임이나 급여를 줄 때는 생색을 내며 마치 장사가 잘 안돼서 힘들다는 식으로 인상을 찌푸리며 인색하게 지급하는 것을 자주 목격했다.

또 업주들이 몇 달씩 이 핑계 저 핑계를 대며 노동자들의 임금을 미루거나 이를 빙자해 착취하는 일과 간혹 임금인상을 요구하기라도 하면 기분 나쁘게 생각하며 억압하는 모습들도 목격했다. 이렇게 노동자들이 저임금 악조건 노동에 시달리는 근본 이유는 업주들이 공정한 분배를 하지 않고 자신들의 배만 채우는 데서 기인한 것이었으나 그보다 더 큰 이유는 공장의 전체 수익금을 사회에 환원하려는 기업윤리가 부재했기 때문이다. 이런 사실들을 적나라하게 목격하고 깨달은 전태일은 아래와 같이 대학노트 총 32페이지 분량을 자신이 구상한 모범업체 사업방침을 적는 데 할애했다.[52]

---

52 전태일, 『친필 수기』, CD 사본 2, 14~132.

모범업체 설립에 대한 1차 계획서를 작성했다. 사진은 일기장 노트에 적힌 사업방침

〈사업방침〉

1. 서울 시내 어느 곳이든지 의류점이 있는 곳을 약도와 기업주의 주소, 성명을 확인한 후.

2. 본 생산 공장의 방침을 이해시키고,

3. 주문은 3시간 이내에 어느 곳이든 배달한다(오토바이로 5대).

4. 직접 왕림하시는 고객에겐 퍼브리카로 목적지까지 모신다.

5. 공장 상품의 치수와 색별을 월 1회 이상 시내 각 상점마다 통고하고 주문을 받는다.

6. 월 1회 본 상점의 영수증 번호를 추첨하여 상품제로 한다.

7. 생산과정을 이해시키고 의견을 파악, 검토한 후 품질 개선에 힘쓴다.

7-1. 주 1회이면 더 효과적일 것이다.

8. 백화점 형식으로 의류계통으로서는 무엇이건 각 회사의 대리점을 본사

안에 둔다. 그럼으로써 한 사람의 고객이라도 그냥 돌아가는 일이 없도록
한다.

9. 캘린더를 월 1회 또 1주 1회 우송함으로써 각 소비상점과의 연락을
확고히 하고 본 공장의 일반적인 관심의 대상이 된다.

10. 학생복을 기성복으로 만들어 학생복 기성화의 소비자의 이익을 이해시
킨다. 여기에는, 장학금, 오드바이, 피아노 등 경품제로, 그러지 않으면,
학생복(하복) 옷도리를 한 장 더 주는 방법으로 현상 유지만으로도 일을
해 나아갈 수 있게 한다(최악의 경우).[53]

가.	96종 미싱	50대	3,500,000
	니홈바리	2대	500,000
	오바룩구	3대	150,000
	인다룩구	5대	350,000
	나나인찌	1대	1,000,000
	긴너끼	1대	250,000
	단추달기	1대	250,000
	재단기	3대	375,000
	아이롱	50대	20,000
	가위	66개	20,000
	재단칼	6개	9,000
	오드바이	5대	650,000
	퍼브리카	10대	7,000,000
	송곳	132개	1,320
	형광등	66대	30,000
	스팀장치 공장		100,000
	교육교재		
	가계		7,000,000
	공장(70평)		3,000,000

53 위의 책, 108.

			24,305,320
	기간경비 수수료		94,680
	통계		24,310,000
	원단		5,000,000
	비상지출		490,000

나.	미싱사(상침)	66명	1650000
	시다(하침)	66명	660,000
	마도매(하침)	10명	100,000
	점원(중침)	10명	162,500
	운전사(상침)	15명	450,000
	일오십칠명		3,002,500
	교사(상침)	5명	150,000
	공장 비품 지출		50,000
	가게(고객) 지출		50,000
	(운반차 지출)		150,000
	공공복지 기금		16,200
	사업세		300,000
	소득세		716,200
			3,002,500
	계		3,718,700
	이자		900,000
			4,618,700[54]

다.　　① 미싱대당 1일 수입 4천원→1개월 25일 작업

　　　　　　　　　　　　　→1대당 1개월 수입 일십만원.

　　② 50대×십만 = 500만원

　　③ 1개월 지출통계 4,618,700원.

　　④ 381,300원 = 가게판매부, 선전비, 우송비, (인쇄비)(위생관리비)사서함

　　　1개월 지출 5백만, 1개월 수입 5백만

라.　　　잠바(어린이용) 1대당

① 인구의 구매력

② 도시의 구매력 및 규모

③ 시간의 흐름을 잘 기억하라

④ 경제성장에 유의하여[55]

A. 난점을 파악할 것.

B. 어디서 난점이 있는가를 조사하고 한정할 것.

C. 생각할 수 있는 모든 해결안을 생각할 것.

D. 그 해결안을 이유에 의해서 발전시킬 것.

E. 문제를 받아들일 것이냐? 혹은 거부할 것이냐를, 좀 더 관찰과 실험을 통해서, 연구하고 최초의 결론, 즉, 믿느냐? 안 믿느냐를 결정지을 것.

1. 마음에 내키는 해결안을 생각해 낼 것.

2. 직접 경험한 곤란이나 복잡성을 해결해야 될 문제로 생각하고 해답을 찾을 것.

3. 가설을 설정하고 모든 해결안을 하나하나 실험해서 관찰과 사실 수집에의 지침으로 삼을 것.

4. 착상이나 가정은 어디까지나 하나의 착상이나 가정으로 생각하는 세심한 마음의 준비가 필요하다. 가령 추리라 하면 어디까지나 추론의 일부에 불과하며 추론의 전체가 아니라는 것을 명심할 것

5. 실제적 행위 또는 가상적 행위를 통해서. 가정한 것을 하나하나 시험할 것.

〈4단계〉

1단계: 먼저 관찰하고 다시 그 관찰을 잘 발전시켜 분석해보면 그때까지 잘 알지 못했던, 의문이나 문제를 잘 알게 된다.

2단계: 문제가 한정되면 가능한 모든 방법을 생각해 낸다.

3단계: 조심성 있게 계획된 실험으로 앞서 생각한 가능한, 해결방법이 과연 타당한가 어떠한가를 확인한다.

4단계: 이상의 실험과 관찰(사실의 발전)의 결과에 따라 타당한 결론을 끌어낸다.

〈십이법칙〉 (정확한 관찰을 하기 위한 법칙)

제1의 법칙: 여러분들이[56]

(제품 계통에서 제일가는 업체가 되려면)

▶ 부정적인 것

1. 나는 아직도 어리기 때문에 다른 사업주들이 인정을 잘 하려고 하지 않을 것이다.

2. 과연 하루에 1,000매 정도의 잠바를 다 계획대로 소비시킬 수 있을지 의심스럽다.

3. 다른 업체보다 지방 단골이 없기 때문에 다량은 팔기가 어려울 것이다.

▶ 긍정적인 것

1. 나는 시장에서 물건을 팔아도 보았다.

2. 물건의 질을 좋게 만들 수 있다.

3. 사시사철 물건의 흐름을 안다.

4. 상품의 원가에 대해서 다른 업체보다 더 작은 값으로 좋은 상품을 만들 수 있다.

5. 나에게는 전문적인 기술이 있다.

6. 나는 아직도 나이가 어리기 때문에 선전 면에서도 큰 효과를 얻을 수 있다.

7. 나의 인도주의적 정신에 입각한 사업방침은 많은 사람들의 마음을 움직일 것이며.

8. 철저한 품질관리와 실용적인 제품을 생산하는 방법을 세밀하게 알고 있다.

9. 나의 색다른 사업방침은 다른 상인들의 선망의 대상이 될 것이다.

10. 각 소매점 조사라는 광범위한 이름 많은 상품을 소비하게 될 것이다.

11. 남녀 중·고등 학생복을 기성화시키면, 히마가 없이 사철 일을 할 수 있다. 고등 학생복을 기성화하면 여름철에 흰 학생모를 서비스할 수 있다. 학생들에게 대단한 인기품이 될 것이다.

12. 여학생에겐 상의를 한 벌 더 제공한다.

13. 또는 백색 가방을 선사할 수 있다.

14. 1백 5십 원이면 제품을 완성할 수 있는 블라우스를 서비스한다. 스포츠 칼라.

15. 선전면에서 다량의 특종을 선전하므로써 소비층의 주목을 끈다.[57]

▶ 각 소비시장의 주소란을 확보하기 위하여

1. 먼저 서울특별시를 9개 구로 구분하고

2. 9구를 시장단위로 세포구분하고

3. 시장, 상가 단위에서 각 소비상으로 파고 든다.

4. 1개 시장 약도와 1개 소비상점 약도와 주소

▶ 상주의 성명까지 알려면?

5. 1개 시장을 3일에 걸려서 조사를 끝내면.

6. 1구에 평균 시장을 5개로 계산하면 45개의 시장.

7. 45개 시장을 3일씩 계산하면 135일.

▶ 부정적인 것

주소를 확인하고 우송형식으로 판매를 할 것이지만 과연 각 소비상점으로부터 인기를 끌 수 있을런지 의심스럽다.

▶ 긍정적인 것

소비상점으로부터 설사 우송방법이 인기를 끌 수 없더라도 절대로 시장조사가 마이너스의 결과를 가져오지는 않는다. 월 또는 주마다 캘린더를 우송하기 때문에 소비상점의 경기를 피부로 느낄 수 있고 현실정을 파악 검토할 수 있기 때문에 1개 시장에 의류점을 15개로 계산하면, 675개의 소비상점에서 1일 우리 제품을 2개씩만 소비시켜도 1일 1350개의 상품을 소비시킬 수 있다.

▶ 부정적인 것

66대의 미싱에서 소비상점이 원하는 상품을 다 생산할 수 있을까? 각
상품을 다 생산한다 해도 상품의 원가와 뒤에 남는 재고가 염려된다.

▶ 긍정적인 것

소비자가 원하는 상품을 다 생산할 수 없다고 하더라도 다른 생산공장
의 상품을 위탁판매 형식으로 대처할 수 있으며 우리 공장의 제품은
다른 공장의 제품보다 특별히 디자인이 다르며 박리다매 형식으로 한
다해도 실용적이므로 한번 거래가 이루어진 손님은 절대로 타 생산공
장에 빼앗길 수 없다. 재고가 무서우면 매주를 어떻게 쓰랴.58

▶ 1965년 8월 25일, 오전 5시

횟쫄래임

유알

왜? 왜?

왜? 왜? 왜?

왜? 왜? 그럴까요?

존경하시는 신사숙녀 여러분 안녕하십니까?

눈물도 한숨도 나 혼자 씹어 삼키며

밤거리에 뒷 골목을 누비고 다녀도

사랑만은 단 하나에 목숨을 걸었다.

거리에 자식이라 욕하지 말라.59

▶ 선전부에서

• 각 계절마다 또는 1개월마다 본 생산 공장에서 생산되는 유형의 제품을 각 일간 신문에다 선전하고 옷을 입는 사람의 인격을 높이는 문구로써 판매고를 높인다. 텔레비전에서 패션쇼를 하고 어린 아동에게 본 제품을 입는 자랑감을 가지게 한다.

• 본 제품을 입는 어린이는 사회정화를 위하여 선구자의 역할을 하는 어린이라고 이러한 선전이면 부형께서는 전부가 다 같은 시세이면 입히고 싶어할 것이다.

• 포장지를 전부 다 플라스틱 박스로 한다. 소비자에겐 많은 이용도가 있을 것이다.

• 부정적인 것: 일간 신문과 테레비의 선전료가 많이 들 것이고 거기에 비례해서 세금도 많이 오를 것이다.

• 긍정적인 것: 선전이 많이 되면, 소비자도 기하급수적으로 늘어날 것이며 선전료와 세금은 소비하는 상품의 이율을 넘어서지는 못할 것이다.

1970.1.4.[60]

54 위의 책, 111.
55 위의 책, 112.
56 위의 책, 113~114.
57 위의 책, 115~116.
58 위의 책, 117~118.
59 위의 책, 119. 대중가수 최희준이 부르는 '맨발의 청춘' 가사이다.
60 위의 책, 120.

6. 우리나라 기업주들의 현재 실정에 대한 단상
— 1970년 1월 초

저는 이렇게 생각합니다. 한정된 자본으로 막대한 이득을 취하려고 한다면 잘못입니다. 우리나라의 현 실정으로는 금리는 3부가 못 됩니다. 그러나 기업주들은 어떠합니까? 여기에 A, B두 자본가들의 대화를 들어 봅시다. 이 두 사람은 생산공장을 가진 사람입니다.

A) B씨, 나는 올해 안으로 나의 재산을 현재의 2배로 만들 계획일세.
B) 역시 A씨는 모든 분야에서 철저하시니까 그만한 계획도 무난히 실천되리라고 믿습니다. 저의 계획도 A씨와 동감입니다.
A) 그럼 우리 경쟁하세, 누가 빨리 달성 시키냐를 말이요, 하하하. 종열이 그는 언제나 다정한 나의 옛친구, 그렇지만 세월의 흐름 속에 너는 나의 라이벌이 되었구나. 어떤 무엇의 장난인지는 모르겠지만 숙명으로 돌리기에는 너무나 억울한 것 같애. 너와 나라는 극히 좁은 그 사이에 생존경쟁이라는 없어도 될 아름답지 못한 것이 서로에게 응수해 오는구나. 너는 너대로 나는 나대로 가야 할 길이 다르지만 왜 한 이성을 멸시하는 데는 똑같은 감정을 가지게 되었는지는 모르겠다. 쌍둥이일지라도 사는 방법과 죽는 때가 다르다는 것을.[61]

이 같은 모범업체 구상을 살펴보면 미싱 50대, 종업원 172명~184명, 자본금이 3천만 원이나 되었다. 노동자 처우개선문제에 대해서는 당시 월급 수준이 10,000원 선이었던 미싱사에게는 월 30,000원으로 인상한다.

---

61 위의 책, 82.

또한 월급이 1,000~15,000원 선에 불과하던 시다들에게 8,000원이라는 액수로 일괄적으로 지급하는 파격적인 급여정책을 세웠다. 그리고 교사 5명을 1인당 월 800원의 위생비와 월 1,000원의 교육비를 업주 측에서 지출하는 것도 눈에 띈다. 작업시간은 철저히 8시간 이하로 감축하여 주간 작업반과 야간 작업반으로 나누며 더 나아가 직공들에게 편리한 노동환경을 조성해주기 위해 다른 업체들이 갖추지 않은 스팀장치, 조립식 탁구대, 도서실 등의 여러 비품과 시설을 갖춘다.

이어서 한 달 작업 일수는 매주 휴무를 조건으로 매달 25일로 하는 것 등이 기록되어 있음도 볼 수가 있다. 이처럼 자신이 경험한 부조리한 것들을 모두 시정하는 것과 동시에 근로기준법을 포함한 여러 규정들을 덧붙여 모범업체 운영 정책에 반영했다. 자신과 여공들이 노동시간에 혹사당한 일을 떠올리던 전태일은 일한 만큼의 대가를 받지 못해 명절이 되어도 같은 서울 하늘 아래인 도봉동 집에 찾아가지 못했던 가슴 아픈 기억을 떠올렸다. 또 명절을 맞아 빈손으로 집에 갈 수 없게 된 태일은 결국 공장가게에 남아 외롭게 가게를 지키던 아픔 경험을 상기하며 자신과 같은 처지의 노동자들이 더 이상 나오지 않도록 이를 악물고 모범업체를 만들고자 했던 것이다.

38장

직원 348명을 두는 모범업체 CEO의 꿈과 좌절

1970년 1월~4월 중순 (약 4개월, 23세)

1. 「중앙일보」 사회면 '주사위란'에 안구기증 편지를 발송하다

전태일은 모범업체 설립 자금 마련에 대한 대책을 세우던 중에 우연히 1970년 2월 23일(월)자 「중앙일보」 사회면 기사를 접하게 된다. 기사 내용을 꼼꼼히 읽은 후 무엇인가 번뜩이며 아이디어를 생각해낸 전태일은 스치는 확신과 함께 그 일에 대해 반드시 좋은 결과가 있을 것이라는 기대감에 부풀어 올랐다. 그날 있었던 연세대 졸업식장에서 앞을 못 보는 시각장애인 김승년(金升年) 씨가 음대 졸업식에서 학사학위를 받는다는 내용의 글과 함께 김 씨의 선배 이모 씨와 성악가 유모 씨가 다정하게 셋이서 사진을 찍은 것이 짤막한 내용과 함께 가십거리로 기사화된 것이다.[62]

전태일은 자신의 눈을 김 씨에게 기증하고 그 대가로 모범업체 설립자

1970년 2월 23일(월)
자「중앙일보」사회면
'주사위란' 기사.

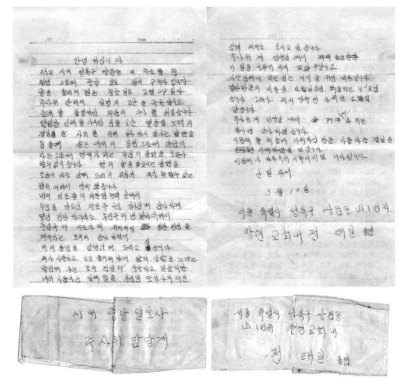

위:「중앙일보」주사위란 담당기자에게 보낸 두 장의 편지. 그러나 어찌된 영문인지 편지는 반송된
다. 아래:「중앙일보」주사위란 담당기자에게 보낸 편지 봉투.

금을 마련할 수 있을 것이라는 부푼 기대를 품은 것이다. 그리고 1주일 후
인 3월 16일 「중앙일보」 사회부 담당자에게 편지를 썼다. 편지에는 자신
의 한쪽 눈을 기증해서라도 자신이 꿈꿔 온 모범업체를 설립하고 싶어하
는 애절한 심정을 담았다. 그의 이런 행동은 모범업체 설립자금을 마련하
기 위한 안간힘과 궁여지책으로 보인다.

안녕하십니까.
저는 시내 성북구 쌍문동에 주소를 둔 청년으로서 「중앙일보」 정기 구독자입
니다. 글을 올리게 됨은 「중앙일보」 2월 24일 자 주사위란에서 실명의 고난을
극복하시고, 음대를 졸업하신 두 분의 기사를 읽었습니다. 평범한 신체를
가지신 분들보단 몇 곱절 노력의 결실을 사회를 위해 봉사하시겠다는 말씀을
들을 때 같은 세대의 일원으로서 단군의 자손으로서 형제가 되는 두 분의
불편을 모른다 할 수 없었습니다.
형의 앞을 못 보시는 불편을 조금이라도 감해 드리기 위하여 제가 취할
수 있는 범위 내에서 생각했습니다. 먼저 피조물의 제한된 능력 안에서
두 눈을 만드신 창조주이신 하나님께 감사하며 몇 년 전만 하더라도 후진국의
맨 밑바닥에서 중진국의 지도자적 위치에서 힘찬 전진을 계속하는 조국에
감사하면서 저의 한눈을 김형님께 드리고 싶습니다. 제가 사랑하고 보고
즐거워하며 삶의 보람을 느끼는 발전해가는 조국 건설의 웅장하고 믿음직한
여러 아름다운 실제들을 분리된 또 하나의 저인 김형에게도 보이고 싶습니다.
주사위계 선생님께서 이 일을 이루어지게 도와주십시요. 가장 문제시되는
것은 이식을 위한 비용입니다. 얼마만큼의 비용을 요할 것인지 확실히 모르겠
습니다. 그러나 저의 생각엔 다액을 요할 것 같습니다. 주사위계 선생님께서

---

62 「중앙일보」」, 사회면, 1970. 2. 23(월).

김승년 씨와 의논하시면 감사하겠습니다. 이 문제를 처음에 기재하신 만큼 아름다운 결실을 기대하셨을 것입니다. 이 문제가 하루속히 이루어지길 기다립니다. 난필 용서.

3월 10일

서울특별시 성북구 쌍문동 山1번지

창현교회 내 전태일 올림

추신: 3월 26일까지 회답을 기다립니다.63

2. 모범업체설립 2차 계획서: 사업개요 작성
   — 1970월 3월 17일(화)

전태일은 「중앙일보」 '주사위란'에 편지를 보낸 지 닷새 후인 3월 16일에 친구들과 함께 도봉산에 등산을 다녀 왔다. 그리고 그 이튿날인 17일이 되자 이번엔 모범업체설립에 대한 사업 개요서를 작성했다. 대표인 자신부터 근로기준법을 철저히 준수하고 종업원 전원에게는 인간다운 처우개선을 해줄 수 있는 내용이 적힌 이 문서에는 특별히 사업자금 마련에 대한 생각이 고스란히 담겨 있다. 그가 처음부터 계획해 온 모든 것이 자신의 형편과 처지에 비추어 본다면 하나의 공상에 불과하다.더구나 당시 화폐로 자본금 3천만 원이라는 자금을 어디서 마련할 것인가는 그에게 가장 큰 난관이었다. 어떤 독지가가 과연 무일푼의 노동자에게 선뜻 거금을 희사한단 말인가.

그렇다고 집안 식구들이나 일가친척들을 통해 당장 그 돈이 마련될 형편도 못됐다. 신문사 담당자에게 편지를 발송해 놓고 답장을 손꼽아 기다

---

63 1970년 3월 10일자로 작성한 편지 원본 참고.

리던 기간에 아래와 같이 사업개요를 작성한 것이다. 이 문서를 작성하는 도중에도 「중앙일보」사의 회신에 대한 한 가닥 희망을 잃지 않고 혹시나 하는 마음으로 잔뜩 기대하고 있는 것으로 보인다.

▶ 진심으로 하고 싶은 일
무엇을―제품계통에서 근로자를 위해서 근로기준법을 준수하는 일
누구와―제품계통에 종사하는 어린 기능공들과
언 제―1970년. 음력 6월 달 이전에
어데서―서울평화시장에서

▶ 이 일을 하려면 어떤 방법을 택할 것인가?
• 1969년 4월 달부터 일을 본격적으로 시작했다. 이 문제는 1968년 12월 달에 착상한 것이다. 나 자신이 꼭 해야 할 문제로 생각했다.
• 그러나 1969년 서울특별시 근로감독관실에 진정서를 제출했으나 심사도 받지 못하고 말았다. 나 자신이 너무 어리다고 무시했기 때문이다.

〈가〉 나 자신이 직접 제품사업을 시작해서 정당한 세금과 기능공을 기계와 다른 인간적인 배움의 적령기에 있는 소년 소녀로서 여기에 합당한 대우를 하고도 사업을 성장해 나아갈 수 있다는 것을 사회의 여러 경제인 특히 평화시장 제품 계통의 사업주에게 인식시키기 위함이다.

A. 첫째는 사업자금을 구하여야 하기 때문에 사회의 여러 복지자들에게 나의 목적하는 바를 이해시키고 자금을 구하는 것이다. 사회는 보통사람들이 생각하는 것처럼 그렇게 궁색하고 메마르지 않는 것을 믿기 때문이다. 각자가 다 해방과 육이오를 겪은 강박관념을 떨어버리지 못하기 때문에 일어나는

정신적인 오해이다. 나는 사업계획을 세워 놓았고 나를 도와서 일을 할 수 있는 여러 사람이 주위에 있다. 때문에 사업자금만 준비되면 일의 80% 이상을 행한거나 다름없다.

B. 자금을 구하기 위하여.

• 나는 학력이 없으므로 대학동창이 없다. 또한 집안 친척들 중에도 나의 필요한 만큼의 자금을 댈 만한 사람도 없다. 그러므로 나의 가진 것 중에는 사회에 내어 놓을 것이라고는 사회가 필요로 하는 것 즉 한쪽 눈을 사회에 봉사할 것이다. 눈을 사회에 봉사하고 나는 사회의 자금주를 소개받을 것이다. 내 목숨이 붙어 있는 한 이 사업을 꼭 이루고야 말 결심이다. 아래 행하는 두 번째 방법이다.

• 주 BC사업주에게 행할 수 있는 이득된 조건 제시. 나는 이 사업이 3~5년간 내가 전 권한을 책임지고 맡는 대신에 이 사업이 완전한 궤도 위에서 행할 수 있다는 것을 자타가 공인할 시기엔 아무런 조건없이 전부를 자금주에게 반환할 것이다. 자금주는 나의 온 정열과 한 눈을 바친 알찬 결실을 얻을 것이다. 그러므로 조건이 좋기 때문에 투자를 할 것이다. 나는 이 사업이 끝나면 경제계에서 떠나서 주 사업에 일생을 바칠 것이다.

-1970년 3월 17일 10시.[64]

3. 모범업체설립 3차 계획서: 서울 시내 시장조사도 작성

사업방침을 세우고 난 전태일은 한 달여에 걸쳐 서울 시내에 있는 시

---

64 전태일, 『친필 수기』, CD 사본 2, 104~105.

장 53곳을 면밀히 조사하여 일일이 기록했다. 그리고 마침내 1970년 3월 10일이 되자 시장조사도를 완성했다. 그는 이 문서에서 정당한 세금과 근로기준법을 준수하고도 회사가 망하지 않고 제품계통에서 정상적인 사업을 할 수 있다는 것을 여러 경제인들에게 입증시키려고 했다. 악조건 속에 무성의하게 방치된 어린 여공들을 하루 한시라도 빨리 구출하는 데 그 취지가 있음을 밝히고 자신은 이 사업을 위하여 보잘것없는(물질적으로 본다면 1달러의 값어치도 없는) 자신의 전부를 바칠 것이라는 각오도 언급해 놓았다. 특히 배우지 못해 변변한 학력이 없어서 한이 맺힌 전태일은 배우지 못한 어려운 직공들을 생각하며 자신이 구상하는 모범업체를 일종의 학원형태로 운영하고자 했다. 주경야독이나 야경주독의 형태로 직원들이 연장 공부를 할 수 있도록 했으며 산학(産學) 공존의 모델로 자리매김하려고 하였다. 전태일은 모범 업체의 CEO를 꿈꾸며 타당성이 높은 사업방침을 구체적으로 세웠던 것이다.

〈서울특별시 시장조사도〉

1.성북시장	2.미아리시장	3.삼양시장	4.수유시장	5.도봉시장
6.길음시장	7.돈암시장	8.종암시장	9.안암시장	10.경동시장
11.청량리시장	12.답십리시장	13.왕십리시장	14.금호시장	15.약수동시장
16.숭인시장	17.동대문시장	18.평화시장	19.중부시장	
20.낙원슈퍼마켙		21.삼성페파트	22.세운상가	
23.조선반도아케이트		24.만리동시장	25.서대문시장	26.불광시장
27.돈암시장	28.세검시장	29.영등포시장	30.용산시장	31.노량진시장
32.상계동시장	33.대흥시장	34.대방시장	35.시흥시장	36.봉천동시장
37.천호동시장	38.오금동시장	39.북청시장	40.후암시장	41.독도시장
42.명륜시장	43.시구문시장	44.성동시장	45.파고다아케이트	
46.새서울시장	47.화원시장	48.낙원시장	49.남대문종합상가	

50.대도백화점 51.구로동시장 52.소사시장   53.미아시장[65]

학생복을 전부 기성화시키면 학생에겐 이익이다. 그리고 학생복 한 벌마다 복권제를 실시하여 오토바이와 장학금과 피아노를 상품으로 선사.
왜? 왜? 왜? 왜? 왜? 왜? 왜?
왜? 왜? 왜? 왜? 왜? 왜? 왜?

〈학생복을 기성화시키면?〉
학생에게는 작은 학비로 좋은 옷을 입을 수 있다. 왜? 맞춤집보다 달리 좋은 기계를 쓰기 때문에 간너기, 단추구멍, 오바록구, 인다록구 등.

〈제품종류〉

1.종이용 잠바   2.주름치마   3.대인용 잠바   4.중아용 코트

5.중아용 주름치마 6.대인용 코트   7.중아용 사단바지 8.중아용 원피스

9.대인용여자사단바지   10. 중아용 스포츠바지

11. 모직바지   12. 모직바지   13.롱 부라우스   14.모직 주름치마

15.세무치마   16.월남치마   17.화학사T   18.남방 19.Y샤쓰

20.학생복기성   21.청바지작업복

〈오락시설〉

조립식 탁구대, 실내 축구대, 농구대, 도서실, 감상실[66]

4. 모범업체설립 4차 계획서: 취지·목적·예산 편성 작성

1) 취지와 목적 그리고 예산편성

전태일은 모범업체의 취지와 목적을 "사회의 여러 악여건 속에 무성의하게 방치된 어린 동심을 하루 한시라도 빨리 구출하는 데 그 취지가 있

---

65 위의 책. 121.
66 위의 책, 123-125.

다"고 못을 박았다. 자신이 직접 모범업체 제품사업을 시작해서 정당한 세금을 국가에 납부하고 기능공들을 기계가 아닌 인간으로 대하며 생활형편 때문에 배움의 적령기를 놓친 소년 소녀들에게는 합당한 대우를 하겠다는 근본 취지를 밝혔다. 사업을 통해서 직원들과 사회 구성원 모두 성장하고 발전해 나아갈 수 있다는 것을 사회 여러 계층들에게 알려주고 싶어 했던 것이다. 특히 경제계에 몸담고 있는 사람들과 평화시장 제품계통의 사업주에게 인식을 시키기 위함이었다. 그리고 전태일은 그 일에 평생 자신의 전부를 바치겠다고 호언장담을 하는 것을 볼 수 있다.

목적

정당한 세금과 근로기준법을 준수하고도 제품 계통에서 사업을 할 수 있다는 것을 여러 경제인에게 입증시키고 사회의 여러 악 여건속에 무성의하게 방치된 어린 동심을 하루 한시라도 빨리 구출하는데 그 취지가 있다. 나는 이 사업을 위하여 보잘 것 없는, 물질적으로 본다면 1달러의 값도 없는 나의 전부를 여기에 바칠 것이다.67

2) 주·야간 직원 348명을 거느리는 모범업체 CEO

예산편성은 자본금 3천만 원의 자본금이 책정되었고 이에 따른 직원 편성을 보면 주·야간 모두 합쳐서 348명의 직원을 거느리는 모범업체 CEO의 구상을 한다.

특수복장(服裝)학원 체계의 모범업체의 주간 직원 편성은 다음과 같다.

---

67 위의 책, 126.

재봉사(여공) 67명, 시다(여공) 67명, 재단사(남, 여) 5,

재단보조(여공) 5, 마도매(여공) 10, 점원(여공) 10, 배달(여공) 10,

품질관리(여공) 3, 교사(여공) 5, 기사(남) 2

인원합계: 184명

특수복장학원 체계의 모범업체 야간 직원 편성은 다음과 같다.

재봉사(여공) 67명, 시다(여공) 67명, 재단사(남, 여) 5, 재단보조(여공)

5, 마도매(여공) 10, 품질관리(여공) 3, 교사(여공) 5, 기사(남) 2

인원합계: 164명

이처럼 주간에는 184명의 직원들이 일하고, 야간에는 주간의 인원에서 배달원과 점원을 뺀 나머지 인원수와 동일한 164명의 야간 직원만을 추가로 채용을 해서 모두 348명의 명실상부한 중견기업의 대표가 되려는 계획을 세웠다. 전태일은 직원 편성에 있어서 주·야간을 나눠 편성했는데 주간과 야간의 인원은 거의 차이가 나지 않았다. 주간보다 야간이 20여 명(점원 10명과 배달원 10명) 정도 적게 편성됐을 뿐이다. 주·야간 모든 직원들을 합하면 총 348명이 된다. 여기에서 전태일 자신과 동생 태삼을 경영진으로 포함시킨다면 모든 직원의 수는 무려 350명에 달하는 큰 규모의 업체였던 것이다.

예산편성 [가]

자본금 3천만 원(단위 백 만원)

가계 7, 공장 3, 기계 10, 원단 10

[직원편성]

재봉사(여공) 67명, 시다(여공) 67명, 재단사(남, 여) 5, 재단보조(여공) 5, 마도매(여공) 10, 점원(여공) 10, 배달(여공) 10, 품질관리(여공) 3, 교사(여공) 5, 기사(남) 2

기계류[나]

미싱(96종) 50, 오바록 5, 안다록구 3, 니홈바리 3, 간너끼 3, 나니인찌(단추 구멍) 1, 단추말이 1, 하찌삿이(치마단) 1, 재단기 5, 손 칼 5.

[부속류]

가위 154, 송곳 154, 아이롱 67, 인타폰 1, 전화 3, 사시꼬미(2곳짜리) 67, 전선(5미터 쌍선) 100m 형광등 70, 의자(시다판, 재단판) 다량

[직원 인권(건)비]

미싱사 3만 원×67 = 2,100, 시다 8천 원×67 = 536, 재단사 3만 원×5 = 150

재단보조 1만 오천×5= 75, 마도메 1만 오천×10= 150, 점원 1만 오천×10= 150, 배달 1만 오천×10= 150, 품질관리 1만 오천×3= 45, 교사 2만 오천×5= 125

기사 2만 오천×2= 50

인건비 통계 3,531,000원

위생비 1인당 1개월 8백 원 147,200원

교육비 1인당 1개월 1천 원 184,000원

[예산]

잠바 1개월 8천 장

부라우스 1개월 일만 장

인권(건)비 통계는 제품 1개월 통계 미수에 의해 1매당 단가에 포함한다.[68]

5. 모범업체설립 5차 계획서: 사업운영 방침서 작성

1) 첫 제품 출시와 1차 운영결산 예정일의 기한

전태일은 사업운영방침서를 작성하면서 첫 사업을 시작하는 시기와 기한을 한정해서 못을 박았고 그 기한 내에 목적하는 바를 속히 이루려는 의지를 보여 주었다. 구체적인 계획을 자세히 살펴보면 공장을 가동해서 첫 제품을 출시해 그 모델을 서울 시내 소재 각 시장 점포에 도착하도록 해서 진열시키는 기한을 1970년 8월 16일(일요일, 음력 7.15)까지 정했다. 그리고 1970년 추석일인 1970년 9월 15일(화)까지 원활한 제품유통을 통해 사업을 정상적인 궤도 위에 올려놓을 계획도 세웠다. 그리고 1970년 9월 15일 이후에는 국내 의류업계에서 가장 선두를 달리는 위치를 확보한다는 계획을 연이어 세웠다. 또 선두자리를 확보한 이후에는 1971년 2월 10일(수요일, 음력 1971. 1. 20)에 1차 운영 최종 마감일로 정한 것을 볼 수 있다.

---

68 위의 책, 127.

⟨사업운영방침⟩

[1차 운영]

가. 1970년 음력 7월 15일까지 각 소비장점에 본사의 제품을 충분히
진열시킨다.

나. 1970년 한가위를 시점으로 본격적인 궤도 위에서 작업을 한다.

다. 한가위 후부터는 대인용 잠바,(모직) 중아용 잠바(모직, 비닐) 등으로
타사와는 달리 실용 위주의 원단으로써 다량의 선전비를 투입하더라도
의류계통에선 국내의 에이스 자리를 확보한다.

음력 1971년 1월 15일까지 1차 운영 결산을 완료한 후,

1월 20일을 1차 운영 최종기일로 정한다.

[1개월 수지 비교]

1개월 잠바 8천 장 생산(최저생산기준)

1매당 250원 이익 × 8천 = 2백만 원 수입(타사는 1매당 400원)

총수입 2백만 원

자본금(이자 3부 5리) 15만 원

세금 15만 원

기타 잡 지출(전화, 청소, 적십자, 공중 등) 10만 원

서비스(선전비, 인쇄비, 선물비) 30만 원

회비 직원 지출 40만 원

총 지출 2백만 원[69]

---

69 위의 책, 130-131.

2) 기성복 전문 특수복장학원 체제로 운영

한 가지 특이한 사실은 전태일이 추구하는 모범업체를 일종의 학원형
태로 운영하면서 야간에 일하는 직공들에 대해서 기성복을 전문으로 생
산하는 특수복장학원 체제로 운영하면서 그들을 훈련할 계획을 세웠다
는 것이다. 특히 야간에 근무하는 직공들로 하여금 일정한 교육기간이나
수료 기간이 지나면 독립할 수 있도록 지원해 그들로 하여금 또 다른 모범
업체를 개척해서 설립하도록 지원해준다는 시스템이다. 또한 새로 개척
하는 신생업체에서도 근로기준법을 준수하도록 유도하였다. 전태일은
자신이 평생 제 때에 배우지 못한 학업에 대한 아쉬움과 뼈저린 후회 때문
에 배우지 못한 사람들의 심정을 그 누구보다도 더 절실히 알고 있었으므
로 이런 아이디어를 낸 것으로 보인다. 그래서 기술사 시설을 완비한 학원
체제로 운영하여 야간에 일하는 직공들에게 연장 교육을 받을 수 있도록
주선하고자 했다.

〈야간〉
○ 주간과 같은 규모로서 16시 30분 작업 시작 21시 30분까지
○ 단 배달원과 점원을 제외하고 164명을 더 채용한다. 기계와 모든 설비는
주간 것을 사용하고 제품을 허용하는 대로 피하고, 학생복과 훈련복 또는
까다롭지 않은 작업복과 겨울에 사용되는 사시제품을 주 작업품으로 취급하
는 보조원을 양성하는 기술 전문 학원으로 한다.
○ 실습을 겸한 교양과 기술을 최단시간 내에 습득시킬 수 있다.
○ 입학자격을 제한하고 지방 출신을 위한 단체기숙사 생활 제도로써 단체
생활의 이점을 살려 협력 정신을 기른다.
○ 특수한 기성복 전문 학원이기 때문에 다른 복장학원과는 달리 국가적

개인적으로 많은 절약을 할 수 있는 기초사업이다.

(*적은 감으로 질긴 외복을 만들 수 있기 때문에 일석이조의 사업이다.)

ㅇ 여기에는 모든 절차를 학원식으로 처리한다.

ㅇ 졸업생이 사업을 할 경우 근로기준법을 준수하는 업체로

ㅇ 나의 주위의 여러분들이 적극 권장 협력해줄 사업이다.

ㅇ 지금 제일 많은 소비제품인 작업복을 시장 어느 제품보다 실용적이고 싼값으로 소비처로 낼 수 있는 사업상 중요한 이점이 있다. 작업복은 시세가 너무 밝은 제품이므로 단시일 내에 전국적인 소비시장을 확보할 수 있다.[70]

6. 모범업체 설립의 좌절과 포기

1) 실현 불가능을 언급하다

전태일이 신문사의 답장을 애타게 기다리던 어느 날이었다. 사회면 담당기자에게 보낸 편지가 안타깝게도 반송되어 왔다. 어떤 이유로 반송되었는지 자세히 밝혀지지 않았지만 어처구니없게 노란 반송 딱지가 붙어 되돌아온 것이다. 그로 인해 크나큰 실망과 함께 이 사회가 자신이 생각했던 것보다 그리 호락호락하지는 않다는 것을 자각하게 된다. 그의 집념으로 보아 사업자금을 마련하기 위해 끝까지 여러 수단과 방법을 다 동원할 기세였으나 편지가 반송되면서 결국 그 기세가 한풀 꺾이며 점점 모든 것이 허사로 돌아가고 만 것이다. 모범업체 설립개요서를 작성한 지 한 달 후 전태일은 평소 즐겨 작성하던 소설 초안에 드디어 모범업체 설립에 대한 실현 불가능함을 최초로 언급하고 말았다. 그는 이 글에서 그동안 바보

회 회원들과 평화시장의 연약한 노동자들이 자신의 얼굴만 바라보고 모
범업체 설립의 추이를 지켜보고 있음에 대해 부담을 느끼며 성공하지 못
할 경우에 자신으로 인해 많은 사람들이 실망할 것을 예견했다. 비록 자본
금 때문에 모범업체를 설립하지 못했지만 그가 세웠던 계획이나 발상은
오늘날에도 찾아보기 힘든 매우 모범적인 사회적 기업으로서 그 생각이
매우 기발하고 앞서간 것은 틀림없다.

> 바보회 창립 당시 회원들에게 한 중요한 발언과 자기가 이 문제를 성공하지
> 못함으로 인한 기능공들의 예전보다 더한 실망감과 이 문제에 대해서 더욱
> 더 실망적인 결과만을 남기게 된 책임감을 완수하기 위해 애절하게 몸부림치
> 는 J (중략) 옛 동창 앞에서 자기선전을 한다. J 자신이 자기를 극도로 과장해
> 서 선전하며 현실적으로 이루어지지 않으리라고 믿었지만 이 선전을 통해
> 얼마 안 있으면 곧 되는 것처럼 J 동창들에게 과장해서 자랑하며 실로 어처구
> 니없는 미래의 자기 위치를 설명한다. 즉, 기능공에 대한 교육기관을 건축하
> 고 오락시설을 겸비하며 기능공에 대한 사회적 시위문제, 내일의 한국 어머니
> 로써의 갖추어야 할 인격완성 등, 이런 기능공들을 위하여 여러 가지 요건을
> 갖추는 데 필요한 금액에 대한 출처, 금액을 마련하는 방법등을 이야기한다.
> 여기에서 일동은 잠시나마 벅찬 감격을 느낀다. J 자신도 자기 자신이 정말
> 그렇게 되는 줄로 잠시나마 생각을 하다가 자기만이 느끼는 사회환경에
> 몸서리치면서 자기의 원 계획대로 몇 개월 후의 자기 위치를 설명한다.
> 너무 과장해서.71

전태일이 진이 빠지도록 집착하며 1969년 11월 1일부터 1970년 3월

---

71 전태일·전태일기념사업회 엮음, 『내 죽음을 헛되이 말라』, 150-151.

말까지 5개월에 걸쳐 치밀하게 조사하고 연구해 작성한 모범업체설립 계획은 결국 수포로 돌아갔다. 포기할 수밖에 없었던 가장 큰 이유는 결국 자금마련 문제였다. '돈'이라는 거대한 벽에 부딪혀 그토록 열망하던 모범업체설립을 완전히 중단하게 된 것이다. 그렇다면 그가 왜 실현하기 힘든 모범업체 설립에 그토록 많은 시간을 낭비했는지 그 이유를 알아보자.

2) 새로운 방안 모색과 비장의 카드

전태일은 재단사가 되면서 체험한 열악한 평화시장의 노동참상을 개선하기 위해서 다양한 방법을 연구해 왔다. 그중의 하나가 바로 근로기준법을 준수하는 업체를 설립하는 것이었다. 그가 모색한 다섯 가지 방식을 하나씩 살펴보면 비장의 카드를 하나씩 순서대로 선택하는 것을 볼 수가 있다.

첫째, 고통받는 여공들과 약자들을 보살펴 주고 그들과 함께 눈앞에 닥친 노동문제를 함께 해결해 나가는 방식이다. 고통받는 자들과 함께 먹고 마시면서 당면한 문제를 대처하는 방식이다.

둘째, 노동청과 회사 측 혹은 언론인들이나 공무원들에게 평화시장의 참상에 대한 시정을 요구하는 방식이다. 자신이 할 수 있는 모든 행정적인 노력을 쏟아붓는 것을 말한다.

셋째, 근로기준법을 준수하는 모범적인 업체를 설립하는 것이다. 하나의 모델케이스로서 근로기준법을 철저히 준수하는 업체를 설립해 직원들에게는 정당한 임금을 지급하고 정부에는 정당한 세금을 납부하는 것이다. 이는 현재의 부도덕한 업주들이 좀 더 자각하여 큰 도전을 받을 수 있도록 경각심을 주기 위한 방식이다.

넷째, 노동자들을 억압하고 근로조건 개선에 반대하는 세력들을 상대로
직접 투쟁하는 방법이다. 전태일에게 있어서의 투쟁대상은 노동여건
개선을 반대하거나 근로기준법을 준수하지 않은 모든 총체적 세력을
말한다. 자신의 모든 역량을 총동원해 이런 세력들과 결사적으로 싸
우려는 방식을 말한다.

다섯째, 진정이나 호소 혹은 각종 시위와 투쟁 등이 받아들여지지 않을 경
우 최후의 수단으로 죽음도 불사하겠다는 방식이다.

결국 전태일은 네 가지 방법을 모두 시도해봤으나 결국 마지막 카드로
자신의 몸을 던지는 방법을 택할 수밖에 없었던 것이다.

39장

현실과 소설 사이, 행동하는 소설가의 꿈

1970년 3월~1970년 6월 말(약 4개월, 23세)

전태일은 1969년 9월의 좌절 후 복잡한 심리상태에서 자신의 고민이나 경험을 바탕으로 소설 초안을 작성하기 시작했다. 1969년 11월 무렵에 완성된 <사랑이라는 차가운 수갑>의 소설 초안 1이 완성되었다. 전태일은 이 소설 초안 1을 통해 미래에 벌어질 자신의 죽음을 섬짓할 정도로 그대로 예언했다. 이어서 전태일은 삼각산 임마누엘수도원 생활까지 포함된 기간인 1970년 3월부터 6월까지 4개월 동안 여러 편의 '완성된 소설 초안'들을 연이어 작성했다.[72] 어쩌면 행동하는 소설가가 되고 싶었던 전태일은 이런 완성된 자작 소설을 통해 자신이 이루고자 했던 참다운 세상을 표현하고자 했으며 자신의 처지를 소설로 승화시키기 위해 자신의 실천

---

72 완성된 소설 초안 1은 본서 32장에서 "완성된 소설 초안 1, 〈사랑이라는 차가운 수갑〉"이라는 제목으로 제시했다.

과정을 그려냈다. 완성된 소설 초안 1편 중에서 가장 먼저 등장한 작품은 "기성세대의 경제관념에 반항하는 청년의 몸부림"이라는 글이다. 내용은 전태일 자신이 겪은 노동참상에 대한 줄거리가 대부분이며 마지막 부분에서는 자신의 친구들이 유서를 전보로 받아본다는 슬픈 내용이다. 그다음에는 "가을바람과 화초들의 비유"를 통한 작품으로서 주일(일요일)에는 교회를 가고 싶 하는 어느 여공의 이야기를 통해 휴일이 없는 참담한 노동현실을 폭로했다.

"30명의 자녀를 둔 무정한 아버지의 비유"라는 작품에서 전태일은 그들이 갈망하는 것은 엄청난 것이 아니라 그저 적당한 빵과 적당한 휴식이라며 항변한다. 진수성찬이 아닌 육체를 지탱할만한 검은 빵과 물 한 컵조차 보장되지 않는 노동현실을 폭로한 것이다. "모자 달린 비닐 옷 이야기"는 매우 난해한 내용이어서 해석이 힘들다. 치정범죄 살인사건을 다룬 "어쩔 수 없는 막다른 길에서"라는 작품(소설 초안 3)과 "에고이스트와 휴머니스트"라는 작품(소설 초안 4)은 모두가 자신의 현재 경험과 미래 벌어질 운명을 소재로 삼은 것이다. 그리고 전태일은 일반 대학교의 국문과 학생들이 신입생 무렵에 기초로 배울 수 있는 소설작성 방법론을 노트에 옮겨 적기도 했다. 현실과 소설 사이에서 방황하며 자신이 꿈꾸던 내용을 통해 행동하는 소설가가 되려는 전태일은 과연 여러 편의 완성된 소설 초안을 통해서 무엇을 말하고자 했는지 수기에 기록한 순서대로 읽어보자.

1. 완성된 소설 초안 2: 기성세대 경제 관념에 반항하는 청년의 몸부림 — 1970년 3월

1) 전개

때: 69년 3월 16일부터~현재까지

곳: 서울 시내 전역

주최: 자유와 방종… 현 세대의 사회성과 기성세대의 경제관념 그리고 현실적으로 행하여지고 있는 기성세대의 경제관념에 반항하는 청년의 몸부림.

J 주인공… 23세의 청년으로 제품업에 종사하는 재단사.

B… 피복공장 미싱사로서 주인공의 사고력에 큰 영향을 끼친 20세의 나약한 소녀.[73]

2) 줄거리

1. 중부시장의 시끄러운 공장 소음으로 시작하여 B의 유린당하고 있는 인간 본성

2. B의 참상을 보고 마음의 충격을 받은 J[74]의 결심.

3. 공장 분위기와 과로, 직업병으로 인한 J의 고심과 직장을 못 다니게 된 동기.

4. 구로동 맞춤집의 고된 일과 J 부친의 사망.

5. 바보회를 조직하는 J와 친구 재단사들 간의 의견대립.

6. 창립식 이후 다시 정기 총회를 개최하지 못하는 J의 심정과 바지 집의

---

73 전태일, 『친필 수기』, CD사본 7, 76.
74 이 글의 J는 전태일 자신의 영문 이니셜로 본다.

싼 공임으로 5일간 일을 하고 임금으로 앙케이트를 인쇄하기까지.

7. J의 가정형편과 식구들의 성격상태….

8. 앙케이트가 기능공들의 의사표시를 대표하는 것이었으나 기업주들의 강제적인 의사통제로 3만 기능공들의 인권을 유린하는 데까지.

9. 시청 근로감독관의 무성의한 태도와 J의 감정상태.

10. 사회를 신임하고 있던 청년 J의 낙심과 사회를 신임하지 않게 된 동기

11. 한미사 주인의 이중인격과 사회를 처음 대하던 18세 J의 실망과 기성세대의 독욕으로 인해 제물이 될뻔한 J의 상태.

12. 협신사 주인의 비인간적인 경제관념과 기업주로서의 상대적 지위 남용으로 인해 피해를 보는 기능공과 J의 울분.

13. 방황, 범죄에 대한 공상과 자본을 구하기 위한 공상

14. 오랜 공상과 J를 중심하여 얽매어 있는 사회환경에 견딜 수 없는 구속감과 본능적으로 이런 환경에서 벗어나려는 J의 방황.

15. 바보회 창립 당시, 회원들에게 한 중요한 발언과 자기가 이 문제를 성공하지 못함으로 인한 기능공들의 예전보다 더한 실망감과 이 문제에 대해서 더욱더 실망적인 결과만을 남기게 된 책임감을 완수하기 위해 애절하게 몸부림치는 J.

16. 대구로 여행하여 J 마음의 고향, 육신의 고향에서 J 일생 중 가장 아름다웠던 추억이 있는 대구, 여기에서 옛 동창들을 모아놓고 파티겸 마지막을 쓸쓸한 사망의 길로 가려는 자기의 인상을 남기기 위한 눈물겨운 크리스마스 이브가 된다.

17. 옛 동창 앞에서 자기선전을 한다. J 자신이 자기를 극도로 과장해서 선전하며 현실적으로 이루어지지 않으리라고 믿었지만 이 선전을 통해 얼마 안 있으면 곧 되는 것처럼 J 동창들에게 과장해서 자랑하며 실로 어처구니없는 미래의 자기 위치를 설명한다. 즉, 기능공에 대한 교육기관을 건축하고

오락시설을 겸비하며 기능공에 대한 사회적 지위문제, 내일의 한국 어머니로서의 갖추어야 할 인격 완성 등, 이런 기능공들을 위하여 여러 가지 요건을 갖추는데 필요한 금액에 대한 출처, 금액을 마련하는 방법 등을 이야기한다. 여기에서 일동은 잠시나마 벅찬 감격을 느낀다. J 자신도 자기 자신이 정말 그렇게 되는 줄로 잠시나마 생각을 하다가 자기만이 느끼는 사회환경에 몸서리치면서 자기의 원 계획대로 몇 개월 후의 자기 위치를 설명한다. 너무 과장해서.

18. 상경하여서 J가 피부로 느끼는 사회의 반응과 마지막을 위한 환경정리.

19. 친구들이 J를 대구에서 기다린다. 약속 일자는 4.19일. 여기에 날아드는 유서 한 장뿐.[75]

3) 유서

사랑하는 친구여, 받아 읽어주게.

친구여 나를 아는 모든 나여

나를 모르는 모든 나여

부탁이 있네, 나를 지금 이 순간의 나를 영원히 잊지 말아주게

그리고 바라네 그대들 소중한 추억의 서재에 간직하여 주게

뇌성 번개가 이 작은 육신을 태우고 꺾어 버린다고 해도 하늘이 나에게만 꺼져 내려온다 해도 그대 소중한 추억이 간직된 나는 조금도 두렵지 않을 걸세

그대들이 아는, 그대 영역의 일부인 나

그대들의 앉은 좌석에 보이지 않게 참석해서 미안하네. 용서하게

---

75 전태일, 『친필 수기』, CD사본 7, 79-80.

테이블 중간에 나의 좌석을 마련하여 주게 원섭이와 재철이 중간이면 더욱
좋겠네
그대들이 아는, 그대들의 전체의 일부인 나, 힘에 겨워 힘에 겨워
굴리다 다 못 굴린 그리고 또 굴려야 할 덩이를
나의 나인 그대들에게 맡긴 채 잠시 다니러 간다네
잠시 쉬러 간다네
어쩌면 반지의 무게와 총칼의 질타에 구애되지 않을지도 모르는
않기를 바라는 이 순간 이후의 세계에서 내 생에 다 못 굴린 덩이를
덩이를 목적지까지 굴리려 하네 이 순간 이후의 세계에서
또 다시 추방당한다 하더라도
굴리는 데, 굴리는 데 도울 수만 있다면, 이룰 수만 있다면.76

4) '가을바람과 화초들의 비유'로 노동현실을 폭로하다

바람이 기운을 낸다. 코스모스 가는 허리를 꺽으려고 덤빈다. 키다리 해바라기
머리가 무거워서 오만하게 큰 키를 굽히면서 사정을 한다. 바람님 화를 거두시
고 잠잠하시라고, 난쟁이 채송아는 허리 굽히면서 사정하는 해바라기 모습이
우습단다. 해바라기 밑에선 맨드라미 웃지 않으려고 애쓰다 마침내 노랗게
웃는다. 철망 옆에 선 코스모스, 허리가 휠까봐 그 날씬한 허리를 심술쟁이
가시철망에다 살며시 기댄다. 심술쟁이 철망은 기다렸다는 듯이 그 가냘픈
허리를 정말 휘어지게 끌어안는다. 수줍어서 허리가 아파서 얼굴이 창백하다.
키다리 해바라기 정녕 목이 아파서 노오란 눈물이 한 방울 두 잎 날린다.
마루에 앉아서 울타리 꽃밭을 쳐다보면서 그 어떤 심각한 생각 속에 잠긴

JL.[77]

철장 울타리 앞의 조그마한 꽃밭에 한시라도 눈을 떼지 않지만 그의 생각은 멀리 시내 중부시장 그의 직장에서 어제 있었던 일을 다시 반성해 보는 것이다. 5번 미싱사의 그 가냘픈 소망을 자기에게 이야기하던 때의 상태를. "재단사요! 어디든지 주일날마다 쉬는 데를 좀 알아봐 주세요." "글세? 보세 공장 같은데 말고는 어디 그런 곳이 드물 거요, 요행이 (예수)믿는 사람이 공장을 차리고 있으면 되겠지만 어디 그런 집엔 자리가 잘 비지 않으니까 하여튼 빨리 알아보도록 힘써 보지요."

이렇게 무성의하게 대답하는 그에게 5번 미싱사는 그 자리에서 표시할 수 있었던 가장 순박한 감사를 표하지 않던가? 그는 막상 어디에 알아보겠노라고 이야기는 했지만 막상 희망을 걸고 알아볼 곳은 없다. 평화시장의 여러 친구들에게 물어보고 부탁하여 놓은 게 보통이다.

바람이 기운을 낸다. 코스모스 나약한 허리 꺾으려고 덤빈다. 키다리 해바라기 머리가 무거워서 오만하게 큰 키를 굽히면서 사정을 한다. 바람님 화를 거두시고 잠잠하시라고, 난쟁이 채송화는 허리 굽히면서 사정하는 해바라기 모습이 우스워서 조그맣게 방긋이 웃는다.

해바라기 밑에선 맨드라미 웃지 않으려고 빨간 볼을 숙인다.

철망 옆에선 코스모스 허리가 활까 봐 그 날씬한 허리를 심술쟁이 가시철망 울타리에다 살며시 기댄다.

심술쟁이 철망은 오래오래 기다렸다는 듯이 그 가냘픈 허리를 정말 휘어지게 끌어안는다.

누가 볼까 봐 수줍어서 허리가 아파서 얼굴이 창백하다.

키다리 해바라기 목이 아파서 노란 눈물을 한 방울 두 잎 날린다.[78]

---

77 여기서도 JL은 전태일 자신의 영문 이니셜로 본다.
78 위의 책, 77.

평화시장 화장실 옆에서 재
단보조와 함께한 전태일. 검
은색 학생모를 늘 즐겨 썼다.

5) '30명의 자녀를 둔 무정한 아버지 비유'로 노동 현실을 폭로하다

선생님, 이런 현실이 있습니다. 한 아버지가 30명의 자녀를 가지고 있습니다.
그 집에는 의복을 만들어 팔아서 생계를 이어가는데, 몇 년이 지나는 동안에
집안 사정이 좋아지고 나아져서 부자가 되었습니다. 그런데 아버지 되는
사람은 자녀들을 예전과 같이 일을 시킵니다. 아니, 예전에 못살 때보다도
더 혹심하게 일을 시킵니다. 그리고 아버지 되시는 사람은 호의호식하고
자녀 되는 사람들을 혹사합니다. 아버지는 한 끼 점심값에 200원을 쓰면서
자녀들 하루 세끼 밥값을 50원, 이건 인간으로서는 행할 수 없는 행위입니다.
아버지는 아무리 강자고 자녀는 약자지만 자녀도 같은 인간입니다. 여기에서

자녀들은 반발합니다. 아버지에게 쉴 시간을 요구합니다. 그리고 더 많은 양의 빵을 요구합니다. 먹고 배부를 수 있는 양의 빵 말입니다. 그러면은 아버지는 많은 빵을 주는 대신에 하루에 16시간의 노동을 강요합니다. 나이 어린 자녀들은 하루에 16시간의 고된 육체노동을 감당하지 못합니다. 나이가 어리고 배운 것은 없지만 그도 사람, 즉 인간입니다. 태어날 때부터 생각할 줄 알고, 좋은 것을 보면 좋아할 줄 알고, 즐거운 것을 보면 웃을 줄 아는 하나님이 만드신 만물의 영장, 즉 인간입니다. 다 같은 인간인데 어찌하여 빈한 자는 부한 자의 노예가 되어야 합니까. 왜 빈한 자는 하나님께서 택하신 안식일을 지킬 권리가 없습니까? 종교는 만인이 평등합니다. 법률도 만인이 평등합니다.

왜 하물며 가장 청순하고 때 묻지 않은 어린 연소자들이 때 묻고 더러운 부한 자의 기름이 되어야 합니까? 사회의 현실입니까? 빈부의 법칙입니까? 인간의 생명은 고귀한 것입니다. 부한 자의 생명처럼 약한 자의 생명도 고귀합니다. 천지만물 살아 움직이는 생명은 다 고귀합니다. 죽기 싫어하는 것은 생명체의 본능입니다. 선생님, 여기 본능을 모르는 인간이 있습니다. 그저 빨리 고통을 느끼지 않고 죽기를 기다리는 생명체가 있습니다. 그리고 죽어가고 있습니다. 그것도 미생물이 아닌, 짐승이 아닌 인간이 있습니다. 인간, 부한 환경에서 거부당하고 사회라는 기구는 그를, 연소자를 사회의 거름으로 쓰고 있습니다. 부한 자의 더 비대해지기 위한 기름으로. 선생님, 인간이 고로 빵과 시간, 자유를 갈망합니다. 어느 한쪽만으로는 만족하지 못합니다. 아무리 많은 양의 빵이라도 아무리 많은 시간적 자유라도 양자의 규합이 없이는 인간은 항상 불만입니다. 적당한 양의 빵과 적당한 양의 휴식을 요구합니다. 선생님 우리 고용주 되시는 사람에게 저희들의 뜻을 전하게 도와주십시오. 우리는 갈망합니다. 적당한 빵과 적당한 휴식을 말입니다. 진수성찬이 아닌 육체를 지탱할만한 검은 빵과 한 컵의 물.[79]

1969년 10월 19일 평화시장에서 함께 일하는 동료 노동자들과 우이동 계곡에 놀러가서 찍은 사진. 좌측에서 두 번째가 전태일

6) 모자 달린 비닐 옷 이야기

××은 세율로서 정당한 이유 없이도 당신을 죽일 수 있다.

비니루 옷인데 위아래가 붙은 스즈끼 옷인데 그것을 입고 있으면 모자까지 달렸으니까?

모자가 앞으로 보이니까? 거기에 바지를 꼭 앞으로 쓴 것 같이 되었는데 그것이 비니루 모자. 비니루 모자 앞에 십자가가 뚜렷하게 보였다. '검은 십자가' 비니루 옷을 입고 갈려고 그랬는데 너무 더워서 그리고 지금은 옷을 입을 철이 아니라서 벗어 버렸다.

그리고 그 옷을 입고 나온 집을 다시 찾으려니까 찾지를 못했다.

××은 집이 아니고 다른 집 뒷(곁) 같은데 아버지께서 얻어 놓으신 것이라고

---

79 위의 책, 81.

하셨다.

깊이는 꽤 깊고 양 벽은 돌로 쌓은 것이고 바닥은 그냥 흙이었을 것 같다.

그러니까 삼선교 부근의 한식집 뒷간 같았다.

옷같이 보이나요

그 옷은 광채가 나고 아주 훌륭한 것이어서

다른 사람들이 다 쳐다보는 것이었다.[80]

2. 소설 작성 방법 이론에 대해 연구하다
— 1970년 6월

1) 인물: 누가, 성격

2) 사건: 무엇을, 행위

3) 배경: 언제, 어디서

(1) 구성의 진행 형식

가. 발단: 작품의 서두, 시간, 장소, 인물의 성격, 인물 사이의 관계 등을
간결하게 묘사하여 주제의 방향을 암시한다.

나. 전개: 사건의 클라이막스에 도달하기까지 중추적 단계이다.

다. 절정: 사건 전개가 완숙한 부분, 한 작품의 최고 장점으로 주제가 가장
뚜렷하게 표현된다.

라. 종결: 최고 장점에서 끝말을 향하여 내리받이 길로 달리는 과정.

---

[80] 위의 책, 78.

(2) 장편소설과 단편소설의 특징

가. 단편

① 단일한 구성의 원칙, 단일한 주제, 단일한 인물, 단일한 사건

② 장편에 비해서 낭만적인 색채가 짙다.

③ 단편의 생명을 주제의 중점을 둔다.

나. 장편

① 복합 구성의 원칙, 광범한 실태와 집단 생활의 운영 및 군상을 그리게 된다.

② 단편에 비해 객관적, 사실적이다.

③ 단편보다는 환경에 중점을 둔다.

* 역사소설: 역사적 사실에서 소재를 취하여 현대 문학적인 창작방법으로 작품화된 소설. 시조는 스코트의 아이반호우

* 객관소설: 인간의 외부세계를 대상으로 객관적인 입장에서 묘사한 소설. 19세기의 사실주의, 자연주의 소설이 이에 속한다.

* 심리소설: 객관소설과는 달리 인간의 외부세계보다는 내부세계, 곧 심리의 묘사에 보다 더 역점을 둔 소설

(3) 소설의 감상과 독해 요령

가. 플롯의 전개를 살펴 전체의 골자를 파악한다.

나. 작중 인물의 대화, 사색, 행동, 환경 등의 묘사에 유의하여 그 바닥에 흐르는 작가가 얘기하고자 하는 주제를 파악한다.

다. 표정, 행위, 회화, 환경 등을 통해서 작중 인물의 심리나 성격을 이해한다.

라. 시대 사회 분위기 등을 파악하여 작품의 배경에 대해서 이해한다.

마. 문장 표현의 특성을 이해한다.

(4) 소설의 성격

가. 시가 주관적인, 문서적인 문학임에 비하여 소설은 객관적인 문학이다.

나. 고대 서사시에 대신하여 나타난 근대의 서사문학이다.

다. 소설의 전신은 로맨스와 설화이다.

라. 근대소설의 시초는 보카치오의 데카메론이다.

마. 소설의 기본적인 3요소는 주제, 구성, 문체이다.[81]

3. 완성된 소설 초안 3: 치정범죄 살인사건 '어쩔 수 없는 막 다른 길에서'를 쓰다
— 1970년 6월

1) 주인공 자신은 모질게 자기의 목숨을 버릴 수 없었기에 옛 동창들을 찾아다니면서 현재 자기의 위치를 과대평가하고 그 과대평가한 것이 탄로 날까봐 죽은 것처럼 된다. 그렇지만 실지는 모든 수단을 다 동원하고 어쩔 수 없는 막다른 길에서 죽기 위한, 그리고 공상 만으로 안 되는 일을 이룩했다 는 조그마한 순간적인 자기도취에 취하고 싶었기에 옛 동창들을 고향 한 자리에 초대하여 놓고 자기가 죽기 위한 마지막 파티 겸 친구들의 마음속에 자기를 남기기 위하여 눈물겨운 안간힘을 다 쓴다.

2) 주인공의 마음속의 연인 숙이가 이 자리에 초대장도 없이 나타나게 된다. 주인공은 이것을 처음에는 모른다. 숙이 나타난 것을 무척 당황하나 이내 침착하고 애써 자기의 장송곡을 다 부른다. 이 모든 사실을 아는, 즉 주인공의 현재 환경을 잘 아는 숙은 주인공이 부르는 노래소리를 듣고 주인공이 앞으로

81 전태일, 『친필 수기』, CD 사본 4, 2-4.

행하려 하는 계획을 어렴풋이 알아차리고 침묵을 지키려고 안간힘을 쓰지만 결국에는 마지막 가사에 기절하고 만다.

3) 배경은 바꿔서 서울에서 방황하면서 주위를 정리하는 모습.

4) 잠시 주인공 집안 환경이 전개된다.

5) 숙이 지방에서 상경한다. 상경 도중에 주인공의 남동생과 열차간에서 만난다. 서로의 관계를 알게 된다. 주인공을 중심으로 한 남동생이 주인공과 너무나 근사했기 때문이다.

6) 항상 숙을 남 모르게 사모하고 어떠한 수단을 동원하여서라도 숙을 차지하기로 결심한 B는 주인공을 제거시키로 단정하고 기회를 노리던 중 추위에 시달리고서 망각상태에서 거리를 방황하는 것을 발견하고 하수인을 시켜서 여관에 옮긴 다음, 주인공이 가지고 있던 유서를 발견하고 유서를 다시 변조시켜서 필적으로 위조해서 주인공 옛 회사 사장에게 협박하는 것으로 만들고 수 주일 동안 망각상태에서 주인공을 감금한다. 사장을 B가 살해하고 주인공을 서울 근교에서 버리게 된다. 새벽에 정신을 돌게 한다. 사건이 있는 다음날 새벽 주인공은 제정신으로 돌아온다. B는 주인공과 같은 차림새를 잊지 않고 범행을 하고 일부러 식모에게 들키고 식모를 기절시킨 후, 강간을 하려다가 흔적을 만들고 이불을 덮어서 질식시켜서 죽이려는 것 같이 보이게 한다.

7) 서울 근교에서 서성거리던 주인공은 정오쯤 돼서 붙잡는다. 죽지 않은 식모의 진술과 협박서가 발견되었기 때문이다.

8) 검사의 구형은 모든 증거가 확실하고 살인과 살인미수, 강간미수를 적용 (살인 강도 협박 등) 사형이 구형된다.

9) 주인공의 출처를 알게 된 숙과 남동생은 주인공이 죽이지 않았다는 것을 성격상으로 미루어 보아 알지만 죽이지 않았다는 증거를 제시하지 못한다.

10) 주인공 직장 관계 친우들이 진정서를 제출한다.

11) 숙은 아무 실마리도 없는 허공을 절규하면서 시내를 정신없이 헤맨다. 헤매던 중 횡단보도에서 신호대기 중 B가 자기를 의식적으로 외면하는 것을 무의식중에 알아차린다. 대기시간 30초 이상이 지나도록 한 번도 숙을 쳐다보지 않는다. 숙은 생각한다. 요사이 B가 한 번도 나타나지 않았다는 점, 자기를 수단 방법을 가리지 않고 정복하고자 했던 점들을. 이렇게 다다르자 의심이 걷잡을 수 없이 숙이 가슴을 방망이질한다. 숙은 B의 집을 단신으로 방문한다. 숙의 방문에 당황하는 기색을 감추면서 동시에 나타나는 불같이 충혈된 B의 눈, 정욕으로 붉은 핏발이 끓어 넘치고 있다. 여기에서 숙은 순간적으로 증거를 잡을 궁리를 한다. 여간 능구렁이 같지 않은 B를 어떻게 하여 조그마한 증거의 핵심을 잡을까 하고, 여기에서 숙은 B에게 거짓 고백하고 B와 같이 주인공을 조롱하고 B에게 예전같이 사랑해 줄 것을 구한다.

12) 남동생 A는 집에서 형의 일기장을 발견하고 거기에서 결정적으로 형이 죽이지 않았다는 것을 확신한다. 이 확신을 숙에게 설명한다. 그렇지만 숙은 B의 이야기를 A에게 하지 않는다. 숙은 B가 확실한 증거를 남기지 않았음을 알고 심리적으로 캐내기 위하여 자기의 모든 것을 먼저 바친다. B의 비밀을 캐내기 위한 기묘한 동거생활을 이끌어 나간다.

13) 남동생은 변호인을 통해 형의 성격 곧 내성적인 면과 일기장에서의 형을 법정으로 옮기기 위한 작업을 시작하였다.

14) 숙은 우연한 기회에 B의 집에서 범행 시에 B가 입었던 세무잠바와 짙은 밤색의 모직바지를 발견한다. 한번 입고 나서 손질하지 않고 옷장 깊숙이 쑤셔 넣어둔 것을 발견하고 이 사실을 A에게 알린다.

15) 이로써 무기형을 받았던 사건이 세인들의 머리에서 희미해져 버릴 때 B가 새로운 범인으로서 등장한다. A는 형의 일기장을 전부 다 소개함으로써 형의 인간성과 심리상태를 재판관들에게 바르게 인식시키려고 한다. 주인공은 극구 반대한다. 죽을 수는 없어도 자기의 과거를 복사해 놓은 일기장의 공개만은 못하게 한다. 이에 동생의 권유로 강제로 판검사 앞에서 공개된다. 이에 형은 일기장은 전부 다 조작된 것이라고 부인한다. 그리고 피곤을 핑계로 폐정할 것을 호소한다. 이때 동생은 형에게 조용히 1분만 이야기할 수 있게 재판장에게 허락을 얻고 두 간수를 멀리한 후 짧은 몇 마디를 소곤거린다. 순간 형의 안색은 달라지면서 힘없이 자세를 바로 고쳐 앉는다. 다시 일기장은 공개된다. 관청석은 말없는 무거운 고요가 내려 덮여 있다. 기어히 울음이 터지는 관청석, 재판장도 마음속에 뜨거운 것을 검사도 판사도 느낀다. 폐정. 또 다시 울음, 폐정. 판결은 무죄, 증거 불충분으로…. 다시 여러 수천 번을 자문자답하던 문제를 결단 내린다. 총칼이 되기보다는 사랑을 앞을 보지 못하는 자들에게 주인공의 한눈을 준다. 남의 총칼로 덤빈다고 해서 같이 총칼로 대적한다면 같은 인간이기에. 세계인류 전체가 총칼로 무장한다면 세계가 평화를 위할 것인가?
인간의 힘으로 생각으로 해설할 수 있는 세계는 지나갔다. 신을 의지하고 신의 율례와 법도를 행하는 것 같이 인간의 해야 할 급선무라고…. 단일신

여호와를.82

4. 완성된 소설 초안 4: 에고이스트와 휴머니스트
— 1970년 6월

1) A. 목적

목적을 위한 수단 B-1, B-2

B-1… A만을 위하여 방법을 전부 인정.

B-2… A만을 위하여서라도 방법은 인도적인 견지에서 여야 한다는 것.

2) B-1과 B-2의 방법이 경쟁된다.

B-1은 모든 생각할 수 있는 방법은 전부 동원해도 좋다는 것으로 전개되고,
-2는 방법 중에서 가장 인도적인 방법을 택하기 위하여 곤경에 빠진다.

3)

B-1은 현 사회 실정대로 종근이에 비해서 전개된다.

B-2는 여러모로 자본금을 구하려고 애써 노력한다. 여기에서 기준법에
의해서 같은 동조자가 되기를 원치 않고 사퇴하는 데서부터 시작하여 히스테
리 현상까지.

B-1은 기성세대. 혼란기 속에서 형성된 에고이스트.

B-2는 기성세대 사고방식에 항의하는 내성적 휴머니스트.

B-1: 수단과 방법을 개의하지 않기 때문에 쉽게 목적을 이룰 수 있고 현
세대에 적용해서 철저한 자기주의, 기회주의자였기 때문에 이기적인 자기
욕망을 손쉽게 이룰 수 있고 윤리와 도덕적 가치는 파괴당하고 인간의 가치는

---

82 위의 책, 5-8.

1969년 10월 19일 평화시장에서 함께 일하는 동료 노동자들과 우이동 계곡에 놀러가서 찍은 사진. 앞줄 좌측에서 네 번째가 전태일

땅에 짓밟힌다. 그리고 개인이 이기적인 욕망 즉 신의 율례를 벗어난 욕심이 곧 인간을 부자유스러운 환경 속에 빠뜨리게 되고 나아가서는 인간 자신이 자기가 만든 철책에서 헤어나지 못하고 희생하고 있다.

B-2: 아무리 선한 목적이라도 수단과 방법을 무시할 수 없다는 철저한 이념의 소유자로서 여러 가지 방법이 대두되나 만족할 만한 것을 찾지 못하고 선한 목적에 선한 방법이어야 한다는 것을 외친다. 말할 수 없는 어려움 속에서도 부정과 타협하지 않는다. 마음속으로 항상 선을 기억한다. 현 세대 사회 환경 속에서 현 기성세대들의 경박관념과 후진국 공통적 경제상황이라는 무책임하고 불투명한 편견하에 부분적으로 희생되면서도 인간의 가치를 지킬 것을 세상에 호소한다. 여기에서 현 사회는 B-2를 멸시하고 자기들의 활동 범위 내에서 제지하려고 한다.

B-2는 인간으로서의 대부분을 상실하고 몰수당한다. 끝으로 총칼을 부정한다. 신의 은총만이 현 사회를 구할 수 있다.[83]

---

83 위의 책, 9-10.

1969년 10월 19일 평화 시장에서 함께 일하는 동료 노동자들과 우이동 계곡에 놀러가서 찍은 사진. 맨 좌측이 전태일

임금이 낮은데다 감독의 착취가 심해 노동자들은 오히려 빚에 시달려야만 하는 처지이다. 일이 험하여 부상을 당하기 일쑤이지만 회사에서는 제대로 보상해주지 않는다. 게다가 깡패들로 감독 조를 만들어 노동자들을 강압적으로 다스리니 노동자들의 불만은 갈수록 부풀어 오른다. 동혁은 불만에 가득 찬 노동자들을 규합하여 쟁의를 벌일 계획을 세우는데 마침 국회에서 답사단이 오기로 되어 있음을 알고 그때 쟁의를 시작하기로 한다. 그러는 가운데 극에 달한 노동자들의 불만이 터져 나와 쟁의가 시작되지만 회사 쪽의 교활한 회유 공작에 막혀 결국 실패하고 만다. 주인공 동혁은 혼자 산꼭대기로 오르며 최후의 결전을 다짐한다.

40장

잦은 철거에 맞춰 오히려 점점 넓어지는 판잣집 주거 공간

1967년~1970년 4월 말 (약 3년, 20~23세)

1. 무허가 빈민촌에 대한 잦은 철거 소동

전태일이 살고 있던 쌍문동(창동) 동네는 대부분 시골이나 산골 아니면 지방 읍내에서 살던 이들이 상경해 건축 현장 막노동이나 행상, 청소부, 날품팔이 등으로 생계를 이어 가는 사람들이 주류를 이루고 있었다. 그중에는 전태일처럼 평화시장에서 일하는 재단사나 시다 혹은 시다 보조들도 많았고 뜨개질로 먹고사는 요꼬쟁이[84]들도 많았다. 이들은 마땅히 오갈 데가 없어 무허가 빈민촌에 살던 중 서울시의 강제철거 정책의 철퇴를

---

[84] 뜨개질을 하여 옷을 짜는 직업에 종사하는 사람들을 일컫는 말이다. 요꼬는 니트(KNIT)의 일본어이기 때문에 요꼬쟁이는 사투리가 아닌 합성어이다.

맞고 우여곡절 끝에 최종 정착지로 이곳까지 흘러온 것이다. 그러다 보니
한 동네 사는 이웃 중에 누가 시내 웬만한 규모 있는 공장이라도 버젓이
다니고 있으면 선망의 대상이 되어 출세깨나 한 것처럼 인식될 정도였다.
전태일과 그의 식구들 그리고 60여 세대 남짓 되는 동네 300여 명의 주민
들은 모두 주거도 불안정했고 소득도 불안정했으나 서로 아껴주는 인심
만은 후덕했다.

　당시는 쌍문동 지역뿐 아니라 서울 시내 변두리 곳곳에 흩어져 살고
있는 극빈층 주민들에 대한 사회적 관심이 전무했고 정부와 언론, 지식인
층들마저 거들떠보지 않았다. 기껏해야 여름철 홍수가 발생해 수해를 당
하거나, 끔찍한 화재를 당했을 때, 혹은 연탄가스 중독사고가 발생했다는
뉴스가 보도되면 그제서야 값싼 동정을 보이는 정도였다. 박정희 정권의
경제 관료들과 이를 추진하는 인물들조차 도시 빈민들에게는 거의 관심
이 없었다.[85] 오히려 집권세력들과 기득권자들은 도시빈민들을 커다란
장애물로 여겨왔다. 외국의 국가수반이나 국빈이 방문하기라도 하면 서
울에 사는 빈민촌이 들통날까 봐 쉬쉬하며 애물단지 취급을 당하기 일쑤
였다. 결국 빈민들의 집단 서식처를 하나둘씩 서울 외곽지대나 한적한 변
두리로 내몰기 시작했다. 도시빈민들은 정상적인 시민계층의 범주에조
차 포함시키지 않았으며 제대로 된 주소조차 없었다.

　도시빈민들이 열악하게 살 수밖에 없는 근본 원인들을 살펴보면 거기
에는 사회구조적인 모순들이 모두 집약되었다. 쪽방촌과 판자촌은 박정
희 정권의 개발독재 정책이 낳은 필연적 산물이며 우리 모두의 자화상이
자 속살이었다. 전태일과 그의 가족들이 최종 정착지로 여기며 살고있는
쌍문동 28번지 일대는 공동묘지 터 위에 세워진 화재민 천막촌이었다. 그

---

85 이소선, 「저자와의 인터뷰 증언」, 2006. 8. 12.

러나 이곳 주민들은 또 다시 언제 어디서 철거반원들의 차량이 들이닥칠
지 몰라 불안을 느끼며 살아야만 하는 무기한 철거 대상이었다. 전태일이
삼각산 임마누엘수도원에 오르기 직전인 1970년 5월에는 시청과 구청에
서 한 팀이 되어 예전보다 더 살벌한 철거반이 조직되어 출동하는 일이 잦
아졌다. 그들은 지난번에 이어 이번에도 전태일의 집을 또 다시 헐어버린
것이다. 1966년 10월 쌍문동에 이주해 살면서 지금까지 3년 동안 8~9차례
나 판잣집이 헐렸고 그때마다 언제 그랬냐는 듯 또 다시 짓는 악순환이 지
속되고 있었다. 어느 날 전태일의 집에 철거반이 들이닥쳐 집을 모두 부수
고 돌아갔다. 식구들은 무표정한 얼굴로 달려들어 다시 벽돌을 구입해 집
을 짓는다. 그리고 2~3주 후에 또 다시 철거반 차량이 들이닥쳐 부숴버린
다. 이런 식으로 철거와 복구를 반복하는 가운데 마침 삼각산수도원에 오
르려던 전태일은 철거반들의 열 번째 만행을 겪게 된다. 그러나 아무렇지
도 않게 언제 그랬냐는 식으로 다시 시멘트 벽돌을 쌓아 올리며 식구들의
보금자리를 돌봤다.

2. 무기한 철거 대상 지역에서 3년간의 생활

소위 '무허가 건물주택'이라는 딱지가 붙은 곳에 살던 전태일의 식구
들에게는 강제철거라는 살벌한 분위기가 상존하고 있었다. 남대문시장
입구 옆 천막촌에 살다 서울시의 강제철거로 미아리 삼양동으로 이주해
화재민 천막촌에서 살았으며 그 후 대구에서 살다 상경해 오랜만에 온 가
족이 남산동 50번지 판잣촌 셋방에 살고 있을 때 큰 화재를 당해 도봉동
화재민 수용소로 이주했다. 그리고 또다시 이곳 쌍문동 28번지 일대로 이
주당해 그런대로 적응하며 살고 있는데 서울시가 또 다시 괴롭히고 있는
것이다. 오히려 주민들이 안정적으로 잘 살아갈 수 있도록 좀 더 발전적으

전태일이 가족들과 함께 살던 '성북구 쌍문동 208번지' 동네. 공동묘지 인근에 이재민촌이 조성되며 이곳으로 이주했다(상). 이소선 어머니가 골목길을 걷고 있다.

로 해결해 주어야 함에도 불구하고 당국은 지속적으로 괴롭히며 입주민들을 불안에 떨게 했던 것이다. 철거반들이 한바탕 다녀가는 날에는 언제나 '철거계고장'이 대문에 붙어있었다.

> 귀하 소유의 아래 표시 건물은 주택개량 촉진에 관한 임시 조치법에 따라…(중략)… 만일 위 기일까지 자진 철거하지 않을 경우에는 행정대집행법이 정하는 바에 의하여 강제철거하고 그 비용은 귀하로부터 징수하겠습니다.

어느 날 태일이가 외출했다 들어오다가 대문에 계고장이 붙은 걸 목격하고 손으로 떼서 들고 들어왔다. 계고장을 천천히 읽으며 이소선 어머니와 단둘이 식사를 하던 중이었다.

"태일아, 그게 뭐냐?"

"뭐긴요, 이번에도 철거 계고장이지요"

"또 올 것이 왔구나!"

이소선 어머니는 꽁보리밥에 된장과 풋고추 서너 개와 김치가 전부인 밥상을 조용히 물리치고 천장만 물끄러미 올려다보며 한숨을 쉬었다. 당국으로부터 괴롭힘을 당하던 식구들은 주택문제 때문에 바람 잘 날이 없었기 때문이다. 쌍문동 지역은 행정구역상으로는 서울특별시였지만, 야산과 논밭이 있는 시골 동네와 다를 바가 없었다. 심지어 그곳은 과거 공동묘지 터였기 때문에 처음에 이주했을 때는 묘지 봉분들이 여기저기 파헤쳐져 있었고 관짝이 눈에 띌 정도였다.

쌍문동에 도착한 전태일의 주거지는 처음에는 천막을 쳤고, 차츰 산기슭에 토굴을 파고 입구를 다시 천막으로 설치하는 매우 독특한 형태로 변모해 갔다. 이른바 무허가 토굴 천막집 형태였던 것이다. 그 후 지붕은 슬레이트를 대충 덮고 시멘트 블록으로 벽을 올리고 나무판자 몇 장으로 얼기설기 지은 집이 고작이었다. 세월이 지나면서 1968년 가을 무렵에는 판자와 시멘트 블록으로 집을 짓고 아스팔트 루핑으로 지붕을 이어 그나마 여섯 식구가 살아갈 수 있는 보금자리가 꾸며졌다. 1969년 6월 아버지 전상수가 세상을 뜨게 되자 식구 수는 한 명 줄었지만, 오히려 전태일이 사는 집은 공간이 점점 더 넓어져 갔다. 그 사연은 이러하다.[86]

---

86 위와 같음.

3. 철거반원들의 특별 배려와 노동운동의 아지트 구축

전태일의 집은 다른 집들과 별반 다르지 않게 시멘트 블록에 시멘트 반죽을 발라가며 쌓아 올린 벽면이다. 철거반들과의 잦은 출동과 횡포 때문에 벽돌 무더기가 통째로 바닥에 흩어지면서 건축물 쓰레기가 돼 폐기 처분할 수밖에 없게 되었다. 철거반원들이 묵직한 해머를 들고 벽을 부술 때마다 그 충격으로 시멘트 블록들이 한꺼번에 허물어지며 깨지는 것을 안타깝게 바라본 전태일은 묘책을 짜냈다. 벽돌을 쌓아 올릴 때 아예 시멘트 반죽을 바르지 않고 그냥 어린이들이 장난감 레고를 올리듯이 벽돌만 조심스레 올리기로 한 것이다. 전태일은 철거반원들이 쳐들어온다는 전갈을 받으면 즉시 자신의 집 안팎의 벽돌들을 미리 알아서 조심스레 바닥에 내려놓았다. 그리고는 철거반들이 자신의 집에 들이닥치면 책임자를 붙들고 이렇게 말한다.

"아저씨들이 벽을 허물고 가시면 가난한 저희는 잘 곳도 없고 다른 곳으로 갈 곳도 없습니다. 저희는 이 집에서 당장 잠을 자야 하기 때문에 또다시 벽돌을 쌓아야 합니다. 이 벽돌들이 깨지면 돈을 주고 다시 공장에 가서 사와야 하니까 아저씨가 저희 집 사정을 좀 잘 이해해 주셔서 벽돌에는 아무 피해가 없도록 해주세요. 벽돌은 저희가 미리 아저씨들이 오시기 전에 치워 놓겠습니다. 그러니까 저희 집을 잘 좀 봐주세요."

아무리 강퍅한 철거반장이라 해도 조목조목 설명하며 애원하는 듯한 태일의 당부를 외면하기 어려울 것이다. 그 뒤로 태일과 태삼 형제가 집에 없을 때도 철거반원들은 조장의 지휘 아래 전태일의 집만큼은 특별 배려를 해서 아예 손을 대지 않거나 벽돌이 깨지지 않게 소중히 다뤄 주었다.

"어이, 그 집은 시멘트 벽돌들이 깨지지 않게 조심스럽게 땅바닥에 그냥 내려놔."

철거반이 다녀간 날에는 운 좋게도 벽돌이 하나도 깨지지 않는 날도 있었지만 어느 날은 벽돌이 많이 깨져서 추가로 구입해야 할 지경이 되기도 했다. 벽돌을 사야 할 때는 동생 태삼을 데리고 냇가에 있는 벽돌 공장에 가서 구입해 리어카로 실어날라 형제의 손으로 다시 공사를 해야만 했다. 이렇게 하기를 7~8차례 반복하다 보니 어느덧 전태일의 무허가 판잣집은 면적이 점점 더 넓어지게 된 것이다. 어느 날 태일은 동생 태삼에게 점점 넓어지는 집안의 공간을 어떻게 활용하는지를 알려주기도 했다.

"저쪽 방은 평화시장 친구들과 모임 하는 방이고 또 이쪽 방은 우리 식구들이 잠자는 방이다."

아주 조금씩 집안의 방 면적을 늘려가던 전태일은 이 집에서 청계천 평화시장으로 매일 출퇴근을 했고 나중에 바보회 회장에 당선된 날에는 이 집으로 친구들과 재단사들을 데리고 와서 비지찌개를 먹어가며 밤을 새우며 회의를 하기도 했다. 부친 전상수가 운명한 이후로는 재단사 친구들을 이 집으로 불러 모아 가끔씩 토론도 하고 공부도 자주했다. 그러면서 혼잣말로 "여러 친구들이 한 자리 앉아서 토론하기에는 방이 너무 비좁으니 조금씩 넓혀가야겠다"고 했던 말이 실제로 현실이 되어 철거를 당할 때마다 조금씩 넓힌 것이다.[87]

4. 자기 집에 온 연탄배달원은 쉬게 하고 자신이 직접 배달하다

전태일은 자신과 비슷한 또래의 동네 연탄 집 배달원이 힘겹게 배달하는 것을 평소 눈여겨보았다. 동네 사람들이 자주 이용하는 연탄집 주인의

87 이소선, 「저자와의 인터뷰 증언」, 2006.8.12.

조카로서 어느 날 시골에서 상경해 자기 큰아버지 사업을 도우며 배달을 하게 된 것이다. 그는 아침부터 밤늦게까지 온몸에 시커먼 연탄가루를 뒤집어쓴 채 리어카를 끌고 언덕을 힘겹게 오르내리는 것을 측은히 여겼던 것이다. 그 청년은 일을 도와준다는 말이 무색할 정도로 거의 혹사 수준의 중노동을 당했다. 그의 큰아버지는 이다음에 조카에게 한밑천 마련해주려는 계획을 세웠는지 모르겠으나 주변 사람들이 볼 때는 혹사당하는 것처럼 보였다. 청년은 배달할 집 부근에 당도하면 적당한 장소에 리어카를 고정시켜 놓고 지게를 버틴 후 연탄을 스물댓 장씩 올려놓고 지게를 지고 운반해야만 했다.

또 연탄 배달을 모두 마쳤음에도 불구하고 배달하는 과정에서 골목과 집안이 더러워졌다며 배달해준 손님의 집을 깨끗하게 물청소까지 해 줘야만 했다. 그리고 골목이 워낙 비좁아 등지게조차도 짊어질 수 없는 상황이 되면 연탄집게를 이용해 일일이 양손으로 운반해야만 했다. 이러한 모습을 본 전태일이 그냥 무심코 넘길 리가 만무했다. 어느 날 전태일의 집에서도 그 청년을 통해 연탄을 주문했다. 그러나 집으로 들어오는 골목이 비좁아 도저히 손수레가 들어올 수 없게 되자 전태일은 연탄 배달하는 청년을 편히 쉬게 하고 싶었다. 자기 집에 배달할 때만이라도 휴식을 취하게 하고 싶었던 전태일은 그의 손을 이끌어 자신의 방으로 들여보내고 자신이 직접 연탄을 나르기 시작했다. 놀란 연탄배달원은 전태일과 옥신각신하다 결국 태일이의 성화에 못 이겨 마루턱에 걸터앉아 쉬는 것으로 협상이 된 것이다. 당연히 그날에 주문한 모든 연탄은 전태일 혼자 모두 날랐다. 이처럼 그에게는 어려운 친구들이나 고통받는 이웃들을 보면 곧 자신의 고통과 아픔으로 전이되는 증세가 있었다.[88]

---

88 위와 같음.

5. 철거당한 현장에서도 이웃 어린이들을 돌보다

1968년 7월의 어느 초여름이었다. 하루종일 날씨가 무더웠으나 초저녁이 되자 쌍문동 언덕기슭에 자리 잡은 무허가 판자촌에도 황혼이 물들며 선선한 바람이 불고 있었다. 때마침 일을 마치고 퇴근한 전태일이 집에 도착해 보니 철거반원들이 다녀간 흔적이 여기저기 눈에 띄었다. 철거반원들이 그날 낮에 집집마다 돌아다니며 이미 쑥대밭을 만들어 놓았던 것이다. 앞서 다녀간 지가 채 한 달도 안 됐는데 오늘 또 다녀간 것이었다. 전태일은 동네 입구부터 벽돌 무더기들이 여기저기 어수선하게 흩어져 있는 광경을 보고 직감했다. 어느 집은 마치 폭격을 맞은 것처럼 처참하게 부서지기도 했고 어느 가정은 형체도 없이 폭삭 주저앉은 집도 있었다. 전태일이 집에 도착해 보니 어머니는 부엌에서 태연하게 저녁식사를 준비하고 있었다. 집안을 들어가 보니 벽은 오간 데 없고 뼈대 기둥 몇 개가 지붕을 버티면서 휑하니 서 있었다. 철거반 조장의 배려로 다행히 시멘트 벽돌은 재활용할 수 있도록 땅바닥에 가지런히 놓여 있었다. 오히려 철거반들이 몹시 고마울 따름이었다. 피곤한 몸을 이끌고 집에 돌아왔으나 집안이 어수선하게 널려 있는 광경을 본 전태일은 저녁식사도 거른 채 곧바로 벽돌을 쌓기 시작했다.

"우선 시장하니 밥부터 먹고 일을 하거라."

어머니는 아들에게 밥상을 차려 주고 물 길러 동네 우물터로 나갔다. 우물터에 갔다가 다시 집에 당도했는데도 전태일은 계속 일만 하고 있는 것이 아닌가.

"밥을 먹고 일을 하라니까 왜 엄마 말을 안 듣는 거냐?"

"엄마, 저는 벌써 다 먹었어요."

역정을 내는듯한 어머니의 한마디에 태일은 시무룩하게 대답할 뿐이다. 어머니가 물을 뜨러 우물터에 다녀온 시간은 도저히 밥을 다 먹을 수 있는 시간이 아니었다. 태연스럽게 거짓말을 하고 있다는 것을 눈치챈 어머니의 추궁에 전태일은 잠깐 동안 벌어진 내막을 실토했다. 바로 아랫집에 맞벌이하는 젊은 두 내외가 어린아이 둘을 키우며 단란하게 살고 있었는데, 마침 벽을 쌓고 있는 도중에 우연히 아랫집을 쳐다보니 그 집도 자기 집처럼 다 부서지다 보니 집안이 훤히 들여다 보였던 것이다. 평소에도 자주 헐리다 보니 울타리도 없이 서로 이웃하며 사는 집들이었다. 마침 그 집 부모들은 밖으로 일을 나가고 하루 종일 밥을 굶어 배가 고파 칭얼대며 울고 있는 아이들을 목격한 것이다. 그래서 자신이 먹을 저녁밥을 어머니 몰래 아이들에게 주고 온 것이다.

절반이라도 먹고 나머지 절반만이라도 아이들에게 갖다 주면 될 것을 자신의 밥그릇을 몽땅 가져다가 준 것이다. 전태일의 성격상 그래야만 마음이 편했고 뿌듯했기 때문이다. 어머니의 추궁에 조용히 입을 연 태일은 자신은 이제 다 컸으니까 언제든지 배가 고프면 어떻게 해서라도 밥을 구해 먹을 수 있지만 저 불쌍한 아이들은 말도 못하고 빈집에서 하루 종일 굶었다면서 가슴 아파했다. 이웃집이 철거당해 여기저기 벽이 허물어지는 소리와 주민들의 한숨 리 그리고 배고파 우는 아이들의 소리를 들으며 전태일은 남을 위해서 산다는 것이 얼마나 절실한 것인가를 다시 한번 깨달으며 주어진 삶을 불태우고 있었다. 강인하면서도 따뜻한 성격의 전태일은 이처럼 굶주리는 이웃과 민중을 외면하지 않고 언제나 그들과 함께하기를 즐겨 했다. 그리고 자신을 희생하거나 자신의 것을 모두 바치는 삶을 통해 주변 사람들에게 사람답게 살아가는 방식을 일깨워 준 것이다.

6. 전태일과 가족의 거주지 이동 경로와 주거형태

전태일과 가족의 거주지 이동 경로는 해방 정국과 6.25전쟁 전후 시기 우리 민초들과 하층 빈민들이 겪은 밑바닥 삶 자체를 보여주는 파노라마이다. 23년의 짧은 생애를 살면서 그가 거쳐 간 거주지 이동 경로와 주거형태 그리고 이주할 수밖에 없는 배경들을 살펴보면 얼마나 생활이 궁핍하고 곤고했는지 확인할 수가 있다. 대구의 월세방에서 태어난 전태일의 거주지는 시장 골목에서 한뎃잠을 자는 것을 필두로 남의 집 처마살이, 천막집, 비닐 천막집, 화재민촌 공동천막 생활, 판잣집, 움막집, 월세방, 친척집 더부살이, 토굴집 등을 전전하는 이루 형언할 수 없는 가난의 행진곡이었다. 그뿐 아니라 학창시절 여러 차례의 가출로 인해 노숙자 생활과 다름없는 떠돌이 생활을 하면서 거주지가 일정치 않았던 적도 허다했다.[89] 전태일의 거주지 이주 경로를 도표로 정리해 살펴보자.

전태일과 가족들의 거주지 이동 경로

순서	당시 연령	거주연도 및 기간		거주지 위치와 주거형태
1	1~3세	1948.8.26.~50.3.(1년 7개월)	대구	경북 대구시 중구 동산동 출생. 자신이 태어난 월세방에서 세 살까지 거주.
2	3세	1950.3.중~말(10일간)	부산	경남 부산시 중구 남포동 자갈치시장 골목에서 임시로 한뎃잠을 자며 어머니와 거주.
3	3~4세	1950.3.~51.12.(1년 9개월)		남포동 자갈치시장 내 피복가게에서 임시 거주.
4	4~5세	1951.12.~52.7.(약 8개월)		부산시 영도구 청학동 가파른 산비탈 천막촌으로 이주.
5	5~7세	1952.7.~54.8.(2년 1개월)		부산시 동구 범일동 넓은 월세방으로 이주.
6	7세	1954.8.~54.10.(3개월)	서울	서울로 이주. 서울역 염천교 부근 주택가의 남의 집 처마살이.

89 위와 같음.

순서	당시 연령	거주연도 및 기간		거주지 위치와 주거형태
7	7~8세	1954.10.~55.4. (6개월)		남대문시장 입구 옆 천막촌으로 이주.
8	8세	1955.4.~55.6. (3개월)		부친 전상수가 천막집을 저당잡혀 갑자기 쫓겨나게 되자 이웃집 천막 사이에 비닐 천막을 치고 거주.
9	8~9세	1955.6.~55.7. (1개월)		서울시로부터 천막촌이 철거당해 서울 강북구 삼양동 공동묘지 터로 강제이주당하여 철거민촌 공동천막생활.
10	8~9세	1955.7.~56.1. (7개월)		삼양동 공동천막생활을 끝내고 그곳에 흙벽돌 움막을 짓고 거주.
11	9~13세	1956.1.~56.10. (약 9개월)		부친이 강도를 만나 서울 시내로 이주. 용산구 도동 하천가에 천막집을 짓고 거주.
12	13~14세	1956.10.~60.4. (약 8개월)		도동 천막집 하천에 악취가 나서 부근에 판잣집을 짓고 거주.
13	13~14세	1960.5.-61.1. (약 8개월)		부친의 사업 부도로 서울 용산구 이태원동으로 이주. 부친 친구 집에 딸린 헛간 방에서 월세로 거주.
14	14세	1961.1.중~61.1. 말 (15일)		집주인 내외에게 쫓겨나 동대문구 용두동 천막촌으로 이주. 비닐천막에서 거주.
15	14세	1961.1.말~62.1. (7개월)		용두동 비닐천막생활을 청산하고 부근 하천가에 판잣집을 짓고 거주(이때 전태일은 1차 가출로 인해 1년 동안 남대문시장에서 노숙생활).
	14~15세	1961.8.~62.8. (1년)		전태일은 1년간 남대문시장 일대에서 신문팔이, 구두닦이 생활을 하며 거주지 없이 떠돌이 생활.
16	14~15세	1962.1.~62.5. (5개월)	대구	부친과 전태일을 제외한 나머지 식구들은 서울 용두동에서 대구로 이주. 대구시 중구 남산1동의 경북여고 담벼락 부근의 큰댁 전영조의 집에 얹혀살다.
17	15~17세	1962.5.~64.2. (1962.8에 1차 가출에서 귀가해 가족들과 합류/그 후 2차 가출 후 닷새 만에 복귀)		서울에서 부친이 내려오자 가족들은 대구시 남산동 명덕초등학교 옆 단칸 월세방으로 이사(이때 전태일은 1년여의 가출에서 복귀해 부친의 봉제 일을 도와주며 청옥학교를 다니던 도중 부친의 명령으로 학교를 중단하자 12월경에 동생 태삼을

순서	당시 연령	거주연도 및 기간	거주지 위치와 주거형태	
				데리고 2차 가출(5일간)을 한 후 다시 귀가함)
18	17세	1964.1.~64.2. (2개월)		대구시 서구 내당동의 허상숙씨 집 헛간 흙벽 집으로 이사. 모친은 구정 전날 서울로 식모살이 떠났고 전태일은 정월 보름에 순덕을 업고 모친을 찾아 상경하며 서울에서 떠돌이 생활.
19		1964.2.~64.3.중 (2개월)		나머지 세 식구(부친, 태삼, 순옥)는 대구시 중구 도원동 자갈마당 부근 빈집으로 이사. 상경한 전태일은 순덕이와 떠돌이 생활하던 중 뒤따라 상경한 태삼과 남대문시장에서 상봉.
20		1964.3.중~ 64.3.말(15일)		태일 태삼 형제는 회현동 상륜의 집 마루청에서 거주하는 도중에 주방에서 일하던 모친과 상봉.
21		1964.4.~64.7. (3개월)	서울	상륜이 집을 나온 형제는 남산 케이블카 아래 무허가 하숙집 살이 시작. 태삼은 하숙집에 남고 태일은 모친과 합류해 다시 상륜이 집 마루청 생활을 하다 부친이 가족을 찾으러 다닌다는 말을 듣고 그 집을 빠져나옴. 모친은 중앙시장 부근 양아치들 지역에 임시거처를 마련해 거주.
22	17~18세	1964.7.~65.8.26. (13개월)		상륜이네 집을 빠져 나온 전태일은 1년 동안 열두 가지(구두닦이,신문팔이,빈병줍기,하드장사,우산장사,껌팔이,휴지팔이,담배꽁초줍기,리어카 뒤밀이, 종이박스 줍기 등)나 되는 일을 했으며 이때 덕수궁 수위실, 서울역, 중앙시장 야채가게 주변 등에서 한뎃잠을 자며 생활.
23	18~19세	1965.10.초 ~66.1.18. (약 4개월)		서울 중구 남산동 50번지 판잣집에 셋방을 얻어 세 식구가 먼저 살다. 전태일이 평화시장 봉제공장인 삼일사에 시다로 첫 취직. 태일은 여동생 순옥이와 상봉 후 마침내 부친과 순덕이를 비롯한 모든 가족이 함께 상봉해 이곳에서 거주.
	18~19세	1966.1.18.~1.27. (10일간)		남산동 50번지 대형 화재참사를 당해 인근 남산초등학교 교실에 열흘간 화재민수용소 생활.
24	19세	1966.1.27.~10.중 (8개월)		남산동 50번지 화재참사로 서울 성북구 도봉동 미원공장 옆 하천가로 강제 이주

순서	당시 연령	거주연도 및 기간	거주지 위치와 주거형태
			당하여 대형천막을 치고 화재민촌 공동생활 시작.
25	19~20세	1966.10.~67.9. (11개월)	도봉동 화재민촌에서 다시 성북구 쌍문동 208번지로 이주. 주거 부지를 배당받아 그 자리에 천막을 치고 거주하며 정착.
26	20~23세	1967.9.~70.11. 13. (3년 3개월)	쌍문동 208번지 천막집을 변형해 토굴 판잣집에 살던 중 시멘트 블록과 슬레이트 지붕 등으로 가건물을 증축해 거주.
27	23세	1970.4.26.~ 70.9.9. (약 5개월)	서울 삼각산 임마누엘수도원에 건축노동자로 자원 봉사하기 위해 5개월간 수도원 숙소에 거주. 9월 9일 하산 후 지속적인 노동투쟁을 하던 중 11월 13일 청계천 평화시장에서 분신 항거.

달뜨는 산등성이나 산비탈에 가난한 사람들이 모여들어 살았기에 달동네라 불렀으나 화재민촌의 누추한 현실들은 달동네보다 더 참혹했다. 천막촌에서 겨우 벗어나 고작 무허가주택과 노후 불량주택들이 겹겹이 둘러친 도시 저소득층 밀집 지역에 형성된 판잣집과 토굴만이 전태일이 살아갈 안식처였다. 농촌을 떠나 도시로 이주한 사람들이 도시 외곽에 모여들기 시작했으나 저소득층을 벗어나지 못한 사람들은 외곽으로 밀려 이곳저곳 외곽의 구릉지는 무허가 판자촌이 형성되었고 도봉동, 창동, 쌍문동도 예외는 아니었다. 다닥다닥 붙어있어 한 뼘의 여유 공간도 없게 되자 앞집의 어깨를 타고 올라서는 새로운 판잣집들이 생겨나고 틈만 나면 무단으로 밤새 집을 짓는 바람에 남의 집 마루를 통과해야만 자기 집 앞마당으로 들어갈 수 있는 기형적인 집들도 이때 생겼다. 쌍문동은 한때 옛집을 허물고 새 아파트 단지를 지어야 한다며 시끄럽게 떠들던 시대가 있었으나 결국 전태일은 살아생전에는 판자촌살이를 한 번도 벗어나지 못하고 세상을 떠났다.

지금은 삼익아파트가 들어서 있는 쌍문동 208번지, 여공들에게 자신

전태일과 그의 가족들이 살던 '성북구 쌍문동 208번지 2통 5반' 동네

의 차비를 털어 풀빵을 사주느라 정작 자신은 서너 시간을 걸어서 집으로
돌아오기 일쑤였다. 동네 어귀에 들어서면 가파른 언덕길과 울타리, 꾸불
꾸불한 골목이 기다린다. 여기저기 휘청거리고 서 있는 전봇대와 산발한
전선, 장독대를 지지하는 돌담 축대, 아직 걷어가지 않은 빨래를 널어놓은
집, 철거된 집터에 고인 검은 빗물, 콘크리트를 지탱했던 무수한 철근들,
간혹 눈에 띄는 아무도 살지 않는 을씨년스러운 빈 집들 그리고 뚝 끊어진
전선과 두꺼비집…. 이윽고 철거 글씨가 붙어있는 대문을 통과해 토굴 같
은 자신의 판잣집에 당도한다. 말이 집이지 초창기에는 겨우 비바람만 피
할 수 있을 정도로 허술했고 불법 가옥이어서 전기도 제대로 공급되지 않
았으며 우물은 물론이고 화장실까지 공동으로 썼다. 퇴근 후 불 꺼진 집에
들어온 전태일은 공장에서 쌓인 피로만큼이나 어두운 유령들이 걷도는
듯한 빈방에 들어서자마자 울퉁불퉁한 방바닥에 몸을 내던지며 저녁식사
도 하기 전에 곯아떨어지기 일쑤였다.

가난 때문에 빈번하게 떠돌이 이주생활을 하는 과정에서 때론 식구들 모두가 뿔뿔이 흩어지고, 또 언젠가는 지남철에 쇳가루 달라붙듯 다시 모이기를 반복하는 와중에도 전태일은 자신의 가족과 집을 삶의 회한으로 여기지 않았다. 그는 그렇게 짧았던 인생의 밤들을 떠돌 듯 보내면서도 가는 곳마다 인간의 존엄이 무엇인지를 웅변하는 발자취만을 남겼다. 맑은 영혼에 비해 그의 거처는 구차하였다. 때로는 야반도주하듯 숨가쁘게 이사를 해야 했고 때론 장마철 홍수에 떠내려가듯 삶의 거친 물살에 떠밀리어 이사를 다닐 수밖에 없었다. 그가 살던 집과 동네는 개발정책에 의한 철거로 흔적도 없이 사라졌고, 쫓겨난 그들을 기다린 땅들은 비탈진 산꼭대기이거나 음산한 공동묘지 터였다.

그러나 무섭거나 기쁘거나 슬프거나 어떤 곳이 되었든 일을 마치면 돌아갈 집이 있고 같이 부대끼는 식구들이 사는 곳이라면 그곳이 곧 전태일의 고향이고 추억이었다. 그런 태일에게 박정희 개발독재는 고향에 대한 한 치의 추억과 동심마저도 전태일의 뇌의 나변에 허락하지 않았던 것이다.

제7부

죽음의 결단

41장

삼각산 임마누엘수도원 건축공사
: 헌신과 죽음의 결단
1970년 4월 26일~9월 9일 (약 5개월, 23세)

1. 삼각산 임마누엘수도원의 역사와 재건공사 시작

전태일은 1970년 4월 26일에 삼각산에 올라 5개월가량 기거하며 임
마누엘수도원[1] 예배당 신축공사를 자원해서 일했다. 당시 수도원 원장은
전진 전도사였다. 1954년 봄 유재헌 목사의 유족들이 전진 전도사를 찾
아와 "환자들이나 교인들에게 안찰기도를 하려면 당장 나가라"는 이유로

---

[1] 임마누엘수도원은 6.25가 발발하기 직전인 1950.6.11에 설립되었다. 2주 후에 전쟁이 터
져 설립자 유재헌 목사는 수도원을 설립한 지 3개월 만인 1950.8.15에 연행되어 실종되었
다. 당시 수도원 부지는 가나안 농군학교 설립자 김용기 장로의 땅을 사들인 것이며 그 건물
은 원래 광산업자의 별장이었으며 수천 평의 과수원을 갖추고 있었다. 전진 원장과 40명의
교인들이 폭격 맞은 수도원을 복구하며 본격적으로 운영을 시작하자 1953년 정초부터 전
국에서 정신질환자들이 치료받기 위해 밀려왔다.

수도원 건물을 내놓으라고 요구한 것이다. 정신적, 육체적으로 아픈 환자들을 대상으로 신유목회 위주로 사역하던 전 원장은 임마누엘수도원에서 쫓겨나는 불행한 사건을 당한 것이다. 수도원의 실질적인 재산권은 유 목사의 명의로 되었기 때문에 유 목사의 자녀들이 "우리 아버지가 세운 수도원이니 이곳에서 나가 달라"는 요구를 거부하지 못하고 쫓겨날 수밖에 없었다.

전진은 임마누엘수도원을 억울하게 넘겨준 후에도 계속 아쉬움이 남아 무려 16년 동안 기도하며 수도원을 되찾을 준비를 치밀하게 세워 1969년에 이르러서야 마침내 임마누엘수도원을 인수하게 되었고 이듬해 임마누엘수도원 예배당을 재건하기 위해 신축공사를 시작하였는데 바로 그 공사 현장에 전태일이 노동 봉사자로 투입된 것이다. 예전부터 전진 전도사는 유재헌 목사와 함께 개신교의 수도원운동 창설 멤버였는데 6.25때 납북된 유 목사의 유지를 되살리고자 다시금 예배당을 재건하여 보란 듯이 과거의 명성을 되찾으려 했던 것이다. 그러나 수도원을 인수하는 1969년 무렵에는 이미 예전의 임마누엘수도원 건물은 없어졌고 소유자가 서너 번 바뀐 상태라서 규모가 이전보다 훨씬 더 축소되어 있었다. 이러한 상황에서 전태일이 재건 건축공사에 동참하게 된 것이다. 그 경위는 이러하다.

2. 수도원 건축노동자로 자원하기까지
— 1970년 4월 26일

수도원 공사가 본격적으로 시작되자 전진 원장은 공사현장인 삼각산에 머무르며 자신이 직접 공사를 진두지휘했다. 또한 자신의 아들인 최조영 전도사와 제자인 김동완 전도사(훗날 NCCK 총무 역임)에게 실무적인

전태일이 삼각산 수도원 건축 공사장에 오르기 전까지 운영되던 수도원 예배당 입구 모습

책임을 맡기며 공사를 진행한 것이다. 김동완 전도사는 이미 1968년에 창동의 창현감리교회 예배당 건축을 전태일과 함께 성공적으로 수행했던 경험을 인정받아 이번에도 전진 원장의 요청을 받은 것이다. 이때 김동완 전도사는 자신을 실질적으로 도와줄 충직한 현장 일꾼들을 물색하던 중 다시 전태일을 떠올렸다. 이미 전태일과 김동완 전도사는 창현감리교회를 건축할 때부터 인연이 되어 친분이 있었기 때문에 자연스럽게 전태일과 팀을 이룬 것이다.[2]

전태일이 수도원에 올라가게 된 직접적인 계기는 따로 있다. 1970년 4월 말경, 전태일은 실의에 빠져 낙심하고 있었고 평화시장에서는 이미 위험인물로 낙인찍혀 재단사로 취직하기 어려운 상태에 있었다. 그는 1970년 새해가 시작되면서부터 시간이 날 때마다 소설을 쓰기 위해 소설

---

2 김동완, 「저자와의 인터뷰 증언」, 2002.9.11.

초안을 작성하는 한편 모범업체 설립을 위해 여러 가지 구상을 하고 있을
무렵이었다. 전태일은 창현교회를 다니면서 담임목사와 어머니를 통해
서 임마누엘수도원의 예배당 공사가 시작된 것을 알고 있었다. 수도원 공
사에 협력할 일꾼들이나 자원 봉사자들을 모집하는 교회 광고가 여러 번
나간 상태였고 이미 창현교회 안에서도 수도원 공사에 동참한 교인들도
여럿이 있었다. 전태일과 이소선 모자는 평소에 창현교회 일이라면 물불
을 가리지 않고 닥치는 대로 봉사를 해 왔다. 특히 전진 원장의 부탁이라
면 무조건 협력하였는데, 전태일을 포함해 온가족이 그녀의 말이라면 무
조건 "하나님의 말씀"으로 알고 순종하던 시기였다.[3]

　　그러나 전태일은 수도원 신축공사 봉사에 마음으로는 동참하고 싶었
지만 평화시장 노동자들을 위한 투쟁 대책과 모범업체 설립 문제 때문에
선뜻 결정을 내리지 못하고 머뭇거리고 있었다. 그러던 중 4월 말이 되자
드디어 수도원 공사현장에서 일하기로 굳게 마음을 먹었다. 이같이 결심
한 데는 여러 가지 이유가 작용했다. 무엇보다도 죽음을 앞두고 흔들리지
않는 확고한 결단을 하고 싶었다. 더 나아가 깊은 산중에서 자신의 내면
세계를 더 깊이 바라보며 신앙적으로 자신을 추스르고 성경공부와 기도
생활도 병행하고 싶었던 것이다. 아울러 근로기준법 공부는 물론 쓰다가
중단된 소설 초안의 완성 등 많은 일들을 수도원에서 마무리하고 싶었던
것이다. 그리고 궁핍한 그의 입맛을 돋워주는 시래기국과 고깃국이 끼니
마다 제공되는 수도원 식사도 그를 공사장으로 이끈 요인 중에 하나였다.[4]
그것은 사실 평화시장 노동자들을 위한 투쟁의 긴장감을 늦추지 않으려
는 스스로의 몸부림이기도 했으며, 한편으로 매일 집에서 하루 세끼 밥만
축낸다는 미안한 마음이 들었던 차에 내린 결정이었다.

---

3 이소선, 위와 같음.
4 이소선, 위와 같음.

임마누엘수도원 설립자인 박경룡 목사(좌)와 초대원장 유
재현 목사(우)

　전태일이 동참하는 수도원 건축공사는 노동의 대가를 받거나 임금을
받지 않는 순수한 신앙의 발로이며 헌신이었다. 태일은 어머니에게 수도
원 공사현장에 동참하겠다는 의지를 밝히고 수도원에 상주하고 있던 김
동완 전도사에게 공사에 합류하겠다는 결심을 알렸다. 예상했던 대로 태
일의 수도원 공사 결정을 어머니는 매우 기뻐했다. 그것은 어머니의 간곡
한 소원이기도 했으니 어머니 생각과도 일치하는 것이었다. 때마침 이소
선은 전진 원장이 추진하는 그 수도원 공사에 자신도 무엇인가 도움이 되
어야 하겠다는 생각을 하던 중이었다. 수중에 가진 돈이라도 넉넉하다면
건축 헌금이라도 선뜻 드려 건축에 조금이나마 보탬이 되고 싶었지만 그럴
처지가 못 되었으므로 아들 태일이라도 가서 직접 노동으로 봉사해 주기를
은근히 바라고 있던 참이었다. 소선은 그 길만이 평소에 자신에게 매일 은
혜를 끼치는 원장에 대한 도리라고 생각을 했다. "태일아. 네가 산에 좀 올
라가서 전진 선생님[5]좀 많이 도와 드리거라." 소선은 연초에 수도원 공사
가 시작되자 태일이에게 건축공사에 동참할 것을 권고한 적이 이미 있었
던 것이다.

　한편 공사 현장에서 연락을 받은 김동완은 가급적이면 많은 인력이 동

---

5 많은 사람들이 당시 전진을 '전진 선생'이라고도 호칭했다.

원되도록 전태일에게 긴급히 연락을 취해왔다. "태일아, 이왕이면 일꾼들이 많이 부족하니 아는 친구라도 있으면 같이 데리고 와서 나를 도와줬으면 좋겠다." 이렇게 해서 전태일은 그의 친구 한 명을 데리고 수도원 공사현장에 오르게 된 것이다. 소선은 아들 전태일이 공사현장에 가기 위해 출발하는 뒷모습을 바라보며 대견스러워했다. 사랑하는 아들이 노동운동을 한답시고 이리저리 날뛰다가 결국 직장마저 잃고 집에서 두문불출하며 책상머리에 앉아 책과 씨름하며 지내는 모습이 보기에도 딱했고 그대로 더 지내다가는 무슨 병이라도 얻을 것처럼 답답했던 차에 수도원 봉사를 자청하니 여간 다행스런 일이 아니었다. 태일을 비롯해 온식구가 지난 68년도에 창현교회당을 건축할 때 온몸으로 노동봉사를 했던 것처럼 이번에도 수도원 예배당 건축 일에 온몸을 바쳐 헌신하겠다는 아들의 결단을 보면서 마음이 뿌듯했다. 평소에도 속이 깊어 어머니의 마음을 잘 헤아려 주는 태일이가 수도원을 향해 출발하는 시각이 되자 전태일은 기도를 드린 후에 어머니와 작별을 고했다.

　동생 태삼이는 굳이 삼각산까지 형을 따라가겠다며 고집을 피우는 바람에 태삼이를 데리고 친구 한 명과 함께 셋이서 삼각산에 도착했다. 이렇게 해서 전태일은 약 5개월가량을 그곳에 머무르며 건축공사에 혼신의 힘을 다했다. 수도원을 떠나기 직전에 그의 마음속엔 이미 1969년 12월에 써놓은 1차 유서를 생각하며 다시 한 번 다음을 다 잡을 수 있는 좋은 기회라고 생각했다. 그런 연유로 삼각산에 올랐기 때문에 전태일의 마음은 오히려 태연하고 침착했다. 전태일은 삼각산 노동봉사 결정을 내린 1970년 4월 23일 소설 초안을 작성하면서 다시 2차 유서를 작성했고 그로부터 사흘 후 삼각산에 오른 것이다. 그가 2차 유서에서 밝힌 내용은 그 이전인 1969년 12월 말에 작성한 유서에 좀 더 살을 붙이고 내용을 보충해서 작성한 것이다. 그러나 내용이 유사한 점은 있으나 각각 독립된 유서로 볼 수 있을 정도의 독자성을 가지고 있다. 이처럼 전태일은 유서를 두 편이나 완성해 놓고 비장한 각오로 삼각산 수도원 공사장으로 올라갔던 것이다. 이미 분신이라는 죽음의 방법을 염두에 둔 듯 그의 유서에는 죽음 이라는 단어가 주는 무서움과 두려움을 자신만의 문학적 필치로 오롯하 게 승화시켜 나갔다. 그의 유서는 자신을 불태우고, 혹은 자신이 썩어져 밑거름이 되고자 하는 결단의 글들이었으며, 이제부터 죽음의 공포를 초 월하려는 자신과의 싸움이 시작된다.

3. 큰 바위들과의 싸움과 부친에 대한 약력보고서 작성
   ― 1970년 5월 3일

당시 삼각산 수도원은 산 전체가 거대한 암석으로 둘러싸여 있다시피 했다. 수도원에 올라간 태일은 여러 인부들과 함께 주로 망치와 징으로 바 위를 깨고 돌을 떠내는 작업을 맡았다.[6] 그 작업들은 마치 전태일이 앞으 로 하산해서 불의와 싸워야 하는 장면과도 같았다. 거대하고 단단한 바윗 돌처럼 자신 앞에 놓인 문제들이 만만치 않은 상대라는 것을 암시라도 해 주는 듯했다. 바윗돌은 수도원 예배당의 주춧돌은 물론 예배당 안팎의 주 재료와 마감 재료로 사용하기 위한 필수적인 건축 자재였기 때문에 공사 현장은 온통 바윗돌들이 나뒹굴고 있었으며 바위에서 떠낸 돌 조각들이 수북이 쌓여 있었다. 그 때문에 전태일의 양손과 손가락은 온전하지 못했다.
하루는 어머니 이소선이 아들을 찾아갔더니 어머니를 보자마자 일하 던 손을 등 뒤로 슬쩍 감추는 것이었다.[7] 순간 의아해하며 가까이 가서 감 춘 두 손을 확인해 보니 공사용 목장갑을 낀 태일이의 두 손이 시뻘건 핏

---

6 김동완, 「저자와의 인터뷰 증언」, 2006.9.11.
7 이소선, 「저자와의 인터뷰 증언」, 2006.4.22.

물로 흥건하게 젖어 있는 것을 발견하고 흠칫 놀란 적도 있었다. 때마침 어머니가 찾아오는 날 바위를 운반하고 다듬던 중에 손을 다친 것이다.

훗날 완공된 임마누엘수도원 예배당[8]의 모습은 중세풍의 석조 건물처럼 웅장한 성전은 아니었으나 석조건물로서 단아한 위용을 지녔다. 당시 예배당 안팎이 모두 석재로 지어진 것으로 보아 석공들의 수고가 얼마나 컸는지 짐작할 수 있었으며 전태일이 흘린 피땀과 간절한 기도가 자신이 다듬은 돌들 속에 배어 있는 듯해 전태일은 완공 후 예배당 건물을 한참 어루만졌다.[9]

수도원 공사가 한 참 무르익던 1970년 5월 3일, 전태일은 수도원 공사장 지하에 있는 자신의 숙소에서 부친 전상수의 1주기를 한 달여 앞두고 부친에 대한 좋은 추억들을 떠올리며 일기장에 부친의 약력을 다음과 같이 작성하였다. 비록 평생을 음주와 주벽으로 자신과 온식구를 힘들게 했던 부친이지만, 장남으로서 언제나 부친에 대한 애틋한 효심과 예절을 잃지 않고 맑은 마음으로 부친을 회고하는 것을 볼 수 있다.

⟨1970.5.3. 약력보고서⟩

고 전상수 씨는 경북 대구시 삼덕동 140번지 소재 평화로운 마을에서 전암회 씨 차남으로 1924년 12월 6일 출생하시었습니다.

평소에 근면 강직하시던 전상수 씨는 24세 되던 1948년 9월 20일 이소선 씨와 결혼[10]하여

남부러워 할 만큼 유복한 생활을 하시다가 뜻하는 바 입신을 위하여 상경하여

서울특별시 중구 남산동 2가 50번지에 정착하시어

---

8 오늘날의 구기동 소재 대한예수교장로회 영광장로교회 예배당.
9 김동완, 위와 같음.
10 실제로 전태일 부모의 결혼 일자는 1947년 8월 20일이다. 전태일의 착오로 보인다.

이 사진은 전태일 1주기 추도식 영정으로 사용되었으나 사실은 부친 전상수의 사진을 참고해 그린 것이다. 전태일의 얼굴과 부친 전상수의 얼굴이 모두 합성된 사진으로 평가받는다.

슬하에 2남 2녀를 거느리고 투지나 인내로써 생활을 하시던 중

1966년 정월, 뜻하지 않는 대화재로 이곳 쌍문동 28번지에 주거를 정하게

되었고

그동안 많은 생활 전선에서 가장으로 훌륭한 면모를 보이다가

뜻하는 바 있어 지난 1969년 5월 25일 신앙생활에 깊은 진리를 터득하고
믿기로 작정하여 하나님 품에 돌아왔습니다.
그동안 세속에 생활을 청산하고 새로운 생활을 지병 중에 하시다
금번 1969년 6월 14일 오전 1시에 만 45세의 일기로 이 세상을 영면하시었
습니다.
비록 향수를 누리지 못했으나 슬하에 2남 2녀를 두고 그리스도의 품 안에
돌아갔습니다. 11

4. 등산객 이상혁과의 서신교환 시도
— 1970년 6월 30일

전태일은 수도원 생활의 절정기라고 할 수 있는 1970년 6월 30일, 누
군가에게 편지 한 통을 썼다. 과거 도봉산 등반 중에 만난 등산객 이상혁
과의 서신교환을 통해 바보회 모임을 매개로 친근하게 교제하려는 시도
를 했다. 전태일은 자신에게 보내 온 이상혁의 편지에 대한 답장을 써놓고
도 발송을 하지 않은 채 일기장 갈피 속에 끼워 놓았다. 물론 분신 항거
로 발송되지 못한 채 후일 발견된 것이다. 편지의 수신자는 이상혁이었다.
수도원 노동봉사를 위해 삼각산으로 올라오기 이전인 1970년 3월 16
일 오전, 친구들과 어울려 도봉산으로 등산을 간 전태일은 정상에 오른 후
휴식을 취한 다음 다시 등산로를 따라 하산하던 중에 등산객들이 자주 오
르내리며 중간 휴식을 하는 커다란 바위에 당도하게 된다. 이때 전태일은
그 바윗돌 틈새에 사람들의 눈에 잘 띄도록 자신이 지니고 있던 바보회 명
함을 여러 장 꽂아두고 내려왔다. 그 명함을 발견한 어느 젊은 등산객이

---

11 전태일, 『친필 수기』, CD 사본 6, 7.

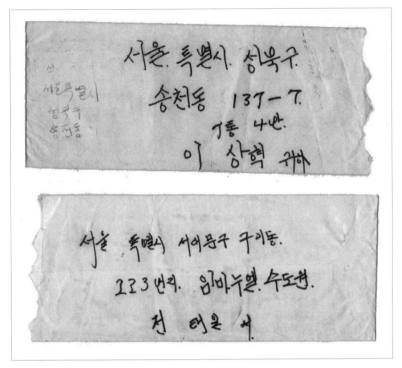

등산객 이상혁에게 보낸 편지 봉투의 앞면과 뒷면.

며칠 후 전태일에게 편지를 보낸 것이다. 아마도 명함에 적힌 '바보회'라
는 이름의 독특함 때문이었을 것이다. 그 젊은이는 호기심과 특별한 관심
을 가지고 전태일에게 편지를 보내 왔는데 그가 바로 이상혁이라는 인물
이었다. 전태일 사후에 발견된 일기장 갈피 속에는 이상혁에게 받은 편지
한 통과 수도원 숙소에서 그에게 써놓고 발송되지 않은 채로 남아 있던 답
장 한 통이 끼어 있었던 것이다.

　당시 이상혁이라는 등산객은 전태일과 비슷한 나이로 서울 성북구 송
천동(松泉洞)[12]에 살고 있는 사람으로 밝혀졌다. 다음은 이상혁이 전태

---

12 성북구 길음3동 지역의 옛 이름이 송천동이다.

일에게 보낸 편지 전문이다.

회장 귀하

단체가 어느 정도 형성되었는지 상세히 적어 보내시면 미약하나마 근사한

묘안과 방침을 제공해드리고 싶습니다.

(실례)

1. 회원은 몇 명이며 여자도 있는지

2. 어떤 방향과 시도로서 움직이는지

3. 장소는 어디에 두고 있으며 얼마만한지

4. 운영비용은 어떤 식으로 해 나가시는지

5. 애로사항들이 무엇인지

회장님. 이런 표어를 벽에다 죽 걸어 놓아 이채를 띠어보면 어떨까요?

잘난 사람 못난 사람 사람들이란

허술하고 어리석은 바보투성이

약은 체 못난 체 날뛰어 보지만

붙잡아서 이곳 저곳 뜯어 보면은

어리석고 허술한 구멍투성이

바보회가 발전하려면 멋있고 흥미 있는 방침이 필요하겠지요. 그리고 보람과

흥미가 회원의 마음을 끌어 붙이고 알찬 모임으로 확장되도록 해야 하지

않을까요?13

---

13 조영래,『전태일 평전』, 176-177. 이 편지는 원본과 사본이 모두 분실된 상태라서 '전태일

평전'을 인용한다.

　이상혁에게 편지를 받은 전태일은 곧바로 답장을 보내지 않았다. 당시
바보회의 활동이 유명무실해지면서 실질적으로 해체된 것이나 다름이 없
었기 때문이다. 편지를 받을 당시에는 낙담하여 실의에 빠져 있었기 때문
에 답장을 보낼 생각을 뒤로 미루고 있다가 뒤늦게 삼각산 수도원 공사 현
장을 올라온 후 석 달이 지난 어느 날 불현듯 생각을 떠올리며 이상혁에게
답장을 쓴 것이다. 아래의 답장에는 전태일이 그동안 얼마나 바보회에 대
한 애착과 기대를 하고 있는가를 확인할 수가 있다.

서울특별시 서대문구 구기동
223번지 임마누엘 수도원 전태일 서

서울특별시 성북구 송천동 137-7통 4반 이상혁 귀하

형, 서신은 잘 몇 번이나 읽었습니다.
형의 따뜻하신 마음을 피부로 느끼는 그런 서신을 읽으면서 이 황무지와
같은 서울 하늘아래, 오랜 정말 오랜만에 이야기를 할 수 있는 대화의 길이
열린 것입니다. 저에게는 이 폐해하고 쓸쓸한 서울거리에서 한줄기 소망의
소식이었습니다.
먼저, 보잘 것 없는 저에게 소식을 주신 것 진심으로 감사합니다. 명함은
백운대 옆 조그만한 봉우리에서 발견하셨을 줄로 생각했습니다.…
제가 생각하는 형님이 보시는 서울은 진실을 또는 도덕을 금력이나 권력으로
도금되어서 그 본질이 아주 깊이 깊이 인간의 뇌의 내면으로 퇴적되어 가고
있다고 생각하십니까? 저의 좁은 소견에서 노출된 미련한 독단인지 모르겠
습니다만 모든 문제에서 그렇게 말씀하신 것 같으더군요.
형의 허식 없는 그런 친필을 곰곰히 음미할 때 역시 깊은 좌절감에 빠질

수 있는 것이 청년이고 현실을 인정하지 않을 수 있는 용기를 가진 이도 청년이라는 것을 알았습니다.

저는 금년 23세 되는 시내 청계천 5가 평화시장의 재단사였습니다. 키는 1.61m 정도이고 성격은 명랑합니다. 혈액형은 O형입니다. 고향은 경상북도 대구 시내입니다. 어머니 한 분과 2남 2녀의 장남입니다. 교육은 대구에서 받았으며 서울도 제2의 고향이라고 할 수 있을 정도입니다. 명함을 우이동에 놓고 온 날은 1970.3.16입니다. 명함을 보셔서 아시겠지만 저는 보잘 것 없는 바보회의 회장, 얼마나 우수[스]운 현실입니까? 그럼 상혁 형께서 물어 오신 문제에 의해서 읽어 주십시오.

① 먼저 회원은 정회원과 준회원으로 구분했습니다.

정회원은 평화시장의 현직 재단사로써 10명입니다. 연령은 25세 미만 20세 이상입니다. 준회원은 연령만 제한되고 다른 조건은 없습니다. 준회원은 대부분 여성이며 직업여성입니다.

② 목적은 현 사회의 약자인 우리 직업인들이 단결하여서 직업인의 인권을 사수하고 젊은이들의 대화의 광장을 마련하고 정기적인 야유회로써 생산을 단련하고 부정과 부패 도덕이 몇몇 대금력층에 의해서 말살당하고 있는 이때에 우리의 스스로의 위치를 확고히 하면서 사회 정화를 위하여 우리 젊은 세대가 행하여야 할 사명을 발굴하고 실천하는데 있습니다.

형께선 저보단 여러 면에서 많이 넓으실 것으로 압니다.

69년 10월에는 회원이 3백 여 명 되었습니다. 그러나 지금은 정기적인 총회도 개최하지 못하고 해산된 것이나 다름이 없다고 생각하는 회원들이 대부분입니다. 저의 노력이 부족하여서입니다. 여러 가지 복잡한 문제가

있습니다. 형께서 직접 들어주시면은 이해하실 것입니다. 부족한 악필로써
는 다 못 전하겠습니다. 용서하십시오. 다음 기회에 또 소식 드리겠습니다.
시간이 있으시면 서신으로 약속을 하십시오. 꼭 일요일 날로 약속하셔야
합니다.
죄송합니다. 악필을 용서하십시오.
답장을 기다립니다.

1970.6.30.
태일 올림.14

5. 한 손에는 성경, 다른 한 손에는 근로기준법

전태일은 삼각산 수도원에서 지내는 동안 자신의 지하 숙소에서 틈나
는 대로 성경을 많이 읽었고 그와 동시에 틈나는 대로 국한문 혼용체로 적
힌 근로기준법을 펼쳐 놓고 연구에 몰두하였다. 이때 근로기준법의 중요
한 조항들은 모두 암기를 했을 정도였다. 그는 한 손에는 성경, 다른 한 손
에는 근로기준법을 들고 수도원 노동일을 했던 것이다. 신학생들이나 그
리스도인들이라면 "한 손에는 성경, 다른 한 손에는 신문을!"이라는 구호
를 자주 들어보았을 것이다. 전태일도 어느 한쪽으로 치우치지 않는 균형
잡힌 시국관과 역사관을 갖는 것이 중요하다고 여겼다.
전태일은 수도원에 머무는 동안 수도원에 관계된 몇몇 목회자들과 평
화시장 노동문제와 관련해 깊은 대화를 나누고 싶어 여러 사람들을 접촉
했다. 수도원 경내에는 많은 일반 목회자들이 찾아와 며칠씩 묵으며 기도

---

14 1970.6.30.에 작성한 편지원본 참조.

전태일이 5개월간 건축공사에 동참해 완공된 삼각산 임마누엘수도원 대성전(상)과 머릿돌(하). 전진 원장의 아들 최조영의 지휘 감독 아래 전태일과 막동이라고 불리는 청년 등을 이끈 김동완 전도사가 한 팀이 되어 자원봉사로 참여했다.

에 전념하고 있었는데 전태일은 안면이 없는 목회자들과 자신의 고민을 털어놓았다. 평화시장 노동현실과 근로기준법에 대해서 가끔 상의를 하며 의견을 나누기도 했으나 안타깝게도 전태일이 붙들고 상담한 목회자들의 대부분은 소위 '은혜파'라고 불리는 보수 목회자들이었다.[15] 심지어 어떤 목회자는 자신의 보수적이고 편협한 신앙관과 시국관을 전태일에게 설파했으나 이를 받아들이지 않자 위아래로 훑어보며 이상한 눈초리로

---

15 최조영, 「저자와의 인터뷰 증언」, 1993.8.29.

임마누엘수도원 대성전 상량식에서 기도하는 관계자들. 앞줄 좌측 세 번째 부터 김승남 장로, 박현숙 장관, 박봉녕 권사, 전진 원장

바라보기 일쑤였다. 어떤 이는 근본주의 신앙의 잣대로 전태일이 하는 언동에 대해서 젊잖게 타이르기도 했고, 어느 목회자는 노동운동에 대한 질문 자체만으로도 전태일을 외면하거나 윽박지르기도 하였다. 더구나 전태일과 상담하던 목회자들은 노동문제의 개념조차도 파악하지 못하는 사람들이 대부분이다 보니 그들의 답변은 모두 천편일률적이었다.

노동문제는 전 선생이 직접 관여할 문제가 아니니까 기도생활에만 열중하는 것이 좋겠어. 하필이면 아직 나이도 젊고 예수를 믿는 사람이 뭐하려고 노동문제에 뛰어 들려고 해? 그런 일들은 빨갱이들이나 하는 짓이야. 노동운동을 하는 사람치고 은혜 충만한 사람이 없으니 우선 기도생활이나 열심히 하는 것이 좋을 듯하네.

그뿐이 아니었다. 어떤 장로는 전태일을 향해 호되게 야단을 치며 "어리석은 바보 놈!"이라며 핀잔을 주기도 했다. 그럼에도 불구하고 노동문제를 놓고 상담한 목회자들은 전태일과의 논쟁에서 항상 지고 말았다. 당

면한 역사와 사회 문제에 대해서는 전혀 무관심하고 오직 내세에만 갈급
해 하는 목사와 장로들이 노동문제에 관해 확고한 주장과 이론으로 무장
한 전태일을 당해낼 재간이 없었던 것이다. 3년 가까이 통달하다시피 했
던 근로기준법과 노동현실의 상황을 일선 목회자들이 제대로 이해할 리
가 없었고 전태일과 대화가 제대로 통할 리가 없었다. 궁지에 몰린 그들은
어쭙잖은 핀잔 몇 마디로 응수하며 대화를 마무리할 수밖에 없었다. 전태
일은 목회자들과 대화를 하면 할수록 오히려 숨이 막혀오며 암담함을 느
꼈다. 목회자들이라면 자신의 고민을 잘 이해하며 도와줄 수 있는 존재로
만 알고 있었는데 이내 실망만 하고 만 것이다. 하나님의 종이라고 생각했
던 목회자들이 자기의 처지를 헤아려 주거나 조금이나마 위안이 될 줄 알
았으나 오히려 마음에 상처만 가득 안겨줬다. 결국 전태일은 목회자들을
통해서는 자신의 노동문제에 대한 고민을 풀 수 없다는 것을 결론을 내리
게 된다.[16]

6. 죽음을 각오한 번민과 고뇌에 찬 최후 결단
— 1970년 8월 9일

날이 갈수록 예배당 공사가 한창 무르익자 전태일은 이제 수도원 생활
을 마무리하고 싶었다. 동시에 결단할 문제를 놓고 본격적으로 기도하기
시작했다. 자신이 고민하던 노동문제는 결국 다른 방법으로는 해결할 수
없다는 것을 깨닫게 된 그는 자신의 목숨을 던지는 극단적인 방법만이 유
일한 해결책임을 알고 그 문제에 집중한 것이다. 이러한 고뇌에 찬 결단의
모습은 십자가의 죽음을 눈앞에 두고 겟세마네 동산[17]에서 피땀을 흘리며

---

16 이소선, 「저자와의 인터뷰 증언」, 2006.4.22.
17 마가복음 14:32-36. 저희가 겟세마네라 하는 곳에 이르매 예수께서 제자들에게 이르시되

기도하던 예수의 고뇌를 떠올리게 한다.

예수는 십자가의 죽음을 미리 예지하였기에 밀려오는 죽음의 공포로 인한 심적 고통으로 견딜 수 없어 "내 마음이 심히 고민하여 죽게 되었으니, 너희는 여기 머물러 나와 함께 깨어 있으라"[18]고 제자들이 깨어서 함께 있어 주기를 바랐고 세 번이나 땀이 핏방울처럼 될 정도로 간절하게 기도하였다. 그것도 동일한 내용으로 세 번씩이나 반복해서 기도하면서 "아바 아버지여, 아버지께는 모든 것이 가능하오니 이 잔을 내게서 옮기시옵소서. 그러나 나의 원대로 마옵시고 아버지의 원대로 하옵소서."[19] 예수는 겟세마네의 기도 이후로는 더 이상 죽음의 잔이 지나가게 해달라고 부탁하지 않았고 죽음의 길을 말 없이 걸어갔다.

예수조차도 죽음을 앞두고 이처럼 큰 고민을 하며 그토록 몸부림을 치며 기도하였는데 하물며 스물세 살의 앳된 청년 전태일이야 말해 무엇하랴. 죽음을 눈앞에 두고 어찌 번민하지 않을 수 있겠는가. '하나님이 함께 계신다'는 뜻을 지닌 임마누엘![20] 그 임마누엘수도원에서 무릎 꿇고 간절히 기도하던 전태일은 자기 자신만을 위한 삶이 아닌 만인을 위한 죽음을 놓고 씨름해야만 했다. 예수의 말씀을 떠올린다. "사람이 친구를 위하여 자기 목숨을 버리면 이에서 더 큰 사랑이 없나니, 너희가 나의 명하는 대

나의 기도할 동안에 너희는 여기 앉았으라 하시고… 심히 놀라시며 슬퍼하사 말씀하시되 내 마음이 심히 고민하여 죽게 되었으니… 조금 나아가사 땅에 엎드리어 될 수 있는 대로 이때가 자기에게서 지나가기를 구하여 가라사대 아바 아버지여 아버지께는 모든 것이 가능하오니 이 잔을 내게서 옮기시옵소서 그러나 나의 원대로 마옵시고 아버지의 원대로 하옵소서.

18 마태복음 26:38; 마가복음 14:34.

19 마가복음 14:36; 마태복음 26:39; 누가복음 22:42.

20 히브리어로 임마누엘(עמנואל)의 어원적 의미는 다음과 같다.

　*임(עם) : ~와 함께(with)

　*아누(נו) : 우리(us), (아나흐누 אנחנו, we)

　*엘(אל) : 하나님(God).

로 행하면 곧 나의 친구라."²¹ 여기서 핵심은 바로 "친구를 위하여 목숨을 버린다"는 말에 있다. 이것은 결코 타살적 죽음이나 자연사가 아니다. 이 타적 목적으로 남을 위해 자신의 목숨을 자원해서 바치는 죽음을 의미한다. 평소 전태일의 일기장에는 삶에 대한 외경과 생명에 대한 애착이 곳곳에 언급되어 있고 생명의 고귀함을 역설하고 있음에도 불구하고 그는 죽음을 결단할 수밖에 없었다. 전태일은 첫 유서 초안을 작성한 지 8개월 후 그리고 두 번째로 유서를 작성한 지 4개월 후인 1970년 8월 9일에 이르러서 드디어 '완전에 가까운 결단'을 내리는 마지막 유서를 완성했다. 삼각산에서 드린 전태일의 기도는 결국 죽음까지도 기꺼이 받아들일 수 있는 최후의 결단으로 마무리된 것이다.

이 결단을 두고 얼마나 오랜 시간을 망설이고 괴로워했던가? 지금 이 시각 완전에 가까운 결단을 내렸다. 나는 돌아가야 한다. 꼭 돌아가야 한다. 불쌍한 내 형제의 곁으로, 내 마음의 고향으로, 내 이상의 전부인 평화시장의 어린 동심으로 곁으로 생을 두고 맹세한 내가, 그 많은 시간과 공상 속에서, 내가 돌보지 않으면 아니 될 나약한 생명체들, 나를 버리고, 나를 죽이고 가마. 조금만 참고 견디어라. 너희들의 곁을 떠나지 않기 위하여 나약한 나를 다 바치마. 너희들은 내 마음의 고향이로다….

오늘은 토요일, 8월 둘째 토요일. 내 마음에 결단을 내린 이날, 무고한 생명체들이 시들고 있는 이때에 한 방울의 이슬이 되기 위하여 발버둥치오니 하나님, 긍휼과 자비를 베풀어 주시옵소서

-1970.8.9.²²

---

²¹ 요한복음 15:13, 14.
²² 전태일·전태일기념사업회 엮음, 『내 죽음을 헛되이 말라』, 172-173.

삼각산에 오르기
전의 전태일.

　전태일은 드디어 죽을 수 있는 마음의 준비를 마쳤다. 사람들은 그의 죽음이 자살이라고 매도하거나 오해할 수 있다. 그러나 모든 자살적 죽음을 일반화, 개념화시켜버리는 것은 전형적인 바리새주의적 태도와 다를 것이 없다. 생명은 천하를 다 주고도 바꿀 수 없는 고귀한 것이지만 예수는 그 귀한 생명을 스스로 버릴 수 있는 자가 다시 얻는다고 했다. 예수는 십자가의 죽음을 피할 수 있었으나 자발적으로 그 죽음을 받아들이고 구원을 성취하였다. 요한복음 10장에는 "나는 양을 위하여 목숨을 버리노라"고 했고 요한복음 12장 24절에는 "한 알의 밀알이 땅에 떨어져 죽지 않으면 한 알 그대로 있고, 죽으면 많은 열매를 맺느니라"고도 했다. 전태일은 그와 같은 죽음의 길을 가고자 했던 것이다. 그의 죽음은 허무주의자의 감상적 자살도 아니고 생활고에서 비롯된 비관적 자살도 아니다. 그렇다고 정신이상자의 허망한 자살도 아니다.

　일반 사람들의 자살과 전태일의 죽음은 같은 부분도 있으나 확연히 다른 부분도 있다. 일반적인 자살자들은 자해적 행위로서 자신의 생에 대한 스스로의 허무와 절망을 내포하고 있고 결국 이런 죽음은 개인의 선택이 아니라 사회적 타살이다. 그러나 전태일의 죽음은 그 자체가 오히려 생의 의지를 극대화하기 위한 스스로의 능동적 삶이며 전태일의 죽음은 죽음이 아니라, 오히려 삶의 실체였다. 임마누엘수도원의 몸부림과 외침은 삶에 대한 처절한 외경이며 삶의 적극화였던 것이다. 위대한 영혼의 메시지가 담겨 있는 그의 유서들에는 "나는 비록 죽지만 너희는 죽지 말아야 한다. 나는 밑거름이 되고자 한다. 내가 죽어야 이 세상에 아름다운 꽃을 피울 수 있고 향기를 날릴 수 있다. 이제 나처럼 비참하게 죽는 사람이 앞으로는 없도록 하기 위해 나는 이제 죽어야 한다. 그리고 죽어서 나는 다시 살아나리니, 너희는 내 죽음을 헛되이 말라"는 준엄한 메시지가 함축되어 있다.

7. 삼각산에 메아리친 활화산 같은 기도와 하산 준비

전태일은 비교적 조용하고 차분한 수도원 생활을 보내며 하루 일과의 시작을 새벽예배로 시작했으며 저녁식사를 마친 후에는 수도원에 있는 모든 사람들과 함께 저녁예배를 참석하는 것으로 하루 일정을 마무리했다. 그곳에서 일하는 대부분의 인부들은 수도원과 직접 관련된 사람들이거나 건축 봉사자들로 이뤄져 있었기 때문에 예배는 언제나 열정적이었다. 또 예배시간을 더 뜨겁게 만드는 사람이 있었는데 그가 바로 전태일이었다. 최후의 결단을 내린 이후에는 이전 보다 더욱 기도생활에 전념하기 시작한 그는 식사기도 때마다 수도원 담당 교역자가 전태일을 지목해 대표기도를 시키는 일이 빈번했다.[23] 그럴 때마다 전태일은 불같은 기도를 올렸다. 평화시장에서 죽어가고 있는 나약한 생명체들인 어린 여공들과

1954년 임마누엘수도원 경내 천막에서 개최된 이성봉 목사의 열정적인 부흥회 장면. 전태일은 하산하기 전까지 수도원에서 매일 불같은 기도를 했다.

친구들을 위해 간절한 기도를 올렸던 것이다.

최후의 결단을 마치고 난 후로 전태일의 몸속에는 알 수 없는 불이 일어났다. 그 불은 전태일의 몸 속에서 화산처럼 솟구쳤다. 사람들 앞에 기꺼이 자신의 몸을 내던지기로 확정한 결심, 그것은 불에 의한 결단이었다. 마치 새로 태어난 것처럼 사랑으로 충만해져 있었다. 삼각산 일터의 작은 예배당에서 매일 새벽과 저녁에 드리는 예배시간이 돌아오면 전태일은 설교자가 시키는 대로 단골로 대표기도를 올렸다.[24] 그때마다 그의 기도는 불덩이처럼 뜨거웠으며 열정적이었고 마지막엔 눈물로 기도를 올렸다. 그의 기도 소리는 듣는 이들에게 전율이 느껴질 정도로 가슴속 깊이 전이되었고, 구구절절 호소력 있게 부르짖는 기도는 마치 수도원 부엌 아궁이에서 활활 타오르는 장작불보다 더 뜨거웠다. 그의 기도는 막힘이 없어 청산유수 같았고 마치 스피커를 틀어놓은 듯 삼각산을 쩌렁쩌렁하게 울려 퍼졌다.[25] "전태일의 기도 소리는 마치 불덩이가 지나가는 듯하였다"고 함께 예배를 드렸던 이들은 한결같이 증언했다.[26]

---

23 이소선, 「저자와의 인터뷰 증언」, 2006.4.22.

24 최조영, 위와 같음.

25 최조영, 위와 같음.

　　삼각산에 있는 동안 전태일은 저녁에 리어카를 끌고 동대문시장에 간혹 나타나기도 했다. 생선 궤짝을 주워 리어카에 잔뜩 싣고 다시 무거운 손수레를 이끌고 삼각산까지 운반하는 일이었다.[27] 수도원에서 땔감이나 다른 용도로 사용하려고 했는지는 모르겠으나 그는 가끔 시장을 돌아다니며 같은 일을 반복했다. 전태일은 수도원에 있는 동안 이처럼 평화시장도 왔다 갔다 하면서 가끔 외출을 나왔으나 쌍문동 집에는 거의 들리지 않았다. 그러다가 8월 초순에 단 한 번 쌍문동 집에 들렸다. 원장에게 받은 용돈을 어머니에게 전해주기 위해서였다. 어느 날 전진 원장은 넉 달이 되기까지 아무 말 없이 묵묵히 일을 해준 전태일을 불러 칭찬을 하더니 나중에 옷이나 한 벌 사서 입으라며 직접 5,000원의 거금을 건네준 것이다.[28] 전태일은 그 돈을 어머니에게 전해주려고 일부러 집까지 찾아온 것이다. 전태일은 그 돈을 몽땅 어머니에게 내밀었다. "옆방에 세를 놓으려면 장판을 새로 깔아야 할 것 같으니 이 돈을 가지고 지물포에 가서 장판이나 사서 까세요." 훗날 새로 장판을 장만하려고 했던 그 방에는 분신 항거 이후 고려대학교 철학과 권창은 교수[29]가 한동안 세 들어 살았다.[30] 어려운 살림에 한 푼이라도 보태기 위해 옆방에 세를 주기로 했던 것이다. 어머니에게 돈을 건네준 태일은 "저는 이제 곧 아주 하산할 겁니다"라는 말을 남기고 다시 삼각산으로 올라갔다. 수도원 생활을 마무리하던 전태일은 우물을 파는 일과 바위를 깨고 집터를 만들고 목재와 궤짝을 실어 나르는 일

---

26 김동완, 「저자와의 인터뷰 증언」, 2006.11.28.

27 최조영, 위와 같음.

28 이소선, 위와 같음.

29 고려대 철학과와 동 대학원을 졸업하고 1985년 그리스 아테네 대학에서 철학박사 학위를 받은 후 귀국해 86년부터 고려대 철학과 교수로 재직하면서 서양고전철학회 회장과 한국 -희랍친선협회 총무이사 등을 지냈다. 2002년에 지병으로 타계했다.

30 이소선, 위와 같음.

삼각산 임마누엘수도원에서 내려다본 서울 시내. 전진 원장의 아들 최조영 목사의 증언에 의하면 전태일은 다섯 달 동안 이곳 수도원 숙소에 머무르며 저녁마다 산이 울리도록 기도했다고 한다.

들을 반복하며 주어진 일과를 묵묵히 해냈다.

그 후 수도원 경내의 작은 예배당에서 8.15광복절 기념성회가 있었는데 그 집회에 참석하기 위해 수도원에 올라온 이소선 어머니는 아들이 보고 싶어 공사 현장에 잠시 들렀다. 이때 전태일은 무려 넉 달 동안 머리를 깎지 않아 더벅머리로 변해 있었다. 보다 못한 이소선이 500원을 건네주면서 당장 가서 이발을 하라며 보채자 "지난번 태삼이 신발을 보니까 거의 다 떨어졌던데 나는 나중에 이발해도 되니까 이 돈으로 태삼이 신발이나 한 켤레 사서 신겨주세요"라며 오히려 돈을 되돌려 주었다.[31]

죽음을 결단하며 유서를 마무리한 전태일은 서서히 하산할 준비를 시작했다. 어느 날 예수가 변화산(헬몬산)에서 얼굴과 옷에서 눈이 부시도록

---

31 이소선, 위와 같음.

광채가 나는 모습으로 변모하자 그 자리에 함께 있던 제자들은 하산하기가 싫어졌다. 세상과 단절하며 황홀한 기적을 보면서 날마다 예수와 함께 산속에서만 살고 싶었던 것이다. 제자들은 예수의 깊은 뜻을 헤아리지 못했다. 그러나 예수는 십자가를 지기 위해 변화산을 내려가야만 했으므로 "나와 함께 산 아래로 내려가자"며 제자들을 데리고 하산했다. 제자들에게 너희들도 "나와 함께 죽으러 가자"라는 말이었다.

　　전태일은 평화시장의 고통 받는 여공들과 죽어가는 나약한 생명체들이 기다리는 곳으로 가기 위해 산 아래로 내려갈 채비를 서두르더니 공사가 마무리되자 이윽고 가방을 메고 하산했다. 심지에 불이 붙으면 그때부터 종말을 향해 출발하는 것처럼 전태일의 완전한 결단은 이제 한정된 시간을 불태워 가면서 매 순간 어둠을 밀어내는 저항의 불꽃이 되었다. 이제부터 그가 산다는 것은 생명의 연소이며 그런 자신을 불태워도 이제 더 이상 슬퍼하지 않는 조용한 불꽃의 혁명이었다.

42장

임마누엘수도원 하산과 투쟁의 시작

1970년 9월 10일~16일 (약 1주일, 23세)

1. 하산한 전태일, 왕성사에 취업하다
— 1970년 9월 10일

1) 삭발하고 주변에 나타나다(1970.9.10.)

1970년 9월 13일, 머리를 삭발하고 다시 평화시장에 모습을 나타난 전태일은 그의 굳은 의지와 결연한 마음을 보여주기에 충분한 모습이었다. 자신의 마음의 고향인 그곳 평화시장에 다시 나타난 것이다. 임산부가 태아를 잉태하는 시간과 비슷한 기간을 수도원에서 묵었던 그의 마음 깊은 곳에 이미 죽음이 준비되었다는 것을 아무도 눈치채지 못했던 것이다. 전태일이 하산하기 한 달 전인 1970년 8월의 한여름 날, 박정희 정권은 장발과 미니스커트를 퇴폐라고 규정짓고 전국의 경찰들로 하여금 줄자를 들고 다니며 머리 길이와 미니스커트 길이를 재면서 규정[32]에 초과되는 사람들은 파출소로 연행했다. 정도가 지나친 사람들은 즉심에 넘기고 나머지는 머리를 깎은 뒤 훈방조치 했다. 장발 단속에 해당되는 사람들에 대해서는 강력하게 처벌하도록 규정되어 있었기 때문에 평화시장 내에서 평소 전태일을 아는 이들 중 몇몇은 그가 갑자기 장발 단속에 걸려 머리를 깎였다며 수근대기도 했고 어떤 이들은 그동안 큰집(교도소)에 다녀왔을 것이라며 쓸데없는 오해를 하기도 했다. 일일이 해명할 필요가 없던 전태일은 그냥 평소에도 즐겨 쓰던 교복 모자를 푹 눌러 쓰고 다녔다.[33] 보통사람들이라면 평소에는 하지 않을 삭발이라는 것을 감행했기 때문에 생긴 오해들이었다. 전태일은 동료들을 위한 투쟁의지와 평화시장에서 새로운 마음가짐으로 삭발한 것인데 사람들이 그 같은 사실을 알아줄 리가 만무했다.

2) 왕성사 취업과 김영문과의 재회(1970.9.13.)

평화시장에 다시 발을 디딘 전태일은 취직자리를 알아보는 것이 무엇보다 시급했다. 당장 돈도 필요했고 평화시장 안에서 자리를 잡으려면 취직하는 길밖에 없었다. 다행히 자리를 알아본 지 사흘 만에 평화시장 내에 있는 왕성사(旺盛社)에서 재단사를 구한다는 소식을 전해 듣고 사장 면담이 성사됐다. 혹시 작년처럼 위험인물로 낙인찍혀 취업이 힘들까봐 조마

---

32 경범죄 처벌법 1조 49호는 '사람의 머리 옆 머리카락이 귀를 덮고, 뒷 머리카락이 여자의 쇼트커트를 넘을 정도로 길거나 혹은 남녀의 분별이 곤란한 장발에 해당되는 자'는 처벌하도록 규정했다.

33 김영문, 「저자와의 인터뷰 증언」, 2006.

조마한 마음으로 면접을 봤는데 의외로 사장이 흔쾌히 허락했다. 전태일은 뛸 듯이 기뻤다. 내일부터 출근하라는 사장의 말을 뒤로 하고 전태일은 김영문을 만나기 위해 그가 일하는 작업장으로 찾아갔다. 이제는 다시 예전처럼 재단사들을 규합해야 하는 일을 해야 했기 때문이다. 바보회를 시작할 때도 제일 먼저 그와 상의했고 근 몇 달 동안 못 만났기 때문에 그와의 재회는 의미가 매우 컸다.

"야, 태일이. 그동안 어디 있었던 거야? 아무 연락도 없이."

"응.… 그렇게 됐어.…"

태일은 그동안 삼각산에 오르기 전후에 있었던 여러 가지 일들과 근황을 영문에게 말해주고 다시 뜻있는 재단사들끼리 근로조건 개선을 위해 일해 보자고 제안을 했다. 이렇게 해서 전태일의 출현을 계기로 그동안 뿔뿔이 흩어졌던 바보회 회원들이 다시 모이기 시작했다. 지난해에 군대 간 2명의 회원과 다른 지역으로 취직을 떠난 4명의 회원들을 제외하고 나니 모두 6명의 회원이 다시 모일 수가 있었다. 며칠 후 전태일과 김영문은 지난번 바보회 초창기 모임처럼 여기저기 인맥을 통해 재단사들을 다시 규합해 6명의 회원들을 영입할 수 있었다. 이렇게 해서 모두 12명의 재단사가 역전의 용사들처럼 다시 뭉치게 되자 마치 바보회가 다시 조직된 것처럼 보였다.[34]

3) 공장에서 남은 천으로 어머니에게 내복을 만들어 주다

왕성사에 취직한 지 며칠 안 된 어느 날이었다. 집으로 퇴근한 전태일의 손에는 백화점 가방이 들려져 있었다. 곧이어 어머니가 저녁 밥상을 차

---

34 위와 같음.

려오자 태일은 어머니 앞에서 가방 속의 물건을 꺼냈다. 공장에서 쓰다 남
은 분홍색 천 조각들을 이어 만든 거라며 무표정한 얼굴로 안방으로 가서
입어보라며 쑥 내미는 것이 아닌가. 이소선이 자세히 보니 분홍색 내복이
었다. 다른 모자들과는 달리 유난히 엄마를 아끼고 사랑했던 든든한 장남
이며 속 깊은 아들이었다. 공장에서 일하는 시간이 끝나고 잠시 틈을 내
손수 만들어준 내의에는 사랑과 정성이 듬뿍 담겨있음을 체감할 수 있었
다. 그 후 소선은 운명할 때까지 수십 년 동안 이 옷을 가보처럼 여기며 챙
겨 입고 있었다. 오랜 세월이 지나는 동안 색도 바래고 재봉선이 떨어질
때도 있었지만 다시 바느질손을 본 후에 이듬해 겨울철이 오면 꼭 챙겨 입
었다. 주변에서 아무리 좋은 최신 내복을 선물해도 그리운 아들이 엄마에
게 입힌다고 손수 만든 것에는 비할 바가 못 되기 때문이다.

2. TBC「동양방송」고발 프로를 찾아가다
— 1970년 9월 15일

1) 방송국을 가는 길목과 버스 안에서(오전 10시)

추석 대목 작업이 끝난 직후인 어느 날, 전태일은 여러 가지 궁리 끝에
당시 삼성그룹의 계열사인 TBC(동양방송) 라디오 방송국의 고발 프로그
램인 '시민의 프로'에 출연하기로 결심했다. 방송을 통해 평화시장 봉제
공장에서 일하는 직공들의 참상을 알리고 싶었던 것이다. 전태일은 방송
국을 가기 위해 근로기준법 책과 그동안 보관해 두었던 설문지와 통계기
록은 물론 진정서를 제출하기 위한 서류 뭉치 등을 들고 평화시장 국민은
행 앞에 있는 속칭 '인간시장'을 지나고 있었다. 인력시장과 같은 역할을
하는 그곳에는 봉제업계의 속성상 매번 명절 대목이 끝날 때마다 직장을

바꾸는 기술자들이 새로운 일자리를 알아보기 위해서 옹기종기 모여 있었다. 전태일과 친한 재단사 모임 회원 한 명과 처음 보는 재단사 친구 한 명이 그곳에 있다가 전태일과 마주쳤다. 이날 처음 만난 재단사 친구가 바로 이승철[35]이라는 친구였다. 전태일은 이들에게 자기와 동행해 줄 것을 권유했다.

"마침 니 잘 만났다. 지금「동양방송」시민의 프로에 나가서 우리들의 근로기준법 요구사항을 이야기하려고 하는데 같이 갈래?"

두 친구는 얼떨결에 전태일과 합류해 동양방송국을 경유하는 시내버스를 탔다. 세 명은 버스 좌석에 나란히 앉았다. 전태일은 동행한 재단사 친구의 소개로 처음 만난 이승철과 통성명을 나눈 후 근로기준법을 펼치고 여러 가지 조문을 열거하며 자신들이 처한 억울한 상황을 일일이 설명해 주었다. 버스 안의 근로기준법 특강은 처음 만난 친구에게는 다소 충격적으로 받아들여졌다. 태일의 말대로라면 평화시장, 동화시장, 통일상가 등에 근무하는 3만 명에 가까운 노동자들은 현재보다 더 나은 조건에서 쾌적한 환경에서 대우받으며 일할 수 있다. 동행한 이승철은, 자기를 비롯해 평화시장에서 일하는 노동자들은 대부분 자신들에게 주어진 열악한 근무조건이 그저 팔자려니 생각하며 수동적으로 지내고 있었는데, 거기에 반론을 제시하며 문제를 제기한 전태일이 놀라울 뿐이었다. 그러면서 전태일이 주장하는 현실이 속히 이루어지려면 재단사들이 똘똘 뭉쳐 근로기준법을 가지고 싸우는 길밖에 없다는 생각이 들게 되었다. 전태일과 동행한 두 재단사는 그때까지 노동운동이니 근로조건 개선이니 하는 말을 어느 누구한테 들어본 적도 없고 그런 법규가 존재하고 있는지조차

---

35 이날 처음으로 전태일을 만난 이승철은 2달 후 전태일의 분신 항거를 지켜봤다. 훗날 전태일의 뜻을 이어받은 이승철은 청계피복노조를 키우는데 자신의 20대를 보냈으며 전태일의 친구로서 이소선 어머니의 아들로 살아왔다.

바보회를 조직할 당시 동료들과 함께
다방 앞에서 찍은 사진

몰랐다.

전태일의 열정적인 설명을 듣고 나니 무엇인가 알 수 없는 흥분이 밀려왔을 때 어느덧 버스는 방송국 앞에 도착했다.[36] 전태일은 당시로서는 남들이 전혀 생각하지 않고 행동으로 옮기지 못했던 언론을 통한 진정 목표를 세웠던 것이다. 이번에 방송국을 방문한 것 외에도 며칠 후에는 신문사 기자들을 접촉하기로 했다. 그의 연령대로 보아 전태일은 당시에도 상당히 진보적이고 시대를 앞서가던 사람이었음이 분명했다.

2) 방송프로 담당자에게 출연을 거절당하다(오전 11~12시)

이윽고 전태일은 버스에서 내리자마자 두 친구를 이끌고 방송국을 들어가 담당 프로 관계자를 찾았다. 준비해온 자료를 꺼내 보이며 평화시장의 참상을 대략 설명하고 자신이 3만 명의 직공들을 대신해서 시청자들과 국민에게 호소할 수 있는 기회를 달라고 간청을 했다. 그러나 양복을 말끔하게 차려 입은 담당자는 고개를 갸우뚱 흔들었다.

---

36 위와 같음.

"미안합니다만 가지고 온 자료만을 봐서는 신빙성이 없고 객관적으로 검증할 수 없어 방송을 하기에는 적합하지 않아 출연하기 힘듭니다."

방송이 나간 후에 혹시라도 나중에 어떤 문제라도 발생하면 자신이 책임을 질 수밖에 없다는 말까지 덧붙였다. 그래도 전태일은 포기하지 않고 담당자의 소매를 잡아끌며 다그쳤다.

"평화시장은 여기서 멀지 않은 곳에 있으니 30~40분이면 제 말이 사실이라는 것이 모두 밝혀질 겁니다. 정 그러시다면 저와 같이 함께 평화시장 공장에 직접 가신다면 두 눈으로 직접 전부 확인하실 수 있습니다."

"미안합니다. 저는 이제 방송준비 때문에 그만 나가봐야 하겠습니다. 다음에 좀 더 자세하고 체계 있게 자료를 정리해서 한 번 더 찾아오시면 좋겠습니다."

결국 아쉬움을 뒤로 하고 방송국문을 나설 수밖에 없었다. 최첨단 방송기계와 스튜디오가 있는 복도를 지나치며 전태일은 잠시 실의에 빠지는 듯하더니 다시 두 눈을 반짝이며 다른 대책을 강구하기 시작했다.[37]

3. 진정서를 들고 서울시청과 노동청을 찾아가다(12시 20분)

1) 무사안일에 빠진 담당 공무원들을 상대하는 힘겨운 싸움

「동양방송」에서 나온 전태일은 재단사 친구들을 데리고 내친 김에 10분 거리에 있는 서울시청 건물을 찾아갔다. 시청의 안내직원은 사회과를 찾아가서 상의해 보라며 2층을 향해 손짓했다. 관계 공무원이 근무하는 자리를 찾아가니 마침 점심식사를 하러 나갔으니 1시간 정도를 기다려야 만

---

37 조영래, 『전태일 평전』, 249-250.

날 수 있다고 했다. 전태일은 두 재단사를 쳐다보며 머뭇거리다가 저녁에 다시 인간시장 앞에서 만날 것을 약속하고 친구들을 돌려보냈다. 전태일은 혼자 남아서 1시간을 더 기다린 끝에 결국 담당 공무원을 만났다. 사회과장은 전태일의 자료와 설명을 말없이 앉아서 다 듣더니 한 마디 던졌다.

"그런 복잡한 문제들은 시에서는 한계가 있고 더구나 그 문제는 현 시국의 상황에서 너무 예민한 사안이므로 노동청 본청으로 가서 상의해 보세요."

사회과장은 민원 접수 자체를 회피하는 것이었다. 시청을 나온 전태일은 어쩔 수 없이 노동청 본청을 향해 또 다시 발걸음을 옮길 수밖에 없었다. 밤잠을 설치며 준비한 전태일의 진정서는 어떤 기관에서도 환영하지 않았다. 마치 탁구공처럼 이리저리 내쳐지는 신세가 되고 말았다. 전태일은 버스를 타고 다시 노동청으로 향했다. 때마침 그해 4월 7일 노동청에는 대대적인 조직개편이 있었기 때문에 노동청사에 근무하고 있는 공무원들은 나름대로 무엇인가 새롭게 출발하려는 쇄신된 모습이 보이려는 듯 신선감마저 흘렀다. 노동청의 조직 중에서도 특히 노정국(勞政局)에 소속되어 있던 노정과(勞政課), 근로기준과, 산업안전과, 산재보상과를 폐지하고 노동조합과, 근로지도과, 보험징수과를 신설하고 노정국장 밑에 노정담당관과 노사조정담당관을 두고 있었다.[38] 전태일이 그날 만나려던 노동청의 담당 공무원도 역시 자리를 비운 상태로 외근을 나갔다고 한다. 곧 있으면 돌아온다고 하던 담당자는 한 시간 반을 기다려도 나타나지 않았다. 전태일은 한없이 앉아 기다리다가 결국 허탈한 심정으로 발걸음을 되돌려 정문을 나서는데 마침 정문 앞에서 삼삼오오 대화를 나누고 있던 노동청 출입기자들을 만나게 되었다.

---

38 1960년대 노동청 시절의 노동당국을 말한다. 노동부 홈페이지 (http://www.molab.go.kr)참조.

2) 노동청 출입기자들을 만나다(오후 2시 30분)

뜻밖에 호기를 맞은 전태일은 공무원들에게는 전혀 먹혀들어가지 않았던 진정 내용들을 노동청 기자들 앞에서 거침없이 하소연했다. 기자들은 생소하면서도 순박한 모습의 이름 모를 청년 노동자에게 의외로 깊은 관심을 보이며 호의적인 반응을 나타냈다. 전태일이 자초지종을 설명하며 협조해 줄 것을 요청하자 여러 출입기자들 중에서도 유독 「경향신문」 기남도 기자는 더 큰 관심으로 바라보며 따끔한 충고를 했다.

"전군, 혼자서 이 일을 감당하려면 오히려 실패할 수가 있으니 뜻있는 사람들과 힘을 합해 좀 더 많은 설문지와 자료를 조사하고 확보한 다음에, 여러 사람의 공동명의로 진정서를 작성해 본청에 제출해보도록 하는 것이 좋을듯하네. 3만 명에 가까운 직공이 일하는데 겨우 30여 장 정도의 앙케이트지 통계자료를 내미는 것은 말이 안 되네."

그 기자의 말은 책망이 아니었다. 오히려 전태일의 눈에는 그 기자가 자신을 도와주려는 자세가 분명하게 엿보였던 것이다.

"우리가 이야기한 대로만 준비해서 빠른 시일 내에 노동청에 진정서를 제출하면 접수가 되는 대로 우리 신문사에서도 신속히 검토해서 가능하면 기사화할 수 있도록 노력할 테니…."

기자들은 희망적인 제안을 던지며 건물 안으로 사라졌다. 전태일이 출입기자들을 만난 것은 하늘의 도우심이었다. 그야말로 뜻이 있는 곳에 길이 있었다. 그토록 소원하던 일들이 곧 눈 앞에 펼쳐질 것을 생각하니 뛸듯이 기뻤다.[39]

---

39 김영문, 위와 같음.

3) '인간시장'의 활기찬 분위기(저녁 8시)

노동청 출입기자들과 한 시간 정도 격정적인 대화를 나눈 전태일은, 그날 저녁 6시경 평화시장 '인간시장'으로 돌아왔다. 전태일은 기다리고 있던 재단사 친구들을 만나 자신에게 있었던 일들과 노동청 기자들을 만난 이야기들을 신명나게 설명했다. 마침 방송국에 동행했던 두 친구를 비롯한 여러 재단사들은 태일을 화제로 많은 이야기들을 나누고 있던 중이었다. 심지어 어느 초면의 재단사는 자신의 친구 재단사를 통해 전태일에 관한 소문을 듣고 실제로 전태일이라는 사람을 한 번 만나보고 가야겠다며 전태일이 나타나기만을 손꼽아 기다리기까지 했다. 상기된 전태일은 출입기자들과의 만남을 생각하며 마음이 한껏 부풀어 있었다. 마치 천군만마를 얻은 것처럼 든든한 생각이 들었다. 일이 잘되면 신문을 통해서 평화시장의 참상이 폭로될 수도 있겠다는 것을 생각하니 가슴이 설렜다. 전태일의 상기된 표정으로 인해 다른 재단사들까지도 덩달아 생기가 넘치며 서로 연대감이 형성되어 갔다. 그날 밤 재단사들의 모임에서는 다가올 앞날을 예측하며 많은 이야기꽃을 피우다가 다음 날 저녁 7시에 다시 모일 것을 약속하고 각자 헤어졌다.

43장

삼동회를 조직해 본격적으로 투쟁하다

1970년 9월 16일~10월 24일 (40일, 23세)

1. 삼동친목회 발족과 활동
  ― 1970년 9월 16일

1) 은호다방에서 결성된 삼동회 조직

　전태일은 이튿날인 9월 16일이 되자 이번에는 명보다방이나 은하수
다방이 아닌 평화시장 근처의 은호다방(銀湖茶房)에 재단사 12명을 소집
했다. 초저녁에 만나 시작된 모임은 다방 영업시간이 끝나고 밤 11시경이
넘도록 열띤 토론을 벌였다. 마담과 레지들은 재단사들이 머리를 맞대고
대책을 간구하는 모습을 보고는 이미 영업이 끝났지만 나가 달라는 말을
하지 않고 끝까지 기다려 주는 등 여러모로 배려해 주었다. 그들의 모임이

전태일이 단골로 들리던 평화시장 명보다방. 지금도 그대로 운영 중이다.

여느 젊은이들처럼 음담패설이나 쾌락적 모임이 아니라는 것을 다방사람들도 알아차렸기 때문이었다. 그 후 은호다방은 삼동회의 아지트라고 불릴 정도로 자주 이용되는 회합장소가 되었고 마담은 전태일이 하는 일들에 대해서는 무엇이든 협력을 해주고 동정을 베풀어 주었다.[40] 그날 모임에서는 2년 가까이 존속되어 왔으나 유명무실하게 된 '바보회'라는 모임의 명칭을 '삼동 친목회'로 바꾸고 새롭게 출발을 선언했다. '삼동'(三棟)이

---

40 조영래, 『전태일 평전』, 251.

라는 의미는 당시 청계천에 나란히 뻗어 있던 평화시장, 동화시장, 통일상
가 건물 세 동(棟)을 일컫는 말이다.

삼동회는 그동안 바보회가 걸어왔던 길에서 조금 발전되고 진보된 성
격의 모임으로 조직되었다. 전태일은 친구들과 모이면 수중에 가진 돈들
이 별로 없으니까 커피 두 세잔만 시켜놓고 나머지 인원들은 거저 주는
엽차를 마시면서 노동조합이나 근로기준법 이야기를 들려주었다. 그러
나 친구들은 태일이 말하는 근로기준법에 대한 이야기가 도무지 무슨 말
인지 몰라서 끝날 때까지 조용히 듣기만 하고 헤어질 때도 많았으며 바보
회의 실패를 바탕으로 매우 열의를 가지고 이끌어 나가려는 마음을 먹었
다. 모임을 마치면 전태일은 매번 자기 혼자 찻값을 모두 지불하는 일이
다반사였다. 지난번 바보회가 주로 기업주나 노동청 당국자들을 찾아다
니며 평화시장의 실태를 알리며 호소하는 진정단체였다면, 이번 삼동친
목회는 평화시장의 참상을 언론과 정부 그리고 일반 국민들에게 폭로하
기 위해 그에 따른 전략과 방법을 모색하는 투쟁단체로 탈바꿈한 것이다.
이날 은호다방에서 있었던 회의 내용은 다음과 같다.

2) 삼동회 회의 내용

임원선출: 회장에는 전태일, 총무에는 임현재, 서기에 이승철이 선출되었다.
1차 활동계획: ① 회원들은 의무적으로 1인당 10명 이상의 협력자들을
섭외할 것. 차후 협력자들 중에서 모임에 열심히 참가하는 사람에 한해서
정회원으로 등급 시킬 수 있다. ② 조속한 시일 내에 청계천 3개 시장의
노동현황을 파악할 수 있는 통계자료 앙케이트지를 배포하고 그 결과를
분석하여 노동청장 앞으로는 분석 자료와 함께 진정서를 작성하여 근로조건
개선을 정식으로 요청할 것. ③ 관계기관이나 당국에서 근로조건 개선요구가

받아들여지지 않을 경우에는 항의농성이나 시위를 한다. ④ 차후에는 삼동회
를 청계천 평화시장 노동조합으로 발전시키기 위해 평화시장주식회사와
노동청에 해당되는 지원을 요구한다.[41]

2. 첫 번째 활동: 설문지 200매 배포와 회수 작전

삼동회의 첫 번째 활동목표와 사업은 청계천 시장에 근무하는 시다,
미싱사, 재단사들을 대상으로 설문지를 배포하는 일이었다. 지난해 8월
말에 있었던 실패를 거울삼아 이번에는 전태일과 모든 회원들이 머리를
맞대고 주도면밀하게 일을 해나갔다. 업주들이 눈치채지 못하도록 은밀
하게 설문지를 돌렸으며 삼동회 전원이 총동원되어 자신들의 인맥을 통
해 작업장마다 일일이 찾아다니며 설문지를 돌렸다.

이로써 1970년 9월 16일 정식으로 결성식을 가진 삼동회는 바보회 시
절에 시도했던 설문작업을 좀 더 보완해서 재개했으며 새로 입회한 친구
들이 적극적으로 활동하면서 설문작업은 상당한 성과를 내도록했다. 공
장에서 일하는 재단사들이 업주들 몰래 설문지를 돌리면 시다, 재단보조
등 여공들이나 모든 노동자들은 의아해했으나 며칠 만에 126매나 거둬들
일 수 있었다. 생각보다 훨씬 좋은 반응이었다. 삼동회는 이를 토대로 노
동청장에게 보내는 '평화시장 피복제품상 종업원 근로개선 진정서'를 만
들어 별도로 90명의 서명을 받을 수 있었으며 결과는 매우 호의적이었다.
이때 전태일은 이승철의 호적 이름이 이민섭이라는 것을 알고는 확실하
게 해야 하니 이민섭으로 쓰라고 가르쳐 주기도 했다. 최소한 설문지 작성
에 호의적으로 협조해준 사람들은 삼동회원들과 직간접으로 일면식이 있

---

41 위의 책, 253.

던 노동자들로서 생전 처음 작성해 보는 설문지를 접하고 개중에는 한글을 읽을 줄 몰라 다른 동료들에게 설문지 작성에 대해 조언이나 도움을 받기도 하였다. 특히 업주와 연고가 있다거나 일가친척인 사람들이 공장장이나 간부로 있는 경우에는 설문지 배포를 중지시키기도 하는 주도면밀함을 보였다. 그 결과 126매의 설문지 작성이 완료되어 회수되었다.

지난해 8월에는 100매의 설문지를 배포해 겨우 30매를 회수한 데 비해 이번에는 200매를 돌려서 126매의 설문지가 회수되었다. 은호다방에 모인 삼동회원들은 126매의 설문지 묶음을 바라보면서 "저 설문지들이 야말로 평화시장 노동자들의 애환과 눈물과 한숨이 섞여있다"고 생각하며 사뭇 경건한 분위기까지 조성되었다. 회원들은 일일이 설문지에 나타난 자료들을 한눈에 알 수 있도록 꼼꼼하게 정리하였다. 전태일은 설문지 결과가 최종적으로 나온 이튿날부터 은호다방을 삼동회 본부 사무실처럼 들락거리며 회원들에게 매일 각자 수행할 임무들을 구체적으로 하달했다. 임무를 부여받은 회원들은 시장 일대의 작업장을 매일 찾아다니며 작업장의 위치와 규모, 직원수, 조명 시설과 환풍 시설, 다락 높이, 상수도 시설, 화장실 시설 등을 체크하며 근로기준법의 규정에 접근조차 힘든 열악한 실태를 수집해서 문서화했다.[42]

3. 두 번째 활동: 노동청장 앞으로 진정서 접수
— 1970년 10월 6일

전태일은 드디어 자신이 그토록 고대하고 바라던 대로 노동청장 앞으로 '평화시장 피복제품상 종업원 근로조건개선'이라는 다소 긴 제목의 진

---

42 조영래, 위의 책, 257.

정서를 접수시켰다. 진정서의 원본 자체는 당연히 노동청에 제출되었으나 훗날 그 행방을 찾을 수가 없었고, 그의 수기장 책갈피에 진정서 초안으로 보이는 문서들이 별지로 끼워진 채 남아 있어서 그 내용을 개략적이나마 가늠할 수가 있게 되었다. 대학노트와 편지지 등에 15페이지 분량으로 작성된 이 초안[43]은 앞머리의 한 페이지는 이미 찢겨져 없어졌다. 전태일은 삼동회 회원들과 이 진정서를 함께 작성하였으며, 제출되는 진정인 명의란에는 평화시장 근로자 90명이 서명을 했다. 진정서에 별첨되어 제출된 이 90명의 서명부 역시 행정관서에 남아 있지 않았다. 「경향신문」과 당시 여러 보도 내용을 종합해 보면 설문조사의 결과 중에서 126명의 응답자 중에서 95%인 120명이 일일 14~16시간의 노동을 하고 있었다. 또 응답자 77%에 해당하는 96명이 폐결핵 등 기관지 계통의 질환에 걸려 있었으며, 응답자의 81%인 12명이 신경성 위장병으로 식사를 제대로 할 수 없을 정도였다. 또한 응답자 전원이 밝은 조명 아래나 햇빛이 있는 장소에서는 눈을 제대로 뜰 수 없고 평소에도 눈곱이 자주 끼는 안질에 걸려 있었다고 보도했다. 아마도 찢겨 나간 부분은 신문에 보도된, 응답자들의 질병 항목과 수치로 분석한 내용으로 짐작이 된다. 전태일이 제출한 노동청장에게 보낸 진정서 서류는 크게 네 가지로 분류되어, 한데 묶어 제출됐다. 첫째는 '근로조건개선진정서', 둘째는 없어진 '90인 서명 명부', 셋째는 '평화시장 실태 조사서', 넷째는 '작업장별 명세서'이다. 특히 삼동회 정식회원이면서도 회의 도중 잠시 급한 볼일 때문에 밖으로 나가느라 진정서 작성에 참여하지 못한 김태원을 제외한 93명은 서명하기에 앞서 결연한 심정으로 의지를 다진 뒤에 서명에 동참했다.[44]

---

43 전태일, 『친필 수기』, CD 사본 7, 48-62.
44 조영래, 위와 같음.

1) 근로조건 개선 진정서 작성

노동청장 귀하

제목: 평화시장 피복제품상 종업원 근로조건 개선 진정[45]

평화시장 피복제품상에 근무하고 있는 종업원 3만여 명의 대부분은 매일 12시간 이상의 격무와 직업 환경의 불량으로 인하여 위장병, 신경통, 눈병 등 각종 직업성 질환에 허덕이고 있음이 우리들의 자체조사 별첨 앙케이트처럼 나타났습니다. 우리 피복계통에 종사하는 종업원들은 이와 같은 악조건 하에서는 더 이상 작업을 계속할 수 없고, 건강을 더 이상 유지할 수가 없어, 당국의 강력한 시정조치가 요구된다고 사료되어 94명의 서명으로 진정하는 바입니다. (가운데 찢어지고 없음)

진단을 받는 당사자의 입장에서는 건강진단이라 인정할 수 없으며, 진단을 하는 의사를 믿을 수가 없습니다. 서류상의 형식에 지나지 않으며, X레이 촬영시 필름을 사용하는지 심히 의심스럽습니다.

〈종업원의 직종〉

① 재단사: 재단사는 대부분 남자로서, 연령은 23~50세 층이며, 1천 2백 명이며 1개월 월급은 평균 3만원

② 미싱사: 미싱사는 전체가 여성으로서, 연령은 18~23세 정도이며, 1만 2천명, 월급은 평균 1만 5천원

③시다: 시다는 전체가 어린 소녀이며, 연령은 13~17세의 다층이며, 1만

---

45 전태일, 『친필 수기』, CD 사본 7, 48-56.

2천명, 1개월 월급은 3천원입니다(4~5년 전에 책정된 임금임).

1일 작업시간: 평균 오전 8시부터 오후 9시까지

1개월 작업시간: 28일(첫 주일과 셋째 주일 휴일) 336시간

③번에 해당되는 시다들은 시간 수당이 없으며, 연령이 어린 관계로 정신과 육체적으로 성장기에 있으므로 장시간의 많은 작업량이 정신, 육체의 발육과 정에 있어 재기할 수 없는 심한 피해가 됩니다.

진정인 대표:

평화시장 종업원의 친목회의 삼동친목회 회원 일동

대표 전태일

서기 이민섭

정회원 신진철 최종인 김영문 조병섭 강진환 주현민 별첨 93인

본적: 경북 대구시 삼덕동 149

주민지: 서울특별시 성북구 쌍문동 28

성명: 全泰壹

본적: 전남 화주군 동강면 곡천리 911

주민지: 서울 용산구 서계동 33의 38호

성명: 이민섭

본적: 전남 광산군 명동면 지죽리 96

주민지: 시내 성동구 하왕십리 산 14번지 13통 9반

성명: 申進哲

본적: 전남 영암군 신북면 행정리 53

주민지: 서울시 용산구 서계동 33의 38호

성명: 崔鐘寅

본적: 전남 고흥군 호두면 남촌리

주민지: 서울시 성동구 하왕십리 890-99호

성명: 주현민

위의 진정서는 수기장 갈피에 별지로 끼워진 진정서 초안이었는데 아마도 진정서 작성을 위해 15매의 종이에 초안을 작성한 후 그것을 토대로 원본을 작성한 듯하다. 그러나 내용을 살펴보면 약간 중복이 되는 부분도 있으며 앞뒤가 안 맞는 듯한 내용도 엿보인다. 예를 들어 앞부분에는 작업량이 "평균 오전 8시부터 오후 9시까지"로 기록되었으나 뒷부분에 와서는 "아침 8시 반부터 저녁 10시 반까지 1일 14시간 작업"으로 기록해 놓았다. 그 이유는 계절에 따라 제품수급 사정에 따라 작업량이 차이가 있고, 이에 따른 작업시간이 일정하지 않기 때문으로 보인다. 또 전태일은 진정서의 한 페이지에 A4용지에 큰 글씨로 "근로기준법을 준수하라"고 구호를 적어서 진정서와 함께 첨부하였다.

2) 평화시장 실태 조사서 작성

평화시장 실태조사

호수	286호, 3층까지 하면 825호 가, 나, 가, 나, 한 줄은 이층 가계로서 제외. 뒷골목 통일상가 동화 시장까지. 호당 10명의 종업원. 평화시장 직공 명수는 약 10,000명.			
평화시장 직공 명수	약 10,000명(동화시장: 160개 공장 4,800명, 통일상가와 근접 건물: 200여 개 공장, 8,000명 평화시장, 신평화시장: 500개 공장, 14,000명) 전체 명수 10,000명에서 직책별로 나누어 보면:			
	미싱사	약 4,000명	재단보조	400명
	시다	4,000명	기타 시아게, 공장장, 전원	
	재단사	300명	주인, 주주	1,000명

합계		10,000명[46]
하루의 작업시간		• 아침 8시 30분부터 저녁 10시 30분까지 1일 14시간 작업. • 1달 720시간 중 372시간. • 휴일은 매달 첫 주일과 삼 주일 2일 • 국제 근로기준의 2배에 해당하는 시간임.
급료는 직책별	재단사	15,000원에서 30,000원까지
	미싱사	7,000원에서 25,000원까지
	시다	1,800원에서 3,000원까지
	재단보조	3,000원에서 15,000원까지
	시아게 점원	
연령별 직책	시다	12세부터 21세까지
	미싱사	19세부터 38세까지
	재단사	22세부터 50세까지
	재단보조, 점원	18세부터 25세까지
	*12세부터 21세까지 여자 시다가 하루수당 70원, 14시간 작업	
건강상태	재단사	100% 전원이 신경성 소화불량, 만성위장병, 신경통, 기타 병의 환자
	미싱사	90%가 신경통 환자임, 위장병, 신경성 소화불량, 폐병 2기까지
	시다	평균 15세 어린이들로서 하루 14시간의 작업을 당해내지 못함.
	* 평화시장 종업원 중 경력 5년 이상 된 사람은 전부 각종 환자임. 특히 신경성 위장병, 신경통, 류머티스가 대부분임.	
시장 안의 구조		• 현대식 3층 건물로서, 1층은 점포 2, 3층은 공장임. • 10,000명 이상을 수용하는 건물이면서도 환기장치가 하나도 없으며, • 더구나 휴식시간인 오후 1시~2시까지에도 햇빛을 받을 장소가 없음
작업정도		우리나라의 어떤 노동보다도 세일 힘과 정신 빨리 피로해지는 노동임. 정신적, 육체적 최하 노동.
공임		우리나라에서 여기보다 더 싼 데가 없음. 경영주들은 서로 경쟁을 직공들의 공임에서 함. 가령 하루에 8시간을 작업하고도 1개월 급료가 10,000원인 사람과, 하루에 15시간을 작업하고도 1개월 급료가 10,000원 밖에 안됨.[47]
세면시설		평화시장 400여 공장에 상수도 3곳임. 1평 정도

---

46 전태일, 『친필 수기』, CD 사본 7, 57.

47 전태일, 위의 책, 57-59.

3) 작업장별 명세서 작성

○ 평화시장 3층, 가 176 왕별사.

　건평 2평 종사원 13명. 형광등. 다락높이 1.6m

○ 평화시장 3층, 가 224.

　종사원 22명. 4.5평. 다락높이 1.6m 형광등.

○ 평화시장 3층 가, 181.단성사

　8평. 다락높이 1.5m. 형광등. 종업원 32명

○ 평화시장 2층 가, 268, 조운사

　7평. 다락 1.6m. 종사원 30명.

○ 평화시장 2층 277. 동방사.

　12평. 다락높이 1.6m, 형광등, 종업원 50명.

○ 5층 34[48]

　4층 52

　3층 52

○ 동화시장 160개 공장 4,800명

　3층 331호 5,000명

○ 통일상가와 근접건물

　200여개 공장, 8,000명

　평화시장, 신평화시장 500개(업소) 14,000명.[49]

---

48 업소 수를 가리키는 듯하다.

49 전태일, 위의 책, 60~62.

4. 「경향신문」 석간에 특보로 기사화되다
— 1970년 10월 7일

10월 6일, 전태일은 드디어 노동청에 진정서를 제출하고 사무실을 나오는 길에 출입기자실에 들려 진정서 접수 사실을 자세히 통보해 주고 홀가분한 마음으로 집으로 향했다. 기남도 기자의 말대로 일이 잘만 된다면 다음날 석간신문에 큰 기사로 다뤄질 수 있다는 느낌을 받고 잔뜩 기대에 부풀어 집으로 돌아왔다.

하룻밤이 지나고 다음날(7일)이 되었다. 하루 온 종일 마음 조리며 기다리던 전태일은 초저녁이 되자 경향신문사 앞으로 달려가 따끈한 신문이 나오기만을 초조하게 기다렸다. 드디어 신문이 출고되어 밖을 나오자 배포창구에서 대기하고 있던 그는 제일 먼저 신문 한 부를 구입해 양손에 펼쳐 들었다. 신문을 펼쳐든 전태일은 순간 두 손이 떨려오며 온몸에 전율을 느꼈다. 그토록 자신이 바라고 소원하던 일이 눈앞에서 현실로 펼쳐진 것이다. 고맙게도 「경향신문」[50] 사회면 톱기사로 평화시장의 참상을 기사화한 것이다.

"신문!" 그동안 전태일에게 있어서 신문이라는 존재는 고락을 함께 했던 든든한 존재였다. 어려웠던 청소년 시절에는 조간, 석간을 가리지 않고 옆구리에 신문을 끼고 신문을 팔러 다녔기 때문이다. 비가 오나 눈이 오나 언제나 그의 든든한 동반자가 되었던 신문들이었다. 신문팔이로 수 없는 나날들을 보냈기 때문에 이 순간의 감격은 말로 형언할 수 없는 가슴 벅찬 일이었다. 잠시나마 신문팔이를 하며 지낸 옛날 일들이 주마등처럼 스쳐

---

50 1906년 프랑스 신부 플로리안 드망쥬가 창간한 주간 「경향신문」의 제호를 계승해 51명의 창간사원으로 1946월 10월 6일 출범한 「경향신문」은 천주교재단(서울교구)에서 운영해 오다가 1962년 2월 일반에 매각하고 이때부터 주식회사로 전환되었다.

지나갔다. 그러나 이제는 신문팔이 전태일이 아닌 자신의 순수한 노력과 열정에 의해 자신이 하고자 하는 일이 기사화된 것이니 이 얼마나 벅찬 감동이며 희열인가. 기사 본문은 다음과 같다.

나이 어린 여자들이 좁은 방에서 하루 최고 16시간 동안이나 고된 일을 하며 보잘 것 없는 보수에 직업병까지 얻고 있어 근로기준법을 무색케 하고 있다. 이들은 서울시내 청계천 5~6가 사이에 있는 평화시장 내 각종 기성복 가공업에 종사하는 미싱사, 재단사, 조수 등 2만 7천여 명으로 노동청은 7일 실태조사에 나서 근로기준법을 위반한 업체는 전부 고발키로 했다. 노동청은 이밖에 5백 여 개나 되는 서울시내 기성복 가공업소도 근로자의 실태를 조사키로 했다. 평화시장내의 피복가공 공장은 4백 여 개나 되는데, 이들 대부분의 작업장은 건평 2평 정도에 재봉틀 등 기계와 함께 15명씩을 한데 넣고 작업을 해 움직일 틈이 없을 정도로 작업장은 비좁다. 더구나 작업장은 1층을 아래 위 둘로 나눠 천정의 높이가 겨우 1.6m 정도밖에 안돼 허리를 펼 수 없을 정도인데 이와 같이 밝은 햇빛 아래서는 눈을 똑바로 뜰 수 없다고 노동청에 진정까지 해 왔다. 이들에 의하면 이런 환경 속에 하루 13시간~16시간의 고된 근무를 하고 있으며 첫째, 셋째 일요일을 제외하고는 휴일에도 작업장에 나와 일을 하고, 여성들이 받을 수 있는 생리휴가 등 특별휴가는 생각조차 못할 형편이라는 것이다. 특히 13세 정도의 어린 소녀들이 대부분인 조수의 경우 이미 4~5년 전부터 받은 3천 원의 월급을 현재까지 그대로 받고 있다. 이 밖에도 이들은 옷감에서 나는 먼지가 가득 찬 방안에서 하루 종일 일해 폐결핵, 신경성 위장병까지 앓고 있어 성장기에 있는 소녀들의 건강을 크게 위협하고 있는 실정이다. 이처럼 근로조건이 나쁜 곳에서 일하는데도 감독관청인 노동청에서 매년 실시하는 건강진단은 대부분이 한 번도 받은 일이 없으며, 지난 69년 가을 건강진단이 나왔으나 공장 측은 1개 공장 종업원 2~3명씩만 진단을 받

전태일과 삼동회의 노력으로 드디어 1970년 10월 7일 『경향신문』 석간에 평화시장 노동자들이
혹사당하는 현실이 국내 언론 최초로 기사화됐다.

게 한 후 모두가 받은 것처럼 했다는 것이다.[51]

    기사가 난 것을 확인한 전태일은 삼동회원들을 데리고 경향신문사 구
독부로 달려가 300부가 한 묶음인 신문을 통째로 구입한 후 쏜살같이 평
화시장으로 달려갔다. 워낙 많은 분량의 신문이라 회원들의 돈을 모두 다
털어도 신문대금이 모자랐다. 회원 중에 가장 열심히 있던 최종인이 손목
시계를 풀러 담보로 맡기고 나머지 대금은 신문을 모두 팔아서 그날 갚기
로 했다. 신문기사 한 면이 그토록 전태일과 재단사들을 춤추게 만든 것이
다. 우선 평화시장에 도착한 회원들은 큰 종이에 붉은 글씨로 "평화시장
기사 특보"라고 써서 어깨띠를 두르고 시장 여기저기를 돌아다니며 신문
을 돌리기 시작했다. 어떤 노동자들에게는 제값을 받고 신문을 나누어 주
기도 했고 나이가 어린 시다나 미싱공들에게는 무료로 나누어 주기도 했

---

51 『경향신문』, 1970.10.7. 사회면.

다. 마치 날아다니듯 신문을 돌리던 회원들은 300부를 순식간에 게눈 감추듯 팔아버렸다. 어떤 노동자는 신문을 돌리는 삼동회원들에게 수고한다면서 신문정가인 20원보다 다섯 곱절, 열 곱절이나 많은 100원, 200원씩을 주고 사는 이들도 있었다.[52] 신문기사로 인해서 평화시장은 그야말로 잔칫집 분위기였으며 오랜만에 평화시장에 평화가 깃드는 듯했다.

5. 전태일의 진정성에 공감한 기남도 기자의 올곧은 기자 정신

경향신문 편집국이 전태일의 노력으로 평화시장 노동자들의 참상을 보도하기 위해 '골방서 하루 16시간 노동'이라는 제하의 기사를 사회면 머리로 실었던 것은 당시로서는 엄청난 담력이자 모험이었다. 박정희 정권 시절의 긴급조치로 인해 노동문제나 학원문제 등은 국가안보문제로 취급하기 때문에 보도 자체가 힘들었고 윗선에서 거부당할 만한 내용이었기 때문이다. 그런 어려운 상황임에도 불구하고 경향신문 편집국은 의기를 발휘해 박 정권에 의연히 맞선 것이다. 그러나 그 배후에는 당시 노동청(고용노동부)을 출입하던 경향신문 사회부 소속의 기남도 기자[53]의 의기와 추진력에 의해서 가능했던 것임을 확인할 수 있었다. 기 기자는 이름 모를 순박한 어느 청년 노동자 전태일의 진정성과 열정을 그냥 간과하지 않았던 것이다.

기사가 나가던 당일 기남도가 강력하게 기사화를 주장해 데스크가 이를 수용하면서 보도가 가능했던 것이다. 그러나 시국이 시국인지라 당시

---

52 조영래, 『전태일 평전』, 265.

53 1939년생으로 광주고와 고려대 행정학과를 거쳐 1965년 경향신문사에 입사. 1980년 전두환 신군부의 언론통폐합 때 강제 해직당한 노동문제 전문기자다. 기자들로부터 우직한 성격의 강직하고 의로운 기자로 평가받는다. 2000년 10월 62세 때 폐암으로 운명했다.

재직시절의 김남도 기자. 1939년생으로 광주고와 고
려대 행정학과를 거쳐 65년 경향신문에 입사. 80년 전
두환 신군부의 언론통폐합 때 강제 해직당한 노동문제
전문기자로 활동했다. 기자들로부터 우직한 성격의 강
직하고 의로운 기자로 평가받는다. 2000년 10월, 62
세에 폐암으로 운명했다.

편집국 간부들은 기사화에 난색을 표했지만 사회부를 중심으로 평기자들
이 강력하게 항의해 결국 사회면 톱으로 실렸던 것이다.[54] 그러나 보도가
나간 이후 경향신문사 간부들은 문화공보부(문화체육관광부)와 중앙정보
부(국정원)의 강력한 항의를 받았고, 간부들은 기관에 불려가 "앞으로 유
의하겠다"는 말을 다짐하고 돌아왔다. 당시 사회부 사건데스크였던 기자
는 "당시 신문들의 입지가 보도할 만한 여건은 아니었기에 각오를 단단히
했으며 박 정권에서는 허를 찔린 셈이었다"고 증언했다.[55]

6. 평화시장회사 사장에게 근로조건개선 8개항을 요구하다
— 1970년 10월 8일

평화시장에 관한 신문 보도가 나가자 평화시장주식회사 측 사무실에
서는 난리가 났다. 어느 누가 이런 괘씸한 짓을 했는지 직원들이 모두 총

---

54 기남도 기자의 후임으로 노동청을 출입했던 김명수 기자. 현 신아일보 회장으로 재직 중이다.
55 「경향신문」 편집국장을 지냈으며, 특보 기사화가 되었던 당시 사건데스크를 담당했다.

동원돼 주동자를 찾기 시작했다. 신문기사가 보도된 날 저녁 늦은 시간에 전태일은 은호다방에서 삼동회 비상소집을 열었다.「경향신문」기사특보와 때를 같이해 절호의 기회를 놓치지 않고 회사 측과 담판을 벌여야겠다는 생각을 한 것이다. 이날 회의에서는 삼동회의 이름으로 별도로 회사 측에 요구사항을 제출하기로 하였다. 이날 회의 내용은 다음과 같다.

1. 의결된 건의사항, 10월 7일(수)
① 작업시간은, 여름은 오전 8시부터 오후 7시까지로 하고, 겨울은 오전 9시부터 오후 8시까지로 한다.
② 휴일은 정기적으로 일요일마다 쉬는 것으로 한다.
보충사항: 부득이한 경우, 작업 초과 시는 사전에 종업원의 양해를 구하고 수당을 요구할 수 있도록 한다.
③ 작업시간을 어기는 기업주에 대해서는 본회의 명의로 고발 조치한다.
④ 건강진단은 1년에 두 번은 전원 다 한다. 전염병이 나돌 때는 시장에서도 꼭 예방주사를 맞을 수 있게 해준다.
⑤ 시다들의 월봉은 현 3천원 기준에서 100% 인상하여 최하 6천원으로 함.
⑥ 본회는 정기총회를 제3주 휴일로 정하고, 오전 10시에 사전 합의한 장소에서 한다.
⑦ 임시총회는 필요시 언제든지 소집할 수 있다.56

2. 추가로 의결된 건의사항, 10월 8일(목)
① 각종질병을 유발하고 건강을 해치는 비능률적인 다락방을 철폐하고 넓은 공간으로 옮겨줄 것.

---

56 전태일, 『친필 수기』, CD 사본 1, 5-6.

② 환풍기를 작업장마다 증설해줄 것. 어두침침한 형광등 조명을 보완하여
밝은 시설로 교체해줄 것.
③ 여성 직공들에 대해서 생리휴가를 보장해주고, 노동조합을 결성할 수
있도록 지원해줄 것.[57]

10월 8일(목)이 되자 전태일, 김영문, 이승철 세 사람이 삼동회를 대표
해 8개항의 요구사항을 적은 서류를 들고 회사 사무실로 찾아갔다. 회사
사장실에 진정서를 접수하거나 사장을 면담하기 위해서 찾아간 적은 사
실 처음이 아니었다. 바보회 시절에도 전태일은 서너 번 사장실로 올라갔
으나 떨려서 포기하고 내려온 적이 두어 번 있었다. 그러나 오늘만큼은 사
정이 달랐다. 신문기사로 인해 이미 대세가 전태일과 삼동회 회원들에게
기울어 있었기 때문이다. 전태일은 이에 용기를 얻어 친구들과 함께 평화
시장 사무실을 찾아가 사장 면담을 당당하게 요청할 수 있었던 것이다. 그
러나 회사 직원들은 이동균(李東均) 사장의 직접 면담은 주선하지 않은 채
자기들 선에서 서류만 접수하면서 은근히 달래기 시작했다. 지금의 상황
으로서는 요구사항을 다 들어주기가 힘드니 조금만 더 참고 기다리면 환
풍기와 조명 실치 등은 고려해 보겠다는 임기응변식의 엉터리 대답들뿐
이었다.

7. 회유와 거짓으로 일관하는 업주들과 노동청
— 1970년 10월 9일

1970년 10월 15일 신민당의 대통령후보로 출마한 김대중은 다음해[58]

---

57 조영래, 위와 같음, 269.
58 제7대 대통령 선거일은 1971년 4월 27일이었다.

에 치러지는 대통령선거에 임하는 자신의 입장과 정책공약을 발표하는
기자회견에서 자신이 대통령이 되면 "취임 즉시 3선 조항 헌법을 폐지하
고 판권경제의 만능상과 빈부의 양극화, 도시와 농촌의 이중구조, 대기업
과 중소기업의 불균형을 고치겠다"며 국정 전반에 걸쳐 박정희의 경제정
책에 비판을 가하는 목소리를 높이고 있었다.[59] 선거철이 절정에 달하는
시기였으므로 박 정권은 여론에 민감해 있었다. 만약 이러한 때에 청계천
노동자들의 안타까운 참상이 언론에 보도되어 국민이 요동한다면 이제 6
개월 남짓 남겨 둔 대통령선거에 악영향을 받기 때문에 정부 해당부서와
당국자는 어쩔 도리 없이 호된 책임추궁을 면할 수 없을 것이다. 각 신문
에서 연이어 평화시장 보도가 나간 직후 노동청은 뒤늦게 부랴부랴 삼동
회를 찾아와 "정부 차원에서 자체적으로 조사를 하겠으며, 아울러 근로기
준법을 위반하는 업체들은 고발조치를 하겠다"며 요란을 떨었다. 그러더
니 며칠 후 근로감독관이 또 다시 삼동회를 찾아와 전태일을 만나더니 은
근히 추켜세우며 "노동청에서 전군을 적극 추천해서 이번 노동절에 전국
을 대표해 모범근로청년으로 표창을 하겠다"며 회유하기 시작했다. 이 무
렵부터 평화시장에는 아예 중부경찰서 정보과 형사들이 하나둘씩 파견되
어 은밀히 동태를 파악하기 시작했다. 전태일과 삼동회에 대한 정보기관
의 회유와 감시가 시작된 것이다.[60]

8. 근로기준국장 임정삼과의 만남과 약속
　　― 1970년 10월 10일

1970년 10월 10일 새로 개편된 노동청의 근로기준국장으로 있는 임정

---

59 김옥두, 『고난의 한 길에도 희망은 있다』(인동, 2002).
60 조영래, 위의 책, 271.

삼(林亭參)이라는 담당 공무원이 삼동회원들을 만나려고 평화시장으로 찾아왔다. 전태일은 임정삼을 만나는 자리에서조차 근로기준법 조문을 손에 들고 나타났다. 임 국장은 전태일의 얼굴을 보는 순간 흠칫 놀라지 않을 수 없었다. 요즘 들어 평화시장을 온통 시끄럽게 만드는 주동자라고 해서 무척이나 긴장을 하고 나왔는데 실제 만나보니 한량없이 순진무구해 보였기 때문이다. 순박한 청년의 모습과 때 묻지 않은 듯한 일거수일투족을 바라보며 "아, 이 진정서 사건은 평화시장 모든 직원들이 들고 일어난 사건이 아니었구나" 하며 안도의 한숨을 내쉬었다. 그러면서 내심 "저 순진한 친구 한 사람만 잘 구슬려서 설득한다면 이번 사건은 대충 해결이 되겠구나"라고 생각했던 것이다.. 닳아 빠진 근로기준법을 들고 있는 전태일의 모습을 바라본 임정삼은 학벌이 있어 보이지 않은 평범한 전태일을 위아래로 훑어보며 은근히 떠보기 시작했다.

"회장은 학교를 어디까지 나왔나?"

"예… 남대문초등학교 중퇴입니다만?…"

그 순간 임정삼은 속으로 우려하기 시작했다.

"아, 배우지 못한 근로자가 저런 기준법을 항상 들고 다니며 읽으면 언젠가는 저 책 때문에 의식화될 텐데…."

임정삼의 눈에는 이미 전태일에게 근로기준법은 바이블(Bible)이 되었고 의식화가 된 것처럼 보였다.[61] 그는 무시하는 듯한 눈길로 삼동회원들을 쳐다보며 빈정대는 어투로 말을 이어갔다.

"너희들 직장에 다니지도 않고, 소속도 없이 이렇게 깡패들이나 양아치들 같이 노동운동만 하러 몰려다니면 정부에서는 너희들의 요구사항을 절대 들어줄 수가 없다. 그러니 당장 내일부터 직장을 잡아서 정식으로 출

---

61 다큐멘터리 인물사, 꺼지지 않은 불꽃, "임정삼, KBS와의 인터뷰에서", 2003.7.4.

근을 한 다음에 나한테 그 결과를 통보하면 내가 1주일 이내로 너희들의 요구사항을 다 들어줄 것이다. 회장은 그동안 직장을 어디에 다녔나?"

"네. … 왕성사에 다니다가 최근 그만 됐습니다."

"그것 봐, 회장부터 빨리 취직을 하라고, 알겠지?"

임 국장은 내심 삼동회의 요구사항을 들어줄 마음이 처음부터 전혀 없었다. 단지 말썽의 소지가 되고 있는 재단사들을 일단 취직을 시켜놓으면 자신들의 직장에서 일을 하느라 정신없이 바빠질 테고 그렇게 되면 당분간 노동운동에는 관여 안 할 것이라는 판단에서 내린 조치였다. 순진한 전태일은 임국장의 약속을 철석같이 믿고 우선 급한 대로 평화시장에 있는 삼미사(三美社)에 재단보조로 취직을 했고 다른 회원들도 하나둘씩 직장을 잡기 시작했다.

전태일은 자신과 회원들이 거의 직장을 잡고 출근한 사실을 임정삼에게 통보하였으나 1주일을 기다려도 아무런 소식이 없었다. 임정삼에게 속은 것을 뒤늦게 알아차린 전태일은 10월 17일(토)에 노동청으로 찾아가서 그에게 조목조목 따졌다. 그러자 그는 자신의 현재 주어진 힘으로 진정서 내용대로 근로조건 개선대책에 대해 최대한 노력을 하고 있다는 말만 하며 "근로기준법은 원래 현실적으로 적용하기에는 애매한 것이어서 코에 걸면 코에 걸이고 귀에 걸면 귀걸이다. 그러니 이런 중대 사안들은 구약성경에 나오는 솔로몬의 판단 같은 지혜로만 풀어야 할 문제다"라며 현실적으로는 불가능함을 은근히 내비쳤다. 그야말로 황당한 일이 아닐 수가 없다. 박정희 정권하에서 대부분의 관련 공무원들이 이런 식으로 근로기준법을 있으나마나 한 장식품으로 여기고 있는 현실을 직접 지켜본 것이다. 공무원들이 직무유기를 언제까지 방치해야 하는지 전태일의 가슴은 답답하고 초조하기만 했다.

9. 서울대 학내간행물 '자유의 종'에 「경향신문」 기사가 게재되다
— 1970년 10월 10일

당시 장기표는 군복무 제대 후 1970년 서울대학교 법대(66학번) 2학년에 복학을 했다. 그리고 법대 이념서클인 사회법학회 멤버로 활동하고 있었는데 이 학회는 4.19 정신을 이어받아 학생들의 힘으로 사회를 변혁해야 한다는 생각으로 노동문제 해결을 그 출발점으로 설정하고 있던 상황이었다. 학회에서는 마침 노학연대(勞學連帶)에 관한 논의와 토론이 잦았으며 10월 3일 사회법학학회 자체 내에서 주간소식지 '자유의 종'을 창간했다. 그리고 창간호에 농활체험기와 탄광촌 실태조사 보고서 등을 특집으로 실었다.[62] 며칠 후 10월 7일자 「경향신문」 석간에 청계천 평화시장의 열악한 고용환경을 고발하는 사회면 기사가 나왔고, 그로부터 사흘후인 10월 10일에 발행된 '자유의 종' 제2호에는 이 「경향신문」 기사들을 모두 전재했다. 모든 일은 장기표의 주도였다. 그는 그러고도 모자라 평화시장의 실태를 특집으로 더 다뤄야겠다고 생각하던 중 전태일 분신 항거 보도를 접하게 된 것이다.[63] 이렇게 전태일과 장기표는 실제로 한 번도 만난 적이 없지만, 이때부터 인연이 시작된 것이다. 만일 장기표가 평화시장 실태에 대해 더 적극적으로 관심을 가지고 관여했더라면 실제로 전태일을 만났을 것이다. 장기표가 전태일을 사전에 만났더라면 아마도 분신 항거 사건은 발생하지 않을 확률이 높았을 것이다. 청계천 평화시장 노동참상의 문제가 서울대학교 학생들과 운동권 대학생들에 의해 대선 기간에 쟁점화되었더라면 전태일이 그런 방식으로 죽지 않을 가능성이 높았기

---

62 장기표, "週刊朝鮮 김인광 편집장과의 집중인터뷰", 2004.12.2.
63 「한국일보」 인터뷰, "전태일 분신이 勞學연대투쟁의 출발점", 2003.7.3.

때문이다.

10. 연이은 시위 무산과 노동청의 기만행위

1) 삼동친목회 비상소집(1970.10.17.)

전태일은 삼동회원들을 모아놓고 지난 주말 오전에 노동청을 찾아가 근로감독관을 만난 결과를 설명했다.

"도저히 이 상태로는 해결이 안 될 것 같으니 이번 화요일(10. 20.)에 있을 예정인 국회 국정감사가 노동청에서 실시되는데 그날 아예 노동청 정문 앞에서 시위를 벌일 것입니다. 여러분의 의견은 어떤가요?"

의견을 묻기보다는 마치 노동청에 대한 선전포고와도 같았다. 그동안 순리적이고 행정적인 절차와 방법으로 진정서를 넣었지만 그런 방법으로는 도저히 관료사회의 안일함과 권위주의 그리고 공무원들의 복지부동과 교활한 기회주의 벽을 넘기에는 역부족이었다. 완고한 공무원들과 업주들에게 자극을 주고 경각심을 주기 위해서는 오직 한 가지 방법, 결국 물리적인 저항의 방법 중에 하나인 데모(시위)를 하는 수밖에 다른 도리가 없다고 판단한 것이다. 그러나 그날 삼동회 회원들 중에는 데모를 시작하자는 제안에 다소 소극적인 반응들이었다. 이유는 더 이상 일을 크게 벌이지 말자는 것이다.

그러나 전태일은 열변을 토하며 데모의 필요성을 역설했다. 드디어 그날 모임에서 노동청 앞의 시위는 예정대로 시행하는 것으로 합의를 보았다. 사흘 후의 거사는 이렇게 해서 통과가 되었다. 그러나 삼동회원들을 요시찰 인물로 분류해 일일이 감시하던 형사들에 의해 10월 20일 데모 계획은 들통이 나고 말았다. 노련한 담당형사들의 유도 질문에 순진한 회원들 몇 명이 넘어간 것이다. 10월 19일(월)이 되자, 노동청의 또 다른 근로감독관인 임병주(林秉朱)가 전태일을 다급히 찾아왔다. 그는 전태일을 붙들고 애원하다시피 하며 갖가지 감언이설로 애걸했다. 내일로 다가온 노동청 앞의 시위를 중단해줄 것을 신신당부하기 위해 찾아온 것이다. "앞으로 며칠만 더 참고 기다리면 내가 책임지고 너희들의 요구사항을 업주들이 다 들어 주도록 할 것이니, 이번에는 그냥 모르는 척하고 넘어가 줘." 임병주의 간곡한 부탁과 달콤한 제의를 듣고 마음이 여린 전태일은 한 번 더 믿어 보기로 했다. 전태일은 삼동회 회원들에게 찾아와 근로감독관과의 면담 사실을 설명하고 내일로 다가온 노동청 정문 앞 시위는 일단 유보하기로 결정했다.[64]

2) 근로감독관 임병주의 배신(1970.10.21.)

10월 20일의 노동청에 대한 국회 국정감사는 별 탈 없이 무사히 끝났다. 다음 날인 21일에는 근로감독관 임병주가 전태일을 찾아와 식사 접대를 하겠다며 음식점으로 데리고 갔다. 식사를 하면서 간간히 대화를 이끌던 임병주는 그날 만남의 목적에 대해 서서히 본색을 드러냈다.

"회장, 너희들의 근로조건개선 여덟 가지 요구사항은 애당초 우리나라 노동현실에서는 현실적으로 실현 불가능한 것이다. 그러니 이제 이 정도에서 손을 떼고 직장생활이나 충실히 하고 평범하게 지내는게 어때?"

전태일이 들을 때는 참으로 기가 막힌 말이었고 그야말로 첩첩산중이었다.

"어이, 회장! 회장이 개인적으로 무슨 애로사항이 있다거나 도움받을 일

---

64 조영래, 위의 책, 275.

이 있다면 내가 적극적으로 도와줄 수 있으니 필요하면 언제든지 말만 해!"

임병주는 말끝마다 "회장! 회장!" 하며 전태일을 호칭하며 어르고 달래느라 밥을 먹는 둥 마는 둥 했다. 기가 막힌 전태일은 그의 말를 듣다가 도저히 밥을 먹을 수 없어 밥 수저를 내려놓고 째려보았다.

"이건 감독관님의 엄연한 배신행위입니다. 어쩌면 사람이 그러실 수가 있습니까? 지금 저 한 사람이 좋자고 이러는 게 아니지 않습니까? 그리고 우리 삼동회 회원들만 잘 먹고 잘 살자고 이러는 게 아니지 않습니까?"

전태일은 감독관에게 논리정연하게 따졌다. 그러자 임병주는 오히려 화를 냈다.

"어른이 그렇게 말을 해도 못 알아듣느냐? 이제는 국정감사도 무사히 끝났으니 어디 할 테면 해 봐."

임 감독관은 말도 되지 않는 반박을 하며 오히려 혈기까지 부렸다.[65] 결국 그 자리를 박차고 나온 전태일은 그 날 저녁 은호다방으로 돌아와서 삼동회 모임을 소집하고 점심때 있었던 임병주와의 회동결과를 설명하자 12명 회원들은 모두 흥분하기 시작했다. 회원들의 입에서 직접 "이번에는 그냥 넘겨서는 안 되겠다!"며 분노하기 시작했다. 몇몇 회원들은 노동청에 속은 것이 분해서 전태일보다 오히려 더 화를 내며 적극적으로 결전의 모습을 내비쳤다. 노동청은 기만과 거짓 그리고 눈 가리고 아웅 하는 식의 일처리로 전태일과 삼동회원들을 분노하게 했다. 그야말로 호미로 막을 것을 가래로 막는 우를 범한 것이다. 노동청 공무원들은 그 후로도 심기일전하는 변화나 쇄신없이 계속해서 삼동회원들과 전태일에게 거짓과 기만으로 일관했다.

65 김영문, 「저자와의 인터뷰 증언」, 2006.10.22.

3) 국민은행 앞 시위가 무산되다(1970.10.21.)

삼동회원들은 사흘 후인 10월 24일 국민은행 앞 도로에서 대규모 시위를 결정하고 구체적인 준비작업에 들어갔다. 지난번 노동청 정문 앞에서의 시위계획이 무산된 후 그들은 자신들의 무능함을 자책하는 분위기였다. 이번 시위는 반드시 성공해 자신들의 요구사항을 관철시킬 수 있도록 하자는 결의에 충만해 있었다. 시간은 오후 1시부터 2시까지로 잡았다. 그 시간에는 평소에도 시장 사람들이 점심식사를 하려고 국민은행 앞길로 많이 쏟아져 나오기 때문이다. 이 거사의 최고 진두지휘자인 전태일은 회원들에게 임무를 각각 부여했다. 특히 삼동회 회원들은 의무적으로 한 사람당 10명씩 협조자를 확보하기로 했다. 회원들은 봉제공장 내에서 제일 중요한 위치에 있는 재단사들을 일일이 찾아다니며 한 사람씩 협조를 구했다. 재단사들은 물론 미싱사, 시다들까지도 모두 데모에 동참할 것을 권유했다.

그날 밤, 다시 모인 회원들은 국민은행 앞길과 인간시장, 구름다리 등지에 많은 사람들이 운집해 인산인해를 이루기를 간절히 바라며 대책을 논의하느라 정신이 없었다. 전태일은 시위현장에서 외칠 구호를 골똘히 생각하고 있었다. "근로기준법을 준수하라!", "일요일은 쉬게 하라!", "16시간 작업에 일당 100원이 웬 말이냐!", "우리는 재봉틀이 아니다!" 등의 구호를 내놓고 회원들과 채택 여부를 결정하고 있었다.[66] 드디어 결전의 날이 돌아왔다. 전태일은 24일 아침 일찍 노동청 출입기자들을 찾아가서 "오늘 오후 1시에 데모가 있을 것이니 부디 오셔서 마음껏 취재하시고 보도해 달라"는 부탁을 했다. 그리고 평화시장으로 돌아와 보니 각 작업장

---

66 전태일, 『친필 수기』, CD 사본 1, 8.

으로 통하는 길목마다 곤봉을 든 시장 경비들이 골목마다 진을 치고 있는 모습이 눈에 띄었다.

경비들이 왔다 갔다 하는 살벌한 상황에서도 전태일과 회원들은 아랑곳하지 않고 공장들을 찾아다니며 "오늘 점심시간에 좋은 구경거리를 볼수 있으니 꼭 국민은행 앞으로 나오라"고 알려줬다. 약속시간 오후 1시 정각이 되자 사람들이 한두 사람씩 나타나는가 싶더니 어느 새 꾸역꾸역 몰려들기 시작하더니 4~5백 명이 순식간에 모여들었다. 전태일과 회원들은 1시간 전부터 현장에서 대기하며 사태를 관찰하고 있다가 인파가 몰리는 것을 보고 힘을 얻었다. 모인 군중은 평화시장 사람들과 노동자들이 대부분이었으며 때로는 영문도 모른 채 따라 나온 어린 노동자들도 부지기수였다.

그러나 당시 평화시장에는 「경향신문」 보도 이후 중부경찰서 정보과 형사들이 곳곳에 파견되어 있었다. 특히 오 형사라는 인물이 활동하고 있었는데 그는 삼동회와 전태일의 동태를 파악하는 일이 주 임무였다. 또 그는 대통령선거를 앞두고 평화시장 안에서 정부에 해가 되는 불미스러운 데모가 발생하지 못하도록 미연에 방지하는 공작원의 역할도 병행해야 했다. 그런 특수임무 때문에 오 형사는 삼동회원들에게 이중적인 대인관계를 맺고 있었다. 그들을 도와주는 척하며 오히려 속속들이 정보를 빼내고 있었던 것이다. 이번 데모에서도 삼동회의 몇몇 어리숙한 회원들 중에는 오 형사의 계략에 넘어간 회원들도 있었다.[67] 다른 사람들에게는 쉬쉬하면서 시위 사실을 숨기면서도 오히려 오 형사에게는 데모 사실을 공개했을 뿐 아니라 한술 더 떠 그에게 데모하는 데 협조를 구하기까지 하는 웃지 못할 일이 생긴 것이다.

---

67 김영문, 위와 같음.

294   제7부 ｜ 죽음의 결단

전태일이 유심히 동태를 파악해 보니 이미 시장 경비원들뿐만 아니라 사복형사들도 여기저기 깔려서 잠복근무를 하고 있었다. 형사들도 만일의 사태에 대비해서 촉각을 곤두세우고 있는 모습이었다. 사전에 정보를 접한 업주들은 불안한 마음에 아예 그 날은 가게나 작업장의 문을 닫아 놓고 직공들을 밖으로 나가지 못하도록 출입을 제한하고 있는 곳도 많았다. 전태일과 삼동회 회원들은 시위 계획에 차질이 빚어진 것을 뒤늦게 알아차렸다. 평화시장 2층 경비실 창가에서 음흉한 미소를 지으며 서 있던 오 형사는 삼동회원들을 향해 올라오라는 손짓을 하고 있었다. 전태일과 회원들은 오 형사를 만나기 위해 2층으로 쏜살같이 올라갔다. 2층에 당도하자 오 형사는 이미 평화시장회사 측 관계자들과 머리를 맞대고 무언가 쑥덕거리고 있었다. 회사 측 직원들과 오 형사는 능글능글하게 웃음을 머금고 자꾸만 시간을 끌고 있었다.

"우리가 요구한 8개항의 개선대책은 왜 안 들어주는 겁니까?"

화가 머리 끝까지 난 삼동회 회원들이 언성을 높이며 조목조목 따져 들어가자 회사 측 직원들은 "어디 할 테면 한번 해 봐!"라는 식으로 배짱을 보이며 버티다가, 이따금 좋은 말로 설득하기도 하고 차분하게 회유조로 달래기도 했다. 협상의 사태가 진전이 없음을 깨달은 전태일은 더 이상 농락당하는 기분을 참지 못하고 본격적인 시위를 시작하기 위해 경비실 밖으로 나가려고 문을 열었다. 전태일이 경비실 문을 여는 순간, 회사 측 간부 한 명이 확신에 찬 목소리로 전태일을 향해 소리쳤다.

"우리들에게 11월 7일까지만 말미를 주면 요구사항을 분명히 해결해 주겠다. 그러니 그때까지 조용히 본업에 충실하며 기다려 줘라."

그 말을 듣는 순간 전태일은 이제 더 이상 회사나 노동당국을 믿지 않기로 생각했다. 그러나 안타깝게도 삼동회 회원들의 다수가 회사 측의 그 같은 약조에 귀가 솔깃해지는 분위기가 엿보였다. 삼동회 회원들이 흔들

리는 것을 본 전태일은 생각을 바꿨다. 회원들이 다시 투쟁의지를 가질 때
까지 기다리기 위해서는 회사 측 간부의 약속을 한 번만 더 참고 속아 보
자는 마음으로 다시 한 번 믿어보기로 최종 결정을 내렸다. 전태일은 한
번만 더 기다려 보겠다는 답변을 남기고 다시 국민은행 앞길로 내려갔다.
경비실에서 내려오는 계단에서 전태일은 옆에 따라 내려오는 어느 회원
에게 나지막이 물었다.

"만일 11월 7일까지 약속을 안 지키면 그때는 어떻게 할 거냐?"

"그러면 그때는 진짜 죽을 각오로 싸워야지 뭐."

삼동회 친구가 툭 던진 한마디 대답은 의외로 태일이의 마음을 든든하
게 했고 안심시켰다. 결국 국민은행 앞에 모였던 500명은 이미 다 뿔뿔이
흩어지고 겨우 30~40명 정도만 남아 웅성거리고 있었다. 끝까지 남아있
던 나머지 인원들도 많은 기대를 걸고 모여 있었는데 시간이 점점 흐르고
시위가 무산된 사실을 확인하자 구시렁거리면서 작업장으로 발길을 향했
다.[68]

44장

분신 항거 전 1주일간의 행적들

1970년 11월 7일(토)~13일(금) (1주일)

1. 최후의 D-day를 정하다

— 11월 7일(토)

1) 약속을 저버린 회사와 업주들

드디어 회사 측에서 약속한 날짜인 11월 7일이 되었다. 전태일은 평화
시장 주식회사로 직접 찾아갔으나 약속을 이행하겠다던 회사 측에서는
또 다시 묵묵부답으로 일관하며 조금만 더 참아 달라는 말 한마디밖에 없
었다. 더욱 기가 막힌 사실은, 겨우 열흘 정도 지났을 뿐인데 회사 직원들
은 지난번 자기들이 약조한 내용을 까마득히 잊고 있었던 것이다. 그만큼
회사 측이 이 일에 무관심하다는 증거였다. 10월 24일 당시 시장 건물 2

층 경비실에서 했던 약속들은 위급한 사태를 당장 모면하려는 일시적인 방편이었던 것이다. 전태일은 그제야 확실하게 회사 측의 저의를 파악했다. 점심을 먹고 나자 전태일은 삼호다방으로 다시 삼동회 회원들을 소집했다. 그는 이 모임에서 "이제는 노동청, 회사 업주, 경찰 등의 말에 절대 속지 말고 다시 한 번 제대로 데모다운 데모를 해보자. 이번에는 전체가 다 희생할 각오하고 싸우자"며 결전을 선포했다. 시위 날짜를 정했다. 1주일 동안 충분히 준비한 후 11월 13일 오후 1시에 결행하기로 한 것이다.

"어차피 이럴 바에야 그날 회사 사람들이 보는 앞에서 그 허울 좋은 근로기준법 책을 불태워 버리자. 하나도 지켜지지 않는 저런 법조문은 있으나마나 하니 차라리 화형식을 해서라도 저쪽에 자극을 좀 줘야겠다."

"그래, 맞아. 사과궤짝이라도 하나 갖다 놓고 회장이 그 위에 올라가서 연설을 하고 곧바로 내려와서 화형식을 거행하는 게 좋겠다."

전태일이 단호한 어조로 제안하자 김영문이 맞장구를 쳤다.[69] 회원들은 여러 가지 좋은 아이디어와 의견들을 냈다. 이번 시위에서는 근로기준법을 지키지 않는 회사 측을 향해 전태일이 먼저 구호를 선창하면 나머지 회원들과 모여 있는 시위대들이 따라서 복창을 하면서 본격적인 행동 개시로 들어가기로 결의했다. 전태일은 그동안 생각해 왔던 구호들을 모두 떠올리며 삼동회 회원들에게도 좋은 구호 문구가 생각나면 제안하라며 부탁했다. 또 이번 시위에서는 자신이 직접 플래카드를 제작하고 여러 준비물을 담당하기로 했다.[70]

---

69 김영문, 「저자와의 인터뷰 증언」, 2006.10.22.
70 김영문, 위와 같음.

2) 시위 계획서 초안을 직접 작성하다

전태일은 11월 13일 오후 1시로 거사를 결정한 이후 자기 일기장 노트 여백 한 페이지에 '시위 계획서 초안'을 작성했다. 이 내용은 본격적인 시위를 하기 직전에 시위대와 삼동회원들 앞에서 보여줄 식전 행사와도 같은 것이었다. 근로기준법 화형식을 위해 책에 휘발유를 끼얹었고 점화하기 직전 자신이 연단 위에 올라가 구호를 제창하며 포문을 열겠다는 계획서이다. 초안을 보면 시위 절차를 1~3차로 구분을 했다. 1차는 전태일이 직접 구호제창을 열 번 정도 외치고 "근로감독관 임병주를 18조에 의해 고발한다"는 외침을 한 후에 "우리는 재봉틀이 아니다"라는 구호를 외친다는 문구가 적혀있다. 2차는 박대통령에 대한 메시지 낭독이 있고 3차에서 다시 구호를 제창하는 것으로 되어있다.

〈1차, 구호제창〉
① "근로기준법을 준수하라. 10"
② "근로감독관 임병주를 고발한다. 18조"
③ "우리는 재봉틀이 아니다"

〈2차, 대통령 각하에 대한 메시지 낭독〉
④ 대통령 각하(메세지)―우리도 인간임을 인정하여 주십시오

〈3차, 구호제창〉
⑤ 일 주일에 1번이라도 햇빛을
⑥ 1일 16시간의 작업에 임금 100원
⑦ 1개월 작업시간 440시간. 법정 작업시간 200시간

⑧ 여자와 소년은 단체규약이 있는 경우 ×××라도 1주 6시간을 초과하지 못하며 휴일근무를 원칙적으로 금지하였다.

⑨ 기준법 55조, 56조, 57조.[71]

2. 창현교회에서 마지막 주일예배
 — 11월 8일(일)

1) 지상의 마지막 예배(오전 11시)

전태일은 이미 결심한 대로 이번 11월 13일의 시위에서 자신의 몸을 던지겠다는 마음을 확실히 굳혔다. 그리고 서서히 그날을 준비하기 시작했다. 11월 8일, 주일 오전 11시가 되자 전태일은 기독교인으로서 지상에서 마지막 주일예배를 드렸다. 창현교회당에 앉아 예배를 드리는 전태일의 귀에는 담임목회자인 방영신 목사의 설교가 귀에 잘 들어올 리가 없었다. 전태일은 그동안 교회와 수도원에서 있었던 일들이 주마등처럼 스쳐지나갔다. 공동천막 시절에는 교회당과 자신의 집이 나란히 붙어 있어서 어머니가 교회에서 밤새도록 기도하는 소리를 들으며 잠이 들었다가 새벽녘에는 어머니의 기도 소리를 들으며 잠에서 깨어나 하루 일과를 준비했다. 평생 따라다니던 남동생 태삼이는 지금 옆에 없다. 못다 한 공부를 하겠다며 경북 김천에 있는 용문산기도원에 들어가 있었기 때문이다. 그는 지금 열심히 공부에 전념하고 있을 동생 전태삼을 위해 기도했다. 또한 식구들이 교회에 헌금하는 것을 보고 아까워서 야단을 치던 아버지가 갑자기 개과천선해 교회를 나가겠다며 새벽에 일찍 일어나 머리를 감고 옷

---

71 전태일, 『친필 수기』, CD 사본 1, 8.

을 갈아입고 새벽예배를 나가기 시작한 곳이 바로 이 교회였다.

만일 부친이 살아 있었다면 자신이 벌이고 있는 평화시장 노동운동은 다른 양상으로 벌어지고 있었을 텐데라는 생각을 하며 모든 것이 하늘의 섭리였음을 깨달았다. 전태일은 죽음의 결단까지도 하나님이 주관하고 있음을 알게 되었다. 이날 전태일은 예배를 통해 다시금 새로운 힘을 얻었다. 예배를 마치고 나자 정들었던 교회당 건물을 둘러보며 깊은 감회에 젖었다.자신의 손으로 직접 건축한 교회당이다보니 자신의 손때가 묻은 교회당 건물 내부 이곳저곳을 어루만지며 교우들을 한 사람 한 사람을 반갑게 악수하며 마음속으로 먼 훗날 그리스도 안에서의 부활과 재회를 다짐하며 마지막 인사를 나누었다. 당시 창현교회를 출석하는 신자들은 어머니 이소선의 전도 때문에 나온 사람들이 대부분이어서 모두가 다 한 식구나 다름이 없었다. 교인들은 다음 주일부터 전태일과 함께 예배를 드릴 수 없다는 사실을 전혀 모르는 채 무심한 인사를 나눌 뿐이었다. 교인들은 그저 이소선 집사의 장남으로서 평소 말없이 주일학교 교사를 하거나 교회의 온갖 궂은일은 도맡아 하는 믿음직스러운 청년으로 인식하고 있었을 뿐이었다.[72]

2) 주일학교 어린이들에게 마지막으로 가르치다(오전 9시)

이날 오전 11시 예배에 앞서 오전 9시에는 자신이 맡고 있는 주일학교 5, 6학년 반 어린이들과 아쉬운 이별의 정을 나누며 주일학교 공과시간 보냈다. 천막 교회로 시작한 개척교회다 보니 봉사할 일꾼이 없어 자신이 주일학교 교사를 비롯해 닥치는 대로 교회 일을 시작한 지가 어느덧 4년이

72 이소선, 「저자와의 인터뷰 증언」, 2006.8.11.

다 되었다. 해마다 성탄절이 되면 밤을 새워 아이들과 성극을 준비했고 동
네 사람들과 전 교인들이 참석하는 성탄전야 행사도 앞장서서 진행하였
다. 평화시장이 쉬는 일요일이 돌아오면 자신이 맡고 있는 어린이들의 공
과준비를 위해 토요일 밤부터 가르칠 교재를 반복해서 연습하기도 했다.
그는 공과 교재를 붙들고 밤을 새워가며 읽고 또 읽어 이제는 교재를 안
보고도 외울 수 있을 때까지 준비를 하는 성격이었다. 그런 노력으로 인해
본문에 나오는 성경 이야기를 마치 구연동화를 들려주는 것처럼 준비를
했다.[73]

　　당시 주일학교에서는 전태일 선생이 나타나기만 하면 아이들이 벌떼
처럼 달려들어 어리광을 부렸다. 전태일 선생의 목이나 어깨에 대롱대롱
매달리며 귀찮게 하기도 하고 장난도 쳤으나 막상 분반공부 시간이 되면
진지한 표정으로 두 귀를 쫑긋 세우고 듣곤 하였다. 아이들이 이토록 좋아
함에도 불구하고 전태일은 한 달에 한두 번 만 쉬는 휴무 때문에 몹시 괴
로워하며 교사 생활을 했다. 그래서 어쩌다 쉬는 일요일이 돌아오면 아침
부터 기분이 들떠서 어쩔 줄 몰라 했던 것이다. 이날 전태일은 아이들과
그동안 정들었던 추억들이 주마등처럼 지나가자 반 아이들을 한 명씩 쓰
다듬어 주며 품에 꼭 안아주며서 일일이 기도를 해주었다. 유난히도 아이
들을 좋아했던 그였기에 더 이상 아이들을 볼 수 없다고 생각하니 가슴이
복받쳐 올라왔기 때문이다.[74] 23년 동안 살아오면서 학력에 대한 콤플렉
스가 있었으나 교회에서는 언제나 "선생님" 소리를 듣는 것이 뿌듯했던
그는 자신이 주일학교 교사가 되어 어린 학생들을 가르칠 수 있다는 것에
대해 언제나 보람을 느끼며 봉사했던 것이다. 어쩌면 그가 죽으면서 마지
막까지 부르짖었던 "일요일은 쉬게 하라"는 구호와 부르짖음은 당장 자기

73 이소선, 위와 같음.
74 이소선, 위와 같음.

자신부터 적용되어야 할 갈급한 신앙문제이기도 했다. 일요일이 돌아오면 교회에 나가 주일예배를 드리고 당장 주일학교 아이들을 가르쳐야 했기 때문이다. 유난히 아이들을 좋아했던 전태일의 "일요일은 쉬게 하라"는 외침 속에는 자신이 맡은 주일학교 아이들을 가르치고 함께 예배를 드리고자 하는 열망이 더 많이 담겼는지도 모른다.

3. 지상의 마지막 여행
― 11월 9일(월)~10일(화)

1) 삼총사 친구 정원섭을 만나 시위 협조를 요청하다(9일 낮~10일 저녁 5시)

전태일은 자기 수기장에 그 유명한 '원섭에게 보낸 편지'라는 글을 썼다. 그 글에서 볼 수 있듯이 그의 생애에서 정원섭은 가장 친한 친구이자 마음을 터놓을 수 있는 상대였다. 죽음의 날을 결정한 즉시 전태일은 무조건 대구로 향하는 열차에 몸을 싣고 사랑하는 남녀 동창 친구 두 명을 각각 만나러 떠났다. 그들이 바로 남자 친구 정원섭과 여자 친구 김예옥이었다. 전태일은 분신 항거하기 닷새 전인 11월 9일(월) 낮에 쌍문동 집을 출발해 서울역에서 기차를 타고 대구역에 내려 정원섭이 살고 있는 대구 봉덕동 집을 예고 없이 찾아갔다. 둘도 없는 단짝 친구였으며 한 식구처럼 지냈던 원섭이는 무작정 들이닥친 친구의 방문에 의아해하면서도 몹시도 반가워했다.

두 사람은 대구 대명동에서 처음 만나 재철과 함께 삼총사가 되어 복음고등공민학교(복음학교)를 함께 다닌 절친한 사이였다. 대구남산장로교회에서 운영하는 야간학교인 복음학교에 정원섭, 김재철과 함께 중학교 과정에 입학을 했던 삼총사는 그 후 복음학교를 그만두고 다시 청옥고등공민학교(청옥학교)를 입학해서 함께 다닐 정도로 많은 추억과 희노애락을 지니고 있었으며 매일 붙어 다니다시피 할 정도로 가까웠다. 특히 원섭이는 아버지가 사진관을 운영했기 때문에 낮에는 아버지의 사진관 일을 도와주고 밤에는 청옥학교를 다녔었다.[75]

전태일은 그날 밤을 원섭이와 함께 지새우며 평화시장의 노동여건 참상에 대해 수많은 이야기들을 나눴다. 전태일은 원섭에게 평화시장의 열악한 근무조건과 그동안 노동청과 근로감독관의 기만과 거짓에 대해서도 진지하게 전해 주었고, 평화시장 회사 측과 업주들의 안일과 비협조 그리고 기회주의적인 태도에 분노하기도 했으며, 그런 이유 때문에 이번 13일에 크게 한판 데모를 벌여 정부 당국자들과 업주들에게 경각심을 주어야겠다며 열변을 토했다. 그러면서 원섭에게 이번 '13일, 금요일 낮에 자신이 직접 주도하는 데모에 같이 합류해줄 것을 진지하게 부탁하기도 했다.

"원섭아, 아무래도 내가 총대를 메야 하겠다. 재단사 친구들이 함께 하기로 했는데 너도 혹시 함께 할 수 있겠냐? 우선 몇 번 거리로 나가서 시위를 해 보고, 그래도 정 시정하지 않으면 몸에 기름을 뿌릴지도 모르겠다."

친구 원섭에게 구체적인 시위계획을 말하는 전태일의 눈은 이글거리는듯했다. 자신의 요구사항을 관철하기 위해서는 죽음도 불사하겠다는 말을 서슴없이 하는 소리를 들은 원섭이는 걱정스런 마음이 앞섰다. 이러다가 정말 무슨 일이 꼭 벌어질 것만 같았기 때문이다. 태일이의 이야기를 듣던 원섭이는 태일이의 계획을 극구 만류하며 그의 요청을 일언지하에 거절했다.

---

75 정원섭은 전태일의 분신 항거로 온 사회가 떠들썩해지자 친구의 죽음에 큰 충격을 받아 한동안 우울한 날을 보냈다. 정원섭은 곧 군에 입대했고 전역 후 부친의 사진관을 물려받아 잠시 운영하다 결혼 후 적도의 나라 남미 에쿠아도르로 이민을 떠나서 한인회장을 역임했고 현재는 미국 동부에 거주하고 있다.

"네 생각은 참 좋은데 그러다가 너에게 큰일이 생길까 봐 큰 걱정이다. 분신이니 뭐니 하는 그런 생각은 절대로 하지 말고 그 사람들에게 그냥 좀 심한 정도로만 대해주면 좋겠다."

원섭이는 비장한 각오를 띤 태일을 쳐다보며 뭔가 불길한 예감이 들자 조용히 타이르는 정도로 신중하게 말렸다.[76] 두 사람의 이번 마지막 만남 이전에도 정원섭은 여러 차례 상경해 친구 태일을 자주 만났다. 그때마다 친구 전태일이가 평화시장에서 재단사로 일하고 있는 현장을 방문해서 공장에서 여공들이 일하는 모습을 지켜본 적이 있었다. 평소 태일이의 말 그대로 아주 좁고 어두운 공간에서 작업하는 것을 보며 원섭이는 큰 충격을 받은 적이 있었기 때문에 지금 태일이가 주장하는 말들을 충분히 이해하고 있었다.

"잘 봐라 원섭아, 자세히 좀 보라고! 실 먼지가 심하게 나서 여공들이 저렇게 기침을 하고 있는데도 사장이란 사람은 이렇다 저렇다 말도 없고 기침이 심하면 공장에 그만 나오라고 하니깐 사장 앞에서는 아무도 아프다는 표시도 못 한다. 한 달에 겨우 한 번뿐이 못 놀고 작업시간은 하루에 무려 15시간 이상 근무를 하니 모두들 피곤해 해서 정말 견디기 힘들다."

태일은 자신을 찾아 대구에서 놀러온 원섭에게 울먹이듯 하소연하는 것이 다반사였다. 평소에도 원섭이는 정말 이 문제가 보통 일이 아니라는 것을 새삼 느끼고 있던 중이었다. 더구나 태일은 워낙 착한 심성을 지녀서 항상 자신과 함께 일하는 직공들을 챙기고 사비를 털어 간식을 사다 먹이면서도 늘 원섭에게는 "여공들을 저대로 그냥 두어서는 안 된다"는 말을 자주 해 왔었다. 간혹 서울에 올라가서 태일을 만날 때나 반대로 태일이가 대구로 내려와서 자신을 만날 때면 언제나 공장 직공들 걱정만 털어놓았다.

---

76 정원섭, 위와 같음.

태일을 마주한 원섭이는 언젠가 태일이가 바보회와 삼동회라는 모임을 만들어 회의를 했던 이야기를 전하는 도중에도 평화시장 직공들의 근무 여건과 여공들의 건강 걱정만 하던 것이 새삼 떠올랐다. 결국 태일이가 원섭이를 만나러 내려온 이 날 밤은 밤새 이어지는 대화 때문에 잠을 설쳤다. 잠을 자는 둥 마는 둥 하며 대화로 밤을 지새운 두 사람은 심지어 아침 식사를 마치고도 대화가 계속 이어질 정도로 태일에게 있어서는 평화시장의 당면한 문제가 자신의 전부였던 것이다. 두 사람의 대화는 이튿날 10일 오후 5시까지 이어지며 지상에서 마지막 우정의 시간을 보냈던 것이다.[77]

전태일은 원섭이와 헤어지기 직전 마지막으로 한 마디를 던지고 대문 밖을 나섰다.

"원섭아, 내가 만약에 죽으면 노동자를 위해서 용감하게 싸우다 간 줄 알아라!"

2) 짝사랑하던 동창 김예옥을 만나 죽음의 결단을 말하다(10일, 저녁 6시~11시)

정원섭의 집을 나온 전태일은 청옥학교 시절 유난히 짝사랑하던 친구 김예옥이 근무하는 아동복 수출업체 사무실로 연락하기 위해 공중전화를 걸었다. 원섭에게 연락처를 알아내 그녀를 만나기 위한 것이었다. 학창시절에 부실장이던 예옥이가 보고 싶었기 때문이다.

"어머, 태일아, 네가 어쩐 일이야? 이게 몇 년 만이니, 내 연락처를 어떻게 알았어?"

"아, 예옥아, 잘 있었니? 원섭이한테 네 연락처를 알게 됐다. 대구에 볼

77 정원섭, 「저자와의 인터뷰 증언」, 2006.10.11.

전태일과 대구 청옥학교 삼총사 친구였던 정원섭(좌)과 전태일이 짝사랑했던 청옥학교 부실장 김예옥(우). 전태일이 분신을 결단하고 자신들을 일부러 찾아왔던 당시를 회고하는 모습들

일이 있어서 내려 온 김에 오랜만에 갑자기 네가 보고 싶어졌다. 오늘 나하고 좀 만날 수 있겠니?"

"좋아, 내가 6시에 회사 근무가 끝나니 우리 회사 정문 앞으로 와라."

전태일과 김예옥은 간간이 청옥학교 친구들을 통해 서로의 안부를 조금씩 알고 지내 왔을 뿐, 이날처럼 실제로 두 사람이 직접 만난 것은 학교를 그만 둔 이후 처음이었다. 두 사람은 약속대로 6시 정각에 회사 앞에서 만났다. 오랜만의 만난 두 사람은 반가운 마음에 다정한 이야기를 나누면서 대로변으로 걸어 나왔다. 그러다가 전태일은 갑자기 지나가는 택시를 세웠다. 그때만 하더라도 택시 타는 게 쉬운 일이 아니었다. 택시는 부자들이나 돈이 있는 이들이 주로 이용하는 편이었다. 전태일은 자신이 짝사랑했던 동창과 지상에서 마지막 만남에 특별한 의미를 부여하고 싶어서 비싼 요금을 지불해야 하는 택시를 잡은 것이다. 그녀와 생애 처음이자 마

지막 데이트를 하고 싶었던 태일은 택시를 타자마자 "아저씨, 대구 동촌
유원지를 데려다 주세요"라며 운전기사에게 행선지를 알려주는 것이 아
닌가. 김예옥은 유원지를 향하는 택시 안에서 옆 좌석에 앉은 전태일에 대
해 조금은 낯설고 무서운 생각도 은근히 들었다. 아무리 같은 학교를 다닌
옛날 동창생이라고 해도 평소에 아무 연락이 없던 남자 동창이 느닷없이
나타나 유원지로 이끌었기 때문이다. 더구나 해가 진 저녁 무렵인데도 무
턱대고 "그냥, 나랑 같이 무조건 동천유원지에 가자"고 밀어붙이는데 은
근히 겁이 안 날 여성이 어디 있겠는가. 계절은 벌써 11월 초순이라 해가
이미 산 너머로 모습을 감춘 뒤였다.

학창시절 자기 마음속의 첫사랑이었던 여성과 함께 어둑어둑한 유원
지의 강둑에 나란히 앉은 전태일은 아주 담담하게 자신의 각오와 결심을
털어놓기 시작했다. 대화는 주로 전태일이 일방적으로 이끌어 나갔다.[78]
대화의 주제는 일반적으로 친한 동창들이 만나면 나누는 이야기들이 아
니었다. 전태일은 사뭇 진지한 표정으로 평화시장의 참상에 관한 이야기
들을 거침없이 쏟아 놓았다. 주로 노동자들이 일하다 쓰러지는 상황이나
자신이 일했던 공장의 시다들에 관해 이야기를 할 때는 "착취당하고 있
다"라는 표현을 수차례 써가며 열변을 토했다. 특히 명절 대목이 되면 야
간 집중작업을 하느라 타이밍 알약까지 먹어가면서 18시간 이상을 밤샘
작업했던 이야기를 할 때는 태일이의 주먹이 불끈 쥐어졌다. 더 억울한 것
은 그렇게 녹초가 되도록 노동을 하고도 일한 만큼의 보상을 전혀 못 받는
다며 울먹이듯이 말하는 것이었다. 전태일은 대화 말미에 "그들이 너무
불쌍하다. 그래서 내가 그것을 바로 잡아야 된다", "그러기 위해서 내가 죽
어야 한다"는 말들을 진지하게 토해냈다.

---

78 김예옥, 「저자와의 인터뷰 증언」, 2006.10.11.

그가 그런 말을 할 때는 눈가에 이슬 같은 눈물도 그렁그렁 맺혔다. "노동자들을 위해 내가 죽겠다"는 친구의 말을 듣고 21살 김예옥은 처음에는 농담하는 줄을 알았다. 전태일은 자신 보다 나이가 두 살 위인 23살이다. 평소에 과묵했던 남자 친구의 이야기가 농담이 아니라는 것을 그제야 알게 된 김예옥은 일이 심상치 않음을 직감하고 타이르듯 말렸다.

"꼭 네가 죽어야만 문제가 해결되니? 왜 꼭 죽으려고 그러니?"

"아니야 예옥아, 이 일은 내가 죽어야만 해결된다. 아무리 연구해도 다른 방법은 없다. 내가 안 죽고도 일이 해결될 수만 있다면 좋겠지만, 아무 곳에서도 이 문제를 받아 주지 않는구나. 내가 여기저기 호소를 하며 탄원서를 냈는데도 아무런 소용이 없다. 오죽하면 내가 죽으려고까지 마음을 먹겠냐?"

김예옥에게 말한 탄원서란 노동청이나 평화시장주식회사 업주들에게 보낸 진정서를 두고 한 말이었다. 아무리 진정서를 보내고 설문조사까지 철저히 해서 절차를 밟아 문제를 제기했으나 아무 곳도 관심을 가져주지 않았다. 근로조건 개선에 대한 여덟 가지 사항을 정식으로 요구해도 콧방귀도 안 뀌는 당국자들과 업주들에게는 결국 죽음이라는 극단적인 방법만이 저들에게 경각심과 자극을 줄 수 있다는 것이 전태일의 주장이었다. 박정희 정권하의 노동청과 시청 그리고 회사와 업주들에게 그나마 정신 차릴 수 있도록 일격에 자극을 줄 수 있는 유일한 무기는 죽음을 통한 항거밖에 없다고 판단한 것이다. 가슴속에 들어있는 묵직한 말들을 친구 예옥에게 털어놓고 나니 속이 후련해지는 듯했다. 그동안 누구도 자신의 말에 제대로 귀를 기울여 주지 않았는데 고향인 대구에 내려와서 짝사랑하던 동창을 만나 호소하고 나니 그래도 살 것만 같았다. 아무에게도 말할 수 없는 답답함을 느꼈던 터에 예옥에게라도 죽음의 의미와 흔적을 강하게 남기고자 했던 것이다. 김예옥은 뜻하지 않은 옛 동창의 열변에 갑자기 마음이 착잡해지기 시작했다. 자신이라도 서울에 살고 있다면 당장 친구 곁에서 힘껏 도와주고 싶은 심정이었다.[79]

　동천유원지에서 두 시간 이상 깊은 대화를 마친 전태일은 김예옥과 나란히 버스를 타고 다시 대구 대명동 시내로 갔다. 대명동은 대구의 변화가였다. 두 사람은 저녁식사를 하기 위해 음식점에 들어갔다. 저녁식사 메뉴는 떡만두국이었다. 그 당시 떡만두국은 제법 비싼 음식이었다. 식대 역시 태일이 부담했다. 둘은 이런저런 이야기를 나누며 식사를 시작했는데 때마침 시장기가 돌던 예옥은 떡만두국이 너무 맛있어 코를 훌쩍이며 정신없이 먹어 치웠다. 그러나 바로 눈앞에서 식사를 하고 있는 친구 전태일은 이미 죽음을 각오했기 때문인지 마치 모래알을 씹는 것 같은 심정으로 식사를 했을지도 모른다. 예옥이 한 그릇을 다 비울 때까지 태일은 절반도 못 먹고 있었다. 그러나 죽음을 앞둔 친구 앞에서 김예옥은 입맛을 다셔가며 식사에 여념이 없었다. 며칠 후 전태일의 분신 항거 뉴스를 접하고 나서야 예옥은 떡만두국을 먹던 때를 떠올렸다. 자신이 얼마나 철없고 생각이 짧았던지!

　저녁을 다 먹고 밖으로 나온 두 사람은 조용히 시내를 걸었다. 마침 제과점이 눈에 보이자 전태일은 가게 안으로 성큼 들어가 맛있는 고급 빵을 한 봉지 가득 사서 품에 안고 나왔다. 김예옥은 밤 10시가 되면 언제나 집으로 귀가를 하는 처지였기 때문에 "태일아, 이제는 시간이 많이 늦었으니 집에 가 봐야겠다"는 말로 태일이에게 이별을 고했다. 그러자 전태일은 알았다면서 예옥의 집 대문 앞까지 함께 걸으며 바래다주었다. 대문 앞에 당도하자 마침 대문을 열어 준 예옥의 동생에게 자기가 들고 있던 제과점 빵 봉지를 슬그머니 건네주었다.[80] 이것이 그 날 두 사람의 마지막이었

79 김예옥, 위와 같음.
80 김예옥, 위와 같음.

다. 때는 밤 11시가 거의 다 될 무렵이었다.

전태일은 김예옥과 헤어지고 곧바로 대구역으로 가서 서울행 상행선 열차를 타고 서울로 돌아왔다. 그로부터 사흘이 지난 금요일 저녁 뉴스에서 김예옥은 친구 전태일이 분신 항거했다는 소식을 들었다. 그녀는 그 날 밤 전태일을 적극적으로 말리지 못한 것이 너무 미안하고 죄책감이 들어서 목 놓아 울었다. 자신을 찾아왔을 때 수단 방법을 가리지 않고 어떻게 해서라도 뜯어말리지 못한 것이 후회스러웠기 때문이다. "나는 평화시장 노동자들을 위해 죽는다"고 강한 어조로 말했을 때 심각하게 받아들이지 않고 소극적으로 대처한 것이 마음에 걸렸고 너무 죄스러워서 한참을 통곡할 수밖에 없었다. 친구 전태일이 멀리서 일부러 찾아와 자신의 속내를 털어놨는데, 어쩌면 그렇게도 자기가 아둔했는지 스스로가 미워질 정도로 예옥은 후회스러웠다. 그러나 한편으로, 태일이 말리거나 못하게 한다고 해서 그 일을 안 할 사람은 아니라는 생각으로 어느 정도 위안을 삼았다. 예옥은 지금껏 친구 전태일에게 무엇인가 빚진 마음으로 평생 살아가고 있다.

4. 분신 항거 사흘 전의 일정들
— 11일~13일(아침)

1) 11일(수), 평화시장 모녀식당에 들리다(낮 12시 30분~1시)

전날 밤 대구에서 서울행 열차를 타고 밤새 올라온 전태일은 기차 안에서 토막잠을 자고 이튿날 새벽녘이 되어서야 서울역에 도착했다. 전태일은 곧바로 삼동회 친구들과 대책을 세우기 위해 평화시장으로 이동하다가 불현듯 인근 식당에 들렸다. 때마침 점심시간이 다가오자 평화시장

안에 있는 모녀식당(母女食堂)을 찾아간 것이다. 평소 그 부근을 지나는
도중이라도 전태일은 옆집에 마실가듯 스스럼없이 들리는 곳이다. 식당
안에는 손님들로 북적였다. 모녀식당은 식당주인인 어머니와 그의 딸이
다정하게 식당을 운영하는 가게라서 지어진 이름인데 전태일은 평소 이
식당의 진단골(단골 중의 단골)이었다. 그 날 주인 모녀는 손님들을 맞아 바
쁘게 음식을 만들어 나르고 있었다. 지금은 식당 주메뉴가 감자탕으로 바
뀌었지만 1970년대 당시에는 모두 네 가지 메뉴를 선보였다. 백반이 50원,
라면이 30원, 국수가 20원, 빵이 10원에 두 개였다. 전태일은 그 날 20원짜
리 국수 한 그릇을 시켜 먹었다. 식당 여주인의 딸인 변창순(당시 21세)은
전태일이 식사를 하러 간혹 들릴 때마다 한두 마디씩은 꼭 대화를 주고받
는 절친한 사이였으나 그날따라 워낙 손님들이 밀려와서 두 사람의 대화
는 그리 길지가 않았다.

　그날 식사 때의 일이었다. 변창순은 평소 전태일이 평화시장에서 노
동운동을 한다며 바보회나 삼동회 활동을 벌이는 것을 익히 알고 있었기
때문에, 이제 그런 일은 좀 그만하고 자신의 일이나 돌보라는 뜻으로 음식
을 나르는 중간에 전태일에게 몇 마디 권면했다.

　"오빠, 매일 노동일을 하고 그 돈으로 등사판 설문지 만드느라 고생 좀 그
만하고 이제 일이나 열심히 해서 오빠도 돈이나 많이 벌고 편하게 좀 살아."

　평소처럼 편하게 말을 건넨 변창순은 전태일의 표정을 슬쩍 쳐다보니
여느 때와는 전혀 다른 묘한 표정을 짓고 있었다.

　"내일 모레면 다 결정 날거야."

　"그래? 내일 모레면 무슨 좋은 일이라도 있는거야?"

　"응, 아무튼 내일 모레가 되면 모든 것이 다 잘 끝날 거야…."

　국수 한 그릇을 순식간에 먹어 치운 전태일은 알 수 없는 그 말 한마디
를 남기고 자리에서 일어나 유유히 식당을 떠났다. 식당 문을 열고 나가는

대구에서 올라온 전태일이 들린 모녀식당. 식당은 지금도 그대로 남아 있다.

전태일의 뒷모습을 바라본 변창순은 전과는 뭔가 다른 예감이 들었다. 평소에도 무슨 일을 계속 꾸미고 다닌다는 것은 잘 알고 있었지만 워낙 말수가 없는 신중한 태일이 오빠가 그날따라 무겁게 입을 열면서 "내일모레가 되면 결판이 난다"며 밑도 끝도 없는 선문답 같은 말을 던졌기 때문이다. 그녀는 전태일의 그 말 한마디가 마음속으로 이해가 되지 않았으나 계속 귓전을 맴돌았다. 그녀는 속으로 "혹시 내일모레가 되면 태일이 오빠에게 무슨 좋은 일이 생기는 것인가?" 하며 그날 일은 대충 넘어갔다. 그러나 전태일이 말했던 모레가 되자, 그날 초저녁에 식당을 찾아온 시장 손님들을 통해 태일이 오빠가 분신했다는 이야기를 듣게 된 것이다. 그 순간 모녀는 충격과 함께 아연실색하지 않을 수 없었다.[81]

2) 가족들과 마지막 밤을 보내다

(1) 전태일의 죽음과 관련한 예언 기도

전태일의 어머니 이소선에게는 1970년 11월 초에 있었던 대한수도원 집회를 잊을 수가 없었다. 그날도 이소선은 어느 때와 마찬가지로 대한

---

81 변창순, 「저자와의 인터뷰 증언」, 2006.7.21.

수도원에서 은혜롭게 예배를 드리고 있었는데 설교를 하던 어느 목사가 설교를 마치자 안수기도를 하는 순서가 되었다. 설교를 하던 목사는 전진 원장과 친분이 있던 어느 여성 목사였다. 이윽고 예배당 안에 있던 신자들을 한 사람씩 돌아가면서 머리에 손을 얹고 기도를 하던 목사는 이소선의 앞에 당도하자 다음과 같은 알 수 없는 예언 기도를 하는 것이 아닌가?

"하나님의 섭리로 앞으로 너에게 큰 시험이 닥칠 것이니 그 시험을 이기려면 집으로 돌아가 교회 강대상 앞에서 닷새 동안 금식하며 기도하라."

이소선은 얼떨결에 "아멘"으로 화답하며 그 목사의 말에 순종하기로 했다. 그러나 뜻하지 않은 예언기도를 듣고 내심 의아한 마음이 들 수밖에 없었다. 자신에게 곧 불어 닥칠 시련과 고난이 무엇인지 구체적으로 알지 못한 채 이소선은 수도원에서 하산해 쌍문동 집으로 돌아왔다. 그리고 여러 날 지난 9일 아침부터 온전한 금식기도에 들어가기 시작했다. 창현교회 예배당 강단 앞에 엎드려 하루 종일 식음을 전폐하며 기도하기 시작한 것이다. 사흘째 되던 11월 11일, 수요일 이른 아침이 됐다. 이소선이 새벽 예배를 마치고 강대상 앞에서 기도를 드리고 있는데 예배당 안으로 막내 딸 순덕이가 엄마를 부르러 급히 찾아왔다. 큰오빠(태일)가 출근하기 전에 잠깐 엄마 좀 보고 가야 할 것 같다고 하면서 빨리 교회 가서 엄마를 모셔 오라며 심부름을 시킨 것이다. 자신의 금식기도 때문에 며칠 동안 밥 짓는 일은 큰딸 순옥이가 도맡아 하느라 막내 순덕이가 큰 오빠 심부름을 온 것이다. 아들이 급히 찾는다는 전갈을 받은 이소선은 교회 문을 나서 황급히 집으로 돌아갔다.[82]

---

82 이소선, 「저자와의 인터뷰 증언」, 2006. 8. 11.

(2) 평소와 다른 행동을 보이다

전태일은 모녀식당을 들렀던 수요일 밤 늦은 시간에 쌍문동 집으로 돌아와 순옥이와 순덕이를 비롯해 식구들과 마지막 밤을 뜬눈으로 보내고 이튿날(목요일) 아침 출근 시간을 맞았다. 이소선이 집에 도착해서 보니 그날따라 태일이 유난히 옷차림새에 신경을 쓰고 있었다. 전날에는 이발소에 들려 삭발 후 자란 머리도 단정하게 깎았다. 정성스레 세수를 마친 전태일은 자기가 쓰던 방을 깨끗이 정돈해 놓고 거울 앞에 섰다. 거울 앞에서 머리를 몇 번이나 빗어 보이던 태일은 검정 작업복을 깔끔하게 다림질을 한 후에 옷을 멋지게 차려입었다. 게다가 예전에 아주 즐겨 입었던 검정 바바리코트까지 걸쳐 입은 것이 아닌가. 더구나 평소에는 거의 신지 않던 작은아버지가 사준 구두까지 꺼내 솔질을 하며 한껏 패션에 신경을 쓰는 모습이 눈에 띄었다.

"태일아, 오늘은 왜 이렇게 멋을 부리는고, 어디 좋은 데라도 갈려구 하니?"

태일은 어머니의 말에 가벼운 답변만 던지며 계속 말없이 구두를 닦고 있었다. 그리고 부엌으로 가서 이미 챙겨 놓은 것들을 또 들여다보고 방으로 다시 돌아와서도 계속 이것저것 손놀림을 멈추지 않았다. 이윽고 어머니 이소선은 순옥이가 준비한 아침밥으로 태일에게 밥상을 차려 주었다. 전태일은 식사를 하면서도 무엇인가 자꾸만 말을 꺼내려다가 어머니의 얼굴을 한 번 쳐다보고는 이내 다시 식사를 하는 것이었다. 드디어 전태일은 사뭇 진지한 표정으로 어머니를 바라보며 말문을 꺼냈다.

"엄마, 제가 지금부터 하는 말 잘 들어 보세요."

"그래, 해 보거라."

"엄마, 아무래도 시장 일을 크게 한판 벌려야겠어요."

"왜 그러는데 태일아, 제발 네가 장가들고 서른 살이 될 때까지는 좀 참도록 해라. 그런 일은 너 아니면 안 되겠니?"

"엄마, 지금까지도 잘 해왔는데 이제는 도중에 포기할 수는 없게 됐어요. 내일 낮 1시에 평화시장 국민은행 앞으로 나오셔서 꼭 구경하세요. 어쩌면 아들 얼굴을 오랫동안 못 볼 수도 있으니까요."

"그게 또 무슨 소리냐? 어디 잡혀가기라도 한단 말이냐? 아니면 네가 당장 죽기라도 한단 말이냐?"

"엄마, 그런 게 아니구요. 한판 왕창 일을 벌이고 나면 제가 숨어 지내야 하잖아요. 그러면 외삼촌이 사시는 일본 같은 곳으로 밀항이라도 할 수 있으니까요. 제가 만일 없더라도 엄마가 제 대신 평화시장 근로조건개선 운동을 좀 해주세요."

이소선은 아들과 뜬금없는 대화를 주고받자니 어이가 없었다.

"엄마가 듣자 하니 참 별소리를 다하는구나. 내일은 금요일이기 때문에 교회 구역예배와 심방도 해야 하고 광주리장사도 나가야 하는데 엄마가 거기에 갈 시간이 어디 있니?"

"그래도 내일 꼭 오셔서 보시면 좋을 텐데…."

전태일은 말꼬리를 흐리더니 표정이 어두워졌다. 이소선은 교회 구역예배가 더 중요해서 거기는 못 간다며 완강하게 거부를 했다. 그러나 전태일은 세 번이나 연거푸 간청하며 국민은행 앞으로 꼭 나오라는 것이었다.

"네가 아무리 나를 오라고 해도 나는 못 간다."

결국 전태일은 단호하게 잘라 말하는 어머니를 단념한 듯 밥상을 물리지도 않은 채 화제를 다른 데로 돌리더니 막내동생 순덕이를 바라보며 머리를 쓰다듬어 주었다.

"우리 순덕이를 오빠가 무지 사랑한다. 순덕이는 그래도 행복한 거야. 왜냐하면 너는 그래도 초등학교에 다니고 있잖아. 오빠가 일하는 평화시

장에는 너만한 아이들이 공장에 들어와서 시다 일을 하면서 밥도 제대로
못 먹고 잠도 제대로 못 자며 노동을 하고 있는데 우리 순덕이는 행복하게
집안 식구들과 살고 있잖아."

순덕이는 눈을 동그랗게 뜨고 고개를 까딱거렸다.[83]

(3) 솥단지에 숨긴 근로기준법 책자를 돌려주는 이소선 어머니

아침식사를 마친 전태일은 방안에서 벌떡 일어서더니 무엇을 찾는지
이리저리 돌며 가구들을 더듬거렸다. 아들 태일이가 무엇을 찾고 있는 행
동인지 어머니는 이미 알고 있었다. 그가 찾고 있는 것은 다름 아닌 몇 년
동안 품에 지니고 다녔던 손때 묻은 근로기준법 책자였다. 한참 동안 방안
을 살살이 뒤지더니 이내 찾지 못하자 어머니를 붙들고 물어본다.

"엄마, 그 책 어디다가 감췄어요? 빨리 내놓으세요."

전태일은 떼를 쓰는 아이처럼 책을 찾아 놓으라며 졸라대기 시작했다.
전태일은 아버지 전상수로부터 알게 된 근로기준법을 공부하며 늘 옆구
리에 끼고 다녔다. 요즘 들어 부쩍 아들의 거동이 수상하고 불길한 생각이
들어 이소선의 마음 한구석이 왠지 불안했다. 며칠 전의 일이었다. 이소
선이 방 청소를 하고 있었는데 그 책이 눈에 띄었다. 그날따라 저 책 때문
에 무슨 좋지 않은 불길한 일이 벌어질 것만 같은 생각이 들어 앞뒤 가릴
것도 없이 책을 집어서 부엌에 걸려 있는 빈 솥단지 안에 감춰 놓고 뚜껑
을 덮어버렸다. 그런 일이 있은 뒤 오늘 아침에 태일이가 그 책을 내놓으
라며 성화를 하는 것이었다. 이소선은 딱 잡아떼며 모르는 척했다. 그러
나 태일은 끈질기게 어머니를 물고 늘어지는 것이었다. 이소선은 전혀 모

---

83 이소선, 위와 같음.

르겠다며 우기다가 결국 그 책 때문에 무슨 사고가 날 것만 같아서 밖에 내다 버렸다고 우겨댔다.

"태일아, 제발 이 엄마의 소원이다. 이제 그 책 좀 그만 가지고 다닐 수 없니?"

"엄마, 저는 다른 것은 엄마 말씀대로 순종하고 살아왔지만 근로기준법만큼은 어쩔 수가 없어요. 어서 책을 찾아 놓으세요."

이소선은 태일을 붙들고 애원하듯이 부탁했다. 모자간에 한참을 옥신각신하다가 결국 태일은 화를 버럭 내고야 말았다. 아들이 어머니에게 화를 내는 일은 평소에 거의 없었던 일이었다. 이소선은 체념을 하고 끝내 근로기준법 책을 솥단지에서 꺼내 주고 말았다. 태일은 책을 받아들자 두어 번 쓰다듬더니 "엄마, 너무 죄송합니다"라고 하더니 침울한 표정으로 입을 다물고 묵묵히 앉아만 있었다. 잠시 후 여동생 순옥이를 향해 한 마디 던졌다.

"순옥아, 오빠는 우리가 살고 있는 이 집을 너와 함께 고생하면서 지었고 그동안 재미있는 일도 많았었지?"

오빠 전태일이 순옥이의 손을 꼭 잡아 주자 눈치 없던 순옥이는 "오빠, 15일까지 돈 좀 어떻게 안 될까?" 하며 안타까운 눈빛으로 오빠를 쳐다보았다. 당시 순옥이는 도봉구에 있는 야간 중학교 과정인 도봉재건중학교에 다니고 있었는데 학비를 내지 못하자 집안의 가장이나 다름없는 큰오빠에게 손을 내미는 방법 외에 다른 도리가 없었다. 이 말을 듣던 태일은 고개를 떨구고 "순옥아, 미안하다…"라며 일어나더니 방문을 나섰다. 구두를 신으려는 전태일은 뒤를 돌아보며 다시 한 번 순옥이에게 한 마디 던졌다. 순옥이는 어쩔 수 없이 집을 나서며 구두를 신고 나가려는 큰오빠를 따라 나가면서 월사금 안주면 쫓겨난다며 다시 한 번 등록금을 달라며 보챘다.

"순옥아, 며칠만 기다려라. 오빠가 월급을 타서 꼭 올 테니까. 그리고 너희들은 엄마 말씀 잘 듣는 사람들이 되어야 한다. 살기 힘들더라도 돈 때문에 엄마를 졸라대는 일은 하지 말거라. 알았지?"

전태일은 집안을 한 바퀴 돌아보더니 이내 대문을 나서는 것이었다. 그리고 전태일은 그날 밤에 집에 들어오지 않았다.[84]

3) 12일(목), 임마누엘수도원에 올라 밤새워 기도하다(밤 11시~13일 아침 7시)

전태일의 분신 하루 전날의 행적을 정확히 아는 사람은 아무도 없다. 다만 전태일이 다음 날 있을 대규모 시위를 준비하며 여러 가지 필요한 준비물을 챙기고 친구들과 여관에서 하룻밤을 지냈다는 설과 여관은 위험하기 때문에 친구 집에 가서 시위준비를 하며 밤을 지새웠다는 설이 있을 뿐이다. 그렇다면 전태일이 과연 분신 전날에 어디에 있었는가? 필자가 집필 과정에서 수소문한 끝에 전태일과 마지막 날 밤을 함께 보낸 친구가 있었다는 것이 사실로 확인되었다. 그는 당시 평화시장에서 일하던 노동자로서 전태일을 따르던 친구였는데 전태일 분신 항거 사건이 발생한 직후 평화시장에서 아예 잠적을 해버렸다. 경찰과 언론의 추적을 두려워해 겁을 먹고 아예 사라져버린 것이다. 그는 그 이후로 오랜 세월을 단 한 번도 모습을 나타나지 않았다.[85] 그의 이름이나 신분은 정확히 밝혀지지 않았으나 용산에 거주하는 전태일과 평소에 친분이 있었던 노동자였을 뿐, 삼동회나 바보회 회원은 아니었다. 그렇다면 전태일은 청계천에서 그리 멀지 않은 여관이나 그 친구의 집에서 시위에 필요한 물품들을 점검하고 준비한 것이 분명하다. 또한 다음날 시위할 때 거행할 근로기준법 화형

---

84 이소선, 위와 같음.
85 김영문, 「저자와의 인터뷰 증언」, 2006.9.9.

식과 자신에게 뿌릴 기름을 하루 전날 미리 구입하기 위해서였다. 분신상
황에 대한 전문가들의 의견을 종합해 보면, 여러 가지 정황상 휘발유가 아
닌 시너로 추정된다. 당시 시너를 구입하려면 대개 페인트 가게에서 사는
것이 일반적이었다. 뿐만 아니라 종이 현수막을 준비하기 위한 재료도 구
입하고 그 위에 커다란 글씨를 쓰기도 했다.

　시위에 필요한 준비를 모두 마치고 꼼꼼히 점검한 후 늦은 시각이었지
만 통행금지 이전에 그 친구를 데리고 삼각산 수도원에 올라갔다. 1980년
대 후반 무렵, 대한수도원 전진 원장의 아들인 최조영 목사[86]는 전태일이
분신 전날 밤에 삼각산 임마누엘수도원에 올라와서 밤새 기도하고 내려
갔다는 말을 설교 도중에 언급한 적이 있었으며 이를 필자에게 증언해주
었다. 당시 대한수도원은 하루도 빼놓지 않고 매일 저녁마다 예배를 드렸
는데 최 목사는 어느 해 겨울 저녁 예배 도중에 그 사실을 언급한 것이다.[87]
이 같은 사실로 미뤄 볼 때, 전태일은 여관이나 친구 집에서 시위 준비물
점검을 모두 마치고 그 길로 삼각산으로 올라가 임마누엘수도원에서 밤
새워 기도한 것이다. 죽음에 대한 각오와 결단이 흔들리지 않도록 밤을 새
워 기도하다가 새벽예배를 드리고 아침 일찍 하산해 준비물을 보관한 곳
에 들려 챙긴 후 시간에 맞춰 평화시장으로 갔던 것이다.

86 최조영, 「대한수도원 집회 설교 중 증언」, 1989.10.11.
87 최조영, 「저자와의 인터뷰 증언」, 1994.10.9.

제8부

"우리는 기계가 아니다"

45장

1970년 11월 13일 낮 1시 40분,
횃불을 들다

1970년 11월 13일(금) 오전 9시~14일(토) 새벽 1시 50분

1. 이소선, 전태삼 모자가 경험한 분신에 대한 환상

1) 이소선 어머니가 창현교회 새벽기도 중에 본 환상(1970.11.13.)

이소선은 아들 전태일이 분신하는 당일 새벽녘에 아들의 죽음에 관한
환상을 보게 된다. 그 날 아침에도 여느 때와 다름없이 새벽예배를 마치고
교인들과 함께 예배당에 불을 끄고 남아서 각자 기도를 하는 도중에 꿈인
지 환상인지 구분조차 할 수 없는 신비한 영적 체험을 했던 것이다.

글쎄, 예배당 마루바닥에 갑자기 네모반듯한 모양의 이불 호청1 같은 천이 내
려오더니 카펫처럼 바닥에 깔려지기 시작해서 자세히 바라보니 눈이 부시도

록 곱고 빛나는 하얀 천이었습니다. 그러더니 바닥에 펼쳐지는 순간 어디선가 갑자기 흰 천사 넷이 나타나더니 각각 천 모서리 네 군데에 서 있는 것이었습니다. 그런데 그중 한 천사가 갑자기 날갯짓을 한번 하더니 천사의 날갯짓과 함께 어디서 홀연히 나타났는지 아들 태일이가 불쑥 튀어나오더니 흰 천위로 내던져지는 것이었습니다. 그 순간 천사들은 기다렸다는 듯이 조금도 지체하지 않고 태일을 천에 돌돌 말아 한 귀퉁이씩 붙잡고 번개처럼 하늘로 올라가는 것이었습니다.[2]

이소선은 이런 환상을 체험하며 필시 오늘은 무슨 일이 벌어지고야 말 것 같다는 예감이 들며 마침 어제 아침에 집을 나가면서 마지막으로 태일이가 남긴 말들과 죽음을 암시했던 그동안의 이해할 수 없었던 말들이 떠올랐다. 그 후 어머니 이소선은 이 환상으로 아들 전태일의 분신 항거 사건이 하나님의 섭리 아래 진행된 신비한 영적 사건으로 여기고 있었다.

2) 동생 전태삼이 용문산기도원 산상기도 중에 본 환상(1970.11.11~13.)

전태일이 23년이라는 짧은 생애를 사는 동안 그의 곁에는 언제나 바늘과 실처럼 붙어 다닌 두 살 아래 남동생 전태삼이 있었다. 그는 형 전태일과 살아생전 거의 떨어져 본 적이 없을 정도로 늘 동행했다. 그런데 하필 전태일이 분신할 무렵에만 서로 떨어져 있게 된 것이다. 전태일이 삼각산(三角山) 임마누엘수도원에 올라간 후에 동생 전태삼은 형과는 달리 경상북도 김천으로 내려가 용문산(龍門山) 기도원으로 올라갔기 때문이다.

---

1 요나 이불 겉에 씌우는 홑겹으로 된 하얀 천으로 풀을 먹여 천이 빳빳한 상태를 유지한다. 원앙금침, 비단금침 등의 이부자리에 필수요소이다.
2 이소선, 「저자와의 인터뷰 증언」, 2003.10.11.

그곳을 가게 된 것은 대한수도원을 출입하는 배 아무개 권사라는 여인 때문이었다. 배 권사는 평소 이소선 어머니와 친분이 있어서 자주 쌍문동 집에 왕래하곤 했는데 그녀가 매번 올 때마다 눈에 띄는 사람이 바로 전태삼이었다. 제때 공부의 기회를 놓쳐버린 전태삼을 눈여겨 본 배 권사의 소개로 태삼은 공부도 계속할 겸 신학교에 입학해 공부하기 위해 용문산을 올라갔던 것이다.[3]

용문산 기슭에 자리한 기도원은 평안북도 박천군 출신 나운몽(羅雲夢) 목사가 1947년 애향숙(愛鄕熟)이란 이름으로 설립한 기도원이며 개신교 기도원 운동의 모체가 되었으나 한국교회에 안에서 종종 이단 시비가 있는 곳이다.[4] 전태삼은 그곳에 도착해 입학시험을 보기 전에 보름동안 기숙사에서 합숙을 하며 집중교육을 받았다. 입학 지망생들은 단체로 일반학교의 교과목과 종교교육 훈련을 받다가 나중에는 각종시험을 치룬 후 합격을 해야만 입학이 가능했다. 전태삼은 그곳에서 어려운 집중교육과 훈련을 무사히 통과해 1학년에 입학해 공부를 시작하고 있었다. 전태삼이 묵고 있는 기숙사에는 박태덕이라는 사감이 철저하게 학생들에게 기도훈련을 시켰는데 일주일에 한 번씩은 의무적으로 깊은 산속에 들어가 학생들을 50미터씩 띄엄띄엄 앉혀 놓고 기도훈련을 시켰다.

1970년 11월 11일 수요일 밤에 전태삼은 기숙사 사감의 손에 이끌려 동료 학생들과 함께 기도훈련을 받으러 산 정상 부근까지 올라갔다. 전태삼은 인근 맷돌봉[5]이라는 곳 가까이에 올라가서 동료 학생들과 흩어져 기

---

3 전태삼, 「저자와의 인터뷰 증언」, 2006.9.19.

4 1955년에 개교한 고등성경학교와 1956년에 개교한 기드온신학교를 운영하며, 각 300명 정도의 신학생이 엄격한 규율 속에서 연구와 수련을 쌓고 있었으며 1960년에는 수도원을 설립해 신학교 출신 중에서 평생 독신으로 몸을 바치겠다는 독신 수도사를 80명 배출하였다. 이들은 수행반과 수련반으로 나뉘는데, 수행반은 대외 선교에 종사하고, 수련반은 속세와 인연을 끊고 새벽 2시 50분에서 밤 10시까지 기도와 영력 수련을 했다.

도를 하기 시작했다. 예나 지금이나 맷돌봉은 백두대간 산행구간에 포함
될 정도로 험산준령인데 전태삼은 기숙사에서 가지고 올라온 방석 하나
만 바위에 깔고 그 위에 무릎을 꿇고 앉아서 기도에 몰입했다. 그러다가
기도에 열중하고 있던 그의 눈에 갑자기 신비한 환상이 펼쳐진 것이다. 때
는 11월 중순이었지만 깊은 산중이라서 한겨울처럼 춥고 스산했다. 그러
나 날씨와는 달리 갑자기 바람소리조차 멈추더니 주위가 고요해지기 시
작했다. 갑자기 전태삼의 마음이 편안해지기 시작하더니 이내 신비한 환
상이 보이기 시작한 것이다.

> 하늘에서 갑자기 환한 빛이 강력하게 비치더니 무엇인가 희한하고 신비한 광
> 경이 펼쳐 보이기 시작했습니다. 자세히 바라보니 어디선가 나팔소리가 크게
> 들리고 서울 청계천 고가도로6가 보이더니 갑자기 하늘에는 사방팔방에서 헤
> 아릴 수 없이 많은 군사들이 나타나는데 자세히 보니 번쩍번쩍 빛나는 투구와
> 갑옷을 입었습니다. 그들은 말을 탄 상태로 번쩍이는 칼을 빼어 들더니 청계천
> 으로 끊임없이 몰려들었습니다.

참으로 신기한 일이었다. 이제 스무 살을 갓 넘긴 전태삼은 처음 겪는
신비한 현상을 체험하니 그 생각이 하루 종일 머리에서 떠나지 않았다.
"이상하다. 이상하다. 그것 참 이상하다."
태삼은 계속 중얼거리며 혼자서 놀란 가슴을 쓸어내리고 있었다. 더
욱 이상한 것은 첫날에 본 그 환상은 그 시간 이후로 계속해서 보이는데,
눈을 떠도 보이고 눈을 감아도 보이는 것이었다. 당시 기숙사 규칙에는 일

---

5 백두대간 코스에는 추풍령, 금산, 들기산, 사기점 고개, 작점고개, 무좌골산, 용문산(맷돌
   봉), 웅이산(국수봉), 민영봉, 큰재의 구간이 있으며, 맷돌봉이 포함되어 있다.
6 이 당시는 평화시장 고가도로 공사를 하던 기간이었다.

주일에 한 번만 산에 올라가게 되어있는데 신기한 환상 때문에 전태삼은 12일과 13일에도 기숙사를 혼자 빠져나와 무엇에 홀린 듯 첫날 앉았던 그 자리에 다시 앉아 기도를 계속했다. 신기한 일은 방석을 놓고 기도하던 그 자리에 다시 앉기만 하면 똑같은 환상이 반복해서 펼쳐지는 것이었다. 나팔소리가 나면 어김없이 말을 탄 사람들이 사방에서 구름을 타고 청계천 평화시장으로 몰려드는 것이었다. 그 같은 영적 현상이 전태삼에게 무려 사흘 동안 지속되었는데 사흘째 되는 날인 13일에는 자기 형 전태일이 청계천에서 분신 항거로 인해 세상을 떠나는 줄도 모르고 기도에만 열중하고 있었던 것이다.

이 신비한 체험으로 인해 동생 태삼이 생각할 때 형 태일의 분신 항거 사건은 하늘의 신비한 섭리가 이 땅에서 이뤄지기 위해 진행된 것으로 여겨졌다. 이와 같이 어머니 이소선과 동생 전태삼이 본 환상은 인간의 상식과 이성으로는 도저히 이해할 수 없는 신비한 영적 사건들이었다. 신앙적으로 볼 때 전태일의 분신 항거 사건은 이 땅에서 벌어지는 인간의 모든 역사가 단순하게 인간들만의 영역이 아닌 하늘의 주관에 의해 성취되고 있다는 것을 여실히 보여주고 있다는 것을 입증하는 체험 사례이다.

2. 11월 13일 오전 9~11시, 시위 직전의 폭풍전야

아침부터 스산한 바람이 불고 하늘은 검은 구름이 군데군데 덮고 있어 청계천의 하늘은 을씨년스럽게 느껴졌다. 전태일은 삼각산 수도원에서 마지막 새벽기도를 드리고 하산한 후 친구와 함께 준비물을 보관한 장소에 들러 물품들을 챙겨 들고 아침 9시경이 되어 평화시장에 도착했다. 1970년 11월 13일 금요일, "북서풍에 구름이 다소 끼고 기온은 2~8도"라는 언론들의 일기예보로 하루가 시작되었다. 늦가을이지만 찬바람이

1969년 12월 평화시장 재단보조와 함께 사진을 찍은 전태일. 잠시 후 이곳에서 삼동회 동료들과 함께 시위를 시작하며 계단을 내려오다 형사들과 몸싸움을 한다.

횡하니 불며 날씨가 쌀쌀했다. 조간신문에는 "프랑스 드골 장군의 장례식" 기사가 큼직하게 실렸고 "인천 시내의 쌀값이 한 가마니에 8천 원이 넘었다"는 기사도 나왔다. 그러나 이런 국내외 뉴스들은 청계천 을지로6가 평화시장 구름다리 현실과는 아무런 관련이 없어 보였다.

전태일은 경비들의 눈을 피해 은밀하게 기름통과 각종 시위물품을 시장 건물 3층으로 반입하는 데 성공했다. 3층에는 이 날의 시위를 위해 미리 눈여겨 둔 은밀한 장소가 있었다. 그곳은 아래층 계단을 내려가지 않고 복도 끝에 있는 비상구 철문을 열면 제법 널찍한 공간이 나오는데 그곳이 바로 전태일과 그를 도와준 친구만이 아는 안전한 비밀장소였던 것이다. 전태일은 그곳에 모든 준비물들을 보관한 후 다시 내려왔다. 이제 머지않아 점심시간이 되면 데모를 곧 시작할 텐데 그때 사용할 기름통과 스펀지, 솜뭉치, 라이터, 현수막 등을 모두 감추는 것으로 준비는 이상 없이 완료되었다. 이제 조용히 운명의 시간을 기다리는 수밖에 없다. 시간은 점점 빠르게 흐르고 있었다. 이미 점심시간 이전부터 시위 정보를 입수한 평화시장 회사 측 경비원들과 경찰들은 평화시장 일대를 찾아다니며 미리 손을 써 놓았다.

시장 경비들은 다수가 증원되었고 출동한 시위진압 경찰들은 여기저기 지나가는 행인들마저도 곧 검문할 기세로 삼엄하게 움직이고 있었다. 전태일은 자연스럽게 그날 벌어질 시위계획을 머릿속으로 하나씩 떠올리며 다시 한 번 점검하기 시작했다. 시간적으로 여유가 조금 생기자 자신이 구호를 선창할 때 사용할 단상을 구하려고 여기저기 기웃거렸다. 시장 모퉁이를 두리번거리다가 마침 사과궤짝보다 조금 더 튼튼한 미군부대 나무박스를 발견하고 그것이 적당할 것 같다는 생각이 들자 얼른 집어 들었다. 까만 영어 글자가 새겨진 미군부대 박스를 재빠르게 집어 들고 담뱃가게 부근 뒤편 한 곳에 숨겼다.[7]

전태일은 이 날 근로기준법 화형식만 마치고 대충 끝내려는 생각은 이미 접었다. 적어도 자신을 포함해 삼동회 회원 3명 정도는 죽어야 이 악순환의 고리를 끊을 수 있다고 생각할 정도로 평화시장의 열악한 모순을 심각하게 여기고 있었던 것이다. 전태일은 평소 바보회 회원 중 한 명에게 "세 명은 죽어야 일이 해결될 거다"라는 말을 여러 차례 입버릇처럼 말했다.[8] 이처럼 전태일은 자신이 넘어야 할 높은 장벽을 무너트리려면 적어도 3명 정도는 죽어야 한다고 생각했으나 그 날 이후 지금까지 50여 년이 흐르는 동안 또 다른 전태일의 죽음의 행렬들은 지금도 쉬지 않고 이어지고 있으니 과연 이 땅에는 도대체 몇 명의 전태일이 더 필요하단 말인가?

---

7 김영문, 「저자와의 인터뷰 증언」, 2006. 9. 29.
8 이승철, 「미디어 오늘」 백경빈 기자와의 인터뷰 증언, 2011.9.7

3. 오후 1시~1시 30분, 300여 명이 운집한 가운데 시위가 시작되다

1) 오후 1시경

점심식사를 마친 평화시장 노동자들은 전태일이 계획했던 대로 삼삼오오 서서히 몰려오기 시작하더니 삽시간에 200명이 넘었다. 집결한 노동자들은 국민은행 앞 공터에 모여 웅성거렸다. 이미 어떤 업주들은 종업원들에게 그날 벌어질 시위에 대해 주의를 주거나 엄포를 놓으며 데모에는 절대 가담하지 말 것을 간곡하게 당부하는가 하면 어떤 업주들은 자기 공장에서 일하는 노동자들을 단속하려고 "깡패 놈들이 주동이 되어 나쁜 짓을 하니 점심시간에는 절대 나가지 말라"며 바깥출입을 통제했다. 심지어 평화시장에서 견습공으로 일하던 미싱사, 재단사들의 증언에 의하면 그날 대부분의 업주들은 자신의 작업장에서 일하는 직공들이 행여 데모 현장으로 몰려갈까 봐 크게 걱정을 한 나머지 "오늘은 반나절만 일을 할 테니 너희들은 공원이나 유원지에 가서 실컷 놀다 너라"하면서 순진한 직원들을 속였다.

이런 감언이설 때문에 실제로 노동자들 중에 일부는 몇 시간을 시내에서 놀다가 데모가 모두 끝난 후에 아무 영문도 모른 채 돌아오기도 했다.[9] 평화시장의 나이 어린 여공들을 비롯한 순박한 노동자들은 정작 이날 평화시장에서 무슨 일이 일어났는지조차 모르고 있었던 것이다. 그러나 다행히 이날 데모에 참가한 노동자들은 단순한 호기심과 함께 자신들의 어려운 처지를 도와줄 수 있는 데모가 될 것이라는 기대심과 설렘 때문에

---

9 강인순, 『한국여성노동운동사 1』, (한울아카데미, 2001), 319.

동참한 것이다. 업주들은 노동자들의 바깥출입을 막았고 시장 건물에는
곳곳마다 경비원들이 출입구를 봉쇄해 나오지 못하게 했으나 오히려 이
것이 시장 바닥에 소문을 더욱 퍼지게 했다.

심동회원들은 이미 평화시장 건물 3층 복도에 올라가서 국민은행 앞
길에 모인 군중들의 상황을 파악하고 있었다. 어느덧 국민은행 앞과 구름
다리, 인간시장 등에 인파가 모여들어 서서히 물결치고 있었다. 그러나
성급한 몇몇 삼동회원들은 벌써 시장 경비원들에게 붙잡혀 시위를 시작
도 하기 전에 회사 사무실에 감금되기도 했다.

2) 오후 1시 30분

3층에서 내려다보며 상황을 살피던 최종인과 전태일은 현수막을 들키
지 않으려고 허리에 칭칭 감았다. 드디어 개전의 사인을 보낸 전태일은 삼
동회원들과 함께 마치 지휘본부처럼 여기던 3층 아지트에 도착해서 일제
히 현수막을 꺼내 들고 계단으로 내려가기 시작했다 2층 복도 계단 아래
로 막 뛰어 내려올 즈음 중부경찰서 형사 2명이 잠복하고 있다가 순식간
에 달려들어 전태일이 들고 있는 현수막을 빼앗으려고 덮쳤다. 이때 자신
의 두 팔을 등 뒤로 꺾으며 제압하는 형사들에게 빼앗기지 않으려고 발버
둥을 치며 온몸으로 저항하며 승강이를 벌이는 과정에서 종이로 만든 현
수막이 안타깝게도 찢어져 못쓰게 된 것이다. 전태일과 함께 물밀듯 복도
를 내려오던 삼동회원들 몇 명도 형사들에게 붙잡혀 무자비하게 구타를
당하고 있었다.

"우리가 현수막이 없으면 못할 줄 알아? 빨리 내려가자."

그들도 실랑이를 하고 있을 때 자신들의 눈에 전태일이 형사들과 몸싸
움을 하는 모습을 목격할 수 있었다. 현수막을 빼앗긴 전태일은 화를 내기

보다는 다소 침착한 표정으로 다른 회원들을 향해 소리쳤다.

"너희들 먼저 아래로 내려가서 담배 가게 앞에서 잠깐만 기다려라. 나
도 조금 있다가 따라 내려 갈테니…."

나머지 회원들은 형사들을 뿌리친 급박한 상황에서 전태일을 뒤로 하
고 시위 군중들이 모여 있는 곳으로 쏜살같이 내려갔다. 이미 시위하기 위
해 몰려든 노동자들은 경찰과 경비원들이 휘두르는 몽둥이에 이리저리
밀리며 물결치듯 요동하고 있었다. 워낙 정보기관의 철통같은 대처에 모
든 것이 뜻대로 진행되지 않았다. 먼저 내려온 김영문과 회원들은 전태일
이 내려오기만을 기다리며 약속장소인 담배 가게 앞에 가서 기다리고 있
었다. 특히 최종인은 밑에서 기다리고 있던 이승철에게 말했다.

"야, 이번에도 화형식 못할 거 같다. 저 놈들한테 또 뺏겨 버렸다."

전태일을 알게 된 지 두 달 정도 된 이승철은 이번 데모가 엊그제처럼
실패했다고 생각했는지 이미 체념한 듯했다.

"그러면 나 먼저 일하러 간다."

웬일인지 이날의 데모를 대수롭지 않게 여긴 이승철은 마무리를 짓지
않고 자신이 일하는 공장으로 돌아갔다. 남은 삼동회원들은 전태일이 말
한 대로 담배 가게 앞에 내려와 서성이고 있었는데 잠시 후 기다리고 있던
전태일이 드디어 눈앞에 나타났다. 이미 전태일은 그 짧은 공백을 이용해
자신의 양팔과 허벅지 등 신체 곳곳에 미리 준비해 둔 기름먹은 스펀지와
솜을 자신의 옷 속에 집어넣고 나타난 것이다.[10] 그뿐 아니었다. 자신의
온몸에도 기름을 부어 마치 비를 맞은 모습으로 나타난 것이다. 차분한 걸
음걸이로 건물 아래로 내려온 전태일은 담배 가게 앞에 우뚝 섰다. 전태일
을 쳐다본 김영문은 전태일을 향해 몸을 돌렸다.[11] 이때, 지상의 모든 시

---

10 김영문, 위와 같음.
11 김영문, 위와 같음.

간이 정지된 것 같은 순간이 왔다. 이 폭풍전야의 순간이야말로 전태일이 이 시대의 모순과 불의를 향해 사랑과 분노의 육탄으로 자신을 내던지는 긴박한 시간이었다. 지금 이 순간은 찰나에 깃든 영겁이며, 그 영겁이 정지된 상태가 되어 숨을 죽이고 있는 형국과 같은 숨 막히는 고요의 순간이었다.

4. 오후 1시 40분, 자신의 몸에 점화하여 분신 항거하다

조금 전까지 격렬하게 몸싸움을 벌이던 모습과는 대조적으로 전태일은 태연한 모습으로 나타났다. 경찰의 제지로 시위가 막히자 잠시 친구들과 헤어진 전태일이 담뱃가게 앞에 다시 나타난 것이다. 스산하게 부는 청계천 강바람에 바바리코트 자락을 휘날리며 입을 굳게 다문 채로 담배 가게 앞에 우뚝 서 있는 전태일의 모습은 마치 준비된 투사와도 같은 결연함이 엿보였다. 전태일은 친구 김영문이 제일 먼저 눈에 띄자 손짓으로 불렀다. 죽음을 앞둔 친구가 부르는 마지막 손짓인 줄도 모르고 촌각을 다투는 급박한 상황이었기 때문에 김영문은 태일을 향해 이내 잰걸음으로 걷기 시작했다.

그런데 이상스럽게 전태일은 김영문과 삼동회 친구들이 있는 방향으로 걸어오는 것이 아니라 반대방향으로 가고 있는 것이 아닌가. 그래도 김영문은 서둘러 전태일을 따라갔다. 전태일은 구멍가게의 반대쪽, 그러니까 2층 계단 쪽 방향을 향해 앞장서 걸어갔고, 김영문은 아무 생각 없이 태일이의 뒤를 따라간 것이다. 비록 짧은 거리였지만 김영문은 점점 뛰어가듯 부지런히 걸었다. 점점 가까이 다가가다 보니 이윽고 1미터 앞에 이르렀다. 그때까지만 해도 마치 석고상 같았던 전태일이 갑자기 주머니에서 뭔가를 꺼내더니 자신의 몸에 손을 대는듯한 행동이 순간 감지되었다.

몸에 불이 붙은 채 근로기준법 화형식을 실행에 옮기는 전태일. 영화(아름다운 전태일)의 한 장면.

전태일이 이미 기름을 뒤집어 쓴 상태였으나 1미터 거리도 채 안 된 거리
에 다다를 때까지도 김영문은 그것을 전혀 알아채지 못했던 것이다. 자세
히 보니 전태일이 라이터 불을 켜서 자기 몸에 불을 댕긴 것이다. 김영문
은 의아해 하면서도 순간 멈칫할 수밖에 없었다.[12]

　평소 교회에 다니느라 술과 담배라고는 입에도 대지 않고 어쩌다 친구
들끼리 만나 회식할 때 친구들이 억지로 권유하면 시늉만 내던 전태일이
라이터 불을 켜더니 몸에 불을 붙인 것이다. 전혀 예기치 못한 일이 순식
간에 코앞에서 벌어지자 김영문은 너무 놀란 나머지 마치 감전된 듯 두
발이 땅에 붙어버리는 듯했다. 불과 몇 초 사이에 일어난 일이었다. 전태
일이 자신의 가슴 부위에 라이터 불을 붙이자 불길은 전신으로 번지며 하
늘로 솟구치더니 걷잡을 수 없이 타오르기 시작했다.[13] 알고 보니 10분

---

12 김영문, 「저자와의 인터뷰 증언」, 2006.9.29. 실제로 불을 붙인 장본인은 전태일 자신이었
　다고 김영문은 증언했다.

전에 삼동회원 친구들에게 먼저 담배 가게로 내려가라고 말한 뒤 형사들을 따돌리고 근로기준법 화형식을 위해 기름통을 보관해 둔 곳으로 몰래 가서 자기 몸에 기름을 끼얹고 내려온 것이었다.

시너로 추정되는 기름은 라이터 불에 의해 가슴 부위에 점화되면서 석유나 휘발유의 발화성 속도보다 훨씬 더 빠르게 확산되었다. 전태일은 일부러 강력한 확산력을 지닌 휘발성 연료를 선택하기 위해 시너[14]를 사용한 듯하다.[15] 일부러 시너와 같은 강력한 확산력을 지닌 휘발성 연료를 선택한 것 같다. 전태일의 옷에 옮겨붙은 불길은 순식간에 하늘로 치솟으며 타오르더니 전신은 곧바로 화염에 휩싸였다. 모닥불이 타들어 가는 듯한 소리와 함께 시뻘건 불길이 검은 연기와 함께 치솟았다. 미리 집어넣은 기름 머금은 스펀지와 솜 그리고 그가 입고 있던 섬유재질의 의류들은 기다렸다는 듯이 마른 장작 타듯 무서운 속도로 불타기 시작했다.

전태일의 몸에 붙은 불길은 때마침 불어오는 11월 중순의 강한 청계천 바람을 타고 무서우리만치 훨훨 타올랐다. 불붙은 그의 작은 몸뚱이에서는 이윽고 회오리바람이 발생하듯 가벼운 화풍이 돌며 열기를 뿜어내고 있었다. 참으로 순식간의 일이었다. 불이 점화되어 온몸으로 확산되던 그 순간, 주변은 마치 시간이 정지된 것 같은 적막감과 고요함마저 감돌았다.

5. 오후 1시 42분, 화염 속에서도 기필코 근로기준법 화형식을 하다

전신을 휘감은 불길이 무서운 속도로 타들어 가기 시작하자 옆에서 지

---

13 김영문, 위와 같음.
14 페인트 가게에서 쉽게 구입할 수 있는 일명 '시너'(thinner, 페인트 희석제)를 말한다.
15 김영문. 위와 같음.

켜보던 김영문은 워낙 예기치 않은 일을 당해 불을 꺼야 한다는 생각조차 할 수 없을 정도로 당황했다. 불은 참으로 무서운 재앙이다. 화염은 기름 먹인 솜과 스펀지와 함께 그가 입고 있던 속옷과 겉옷 그리고 바바리코트로 옮겨붙는가 싶더니 이내 모든 걸 집어삼켰다. 야속한 불길은 평생 배불리 먹어보지도 못해 앙상한 전태일의 작은 체구를 삼키며 가공할 만한 열기를 뿜어냈다. 옷과 살이 타들어 가는 냄새는 매우 매캐하고 지독해서 마치 고무나 스티로폼이 타는 냄새처럼 역겨워 주변 사람들이 질식할 것만 같았다. 화염과 유독가스는 입과 코를 통해 순식간에 전태일의 목과 폐를 가득 채워버렸다. 쥐어짜는 듯 가슴이 따갑고 숨이 막혀 몸부림을 치던 전태일은 어쩔 줄을 몰라 하는 김영문을 뒤로하고 시위대 방향으로 몸을 돌렸다. 전태일은 뜨거운 화염 속에서 첫마디를 외치며 가슴에서 근로기준법 책을 꺼내들었다.

"근로기준법을 준수하라!"

전태일은 1주일 전인 11월 8일 삼동회 동료회원들에게 "이번엔 기회를 봐서 아무짝에도 쓸모없는 있으나 마나 한 근로기준법 책을 화형이나 시켜버리자!"라고 한마디 던졌는데 의외로 친구들도 좋은 반응을 보여 이날 화형식이 예정되어 있었다. 화염 속의 비몽사몽 중에서도 비틀거리며 품속에 넣었던 근로기준법 책을 꺼낸 전태일은 계획했던 대로 화형식을 거행한 것이다. 만일 조금 전 경찰에 의해 강제해산 당하지만 않았다면 원래는 나무박스를 단상으로 삼아 그 위에 올라가 거창하게 근로기준법 화형식을 시작하고 시위 출정식 포문을 열려는 생각이었다. 계획한 대로 순조롭게 되지 않자 결국 자신의 몸에 기름을 뿌릴 때 그 책을 품안에 숨기고 아무도 몰래 내려온 것이다. 담배 가게 앞에 나타날 때도 이미 코트 안에는 기준법 책이 팔짱에 끼워진 채로 있었다. 이처럼 화형식은 즉흥적인 것이 아니라 이미 철저한 계획하에 준비된 것이었다. 뜨겁고 고통스러위 발을 동동 구르면서도 입안으로 들어가는 불길을 토해내며 다시 한 번 "근로기준법을 준수하라!!"며 반복해서 외친 후 연이어 세 가지 구호를 외쳤다.

"우리는 재봉틀이 아니다!"

"우리는 기계가 아니다!"

"일요일은 쉬게 하라!"

질식할 정도로 숨이 막혀 아무런 말도 할 수 없는 상황에서도 사력을 다해 외친 것이다. 화염 속 온몸이 불길에 휩싸인 채로 구호를 외친 전태일은 시위 군중들이 있는 국민은행 평화지점 앞길로 방향을 틀더니 그쪽을 향해 뛰어가는 듯했다. 시위군중들을 향해 깡충거리듯 뛰어가며 구호를 외친 전태일은 잘 알아들을 수 없는 몇 마디 말을 외치더니 이내 자리에서 쓰러지고 말았다. 입안에 들어찬 매캐한 유독가스 때문에 더 이상 숨을 쉴 수가 없었기 때문이다. 그제야 삼동회원 중에 한 명인 최종인이 허둥대며 달려와 자신의 점퍼를 벗어 불길을 끄기 시작했다. 생각보다 불길은 쉽게 잡히지 않았다.

삼동회원들이 모두 달려들어 잠바를 벗어 불길을 덮었으나 예상외로 불길은 잠바 사이를 비집고 나와 여전히 화염을 토해냈다. 불길은 더 이상 그에게서 더 태울 것이 없는지 약간 수그러드는 기미가 보이자 경비실에서 소화기를 들고 달려왔다. 빨간 소화기에서 뿜어낸 흰 거품 분말이 전태일의 몸을 향해 발사되자 사나운 불길이 겨우 수그러들었다. 그러자 몇몇 친구들은 아직도 연기가 모락모락 오르는 불에 탄 전태일의 옷을 자신들의 맨손으로 마구 뜯어냈다. 눈앞에 벌어진 일들이 군중들에게는 순식간에 벌어진 것처럼 보였으나 시간은 벌써 3분이나 경과되었다. 전태일과 함께 근로기준법조문 책도 불에 탄 채 전태일의 곁에서 발견되었다. 만일 책에도 불이 옮겨 붙을 경우 손에 들고 있거나 품에 안고 있기가 힘들 뿐만

몸에 불이 붙은 채 국민은행 평화지점 앞으로 걸음을 옮기며 달려가는 전태일 (출처: 만화 '태일이'
최호철 그림, 돌베개, 2007)

온몸이 화염에 휩싸인 채 군중들 앞에 나타난 전태일. 영화(아름다운 전태일)의 한 장면

많은 인파가 목격하고 있는 상황에서 "근로기준법을 준수하라"고 외친 후 바닥에 쓰러진 전태일 (출처: 만화 '태일이' 최호철 그림, 돌베개, 2007)

아니라 타오르는 불꽃 속에서 한 손에 책을 높이 들고 외친다는 것은 인내심을 가지고 사력을 다하지 않으면 하기 어려운 일이었다. 그럼에도 불구하고 전태일은 그 엄청난 일을 해낸 것이다.

　마침 분신 항거 현장에서 취재한 동아일보 기자는 다음 날 신문에 "處遇改善 외치던 靑年, 「기준법」 껴안은 채"라는 제목으로 보도를 했다. 기자는 처우개선을 외치던 전태일이라는 청년이 근로기준법 책을 가슴에 꼭 껴안은 채 불에 타 쓰러진 모습을 군중들과 함께 목격하고 다음과 같이 기사를 썼다.

(중략) 전씨는 평화시장 등지의 피복점에서 재단을 배워 일해 오다 지난해 9월 피복제조종업원들의 친목단체인 삼등회를 조직, 회장을 맡고 종업원들의 처우개선을 위해 싸워오다 업주로부터 해고당해 휴직 상태에 있으면서 근로기준법을 연구해왔으며 지난 5월 다시 왕성사에 복직했으나 여론조사를 해

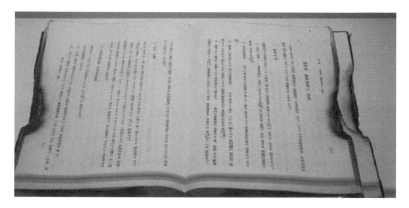

불에 탄 근로기준법 책자. 전태일기념관 재현 전시물

종업원들을 선동했다는 이유로 또 해고를 당했는데 업주들이 계속 종업원들
의 처우개선에 대해 불성실한 태도를 보이자 심태식씨가 쓴 '축조근로기준법'
이라는 책을 껴안고 분신자살한 것이다.

불을 끈 삼동회원들은 예기치 않은 돌발 사태를 맞아 아직도 우왕좌왕
하고 어리둥절할 뿐이었다. 너무나 갑작스러운 일이라서 손을 쓸 겨를도
없이 회장 전태일이 홀로 근로기준법 화형식을 거행하며 불에 타는 모습
을 넋을 놓고 바라볼 뿐이었다. 결국 온몸의 살이 타들어가 망신창이가 되
어버린 전태일은 숯덩이가 되어 입술은 불에 타 흉측하게 튀어나오고 눈
썹과 눈꺼풀이 모두 타들어가서 눈동자의 위치를 알아보기도 힘들 정도
가 되었다. 최종인은 차마 태일의 얼굴을 쳐다볼 수가 없었다. 임마누엘
수도원에서 하산하자마자 삭발했던 머리가 두 달 동안 자라 엊그제 단정
하게 이발을 했는데 이젠 그 짧은 머리털도 모두 녹아내려 곱슬곱슬 짓이
겨지고 맨머리만 드러났다. 이때부터 몸뚱이는 모든 신체 감각 신경이 가
져다주는 형언할 수 없는 고통을 느끼기 시작했다. 친구들이 옷을 뜯어내
서 보니 엉덩이 부분을 제외하고 전신이 화상을 입어 새까맣게 그을려 익

어 있었다. 어느 누가 그 통증의 깊이를 말로 설명할 수 있겠는가. 그러나 불이 모두 꺼진 후에도 전태일은 뭔가 미련이 남은 사람처럼 어찌할 바를 몰라 하며 무엇인가 외치려고 입을 실룩거리고 있었다.

6. 오후 1시 50분, 해리상태에서 인터뷰에 응하다

전태일은 분신 후 잠시 정신적으로 이상현상[16]을 겪었다. 쓰러진 후 친구들의 도움으로 간신히 불길이 잡힌 전태일은 지금의 상황이 정말로 현실세계에서 발생한 것인지, 아니면 꿈속의 일인지를 잠시 혼동하게 된다. 비몽사몽에 처한 듯 도대체 자신에게 무슨 일이 일어났는지조차 잘 파악하지 못하는 이른바 해리상태(dissociation)[17]를 경험하게 된 것이다. 분명 땅을 딛고 있으나 공중에 붕 뜬 것처럼 기분이 혼란스럽고 마치 캡슐 속에 있는 듯 현실감이 없거나 꿈인지 생시인지 도통 구분이 되지 않는 몽롱한 상태가 잠시 찾아온 것이다. 이런 현상 때문에 자신의 생각, 감정, 기억, 의식 등의 기능이 상실되어 정신적 감각을 잃거나 현실과의 단절을 느낀 것이다. 시위현장에 모인 노동자들과 행인들은 워낙 순식간에 벌어진 일이라서 사태파악을 못하고 있다가 3분이 경과되고 나서야 현장 주변으로 몰려들어 술렁이기 시작했다. 해리현상이 찾아와 혼미해진 전태일은 얼굴 이목구비가 일그러지고 타버리는 바람에 거의 시력도 잃어버렸다. 그런데도 자꾸만 잘 보이지도 않는 두 눈으로 주변을 더듬거리며 바닥에

---

16 이상현상은 dissociation 즉 '해리상태'(解離狀態)를 말하는데, 이는 정신과적인 현상 중의 하나로 인간이 정상적인 상태에서 큰 충격을 받으면 통일된 뇌의 활동상태가 점점 해체되고 분리되어 경계 영역 통제의 상태가 되어 그에 따른 표상작용이 일어나는 것을 말한다. 즉 현실세계 인식을 혼동해 몽롱한 상태에서 현실을 구분할 수 없는 상태를 말한다.

17 현인규, "화상에 대한 이해", 한강성심병원 화상환자후원회(http://www.burnwelfare. net), '화상환자들이 겪는 어려움' 코너 참조.

서 비틀거리며 자신의 몸을 일으키려고 조금씩 몸을 움직이기 시작했다. 굳은 의지를 지닌 전태일은 시간이 차츰 지나자 의식이 되살아나면서 자신에게 어떤 일이 벌어지고 있는지 비로소 정신을 가다듬기 시작했다. 다시 현실세계로 돌아온 것이다. 삼동회 측으로부터 사전에 연락을 받은 신문사 기자들은 취재를 위해 미리 대기하고 있어야 함에도 불구하고 몇몇 기자들은 늦게 도착했고 반면 미리 도착한 기자들은 삼삼오오 근처에 모여 있다가 다른 사람들에게 소식을 전해 듣고 허겁지겁 몰려들기 시작했다. 몰려온 기자들은 수첩을 꺼내 들고 취재를 시작했다. 어떤 기자는 녹음기를 들이댔다.

"이름이 뭡니까?"

"요구사항이 뭡니까?"

죽어가는 사람을 취재원으로 삼는 잔혹한 인터뷰가 시작된 것이다. 마침 고통의 신경이 그를 괴롭히며 전신을 자극하자 형언할 수 없는 통증을 느끼기 시작한 전태일은 퉁퉁 부르튼 입술 때문에 입을 벌릴 수 없었다. 얼굴 형체를 알아볼 수 없을 정도로 흉측하게 일그러져있는 사람을 향해 기자들은 최소한의 인류마저 버린듯했다. 그럼에도 불구하고 전태일은 무엇인가 못다 한 일을 남겨둔 사람처럼 자꾸 어디론가 가려는 듯 다시 일어서기 위해 안간힘을 쓰며 발버둥을 쳤으나 도저히 움직일 수가 없었다. 뒤늦게 나타난 기자들이 수첩을 꺼내 들고 취재를 시작하자 갑자기 죽은 듯 쓰러져있던 전태일이 오뚜기처럼 벌떡 일어났다. 그리고는 몇 미터 거리를 왔다 갔다 하며 걷더니 무언가 말을 하려고 애를 썼으나 무슨 말인지 도통 알아들을 수는 없었다.[18] 입을 벌릴 수 없는 상황에서도 나름대로 씰룩거리는 모습으로 인터뷰에 응하려는 태도를 보인 것이다. 기자들이

18 김영문, 위와 같음.

다가가 뭔가를 묻지만 까맣게 타버린 입으론 더 이상 아무런 말도 할 수 없었던 것이다.

세상을 향해 하고 싶은 말과 가슴에 맺힌 말들이 많았으나 그의 말은 거의 알아들을 수 없었다. 가장 먼저 「중앙일보」 기자가 몇몇 동료 기자들과 함께 "분신의 동기가 무엇 때문이냐"며 기초적인 질문을 던졌다. 그러나 몇 마디 알아들을 수 없는 힘겨운 답변을 하던 전태일은 이내 길바닥에 쓰러졌다. 이번에는 아예 다시 일어날 기세가 없어 보였다. 잠시 동안의 기절인 듯했다. 그가 방금했던 말들은 마치 잠꼬대처럼 잘 알아들을 수 없을 정도의 흥얼거림이었지만 그는 분명하고도 단호하게 "근로기준법을 지키라"며 나름대로 강한 어조로 외쳤지만 듣기에는 중얼거림으로 들린 것뿐이다. 전태일은 자꾸 무엇인가 되뇌이더니 다시 아무 말이 없었다.

죽어가는 자를 상대로 인터뷰하던 그들도 겸연쩍고 송구한 마음이 들었을 것이다. 처참히 쓰러져 사경을 헤매는 자의 입을 억지로 벌려서라도 그들이 진정으로 듣고 싶어했던 이야기는 무엇일까? 백방으로 뛰어다니며 진정서를 제출하며 호소할 때는 들은 척도 하지 않았던 방송국과 신문사들이 왜 이제 와서 알아듣지도 못하는 속삭임에 귀를 기울이려는 것일까? 전태일은 극단적인 방법이 아니고서는 업주와 회사, 노동청과 공무원들 그리고 그들을 비호하는 무관심한 언론들은 콧방귀도 뀌지 않을 것이라는 사실을 잘 알고 있었던 것이다. 모든 진정활동이나 수차례의 데모를 시도하는 등 이미 해 볼 것은 다 해봤으나 끄떡도 하지 않는 저들에게는 이 방법 외에 딱히 자극을 줄 수가 없었다. 눈물로 범벅이 된 친구들이 택시를 불러 바로 청계천에 이웃한 국립의료원(스칸디나비아병원)으로 옮기기까지 20분 정도의 시간이 흘렀다.

7. 오후 2시경, 스칸디나비아병원 응급실로 실려 가다

잠시 후 삼동회원들이 잡은 택시가 현장에 도착하자 삼동회 친구 두
명이 전태일을 들어 택시에 실었다. 택시는 평화시장에서 가까운 국립의
료원으로 달렸다. 메디컬센터라고도 부르는 이 국립병원은 청계천, 동대
문, 종로 등 인근에 사는 시민들 사이에서는 스칸디나비아병원이라고도
불렸다.[19] 이때까지만 해도 지나가던 행인들과 남아 있던 시위대들은 무
엇 때문에 이런 일이 발생했는지 파악하지 못한 채 우왕좌왕하다가 점차
시간이 흐르면서 사태를 파악하고서 그제야 눈살을 찌푸리며 혀를 끌끌
차는 이들도 있고 삼삼오오 모여 수군대는 이들도 있었다. 어떤 이들은 차
마 못 볼 것을 보았다는 표정으로 제 갈길을 가는 이들도 보였고 발길이
떨어지지 않아 현장에 그대로 남아 안쓰러운 표정으로 바라보는 이들도
있었다. 사색이 된 김영문은 태일이 택시에 실려 가는 것을 보고 자신도
신속히 택시를 잡아타고 쌍문동으로 향했다. 이소선 어머니에게 이 사실
을 알리기 위한 김영문의 판단이었다.[20] 쌍문동으로 가는 김영문의 이마
에는 식은땀이 맺혀 있었다. 놀란 가슴을 진정시킬 겨를도 없이 김영문은
잠시 후 태일이 어머니를 만나면 무어라고 설명을 해야 할지 난감한 생각
부터 들었다.

---

19 당시 청계천 사람들이나 서울 시민들이 메디컬센터를 스칸디나비아 병원이라고 불렀던
   이유가 있다. 한국 정부의 요청으로 스칸디나비아 3개국은 유엔한국재건단(UNKRA-운
   크라)과 공동으로 서울에 국립의료원(메디컬센터)을 설립해 5년간 운영하기로 합의하고
   각기 150만 달러의 연간운영비를 분담해 6년간의 준비 끝에 1958년에 개원했다. 병원
   개원 후 10년이 되는 1968년에 마침내 운영권이 한국 정부로 이양되었다. 전태일이 응급
   실에 실려 갈 무렵에는 한국 의사들이 독자적으로 진료를 한 지 2년뿐이 안 됐기 때문에
   경영과 의술에 허점이 많았다.
20 김영문, 위와 같음.

전태일이 응급실로 실려 갔던 메디컬센터(국립의료원)의 당시 모습. 당시는 스칸디나비아 병원이라고 불렀다.

8. 오후 2시 25분, 국립의료원 응급실에 도착하다

택시에 실려 메디컬센터 응급실로 향하는 전태일의 몸은 새까맣게 그을려 살이 모두 익어버린 상태였다. 전태일은 피부와 살점들은 물론 뼛속까지 타들어가 노릿노릿한 냄새가 풍겨날 정도로 심한 화상을 입었다. 짧은 머리카락도 모두 녹아내려 한 올도 남지 않았고 이목구비도 일그러졌으며 특히 화상으로 인해 눈꺼풀은 뒤집어지고 입술은 말아 올려졌다. 그로 인해 입과 코로는 거의 숨을 쉴 수가 없어 호흡도 불편해졌고 일정치 않았다. 시간이 흐를수록 살갗이 부풀어 오르며 피부가 벗겨지더니 점점 감각 능력마저 잃어가기 시작했다. 그와 동시에 이목구비 사지백체에 총체적 통증이 밀려오자 전태일은 실려 가는 차 안에서 비명을 지르기 시작했다. 양손으로 가슴을 쥐어짜던 전태일은 이윽고 병원에 도착하자 온몸이 발가벗겨진 채로 화상연고를 바르는 응급조치를 받기 시작했다. 연고

를 다 바르자 이윽고 양팔과 두 다리는 붕대로 칭칭 감겨 꼼짝없이 누워
있을 수밖에 없게 되었다. 나중에는 가족과 친구들조차도 그가 누구인지
몰라볼 정도였다.[21]

9. 오후 2시 30분, 분신 현장 시위대의 저항과 격렬한 투쟁

전태일이 택시에 실려 병원 응급실로 떠나자 모여 있던 사람들도 하나
둘 흩어지기 시작했다. 김영문은 이 소식을 쌍문동 이소선 어머니에게 전
하기 위해 친구 한 명을 대동하고 부리나케 택시를 잡아타고 떠났고, 남아
있던 삼동회 친구들은 반사적으로 누가 먼저 뭐라고 할 것도 없이 뜻이 하
나로 통해 시위를 하기 시작했다. 총알이 빗발치는 전장에서 동료 전우가
총탄에 맞아 죽는 모습을 목격하면 나머지 병사들은 언제 그랬냐는 듯 공
포심이 사라지고 적진을 향해 돌격한다. 마치 그와 같은 형국이었다. 때마
침 몇 사람이 먼저 구호를 외치며 뛰쳐나왔다. 그들은 최종인, 신진철, 주
현민, 조병섭 등 마지막까지 남아있던 삼동회원들이었다. 원래 준비했던
현수막은 경찰에 빼앗긴 상태였기 때문에 최종인을 위시한 삼동회원들은
종이를 사와 우선 급한 대로 손가락을 깨물어 혈서를 썼다. 혈서로 쓴 종
이 현수막을 펼쳐 들고 출동한 기동경찰대와 몸싸움을 하며 데모를 하기
시작했다. 그들의 구호는 혈서를 쓴 내용과 동일했다.

"우리는 기계가 아니다!!"
"근로기준법을 준수하라!!"
"일요일은 쉬게 하라!!"
"우리는 8시간을 요구한다!!"

---

21 김영문, 「저자와의 인터뷰 증언」, 2006.9.29.

친구 전태일의 분신 항거를 목격한 삼동회원들은 구호를 외치며 격렬하게 싸우기 시작했다. 삼동회원들의 두 손에는 붓글씨가 아닌 선혈로 쓴 현수막들이 여기저기 들려 있었고 손가락에는 아직도 피가 뚝뚝 떨어지고 있었으나 아무도 아프다는 생각을 하지 않았다. 혈서들은 채 마르지도 않았다. 지난번 두 차례의 시위를 시도하는 과정에서 경찰들에게 현수막을 빼앗길 때는 쉽게 포기했으나 지금은 상황이 달랐다. 친구 전태일이 죽었다는 생각 하나가 그들을 미친 듯이 부르짖게 하는 원동력이 됐다. 최종인은 평생 상처가 남을 정도로 손가락을 물어뜯어 손가락에 피로 줄줄 흐르는 상태에서 계속 혈서를 썼다.

"전태일의 죽음을 헛되이 하지 말라!"

분신 항거 소식을 들었으나 경비들과 경찰들의 통제 때문에 여기저기 흩어져 있던 수십 명의 재단사들과 노동자들도 한꺼번에 몰려와 데모를 벌이기 시작했다. 전우의 죽음을 목격한 병사들처럼 많은 노동자들이 격분하며 이동하기 시작했다. 전태일의 분신 의미를 알고 있는 노동자들과 남아 있던 삼동회원들은 근로기준법 준수와 8개 항의 개선요구를 격렬하게 외치며 거리로 나선 것이다. 데모대는 경찰들과 몸싸움을 벌이면서 동대문 방향으로 몰렸다. 역부족이었다. 안간힘을 다해 계속 밀어붙였으나 경찰들의 군홧발과 곤봉으로 심한 폭행을 당하면서 전세가 기울었다. 결국 그날의 데모는 시위대 전원이 피투성이가 된 채로 경찰서에 끌려가는 것으로 막을 내리고 말았다.[22]

---

22 이소선, 「저자와의 인터뷰 증언」, 20 3. 10. 11.

10. 오후 3시 30분, 비보를 전하기 위해 쌍문동에 도착한 김 영문

그날 어머니 이소선은 마침 금요일이라 창현감리교회 구역장 직분을 감당하느라 구역 식구들을 돌보기 위해 오전부터 쌍문동 일대에 살고있는 교인들을 심방[23]하고 있었다. 구역예배를 인도하며 한나절 가량의 심방을 마치고 동네 입구를 들어서는데 초입부터 동네 사람들이 한 군데 모여서 웅성거리는 것이 보였다. 그들은 멀찌감치 걸어오는 이소선이 눈에 띄자 다급한 목소리로 무어라고 소리치며 달려오는 것이 보였다. 어떤 이웃 아주머니는 분신 항거 소식을 알려주려고 이소선이 구역예배를 볼 만한 집들을 여기저기 찾아다니기까지 했다.

"왜 그래? 무슨 일인데 다들 왜 그러셔요?"

이소선은 자신에게 달려오는 사람들을 쳐다보며 오히려 의아한 표정으로 되물었다. 그중에는 같은 교회에 다니는 여 집사들도 여러 명 있었다.

"아이고 집사님, 큰일 났어요. 지금 한가하게 이러고 있을 때가 아닙니다. 빨리 집에 들어가서 라디오 뉴스 좀 들어보세요. 태일이에게 큰일이 벌어졌습니다."

그들의 손에 이끌려 집으로 달려가는 도중에 마침 이소선의 귓전에 동네 전봇대에 매달려 있던 스피커에서 흘러나오는 라디오 소리가 들렸다. 이윽고 국수가게 앞을 지날 때 흘러나오는 스피커 소리를 통해 그제야 태일이가 분신했다는 뉴스를 정확히 알게 됐다. 동네 아주머니 한 사람은 아예 자기 집으로 달려가 작은 라디오 한 대를 들고 와 귀에 가까이 대주며 뉴스를 들려주기도 했다. 아마도 태일이 분신 사건이 긴급뉴스로 보도되

---

23 목사, 전도사 혹은 교회 지도자들이 신자의 가정을 방문해 예배를 드리거나 기도를 해주는 것을 말한다. 때로는 가정을 방문해 상담을 해주기도 한다.

고 있는 것 같았다. 절반은 정신이 나간 상태에서 집에 당도한 이소선은
온몸이 부르르 떨려왔다. 드디어 올 것이 오고야 말았다는 생각이 들자 그
는 곧바로 기도를 올렸다. 너무 다급한 나머지 매일 드렸던 기도가 이 순
간만큼은 꽉 막히는 듯했다.

기도를 마친 후 마음을 진정해 보려고 냉수를 마시며 마음을 추스르고
있는데 집으로 몰려든 동네 사람들과 창현교회 교인들 틈을 비집고 김영
문이 허겁지겁 달려오는 모습이 보였다. 영문의 얼굴은 이미 하얗게 질린
채 숨을 헐떡이고 있었다. 눈치가 빠른 이소선은 그 순간 모든 것을 각오
했다. 오늘 아침 교회당에서 기도하던 중 환상을 본 것이 순간 떠올랐기
때문이다. 순간, 아들 태일이 다시 회복되어 살아 돌아올 수 없을 것이라
고 단정했다. 평소 오로지 신앙생활에만 몰두하며 영적으로 맑고 예민한
그녀였기 때문에 태일이의 운명을 확신 있게 직감할 수 있었다.[24] 택시를
타고 온 영문이는 숨이 넘어가는 소리로 외쳐댔다.

"어머니. 저하고 지금 빨리 택시 타고 가셔야 됩니다."

이소선은 영문이 전해주는 말들을 차분히 앉아 다 들었다. 김영문의
얼굴에는 식은땀이 흘러내렸다. 안절부절 못 하는 영문이 오히려 안쓰러
웠다. 김영문은 이소선 어머니가 충격을 받을까 봐 손을 꼭 붙잡아 주며
위로의 눈빛을 보냈다.

"영문아, 너무 놀라지 말거라. 성급하면 모든 일을 그르칠 수 있으니 천
천히 우리가 할 일을 생각해 보도록 하자."

이소선은 그 와중에도 "하나님, 이제 저는 앞으로 무엇을 해야 합니
까?"라며 속으로 간절한 기도를 드렸다. 당장 자기 옷자락을 잡아끌며 재
촉하는 영문의 손길을 뿌리치며 단호한 결정을 내렸다. 만약에 이 상태로

---

24 이소선, 「저자와의 인터뷰 증언」, 2003.10.11.

택시를 타고 병원에 도착한다면 가는 도중에 택시 안에서 섣부른 판단을 내려서 모든 일을 망칠 수 있다는 생각이 들었다. 그녀는 조금 더 생각할 여유와 시간을 벌고 싶었다. 쌍문동에서 동대문 방향은 지금처럼 교통상황이 혼잡하지 않았기 때문에 버스를 타고 간다고 해도 신속하게 갈 수 있었다. 하물며 총알 같은 택시를 탄다면 20분 정도면 충분히 병원에 당도할 수가 있었으니 빨리 가는 것만이 능사가 아니었다.

"영문아, 저 택시 그냥 보내고 나하고 그냥 일반 버스 타고 같이 가자."

"어머니, 그게 무슨 말씀이세요. 이런 상황에서 택시를 타고 가도 시원치 않을 판국에 무슨 버스를 타고 가신다고 그러십니까?"

어머니의 마음을 헤아리지 못한 김영문은 이소선이 시키는 대로 따를 수밖에 없었다. 보통사람들과는 다른 이소선의 진가가 나타난 것이다. 참으로 지혜롭고 현명한 처사였다. 다른 어머니들 같았으면 아마 성급하게 달려가느라 허겁지겁하며 이성을 잃고 말았을 것이다. 이소선은 영문과 집을 나와 쌍문동 언덕을 천천히 걸어 내려와 이윽고 버스에 올라탔다.[25] 동네 사람들과 교회 신자들이 곧 자기를 뒤따라오려고 채비를 서두르는 것을 뒤로하고 먼저 집을 나선 것이다. 이소선의 손에는 성경책과 찬송가가 든 교회 가방이 쥐어져 있었다. 버스 안에 올라타고서야 이소선은 영문을 붙들고 차분하게 자초지종을 들을 수가 있었다. 초조한 얼굴의 영문은 이소선의 옆자리에 앉아 그 날 낮에 있었던 상황을 조목조목 설명했다.

"영문아, 걱정하지 말거라. 태일은 죽지 않을 거야."

메디컬센터로 향하는 버스 안에서 영문의 설명을 다 듣고 난 이소선은 영문을 토닥여주고 다시 하나님께 기도를 올리며 도움을 구했다. 그리고 차분하게 앞으로 대처해야 할 일들을 머릿속에 그리는 동안 버스는 병원

---

25 김영문, 「저자와의 인터뷰 증언」, 2006.9.29.

인근 정류장에 당도했다.

11. 오후 4시 50분, 침착하게 국립의료원에 당도하는 이소선 어머니

이소선 어머니를 모시고 허둥지둥 병원에 도착한 김영문이 주변을 둘러보니 벌써 평화시장, 동화시장, 통일상가 등 삼동시장(三棟市場)의 간부들과 경비원들이 몰려들어 웅성거리고 있었다. 두 사람은 주변을 돌아볼 겨를도 없이 다른 이들이 알려주는 방향을 따라 응급실로 달려갔다.

"물 좀 주세요. 제발 물 좀 주세요⋯. 아, 선생님 물 좀 주세요. 목이 말라요. 목이 말라 죽겠어요."

온몸을 쥐어짜는 듯한 울부짖음과 타는 목마름의 고통을 호소하는 소리는 분명 아들 태일이의 목소리였다. 소선은 태일이 목소리가 들리는 쪽을 향해 정신없이 달려갔다. 병원 복도에는 벌써 자기보다 늦게 출발한 창현교회 교인들과 동네 사람들이 먼저 당도해 기다리고 있었다. 마침 전태일이 응급처치를 받고있는 중이라 가족 외에는 아무도 들어갈 수 없었다. 하루 종일 진땀을 흘린 김영문은 이소선 어머니가 면회를 들어간 후 한참을 기다려도 나오지 않자 그제야 정신을 추스르고 한숨을 돌렸다.

"태일아!"

태일의 이름을 부르며 응급실 출입문을 박차고 들어간 소선의 눈에 띈 것은 옷이 홀랑 벗겨진 채로 간호사들에 의해 화상약을 온몸에 바르고 있는 태일의 모습이었다. 참으로 기가 막혔다. 발가벗겨진 상태에서 얼굴과 양팔과 다리는 붕대로 감겨져 있었다. 열려 있는 곳이라고는 입과 콧구멍 뿐이었다. 그나마 입술은 말려 올라가고 콧등은 뭉그러져 있었다. 자신이 낳은 아들인데도 흉측한 몰골 때문에 도무지 얼굴을 알아볼 수가 없었다.

"태일아, 엄마다."

"누구 소리인가 했는데 엄마군요. 엄마가 오셨어요? 누구하고 같이 오셨어요?"

"응. 영문이가 나를 데리고 왔단다."

"엄마한테는 연락을 하지 말지, 뭐 하러 연락을 해가지고…. 오시는 거야 잘 오셨지만 나중에 오셔도 되고, 조금 늦게 오셔도 될 텐데. 내 모습을 보고 엄마가 놀랄까 봐 그랬죠. 엄마, 죄송해요. 어차피 알게 되셨으니, 절대 놀라시면 안 됩니다."

"태일아, 엄마는 놀라지 않는다."[26]

이소선이 태일이의 몸뚱이에 손을 갖다 대니 피부는 이미 돌덩이처럼 굳어 있었다. 붕대를 감은 팔다리도 나무토막처럼 딱딱하게 굳어 제대로 펴지지 않았다. 생때같은 자식이 이토록 만신창이가 되어 누워 있는 것을 바라보는 어미의 마음은 천 갈래 만 갈래 찢겨지는 듯해 더 이상 할 말을 잃어버렸다. 다행스럽게도 태일의 목소리는 평온을 되찾은 듯 차분하게 대화를 이어가기 시작했다. 나중에 알게 된 사실이지만 분신한 사람들이나 화상환자들의 의식은 정상적인 사람보다 더 또렷하고 총명하다는 것이다. 큰 화상을 입은 사람들은 평소보다 오히려 정신이 더 맑고 총기가 있기 때문에 태일의 목소리가 그처럼 차분하고 또렷했던 것이다. 태일의 차분한 목소리를 듣자 소선은 혹시나 죽지 않을 수도 있겠다는 실낱같은 희망이 생겨나기도 했다. 외상만 심할 뿐이지 혹시나 살아날 수 있을 것만 같았다. 그러나 피부가 다 타고 살점이 익은 상태로 누워 있으니 목숨을 부지하기는 힘들 것 같다는 생각도 들며 혼란스러워졌다. 소선은 독한 마음을 품고 아들이 살 수 있을 것이라는 한 가닥 희망을 아예 제거해버리기

---

26 이소선, 위와 같음.

로 결심했다. 아들 앞에서 소선은 마음을 모질게 먹고 태연한 척하기 위해 안간힘을 썼다. 응급치료가 끝나자 심방을 함께 다니던 교회 집사들과 함께 기도를 드리기 위해 가방을 열어 성경을 펼친 후 태일의 머리맡에 놓아주었다. 그리고 신자들과 함께 통성기도를 했다.

하나님 아버지, 그동안 노동자들을 위해서 애를 쓴 태일을 불쌍히 여겨 주시옵소서. 모든 것이 다 아버지의 뜻이오니 모든 것을 아버지의 선하신 뜻대로 인도하여 주시고 할 수만 있으면 이 아들을 살려 주시옵소서.

기도를 마친 후 참석한 사람들이 아멘으로 화답하자 태일도 작은 목소리로 '아멘'을 했다.
"엄마의 기도대로 모든 것은 하나님의 뜻이라니깐요. 하나님의 뜻이라는 말씀이 맞는 거 같아요."
병실에 있던 교인들과 친구들은 모자가 조용한 시간을 갖도록 하기 위해 슬금슬금 모두 빠져나가고 이제 어머니와 아들만 덩그러니 남게 되었다.[27]

12. 오후 5시~6시 20분, 어머니와 친구들에게 전하는 침상 유언들

1) 어머니를 향한 1차 유언

"엄마. 제가 지금부터 중요한 말을 할 테니 마음을 담대히 가지세요 그

---

27 이소선, 위와 같음.

래야 제가 엄마한테 말을 할 수가 있어요."

"오냐. 말하거라, 엄마는 괜찮다."

"엄마는 이 아들을 이해할 수 있겠죠? 나는 만인을 위해 죽습니다. 불쌍한 사람들과 어두운 그늘에서 버림받고 있는 사람들을 위해 죽어가는 저에게 반드시 하나님의 은총이 있을 거예요. 엄마, 제가 앞으로 이 세상에 없더라도 조금도 슬퍼하거나 걱정하지 마세요. 나중에 두고두고 생각해 보시면 엄마도 이 불효자식을 원망하지 않고 이해하실 겁니다. 혹시 엄마, 저 원망하세요?"

"엄마가 왜 너를 원망하니? 절대로 엄마는 너를 원망 안 한다."

"엄마, 내가 못다 이룬 소원들을 엄마가 저 대신 이뤄 주세요."

"그래, 아무 걱정하지 마라, 이 엄마의 목숨이 붙어 있는 한 엄마는 네 소원과 뜻을 꼭 이루어 줄 것이다."

"엄마, 정말로 그렇게 하실 수가 있어요?"

"그래, 기필코 엄마가 해낼게."

소선은 좀 더 큰소리로 태일이의 귀를 향해 대답하며 약속을 했다. 이때 태일이가 큰소리로 외쳤다.

"엄마, 이제 저하고 약속을 한 겁니다!!"

그 말을 마친 전태일은 무언가 불편한 듯 몸을 뒤척였다. 더 중요한 말을 하려는 듯했다. 소선은 몸을 뒤척이며 요동치는 아들을 보고 놀라서 잠시 거들어 주었다.

엄마, 제가 왜 죽는지 아세요? 공장에서 고생하며 하루하루 죽어가는 어린 여공들을 눈 뜨고 차마 볼 수가 없었어요. 나쁜 사람들이 그 어린 사람들을 안 보이는 두꺼운 벽 속에 집어넣고 가두고 있어서 제가 그 단단한 벽을 허물어서 바늘구멍만한 작은 구멍이라도 내보려고 죽는 겁니다. 엄마는 이제 그들을 위

해서 내가 뚫어 놓은 작은 구멍을 자꾸 넓혀서 나중에는 그 벽을 허물어야 합
니다. 그래야 가난한 사람이나 못 배운 사람들도 모두가 함께 잘사는 세상이
될 수 있어요. 그 바늘구멍을 통해 햇빛이 들어오고 나중에는 점점 그 벽이
완전히 허물어져서 마침내 밝은 세상이 돌아올 겁니다. 엄마. 그러니까 나 때
문에 슬퍼하거나 서러워하지 마세요. 그리고 저를 원망하지도 마세요. 나는
엄마보다 조금 일찍 죽는 것뿐이에요. 엄마는 나를 낳아주고 길러주셨잖아요.
이제 나는 이 세상에 없지만 저 대신 엄마는 제 친구들하고 함께 지내시면 앞
으로 외롭지도 않고 슬프지도 않을 겁니다. 아셨죠?28

2) 어머니를 향한 2차 유언

"엄마, 사실 저는 제가 죽을 것을 이미 오래 전부터 혼자 각오했기 때문
에 제 추한 모습을 엄마나 다른 사람들에게 오래 보여주지 않으려고 제 몸
곳곳에 미리 스펀지와 솜을 넣었어요. 그래야 제 몸이 빨리 타서 조금이라
도 빨리 죽을 것 같아서 그렇게 했어요."

전태일이 분신 항거할 때 유독 불길과 화염이 세차게 타올랐던 이유는
봉제업체에서 옷을 만들 때 제품의 어깨 부위나 옷 속에 집어넣는 뽄딩과
누비를 만드는 솜과 스펀지29를 준비해서 자신의 옷 속 구석구석을 채워
넣었기 때문이다. 기름을 머금은 스펀지와 솜뭉치들은 입고 있던 겉옷과
속옷들을 태우는 불쏘시게 역할을 하면서 무서운 화염을 내뿜은 것이다.
어머니를 향한 전태일의 당부는 계속 이어졌다. 이윽고 어머니와의 대화
가 교회와 신앙생활에 대한 이야기로 화제가 바뀌었다.

"엄마, 3도 화상도 위험한데 저는 아마 100도 화상은 될 거예요. 나는

---

28 이소선, 위와 같음.
29 봉제업체들 사이에서 통용되는 속칭 뽄딩, 누비와 같은 종류의 솜과 스펀지를 일컫는다.

온몸이 돼지비계처럼 굳어져서 벌써 나무토막처럼 됐어요. 더 이상 나는 살 수가 없어요. 엄마? 성경책 가지고 있어요?"

"응. 여기 성경책 있다."

"엄마, 예수님 믿죠?"

"응, 그래 당연히 믿는다."

"제가 하는 말을 잘 들어봐요. 목사님들은 교회 강단에서 교인들을 향해 '네 이웃을 네 몸과 같이 살아라' 하는 설교를 하시잖아요. 나는 정말 성경 말씀대로 실천하는 목사님들이 우리나라에 열 명 정도라도 있었으면 좋겠어요. 엄마도 그런 사람들처럼 그런 식으로 엉터리로 예수를 믿으려면 차라리 믿지 마세요."

아들 태일의 의식은 시간이 흐를수록 더욱 또렷해졌다. 분신한 화상 환자의 특징대로 그의 통증과 비례해 그의 총기는 더욱 발산되고 있었다.

> 엄마, 앞으로 두고 보세요. 많은 목사님들이 내가 죽으면 분명히 내 죽음을 자살이라고 말할 겁니다. 그리고 자살했으니 지옥에 갔다고 말할 거에요. 그렇지만 요한복음 15장에는 '사람이 친구를 위하여 자기 목숨을 버리면 이보다 더 큰 사랑이 없다'고 예수께서 말씀하셨는데, 저는 평화시장의 친구들과 수만 명의 불쌍한 여공들을 위해서 죽는 것이니 주님의 말씀에 절대 어긋난 것이 아니에요.

죽어가던 전태일이 어머니에게 유언을 하면서 왜 목회자들에 대한 실망과 회의를 나타냈는지 소선은 당장 이해하지 못했다. 그러나 가식적인 신앙생활을 하지 말 것을 단호하게 부탁[30]하는 말을 들은 소선은 당시 한

---

30 이소선, 위와 같음.

국교회에 팽배한 물질만능주의에 대한 호된 질책처럼 들렸다. 자본주의 사회는 막대한 물질의 부요함 곁에서 비참한 가난이 소리 없이 자라나고 있는 것이 그 특징이다. 한국교회는 그런 가난한 이들을 외면하고 부유한 이들의 교회가 되고 있었던 것이다. 인권과 민주주의를 짓밟으며 경제성장만을 추구해온 박정희 정권과 결탁한 일부 보수적인 한국교회들은 예수를 따르기보다는 역사와 사회문제는 도외시하고 내세만 추구하면서 권력과 돈과 명예를 따르는 현실을 전태일은 죽어가던 와중에도 지적했다.31 임마누엘수도원에서 건축노동을 하면서 자신의 노동운동문제 고민을 상담하고 싶어 수도원에 기도하러 온 목사와 장로들을 붙잡고 틈나는 대로 상담을 했으나 그들로부터 오히려 상처만 받았던 전태일은 교회 지도자들의 모순을 올바로 직시하고 있었다. 그와 더불어 청계천 평화시장 업주들의 대부분은 기독교신자들과 교회 직분자인 것을 잘 인지하고 있던 전태일은 평소 목회자들과 직분자들은 예배를 드리거나 기도를 드릴 때는 입으로는 번지르르하게 "천하보다 귀한 영혼" 어쩌고저쩌고 하면서 막상 자신들의 공장에서 일하는 여공들이나 노동자들은 주일에도 쉬지 못하게 하는 모순을 보인 것이다. 천하보다 귀한 영혼을 실제로는 짐승보다 하찮게 여기는 그들의 이중성을 너무나 잘 파악하고 있었기 때문에 사력을 다해 목회자들과 신자들을 향해 유언을 남긴 것이다.

3) 친구들을 향한 당부와 유언

전태일은 어머니를 향한 1, 2차 유언을 모두 마치더니 밖에 있는 친구들을 병실 안으로 불러 달라고 요청했다. 병실 문을 열고 우르르 몰려와

---

31 이소선, 위와 같음.

침상 주변에 둘러선 친구들을 향해 전태일은 반색을 하면서 진지하게 말을 이어갔다.

친구들아. 그동안 수고가 많았다. 사람이란 뭐니 뭐니 해도 부모에게 효도를 잘 해야 한다. 부모에게 잘못하거나 불효를 저지르면 나쁜 사람이야. 너희들은 나를 오해하지 말아 줬으면 한다. 너희들도 잘 알다시피 내가 살아 계신 엄마 앞에서 먼저 불효를 저지르는 것은 큰 뜻을 위해서 그런 것이니 너희들도 잘 이해할거다. 그러나 너희들은 너희 부모님께 효도를 잘해. 그리고 시간이 조금 남거들랑, 시간이 조금 남아서 우리 엄마가 떠오르든 그때는 날 대신해서 우리 엄마한테 효도 좀 해주면 좋겠다. 부탁이야, 친구들아. 그리고 내가 지금까지 해 왔던 일들은 내가 죽고 나서도 계속해서 우리 엄마와 손을 잡고 꼭 이뤄줘야 해. 아무리 힘들고 어렵더라도 절대로 포기하거나 중단하면 안된다. 이 일은 쉽지가 않은 일이야. 쉽다면 누군들 못하겠어. 어려운 일을 말없이 해내는 사람이 진짜 내 친구라네. 내 말을 분명히 듣고 잊지 말아줘. 그리고 내 죽음은 아주 중요하고 의미가 있는 죽음이니. 친구들아, 절대 내 죽음을 헛되이 하지 말아주면 좋겠다.

슬픔에 잠긴 채 고개를 푹 숙이고 있던 친구들은 아무 말도 못하고 가만히 듣기만 하고 있었다. 분신 현장에서 전태일이 외쳤던 "근로기준법을 준수하라"는 말을 지금 친구들 앞에서 다시 되풀이하면서 "내 죽음을 헛되이 하지 말아 달라"는 말로 다시 한 번 당부한 것이다. 말을 끝낸 후 잠시 정적이 흐르자 전태일이 갑자기 자리에서 벌떡 일어나려는 듯 발버둥을 치며 소리를 질렀다.

"왜, 다들, 아무 대답도 안 하는거야!"

놀란 친구들이 태일을 붙들고 자리에 다시 눕혔다.

"알았다. 태일아. 네 말대로 꼭 실천하겠다!"

울먹이는 친구들에게 전태일은 다시 한 번 다그쳤다.

"다시 한 번 다들 큰 소리로 나한테 맹세 해 봐!"

모여 있던 친구들은 엉겁결에 동시에 함께 외쳤다.

"태일아. 맹세한다!"

친구들이 한목소리로 크게 외치며 대답을 하자 전태일은 그제야 안도의 한숨을 내쉬며 눈을 지그시 감더니 잠잠해졌다.

4) 목이 마르다. 목이 마르니 물 좀 주세요

어머니와 친구들에게 당부를 마친 전태일은 잠시 후 추위에 떨기 시작했다. 불길 때문에 고통을 당하던 태일의 몸뚱이는 이제는 추위 때문에 괴로워하는 것이다. 의사들은 태일이의 몸속에 들어있는 화기가 빨리 빠져나가도록 발가벗겼기 때문에 11월의 쌀쌀한 날씨로 인해 덜덜 떨고 있었던 것이다. 소선은 급한 대로 우선 자신의 겉치마를 벗어서 태일이의 몸을 덮어 주었다. 바로 이때였다.

"친구들아, 내가 목이 마르다. 어머니 물 좀 주세요."

"목이 마르다. 목이 마르니 제발 물 좀 주세요!"

추위에 떨던 전태일이 갑자기 목이 마르다고 소리치더니 계속해서 물을 달라며 보채는 것이다. 친구들과 어머니는 물을 마시게 해주려고 주위를 두리번거렸으나 마땅히 마실 물이 보이지 않자 소선은 의사에게 달려가 마실 물을 좀 달라고 부탁을 하고 물을 마시게 해도 되는지를 물어보았다.

"이 상태에서 아드님이 물을 마시면 몸속에 있는 화기가 갑자기 솟구쳐 올라옵니다. 그렇게 되면 차가운 것과 뜨거운 것이 갑자기 만나 충돌하면서 결국 아드님은 곧바로 숨이 끊어집니다. 절대 마시게 하면 안 됩니다."

담당의사의 정색에 소선은 자신의 무지함을 깨달았다는 듯 고개를 끄덕이며 다시 한 번 매달렸다.

"그러면 이 일을 어떻게 하면 좋겠어요?"

"딱히 다른 방법은 없습니다. 그냥 가제에 물을 묻혀 입에 대주는 정도는 괜찮습니다만… 만일 물을 한꺼번에 한 숟가락이라도 마시게 하면 큰일납니다."

이소선이 가제에 물을 적셔 태일의 입에 대 주었더니 배고픔에 지친 갓난아기가 엄마 젖을 빨아대듯 허겁지겁 흡입하는 것이었다. 급기야 가제 수건을 빠는 것이 양에 안 찼는지 가제를 입안으로 송두리째 빨아들였다. 그 모습을 바라보는 어머니 이소선은 찢어질 듯 가슴이 아파왔다.[32] 귓전에 들리는 소리가 마치 자신의 애간장이 녹아져 내리는 소리로 들렸기 때문이다. 무엇이 그토록 전태일을 목마르게 했을까? 그가 느낀 갈증은 이름도 모르는 수많은 친구들과 수만 명의 소녀 여공들의 목마름을 해결하기 위한 타는 목마름이었다. 불타는 목마름의 절규가 계속해서 침상에서 들려온다. 온 전신을 파고드는 말로 형용할 수 없는 고통과 뼈마디 관절 골수를 찌르는 듯한 아픔, 온몸을 칼로 난도질당하는 것 같은 쓰라린 통증과 경련, 심장이 압박되면서 숨쉬기조차 힘든 태일을 바라보는 친구들과 어머니는 아무 도움도 줄 수 없어 망연자실 바라볼 수밖에 없었다. 애원하듯 물을 달라며 호소하는 그의 입술에 단 한 모금의 물조차 마시게 할 수 없는 딱한 사정은 차마 눈뜨고는 볼 수 없었다. 강력한 화상을 당해 몸에서 진액과 물이 빠져나간 그는 마침내 타는 목마름의 고통이 주는 극한 상황을 견기지 못해 "내가 목마르다"며 토해낸 외침이었다. 목이 타는 것은 불과 관계되어 있고 목이 마르다는 것은 물과 관계가 있다. 이 상황은 물

---

32 이소선, 위와 같음.

이 불타는 것이며 너무 목이 갈급해 입안에 불이 훨훨 타들어 가는 것이다.

5) 15,000원짜리 주사 두 대 값이 없어 병원을 옮기다

전쟁터에서 총탄을 맞고 부상당한 군인들은 상처의 고통보다 목이 타는 갈증을 더 호소하는 법이며 굶주림에 지친 걸인들도 배고픔은 참아도 목마름은 견디기 어렵다고 하는데, 전태일은 극한의 육체적 목마름과 함께 영적 목마름에 갈급해한 것인지도 모른다. 전태일이 죽음의 길목에서 외친 목마르다는 절규는 십자가상에서 죽어가면서 목마르다고 외친 예수의 타는 목마름과 전혀 다를 바가 없어 보였다. 구약성서에 다윗이 반란군에게 쫓겨났을 때 부른 노래 중에 "하나님이여 사슴이 시냇물을 찾기에 갈급함같이 내 영혼이 주를 찾기에 갈급 하나이다"라는 시가 있는 것처럼 전태일의 목마름은 한바탕 전쟁을 치르듯 투쟁을 하고 돌아온 용사가 기진맥진한 상태에서 하늘의 은혜를 갈급해하는 극한의 영적 갈증인지도 모른다. 신약성서 요한계시록에는 천국에 대하여 "다시는 주리지도 아니하며 목마르지도 아니하는 곳"이라고 묘사되어 있다. 이제 전태일은 굶주리지도 않고 목마르지도 않는 천국을 사모하고 갈급해하며 목마름의 영성으로 하나님의 곁으로 떠날 준비를 하려는 과정처럼 보였다.

이소선의 판단에는 "조금 있으면 태일이가 절명하겠구나" 하는 생각이 들어 더 이상 방치할 수 없다고 생각하고 병실을 빠져나와 미친 듯이 달려가 의사를 찾았다.

"선생님, 우리 아들을 더 이상 살릴 방법이 없겠습니까?"

"화기가 빠지는 주사가 있기는 한데 한 대당 15,000원짜리 주사라서 값이 만만치 않습니다. 그 주사를 두 대 정도만 맞는다면 화기는 당장 빠질 수가 있습니다만…."

소선은 눈이 번쩍 뜨였다.

"의사 선생님, 제가 나중에 집을 팔아서라도 돈을 값을 테니 우선 급한 대로 그 주사 좀 맞게 해 주세요."

의사의 옷자락을 붙들며 애걸복걸했으나 아무 말 없이 한동안 침묵을 지키던 담당의사는 시무룩하게 한마디 던졌다.

"어머니 입장을 충분히 이해합니다. 그러시면 근로감독관에게 가서서 보증을 서 달라고 하셔서 빨리 받아 오세요 그럼 주사를 놔 드리겠습니다."

마침 분신 사건 때문에 노동청에서 파견된 근로감독관 한 명이 병원 밖에서 대기하며 만일의 사태를 대비하며 주변을 살피고 있었다. 소선은 아쉬운 대로 근로감독관에게 찾아가서 보증 서 줄 것을 부탁했다.

"내가 왜 복잡하게 보증을 서요? 저는 못합니다."

정색을 하던 근로감독관은 이소선의 애절한 당부를 매몰차게 뿌리치며 거절했다. 그 순간 태일의 친구가 소선을 급히 찾아왔다. 태일이가 어머니를 찾고 있다는 것이다. 무슨 급한 일이 생긴 줄 알고 다급하게 병실로 되돌아왔다.

"엄마, 친구들 말을 들어보니 엄마가 의사한테 찾아가서 나를 살려 달라고 부탁하시는 모양인데, 엄마, 제발, 제 말 좀 잘 들어요. 나는 이제 더이상 못 살아요. 그러니 부질없이 의사한테 찾아가지 말고 1분 1초라도 엄마는 내 곁을 떠나지 마세요. 엄마, 부탁이야, 엄마가 내 곁을 지켜줘요."

"알았다. 화기 빠지는 주사 좀 맞혀 달라고 잠깐 찾아갔었다."

"엄마, 그런 건 다 쓸데없는 일이에요. 나는 이미 혈관이 굳어서 링거 주사도 잘 안 들어가잖아요. 나는 눈이 안 보여서 볼 수가 없으니 엄마가 링거가 잘 떨어지는지 신경 좀 써주세요. 아까도 말했잖아요. 엄마, 나는 이제 곧 죽을 거야. 30분 있다가 죽을지 1시간 있다가 죽을지 몰라요. 나는 빨리 죽으려고 옷에 스펀지까지 넣었다고 했잖아요. 엄마한테 이 추한 모습 한 시라도 안 보여 주려고, 그러니 나 살리려고 '약 구한다', '주사 놔 준다' 애쓰시지 말고 제발 내 말 좀 꼭 들어 줘. 내 말 안 들어주면 나중에 천국에 가서도 엄마 만나면 나 절대 엄마 안 볼 거야. 내 말 들어 준다고 꼭 대답해줘."

그러나 소선은 화기 빠지는 주사에 대한 미련을 버릴 수가 없었다. 태일이 몰래 다시 병실을 빠져나와 담당의사에게 간곡히 부탁을 했다. 그러나 의사는 조금 전과는 다른 태도를 보이며 발뺌을 하려 했다.

"그 약이 지금 저희 병원에는 없습니다. 꼭 주사를 맞히시려면 명동성모병원으로 가 보시죠."

알고 보니 환자 보호자가 땡전 한 푼 없는 가난뱅이라는 걸 알게 되자 입장이 난처해진 병원 측과 담당의사는 근로감독관과 짜고 조금 전과는 달리 주사약이 없다면서 다른 병원을 소개시켜 준 것이다. 명색이 국립병원에 근무하는 의사임에도 불구하고 자신의 안일을 위해 의사의 도리를 저버리는 것 같아 소선은 마음이 몹시 씁쓸했다. 전태일은 분신 현장에서 실려 온 이후 저녁 6시가 넘도록 가장 기초적인 응급치료만 받았을 뿐 근본적인 치료는 제대로 받지 못한 것이다. 결국 전태일을 명동성모병원으로 옮기기로 최종 결정을 내리자 밖에는 곧바로 구급차가 대기했다.[33]

13. 저녁 6시 30분~50분, 명동성모병원행 구급차 안에서 분노하는 전태일

전태일은 명동성모병원으로 이송되기 위해 구급차에 실려졌다. 구급차 안에는 아들 곁을 지키며 간호를 하느라 이소선이 자리를 잡고 앉았는

---

33 이소선, 위와 같음.

데 난데없이 어디선가 근로감독관 임병주가 나타났다. 그러더니 구급차 안으로 촐랑거리며 올라타는 것이었다. 아마 노동청으로부터 특별지시를 받고 전태일의 동태를 파악하기 위해 그림자처럼 곁을 지키는 임무를 수행하는 듯했다. 조금 전에 다른 근로감독관은 그토록 인간적으로 애원하며 보증을 서 달라고 부탁했건만 냉정하게 뿌리치더니, 이번에는 또 다른 감독관이 모자 앞에 나타나 뻔뻔하게 앉아 있는 것이다. 명동으로 출발하는 구급차 안에서 어머니와 임병주가 이런저런 대화 나누는 소리를 듣던 전태일은 갑자기 화를 버럭 내며 임병주에게 소리를 쳤다.

"어떻게 사람이 그렇게 야비할 수가 있습니까? 국정감사가 끝났다고 우리를 그렇게 배신할 수가 있는 겁니까?"

전태일은 그동안 자신과의 약속을 지키지 않고 기회주의적으로 처신해 온 임병주에게 격분한 것이다.

"감사가 끝나면 요구사항을 모두 들어준다는 말을 철석같이 믿어서 노동청 정문 앞에 데모를 취소했는데…. 이제 와서 생각을 하니 감독관님을 믿은 내가 바보 천치입니다."

전태일은 구급차가 병원에 도착하기 직전까지 감독관을 향한 분노를 그칠 줄 몰랐다.

"내가 이제 죽어서도 눈을 똑바로 뜨고 근로기준법이 지켜지나 안 지켜지나 볼 겁니다. 공무원 생활을 정직하고 올바르게 하세요."

불만을 터뜨리며 계속 쏘아붙이는 전태일 앞에 아무말도 못하며 머뭇거리고 있는 동안에 구급차는 성모병원에 도착했다. 참으로 집요한 전태일이었다. 목숨이 경각에 다다른 상황에서도 세상에 대한 미련이나 아쉬움 때문에 서글픈 감상에 빠진 것이 아니라 오직 근로기준법이 하루 빨리 지켜지는 세상이 도래하기만을 원했던 것이다. 죽음을 앞둔 전태일이 편한 마음으로 이 세상을 떠나갈 수 있도록 이 세상은 잠시도 그를 내버려

두지 않았다. 분신에 따른 후유증과 육체적 고통보다 더 무서운 것은 가슴 속에 밀려오는 답답함이었다. 지금 자신의 눈앞에 자신을 배반하고도 뻔뻔한 태도로 일관하고 있는 공무원이 있다는 것을 알게 된 전태일은 자신이 죽은 후에도 이 나라의 노동현실이 계속 암담해질 것 같다는 불길한 예감이 들었을 것이다. 그래서 전태일은 구급차 안에서조차 근로감독관을 향해 격분했던 것이다. 근로감독관의 무성의한 태도를 지적하며 흥분하다가 이내 진이 빠져 힘이 부치면 중얼거리듯 질책했다. 전태일은 병원으로 오는 구급차 안에서 한 시도 가만히 있지 않고 그처럼 근로감독관을 질타했다.[34]

14. 저녁 6시 50분, 명동성모병원 응급실에 도착하다

1) 밤 9시경, 배가 고프다, 배가 고파요

병원에 도착한 전태일은 응급실에서 30분 정도 머물러 있다가 저녁 7시 20분경이 되자 48호 입원실로 자리를 옮겼다. 그곳의 상황도 이전 병원보다 별반 다르지 않았다. 성모병원 입원실에서도 특별한 치료를 받지 못하고 시간만 흐르고 있었다. 밤이 깊어갈수록 점점 기력을 잃고 탈진해갔다. 한 가닥 실낱같이 가늘게 숨을 쉬며 명맥을 유지할 뿐이었다. 이때 갑자기 태일이가 엄마를 찾는 듯하더니 외마디 소리를 뱉어냈다.

"배가 고파요. 배가 고파…."

깊은 숨소리와 함께 "배가 고프다"며 외마디 비명을 지른 것이다. 순간, 어머니의 가슴이 찢어질 듯 아파 왔다. 의식과 무의식을 왔다 갔다 하

---

34 이소선, 위와 같음.

화기 빠지는 주사약값이 없어 메디컬센터를 나와 구급차에 실려 도착한 명동성모병원 전경(1970년도의 모습). 전태일은 이 병원에 도착해 약 일곱 시간 후 의학적 사망선고를 받았다.

며 사경을 헤매는 긴박한 상황에도 아들의 심연에서는 배가 고프다는 한 맺힌 절규가 나온 것이다. 지독한 가난과 굶주림으로 인해 평생 배불리 먹어본 적이 없는 전태일은 죽어가면서도 배고프다며 외친 것이다. 이런 민망함이 어디 있을까? 평생 가난한 몸과 가난한 마음으로 살아 온 전태일이었다. 특히 기독청년 전태일에게 가난의 영성이란 자기의 부족함을 인정하고 늘 하늘의 도움을 요청하는 영성이었기 때문에 막상 자신의 육체가 느끼는 배고픔은 크게 문제 되지 않는다고 여겨 왔다. 그러나 숨이 끊어지는 순간에도 배고프다고 외친 것은 차라리 육체의 배고픔보다는 사망의 골짜기를 통과하는 시간을 맞아 하나님을 갈망하는 배고픔이었다. 예수도 산상수훈에서 "심령이 가난한 사람들은 복이 있나니 천국이 저희 것이라"며 설파했다. 심령이 가난한 사람이란 "하나님의 기운을 늘 구걸하는 사람들"을 뜻한다. 전태일은 그런 영적 가난으로 살아왔기 때문에 오히려 이 세상 누구보다 부유하고 여유 있게 살아온 것이다.

소선은 잠시 장남으로서의 전태일을 떠올렸다. 동생들이 철없이 엄마 속을 썩일 때나 먹을 것 때문에 엄마에게 보챌 때는 어김없이 엄마를 두둔했던 아들이었다. 그럴 때마다 동생들을 가로막으며 모두가 알아듣도록 일일이 타이르고 달래가면서 엄마의 방패막이가 되어 주던 든든한 아들이었다. 비록 다른 집 아이들보다 못 먹이고 못 가르쳐 자신은 평생 한이 되었을 텐데도, 태일은 부모를 원망하거나 불평 한 번 하지 않은 속이 꽉 들어찬 아들이었다. 남편이 세상을 떠난 뒤로는 장남 태일을 마음속으로 의지하며 기둥처럼 여겨 왔는데, 이제 그 아들마저 죽어가며 배가 고프다며 하소연을 하다니, 소선은 참고 참았던 눈물을 기어코 터뜨리고 말았다. 평생을 굶주림으로 살아온 아들 태일이 너무 불쌍하다는 생각과 함께 북받쳐 올라오는 서러움으로 가슴은 천 갈래 만 갈래로 찢어졌던 것이다.[35]

2) 밤 10시 30분, 어머니를 향한 3차 유언과 임종

성모병원 입원실의 밤은 깊어만 갔다. 어느덧 밤 10시가 되었다. 갑자기 간호사 수녀 한 명과 일하는 남자 직원 두 명이 들어왔다. 태일이 누워 있는 침대를 다른 침대로 옮기기 위해서 들어온 것이다. 온몸이 불에 익어 살점이 터지면서 진물이 흐르기 때문에 침대를 더 이상 못쓰게 되자 침대보를 갈아주기 위해 옮겨 주려는 것이었다. 일하는 사람들이 태일을 옮기려고 몸에 손을 댔다. 많은 환자를 보아왔지만 이토록 흉측한 모습의 환자를 본 적이 없었던 그들은 인상을 찡그리며 퉁명스런 말을 내던졌다.

"어이, 이리 좀 뒤집어 줘 봐."

힘없이 죽어가는 환자가 자원해서 움직여줄 것을 요구하는 눈치였다. 그들은 환자를 신중하게 들어 옮기는 것을 포기하고 그냥 짐짝을 다루듯 이리저리 옮기기 시작했다. 그들의 요구에 따라 전태일은 나름대로 움직이려고 안간힘을 쓰며 최대한 협조하려는 모습을 보여주었다. 이때 소선은 마음속으로 자기가 손이라도 대서 옮기는 것을 도와주고 싶었지만 일

---

35 이소선, 위와 같음.

하는 사람들이 해주는 것으로 알고 그냥 넋을 놓고 가만히 앉아 끝나기만
을 기다렸다. 그러다가 몸을 움직이기 위해 힘을 써가며 뒤집으려는 순간
숨통이 꽉 막혀 오는 고통을 느꼈는지 갑자기 괴로워하며 외쳐댔다.

"아, 숨통이 막힌다. 으윽. 면도칼로 빨리 내 목을 따 줘요."

도저히 숨을 쉴 수가 없었는지 갑자기 신음과 함께 비명을 질렀다. 몸
속에 있는 화기가 있을 곳이 없어서 숨을 쉬는 가슴 부위로 모이니까 가슴
이 갑자기 벌렁벌렁하며 뛰기 시작했던 것이다. 눈으로 보아도 쉽게 확인
이 될 정도로 가슴이 벌떡이며 심장박동이 숨 가쁘게 쿵쾅거렸다. 걷잡을
수 없이 심장이 뛰자 소식을 듣고 달려온 담당의사는 면도날로 전태일의
목에 감긴 붕대를 조심스럽게 잘라냈다. 이어서 전태일의 목을 사정없이
따버리는 것이었다. 그러자 전태일은 무슨 말인가를 하려는 듯 숨을 벌렁
벌렁 내쉬며 꺽꺽거렸다. 숨을 내쉴 때마다 전태일은 목을 딴 구멍으로 피
가 꿀렁거리며 서서히 쏟아져 나오기 시작했다. 이때 전태일은 거친 숨소
리와 함께 큰소리로 하고 싶은 말들을 있는 힘을 다해 내뱉기 시작했다.

"엄마, 나는 이제 갑니다. 지금까지 저하고 약속한 거 잘 지킬 수 있다
고 대답해 주세요."

"알았다, 태일아. 엄마는 이 몸뚱이가 가루가 되는 한이 있더라도 너하
고 한 약속을 꼭 지킬 것이다."

"엄마, 크게 한 번 더 해요."

엄마의 굳은 맹세가 성에 안 찼는지 전태일은 숨이 넘어가면서도 어머
니를 향해 큰소리로 한 번 더 대답할 것을 요구했다.

"알았다. 태일아 꼭 약속 지킨다!!"

"크게, 더!!"

전태일은 결국 어머니로부터 세 번의 대답을 듣고 "크게, 더"라고 사력
을 다해 말하는 순간 피가 콸콸 솟구쳤다.[36] 전태일의 목 부위에서 사정없

이 피가 솟구치자 사실상 임상적 죽음의 상태가 된 것이다. 곧 죽음을 눈앞에 둔 임종의 순간을 맞은 것이다. 피가 다시 한 번 솟구치더니 전태일은 마침내 고개를 떨구고 말았다. 곧이어 전태일이 그 상태로 몸이 뻣뻣하게 굳어 버리자 그 모습을 바라본 소선은 큰 충격을 받고 그 자리에 쓰러져 혼절하고 말았다.[37] 그 순간부터 전태일에게는 거의 느껴지지 않을 정도의 여린 맥박만 가늘게 흐를 뿐이었다.

15. 13일(금), 분신 항거 당일 밤과 새벽
― 밤 10시 30분~새벽 1시 50분

1) 밤 10시 30분-14일 오전 9시, 혼절한 이소선이 쌍문동 집에 감금되다

이소선은 밤 10시 30분경, 아들 전태일의 목에서 피가 벌컥벌컥 뿜어 나오며 죽어가는 광경을 보고 그 자리에서 혼절하였는데 이 세상 어떤 어머니가 그토록 처참하게 자식이 죽어가는 광경을 바라보고 제정신으로 버틸 수가 있었겠는가. 소선은 의식을 차리지 못한 채 의료진에 의해 응급실로 실려가 침대에 누워 링거 주사를 맞으며 응급치료를 받은 후 약간 안정이 되는 기미는 보였으나 아직 정신이 깨어나지 않은 상태에서 담당형사 일행과 노동청 파견 감독관들의 결정에 의해 관용차에 실려 쌍문동 집으로 실려 갔다. 쌍문동 판잣집에 도착한 일행은 이소선을 안방에 조심스럽게 눕혀 놓고 집에 모여 있던 교인들과 동네 사람들을 향해 정성스런 간호를 부탁했다. 그리고 만일 이소선이 깨어나면 밖으로 나가지 못하도록 단단히 주의를 줬다. 혹시라도 정신이 깨어나서 병원으로 달려가기라

---

36 이소선, 위와 같음.
37 이소선, 위와 같음.

도 하면 심각한 사태가 발생할 것을 대비해 그 같은 조치를 취한 것이라고
했다. 그 시간부터 형사들은 교대로 쌍문동 집을 지키면서 이소선을 감시
하기 시작해, 노태우 대통령의 중간평가 이야기가 언론에 나올 때까지 무
려 20년 동안 사찰을 이어갔다.

2) 새벽 1시 30분, 의학적 최종 사망선고를 받다

한편 금요일 밤 10시 30분경에 전태일의 상태가 호전되지 않고 화기
가 몰려 숨이 막혀오자 의료진은 응급조치를 취해 기관절개술을 시도하
자 목에서 피가 솟구치며 사실상 임상적 죽음의 상태에 이르렀다.[38] 그러
나 그 이후로도 매우 실낱같이 가느다란 맥박이 남아 있자 의료진들은 끝
까지 포기하지 않고 안간힘을 썼으나 새벽 1시 30분이 되자 그나마 가늘
게 감지되던 맥박과 숨결은 완전히 멈춰버려 절명하고 말았다. 이렇게 해
서 금요일 낮 1시 40분 분신 항거 사건이 시작된 지 12시간만인 이튿날(토)
새벽 1시 30분 전태일은 성모병원 담당 의료진에 의해 최종적으로 사망선
고를 받은 것이다.

명동성모병원 담당 의료진이 작성한 진료기록부와 관련된 내용들을 자
세히 보도록 하자. 의료진이 기록한 기록부에 적힌 시각과 실제 시각은 다
소 차이가 있는 것으로 드러난다. 이는 명동성모병원 담당 의료진이 메디
컬센터에서 1차 응급치료를 받았던 전태일에 대한 사전 정보가 미흡하여
단순한 착오를 일으킨 것으로 보인다. 전태일의 응급치료와 사망시간과 관
련된 사항들을 정리하면 다음과 같다.

① 전태일은 분신한 지 약 12시간(금요일 낮 1시 40분~토요일 새벽 1

---

38 사망진단서(퇴원기록부), 가톨릭의과대학병원, 1970.11.13.

시 30분) 만에 의학적으로 최종 사망선고를 받았다.

② 먼저 찾아갔던 국립의료원(메디컬 센터/N,M,C)에서는 약 4시간 (낮 2시 25분~6시 20분)가량 응급처치를 받았고, 그 후 명동성모 병원으로 이송되었다.

③ 명동성모병원으로 이송된 후에는 목숨이 부지된 상태에서 모두 3 시간 40분(6시 50분~밤 10시 30분)동안 치료를 받았다.

④ 그후 3시간(밤 10시 30분~새벽 1시 30분) 동안 의료진의 집중 치료 를 받았으니 마침내 사망선고를 받았다. 화기가 올라오는 등 상태 가 위급한 상황에 처한 전태일에게 담당 의료진은 밤 10시 30분경 에 기관절개술을 시도했으나 상태가 호전되지 않았고 결국 사경을 헤매다가 다음 날인 14일(토) 새벽 1시 30분경에 절명하며 의학적 사망선고를 받았다.

⑤ 전태일의 시신은 흰 천에 덮인 채 48호 병실을 나와 새벽 1시 50분 경 시신안치실로 옮겨졌다.

전태일을 응급조치했던 내용은 사망진단서(퇴원기록부)에 자세히 기록 되었다. 현재 여의도성모병원[39] 의료기록부실에 보존되어 있는 전태일의 진료기록부 원본들은 마이크로필름으로 전환된 채 보존되어 있기 때문에 문서 판독이 용이하거나 양호하지 못하다. 사망진단과 관련된 문서들은 모두 세 종류[40]가 남아 있는데 ① 입원환자 기록카드(inpatient registration card) 1매, ② 사망진단과 관련한 퇴원기록부(discharge summary) 1매, ③

---

39 명동성모병원은 여의도성모병원(http://www.cmcsungmo.or.kr)으로 통합되어 이전 되었다.

40 사망진단서를 비롯한 세 종류의 문서가 담긴 마이크로필름 열람(환자등록번호 7436)을 위한 여의도성모병원 진료예약접수(영수증번호: 외래EX10-524), 담당직원 오미정, 담 당의사 김도형, 2007.3.19.

사망진단과 관련한 소견서(initial impression) 2매 등 모두 4매이다. 이 세 가지 중에서 소견서는 판독하기가 매우 어려운 실정이며 다른 문서들도 난해하고 불투명한 글자로 인해 판독이 불가능한 상태에 있다. 그중에서도 상태가 양호한 퇴원기록부 형식으로 작성된 사망진단서(하단부위 일부는 판독불가) 원본 내용을 보자. 진단서 원본과 그 원본을 해석한 내용을 아래와 같이 간단히 요약하였다.

명동성모병원 전태일 사망진단서(퇴원기록부) 영문 원본의 내용

CATHOLIC MEDICAL CENTER CATHOLIC MEDICAL COLLEGE
DISCHARGE SUMMARY

DEPT: G.S   REGIST NO: 7436   WARD:
NAME: 전태일   SEX: M   AGE: 23   ROOM: 48
DATE OF ADMISSION: 70. 11. 13.   DATE OF DISCHARGE: 70. 11. 13.
(burn 50%, 3rd degree) on the face and neck including the interior and anterior chest wall.

This 23 year old made was admitted to our ward because of burn on the face, neck and chest wall by the suicide, and taken the emergency. pretreatment at the N.M.C. and transferred to our ward after the 10 hour's and AOD the fluide therapy and antibiotic therapy was done, but the clinical hour me was not well, and the emergency tracheotomy was done. But he was expired although our intention care after 3 hour of admission.

TREATMEMT
*fluide with antibiotics
*Antibiotics
*sedatives
*calmative

(※필자주: 사망진단서 필름의 하단 서너 줄은 판독 불가)

명동성모병원 전태일 사망진단서(퇴원기록부) 해석본의 내용

가톨릭의과대학교 부속 가톨릭병원
퇴원기록부

부서: 일반외과,   등록번호: 7436,   병동:
성명: 전태일,   성별: 남자,   나이: 23세,   병실: 48호
입원일자: 70. 11. 13,   퇴원일자: 70. 11. 13

(전신 3도 화상) 몸 전체를 포함한 얼굴과 목 부위에(흉벽 전면부를 포함하여)
상기 23세의 환자는 자살로 인해 얼굴과 목 그리고 가슴 부위에 화상을 입은 상태로
우리 병원 응급처치 병동에 실려 왔다. 그 이전에 국립메디컬센터(N.M.C.)에서 응급조
치를 받은 지 10시간 후[41]에 우리 병동으로 이송되어 전원(傳院)된 것이다. 그 후 항생
제와 진정제 요법으로 조치를 취했으나 임상 결과가 좋지 않아 응급조치로 기관절개술
을 시행하였다. 그러나 환자는 우리의 집중적인 치료와 노력에도 불구하고 절개술을 시
도한 지 3시간 경과 후에 사망하였다.[42]

의학적 조치
*항생제가 함유된 주사액
*항생제
*진정제
*진정제약

　　죽음이란 일반적으로 한 개인이 자신의 마지막 호흡을 멈추는 시점이
다. 잠시 전까지 전태일은 심박동과 호흡 모두 작동 불능상태를 맞아 사망
전기(agonal period) 상태(임종 직전의 상태)에 돌입했다. 신체 각 기관들의
기능이 약화되어 정지되면서 죽음에 이르게 되는 일련의 연속적인 과정
을 거치는데, 이제 전태일은 자발적인 호흡과 심박동 정지상태가 된 임상

---

41 국립의료원에서는 낮 2시 25분~6시 20분까지 응급처치를 위해 머물렀기 때문에 전태일
　은 그곳에서 10시간이 아니라 4시간을 머물렀다. 당시 담당의료진의 착오이다.
42 2007.3.19. 담당의사 김도형이 전태일의 퇴원기록부 영문 문서가 담긴 마이크로 필름을
　의학적으로 해석해주었다.

적 죽음(clinical death)의 상태를 넘어 마지막 단계인 완전한 절명 상태가
되어 죽음에 이른 것이다.

3) 새벽 1시 50분, 가톨릭 임종세례를 받고 시신안치실로 운구 되다

　밤 10시 30분 이후 사실상 임상적 죽음의 상태에 이른 전태일은 의식
불명 상태에서 세례를 받는다. 임종을 맞은 전태일은 병원 관례상 임종하
는 환자에게 베푸는 가톨릭 세례의식인 대세(代洗)를 받게 된 것이다. 병
원에서 원목 활동을 하는 신부와 간호사 수녀가 15분 정도 집례한 이 의식
에서 전태일은 요셉(Joseph)이라는 영세명을 부여받았다.[43] 세례의식을
모두 마친 전태일은 이튿날 새벽 1시 30분경 완전히 사망선고를 받고 흰
천에 덮여 시신 안치실로 운구되었다. 독실한 개신교 신자였던 전태일은
뜻하지 않게 가톨릭 세례를 받으며 23년 생애 대단원의 막을 내린 것이다.
생각지도 않게 갑자기 부여받은 요셉이라는 이름은 어쩌면 전태일의 실
제 운명과 너무나도 흡사했다.

　임종이란 숨이 끊어지기 이전의 상태에서 숨이 끊어질 때까지의 과정
을 일컫는다. 그리고 임종의 마지막 단계를 운명(殞命)했다고 한다. 이런
상황에 이르면 다른 곳에 가 있는 직계 가족이나 일가친척에게 빨리 통보
하여 임종을 지키도록 하는 것이 통례인데, 전태일의 아버지는 이미 몇 년
전에 사망했고, 어머니는 혼절하여 집으로 실려갔고, 남동생 태삼은 경상

---

43 이 세례는 백범 김구가 안두희에게 피격되어 절명하자 본인이나 가족들의 뜻과 상관없이
　가톨릭 재단에서 운영하던 병원 측에서 가톨릭 세례를 베풀던 경우와 흡사했다. 백범은
　경교장에서 총탄에 맞아 이미 절명했음에도 불구하고 뒤늦게 비보를 듣고 달려온 명동성
　모병원 원장인 박병래(朴秉來) 박사에 의해 함께 대동한 간호사 이계(세례명 Josepha)
　수녀의 도움으로 백범의 주검에 천주교 임종세례를 베풀고 '베드로'(Peter)라는 영세명을
　부여했다. 『경향신문』, 1949.7.6.

도 첩첩산중 용문산기도원에서 칩거하며 공부하고 있었으니 딱히 연락할 사람이 없었다. 집에는 어린 여동생 순옥과 순덕이가 있었으나 연락을 받고 큰일을 치를 만한 입장이 되지 못했다.

결국 1시 50분경 전태일의 시신을 눕힌 이동 침대는 특별히 돌보는 이들 없이 쓸쓸히 48호 병실을 떠나갔다. 전태일은 숯덩이가 된 자신의 육체를 벗어나 하늘로 돌아간 것이다. 죽음을 지칭하는 용어 중에 사(死), 종(終), 상(喪)을 사용한다. '死'는 죽어 육신이 썩는 것을 말하며, '終'은 사람 노릇을 끝냄을 의미한다. 이제 전태일은 이 땅에서 사람 노릇을 마치고 갈 곳으로 돌아간 것이다. 임종할 때 전태일에게 세례를 베푼 가톨릭에서는 신자들이나 사제가 죽는 것을 선종(善終)이라고 한다. 전태일은 가장 아름다운 선종을 했으며, 개신교에서 말하는 가장 은혜로운 소천(召天)을 완성한 것이며, 생사를 넘고 윤회에서 벗어나 부처의 세계에 들어간다는 불교의 열반(涅槃)에 든 것이다.

어느 종교 어느 사회나 인간의 죽음을 육체적 소멸로 여기지 않고 사회적으로 의미를 부여하려고 힘쓴다. 인간은 육체적 생명 이상의 의미가 있는 존재이기 때문이다. 그런 까닭에 인간을 사회정치적 생명체로 보기도 한다. 육체를 지닌 개인의 한 생애는 의학적 사망선고로 끝이 나지만 그가 속했던 사회와 공동체 집단은 그를 통해 영원히 존재하고 발전하는 것이다. 전태일의 죽음은 이제 세상과의 단절이 아니라 이제부터 새로운 시작을 알리는 신호탄이 된 것이다.

46장

엿새 동안의 영안실 투쟁
: 1970년 11월 13~18일
14일(토), 분신 항거 이튿날

1. 전태일이 사경을 헤매던 시각, 유치장에 갇힌 삼동회 친구들

파출소로 연행된 삼동회 친구들은 조사실 여기저기 흩어져 밤을 새며 조사를 받았다. 분신 현장에서 시위한 것 때문에 전태일이 사경을 헤매던 그 시각에 삼동회원 친구들은 조사실에서도 긴장과 분노를 늦추지 않고 있었다. 이때 갑자기 한국노총 국제부 차장 김성길이 파출소로 찾아왔다. 평화시장에서 가까운 곳에 살고 있던 그는 평소 청계피복 노동문제에 깊은 관심을 가지고 있었는데 태일의 분신 소식을 듣고 친구들의 증언을 녹음하기 위해 가장 먼저 찾아온 것이었다.

"태일은 어떻게 됐습니까?"

"아직 살아있으니 걱정하지 말게."

김성길은 최종인의 질문에 아직 살아있으니 걱정하지 말라며 위로의 말을 건넨 후 그보다는 앞으로 어떻게 대처할 것인지 질문을 던지며 녹음기를 들이댔다. 삼동회 친구들은 자신들의 주장이 언론에 보도되면 업주들도 알게 될 것이라는 생각에 하고 싶은 말들을 다소 과장했다.

"평화시장에는 우리 같은 친구들이 수천 명이나 더 있습니다. 그들과 우리는 이대로 좌시하지 않고 계속 투쟁할 것입니다. 그 친구들과 힘을 합치면 못 할 게 하나도 없습니다."

3만여 명이 일하고 있는 평화시장에 노조를 만든다면 한국노총 내에서도 막강한 힘을 발휘할 수 있으리라는 생각부터 들은 김성길은 귀가 솔깃해졌다. 신규노조의 결성과 운영에 대해서 전문가인 김성길은 평화시장에 노동조합을 만들기로 결심했다.

"열심히 노력하는 여러분에게 고마운 마음을 전합니다. 여러분들의 뜻을 이루려면 빨리 노동조합을 결성해야 합니다. 우리 한국노총에서 적극적으로 도와 줄 테니 우리와 함께 열심히 해봅시다."

삼동회원들은 뜻하지 않은 김성길의 말에 긍정적으로 동의했다. 노조에 대한 전문적인 지식이 전무했던 삼동회원 중에는 노동조합을 만들면 정부에서 월급을 주는 것으로 알고 있을 정도로 순진무구한 친구들도 있었다. 노조를 만들고 운영하는 일이 얼마나 힘든 일인지 현실적으로 심각하게 고려해 본 사람은 하나도 없었다. 결국 연행된 삼동회원들은 전태일이 운명한 당일 새벽에 즉결심판을 받았다. 그들을 판결한 재판장은 차분한 어조로 판결취지를 말해주었다.

"오늘 조간신문을 읽어봤는데 여러분에게 동정심은 들지만 법률에 의해 벌금형을 내릴 수밖에 없습니다."

그러나 가난한 시다들과 재단사들인 이들은 당장 벌금 낼 돈이 없었다. 이들은 곧장 유치장으로 넘어갔다. 이처럼 삼동회 친구들이 흩어져 있는 사이, 국립의료원에서는 진통제와 항생제로 겨우 버티던 전태일은 사경을 헤매고 있었다. 연행되지 않은 삼동회 친구들과 소식을 듣고 달려온 친구들은 입원실 침상에서 전태일의 마지막 당부와 유언을 듣고 맹세를 하고 있었다. 유치장 차가운 마루바닥 위에서 지새우는 것을 매우 고역이었다. 늦은 밤 최종인에게 면회 신청이 들어왔다. 김성길로부터 이야기를 듣고 특별면회를 신청한 한국노총 사무총장 윤영제였다. 그는 수사과 사무실에서 설렁탕을 대접하면서 평화시장 상황에 대해 이것저것 묻기 시작했으나 최종인에게는 오로지 전태일의 생사만 궁금했을 뿐이다. 그러나 친구 태일이 죽었다는 말에 최종인은 눈물을 참을 수 없어 부르짖고 오열했다.

"우리는 업주들과 노동청 사람들과 계속 싸울 겁니다. 뜻이 이뤄지지 않으면 저도 죽을 겁니다. 다음에 죽어야 하는 사람은 바로 접니다. 나와 내 친구들은 목숨을 버리고서라도 끝까지 싸울 겁니다." 최종인은 친구의 뜻을 꼭 이루리라 다짐하며 수없이 되뇌였다.

유치장에서 하룻밤을 보낸 최종인과 삼동회원들은 이튿날 아침이 돼서야 석방될 수 있었다. 이들의 벌금을 한국노총에서 대신 내주어 석방이 된 것이다. 최종인은 이승철과 함께 곧장 태일이 입원해 운명한 명동성모병원으로 달려갔다.

2. 아침 9시, 쌍문동 집을 빠져나와 명동성모병원으로 도망친 이소선

이른 아침이 되자 이소선은 갑자기 눈이 떠졌다. 사방을 두리번거리던 그의 눈에는 분명히 병원의 모습이 보여야 하는데 이상하게도 쌍문동 자신의 집 천장이 또렷이 보이는 것이었다. 잠시 생각을 더듬어 보니 어젯밤에 기절한 후 누군가 집으로 데려온 것이 분명했다. 정신을 가다듬고 기운을 차린 이소선은 형사들에게 자기 집으로 실려온 이야기를 듣고는 기분이 몹시 불쾌해졌다. 그 순간 아들 태일의 곁을 끝까지 지키지 못했다는 죄책감이 들며 화가 머리끝까지 치밀어 올랐다. 어젯밤 분명히 자기 두 눈으로 태일이가 죽어가는 것을 보았기 때문이다. 자리를 박차고 벌떡 일어난 이소선은 주변에 있던 사람들에게 소리쳤다.

"누가 나를 우리 태일이 곁에 두지 않고 함부로 집으로 데려왔어?"

분노한 목소리로 외치자 수발을 들고 있던 동네 이웃들과 교회 신자들이 안정을 시키려는 듯 어르고 달래는 것이었다.

"태일은 이제 좀 좋아졌으니 걱정하지 말고 한숨 돌리세요. 그리고 좀 누워서 이제 그만 기운 좀 차려요."

이소선은 그들이 모두 능청스럽게 거짓말을 하는 것을 금새 눈치챌 수 있었다. 밖에 서성이고 있던 검은 양복쟁이들은 쏜살같이 달려와 아들이 괜찮아졌다며 안정을 취하라며 억지로 설득했다.

"지금 무슨 소리들을 하는 거에요. 태일은 어젯밤에 분명히 죽었는데…?"

이소선은 자기를 속이려는 사람들의 말에 기가 막히고 어이가 없었다. 심지어 교회 교우들조차 형사들의 회유를 받아 끌어다가 앉히기에 바빴다. 밖을 쳐다보니 양복을 입은 낯선 사람들 서너 명이 대문 앞을 들락거리며 서성이고 있었다. 방안에 있는 사람들은 저마다 이소선을 눕히고 팔다리를 주무르기도 하고 물을 떠먹이기도 하며 수선을 떨었다. 모두가 형사들의 영향을 받은 듯했다. 이대로 집에 있을 수 없다고 판단한 이소선은 집을 빠져나가기 위해 묘책을 짜냈다. 그녀는 물을 한 그릇 마시고 싶다며 벌떡 일어나 부엌으로 향하면서 사람들을 안심을 시켰다. 부엌으로 들어 간 이소선은 부엌칼을 집어 들었다. 그리고는 방안으로 뛰어들어갔다.

"누구든지 지금부터 나를 병원으로 못 가게 하는 인간이 있으면 내가 이 칼로 쑤셔 버릴 테다. 내 아들이 죽었다. 엄마 되는 내가 아들한테 가겠 다는데 어떤 놈들이 나를 못 가게 하는 거냐?"

방안에 있는 동네 사람들과 형사들을 향해 엄포를 놓고 소리를 질렀 다. 그렇게 해서 집안 안팎에 있는 사람들을 향해 정신없이 위협하면서 가 까스로 대문 밖으로 뛰쳐나갔다. 이소선이 휘두르는 칼을 피해 모두들 뒷 걸음질 치며 물러서자 뒤도 돌아보지 않고 동네 입구에서 파출소 앞까지 정신없이 달음질을 쳤다. 한참을 달리다 보니 치마가 벗겨진 줄도 모르고 있었다. 이소선은 이리저리 닥치는 대로 버스나 택시를 타려고 대로변으 로 뛰쳐나왔다. 겨우 택시를 얻어타고 간신히 명동성모병원으로 출발할 수 있었다.⁴⁴

3. 오전 11시, 부고(訃告) 후 근로조건개선 요구 인터뷰를 하다

병원에 도착하니 이미 전태일의 시신은 냉동실에 들어가 꽁꽁 얼어 있 었다. 기가 막혀 눈물조차 나오지 않았다. 죽은 모습이라도 좋으니 아들의 얼굴을 한 번만이라도 보고 싶었다. 병원 측에 이리저리 요구했으나 병원 측과 기관원들이 제지하는 바람에 허락되지 않았다. 전태일의 시신이 보 관된 냉동실 서랍의 이름표에는 전태일이 아니라 '전요셉'이라는 천주교 영세명이 표기되어 있었다. 이소선은 이때부터 골똘히 깊은 생각에 잠겼 다. 이미 아들 태일이 어젯밤에 죽는 것을 분명히 보았다. 그렇다면 이제

44 이소선, 위와 같음.

부터는 아들의 시체를 꺼내서 얼굴을 쳐다보는 것이 그리 중요한 것이 아니다. 우선 대구에 사는 큰집을 비롯해 가까운 일가친척과 지인들에게 전보를 쳐서 부고를 전했다.

정신을 가다듬고 모든 것을 종합해 볼 때 태일의 뜻을 제대로 이룰 수 있는 절호의 기회가 바로 지금이라는 생각이 스치고 지나갔다.[45] 태일이 생전에 그토록 열망하던 근로조건개

검은 상복을 입고 앉아 기도에 열중하는 이소선

선 요구사항이 이뤄지지 않는다면 시신을 인수하지 말아야겠다는 판단이 섰다. 이소선이 병원에 나타나자 기다리고 있던 기자들이 벌떼처럼 몰려들었다. 한꺼번에 몰려드는 기자들을 주체할 수 없게 되자 이소선은 어디서 그런 배짱과 지혜가 생겨났는지 마치 숙련된 정치인이 합동기자회견이라도 하는 것처럼 영안실 복도 앞에 있는 넓은 로비로 불러 한자리에 모아놓고 바닥에 앉혔다. 그녀는 기자들을 향해 짧고 단호하게 인터뷰를 했다.

기자 양반들 잘 들으시오. 나는 우리 아들 태일이가 근로조건개선을 위해 온갖 고생을 하면서 불철주야 뛰어 다니며 평화시장 노동자들을 위해 관청을 다니며 정정당당하게 노력을 해 온 것을 보았습니다. 그러나 우리 아들은 노동청의

---

45 이소선, 위와 같음.

배신과 기만행위 때문에 결국 이렇게 처참하게 분신을 하게 된 겁니다. 나는 태일이의 뜻이 이루어지기 전에는 절대로 시신을 인계받지 않고 여기에 그냥 둘 겁니다.

인터뷰를 마친 이소선은 그때부터 모든 것을 신앙에 의지했다. 그녀는 쉬지 않고 기도를 올렸다. 창현교회나 기독교계에서 찾아오는 사람들이 빈소를 방문하면 무조건 "기도 합시다"를 되풀이하면서 오로지 기도에만 매달렸다.[46]

"하나님 아버지, 저는 아무것도 모릅니다. 하나님이 지혜를 주셔서 모든 것이 주님의 뜻대로 이루어지게 하옵소서. 저의 입술과 혀와 행동을 직접 주관하여 주옵소서…."

분신 항거 이튿날에도 여전히 신문이나 방송에서는 시간마다 태일이 사건과 평화시장 참상에 대한 보도가 끊이지 않았다. 주변에 있던 교우들이 이소선에게 라디오를 들고 귀에 갖다 대자 손사래를 치며 뿌리쳤다.

"그까짓것 당장 치워요. 라디오를 들으면 뭐합니까?"

이제는 다른 일에 한눈팔지 말고 앞으로 어떻게 해야 하는지에 대해서만 골똘하게 생각하기 시작했다. 사실이 그랬다. 아들은 이제 죽은 것이 확실한데 신문을 읽고 라디오를 들으면 뭐 한단 말인가. 이소선은 아들이 그토록 생전에 이루려고 했던 평화시장의 근로조건개선 8개 조항을 다시 한 번 분명하게 요구하기로 했다.

조용한 침묵이 흐르던 영안실에 두꺼운 뿔테 안경을 쓴 장년의 신사가 나타났다. 그는 제대로 꾸며지지도 않은 전태일의 빈소 영정 앞에 공손히 절을 드린 후 조용히 무릎을 꿇고 고개를 숙이며 조문을 마쳤다. 이소선을

---

46 이소선, 위와 같음.

비롯해 영안실에 있는 사람들은 그가 누구인지를 몰라 갸우뚱하며 어리
둥절하고 있는데 그가 갑자기 소리 없이 흐느끼기 시작했다. 잠시 흐느끼
는 정도가 아니라 30분이 넘도록 혼자 울먹인 것이다. 그가 마침내 무릎
을 절룩이며 일어서더니 이소선에게 다가와 따뜻한 말로 위로를 전하는
것이었다. 이소선은 그제야 그 신사가 장준하 선생이라는 것을 알게 되었
다. 가장 먼저 나타난 조문객이 바로 장준하였던 것이다.

　그가 돌아간 후 이소선은 영안실을 지키고 있는 노동청 근로감독관들
과 기자들을 향해 그 요구사항이 업주들과 노동청장에게 신속히 전달될 수
있도록 강조하기 시작했다.[47] 남아 있던 태일의 친구들에게 8개 요구사항
을 적어오도록 하고 평화시장회사와 노동청장에게 다시 한 번 구체적인 요
구를 했다. 만일 그 요구사항이 관철되지 않을 때는 절대로 장례식을 치를
수 없다고 완강히 못을 박았다.

4. 영안실에서도 만사를 제쳐놓고 기도에 열중하는 이소선

　이소선은 복잡한 상황에서도 기도에 열중했다. 그녀의 기도는 형식적
이고 의례적인 기도가 아니었다. 피를 토하는 울부짖음 그 자체였다. 막
상 기도의 입술이 열리자 영안실뿐만 아니라, 심지어 병원 화장실에 가서
도 기도가 술술 나왔다. 자신의 사랑하는 아들이 왜 죽었는지 그 사실을
올바로 알 수 있게 해 달라는 기도였다.

　하나님 아버지, 제가 태일이의 한(恨)을 알아야 할 것 아닙니까? 아들이 그토
　록 하고 싶어했던 일이 무엇인지 좀 더 자세히 가르쳐 주십시오. 그동안 4년

---

47 이소선, 위와 같음.

가까이 아들을 위해서 하루도 안 빠지고 밤낮으로 기도한 결과가 이것입니까? 그토록 간절히 기도한 제 아들의 마지막이 이토록 처참하게 불에 타 숯덩이가 되는 것입니까? 도대체 아버지의 뜻이 무엇입니까? 제가 그동안 기도한 내용하고 결과는 너무나 다르지 않습니까?

영안실로 문상 오는 다른 사람들의 이야기는 도무지 귀에 들어오지 않았다. 이소선은 무엇인가 확실히 깨닫게 해 달라는 간구를 끊임없이 했다.

제 아들을 위해서 그만큼 밤낮으로 기도했는데 결과가 왜 이렇게 비참하게 됐습니까? 제가 그토록 사무치게 태일이가 잘되게 해 달라고 기도를 드렸건만 어떻게 제 눈앞에 지금 그 아들이 숯덩이가 되어 있습니까?

이소선은 반복해서 기도를 올렸다. 아들이 죽은 진정한 이유를 알 때까지 모든 것을 제쳐 두고 오직 기도에만 매달리기로 한 것이다. 그러나 아무리 기도를 올려도 하나님의 뜻을 도무지 이해할 수가 없었다.[48] 그때 영안실에는 여기저기서 돈 봉투를 놓고 가거나 청와대나 중앙정보부에서 찾아온 사람들이 명함을 내밀고 갔다. 형사들과 공무원들이 열심히 들락거렸으나 이소선은 도무지 그런 사람들에게는 관심이 없었다. 많은 이들이 조문한다며 찾아오고 기자들이 수선을 떨어도 전혀 아랑곳하지 않았다. 오로지 천막 교회 시절부터 아들 전태일을 위해 피눈물나게 기도했던 것만을 떠올리며 몸부림을 치며 기도에만 집중할 뿐이다.[49] 천막 교회와 자신의 집이 같이 붙어 있을 때는 기도하는 것이 유일한 낙이자 일이었다. 교회에서 새벽기도 하는 소리를 들으며 식구들은 아침잠에서 깨어났고

---

48 이소선, 위와 같음.
49 이소선, 「저자와의 인터뷰 증언」, 2006.10.11.

밤에는 철야기도를 하는 소리를 들으며 아이들이 잠자리에 들 정도로 오로지 기도에 전념한 어머니였다. 전태일은 그처럼 자기 어머니가 교회에서 밤낮 자신을 위해 기도하는 소리를 들으며 청계천 평화시장으로 일하러 나갔고[50] 그 기도소리에 힘을 얻으며 자신보다 더 나약하고 불쌍한 사람들인 평화시장의 어린 여공들을 위해 노동문제에 본격적으로 뛰어 들었던 것이 아닌가.

드디어 기도에 전념하며 외로이 투쟁하는 이 여인을 하늘은 외면하지 않고 응답해 주었다. 인간의 지식과 경험으로는 이해할 수 없는 초월적인 힘과 지혜를 이소선에게 부어 주기 시작했다. 아들 태일이의 죽음을 슬퍼할 겨를조차 없었던 이소선의 내면과 외면에는 이때부터 평범한 사람들의 상식으로는 납득할 수 없는 불가사의한 지혜와 능력이 임한 것이다. 이소선은 이날부터 마치 준비된 투사[51]처럼 모든 것을 일사분란하게 영안실 정국을 진두지휘하였다.

5. 영안실을 찾은 전태일의 친구들을 협박하는 깡패들

유치장에 갇혀 꼼짝없이 하룻밤을 보낸 삼동회원들은 한국노총에서 벌금을 대신 내주는 바람에 드디어 석방됐다. 이승철을 데리고 병원을 찾은 최종인은 친구의 영정에 절을 올리고 주위를 돌아보니 넋이 나간 듯 앉아서 기도만 하고 있는 이소선 어머니를 발견하고 위로의 말을 건넸다. 이소선은 석방된 삼동회 회원들과 그동안 있었던 일들을 나누며 잠시 회포를 풀었다. 최종인과 이승철에게 자초지종을 모두 이야기하자 두 사람은 이소선을 껴안았다.

---

50 이소선, 위와 같음.
51 정혜신, "정혜신의 인물 탐구, 김종호와 이소선 편", 「신동아」 2001년 8월호, 344-351.

"어머니, 우리가 그 뜻을 이루면 되잖아요. 저희들을 믿으세요."

"우리 종인이와 승철이가 바로 내 아들이다."

"어머니, 태일은 우리가 제대로 협조해 주지 못해서 죽었기 때문에 이 제부터는 우리가 책임지고 일하겠습니다. 어머니, 이제는 저희를 태일이 라고 믿으세요."

"그래, 그렇게 할게. 너희들은 틀림없는 내 아들들이다."

이소선은 아들의 친구들을 붙들고 그동안 참아 왔던 눈물들을 모두 쏟 아내며 서로 부둥켜안고 울어 버렸다. 그때부터 이소선은 태일의 친구들 이 바로 아들이라고 믿기로 작정했다. 얼마쯤 지나자 삼동회원 일행들의 옆에 서성이던 낯선 남자 한 명이 이런 광경을 물끄러미 바라보더니 느닷 없이 소리를 지르기 시작했다. 생전 처음 보는 사람이 막말을 하며 날뛰는 것을 보자니 어이가 없었다. 자세히 보니 양아치 패거리들이었다.

"야, 이 놈들아! 어디 갔다가 이제 나타나는 거야? 너희들이 전태일을 죽였으니 이번 사건은 너희들이 모두 책임져야 한다. 알겠냐? 네 친구들, 다들 어디 갔어?"

그러더니 옆에 있던 다른 젊은이가 끼어들더니 먹살까지 잡으며 마구 잡이로 몰아붙였다.

"너희들이 태일을 죽여 놓고 여기가 어디라고 감히 뻔뻔하게 나타나 느냐? 너희들 때문에 태일이가 죽었으니까 너희들이 책임져 임마!"

너무 심하게 먹살을 잡고 흔들고 욕을 퍼부어대며 시비를 거는 것을 보니 분명히 일부러 싸움을 일으키려는 의도가 역력했다. 도대체 이들의 정체가 누구인지 알 수가 없었다. 빈소를 지키던 이소선 어머니는 보다 못 해 패거리들을 향해 다가가 뜯어말렸다.

"왜 다들 이러시나요? 태일이 친구들은 모두 내 아들이나 다름없으니 그만들 하세요."

뻘쭘한 기색으로 한발 물러선 그들은 아직도 어색하게 씩씩거리고 있었다. 최종인과 삼동회 친구들은 나중에 그들이 누군가의 사주를 받은 깡패들이라는 것을 알았다. 노동계의 수면 위로 떠오른 전태일의 친구들이 영안실에 얼씬도 못하게 하려고 고의로 시비를 건 것이었다. 삼동회 친구들과 몸싸움이라도 발생했다면 분명히 경찰서로 끌고 갈 정도로 계획적이었다. 아마도 기관에서 작전을 짜 평화시장 업주들과 결탁해 벌인 일로 보였다. 영안실이 시끄러워지자 밖으로 나온 최종인과 이승철은 전태일에게 자신들을 소개해서 만나게 해준 재단사 신기호에게 찾아갔다.

"내가 너희들을 태일이한테 소개해 줬으니 나와 너희들은 하나가 돼야 한다. 태일이가 너희와 함께 싸우다 죽었으니 너희들이 끝까지 책임지고 그 뜻을 이어가야 한다. 나도 힘닿는 대로 도와줄 테니 너희들이 앞장서서 싸워라."

"기호 선배님 잘 알았습니다. 저희들이 죽는 한이 있더라도 반드시 태일이의 뜻을 이어가겠습니다."

이승철과 신기호 두 사람은 눈물로 다짐을 하며 투쟁의 결의를 다졌다.

6. 무심코 일기장 한 권을 가져와 조의금 명부로 사용하다

전태일이 운명한 그 이튿날 병원 영안실에는 빈소가 설치되었는데 어찌 된 일인지 바로 첫날 전태일의 육필 일기장 노트를 묶어놓은 것이 쌍문동 집에서 통째로 도난을 당했다. 왜 도난을 당했으며, 누구의 소행인가? 전태일은 살아 있을 때 노트나 별지 등에 일기와 수기를 빠짐없이 썼다. 특히 평화시장에서 일을 마치고 집에 돌아오면 자기 전에 꼭 그날의 일기를 기록으로 남겼다. 그가 남긴 일기장의 양은 모두 대학 노트 7~8권 정도의 분량이 된다. 전태일은 분신 항거하기 전 쌍문동 집에서 마지막 밤을 보내

며 자신이 입었던 옷가지들과 책들을 모두 정리했는데 이때 자기 일기장
도 모두 정리했다. 옷들은 가지런히 정리해서 장롱 안 한쪽 구석으로 밀어
놓고, 자신이 그동안 애지중지 읽었던 책들은 한데 묶어놓았다. 그리고 그
가 수년간 기록한 일기장들과 수기장 노트들도 모두 노끈으로 묶어 자기
방 한쪽 구석에 가지런히 놓아두었다. 그런데 신문 방송 등 언론매체에서
사건이 떠들썩하게 보도되자 일기장 도난사건이 발생한 것이다. 빈소가
마련되는 첫날 일기장들이 송두리째 도난을 당하는 사건이 발생한 내막은
이러하다.

전태일이 운명했다는 비보를 접한 쌍문동의 이웃들은 병원에 빈소를
설치하는 데 필요한 물건들을 챙기느라 이리저리 분주하게 움직였다. 다
급한 나머지 문방구에 가서 제대로 만들어진 방명록을 구입할 시간적 여
유가 없자 전태일의 방에 들어가서 쓸 만한 노트를 찾기 시작했다. 그들의
눈에 일기장 묶음이 눈에 띈 것이다. 그리고 별생각 없이 노끈을 풀고 두
툼한 노트 한 권을 집어 들고 이리저리 살펴보니 아직 사용하지 않은 빈
여백들이 많아 보여 그 노트를 들고 나온 것이다. 그리고 그 노트를 빈소
로 가져가 임시로 조의금 명부로 사용하기 시작한 것이다. 정식으로 방명
록을 구해 오면 그곳에 옮겨 적으려고 아쉬운 대로 잠시 활용하려는 의도
였다. 그렇게 영안실에 설치된 조의금 접수대 위에는 방명록 대신 전태일
의 낡고 두툼한 일기장 한 권이 놓이게 된 것이다.

마침 그 노트는 전태일이 써 놓은 7~8권의 수기장 중에서도 가장 두
꺼운 청색 비닐 커버 대학노트였다. 그러나 그 노트는 남은 백지가 없을
정도로 거의 모든 페이지가 전태일의 친필로 빼곡하게 기록된 수기장이
었다. 쌍문동 이웃들이 태일이 방에 들어가 무심코 노트 한 권을 꺼내 간
것이 하필이면 태일의 어린 시절 회상수기를 비롯해 대통령과 근로감독
관에게 써놓은 편지와 최초의 유서 등이 기록된 노트였던 것이다. 이렇게

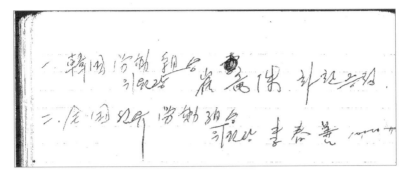

조의금 방명록으로 사용한 전태일의 일기장에는 문상을 다녀간 두 명의 노조위원장 이름과 조의금 품 항목이 적혀있다.

해서 전태일의 일기장 분실 사건의 서막이 시작된 것이다. 한편 그 일기장의 맨 뒷면에는 조의금 명부로 실제 사용된 흔적이 발견된다. 그러나 아래와 같이 단 두 명의 조문객 이름만 적힌 상태에서 조선일보 이상현 기자가 곧바로 이 노트를 신문사로 가져간 것이다.

一 . 韓國勞動組合 위원장 崔龍洙 화환증정
二 . 全國섬유 勞動組合 위원장 李春善 10,000원.[52]

전태일의 분신 항거 한 달 반 전이던 1970년 10월 노조위원장에 당선된 최용수와 이춘선 섬유노조위원장[53] 두 사람의 조문 기록만 적혀있는 것으로 보아 아직 본격적인 조문행렬이 이어지지는 않았음을 보여준다. 두 사람이 조문할 때 가져온 화환과 조의금 내역만 일기장에 기록되었고 세 번째 조문객이 오기 직전인 오후 3시경에 조선일보 기자가 일기장을 발견하고 접근하면서 사건이 시작된 것이다. 일기장 도난의 시초는 일기

---

52 전태일, 『친필 수기』, CD 사본 2. 91.
53 훗날 전국구 국회의원에 당선됨.

장을 처음부터 제대로 관리하지 못한 식구들의 책임도 있으나 식구들 중 어느 누구도 전태일의 일기장이 그토록 소중한 진가를 발휘할 줄 몰랐을 것이다. 또 상을 당해 경황이 없다 보니 설마 누군가가 일기장을 노리고 훔쳐갈 것이라고는 상상조차 하지 못했을 것이다. 또 상을 당한 이웃을 도와주려고 순수한 의도에서 가져간 노트 한 권 때문에 결국 모든 일기장이 통 채로 도난을 당하는 사건의 단초가 될 줄 누가 알았을까.

7. 오후 3~6시, 이상현 기자가 가져간 일기장과 사진의 행방

「조선일보」 이상현(李相鉉) 기자는 어떻게 전태일의 일기장과 사진들을 가져갔을까. 그가 첫 번째 일기장을 취득한 날짜는 1970년 11월 14일 토요일 오후 3시였고 그 자리를 뜬 후에는 쌍문동으로 이동해 앨범에 있던 전태일의 사진들과 나머지 일기장들을 들고 신문사로 달아났다. 그는 자기의 일기장 도난 사건에 대해 훗날 두 번에 걸쳐 공식적으로 진술했는데, 한 번은 분신 사건이 발생한 지 7년이 지난 1977년에 집필한 그의 회고록[54]에서, 또 한 번은 1999년 8월 4일, 서기 2천년 밀레니엄 시대를 앞두고 20세기를 회고하며 기획했던 「조선일보」와의 인터뷰 기사를 통해서였다. 그는 도난사건에 대해 오히려 특종 운운하며 자화자찬 일색이었다. 먼저 그의 회고록에 당시 상황을 어떻게 기술했는지 알아보자. 그는 기자생활 10년을 앞두고 출판한 자서전에서 "全泰一 焚身自殺 事件"이라는 장(章)을 통해 무려 40쪽이 넘는 분량을 할애하여 전태일 사건에 대해 술회하며 일기장을 가져간 내용을 추억했다.

---

54 이상현, 『사회부 기자』 (문리사, 1977), 38-81.

이상현 기자가 1977년에 쓴 회고록 표지. 그 책에서 〈全泰一 焚身自殺 事件〉이라는 장(章)을 통해 일기장 습득은 언급했으나 일기장의 행방에 대한 서술은 없었다.

시체실 한쪽 테이블에 청년이 두 명 앉아 방명록을 기록하고 있었다. 명단을 죽 훑어봤으나 이렇다 할 지명인사는 없었다. 명단을 모두 막 훑어보고 난 순간, 그 방명록이 낡은 대학 노우트였다는 사실에 나는 섬뜩해졌다. 청색 비닐 커버의 대학 노우트. 직감적으로 느낌이 이상했다. 아니나 다를까. 대학 노우트를 한 장 펼쳐 보니 무언가 잔뜩 적혀 있는 게 아닌가 말이다. '틀림없다.' 나는 가슴이 뛰기 시작했다. '이게 뭐요?' 나는 부의금 접수를 맡은 20대 청년에게 귀엣말로 슬쩍 물었다. 주위에는 동료 기자들이 쉴 사이 없이 들끓고 있었기 때문이다. '태일이 일기예요.' '어?' 나는 무조건 그 노우트를 움켜쥐었다. '잠깐 좀, 봅시다.' '누구신데요?' '나가 보면 압니다.' 부의금이 적힌 대학 노우트를 코우트 호주머니에 움켜 넣고 내가 먼저 앞장을 서 시체실을 나왔다. 그 청년은 죽은 태일 군의 사촌형이라고 했다. (중략) 전군이 살던 성북구 쌍문동 셋방을 홀랑 뒤져 필요한 사진을 더 찾았다. 그리고 이 일기장을 신문사로 가져가기 위해, 나는 이 일기장이 꼭 세상에 공개돼야 하며 이로써 그의 죽음이 명실상부하게 된다고 거듭거듭 설명해 그를 설득시키는 데 성공했다. 대학 노우트를 들고 나는 신문사로 뛰었다. '일기를 구했읍니다!' 나는 큰소리로 데

스크를 향해 자신 있게 소리쳤다. '뭐, 일기장이 나왔어?' 데스크는 놀랐다. '빨리빨리 기사 써.' 55

이처럼 1977년에 집필한 자신의 회고록에서는 일기장의 존재를 발견하고 전태일의 사촌형을 잘 설득해 일기장을 가져온 것으로 나와 있다. 그러나 1999년 8월 4일자 「조선일보」와의 인터뷰에서는 이 내용을 좀 더 다르게 진술했다.

영안실은 수십 명의 내외신 기자들, 청계천 근로자들, 정부 관계자, 유족의 통곡으로 북새통이었다. '여기서, 도대체 내가 찾아낼 수 있는 것은 무엇인가?' 생각 끝에 조위금 접수대의 '문상객 리스트'부터 우선 살펴보기로 했다. 조의금 내용은 예상과 달리, 쓰다 남은 대학노트 뒤쪽 여백에 몇 줄 적혀 있었다. '아무리 가난해도 그렇지, 노트 한 권 새로 사면 될 텐데….' 나는 속으로 그렇게 중얼거리며 유명인사의 문상여부를 확인하다가, 순간적으로 그 노트가 너무 낡았다는 사실에 섬뜩한 느낌이 들었다. 푸른 색 비닐커버의 두툼한 대학노트. 직감적으로 이상해서 주위의 기자들 눈치를 살피며 슬쩍 노트를 펼쳐보니, 뭔가가 잔뜩 적혀 있었다. '이게 뭐요?' '태일이 일기장이예요.' 나는 당시 악명 높던 동대문파 소매치기보다 더 빠른 솜씨로 일기장을 움켜 쥔 채, 그길로 줄행랑을 놓았다. 전태일의 일기장은 그의 '주검' 곁에 그렇게 놓여 있었다.56

회고록과는 달리 인터뷰 기사에서는 "동대문파 소매치기보다 더 빠른 솜씨로 일기장을 움켜 쥔 채, 그길로 줄행랑을 놓았다"고 기술했다. 노트

---

55 이상현, 『사회부 기자』, 39-44.
56 "전태일 분신자살,「아듀 20세기」",「조선일보」1999년 8월 4일자 기사에서 발췌.

를 들고 줄행랑을 쳤다는 것은 다른 경쟁 언론사의 기자들을 제치고 특종을 위해 일기장을 들고 도망갔다는 의미다. 또 자신의 회고록에서는 영안실 일기장 외에도 "성북구 쌍문동 셋방을 홀랑 뒤져 필요한 사진을 더 찾았다"며 추가로 전태일의 사진들도 가져갔다고 술회했다. 그러나 앞뒤가 안 맞는 이런 그의 진술은 뭔가 석연치 않게 보인다. 그는 분신 항거 사건이 지난 지 벌써 50년이 다 되어가는 현재까지 일기장 도난과 연루된 사건의 진실을 정확하게 밝히지 않고 있다. 당시 상황에 대해 동생 전태삼은 다음과 같이 증언했다.

"그럼 일기를 누가 가져간 것인가요?"

"이상현 기자가 와서 뒤져 간 거예요. 지가 뒤져 간 거예요."

"아, 그걸 누가 준 게 아니고요?"

"혼자 뒤져 간 거예요."

"그럼 그걸 나중에 돌려줬나요?"

"에, 나중에 돌려 준거를 보니까 면도칼로 찢어진 거지…. 그게 지금도 그대로 있어요."

이 기자가 영안실 부의금 접수처에서 방명록으로 사용하던 노트를 유심히 들여다보다 전태일의 일기장이라는 것을 확인하고 그 자리에서 가져간 것은 맞는 말이다. 그러나 문제는 이 노트 외에 전태일의 다른 일기장 노트가 더 있을 것이라고 판단해 쏜살같이 전태일의 집으로 달려가 온 집안을 뒤진 끝에 나머지 일기장들과 앨범에서 꺼낸 여러 장의 사진들을 들고 신문사로 줄행랑을 친 것이다. 당시 「조선일보」의 현장 취재기자였던 이상현은 입사 경력 2년의 초년생 기자였다. 그의 회고록에는 당시 심경이 잘 드러나 있다.

1970년 11월 14일 토요일 오후 3시. 사건발생 다음 날, 데스크로부터 사건의 '물증확보'를 지시받은 나는 머리가 아플 만큼 참으로 막막했다.

신문사의 상사인 취재부장은 일기장을 찾아오라며 채근했고 초년생 기자였던 그는 병원과 전태일의 집 언저리를 빙빙 돌던 끝에 병원에서 일기 한 권, 전태일 집에서 나머지 일기들과 사진들을 몰래 빼돌려 자사 신문 특종에 활용하고자 했던 것이다.

사인(死因)을 필히 뒷받침할 만한 구체적 자료를 입수해 오라는 지시를 받고 나는 참으로 막막했다. 구체적 자료라면 수기나 일기인데, 그 친구(전태일) 집안의 책상이나 장롱 등을 다른 기자들이 지금껏 그냥 두지 않았을 게 뻔한 노릇이 아닌가. 사건이 사건인 만큼, 지하실 시체실에는 가족, 노동청 관계자, 수십 명의 보도진으로 발을 들여놓을 틈이 없었다. 나는 우선 담배 한 개비를 피워 물었다. '일기장을 어디서 찾아낼 수 없을까? 그것만 찾아낸다면 통쾌한 스쿠프가 될 텐데, 뭔가 있긴 있을 텐데.'

방명록으로 사용하던 전태일 일기장 한 권을 들고 영안실 빈소를 쏜살같이 빠져나간 이 기자는 곧장 쌍문동에 있는 전태일의 텅 빈 집을 찾아가 온 집안을 샅샅이 뒤졌다. 그리고 가지런히 모아둔 일기장 묶음과 앨범 속에 사진들을 추려서 들고나온 것이다. 고스란히 한쪽 구석에 방치되었던 일기장들을 들고 사람들의 눈을 피해 달아난 것이다. 곧바로 신문사 데스크로 가져간 그는 밤새 전태일의 일기장을 살펴봤다. 그리고 그것을 근거로 기사를 작성하기 시작했다. 그러나 14일(토)에 일기장을 입수해 그날 저녁부터 작성하기 시작한 특종기사는 곧바로 조간신문에 보도된 것이 아니라 무려 1주일 후인 22일이 되어서 주간지를 통해 보도됐다. 그러나 그 기사가 나갔을 때는 이미 전태일의 장례식(18일, 수요일)이 모두 끝난 나

흘 뒤였다. 소위 전태일 분신 항거 사건에 대한 후속 보도 특종이었던 셈
이다. 그렇다면 특종 기사 하나 내려고 「조선일보」와 이 기자는 이런 일을
자행했을까? 그러나 지금까지 살펴본 이상현의 행동은 기자로서 프로정
신으로 이해할 수도 있을 것이다. 그러나 문제는 지금부터 시작이다. 이
기자가 가져간 일기장 노트들은 특종기사를 위해 활용된 후 행방이 묘연
하게 된다. 정상적인 언론사라면 당연히 기사에 활용된 후에는 반드시 유
가족에게 돌려주는 것이 마땅한 도리다. 그러나 일기를 몰래 빼돌린 이 기
자는 일기장을 정당한 절차와 방법으로 돌려주지 않았다. 우여곡절 끝에
일기장들이 노동청으로 넘어간 것이다.

　이튿날이 밝자 취재부와 편집부는 간부회의를 열어 일기장 처리문제
에 대한 대책에 들어갔다. 만일 이 일기장이 세상에 그대로 공개된다면 박
정희 정권과 노동청은 심각한 타격을 입을 수밖에 없기 때문에 노동청 직
원들과 이 문제를 상의하기로 결정하고 「조선일보」는 노동청과 접촉하기
시작했으며 결국 전태일의 일기장은 기사 작성 활용을 마친 후 곧바로 노
동청 직원들에게 넘어간 것이다. 일기장을 취득한 노동청은 신문사로부
터 넘겨받은 일기장을 꼼꼼히 확인하면서 문제가 될 만한 내용들을 선별
하고 추리기 시작했다. 자신들에게 불리한 내용들은 면도칼로 절취하거
나 찢어서 별도로 보관했다. 그러나 며칠 후 전태일의 식구들과 동네 이웃
주민들은 일기장을 찾기 위해 노동청과 처절한 투쟁을 벌이게 된다.

8. 밤 12시, 용문산기도원에서 황급히 올라온 동생 전태삼

　한편 경북 김천의 용문산기도원에 입산해 공부하던 동생 전태삼도 비
보를 듣게 되었다. 기숙사 학우 한 명이 땔감나무를 잔뜩 짊어지고 산 아
래 동네로 내려가서 팔았는데 기도원으로 올라오던 도중 김천 직지사(直

旨寺)에 들려 일간신문을 하나 가지고 올라온 것이다. 그 동료 학우는 자신이 가지고 온 신문을 읽다 말고 의아하다는 듯이 전태삼을 향해 손짓을 했다.

"태삼아, 너 이 기사 좀 읽어 봐라, 이 사람이 네 이름하고 비슷한데 혹시 네 형제 아니냐?"

동료는 형 태일의 분신 소식이 적힌 신문기사를 코앞에 바짝 보여주었다. 이상한 예감을 느끼며 단숨에 기사를 읽어 내려간 전태삼은 "쌍문동 208번지, 전태일…"이라는 문구를 확인하는 순간 자신도 모르게 이상한 말을 입에서 내뱉고 말았다.

"형!! 이제 됐구나, 이제, 됐어!!"

방금 내뱉은 말은 도저히 자신의 의지와는 상관없이 튀어나온 말이었다. 자신도 그 말을 자신의 귀로 들었을 뿐, 자신의 의도에서 나온 말이 전혀 아니었음을 순간 깨달았다. 전태삼은 우여곡절 끝에 기숙사에 내려와 기차를 타고 대구 큰댁으로 가서 차비를 얻어 14일 밤이 되어서야 쌍문동 집에 도착할 수 있었다. 이미 동생들과 어머니는 명동성모병원으로 떠났고 집은 텅 비어 있었다. 동네 사람들에게 물어서 성모병원 영안실에 도착하니 어느덧 밤 12시가 다 된 시각이었다. 형님의 시신이 안치된 곳을 찾아간 전태삼은 냉동실에 보관된 형의 얼굴을 보자 그의 입에서 또다시 같은 말이 튀어나왔다.

"형, 이제 됐어?"

자신의 입에서 나온 말인데도 불구하고 도무지 이해되지 않는 말을 중얼거린 것이다.[57] 태삼은 형의 시신 앞에서 통곡하기보다는 형을 향한 하나님의 뜻을 어렴풋이 깨달은 것을 오히려 다행스럽게 생각했다.[58] 형님

---

[57] 전태삼, 위와 같음.
[58] 전태삼, 「저자와의 인터뷰 증언」, 2006.9.24.

의 죽음은 확실히 하늘의 섭리 가운데 진행된 일이었고 하나님이 형님을 사용하고 계신다는 확실한 믿음이 들었기 때문이었다.

전태삼은 빈소로 돌아와 어머니 이소선의 모습을 바라보았다. 그러나 놀랍게도 어머니의 모습은 전혀 슬픈 기색이 없었다. 오히려 얼굴에 화색이 돌았고 알 수 없는 생기마저 넘쳤다. 어머니는 이미 믿을 수 없을 정도로 다른 사람이 되어있었다.

명동성모병원 영안실에 설치된 전태일의 빈소에 동생 전태삼과 전순옥 등이 상복을 입은채 자리를 지키고 있다..

마치 이소선의 얼굴은 방금 달리기 운동을 마친 얼굴처럼, 양쪽 뺨에 붉은 화색이 돌았고 어떤 신비한 힘이 넘쳐 보였다. 그것은 사실이었다. 하늘이 그녀의 기도에 응답해주신 것에 대한 기쁨과 담력 때문이었다. 병원에 도착해 바라본 어머니의 모습은 자식을 먼저 떠나보낸 어머니의 슬픈 기색은 전혀 찾아볼 수 없었고 오히려 의연하고 여유로워 보였다. 다만 의자에 앉아서 말없이 빈소에 있는 사람들을 고요히 바라보며 틈나는 대로 기도하는 여인의 모습일 뿐이었다.[59] 특히 창현교회에서 찾아온 교우들은 고맙게도 당번을 짜서 교대로 영안실을 지키며 이소선과 자리를 함께했다. 교인들은 한복을 제복처럼 즐겨 입는 대한수도원과 임마누엘수도원의 특

---

59 이소선, 「저자와의 인터뷰 증언」, 2006.10.12.

성상 검은 한복으로 정갈하게 차려입은 여자 신도들이 빈소를 들락거렸다. 영안실을 취재하던 기자들의 눈에도 이소선을 비롯해 교인들이 검은 한복 차림의 상복을 입는 모습이 이채롭게 보였는지 다음날 어느 신문사 기자가 영안실의 풍경을 스케치했다면서 가십란에 아래와 같이 기사화하기도 했다.

> 전태일의 영안실에는 통곡하는 사람들이나 조문객들은 아무도 안보이고 흰 고무신에 검정치마 저고리를 입은 웬 여인네들만 서성거리고 있었다.

전태삼은 이제부터 형님을 대신해 집안의 가장이 된 것이다. 웬일인지 눈물조차 한 방울 나오지 않고 담담하던 태삼은 이때부터 상주가 되어 빈소를 지키며 문상객들을 맞이하기 시작했다.[60]

---

60 이소선, 위와 같음.

제9부

"나의 죽음을
헛되이 하지 말라"

47장

15일, 분신 항거 셋째 날

1970년 11월 15일(일)

1. 장례식에 합의하도록 회유하기 시작하다

이날은 일요일인데도 불구하고 이른 아침부터 영안실로 평화시장의 업주들이 대거 몰려들었다. 회사 측에서는 노동청과 연합으로 자기들끼리 모여서 모종의 장례식 준비를 서두르는 것 같이 보였다. 이소선이 보기에 그들은 오로지 장례식을 치르는 문제 자체에만 모두 신경을 쓰며 정신들이 팔려있는 것처럼 보였다. 목관은 얼마짜리로 할 것이고, 상복은 어떤 기지를 고르고, 상여 행렬은 어떻게 준비할 것인가 그리고 물론 한술 더 떠 상여는 꽃상여로 제작한다는 둥, 장지는 어디로 한다는 둥 그야말로 자기들끼리 북 치고 장구 치는 격이었다. 소선은 기도를 하다말고 그들이 하는 꼬락서니를 가만히 지켜보자니 너무 기가 막혀 참고 있던 가슴에서 열불이 터져 그들을 향해 소리를 질렀다.

"내가 언제 당신들한테 금쪽같은 내 아들 장례식을 치러 달라고 부탁했어? 나는 그런 거 다 필요 없어. 내 아들의 요구사항이 이루어지지 않으면 절대 장례식을 치르지 않을 테니 다들 그렇게들 알고 여기서 당장 나가요!"

그리고 장례식을 준비하려고 준비한 관련 서류들을 빼앗아 잽싸게 찢어버렸다.[1] 그러면서 태일이 원하던 8개 근로조건개선 사항을 다시 제시하면서 빨리 성사시켜 줄 것을 요구했다. 전태일과 삼동회가 요구한 근로조건개선 8개 항목은 이미 노동청과 회사 측에 진정서 형식으로 제출된 내용들이라 새로운 것은 아니었으나 일부러 독촉하려는 의미였다. 가장 기본적인 것들이 지켜지지 않는 노동현실을 개선하기 위한 태일의 노력을 업주와 노동청 당국이 기만과 거짓으로 일관하며 안일하게 대처해 결국 죽게 만든 것이니 요구사항들은 실제로 전혀 무리한 요구가 아니었다. 장례식 준비위원회는 일단 장례식을 치룬 후에 상의하자며 책임을 회피하기에 급급했다. 이소선이 제시한 요구조건을 다시 한 번 살펴본 장례준비위원들은 설득력이 없게 되자 장례식이 중요하니 우선 그 일부터 치르고 나중에 보자는 식이었다.

어보슈들, 제발 그런 소리 좀 하지들 마세요. 내 아들의 영혼은 이미 육신을 떠났는데 그깟 장례식이 뭐가 그리 중요하다고 그러세요. 나는 그것보다는 우리 아들이 원하는 뜻을 들어 주는 것이 제일 중요하다고 생각해요. 장례식은 그까짓 거 나 혼자서라도 얼마든지 치를 수가 있어요. 만약 우리 태일이 시체가 크고 무거워서 못 들고 가면 머리는 머리대로, 팔 다리는 팔 다리 대로 그리고 몸뚱이는 몸뚱이대로 모두 토막 내서 따로따로 이 산 저 산에 갖다가 묻을 수가 있어. 죽은 아들 시신을 땅에 묻는 그까짓 일이 뭐 그리 대단하고 중요한

---

1 이소선, 위와 같음.

것이냐 말이요. 그러니 당신네들은 내 아들 장례식에는 일절 신경 쓰지 말고 빨리 가서 요구사항이나 들어줄 준비들이나 하세요. 내 아들을 내 맘대로 하겠 다는데 왜 당신들이 나서서 장례식을 하자 말자 하는 것이요? 당신들이 죽여 놓고 당신들한테 내 아들 장례식을 치르도록 내가 허락할 줄 아나요?

이소선의 논리적인 항변에 그들은 아무 대꾸를 못했다. 때마침 태일 과 한 동네에 살며 근로기준법 조문에 나오는 어려운 한문을 가르쳤던 광 식이 아저씨가 방명록 접수대 일이라도 도와준다며 자진해서 찾아왔다. 국수장사를 하는 그는 쌍문동과 영안실을 왔다 갔다 하며 여러 잡일을 도 와주던 참이었다. 글씨도 잘 쓰고 한문도 잘 아는 대학졸업자였으니 방명 록을 담당하고 싶어하는 줄 알았다. 소선은 무심코 그를 쳐다보며 한 마디 던졌다.

"내가 지금껏 하고 있는 행동들이 올바른 거죠?"

"네, 맞습니다. 잘하시는 거에요. 그렇게 처리하시면 됩니다."

덤덤한 표정으로 있던 광식이 아저씨에게 한 마디했더니 맞장구를 쳐 줬다. 그런데 조금 후 이소선의 눈에 어처구니없는 광경이 목격되었다. 방명록 접수를 담당한다며 자원한 광식이 아저씨가 한참 동안 보이지 않 기에 이리저리 찾아보니 그들과 한통속이 되어 장례식 합의를 본다며 설 쳐대는 것이었다. 참으로 어이가 없었다. 광식이 아저씨는 아마도 기관원 들에 매수되어 쌍문동에서부터 미리 입을 맞춘 후 계획적으로 찾아온 것 같아 보였다. 이처럼 가까운 주변 사람들을 통해 이소선을 설득시키려는 저의가 여기저기 드러나기 시작한 것이다.[2]

---

2 이소선, 위와 같음.

2. 업주들이 보낸 조의금을 공중에 뿌려 버리다

잠시 후 이소선이 영안실에 찾아온 기자들과 인터뷰를 하고 있었는데 방명록을 담당하던 광식이 아저씨가 영안실을 찾아온 어느 중년 남자에게 연신 고개를 숙이며 인사를 하는 모습이 눈에 들어왔다. 방명록에 서명을 한 조문객은 신문지에 싼 어떤 뭉치를 책상 위에 올려놓더니 광식이와 밀담을 나누고 있었다. 이소선은 재빠르게 다가가 그 남자에게 물었다.

"이 뭉치에 뭐가 들었습니까?"

"네, 이것은 평화시장 사장님들이 모두 힘을 합해 조금씩 성의를 모은 것입니다. 장례식에 조금 보태서 사용하시기 바랍니다."

너무나 당당히 말하는 그 남자는 알고 보니 평화시장의 경비대장이었다. 경비대장이 누구란 말인가. 태일이 분신하는 날 데모를 하려고 노동자들이 운집할 때 몽둥이를 들고 삼동회 회원들과 시위 노동자들을 개 패듯 폭행을 일삼던 경비원들의 총책임자 아니던가? 그는 미안한 마음도 없이 뻔뻔스럽게 전태일의 어머니 앞에 나타난 것이다. 이소선의 눈에는 갑자기 그가 가지고 온 돈뭉치가 더러운 것으로 여겨지며 피가 거꾸로 솟는 듯했다.

"야, 이 개새끼야. 사람을 불에 태워 새까맣게 그슬려 죽여 놓고 너희들한테 장례식을 해 달라고 기다리는 줄 알아?"

이소선은 돈뭉치를 싼 신문지를 찢어 돈다발을 풀어헤친 후 사방에 돈을 뿌려대기 시작했다. 지폐들은 마치 낙엽처럼 사방으로 흩어져 버렸고 어떤 돈 묶음은 풀어지지 않은 상태에서 다발 채 이리저리 내동댕이쳐졌다. 갑작스런 일에 경비대장은 허둥대며 돈을 쓸어 담느라 요란을 떨었다. 다급해진 그는 일행의 점퍼를 벗어서 돈을 쓸어 담느라 허둥댔다. 그래도 성이 안 풀린 이소선은 분하고 원통한 마음에 경비대장이 담아 놓은 점퍼

속의 돈다발을 걷어차며 소리를 질렀다.

"어떤 놈이든지 이 돈에 손을 대는 놈이 있으면 내가 죽여 버릴테니 절대로 줍지 마세요."

그 광경을 바라보던 광식이 아저씨는 이소선을 말리지도 못하고 돈을 줍지도 못하고 멍하니 서서 바라만 보고 있었다. 마침 그 와중에도 병원 청소부 아저씨가 왔다갔다 하는 모습이 이소선의 눈에 띄었다.

"아저씨, 아저씨가 이 돈을 주워 가세요."

이소선이 다급한 목소리로 외치자 청소부는 어안이 벙벙해 하던 일을 멈추고 물끄러미 쳐다만 보고 있었다.

"아저씨, 왜 못 주워가요. 이 돈들을 주워 가라시는데. 빨리 가져가세요."

소선은 경비대장을 향해 돈뭉치를 다시 풀어 던져 버렸다. 그러자 바로 옆에 있던 김성길이 이소선을 거들어 주며 경비대장 일행에게 소리를 질렀다.

"이 새끼들, 어디서 함부로 돈을 가지고 와서 해결하려고 해!"

자신을 거들어 주자 이소선은 힘이 불끈 솟았다. 그녀는 돈뭉치를 입으로 물어뜯으며 외쳤다.

"돈 좋아하는 사람들아! 이 돈뭉치를 주워들 가세요. 여러분! 이 돈은 임자 없는 돈이니 마음대로 가져가도 됩니다. 누가 돈 주워 간다고 시비 걸거나 고발하는 사람이 없을 테니 진짜로 빨리 가져가세요. 나는 이런 더러운 돈 필요 없습니다."

옆에 있던 김성길이 또 다시 거들었다.

"야, 이 개새끼, 너 어디서 왔어?"

경비대장의 멱살을 잡고 쥐 흔들어 대자 소선은 소리치느라 혈압마저 올랐으나 다시 한 번 크게 소리를 쳤다.

"야, 이 도둑놈들아! 내 아들을 새까맣게 그슬려 죽여 놓고, 우리가 돈 받으려고 너희들을 기다리고 있는 줄 아냐? 썩 꺼지지 못해!?"

소선은 분노하다 못해 고래고래 소리를 지르다가 결국 바닥에 쓰러져 실신하는 바람에 응급실로 업혀 가는 사태까지 발생했다.[3]

3. 그 돈을 받으면 네 오빠, 네 형을 팔아먹는 거다

평화시장 경비대장 때문에 감정이 격해졌던 이소선이 어느 정도 안정을 회복하고 나서 시간이 얼마쯤 지났을까. 이번에는 평화시장회사 사장이 몇몇 세도 있는 업주들[4]과 함께 단체로 영안실로 찾아왔다. 조문을 마친 그들은 소선을 향해 단도직입적으로 돈 가방을 내밀었다. 돈이라는 달콤한 유혹으로 연이어 공략을 하는 것이었다. 언뜻 봐도 아까보다는 비교가 안 되는 커다란 액수였다. 그러나 그들이 누군가. 평화시장의 업주들은 아들 태일이 분신 항거하던 날 데모 현장에 가지 못하도록 업장 문을 닫거나 깡패들의 소행이라며 여공들에게 멀리 떨어진 유원지에 가서 놀다 오게 했던 장본인들이다. 또 업주들 중에는 데모하는 시간에 자기 공장 노동자들이 평화시장에 얼씬도 못하도록 경비들을 시켜 통제했던 자들이 섞여 있었다. 그뿐 아니다. 태일이 분신 항거하자 그날부터 "어떤 깡패 같은 놈 한 명이 일하기 싫으니까 자기 몸에 불을 지르고 죽었다"[5]며 악선전을 하며 노동자들의 눈과 귀를 가린 자들이었다.[6] 이런 악덕 업주들이

---

3 이소선, 위와 같음.

4 일행 중에는 업주들이 만든 사적인 모임의 임원들도 포함되었다.

5 강인순, 『한국여성노동운동사1』(한울아카데미, 2001), 319.

6 장례식을 마친 후 청계피복 노조사무실을 차렸을 때도 "어떤 깡패 같은 놈들이 평화시장 옥상에다 사무실을 하나 얻어서 매일 기독교식으로 예배만 본다"며 노동자들에게 "그런 곳에는 절대 가지 마라"며 엄명을 내린 장본인들이다.

노동청과 기관원 등으로부터 지시를 받고 회유하기 위해 찾아온 것이다.

"이 돈은 남은 세 자녀분들 공부시키는 데 요긴할 것이고 앞으로 살아가시는 데 꼭 필요할 것입니다."

이 말을 듣자 저 돈이 아들의 죽음의 대가처럼 여겨졌다. 비록 평생 모진 가난으로 살아왔으나 그런 생각을 품는 것 자체가 아들에게 너무 미안한 일이었다. 잠시 저 돈에 대한 유혹이 들었으나, 오히려 아들의 유언을 이루는 데 방해가 될 것이라는 냉철한 판단을 하며 다시 제정신으로 돌아왔다. 그러나 부고를 받고 달려온 가까운 친척들 몇 명이 소선의 옆에 서서 사태의 추이를 가만히 지켜보다가 오히려 업주들의 회유를 거들며 그들과 합세하기 시작하는 것이 아닌가.

"태일이 아버지도 안 계시고 이제 태일도 없는데 앞으로 세 아이를 키우려면 아무 소리 하지 말고 그 돈을 조용히 받아 넣으세요."

친척들은 이소선과 아이들을 위해서 하는 말들이었으나 이소선의 깊은 심중을 헤아린 것은 결코 아니었다. 소선은 마음을 모질게 먹고 아들을 죽게 만든 업주들이나 정부의 돈은 일체 받지 않기로 생각을 굳혔다. 조의금이나 위로금 등 그 어떤 명목으로도 돈을 받지 않기로 최종 결심한 것이다. 그러나 결심은 했지만 어린 자식들이 눈앞에 아른거렸다. 일가친척들은 업주들과 합세해 돈을 받아야 한다며 귀찮을 정도로 압력을 가했다. 이윽고 소선은 작은아들 전태삼과 큰딸 순옥 그리고 막내 순덕을 데리고 조용히 영안실 복도로 나왔다.

"얘들아, 우리가 지금 많은 돈이 생기게 됐다. 이 돈을 받으면 앞으로 우리는 집을 살 수가 있고 너희들 대학교 공부까지 마음 놓고 시킬 수가 있다. 이 돈만 있으면 지금처럼 어렵게 살지 않게 평생 먹고 살 수가 있다."

어머니의 말을 듣던 태삼이 잠시 생각에 잠기며 머뭇거리고 있을 때 큰딸 순옥이가 옆에서 대뜸 되물었다. 조금 전 영안실 책상 위에 있던 하늘색 돈 가방을 본 순옥이가 그 안에 얼마나 많이 돈이 듬뿍 들었는지 알아차린 듯했다.

"엄마는 그 돈을 어떻게 하면 좋겠어요?"

"그것은 네 오빠를 팔아먹는 거다. 그 돈을 받으면 엄마가 오빠하고 마지막 한 약속을 어기게 되는 것이다. 엄마는 오빠가 유언할 때 평생 노동자들을 위해 살겠다고 오빠 앞에서 맹세했다. 나는 오빠하고 한 약속을 지켜야 한다. 만일 이 돈을 우리가 받으면 오빠가 원하는 것을 앞으로는 절대 이룰 수가 없고 네 오빠를 이제 완전히 잊어야 하고 오빠가 당부한 유언은 이룰 수가 없을 것 같구나." 7

순간 순옥이와 태삼이는 약속이나 한 듯 이구동성으로 자신들의 생각을 말했다.

"엄마, 그러면 그 돈을 받으면 절대 안 돼요."

아무리 대학에 가는 것도 좋고 시집 장가를 가는 것도 좋고, 멋진 집에서 사는 것도 좋지만 오빠, 형을 팔아먹으면 안 된다는 생각이 들었던 것이다. 단호하게 말한 순옥이는 엄마의 뜻을 따르겠다고 말한 뒤 엄마를 안심시켰다.

"엄마, 이제 나는 학교에 그만 다니고 내년부터 공장에 들어가 돈을 벌테니까 그 돈 절대 받지 마세요. 우리는 그 돈 없어도 앞으로도 잘 살 수 있어요." 8

지긋지긋한 가난에서 벗어날 수 있는 달콤한 유혹을 식구들 모두가 한결같은 마음으로 거부했다. 순옥은 잠시 오빠 전태일이 평소에 자신과 동생 순덕에게 했던 말을 머릿속에 떠올렸다.

---

7 이소선, 「저자와의 인터뷰 증언」, 2006.10.12.
8 최보식, 『최보식의 우리시대 사람 산책』 (생각의나무, 2002), 241.

순옥아, 우리는 가난하지만 가족들이 모두 함께 살 수 있어서 우리는 참 행복
한 가정이다. 평화시장에는 네 또래의 어린 소녀들이 시골에서 올라와 하루
종일 15시간 이상 죽도록 일하고 밤에는 공장 한구석에서 밥을 해 먹으며 선
잠을 자느라 고생을 한단다. 그 아이들은 제대로 먹지도 못해서 영양실조에
걸리고 늘 배 고프다고 말한다.

순옥은 오빠가 왜 죽었는가를 확실히 알고 있었다.[9] 누가 뭐래도 오빠
가 평화시장 어린 여공들을 위해 죽었다는 사실을 순옥이는 파악하고 있
었기 때문에 어린 나이임에도 불구하고 돈의 유혹에서 자유로울 수 있었
던 것이다. 그 이후로도 영안실에서는 여러 차례 유혹이 이어졌으나 그때
마다 식구들의 반응은 한결같았다. 남은 식구들이 모두 물질 앞에서 의연
할 수 있던 원동력은 신앙에서 비롯된 것이었고 그다음은 어머니 앞에 남
긴 전태일의 유언을 지키려는 가족들의 의지 때문이었다. 아들, 오빠, 형
의 죽음을 식구들 모두 헛되이 하고 싶지 않았던 것이다.

4. 목회자들과 친척들을 통해 회유를 시도하다

이소선이 워낙 협상을 거부하며 강력하게 대처하자 이번에는 식구들
이 다니고 있는 창현감리교회가 소속된 감리교 교단 목회자들을 앞장세
워 회유하기 시작했다. 평소 열심 있는 기독교 신자였기 때문에 목회자의
말이라면 하나님 말씀처럼 여기며 잘 따르는 편이라는 사실을 이용하려
는 것이었다. 그러나 아무리 목회자들의 권면이라 해도 근로기준법 준수
와 8개 근로조건개선 요구사항이 관철되지 않는다면 양보할 수 없었다.

---

9 이소선, 위와 같음.

소선은 목회자들조차 자신의 심중을 깊이 헤아려 주지 못하자 답답하고 속상할 뿐이었다. 이번에 방문한 목회자는 이소선이 다니는 창현교회 담임 방영신(方英申) 목사[10]였다. 방 목사는 자기도 여성목사의 신분이니 같은 여자로서 소선을 이해하는 것처럼 대화를 이끌더니 마지막에 가서는 빨리 합의금을 받고 장례식부터 치르자는 말로 유도했다.

"집사님, 이 돈은 하나님이 주신 돈입니다. 모른 체하고 빨리 받아 넣으세요. 일단 장례식부터 치르는 것이 우리 하나님의 뜻입니다."

장례를 먼저 치르고 나중에 가서 협상을 하라는 말로 권고를 하던 방 목사를 향해 소선은 단호한 어조로 거절했다.[11] 평상시에 특별한 것이 아니면 담임목사의 권고를 따르는 편이었으나 이번에는 차원이 달랐다.

담임목사의 회유를 뿌리친 소선에게 이번에는 교계 지도자라고 자처하는 어느 목사가 찾아왔다. 박정희 정권과 밀착되어 활동하는 듯한 그는 자신을 어느 교단의 노회장(연회감독)이라고 밝힌 김익순[12] 목사였는데 그는 정보부로부터 회유를 위탁받은 것으로 보였다. 그러나 소선은 이번에도 그의 말이 귀에 들어오지 않았다. 소선을 만난 김 목사는 "마음이 아

---

10 방영신은 기독교대한감리교 소속 여성목사로서 철원 대한수도원과 삼각산 임마누엘수도원을 운영하는 전진 원장과 관련된 인물이다. 1968년 5월 창현교회 담임목사로 부임해 전태일의 분신 항거 이후에도 계속 시무를 하였고 1983년 3월 9일 별세하였다.

11 이소선, 「저자와의 인터뷰 증언」, 2006.10.12. 아마도 그 날부터 방영신 목사는 소선에게 섭섭한 마음을 품게 되었고, 훗날 그것이 드러났다. 장기표가 수배를 당해 은신하고 있을 때의 일이었다. 어느 날 이소선 집사가 도봉구 방학동에 사는 같은 교회 어느 여집사의 집에 장기표를 위해 몰래 은신처를 제공해주고 그것으로 부족해서 이소선이 장기표의 잔심부름까지 하고 있다는 것을 알게 된 방 목사는 장기표와 이소선이 불륜관계라고 단정짓고 교회 안에서 매도하며 몰아세우는 어처구니없는 일을 벌인 것이다. 결국 그는 소선에게 교회를 나오지 못하도록 출교조치를 했다(이소선 구술/ 민종덕 정리, 『이소선 어머니의 회상, 어머니의 길』, 돌베개, 1990).

12 감리교단 소속의 김익순 목사는 동두천감리교회, 정릉감리교회, 금호감리교회 담임목사 등을 지냈으며 훗날 미국으로 이민목회를 떠나 나성한인감리교회 초대목사를 역임 후 원로목사가 되어 2002년 3월 10일 별세했다.

프다", "안타깝다"는 등의 인사말들을 장황하게 늘어놓더니 다짜고짜 자신의 본색을 드러내기 시작했다.

"이제는 합의금이 3천만 원으로 오를 만큼 올랐으니 웬만하면 합의를 보는 게 어떻습니까?"

"저는 그 돈을 절대로 받을 수가 없습니다."

"대한민국에서 근로자 한 사람이 죽었는데 이만한 액수의 위자료를 지급한 적은 지금껏 단 한 번도 없는 역사적인 일입니다. 이 돈이 엄청난 액수인 걸 진짜 모르십니까?"

김 목사는 계속해서 장광설을 늘어놓으며 이소선을 설득했다.

"나는 목사이고 집사님은 평신도 아닙니까? 목사인 내 말을 잘 들으시면 앞으로 절대로 손해가 없으니까 안심하시고 내 말대로 하세요. 오히려 이 담에 나한테 잘했다고 말하실 테니까…. 지금이야 뭐 정신이 없어서 이러시겠지만 나중에 이성을 찾으시면 내 말을 다 깨닫게 될 겁니다."

이소선은 말대꾸도 귀찮다는 듯 가만히 듣고만 있었다. 그들이 대화를 나누고 있는 부근에서 형사들이 바라보고 있었다. 그러자 김 목사는 소선에게 한쪽으로 가자고 이끌더니 또 다시 설득하기 시작했다.

"잘 들으세요. 집사님이 교인이니까 내가 여기까지 와서 이런 말을 하지 딴 사람 같으면 내가 여기 왜 와서 이런 말을 하겠습니까?"

"그래요? 그것 참 재미있는 말씀이네요."

이소선은 기가 막혀 목사의 말을 비꼰 후에 그를 등지고 그만 자리를 떠나버렸다.[13] 한편 노동청과 관계 기관에서는 전태일의 모든 식구들을 노동청 산재보험에 들게 해주겠다는 감언이설로 제안을 해왔고 평화시장 업주들의 모금액과 장례비, 조의금 등을 모두 포함해서 3천만 원을 마련

---

13 이소선, 「저자와의 인터뷰 증언」, 2006.10.12.

해 줄 테니 합의를 보자며 일가친척들을 설득하고 있었다. 친척들 중에는 대구에 사는 태일이 큰아버지 내외와 이모 내외 등이 포함되어 있었다. 가까운 친척들을 통해 회유를 하며 합의를 보도록 요구해오자 결국 모든 친척들은 당국의 회유에 넘어가 합의서에 서명하고 말았다.

"남편도, 장남도 없는 태일이 엄마가 앞으로 굶지 않고 삼남매를 키우고 살아가려면 당장 합의금을 받아야 해. 뭐를 그렇게 꾸물럭대요. 더 이상 생각할 가치도 없어요."

그러나 이소선은 끝내 협상하지 않고 완강히 버텼다. 한편 일가친척들은 이 협상 문제 외에도 태일의 분신 사건으로 이소선이 신변을 비관해 극단적인 선택을 할까 봐 전전긍긍하며 걱정하기 시작했다. 태일이 워낙 평소에도 어머니에게 극진히 효도를 하고 아껴주는 등 모자의 정이 남달리 두터웠기 때문에 혹시라도 다른 생각을 가지지나 않을까 신경이 쓰였던 것이다. 하루라도 안 보면 죽을 것 같이 다정스런 모자관계이다 보니 오죽하면 친척끼리도 머리를 맞대고 수군대며 "잘못하다가는 태일이 엄마가 정신병자가 되든지 아니면 자살해서 죽을 수도 있으니 유심히 지켜봐야 한다"라는 말을 할 정도였다. 아무튼 이소선이 집안 어른들의 훈계도 무시하는 듯하자 태일의 큰아버지는 자신의 권고를 제수씨가 무시하며 거절했다고 여겨 크게 화를 내고 장례식도 안 치른 상태에서 대구로 내려가고 말았다. 그러나 소선은 아들 태일의 뜻을 이루기 위해서는 집안 어른들의 이런 오해와 질타도 감내해야 했다.[14]

---

14 이소선, 위와 같음.

5. 이승택 노동청장의 봉변과 수난

잠시 후, 영안실에 이승택(李承宅) 노동청장이 조문을 왔다. 정부 당국
자 중에서는 가장 고위직이 찾아온 것이다. 청장이 자신을 만나러 왔다는
말을 전해 들은 소선은 조문을 마친 청장을 찾아갔다. 의자에 앉아 기다리
고 있는 모습이 눈에 띄었다.

"나를 만나자는 노동청장님이 누구십니까?"

영안실을 지키고 있는 사람들에게 물어보니 뚱뚱한 체구의 중년이 자
리에서 일어나 인사를 건넨다.

"네, 제가 청장입니다. 벌써 며칠이나 지났는데도 아직 장례를 못 치르
고 계신다고 하기에 제가 장례를 치르는 데 도울 일이 있나 해서 협조해
드리려고 이렇게 찾아 왔습니다."

원수는 외나무다리에서 만난다고 하
더니 그렇지 않아도 노동청장을 꼭 한
번 만나서 반드시 혼을 내주려던 참이었
다. 전태일이 분신 항거를 하니까 노동
청장은 전태일의 죽음에 대해 "질병에
걸려서 비관하다가 죽었다", "집안 사정
이 어려워 비관 자살해서 죽었다"는 등
말도 안 되는 소리로 아들의 죽음을 모
독했던 고약한 인물로 생각하고 있었던
참이었다. 청장을 바라보자 소선은 순간
피가 솟구치는 것을 느꼈다.

"야, 이놈의 새끼! 너 오늘 잘 걸렸다.
네가 죽여 놓고는 뻔뻔하게 장례식도 도

봉변을 당한 이승택 노동청장의 모습.
1965년부터 노동청장에 취임한 그는
전태일 분신 사건 이듬해인 1971년 6월
부터 제주도지사로 임명받는 등 박정희
정권에서 승승장구했다.

와주겠다고 찾아온 것이냐? 이 되먹지 못한 놈아. 국정감사 할 때 네가 우리 태일을 속여서 결국 이렇게 죽여 놓더니만 장례식에 협조를 하러 왔다고? 네가 노동청장이면 청장이지. 네까짓 놈이 여기가 어디라고 함부로 찾아와서 그런 소리를 지껄이는 거냐? 내 아들 살려내라. 이놈아!"

소선은 살찐 청장의 모습이 더욱 밉살스럽게 보여 청장의 멱살을 잡아 흔들더니 바닥에 넘어뜨렸다. 예기치 못한 봉변을 당한 청장의 거대한 몸뚱이가 쿵 하며 바닥에 쓰러지고 말았다. 소선은 한술 더 떠 쓰러진 청장의 목덜미를 이빨로 물어뜯었다. 소선의 입술에 짭짤한 맛이 느껴져 옷소매로 입을 쓱 닦아보니 청장의 목덜미에 흐른 피가 입술에 묻어 나왔다. 빈소에 있던 사람들은 소선을 뜯어 말리느라 한참 동안 소란이 계속됐다. 예기치 않게 크게 봉변을 당한 노동청장은 가지고 온 돈 보따리를 제대로 풀어보지도 못한 채 그 길로 줄행랑을 쳤다.[15]

6. 이소선과 바바리코트 장기표의 첫 만남

그런 일이 벌어진 얼마 후, 영안실을 지키고 있던 전태일의 이모부가 갑자기 소선에게 다가와 은밀하게 귓속말을 전했다.

"처형, 저기서 누가 처형을 자꾸 만나자고 하는데 한 번 만나보고 오세요."

"이모부도 참, 내가 그렇게 합의 보는 거 싫어하는 줄 알면서 자꾸 사람을 만나라고 그러시면 어떻게 해요. 만나는 사람들마다 합의를 보자고 졸라대는데 내가 뭣 하러 그 사람들을 만나요. 나는 앞으로 절대로 누구든지 나한테 찾아오는 낯선 사람들은 안 만날 거예요. 여기서 꼼짝 안 하고 절대 안 떠날 거에요."

15 이소선, 위와 같음.

그도 그럴 것이 이소선은 합의를 보자는 말에 이제 이력이 난 상태였다.

"처형, 그게 아니 구요. 이번에는 어떤 청년이 자기는 대학생인데 꼭 만나야 할 일이 있으니까 아무도 모르게 길 건너에 있는 삼일다방으로 와 주셨으면 좋겠다고 하는데요?"

소선은 이모부의 말을 듣고 대학생이라는 말에 갑자기 귀가 솔깃해졌다. 그 당시 대학생이라면 모두가 우러러볼 때였다. 특히 아들 태일이가 생전에 두꺼운 근로기준법 조문을 펼쳐 놓고 어려운 한자나 조문을 읽다가 막히는 것이 있으면 나지막이 중얼거리던 말이 떠올랐다.

"대학생들은 아마 이런 법조문을 다 알고 있을 겁니다. 나는 학교를 못 다녀서 이제야 이런 것을 알았는데 대학생 친구 한 명만 있었으면 얼마나 좋겠어요. 근로기준법도 쉽게 공부할 수 있고요."

태일이가 평소에 대학생 친구를 그리워하던 목소리가 귀에 쟁쟁히 들리는 듯했다. 이런 대학생들이라면 우리 태일이 편이 되어 주지 않았을까 하는 생각이 들자 우선 만나 보기로 결심을 굳혔다.

"대학생들이 나를 만나러 왔다면 일단 한 번은 만나 봐야겠다."

소선은 병원 주변을 일부러 이리저리 빙빙 돌며 주변에 감시하는 기관원들을 안심시키며 그들이 눈치채지 못하도록 몰래 밖으로 빠져나왔다. 학생들은 기관원들의 감시 때문에 병원 안으로 들어올 수가 없어 다방에서 기다릴 수밖에 없다고 했다. 약속한 삼일다방에 들어서자 학생들 세 명이 이미 오래전부터 소선을 기다리고 있었다. 허름한 감색 바바리코트를 걸친 어느 학생이 소선을 향해 친근하게 인사하며 예의를 갖추느라 벌떡 일어서는 것이었다. 인사를 받은 소선은 자리에 앉자마자 학생들에게 신분을 밝힐 것을 요구하고 찾아온 목적을 물었다.

"젊은이들은 어디서 온 사람들이며 누구인지 확실히 먼저 밝히세요."

학생들을 향해 의심의 눈초리로 물을 수밖에 없었다. 며칠 동안 소선을 만나자는 사람들은 거의 모두 돈뭉치를 가지고 합의하자는 사람들뿐이라 이번에도 혹시나 하는 마음에 다그친 것이다. 바바리코트를 입은 학생이 자세를 바로잡으며 자신의 신분을 밝혔다.

"네, 저는 서울대학교 법과대학에 다니는 장기표라는 학생입니다."

당시 장기표(張琪杓)는 제대 직후인 1970년 법대(66학번) 2학년으로 복학해서 이념서클인 '사회법학회' 멤버로 활동하고 있었다.16 그는 얼마 전 창간한 학회 주간 소식지 '자유의 종' 2호에 「경향신문」에 보도된 청계천 평화시장의 고용환경 고발기사를 전재하며 평화시장 실태를 특집으로 다루려는 생각을 가지고 있다가 전태일의 분신 소식을 접했다. 그는 당혹감을 크게 느끼며, 언론을 통해 전태일의 어머니가 "아들의 요구가 이뤄지기 전에는 장례를 치를 수 없다"며 시신 인수를 거부하고 있다는 소식을 듣고 만나 봐야겠다는 생각으로 후배 두 명과 함께 찾아온 것이었다. 당시 한일협정 관련 발언 때문에 반공법 위반 혐의로 수배 중이었으므로 후배들만 영안실로 보내고 자기는 다방에서 기다리고 있었던 것이다. 장기표는 이소선을 바라보며 결의에 찬 얼굴로 만나러 온 동기를 설명했다.

"제가 「자유의 종」이라는 학교신문에 평화시장 노동문제 기사를 실었는데 그 후 그 문제에 대해 끝까지 관심을 가지지 못해서 결국 아드님이 죽게 된 것입니다. 미안한 마음으로 죄책감도 들고 해서 이렇게 어머님을 찾아뵌 것입니다. 그리고 저희는 학생으로서 앞으로 해야 할 일이 무엇인지 의논하기 위해서 찾아 왔습니다."

장기표의 말을 차분하게 듣고 있던 소선은 뭔가 결의에 찬 얼굴로 말문을 열기 시작했다.

"그랬구나. 참으로 대견하구나. 그런데 학생들이 왜 이제야 왔어. 우

---

16 "전태일 분신이 勞學연대 투쟁의 출발점", 「한국일보」 인터뷰, 2003.7.3.

리 태일이가 살아 있을 때 조금만 더 일찍 찾아 왔었더라면 우리 아들은 죽지 않아도 됐을 텐데…."

말문을 흐리며 울먹이던 소선은 커피잔을 올려놓은 탁자를 손바닥으로 쳐가며 복받치는 설움에 통곡하기 시작했다. 장기표 일행은 민망한 마음에 고개를 떨구며 연신 "정말 죄송합니다" 하며 자신들도 덩달아 눈물을 흘리기 시작했다. 이소선은 이때부터 학생들에게 아들 전태일이 그동안 살아온 길과 분신하기 직전까지 있었던 일들을 두 시간 이상을 할애하며 자세히 설명해 주었다. 불철주야 어려운 근로기준법 조문을 연구하며 평화시장의 어린 여공들을 위해서 발버둥 치던 일들을 소상히 말해 주고, 분신 사건 이후 영안실에서 일어나고 있는 합의금 문제와 당국과 업주들이 돈으로만 이 일을 해결하려는 작태를 욕을 해가며 줄줄이 쏟아냈다.

아들 전태일은 분명히 평화시장의 여공들과 힘없는 노동자들의 근로조건을 위해서 죽었는데 당국과 사건에 연루된 관계자들은 임시방편으로 모두가 돈으로만 문제를 해결하려는 상황도 설명해 주었다. 소선을 코너에 몰아넣고 돈으로 사건을 무마하려는 사정을 모두 털어 놓은 것이다. 자세히 바라보니 자초지종을 듣고 있는 장기표 일행의 표정은 다른 사람들과는 달라 보였다. 이야기를 듣는 학생들이 함께 분노하고 있었기 때문이었다. 이들이 태일이의 죽음을 진정으로 슬퍼하며 자기 일처럼 죄책감을 가지고 있음을 알게 되었다. 이소선은 이런 학생들이라면 내 아들의 뜻을 세상에 제대로 알릴 수가 있을 것이라는 생각이 들었다. 장기표 일행은 그녀가 두 시간 동안 쏟아 놓은 이야기를 듣고 큰 충격을 받았다. 자신들이 곧 학생시위를 크게 벌여 이 사실을 세상에 널리 알릴 것이니 힘을 내라며 소선을 위로해 주자 소선은 천군만마를 얻은 듯 기뻐했다. 이윽고 학생들에 대해 신뢰를 갖게 되니 차후 대책을 강구하고 싶은 생각이 들었다. 장기표 일행을 만나기 직전까지 고달프고 힘들었으나 이제는 걱정을 안

해도 되겠다는 생각이 들자 곧 장기표 일행을 다그치기 시작했다.

"앞으로 내가 어떻게 하면 좋을지 구체적으로 알려주면 좋겠어요. 그리고 앞으로 학생들은 어떻게 할 것인지 계획을 말해보세요."

업주와 당국자들이 자신을 계속 볶아대자 한시라도 빨리 어떤 결정이라도 내려야 하는 상황이기 때문에 자신이 어떻게 처신하고 판단해야 하는지를 일깨워 주는 사람이 필요했던 것이다.

"학생장으로 장례를 치르겠으니 도와주십시오. 아드님의 시신을 저희들에게 인수해 주시면 저희들이 전국의 학생들을 모아놓고 장례식을 치루고 노제를 평화시장 앞에서 지내도록 하겠습니다."

처음 만난 사람들이지만 소선은 지체하지 않고 아들의 시신을 인계해 주겠다며 흔쾌히 약속했다.

"아드님의 뜻을 살리기 위해서는 그날 상여를 앞세우고 서울 시내 전체에 자동차를 못 다니게 하고 그날만큼은 평화시장도 작업을 중단하고 쉬도록 하겠습니다."

"좋아요, 그렇다면 학생들이 지금까지 한 말들을 책임을 지고 할 자신들이 있습니까?"

"우리들도 자체적으로 이미 준비를 한 것이 있습니다."

장기표는 자신만만하게 대답하며 미리 준비해 온 종이를 꺼내 들더니 '시신인계 확인서'에 이름을 적고 도장을 찍으라는 것이었다. 소선은 지체하지 않고 선뜻 이름을 적고 지장을 찍어 주었다.

"자, 그럼 다 됐습니다. 어머님은 이제 모든 것을 저희에게 맡겨두고 마음을 굳게 잡수세요. 준비를 마치는 대로 저희가 다시 연락을 드리겠습니다. 그리고 오늘 대화는 절대 비밀로 지켜주세요. 그럼, 사람들이 찾기 전에 어서 병원에 들어가 보세요."

삼일다방에서 곧바로 학교로 돌아온 장기표 일행은 70여 명의 학생동지들을 모아 놓고 긴급회의를 열었다. 그리고 학생들이 모두 성모병원으로 달려가 영안실을 지키며 학생장의 방법과 시기 등을 협의하기로 결정을 내린 것이다. 그날 밤 대학생 70여 명이 장례위원회를 구성해 빈소에 도착하자 그동안의 침울한 영안실 분위기가 반전되면서 대학생들은 자기들끼리 이야기꽃을 피우고 있었다. 이소선도 오랜만에 편안한 마음으로 조문을 온 동네 노인들과 아주머니들 그리고 창현교회 교인들과 시간 가는 줄 모르고 대화를 나누고 있었다. 그 무렵 쌍문동에 사는 김명례가 팥죽을 끓여왔다. 그런데 정성스레 끓여온 팥죽이 이상하게 맛이 변했음에도 불구하고 학생들은 하나도 남김없이 다 먹어 치웠다. 그 모습을 바라본 소선은 불평 한마디 없이도 맛이 변한 팥죽을 먹는 태도에 고마움을 느끼며 학생들이 더욱 사랑스러워 보였다. 전태일과 같은 동네에 사는 27살 미싱사인 김명례는 초등학교를 나오자마자 시다생활을 시작해 가족을 먹여 살리던 중 전태일의 분신 소식을 접한 후 이튿날부터 회사도 나가지 않고 영안실로 찾아와 궂은 일을 마다하지 않고 조문객들을 시중들던 같은 동네 아가씨였다.

특히 이날 저녁에는 대학생들이 한꺼번에 몰려와 정신이 없을 때 학생들의 무리 가운데 유독 이소선의 눈에 띄는 신사 같은 남자가 보였다. 어김없는 교회 목사 행색이었다. 소선은 그 남자가 대학생을 지도하는 목사님인 줄 알고 그에게 냉큼 기도를 부탁하기까지 했다. 그러나 그는 훗날 전태일기념사업회 이사장을 맡게 된 이광택[17]이었다. 평소 정갈하고 단정했던 서울대 법대생인 이광택이 동료 학생들과 함께 영안실에 처음 도착했을 때 그의 행색과 외모를 보고 소선은 그가 교회 목사인 줄 착각했던 것이다.[18]

---

17 전태일기념사업회 이사장, 국민대학교 법과대학 교수, 한국사회법학의 회장 역임.
18 안경환, 『조영래 평전』(도서출판 江, 2006), 215.

7. 새문안교회 강연을 마친 서남동과 오재식 일행의 조문

전태일의 분신 항거 사건으로 나라 안팎이 떠들썩하자 의식이 있는 신학대와 교회들을 중심으로 기독청년들이 발 빠르게 들고 일어났다. 서울 영락교회를 다니며 청년대학부 회장을 맡았던 서울대 법대 대학원생 최종고(崔鐘庫)[19]를 비롯한 몇몇 학생들과 교수들, 사회운동가들이 주축이 되어 장례식 대책을 준비하기 시작했다. 그들은 한국교회와 사회에 영향력을 끼치는 교회들 중에서 가장 유력한 곳에서 기독교식으로 장례식을 거행해 주었으면 하는 바램에서 서울 시내 대형교회를 알아보기로 결정했다. 그러나 큰 교회들은 가는 곳마다 두 가지 이유를 들어 거절했다. 첫째는 전태일이 자기들 교회에 다니는 신자가 아니라는 이유였고, 둘째는 그가 자연사나 사고사로 죽은 것이 아니라 자살해서 죽었기 때문에 기독교식으로 치를 수 없다는 것이었다. 심지어 최종고 일행은 자기가 다니던 영락교회에서조차 보기 좋게 거절을 당했다.[20] 최종고는 당시 상황을 다음과 같이 증언하였다.

> 하루는 조영래가 오더니 '지금 책만 보고 있을 때냐?' 하면서 전태일 분신사건을 알려줬다. (중략) 명동성모병원 영안실로 서둘러 갔더니 이소선 여사가 나를 처음 보는데 마치 오랫동안 알고 있던 아들같이 '어디 갔다 이제 오느냐'고 나무라기도 하는 것 같아 너무 놀랐다. 같이 기도하자고 하면서 기도하시는데 무척 감동적이었어요. 옆을 봤더니 현영학, 서광선 같은 이화여대 신학자들과

---

19 최종고(1947. 12. 25~): 전태일 분신 당시 영락교회 청년대학부 회장, 서울대 법대, 동 대학원 졸업. 현 서울대 법대 교수, 『영락교회의 부흥』, 『한국의 법률가상』 등 수십 권의 책을 집필했다.

20 안경환, 위의 책, 208.

오재식 같은 기독학생연맹 간사 일행이 있었다. 장례절차를 논의하는데, 제일 가까운 곳이 내가 나가는 영락교회니깐 그리로 하자고 해서 그길로 밤 9시경 영락교회로 갔다. 갔더니 사찰집사(관리인)인 최학송이라고 하는 서울대 법대를 중퇴한 집사가 나를 못마땅한 눈으로 보면서 이런 골칫거리를 왜 교회로 가져왔냐고 나무라더라구요. 그리고 목사님이 지금 주무시는데 어떻게 깨우냐고 하길래 교회 문을 나와서 그 대안으로 서울법대에서 장례식을 치르자고 했어요.[21]

최종고 일행과는 별도로 전태일과 직접 친분이 있는 김동완 전도사(훗날 NCCK 총무)도 별도의 대책을 세우고 있었다. 분신 사건 당시 서대문 감리교신학교 재학생이었던 그는 전태일의 장례식이나 추도식을 지명도가 있는 교회에서 치를 수 있도록 여러 교회를 찾아다니며 부탁했으나 역시 자살해서 죽은 시신을 받아들일 수 없다는 이유를 들어 번번이 거절당했다.[22]

한편 광화문 사거리에 위치한 새문안교회당에서는 11월 15일 오후 연세대 신학과에서 주최한 공개강좌가 개최되었다. 이날 열린 공개강좌 주제는 '정치와 신학'이었다. 서남동(徐南同) 학장의 사회로 진행된 강연에서 브라이덴슈타인 교수 등이 강사였는데 제일 먼저 강연에 나선 사람이 바로 한국기독학생회총연맹(KSCF) 사무총장인 오재식 박사였다. 그는 '오늘의 정치신학의 동향'이라는 제목으로 시국을 빗대어 격정적인 열변을 토함으로서 참석자들로부터 뜨거운 반응을 받았다. 이날 그 자리에 참석한 서울대 최종고와 김형기 등은 그 강연을 통해 많은 도전과 자극을 받았으며 그날의 강연내용을 훗날 서로 회고[23]했을 정도였다. 특히 최종고

21 "청리 최종고 교수 정년기념대담", 「서울대학교 法學」 제54권 제1호 (2013), 14-16.
22 김동완, 「저자와의 인터뷰 증언」, 2006.11.20.

연세대 서남동 학장(좌)의 사회로 브라이덴슈타인 등과 함께 강연한 오재식 박사(중간). 우측은 서울대 법대 학생 신분으로 조영래·장기표 등과 함께 전태일 장례식 학생장에 적극 참여한 최종고

가 강좌에 참석한 후 기록한 그날 일기를 살펴보면 오재식의 강연이 얼마나 감동적이었는가를 알 수가 있다. 조영래의 말을 듣고 병원으로 달려왔다는 최종고의 회고와는 조금 차이가 있다.

(중략) 그 길로 새문안교회에서 열리는 연세대 신과대가 주최하는 공개강좌 '정치와 신학'에 갔더니 서남동 학장의 사회로 오재식 선생의 '오늘의 정치신학의 동향'이 시작되고 있었다. 오 선생 강연은 정말 내가 들어본 강연 중에 제일 시원한 얘기였다. (중략) 오 선생 자신도 자기 얘기에 감동이 되는 듯 설교하듯 힘주어 내리 퍼부었다. (중략) 나중에 들으니 全軍에 관한 보도를 읽고 몇 개월 준비한 아카데믹한 강연준비를 다 버리고 새로 전부 현실적인 문제를 추려 오늘 강연을 했던 것이라 한다. 1970.11.15. [24]

이날 새문안교회 강연을 마친 오재식은 연세대 서남동 학장[25]과 김득

23 김형기, 반유신의 횃불시위, 1974년 4월 (학민사, 2003).
24 안경환, 위의 책, 210.

렬 교수,[26] 브라이덴슈타인 교수, 이대 현영학(玄永學) 교수[27] 등과 함께
명동성모병원 영안실로 찾아가 전태일 빈소에 조문하고 어머니 이소선을
문상했던 것이다. 그들은 이소선 어머니에게 위로를 전하고자 했으나 오
히려 그녀를 통해서 큰 도전을 받았다고 회고했다. 특히 브라이덴슈타인
교수는 강연 마지막에 떠올린 생각이 지금 평화시장에서 무슨 일이 일어
나고 있는지 가봐야 한다며 자신과 함께 가고 싶은 사람들은 손을 들어보
라 해서 비교적 많은 교수들과 학생들이 동참해서 함께 평화시장을 다녀
오는 길이었다. 평화시장 1층부터 작업장들을 거침없이 올라가서 노동자
들의 최악의 작업환경과 전태일이 그토록 지키려던 소녀 여공들도 만나
보고 병원으로 달려온 것이다.[28]

　영안실에는 아직도 많은 서울대 법대생들이 돌아가지 않고 자리를 지
키고 있었는데 이날 특히 주목할 것은 기독학생회의 지도교수들과 기독
학생회 대표들이 전태일의 주검 앞에서 서울대 법대 학생들과 처음으로
서로 만나게 됐다는 사실이다. 2013년 3월 오재식의 구술로 한겨레신문
에 연재된 그의 전기에는 당시 상황을 다음과 같이 증언했다.

　　조금 있으니 서울대 법대 학생 대표들이 장례식장으로 찾아왔다. 조영래·장기
　　표·최종고가 그들이었다. 오재식은 그날 만남을 계기로 이들과 친밀하게 지냈

---

25 서남동(1918.7.5~1984.7.19): 한국기독교장로회 목사이자 신학자이며 교육자. 한국신
　　학대학과 연세대학교 신학과 교수를 지냈으며 선교교육원을 운영하였다. 독자적인 신학
　　노선을 구축하면서 제삼세계 신학의 모델로 널리 알려진 '민중신학'을 창출하였다.
26 장로교 통합측 목사로서 1949년~1956년 대한청소년성경구락부 운동본부 총무를 지냈
　　으며 1964년~1971년에 연세대학교 신과대학 종교교육학 교수를 지냈다.
27 현영학(1921.1.6.~2004.1.14.): 한국의 대표적인 민중 신학자. 니버, 본회퍼 등의 신학
　　자들을 국내에 소개하고 유신체제에 반대하며 민주화운동에도 적극 참여하였다. 논문으
　　로 "민중 속에 성육신해야", "민중, 고난의 종, 희망" 등이 있다.
28 브라이덴슈타인 증언, 구술 아카이브, 독일 무르하르트 자택, 2007.10.25~26.

다. 서울대 법대 학생운동과 기독학생 운동이 손을 잡게 된 것이다. 그 자리에 모인 사람들은 아까운 청년이 목숨까지 바쳐 항의를 해야 하는 노동현실에 대해 교회가 나서야 한다고 중지를 모았다.29

이들의 역사적인 만남은 이후 전개된 1970년대 학생운동사에 큰 획을 긋는 계기가 되었다.30

8. 한경직 목사, '자살한 사람의 장례식은 우리 교회에서 못 치른다'

한편 오재식 일행은 최종고 등 몇몇 학생들과 함께 전태일의 장례식을 서울의 큰 교회에서 치르도록 하려고 몇몇 교회들을 물색하던 중 가장 먼저 영락교회를 찾았다. 지명도가 있는 교회에서 장례식을 거행함으로써 평화시장에서 벌어지는 심각한 노동환경과 노동자 인권문제에 대해 한국 교회의 관심을 유도하려는 목적이었다. 마침 전태일의 시신이 안치된 명동성모병원에서 가장 가까운 거리에 위치한 영락교회를 찾아간 것이다. 영락교회는 당시에도 불교의 조계사나 가톨릭의 명동성당처럼 한국 개신교회를 대표하는 상징적인 교회인 데다가 담임인 한경직 목사는 이북에서 월남한 보수적인 성향으로서 청렴하고 학식과 덕망이 높은 것으로 소문이 난 상태였고 교회 안팎은 물론 사회적으로도 명망 있는 목회자였다. 더구나 오재식은 경동교회를 다니다가 두 내외가 모두 영락교회를 다니던 중이어서 한경직 목사의 동의를 얻는 것은 어렵지 않다고 생각했다. 오재식은 고교 때부터 영락교회에서 기독학생회 활동을 함께 했던 노옥

신과 1957년 11월 23일 한경직 목사의 주례로 결혼식을 올렸고 2주 전인
11월 9일에는 노옥신의 집 2층에서 경동교회 강원용 목사를 초청해 약혼
식 예배를 드렸기 때문에 평소 신뢰하던 담임목사이니 장례식 허락이 쉽
게 떨어질 줄 알았던 것이다.[31]

　또 병원 영안실과 교회당이 큰길 건너 지척에 있었기 때문에 장례식을
치르기에 매우 적당하고, 장례식을 사회적으로 더욱 공론화해 기독교계
의 관심과 참여를 이끌기에는 안성맞춤이라고 여겼던 것이다. 그러나 오
재식은 그야말로 번지수를 잘못 찾았다. 이북에서 피난 내려온 월남민들
이 세운 교회가 바로 영락교회였고, 그와 더불어서 전태일이 일했던 평화
시장도 대부분 이북에서 월남한 사람들이 세운 공장들이었기 때문이다.
이를 입증하듯 청계천의 3동 시장(평화, 동화, 통일)의 이름도 평화를 갈망
한다 해서 '평화시장', 통일을 갈망한다 해서 '통일상가', 이북 5도민을 상
징하는 동화라는 단어를 넣어 '동화시장'[32] 등으로 지은 것이다. 그런 이유
로 인해 업주들과 경영자들은 월남민들이 많이 다니는 영락교회, 경동교
회, 새문안교회 등을 다니고 있었기 때문에 이번에 전태일의 장례식을 치
를 확률은 거의 제로였던 것이다. 오재식 일행은 영락교회를 찾아가 담임
목사를 만나고자 했으나 거듭된 요청에도 불구하고 한 목사를 만날 수가
없었다. 당시 상황에 대한 오 박사의 증언을 들어보자. 먼저 2013년 3월
오재식의 구술로 한겨레신문에 연재된 당시 상황을 이러하다.

　교수들과 의논한 뒤 성모병원에서 가장 가까운 영락교회로 갔다. 담임목사를
　설득해 영락교회에서 장례식을 치르도록 할 생각이었다. 하지만 처음에는 만

---

31 오재식, 「저자와의 인터뷰 증언」, 2006.12.11.
32 훗날 이북5도민들은 동화은행, 동화경모공원묘지 등을 설립할 때 동화라는 명칭을 넣어
　이름으로 지었다.

나주지도 않던 그 목사는 끝내 '자살한 사람의 장례는 교회에서 할 수 없으며, 그가 그리스도인이라면 출석하고 있는 교회에 가서 하는 것이 원칙'이라며 거절했다.33

2011년 7월에 YMCA에서 행한 강연은 좀 더 구체적이다.

그때 기독학생회의 학생대표들과 법대 학생들이 만나서 친구가 되는데, 어떻게 기독교 단체들이 여기에 있는가 의아해했다. 그 때 합의한 것이 전태일 장례식이다. 기독학생회와 서울대학교가 합쳐서 장례식을 하자고 했다. 그래서 생각해 낸 것이 영락교회이다. 그래서 찾아갔는데, 집사님이 계셨고, 목사님은 침실에 들어가셨다 한다. 결국 목사님은 못 만나 뵙고 이야기를 전해드렸는데, 답장은 이렇게 왔다. '기독교는 자살한 사람의 장례를 지내지 않고, 교인이라면 자기 교회에서 식을 치르는 것이 절차라고 한다.' 어쩔 수 없이 목사님은 못 만나고 돌아와서 늦게까지 있다가 집으로 돌아왔고, 장례식을 어떻게 할까 고민을 했는데, 그 다음 날부터는 경찰이 성모병원을 둘러쌌다.34

그 날이 주일이라서 교회당에 있었던 한경직 목사는 관리집사를 통해 이미 무슨 일 때문에 이들이 몰려와서 자신을 찾는지 다 알고 있었다. 그러나 1주일이 지난 후 주일예배를 드리기 위해 영락교회당에 갔던 오재식은 교회 안에서 한 목사를 다시 스치듯 마주칠 수 있었다. 오재식은 이미 늦었지만 전태일의 장례식에 대한 한 목사의 확고한 답변을 두 귀로 들을 수가 있었다. 2005년, 오재식은 한 목사가 자신에게 했던 당시 상황

33 오재식 구술/ 정리 이영란, "나에게 꽃으로 다가오는 현장", 같은 곳.
34 오재식, "알린스키 조직운동과 학생사회개발단 이야기", 제5차 Y청년운동 기획연구팀 모임 특강, 한국YMCA전국연맹, 2011.7.12.

을 아래와 같이 필자에게 증언했다.

> 오 선생님, 그동안 우리 교회에서는 자살한 사람의 장례예배는 치른 적이 없었
> 고, 장로교 원칙상 치를 수도 없고, 치러서도 안 됩니다. 이번에 꼭 전태일의
> 장례식을 교회에서 하고 싶다면 내가 알기로는 그 청년이 감리교회를 다니는
> 신자라고 하던데 그 교회에 가서 장례식을 치르는 것이 마땅한 원칙입네다.[35]

또박또박하면서도 차디찬 거절에 오재식은 분노했다. 이북 사투리 억
양에 실린 얼음장 같은 답변은 오재식에게 허탈감과 실망감을 안겨 주기
에 충분했었다. 그러나 한 목사의 말에도 일리는 있었다. 당연히 고인이
평소 다니던 교회가 있었다면 그 교회 측에서 장례식을 치르는 것이 목회
윤리에 맞고 이치에 합당하다. 남의 교회 교인의 장례식을 함부로 치르기
에는 다소 부담이 될 수 있으니 그 말에는 어느 정도 이해는 된다. 그러나
오재식은 "자살한 사람의 장례식은 치르지 못한다"는 말에는 동의할 수가
없었던 것이다. 전태일의 죽음의 의미는 단순히 목회적, 교리적 차원을
넘어 사회복음적 차원에서 매우 중요한 사안이며 종국에는 모든 신자들
의 실생활과도 직결되는 현실 문제임에도 불구하고 교리에 얽매여 교회
의 사회적 역할과 소명을 단호히 뿌리친 것으로 받아들여진 것이다. 오재
식은 그 자리에서 물러서지 않고 이번 장례식은 학생들 입장에서 서울대
법대에서 치르기로 했으나 목사님은 그런 논리를 초월해야 한다고 설득
했으나 자살 운운하며 냉정하게 거절하면서 자리를 떠나는 모습을 보고
오재식은 큰 상실감에 빠졌던 것이다. 교회의 사회적 역할은 차치하고라
도 "자살하면 지옥에 떨어진다"는 식의 관점 때문에 장례식마저 거부하면

---

35 오재식, 「저자와의 인터뷰 증언」, 2006.12.11.

영락교회 한경직 목사. 전태일 분신 사건 당시 67세였으며 은퇴를 3년여 정도 앞두고 있었다.

망자의 죽음의 의미를 훼손할 뿐만 아니라 고통 속에 있는 유족들을 위로하기는커녕 오히려 고통이 배가 되지 않겠는가.

자살자와 유족을 교리적 이유로 정죄하기보다 먼저 자살의 함정에서 구해내지 못하고 예방하지도 못한 사회와 교회의 책임을 통감해야 함에도 불구하고 한국교회의 성자라고 칭송받는 목회자도 어쩔 수 없이 자살자를 정죄하기에 바빴던 것이다. 아마 '자살은 사회적 타살'이라는 주장과 논리는 한 목사에게는 설득력이 약한 듯했다. 자살한 사람이 구원을 받는지 못 받는지에 대한 결정은 교회나 목사가 하는 것이 아니다. 불안전한 인간들의 사사로운 교리적 판단에 의해 천국과 지옥을 가는 것은 결코 아니다. 교회는 가족과 친구를 잃은 유족들을 위로해 주고 함께 울고 함께 웃어주며 동행하는 것이 급선무이며 죽은이의 허망한 죽음을 사회적으로 재해석해 주어 다시는 그런 일이 재발되지 않도록 해야 함에도 불구하고, 영락교회 관리집사의 주장처럼, 전태일의 분신 항거 사건은 영락교회에는 그저 "골칫덩어리"에 불과했던 것이다. 결국 장례식을 치를 교회 선정 문제가 차질을 빚고 있는 틈을 타 정보기관, 경찰, 노동청, 업주들이 서로 결탁해 마침내 서울 외곽에 떨어진 전태일이 다닌 창현교회에서 가족장 형식의 장례식으로 밀어붙였던 것이다.

9. 분노한 브라이덴슈타인 교수의 데모 제안을 묵살한 강원용 목사

한편 자신이 다니던 영락교회 측으로부터 전태일의 장례식 제안을 거절당한 최종고 일행은 교회 출입문을 열고 밖으로 나와 영락교회에서는 불가능하다는 사실을 직시하고 서울대 법대에서 장례식을 치르기로 잠정 결정했다. 당시 최종고의 증언을 들어보자.

> 동갑이지만 학번이 하나 위였던 조영래를 내가 기독교 쪽으로 좀 안다고 YMCA 호텔로 데려가 방 하나를 빌려서 장례식을 모의했어요. 우선 함석헌, 윤보선, 강원용 같은 분들을 모시고 법대 교정에서 장례식을 치르자고 했어요. 당시 연세대에 브라이덴슈타인이라고 사회윤리를 가르치던 교수가 있었는데 사회 정의를 이론적으로 많이 얘기를 하며 책도 내고 해서 기독청년들에게 대단히 영향을 많이 주고 있었어요.[36]

마침 전태일이 분신 항거하던 평화시장에서 거리상으로 매우 가까운 곳에 자리 잡은 경동교회는 강원용 목사가 재직하고 있었다. 당시 브라이덴슈타인(한국이름 부광석)은 독일교회의 해외봉사단을 통해 한국의 기독학생회총연맹(KSCF) 박형규 목사의 초청으로 1968년부터 1971년까지 활동하고 있었으며 동시에 연세대 연합신학대학원에서 교환교수로 일하면서, 기독학생회 청년들을 대상으로 특강이나 강연활동도 했다.[37] 그런 외국의 활동가조차 전태일의 분신 항거에 참을 수 없어 새문안교회 강연을

---

36 최종고, "청리 최종고 교수 정년기념대담."
37 브라이덴슈타인, 대담 채수일, "세계화 윤리는 인권화·다양화", 「기독교사상」 2003년 11월호.

강원용 목사와 브라이덴슈타인 교수

마치자마자 청중들이 해산하기 전에 데모를 하자며 제안을 했던 것이다. 그는 강원용 목사를 찾아가 시위에 도움을 줄 것을 요청했으나 박정희 정권을 의식하며 몸을 사리던 강 목사에게 보기 좋게 묵살을 당하고 말았다. 최종고의 증언을 계속 들어보자.

브라이덴슈타인 교수가 새문안교회 강연을 마치고 청중들을 데리고 데모를 하겠다는 거에요. 일이 커지겠다싶어 '정말 할 생각이냐?' 했더니 강원용 목사와 상의를 해보고 싶다고 해서 종로2가 크리스챤 아카데미 하우스로 데리고 갔더니 강 목사가 냉정하게 거절을 하더라구요. 나는 너무 실망을 했어요. 브라이덴슈타인 교수가 마지막으로 부인과 상의를 하러 가겠다고 해서 그가 가 있는 동안에 강 목사님에게 다시 들어가서 따졌더니 '최군! 외국인이 행동을 하는 데 연루되는 것이 얼마나 위험한지 아는가?'라고 따끔하게 말씀하셨어요. (중략) 나는 이런 경험을 해보니간, 특히 교회에서는 나를 못마땅하게 생각했어요. 교회마저도 이론적으로 생각하는 사회정의의 보루가 못되는구나. 사회가 돌아가는 것은 어떤 주장이나 이론이 아니라 이해관계구나 하는 것을 깨닫게 되었어요.

강원용 목사의 주도로 설립된 크리스챤 아카데미는 1962년 기독교사
회문화연구회로 시작했으며 활동비는 독일 아카데미로부터 대부분 지원
받고 있었다. 그러다가 1965년 2월 한국기독교학술원을 설립했고, 3개월
뒤 한국크리스챤아카데미로 이름을 바꾸고 그 후 서울 수유동에 독일의
원조로 아카데미하우스를 건축해 왕성하게 활동했다. 대화로 사건이나
문제를 접근하려는 강 목사의 해결방식과 행동으로 접근하려는 브라이덴
슈타인 교수가 서로 일치할 리가 없었던 것이다. 브라이덴슈타인은 새문
안교회 강연이 오래전에 결정된 일이기 때문에 다른 주제를 준비했으나
이틀 전에 터진 분신 사건으로 인해 오재식처럼 강연 주제를 전태일 사건
으로 바꾼 것이다. 이 사건에 대해 침묵하지 않고 양심적으로 반응하고 싶
었던 것이다. 그래서 그는 한국 사회가 사회경제적으로 불평등하게 발전
하면서 야기한 다섯 가지 문제를 제시하면서 문제들과 더불어 구체적인
삶의 예를 들었는데, 그 첫 번째 예가 전태일 분신 항거 사건이었던 것이
다. 그러나 강연을 마친 그는 입술로만 하는 강연이 그에게 충분치 않았고
또한 사건에 대한 언급만으로 끝내고 싶지가 않았다. 하지만 박정희 정권
하에서 외국에서 단기 교환교수로 방문한 외국인 입장에서 데모를 선동
할 수도 없고 또 해서는 안 된다는 것을 잘 알고 있었다. 그래서 강연을 마
치고 동료 교수들과 학생들을 인솔해서 평화시장을 다녀온 것이고, 곧바
로 일행과 전태일 빈소를 방문해 이소선 어머니를 문상했던 것이다. [38]

이처럼 한국교회의 보수와 진보의 두 리더이자 아이콘이었던 한경직
목사와 강원용 목사가 전태일의 분신 항거 직후 보여준 반응과 행동을 보

---

[38] 브라이덴슈타인 증언, 구술 아카이브, 위와 같음.

면 사회정의의 보루가 되지 못하고 있는 목회자들의 이중성과 한계성을 고스란히 드러내고 있었다. 전태일이 명동성모병원 침상에서 죽어가면서 교회와 목회자들에게 남긴 유언이 정말 잘 맞아떨어진 것이다. 한편 한국교회가 보여준 태도에 분노한 오재식은 그해 「기독교사상」 12월호에 전태일을 추모하는 글 "고 전태일씨의 영전에- '어떤 예수의 죽음'"이라는 글을 남겼다. 평소 약자의 편에 서서 싸우며 말보다 행동으로 보여준 오재식은 도시빈민과 농민, 산업 노동자들과 현장에서 함께 뛰는 사회운동가로서 전태일의 죽음에 냉소적이었던 목회자들과 신자들에게 분노하며 비판의 목소리를 낸 것이다. 그로 인해 보수성향이 강한 교회들로부터 "어떻게 전태일 따위를 예수와 비교하느냐?"라는 신랄한 비난과 질타를 감내해야만 했다. 아래는 오재식이 전태일 빈소를 다녀간 후 서울대 법대 교정에서 치른 전태일 학생장과 전태일의 모란공원 장례식 등이 모두 끝난 후인 11월 말에 발표한 전태일 추모의 글 전문이다.

10. 분노한 오재식, 월간지를 통해 전태일 영전에 추도문을 바치다

어떤 예수의 죽음
고 전태일 씨의 영전에.

예수. 내가 너의 나이를 아는 것은 서른세 살뿐. 남 같으면 장래의 포부로 부풀었을 때에 십자가를 지고 예루살렘 거리를 지나던 그 나이밖에는. 아무리 우둔했어도 몸 하나 사릴 만한 지혜는 들었을 나이에 조소와 모멸 속으로 걸어야 했던 미련을 몰랐었네. 예루살렘에 안 갈 수도 있었지 않았는가? 아끼던 제자들도 말리지 않았던가? 너 하나 그런다고 해서 질서가 달라질 것도 아니었는

데. 종교도 이미 안전을 도모하고 사람들은 통치자 로마의 눈치를 살피던 중인
데도, 천군만마를 거느린 것도 아니요, 대중의 지지를 얻은 것도 아닌 주제에
무슨 계산으로 그렇게 함부로 말을 뇌까렸단 말인가.

맘 하나 잘 먹었다면 전통 있는 로마의 향연에 참여했을 것이고, 눈 한번 딱
감았다면 수레에 높이 앉아 흙이 묻을세라 호강했을 터인데도. 너는 천민의
친구로, 그들의 무리로, 그들의 아들로 그렇게 장터에서 뒹굴고 거리에서 서
성대고, 들에서도 다짐했었다. 눈이 먼 자를 고치고, 앉은뱅이를 걷게 하고,
상한 자를 만지고, 찢긴 자를 위로하고, 억울하고 지치고 병들어가는 이웃을,
그들을 생각하다가 그만 사랑에 빠졌었겠지. 신음소리를 들을 때 네 가슴이
메어지더냐, 어린 생명이 병들어가는 것을 볼 때 울화가 치밀더냐, 목이 메이
고, 하여 굶었으리라. 다짐으로 배를 채운 나날들.

왜 너는 초연하지 못했더냐. 어느 세상에나 희로애락은 있는 법, 있고 없는
것이 하늘의 뜻이려니 할 일이지. 비참한 현실도 눈을 감으면 아름다운 추상의
세계. 로마의 통치가 끝날 날이라도, 왜 그 날이라도 못 기다렸느냐. 삶은 차디
찬 머리로 꾸밀 것이지 가슴으로 재어서는 안 되는 법. 분명한 종말에다 몸을
던진 너는 자살자(自殺者)가 아니냐? 너는 네 죽음을 스스로 택한 것이다.
그것이 자살이 아니라면 너는 사기꾼! 누군가가 위대하게 죽어주기를 바라는
마음이 아니겠는가. 직장에서 죽으면 순직이요, 집에서 죽으면 자연사밖에는
안 되는 세상인데, 너는 그런 무리를 믿게 하기 위해서 쇼를 했단 말이냐? 너
는 가야바 법정 빌라도 앞에서 네 죽음을 유예할 수 있었다. 너는 바리새인들
의 심산을 짐작했으면서도 인간을 위한 열망을 포기하지 않았었다. 너는 얼마
나 괴로운 길인가를 알면서도 그것을 택했었다. 너는 도피하려고 여러 번 망설
이다가도 결국은 그러지 않기로 결심한 것이 아니냐. 그 길을 가기로 작정한

그 때, 네 죽음은 시작되었다.

누구 손에 죽었느냐가 문제가 아니다. 어떻게가 중요한 것도 아니다. 로마제
국의 병졸이거나 교권주의자들의 앞잡이거나 어차피 네 뜻의 하수인들이 아
닌가. 세계의 제국 로마의 총독에게는 식민지의 백성이야 쓰레기지. 위대한
종교인들이야 너같은 악마의 제자를 처치하는 것은 신의 섭리고. 이 무시무시
한 법정 앞에서 네 무기는 오직 하나, 자유. 네 길을 택할 수 있는 자유로 섰었
다. 네 목숨을 끊을 수 있는 자유로 섰었다. 정신착란에서가 아니고, 순간적인
흥분에서가 아니고, 삶을 비관해서도 아니고, 사랑의 상처 때문도 아니고, 너
는 오랫동안 네 마지막을 내다보았었다. 너는 그리고 가기로 결정한 것이다.

너는 죽을 때 "목이 마르다"라고 했다. 이미 죽는 마당에 물은 찾아서 무슨
소용인가? 무식한 병졸들은 식초를 타다 주었다지만 "내가 목이 마르다"라고
수천 년을 들려오는 소리. 인류의 폐부를 뚫고 지나는 음성, "내가 배가 고프
다" 이것은 네 푸념이 아니라 사막을 통해서 들려오는 무리의 합창이 아니겠는
가. 그 절박한 시간에 마지막 힘을 깡그리 모아, 들려주는 말 "목이 마르다.
배가 고프다" 네 주검을 끌어안은 여인의 젖은 말라 있었다. 거칠은 손끝은
떨고 있었다. 저녁놀 광우리에 길어 오던 떡덩이, 하고한 날 큰맘 먹고 못 해먹
인 햅쌀밥, 30리 걸음걸음 아껴 모은 풀빵들, 밥상에 앉으면 그 음성이, 찻잔
을 들고도 그 음성이, 진열장의 진미가, 뒤안길 요정의 상다리가 다 목을 놓아
부르짖지 않는가. "내가 배가 고프다."

네가 운명한 후에도 통치자의 졸병들이 네 옷을 서로 가지려고 제비를 뽑았었
다. 옷은 네 자유를 덮었던 주검. 주검은 핏기 없는 회백색의 옷자락이 아닌가.
그 주검을 서로 빼앗으려고 곤두박질한 군대들, 다투어 꽃다발을 보내고 그리

고 너를 유대인의 왕이라고 팻말을 붙이더라. 막달라 마리아 먼 발치에서 울고, 따르던 제자들은 얼씬도 못하게 되었는데, 너를 죽인 자들이 너를 추모하고 너의 죽음을 너의 끝장이게 하였다. 피를 쏟고 죽어버린 네 주검을 두려워 떨며 지키던 병사들, 합법적인 절차로 종말이 집행된 네 몸뚱이 옆에서 불안해하던 로마의 용사들. 그들은 죽어버린 너를 죽일 수가 없었던 것이다.

너는 가롯 유다의 배신을 알았었다. 모든 것을 팽개치고 너를 따르던 그가 너를 위해서 살기로 했고, 너 때문에 산다던 그가 너도 모르는 사이에 치부해가고 있음을 알았었다. 스승이라 부르던 그 입술로 흥정을 하고 있었다. 햇빛 아래서는 너와 울고 별빛 밑에서는 그들과 웃었었다. 권력자의 편에 서서 네 목숨을 은전으로 헤이고 있었다. 권력자의 앞에서 유다는 너의 대변자, 너의 감정, 의지, 또 너의 무리들을 대변하기에 침이 말랐으리라. 유다의 헛바닥을 통해 본 너는 피래미지. 언제든지 신호 하나로 처치될 수 있었던 쓰레기가 아닌가. 권력자와 쓰레기들 중간에 서서 쓰레기들의 대변인이 된 유다. 그 직함으로 행세하던 그를 너는 왜 모르는 체했는가.

그 유다가 네게 와서 입을 맞출 때 너는 이미 유다의 통곡 소리를 들었으리라. 은화 설흔 냥에 팔려서 네게 와 "스승이여 평안하소서" 할 때 유다는 이미 통곡하고 있었다. 로마의 병졸을 매복시켰던 그가 오히려 떨었으리라.

네가 그렇게 무모하게 살아버린 것을 교회는 얼마나 힐책할 줄 아는가. 가난하면 그런대로 기도하고, 괴로우면 그런대로 감사하고, 억압자를 사랑하고, 부자를 사모하며, 때리면 웃어주고 협박하면 주를 찾아 범사에 감사하며 은혜롭게 살 것인데, 왜, 선동하고 허가 없이 모이고, 불온한 것을 가르치고, 하여 목숨을 단축시켰느냐. 교회는 비굴한 미소로 연명하여 상처없이 죽은 무리를 성도로 추서하는 장소였다. 교회는 흠없는 성도들의 사교장이요, 너같은 쓰레기가 상면하는 것만으로 수치를 느낄 것이다.

네가 장터에서 선동을 하고 네 목숨을 내어 맡길 때 교회는 철문을 굳게 잠그고 취침시간을 엄격히 지키고 있었다. 보드라운 잠옷에 경건한 마음으로 교회의 영광을 기도했으리라. 제 목숨 하나 살피지 못하는 천민이야 쓰레기통 옆에다 팽개친들 무슨 상관이냐. 하나님의 거룩한 아들이야 저 명부에 올라있는 계꾼들이지. 너도 행여 다시 나거든 그 명부에다 등록을 하라. 요람에서 묘지까지 보장받는 보험회사에 가입하라.

너는 잡히기 전날 밤에, 예수, 너는 친구들을 모아 놓고 "이것은 내 살이니 받아 먹고 나를 기념하라", "이것은 내가 쏟은 피니 마시고 나를 잊지 말라", "내 삶을 기념하라", "내 죽음을 헛되이 말라."
네 죽음이 왜 모든 것의 마지막인 것을 몰랐던가. 네 죽음 뒤에 새로운 세상이 오리라는 생각은 황당했다. "내 하나가 죽으면 달라지겠지" 너는 네 죽음이 끝이라고 생각지 않았다. 새로운 시작을 본 것이다. 시작을 한 것이다. 시작으로 산 것이다. 벽 뒤의 세계를 보았기 때문에, 그 세계가 오리라는 것을 믿었기 때문에 벽을 뚫을 수 있었다. 이 시작을 죽음이 막지 못한 것이다. 죽음은 생명의 탈바꿈이 아닌가.

네가 죽은 후, 예수여!
엉뚱한 사람들이 수군거리고, 생면부지가 헌화를 하는구나. 네 이름이 입에서 입으로, 가슴에서 가슴으로, 발에서 발로 번져갔다. 네가 네 몸을 달구던 그 자리를 가보고, 네 음성을 들으려 하고 너를 만지려 했다. 만져서 그리고 다짐하려 했다. 살아있는 것처럼 그렇게 육박해오는 죽음이었기에 가슴속으로 꿰

뚫는 진폭이 있었다. 네 초상화가 복사되고 네 생애가 돋보이고, 드디어는 네가 스승으로 되어 가고 있었다. 죽음의 벽이 당분간은 누리를 덮었었지만 그 밑으로, 고동소리, 희망이 그 밑으로 흐르고 있었다.

고뇌에 쪼들린 마음 속에는 암흑을 벗겨버릴 분노가 서리고, 눌리고 헐뜯긴 가슴이지만 죽음을 이길 만한 자유는 있어, 하여 죽은 너는 다시 무리 속에 살아서 흐르지 않는가. 새 역사의 여명이, 부활의 아침이 급박하게 다가오는 것이 아닌가.

예수, 너는 죽어서 많은 예수를 낳고 그 예수들이 다 같이 예루살렘 거리에 서는 날, 너는 우리에게 부활의 의미를 가르칠 것이다. 할렐루야.[39]

이와 같이 오재식은 보수적인 영락교회나 진보적인 경동교회 모두에게 실망해 추도문 형식의 특별 기고를 쓴 것이다. 당시 근본주의와 율법주의에 찌든 목회자들과 신자들에게 교회의 사회적 구원에 대한 역할과 사명을 촉구하고 전태일의 죽음에 대한 성서적 의미를 적나라하게 펼쳤다. 또 목사가 아닌 평신도의 눈으로 전태일의 죽음이 시대적으로 어떤 의미이며 교회와 종교인들이 어떻게 그 죽음을 해석하고 받아들이는가에 대해 섬세한 시적 감성과 문학적 필치 그리고 예수와 전태일을 교차시키는 은유법으로 이 시대에 과연 참된 예수가 누구인지를 일깨워 주었다. 그뿐만 아니라 바리새인이나 대제사장같이 허위와 위선에 가득한 목사들과 신자들의 이중성을 통렬히 경책했다. 이 추모의 글을 쓰게 된 동기를 오재식은 이렇게 말한다.

---

39 오재식, "어떤 예수의 죽음, 고 전태일씨의 영전에", 「기독교사상」 12월호(1970).

그래서 '추도회라도 하자' 해서 기독학생회하고 법과대학 학생회가 서울대학교 법과대학에서 추도식을 했는데 경찰이 이미 학교를 둘러싸고 학생이 아닌 사람은 못 들어가게 했다. 나는 그래서 뒷담으로 넘어가고 조화도 뒷담으로 넘겨가며 추도식을 치렀다. 그것이 계기가 되어서 기독교사상 12월호에 "어느 예수의 죽음"이라는 전태일 추도사 비슷한 글을 썼다. 그 때 내 심정은 '예수도 자살하지 않았을까' 하는 것이었다. 차이는 자기가 생명을 거는가, 다른 사람이 거는가 하는 차이지 무슨 차이가 있는가? 전태일이 자기 일을 위해서 죽은 것이 아니지 않는가? 그런 글을 썼더니 교회에서 난리가 난 것이다. '전태일이 어떻게 예수고, 예수님이 어떻게 전태일이냐' 하면서 난리가 났다. 그래서 그게 계기가 되어 학사단이 단결하기 시작한 것이다.[40]

억압받고 소외된 이들이 자신의 목소리를 내서 자신들의 권리를 찾을 수 있도록 그들을 동원하고 조직하는 주민운동을 KSCF를 통해 우리나라에 처음 소개한 오재식은 당시 전태일의 분신 사건 이전부터 이미 평화시장에도 알린스키의 조직을 활용한 학사단을 파견해 활동하고 있었다.

(학사단은) '예수가 천당에 있는 것이 아니고, 예수는 현장에 계시다. 우리가 만나는 모든 사람 안에 예수가 계시다'는 것을 고백하기 시작하고 단결하기 시작했다. 나는 그 불과 몇 개월 사이에 그런 일을 만들고 다른 분들에게 맡기고 71년 1월에 아시아기독교협의회의 간사가 되어서 일본으로 떠났다. 완전히 배신자였던 것이다. 알린스키(Saul Alinsky)는 2년 있어야 된다고 했는데 나는 2개월 있다가 갔다. 그래서 후배들이 많이 고생을 했고, 후에 민청학련 사건의 가장 중심이 된 것이 이 기운이었다.[41]

---

40 오재식, "알린스키 조직운동과 학생사회개발단 이야기."
41 오재식, 위와 같음.

11. 센추리호텔(Century Hotel)에 끌려가 협박을 당하다

1) 서울대학생을 사칭한 기관원들에게 납치당하다

학생들이 모두 집으로 돌아가고 어느덧 영안실의 분위기가 잠잠해지자 이번에도 또 전태일의 이모부가 다가오더니 이소선의 귀에 대고 무언가 속삭였다. 그러자 조용하던 영안실에 조문객들이 갑자기 불어나는가 싶더니 어느새 영안실은 조문객들로 발 디딜 틈조차 없었다. 조문객들 중에는 특히 평화시장의 시다들과 어린 여공들이 단체로 찾아와서 조의를 표하며 "오빠! 오빠!" 하며 목 놓아 우는 바람에 보는 이들의 마음을 아프게 했다. 이소선은 어린 시다들의 통곡을 바라보고 함께 눈물을 짓고 있다가 문득 방금 전에 이모부가 전해준 말이 떠올랐다. 그녀는 자신을 찾는다는 사람이 있는 장소로 부지런히 찾아갔다.

"저를 찾는다는 분이 누구십니까?"

"예, 바로 접니다. 저는 대학생입니다."

"아, 그래요?"

"여기서는 말씀드리기가 곤란하니 밖으로 잠간 나가셔서 말씀드리면 좋겠습니다."

순간 이소선은 서울대학교 학생들이 생각나서 아무런 의심 없이 그를 따라나섰다. 그러나 그 학생이 안내하는 길을 따라 병원 밖으로 나가니 검정색 지프차가 기다리고 있는 것이 아닌가. 순간 "학생이라면 이런 관용차를 몰고 올 수가 없을 텐데" 하는 생각과 함께 불길한 예감이 들었다.

"나는 이 차를 타지 않을 겁니다. 그냥 돌아가세요."

"잠시 다녀오시면 됩니다. 학생들이 잠시 상의할 것이 있다며 어머님을 기다리고 계십니다."

학생이라는 그 사람이 차 문을 열며 빨리 올라타기를 재촉하고 있었
다. 아무래도 기분이 이상했고 느낌이 안 좋았다. 그러나 장기표 학생이
무엇인가 긴요하게 상의를 하기 위해 나를 만나려고 그러는지도 모른다
는 생각에 차에 올라탔다. 지프차는 가까운 거리를 간다면서 시내를 한참
빙빙 돌더니 어디론가 쏜살같이 속력을 내고 달리기 시작했다. 자꾸만 이
상한 의구심이 들자 학생을 자처하는 사람에게 다그쳤다.

"여기가 지금 어딘가요? 도대체 어디로 가는 거예요?."

"학생들이 장례식 문제 때문에 어머니하고 구체적으로 의논할 게 있
다고 그러니 조금만 참으십시오."

그는 인상을 쓰며 냉랭하게 한마디 던질 뿐이다. 이소선은 그 말에 안
심을 하고 더 이상 그 사람을 귀찮게 하지 말아야겠다고 생각을 하며 차
안에서 목적지까지 조신하게 가기로 결심했다. 그런데 한참을 달리던 차
가 갑자기 어느 건물에 당도하는가 싶더니 이윽고 지하실로 들어가는 것
이 보였다.

"이봐요, 학생. 차가 왜 지하실42을 들어가요?"

"안심하세요. 조용한 곳에서 말해야지 사람들이 많은 곳에서 말하면
안 되지 않습니까?"

그의 말을 들으며 "그래도 나를 기다리는 사람들은 학생들이겠지?"
하며 스스로 위로하며 "이왕 여기까지 왔는데 일단은 한번 만나보기나 하
자"며 마음을 진정시켰다. 어느 호텔 안으로 들어가는 듯했다. 지하 주차
장에 당도해 차에서 내리자 빨간 우단(호텔복도에 깔려있는 카펫)이 깔려

---

42 지금의 서울 유스호스텔은 당시 중앙정보부의 남산 본관이 있던 자리다. 주변 아스토리아
호텔이나 세종호텔 역시 중정 요원들이 진보학생이나 시민 등의 조사 대상자나 민주인사,
통일인사 등을 대상으로 회유와 협박을 일삼았던 곳이다. 안기부가 서초구 내곡동으로 이
사하면서 현재 남아 있는 건물은 총 10개 동이고 한창 중정 세력이 컸을 때에는 인근에
40여 동의 건물이 있었다.

있는 복도가 나왔다. 여기저기 둘러보니 제법 시설이 호화롭고 고전적으로 만든 방문들도 보였다. 문을 열고 들어서자 웬 낯선 남자들이 이미 그곳에 오래 기다리고 있었다는 듯 앉아 있었다. "아이쿠, 이거 큰일 났구나." 이소선은 순간 어리석게도 자신이 속은 것을 그제야 알아차렸다.

"염려 마세요. 저 방안에 서울대학생들과 고려대학생들이 기다리고 있으니 어서 들어가시지요."

이소선은 머리가 쭈뼛 서는 것을 억지로 진정시키며 "그래, 좋다. 학생들이 설마 나를 어떻게 하랴"는 마음으로 따라 들어갔다.[43]

2) 합의서에 강제로 지장을 찍을 뻔하다

문을 열고 들어가니 방안에는 학생들이 아니라 양복을 입은 신사 세 명이 앉아서 무거운 표정으로 기다리고 있었다. 그러더니 지프차로 자기를 데리고 온 사람을 비롯해 열 명 정도 되는 남자들이 우르르 뒤따라 들어오더니 맨 마지막에 들어오는 사람이 보따리 두 개를 들고 서 있는 모습이 보였다. 그러더니 그 보따리를 이소선 옆에 있는 탁자에 올려놓는 것이 아닌가. 그들은 이소선과 대화를 시작하려고 무언가 준비를 하는 눈치였다. "이 놈들이 또 나를 돈으로 매수를 하려 들다니 몹쓸 놈들…" 소선은 마음을 가라앉히고 시치미를 떼며 말문을 열었다.

"아니, 학생들이 있다고 해서 따라 왔는데 학생들은 어디 있다는 거요?"

태연스럽게 말문을 열자 자신을 데리고 온 사람은 자신이 바로 학생이라며 엉뚱한 대답을 하는 것이다.

---

43 이소선, 위와 같음.

"어디 학교 학생이요?"

"네, 서울대학교 학생입니다."

"아니, 서울대 학생이면 병원에서 말을 해도 될 텐데 왜 나를 여기까지 데리고 왔소? 다들 이게 지금 뭐하는 짓들이요?"

이소선은 돈 보따리를 보자 다시 속이 뒤집혀 왔다.

"그렇게 화를 내지 마시고 저희들과 차분하게 대화를 나누시지요. 이렇게 저희들이 만반의 준비를 다 해 왔습니다."

싱글싱글 웃던 그 남자는 이소선 앞에 통장과 돈 보따리를 내밀었다. 펼쳐 놓은 통장을 바라보니 통장에 인쇄된 예금주 명의가 이소선(李小仙)이 아니라 이소선(李小善)[44]으로 되어 있었고 도장도 역시 틀린 한자 이름이었다.

"저희가 통장에 입금을 미리 다 해놓았습니다. 다른 가족분들은 이미 다 합의서에 동의를 했는데 이 여사님 때문에 합의가 원만히 진행이 안 되고 있으니 협조해 주시면 감사하겠습니다. 그리고 이 현금은 추가로 드리는 조의금입니다. 받아 주십시오. 그리고 저희들은 이 여사님이 생각하신 대로 합의를 담당한 죄인들입니다. 용서해 주시고 저희 사정을 보아서라도 이 돈으로 합의를 끝내시고 제발 협조를 해주시면 좋겠습니다."

주머니에서 꺼낸 합의서를 자세히 들여다보니 먹지가 첨부된 서류에는 16명이나 되는 일가친척들에게 벌써 도장과 서명을 일일이 받아 놓았다. 자세히 읽어보니 그동안 자신도 모르게 태일이 큰아버지는 물론 오촌 당숙까지 모두 서명을 받아 마무리를 해놓은 상태였다. 이름만 적혀 있고 아직 도장이나 서명이 안 된 사람은 전태삼과 전순옥, 태일의 사촌동생 전갑수 그리고 이소선 자신뿐이었다. 소선은 여기서 더 이상 저들의 말을 안

---

44 당시는 통장 이름에 한자도 병기되었다.

들으면 쥐도 새도 모르게 죽을 것 같다는 생각마저 들었다. 당시에는 그런 일들이 비일비재했으므로 죽을 수도 있겠다는 공포심이 걷잡을 수 없이 밀려왔다.[45]

3) 기관원들의 회유를 물리치고 버선발로 탈출하다

그런 와중에도 소선은 예기치 않게 자신의 눈앞에서 그만 무서운 광경을 목격하고 말았다. 소선이 앉아 있는 맞은 편 벽면에 걸려 있던 대형거울에 비친 광경을 언뜻 보니 저만치 있는 담당자들이 이소선의 바로 뒤편에 서 있던 검은 양복을 입은 사내들에게 신호를 보내면서 손가락을 잡아당겨 지장을 찍는 시늉을 하는 장면이 포착된 것이다. 만일의 사태에 대비해 이소선의 등 뒤에 서 있던 사람들이 강제적으로 합의서에 도장을 찍게 하려는 음모를 꾸미는 것이 눈에 띈 것이다. 이소선의 등에서 식은땀이 흘렀다. 무서운 생각이 들자 "어떻게 하면 이 고비를 무사히 넘길 수 있을까?" 하며 지혜를 짜냈다. 속으로 "하나님 아버지 속히 도와주시옵소서"라는 절박한 기도가 튀어나왔다. 골몰히 묘책을 간구하던 그에게 좋은 방책이 떠올랐다. 우선 저들을 안심시키기 위해 태연하게 행동했다.

"저 통장에 있는 돈은 얼마인가요? 그리고 저 현금 보따리도 얼마 정도나 되나요? 남편도 없고 우리 태일이도 없는데, 앞으로 자식들하고 나도 살아가려면 어쩔 수 없이 돈을 받아야지요. 돈을 많이 준다면 나는 합의를 보겠습니다."

이소선은 시간을 벌기 위해 태연하게 대처했다. 그 순간 갑자기 달라진 이소선의 태도에 그들은 안색이 바뀌면서 소선에게 바싹 달라붙어 합

---

45 이소선, 위와 같음.

의금에 대해서 자세히 설명을 하기 시작했다. 말도 안 되는 소리지만 그들에게 능청스럽게 맞장구를 쳤다. 그러자 그들도 신바람이 났다.

"태일이 어머님 그리고 앞으로 더 들어올 돈이 많이 있습니다. 오늘 말고도 17일까지는 평화시장 업주들에게 돈을 거둬서 1억을 채워서 꼭 통장에 입금시키도록 하겠습니다."

"그렇게 말만 하시고 실제로 돈을 안 주면 어떻게 해요? 선생이 책임지고 이 자리에서 17일까지는 돈을 보내 주겠다는 각서를 써 주세요."

이소선은 시간을 더 벌기 위해 능청스럽게 연기하며 저들에게 할 수 있는 한 모든 요구를 제시하며 몰입하도록 만들었다. 그리고 그 틈을 이용해 도망을 가려고 마음을 먹고 달아날 기회를 엿보고 있었다. 협상단은 서로 미루는 듯이 눈치들을 보며 머뭇거리더니 점잖게 생긴 남자가 자신이 각서를 써주겠다고 나섰다.

"제가 각서를 쓰겠습니다."

"당신은 누구요?"

"근로감독 과장입니다."

이렇게 해서 근로감독 과장과 감독관 등 세 명이 함께 각서를 쓰고 17일 오전 11시까지 그 돈을 모두 입금해 주기로 약속하고 서류에 적었다. 그들이 마련해 주겠다는 액수는 자그마치 7천만 원은 되는 것 같았다. 소선은 우선 그들을 안심시키기 위해 돈다발을 만지작거리며 돈에 욕심이 있다는 듯 연기를 했다.

"이 돈은 모두 현찰인데 이 많은 돈을 내가 어떻게 가지고 다닐 수 있겠습니까?"

"아, 그러시면 이 돈은 당장 조흥은행 본점에 입금시켜 드릴 테니 염려하지 마세요. 이 여사님은 통장만 가지고 계시면 됩니다."

"아, 그러면 내가 이 돈이 얼마인지 정확히 알 수 없으니 세어봐야 하겠어요."

이소선은 그 방에서 빠져나갈 궁리만 하며 돈 보따리를 풀었다. 그러자 손이 떨리고 흥분이 되어 도저히 돈을 셀 수가 없었다. 옆에서 바라보던 기관원들은 소선이 정신이 없어 돈을 세지 못하는 줄 알고 "지금 당장 조흥은행에 입금시켜드릴 테니 함께 갑시다"라며 재촉했다. 그러면서 그들의 최종 목적인 합의서에 도장을 찍을 것을 소선에게 다시 한 번 은근히 재촉하였다. 드디어 책임자는 그들 중 누구를 지칭하며 빨리 합의서에 도장을 찍도록 다그쳤다. 소선은 못들은 척 태연하게 또 다시 돈 보따리를 어루만지면서 천천히 말을 이어 나갔다.

"나도 이제 남편 죽고 아들도 죽고 이제 돈이라도 있어야 살아갈 수 있지 않겠소? 내가 돈이 없으면 어떻게 살겠소. 내가 지금까지 버틴 것은 돈을 더 많이 타내려고 버틴 것이었지요."

"아, 역시, 이 여사님이야. 그러면 그렇지. 이 여사님은 머리가 영리하단 말씀이야. 그렇게 하지 않았으면 그동안 액수가 올라갈 리가 있었겠어요. 속 시원히 잘 결정하셨습니다."

그들은 기분이 좋아서 어쩔 줄 몰라 했다. 소선에게 합의서를 꺼낸 그들은 도장을 손에 쥐어줬다. 비록 합의서 날인을 강요당하는 긴박한 상황이지만 합의서 내용을 제대로 읽어봐야 하겠다는 생각이 들어 차분하게 읽어 내려갔다. 아니나 다를까 저들의 합의서 요구사항 중에는 학생장을 원하지 않는다는 항목도 들어있었다. 소선은 까막눈처럼 모른 척하며 시간을 끌었다.

"어디다가 찍어야 되나요?"

"여기다 찍으시면 됩니다."

그들은 이소선의 이름 석자 위에 손가락으로 짚어 주기까지 하였다.

"참말로 17일까지 나머지 돈을 다 입금시키실 거죠?"

소선은 다시 한 번 도장을 들고 그들에게 화제를 돌리며 다짐을 받는
척했다. 그리고 그들이 합의서에서 손을 떼는 순간 방안의 모든 시선이 이
소선의 엄지손가락에 집중이 되었다. 그 순간 소선은 합의서를 잽싸게 갈
기갈기 찢어버렸다. 그리고는 그것조차 안심할 수 없어서 탁자 위에 있는
물컵 속으로 찢어진 조각들을 집어넣었다. 컵 속에 들어간 종이들은 흐물
흐물 금새 풀어져 버렸다. 기관원들이 그동안 애써 받아 놓은 일가친척들
의 서명 날인도 모두 헛수고가 되는 순간이었다. 갑자기 당한 일이라서 그
들은 기가 막히고 어이가 없어 아무말도 못하고 그저 멍하니 서 있었다.
이때 소선은 큰소리를 지르며 방문을 힘껏 걷어차며 열어젖혔다.

"사람 살려, 사람 살려요!!"

얼마나 힘껏 걷어찼던지 문살이 부서지고 고급스런 방문 짝도 멀찌감
치 나뒹굴며 떨어져 나갔다.

"사람 살려요!! 사람 살려 주세요."

소선은 그 와중에도 고무신을 벗어 두 손에 집어 들고 버선발로 뛰기
작했다. 방안에서는 담당자들이 서로 책임을 떠넘기며 자기들끼리 싸우
고 있었다. 그러는 동안에 소선은 재빨리 도망을 나올 수 있었다. 마당으
로 뛰어 올라오자 마침 건물을 지키던 수위를 만났다. 수위실에 앉아있던
경비는 화들짝 놀라며 소리쳤다.

"아, 저 미친년이 어디로 기어들어 왔을까? 야, 너 어디로 들어왔어!?"

"아저씨, 나 좀 살려 주세요. 내가 길을 몰라서 그러는데 밖으로 나가는
데가 어디에요?"

허겁지겁 달려 나오느라 치마가 벗어진 줄도 모르고 신발도 벗겨진 채
맨발로 뛰어나온 것이다. 그 모습을 바라본 수위는 이소선이 미친 여자인
줄 알고 나가는 방향을 잽싸게 가리켰다.

"빨리 나가! 이년아! 여기 들어온 줄 알면 내 모가지 달아난다."

　호텔 건물을 빠져나온 이소선은 사람들과 차들이 오가는 대로변까지 달려 나와 "사람 살려"를 외쳐댔다. 힘이 센 장정들이 갑자기 달려들어 자신의 뒷덜미를 잡아끌고 갈 것만 같았다. 정신없이 "사람 살려"를 외치며 뛰어가자 지나가던 사람들은 구경거리라도 있는 줄 알고 소선을 에워싸며 웅성거렸다. 사람들 틈을 빠져나와 이윽고 자동차들이 달리는 대로로 뛰어들었다. 1초라도 그곳에서 빨리 벗어나야만 했기 때문이다. 그러자 택시기사들과 일반차량 운전자들이 여기저기서 경적소리를 내거나 유리창을 내리고 욕설을 퍼붓기 시작했다. 달리던 운전자들이 여기저기서 급정거를 하니까 한바탕 소동이 벌어지며 일대가 아수라장이 됐다. 대로를 달리는 차들이 경적을 울리며 급정거를 하기도 하고 어떤 운전자는 아예 차를 세워 놓고 가슴을 쓸어내리기도 했다. 그들은 한결같이 죽일 년, 살릴 년 하며 욕설을 퍼부었다. 결국 소선은 성질이 고약한 택시기사에게 걸려들고 말았다. 대로에 뛰어들어 자신의 택시를 가로막자 화가 머리끝까지 난 택시기사는 차에서 내리자마자 소선의 뺨을 닥치는 대로 이리저리 때렸다. 한참 따귀를 얻어맞던 소선은 뺨을 어루만지며 따져 물었다.

　"아저씨, 왜 나를 때려요?"

　"야, 이 미친년아. 너만 뒈지면 되는데 왜 남들까지 뒈지게 만드는 거냐. 왜 차도에 뛰어들어서 사람을 놀라게 하냐고? 뒤지려고 환장을 했냐?"

　자신을 보고 미친 여자라는 말을 듣자 이소선은 차분한 어조로 자신의 신분을 설명하기 시작했다.

　"아저씨, 나 안 미쳤어요. 명동성모병원에서 우리 아들이 죽어서 그러는데요. 제가 지금 내 아들 시체가 거기 있어서 지금 막 갈려고 뛰어가는 겁니다. 우리 아들이 전태일인데요, 내가 전태일 엄마에요. 지금 빨리 성모병원에 가야 돼요. 나 좀 데려다 줘요."

　택시 기사는 그제야 가만히 위아래로 훑어보더니 택시를 타라는 시늉

을 하는 것이다. 가만 생각해보니 측은했던 모양이다. 겨우 택시를 잡아
타고 성모병원에 도착한 소선은 영안실에 도착하자 그만 기진맥진해서
그 자리에 쓰러지고 말았다.[46] 이렇게 해서 돈을 주겠다는 노동청과 기관
원들의 무서운 협박과 회유를 뿌리치고 가까스로 빠져나올 수 있었던 것
이다. 참으로 기막힌 일이 아닐 수 없다. 그러나 소선에게 닥치는 영안실
의 시련과 투쟁은 그것으로 끝나지 않았다.

46 이소선, 「저자와의 인터뷰 증언」, 2007.1.22.

48장

6일(월), 분신 항거 넷째 날

1970년 11월 16일 (월)

1. 도난당한 일기장을 찾으러 노동청으로 몰려간 이소선 일행

센츄리호텔에서 회유와 협박을 과감히 물리친 이소선은 이튿날 아침
이 되자 도난당한 아들의 일기장을 찾기 위해 묘책을 짜냈다. 평소에 태일
이가 분신처럼 소중히 다루며 애지중지하던 일기장 묶음이 통째로 도난
당한 것을 알고 나서 그것을 되찾는 일이란 결코 쉬운 일이 아니었다. 영
안실에서 바삐 움직이던 이소선은 아들의 일기장이 도난당한 사실을 어
제 낮에 처음으로 알게 된 것이다. 엊그제 영안실을 기웃거리던 「조선일
보」 기자가 조의금 명부로 사용하고 있던 파란색 일기장 한 권을 가져간
사실을 조의금을 접수하던 태일의 사촌 전갑수를 통해 알게 된 것을 필두
로 어제 낮에는 영안실을 출입하던 기자들이 자기들끼리 머리를 맞대며
수군대는 이야기를 통해 또 다른 사실을 알게 된 것이다. 마침 기자들이

모여 있는 곳을 우연히 지나치던 이소선이 그들의 대화 내용을 자연스럽게 엿들은 것이다. 일기장의 행방에 대해서 자기들끼리 이런저런 이야기를 주고받는 소리였다.

"이번 사건은 노동청에서 많이 잘못 했으니까 아마 노동청에서 벌써 재빠르게 일기장을 모두 가져갔나 보네?"

"그러게 말야, 그게 다 어디로 간 거야?"

기자들이 수군대는 소리를 듣던 소선은 사태의 심각성을 깨닫고 그제야 적지 않은 충격을 받았다.[47] 아들의 정신과 혼이 담긴 소중한 일기장이 다른 사람들에 의해 이리저리 손을 타거나 없어지고 있다는 사실을 그제야 알게 된 것이다. 다급해진 소선은 그날 저녁 전태삼을 쌍문동 집으로 급히 보내 일기장의 존재 여부를 확인하도록 했다. 어머니 심부름으로 헐레벌떡 집에 당도한 전태삼은 태일형이 쓰던 방을 아무리 뒤져도 일기장 묶음은 온데간데없이 사라져버린 것을 확인했다. 온 집안을 다 뒤지다시피 찾아봐도 일기장이 나오지 않자 전태삼은 이 사실을 마을에 있는 행정 전화를 이용해 명동성모병원 영안실에 있는 어머니에게 긴급히 알렸다.

"엄마, 아무리 찾아봐도 형의 일기장이 하나도 안 보여요."

"오냐 알았다. 너는 빨리 지금 병원으로 다시 나오너라."

소선은 이튿날 아침이 밝아오자 영안실을 비워 둔 채 일찌감치 쌍문동에 있는 동네 장정들을 다 불러 모았다. 일기장의 소중함을 인식한 소선은 일기장을 직접 찾으러 가기 위한 대장정에 돌입한 것이다. 아침부터 동네 젊은 사람들과 창현교회 건장한 청년들을 데리고 아들의 일기장을 찾으러 노동청으로 몰려갔다. 이때 같은 동네에 사는 장정들은 거의 모두 노동청으로 몰려갔기 때문에 마을이 텅 빌 정도였다. 동네 남자들이 노동청으

---

47 이소선, 위와 같음.

전태일의 일기장. 노트 외에도 별지 등에 많은 수기를 남겼다. 날카로운 면도칼로 절취된 노트들이 간혹 보인다.

로 몰려가자 때마침 직원들은 월요일 아침을 맞아 한 주간의 업무를 시작하기 위해 분주하게 움직이는 가운데 이십여 명이나 되는 장정 일행이 갑자기 몰려들자 크게 당황하는 눈치였다. 출근한 노동청 직원들은 뜻밖의 불청객들에게 몹시 놀라 우왕좌왕했고 이소선과 일행은 사무실로 들어가 차분히 앉아 자초지종을 설명했다. 담당 공무원이 나오자 이소선은 아들의 일기장을 당장 반환할 것을 요구했다. 그러자 한참 시간이 흐른 뒤에 직원 한 사람이 겨우 두 권의 일기장만 꺼내오는 것이었다. 인내하며 기다리던 동네 사람들은 이소선과 합세해 노동청 직원들의 태도에 분노를 느끼며 저항하기 시작했다.

"태일을 죽였으면 됐지, 이제는 태일이 일기장까지 훔쳐가냐?"

이소선이 한바탕 소리를 질러대자 잠시 후 직원 중 한 명이 어디선가 나타나더니 마지못해 일기장 한 권장을 또 가져오더니 불쑥 내놓았다. 유가족을 농락하고 기만하는 모습을 차마 눈 뜨고 볼 수 없었던 동네 사람들은 마침내 분노가 극에 달해 폭발하고 말았다. 그들은 노동청 사무실 유리와 창문을 부수고 기물도 파손하는 등 한참 동안 소란을 피웠다. 그러자 이에 놀란 직원들은 한참 시간이 흐른 뒤에 또 다시 일기장 한 권을 가져왔는데 자세히 살펴보니 이번에는 온전한 상태가 아니라 예리한 면도칼로 일기장의 특정 부분을 절취하고 가져왔다. 절취 부분은 아마도 노동청장과 근로감독관 임병주를 고발했던 고발서 초안으로 짐작이 된다.[48] 이윽고 화가 머리끝까지 난 동네 청년들이 일기장을 가져온 노동청 직원을 흠씬 두들겨 패고 말았다. 그러나 적반하장도 유분수라더니 노동청 직원들은 오히려 경찰을 부르는 것이었다. 화가 난 노동청 직원들도 이에 맞서 전태삼을 잡아끌고 화장실로 데리고 가더니 폭행을 가했다. 이에 흥분한 소선은 너무 어처구니가 없어 격렬히 저항했다.

"이 나쁜 놈들아! 우리 큰아들을 죽이고도 모자라 이제 작은아들까지 죽이려 하느냐!?"

결국 우여곡절 끝에 또 다시 두 권의 일기가 가족들의 품으로 돌아왔

---

48 전태일의 또 다른 일기장에는 그가 분신직전에 작성한 시위계획서 초안에 '근로감독관 임병주를 고발하라'는 문구가 적혀 있다.

는데 한 권은 온전했으나 그중에 한 권은 이미 노트의 껍데기만 남다시피 한 채로 돌아왔다. 노트 안에 묶여있는 낱장이 거의 절취되어 껍데기만 남은 것이나 다름이 없었다. 이렇게 해서 노동청에서 보관하고 있던 일기장들은 험한 일을 겪으며 되찾을 수 있었다.[49]

　이소선 어머니가 노동청과 싸운 끝에 겨우 돌려받은 일기장들은 그와 같이 여기저기 찢기거나 면도칼로 절취되어 온전하지 못한 채 돌아왔다. 이는 아들 전태일의 온몸을 면도칼을 그은 것처럼 이소선의 마음을 다시 아프게 했다. 노동청에서 되찾은 일기장들의 원본 훼손 상태는 다음과 같다. 우선 일기장 중에 한 권은 무려 중간 부분 12장(24페이지)이 날카로운 면도날에 절취[50]되어 없어졌다. 또 다른 일기장 한 권도 2장이 찢겨 나가고 없어졌다.[51] 어느 일기장은 중간 부분이 없어졌는데 그나마 서두와 말미 부분도 훗날 도난 사건으로 인해 아예 없어졌다.[52] 이처럼 노동청에서 힘겹게 되찾은 전태일의 일기장들은 오랜 세월이 흐르는 동안 또 다시 유실과 도난 사건을 맞는다.[53] 이처럼 일기장도 도난당하고, 탈취되고, 찢겨지고 도려내지는 수난을 겪는 것이 그 주인 전태일의 인생 수난사와 흡사했다.

---

[49] 그러나 행방이 묘연한 한두 권의 일기장은 아직도 찾지 못하고 있고, 절취된 부분들 역시 여전히 회수되지 못하고 있다. 그 일기장의 행방은 「조선일보」 이상현 기자와 노동청의 극소수 간부들만 알 뿐이다. 그러나 그들은 모르쇠로 일관하고 있고 일기장의 행방에 대해 함구하고 있다. 한동안 이소선 어머니가 직접 나서서 일기장의 행방과 진실을 밝혀 달라고 줄곧 요청했지만 전혀 반응이 없었다. 전태일의 일기장을 두고 여전히 남아있는 밝혀져야 할 진실은 「조선일보」와 노동청의 거래이다.
[50] 전태일의 친필 수기 CD 사본 1중에 12페이지 분량.
[51] 전태일의 친필 수기 CD 사본 7-1중에 두 페이지 분량.
[52] 전태일의 친필 수기 CD 사본 4(임마누엘수도원 표지) 중에서 없어짐.
[53] 대표적인 사건은 1978년 전태삼 가족과 이소선 어머니가 거주하는 쌍문동 집이 비어 있는 틈을 타 무려 일기장 원본 3권을 훔쳐간 것이다. 그러나 그 일기장들은 복사해 놓은 사본이 있어서 다행이었다.

2. 김익순 목사 일행의 회유를 물리치다

어제 다녀갔던 김익순 목사가 다시 영안실로 찾아왔다. 이번에는 자신의 지원군 노릇을 해줄 목사들을 한 떼 이끌고 찾아왔다.

"이소선 집사님, 우리가 아무려면 집사님을 나쁜 길로 인도하겠습니까? 당국에서는 합의금 액수를 더 늘릴 수가 있답니다. 이만한 돈을 받는 것은 우리나라 역사상 처음이라니까요. 이제 그만 더 이상 버티지 마시고 합의를 보세요. 8개 요구사항은 장례를 치룬 다음에 해도 늦지 않습니다. 어차피 장례는 치러야 하는 거 아닙니까?"

그러나 그의 회유에도 소선은 초지일관 요지부동이었다. 설득하던 목사 일행들은 자신들도 지쳤는지 점점 말투가 거칠어지며 명령조로 바뀌어갔다. 처음보다 합의금이 더 늘어났기 때문에 자기들이 덩달아 몸이 달아오른 듯했다. 지금 당장 해가 넘어가기 전까지 합의를 안 보면 그들은 더 이상 이 문제에서 손을 떼겠다며 성화를 했다. 소선은 마음을 추스르고 그들의 말을 차분히 들어보기로 했다.

"목사님, 할 말씀이 있으시면 어디 한번 마음껏 해 보세요."

"돈 액수를 합치면 4천 7백만 원이나 됩니다. 이 액수면 사상 유례가 없는 액수입니다. 집사님은 남편도 없고 아이들이 여럿이나 있으시니 돈이 있어야 남은 식구들을 먹여 살릴 수가 있지 않겠습니까?"

김 목사는 여러 가지 설명을 하며 다시 장광설을 늘어놓았다. 그러나 소선은 차분하고 단호한 어조로 그들의 유혹을 물리쳤다. 그리고 더 이상 그들과 대화하기가 싫어졌다.

"목사님, 꼭 그렇게 해야 하는 겁니까?"

"그럼요. 집사님, 그래야지요."

"목사님, 이제 저에게 더 이상 합의 보자는 말 좀 하지 마세요."

"집사님, 그럼 이제 합의를 본다는 뜻입니까?"

아직도 이소선의 의중을 파악하지 못한 눈치 없는 목사를 한심한 눈길로 바라보았다.

"목사님, 제가 합의를 보면 어떻게 합니까?"

"집사님, 무슨 소리 하시는 거에요?"

김익순목사 옆에 있던 일행 목사들이 우르르 다가오며 귀를 기울이자 소선은 그제야 그동안 참아 왔던 분노를 터뜨리고야 말았다. 그녀는 신고 있던 고무신을 벗어 높이 쳐들고 김 목사에게 뺨을 내리칠 기세로 달려들었다.

"야, 이 양심도 없는 목사야. 너도 목사냐? 만약에 예수를 믿는 어느 여집사가 남편도 없는 상태에서 장남마저 죽어버리고 처지가 딱해지자 돈에 욕심을 부리고 죽은 자식 시체 팔은 값으로 합의금을 받으려고 하면 목사인 당신들이 오히려 뜯어말려야 하는 거 아냐? 당신들이 나한테 오히려 자식의 뜻을 이뤄야 한다며 나를 바른길로 인도를 해야 진짜 목사지, 안 그렇소? 당신 같은 엉터리 목사가 영혼을 구한다고 강단에 서서 설교를 하면서 교인을 가르치니 교인들이 불쌍하오. 이 한심한 목사야. 모가지를 빼내기 전에 내 앞에 얼씬도 하지 말고 썩 나가요. 내가 이 고무신짝으로 당장 뺨때기를 갈겨버리고 싶지만 그래도 하나님의 종이라니까 하나님 입장을 봐서 참아 주는 것이니 어서 꺼져버려. 이 돼먹지 못한 목사야. 감히 어디다 대고 지금 합의를 보라고 지껄이는 거야?"

이소선이 거친 육두문자를 퍼붓자 목사 일행들은 얼굴이 새파랗게 질리며 이내 표정이 굳어버리더니 분을 참지 못해 씩씩거리며 무어라고 소리를 지르며 밖으로 나가버리는 것이었다. 분을 삭이지 못한 소선은 그들의 등 뒤에 대고 다시 소리쳤다.

"성경에서 가룟 유다가 예수를 팔아먹고 어떻게 죽었는지 모릅니까?

그래, 좋아. 당신들 없어도 나 예수님 실컷 잘 믿을 수 있으니 걱정하지들 말아요. 한 번만 나한테 더 찾아오기만 하면 나한테 맞아 죽을 줄 아세요."

독실한 기독교 신자였던 이소선이 가장 넘기 힘들었던 장애물이 바로 목회자들을 통한 회유였다. 그러나 소선은 물질의 유혹을 그렇게 해서라도 과감히 물리쳐야만 했던 것이다. 하나님의 종들이라고 하는 목회자들에게 그 같은 무례한 행동을 한 것에 대해서는 미안한 마음이 들었지만 분명히 정의와 진실이 아닌 것에는 결코 동조하거나 순종할 수가 없었기 때문에 그같이 응대할 수밖에 없었던 것이다.[54]

3. 학생장을 준비하던 서울대학생들이 연행되다

한편 서울대학교 법과대학에서는 학생 100여 명이 모임을 갖고 가칭 '민권수호학생연맹준비위원회'를 발족하고 전태일 시신을 인수해 서울 법대 학생장으로 장례식을 거행한다고 발표했다. 전태일의 장례식이 대학교 학생장으로 치른다는 보도가 나가자 병원 안에는 전국의 대학생들이 명동성모병원으로 집결한다는 소문들이 나돌기 시작했다. 아니나 다를까 학생들이 한두 명씩 성모병원으로 모여들더니 나중에는 떼를 지어 몰려오는데 병원 안팎이 학생들로 인해 주체할 수 없을 정도로 인산인해를 이뤘다. 게다가 무려 천 명이나 되는 대학생들이 입을 수 있는 상복을 준비한다는 소식도 이소선의 귀에 들려왔다. 빈소는 긴장감이 나돌기 시작했고 갑자기 일반 조문객들도 늘어나기 시작했다. 그동안 한산했던 전태일의 빈소에는 갑자기 정부 고위관료들과 노동청장, 평화시장업주, 국회의원에 이르기까지 생판 얼굴도 이름도 모르는 사람들의 조화가 끝없는 행렬을 이루며 놓여 있었다. 도착한 조화를 빈소에 세워놓다 보니 나중에는 영안실 복도는 물론 병원 밖까지 화환으로 들어차더니 급기야 병원 저편 명동중앙극장 앞까지 조화 행렬이 길게 늘어섰다. 소선은 영안실을 지키는 과정에서 그동안 갖가지 험한 사건을 당하느라 지쳐 있다가 학생들로 인해 다시 기운을 차릴 즈음 서울대학생들이 장례식을 치르기 위해 시신을 인수한다며 영안실로 모여들기 시작하자 마음이 사뭇 흥분되며 힘이 솟는 듯했다. 어느덧 영안실은 물론 복도까지 학생들이 가득 들어차 더 이상 발 디딜 틈조차 없게 되자 경찰 측에서는 이미 주동자인 장기표를 체포한다며 혈안이 되었다. 마침 장기표는 팽팽한 긴장감이 흐르는 가운데 학생들을 모아놓고 장례식에 관한 회의를 차분하게 진행시키시고 있었다.

"우리는 최소한 백 명은 희생할 각오로 장례식을 치를 준비를 해야 합니다. 어머니가 우리를 믿고 시신을 인계해 주셨으니 우리는 사명감을 가지고 이 일을 잘 치를 수 있도록 합시다."

멀찌감치 간간히 들려오는 장기표의 발언을 듣던 소선은 '희생'이라는 말에 갑자기 전율이 느껴졌다. 이소선의 입장에서 생각해 보니 희생이란 말은 곧 죽음을 말하는 것이기 때문에 학생들의 회의를 지켜보던 이소선은 속으로 겁이 덜컥 났다.

"내 아들 한 명을 잃은 것도 억울한데, 만일 저들의 부모가 갖은 고생을 해서 일류대학까지 입학시켰는데 내 아들 때문에 아까운 대학생이 백 명이나 죽는다니…?"

보기에도 아까운 저 학생들에게 무슨 일이 생긴다면 그동안 저 아이들을 키운 보람을 자랑으로 알고 있을 부모님들에게는 평생 불행한 일이 아닌가? 소선은 회의하는 곳으로 가까이 다가갔다.

"학생들이 백 명이나 죽으면 어떻게 한단 말이요?"

"어머니 그런 뜻이 아닙니다. 백 명이 죽는다는 것이 아니라 백 명이 희생할 각오로 싸우자는 것을 말하는 거에요."

유인태를 비롯한 몇몇 학생들이 이소선을 끌어안더니 별거 아니라는 뜻으로 웃으면서 대답을 했다. 이소선은 그때까지도 희생이라는 말을 죽음이라는 말로만 알고 있었던 것이다.

"희생한다고 하는 것은 죽는다는 것인데, 장례식은 내가 알아서 해결할 테니 여러분은 할 일이 많은데 앞으로 죽는다는 말은 절대 하지 마세요."

학생들과 이소선이 장례식에 대한 논의가 무르익을 무렵 갑자기 경찰이 들이닥쳤다. 경찰은 병원 복도든, 영안실이든 닥치는 대로 학생들을 연행해갔다. 병원은 순식간에 아수라장이 되고 말았다. 여기저기 학생들이 저항하며 몸부림치는 소리와 고함치는 소리, 병원 기물들이 파손되는 소리 때문에 난장판이 되어가고 있었다. 병원 안팎으로 길게 늘어선 조화들도 여기저기 나뒹굴며 경찰의 군홧발에 짓밟혔다. 경찰의 체포 작전에 무방비로 당한 학생들은 머리채를 잡히고 두 손은 앞뒤로 묶인 채 연행되어 끌려나갔다. 소선은 악을 쓰며 학생들의 바짓가랑이를 붙들고 늘어졌다. 이소선 자신도 경찰들에게 이리저리 밀리면서 최대한의 발악을 해서라도 한 명의 학생이라도 더 잡혀가지 못하도록 안간힘을 썼다. 경찰의 무지막지한 힘을 여인의 혼자 몸으로 더 이상 당해낼 수가 없었다. 결국 학생들은 병원 밖에 대기하고 있던 여러 대의 택시에 실려 그곳을 떠나려던 순간이었다. 자신이 입고 있던 상복이 찢어진 줄도 모르고 밖으로 따라 나간 소선은 출발하는 택시 꽁무니를 붙잡으며 몸부림을 쳤다.

"우리 학생들, 장례식을 치르기 전까지는 떠나가면 안 돼!"

그러나 택시가 출발하자 이소선마저도 택시에 매달린 채 질질 끌려갔다. 결국 경관들이 이소선의 팔다리를 잡아들고 병원 안으로 밀어 넣은 것으로 그 날의 사건은 일단락됐다. 이런 와중에도 학생들의 회의를 주도하던 장기표는 병원 뒷문을 통해 유유히 빠져나갔다.[55] 소선은 이제 진퇴양난이 되고 말았다. 장례식을 준비하던 서울대학생들마저 모두 잡혀가자 갑자기 고독이 엄습해 왔다. 지금까지 아들 같은 대학생들을 믿으며 힘들어도 버티고 있었는데 이제 그들마저 곁에 없다고 생각하니 미칠 것만 같았다. 병원 안으로 내쳐진 소선은 눈에 띄는 대로 경찰의 팔다리를 붙들고 늘어지며 학생들의 석방을 요구했다.

"학생들을 내 놓아라, 이놈들아. 안 그러면 내가 죽어도 절대 장례식을 치르지 않을 테다. 이놈들아."

분노하던 이소선은 대학생들을 석방하지 않으면 장례식을 치를 수 없다며 기자들과 업주들에게 항변하다가 그 자리에서 혼절해 버렸다. 응급실로 실려 간 소선은 시간이 한참 흐른 후 간신히 눈을 떴다. 이소선이 눈을 뜰 무렵 마침 세 명의 대학생들이 석방되어 병상으로 찾아와 지켜보고 있었다. 이소선은 자기를 지키고 있는 경찰들과 학생들에게 다그쳤다.

"겨우 세 명만 이렇게 내보내서는 절대로 내가 장례식을 치르지 않을 테다. 이놈들아. 어서 나머지 학생들도 다 풀어줘!"

그리고 세 명의 학생들을 향해 편잔을 주듯 다그쳤다.

"너희들만 석방되지 말고 어서 가서 나머지도 데리고 같이 나와!"

결국 그날 늦은 시각에 나머지 이십여 대학생들도 모두 풀려나와 이소선의 병상으로 문병을 왔다. 그러나 학생들은 경찰의 감시하에 임시로 풀려 나온 것뿐이다. 경찰은 잠간 동안 면회를 시켜 주더니 다시 학생들을 밖으로 몰아냈다. 소선은 아들 전태일의 뜻이 관철되어 요구조건을 이루게 될 때까지는 조금도 마음의 고삐를 늦출 수가 없었다. 장례식은 장기표

---

55 이소선, 위와 같음.

와 서울대학생들과 철저하게 약속을 했기 때문에 어머니가 합의문을 너무 애지중지하는 것을 보다 못한 전태삼이 한 마디 거들었다.[56]

"어머니, 이 서류 잃어버리면 큰일 나겠으니 아예 병원 화단 속에 몰래 묻어 버려야 마음이 편할 것 같네요."

그러나 시신인계 절차와 장례식에 대한 합의문을 품속에 간직하던 이소선의 마음과는 달리 전태일의 장례식 절차는 다른 방향으로 흘러가고 있었다. 노동청과 평화시장 업주들은 자기들이 장례식을 치르겠다며 장례위원회를 조직해 준비를 서두르고 있었던 것이다.

4. 근로조건개선 이행 협상과 노동청장의 항복

이소선이 지쳐서 누워 있는데 마침 이승택 노동청장이 여러 사람들을 거느리고 영안실을 다시 찾아왔다. 분신 사건이 발생하자 해당 각료로서 가장 골치 아파하던 이 청장은 마침내 근로조건개선에 대한 협상을 마무리하려고 다시 찾아온 것이다. 이 청장은 청와대 측으로부터 사건에 대해 신속히 처리하지 못하고 계속 시간만 끌고 있다며 호되게 야단을 맞았던 것 같았다. 어찌됐든 그동안 돈으로 소선을 매수하려는 무리한 협상을 하는 동안 여론만 부정적으로 들끓게 하는 결과만 초래한 것이다. 이 청장은 이번엔 어떻게 하든지 수단 방법을 가리지 않고 합의할 목적으로 찾아온 것처럼 결의에 찬 모습으로 보였다. 대충 이야기를 들어보니 시신 양도 확인서에 서명을 받는 것은 물론 일단 근로조건개선 요구사항도 모두 들어주려는 심산이었다. 그러나 청장은 자기 자리 보존을 위해 사건을 매듭지으려 했던 것이지 결코 근로조건개선 요구사항에 공감해서 해결하려던

---

56 이소선, 위와 같음.

것이 아니었다. 이소선은 일찌감치 삼동회 회원들이 병원 영안실을 찾아
왔으나 반가운 인사를 나눌 겨를도 없이 노동청장과 평화시장 사장을 상
대로 협상을 하기 시작했다. 지난번에 목덜미를 물릴 정도로 봉변을 당하
고 도망치듯 영안실을 떠났던 이 청장의 얼굴을 대면하자니 서로 잠시 어
색한 분위기였다. 우여곡절 끝에 이 청장은 이소선과 삼동회원들에게 마
침내 항복하고 말았다. 사흘 동안 머뭇거리며 심사숙고하던 노동청 당국
이 어쩔 수 없이 모든 8개 조항에 선뜻 동의를 한 것이다. 그들은 8개 요구
사항을 모두 들어준다며 굳게 약속을 한 후 다음과 같이 추가사항까지 덧
붙이고 협상을 마무리하고자 했다.

① 전태일의 장례식 당일은 모든 평화시장 노동자들의 휴일로 지정한다.
② 한국노총은 평화시장 노동조합결성에 도움을 줄 것이고 평화시장
   건물 안에 노조사무실을 마련하도록 조처를 취한다.
③ 나머지 (7개 조항) 조건들은 노동청의 지도 아래 실행하기로 한
   다.[57]

이소선과 삼동회 회원들은 노동청장이 약조한 것이 도저히 못 미더워
다음날 공식적으로 노동청장 이름으로 직접 발표하도록 요구했다. 이렇
게 해서 전태일의 장례식은 노동청장과의 협상이 이루어진 이때부터 순
조롭게 진행되기 시작했다.[58]

---

57 성공회대 민주자료관, 청계피복노조, 1971.
58 이소선, 「저자와의 인터뷰 증언」, 2007.1.22.

5. 삼동회원들과 예비 노조사무실을 확인하러 가다

노동청장과 협상을 마친 소선은 아무래도 확인할 필요가 있다는 생각
이 들어 삼동회원들과 의논했다.

"어머니, 장례식을 하고 난 뒤에 노동청에서 우리의 요구조건을 들어
준다고 약속은 했지만 워낙 이중적인 사람들이니 우리가 직접 가서 확인
을 해봐야 할 것 같아서 이미 다 알아 봤습니다. 우선 우리한테 노조사무
실을 다 만들어주기로 했습니다. 그리고 평화시장, 동화시장, 통일상가에
각각 하나씩 내 준다고 약속했습니다."

"아니다. 내 눈으로 직접 확인해 보지 않고는 절대 못 믿겠다. 나와 함
께 직접 가보도록 하자."

소선은 상복을 입은 채로 아들의 친구들과 함께 평화시장으로 바람처
럼 몰려갔다. 아니나 다를까. 그들은 창고 같은 허름한 곳을 보여주며 그
곳이 앞으로 노조사무실로 사용될 것이라며 알려주었다.

"이 따위가 무슨 사무실이요. 나는 믿을 수 없으니 지금 당장 내 앞에
서 제대로 사무실로 꾸며놓으시오."

추상같은 이소선의 요구에 그들은 아무 말을 못하고 연장을 가지고 오
더니 창고 물건들을 꺼내서 정리하는 시늉을 하기 시작했다. 소선은 연이
어 동화시장과 통일상가의 노조사무실 예정지를 둘러보았으나 그곳들도
마찬가지였다. 결국 회사 책임자들에게 노조사무실을 마련해 주겠다는
각서를 받은 후에야 안심하고 병원 영안실로 다시 되돌아올 수 있었다.[59]

---

59 이소선, 위와 같음.

평화시장에 마침내 청계피복노조 사무실이 들어서며 활발히 운영되기 시작했다.

49장

17일, 분신 항거 다섯째 날

1970년 11월 17일 (화)

1. 요구사항 이행에 대한 노동청장의 공식발표

이승택 노동청장은 이튿날 아침이 되자 어제 이소선과 삼동회원들 앞에서 약속한 대로 합의 사항을 언론에 공식적으로 발표하였다. 특히 이번 사건에 직접 연루되어 도마 위에 오른 근로감독관 3인에 대한 경질 조치를 내렸는데 이는 지난 10월에 전태일과 약속을 번번이 어기고 농락한 당사자들에 대한 응당한 조치였다. 노동청장은 이제 이소선과 삼동회원들이 요구한 근로조건개선 합의조건을 성실히 이행하겠다며 "영세근로자에 대한 부당 처우는 노조가 결성되지 못했기 때문이며 노동조합을 결성할 의사가 있을 경우 노동청이 적극 지원하겠다"는 말까지 덧붙였다. 또 이번에 전태일 분신 사건과 관련된 3명의 근로감독관에 대한 해직뿐 아니라 근로기준법 적용범위를 16인 이상 고용업체까지 확대해 위반하는 업체는 벌칙을 강화하겠다며 요구하지도 않은 추가 사항까지 발표했다.60

그러자 노총도 성명을 발표해 전태일의 장례식이 끝나는 대로 시장 종업원들의 노조결성과 전국의 영세 근로자들의 조직 문제를 검토하겠다고 발표했다. 그리고 이날 전태일 장례위원회를 구성하고 장례절차 협의체 결성을 시작하자고 제의하였다.

2. 입관과 함께 본격적인 장례절차가 진행되다

장례식 준비가 본격화되자, 차츰 영안실 분위기는 안정되기 시작했다. 전태일 장례식 준비위원회 조직은 '고 전태일 동지 장의위원회, 위원'이 선정되면서 윤곽이 잡혀갔다. 장례위원장에는 최용수(한국노총 위원장), 부위원장은 김원규(노동청 차장) 호상에는 이승택(노동청장), 윤영제(노총 부위원장겸 사무총장)을 비롯해 위원에는 박인근, 배상호, 서원우, 김기태, 강성준, 김원제, 오상규, 이춘선, 이광조, 장을용, 진종구, 강인기, 박영성, 김병용, 김기우, 김상곤, 윤영제, 이상윤, 최종인, 주현언, 조병삽, 이병진, 전태삼, 김성길, 이동표, 경기현, 유인규 등이 맡았다. 집행위원장에는 김원규, 기획위원은 이희균, 장종익이 맡았고 총무위원에는 양승훈, 배근호, 김종음, 이희균, 박필규, 김성길 등이 선정됐으며 섭외위원은 이분흥이 맡았다.

이소선은 아들에게 마지막 수의를 입혀 주기 위해 시신 안치실로 찾아갔다. 그러나 이미 전태일은 염을 끝낸 후 말없이 어두컴컴한 관속에 누워 있었다. 이소선이 노동청이나 업주들과 실랑이를 벌이는 사이 병원 측에서 이미 염을 해버린 것이다. 정부와 기관원들의 지휘 아래 전태일의 삼동회 친구들이 지켜보는 가운데 미리 염을 한 이유는 혹시라도 이소선이 아

---

60 이승택 전 노동청장, 「저자와의 인터뷰 증언」, 2004.9.24.

들의 시신을 부여잡고 몸부림을 치며 한바탕 소동이 벌어질 것을 우려했기 때문이다. 며칠 동안 영안실에서 많은 사건을 겪느라 정신이 없던 소선은 그제야 서글픈 마음이 들며 이미 관속에 들어간 아들의 이름을 부르며 목 놓아 울부짖었다.

"태일아, 태일아, 아이고 우리 태일아…!!"

이소선은 이미 못질을 마친 목관을 끌어안고 서러움에 겨워 몸부림을 쳤다.[61] 돌이켜 보니 닷새 동안 우여곡절을 겪느라 정신이 없어서 맘 놓고 통곡 한번 제대로 할 수 없었던 무정한 어머니였다. 냉혹한 이 세상은 아들의 상을 당한 어머니에게 애도할 기회조차 허락하지 않았던 것이다. 관을 끌어안고 울부짖는 이소선의 절규는 마치 사자의 포효와도 같이 온 병원에 쩌렁쩌렁 울려 퍼졌다. 갑자기 양 손가락으로 아들이 잠들어 있는 목관 판자를 마구 쥐어뜯었다. 이미 깊이 박힌 대못을 빼내려고 안간힘을 쓰다 보니 이소선의 손가락에 피멍이 들고 손톱이 빠질 듯 덜렁거렸다. 이때 최종인과 이승철이 다가와 뜯어말리며 위로의 말을 건넸다.

"어머니, 우리가 모두 다 입회해서 확인하고 있을 때 염을 했습니다. 최고로 좋은 수의도 입혀 줬고 염도 아주 잘하는 분들이 해주셨으니 아무 걱정하지 마세요."

"아이고 종인아, 승철아. 이 관을 좀 뜯어봐라. 우리 태일이 얼굴을 마지막으로 한 번 만 볼 수 있게 말이다."

종인이와 승철이는 억지로 이소선을 관에서 떼어 진정시켰으나 그후 소선은 아들의 모습을 한 번도 다시 볼 수가 없었다. 그날 이후로 이소선은 사랑하는 아들의 모습이 스물세 살의 청년으로 영원히 각인되었고 가끔 꿈속에서나마 만날 수밖에 없었다.

---

61 이소선, 위와 같음.

3. 목자가 보낸 조문단 '빨갱이가 좋아서 춤을 추겠군'

전태일의 장례식을 하루 앞두고 영안실에서는 장례준비 때문에 많은
사람들이 동분서주하며 분주히 움직이고 있었다. 점심시간이 지나자 전
진(田鎭) 원장[62]의 막내 여동생인 전숙진(田淑鎭) 장로가 큰 언니를 대신
해 영안실에 나타났다. 전진 원장에게는 전혜진(田惠鎭) 전도사와 전숙진
장로, 이렇게 두 명의 여동생이 있었다.[63] 전진은 자신이 직접 오지 않고
자기를 대신해서 여동생을 보낸 것이다. 전태일 모자는 전진 원장과 신앙
적으로 두터운 관계였고, 전진 원장은 전태일은 물론 이소선 온가족에게
신앙적으로 가장 많은 영향을 끼친 목회자였다.

그러나 전태일이 분신 항거하여 나라 안팎이 온통 떠들썩한데도 임종
전까지 병원에 심방을 오지도 않았고 영안실로 조문을 온 적도 없었다. 이
소선은 몹시 섭섭한 생각이 들었다. 교회에 나가면서 신앙의 힘으로 두 눈
이 고쳐지는 과정에서 친밀하게 되면서 전태일 모자는 거의 매일 4~5년
을 가깝게 지내며 신앙생활을 했다. 또 교회당과 수도원 건물을 건축할 때
도 온 식구들이 매달려 열심히 자원봉사를 했건만 매정하게도 얼굴 한번
내비치지 않았던 것이다. 바쁘고 힘든 중에도 전태일 모자는 자주 틈을 내
서 전진 원장의 집회를 참석하기 위해 때로는 강원도 철원으로, 때로는 서
울 삼각산으로 좇아다녔고 그럴 때마다 육체적인 자원봉사와 헌금도 말
없이 실천하며 헌신하고 있었다. 평소 전진 원장도 이소선과 전태일을 신
뢰해주었다.

---

62 전진의 교회 직책은 전도사, 장로 등 다양했다. 그러나 수도원을 이끄는 원장으로 오래
  재직했기 때문에 흔히 원장이라고 부른다.
63 전진은 전희균 목사와 한경택 사모와의 4남 3녀 중 장녀이다. 여기서는 전진의 두 여동생
  중 막내 여동생 전숙진을 지칭한다.

그런데 자기의 어린양이 이처럼 곤경에 처해 슬퍼하고 있는데도 얼굴 한 번 내비치지 않은 매정한 태도를 보여준 것이다. 얼마 전까지 전태일이 삼각산 임마누엘수도원에서 다섯 달 동안 묵으면서 아무 조건 없이 예배당 건축 노동봉사를 묵묵히 수행하자 전진 원장은 전태일을 조용히 불러 용돈 명목으로 5천 원을 주면서 옷이나 한 벌 사서 입으라며 건네주기도 하지 않았는가? 그런 신실한 청년신자이며 자신이 세운 교회의 주일학교 선생인 전태일을 단지 분신했다는 이유로 외면하고 비아냥거리는 처사는 비난받아야 했다. 영안실을 찾아온 전숙진의 손에는 꼬깃꼬깃한 파란색 지폐 한 장이 쥐어져 있었다. 전 장로는 언니의 조의금이라며 이소선에게 불쑥 지폐 한 장을 달랑 전달해 주었다. 조의금 명목으로 가져온 500원짜리 지폐였던 것이다. 조의금을 봉투에 넣지도 않고 무성의하게 주는 것을 보고 이소선은 할말을 잃었다. 더구나 전숙진 장로는 자기 언니가 했던 말을 전해주면서 한 술 더 떴다.

"태일이가 분신했으니 빨갱이 놈들이 좋아서 춤을 추겠다."

아무렇지도 않게 언니의 말을 전해주는 전숙진의 표정은 완악하고 강퍅했다. 그 말을 들은 이소선은 아연실색하며 그동안의 신앙이 한꺼번에 무너지는 듯했다. 워낙 이소선이 믿고 따르며 의지하던 목회자가 이토록 실망과 상처를 줄 것이라고는 전혀 예상하지 못했다. 목자(牧者)라고 여겼던 사람이 이토록 양떼의 심정을 몰라주는 것에 큰 배신감을 느꼈던 것이다. 그뿐 아니었다. 전진 원장은 한 술 더 떠 김동완 전도사와 창현교회 담임인 방영신 목사에게도 특별 지시를 내렸다.

"태일은 자살해서 죽었기 때문에 절대로 장례식에 동조하거나 관여하지 마세요. 절대 가족들을 도와주거나 협력하는 일이 없도록 하세요."

전진 원장의 태도를 본 김동완 전도사도 이 일로 인해 오랫동안 전진과 서먹서먹한 관계를 유지할 수밖에 없었다. 그 일은 이소선이 철원 대한

수도원과 삼각산 임마누엘수도원에 발길을 끊는 계기가 되었다.[64] 오랜 세월이 흐른 뒤 전진과 단절하고 살았던 김동완은 목사가 되어 훗날 한국 교회를 대표하는 한국기독교교회협의회(NCCK) 총무에 선임되어 인사차 대한수도원을 방문했는데, 그제야 두 사람이 화해를 했을 정도로 당시 전태일의 분신에 대한 전진 원장의 태도는 극단적인 기독교 근본주의에 함몰되어 있었다.[65]

64 이소선, 「저자와의 인터뷰 증언」, 2007.1.22.
65 김동완, 「저자와의 인터뷰 증언」, 2006.9.9.

50장

18일, 분신 항거 여섯째 날

1970년 11월 18일 (수)

1. 통곡 속의 발인식과 속전속결로 밀어붙인 영결식

닷새 동안의 영안실 투쟁을 마치고 우여곡절 끝에 장례식을 치르는 날
이 돌아왔다. 발인하기 위해 아침 일찍 명동성모병원 영안실 앞에 나와 있
던 이소선은 영결식 장소와 장지 등에 대한 결정을 그제야 전해들을 수 있
었다. 발인이 진행되기 전부터 병원 영안실 입구는 발 디딜 틈 없이 북새통
을 이루었다. 그러나 의외로 발인은 특별한 순서나 예식이 없이 그저 시신
안치실에서 마스크를 쓴 태일의 친구들이 관을 운구해 영구차에 모시는 절
차가 전부였다. 영정에 싸인 관을 드는 운구위원은 평화시장 친구 일곱이
맡았다. 영구차의 좌우 문에는 붓글씨로 "三百萬勞動者代表全泰一"이라
는 세로글씨를 쓴 종이를 각각 붙였고, 영구차에 실린 관 위에는 누군가 작
은 꽃바구니를 올려놓았다. 영구차에 실린 관 주변에는 장지에서 매장할

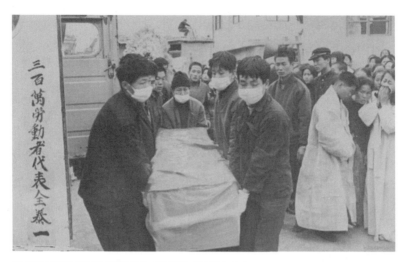

전태일의 동료들이 전태일의 관을 영구차로 운구하고 있다.

아들의 관이 차에 실리자 영정을 껴안은 어머니가 애곡하자 전태삼과 전순옥도 침통한 표정으로
슬퍼하고 있다.

때 사용할 장례물품들이 어수선하게 쌓여 있었다. 순옥, 순덕이를 비롯한
여자들은 소복을 입었고, 태삼과 사촌 형제들을 비롯한 남자들은 전통적

인 상복인 굴건제복(屈巾祭服)을 차려입었다. 망자가 형제이기 때문에 태삼과 사촌 형제들은 상장(지팡이)은 짚지 않았으나 삼베옷과 두건은 착용한 채 운구행렬을 지켜보았다.

때마침 시신 안치실에서 나온 전태일의 관이 영구차에 실리기 위해 모습을 드러내자 이를 지켜보던 집안 식구들과 몇몇 여공들은 통곡을 하며 오열하기 시작했다. 이소선 어머니는 검은 상복을 입고 위에는 흰 스웨터를 입은 채 아들의 영정을 가슴에 끌어안은 채 하염없이 애곡을 했다. 그런 와중에도 소선은 마음 놓고 곡조차 할 수도 없었다. 평화시장에서 아들의 영결식을 거행하기를 간절히 원했는데 갑자기 운구행렬이 창현교회로 향한다는 말을 듣고 너무 기가 막혔기 때문인데, 당국자들을 향해 따지기도 하고 당부도 하느라 곡에 집중할 수 없었던 것이다. 아들 태일이가 여공들을 위해 근로기준법을 연구하며 평화시장을 위해서 그토록 고생했는데 그곳을 한 바퀴라도 돌아보지 않고 그냥 간다는 말을 들으니 가슴이 찢어지는듯 아파오더니 나중에는 기절할 것만 같았다.

상여행렬이나 운구차들은 평소 고인이 살면서 정들었던 집이나 일터를 들려서 한 바퀴 돌거나 노제를 지내는 것이 관례인데, 담당 공무원들은 이런 기본적인 것조차 허락하지 않고 반강제로 밀어붙인 것이다. 평화시장은 아들 태일이의 마음의 고향이며 죽는 순간까지 모든 걸 다 바친 곳이 아니던가. 아들의 피와 땀과 눈물이 서려 있고 친구들과의 정이 깃든 곳인데 그곳을 들리지도 않고 간다는 것은 말도 되지 않았다. 소선의 통곡소리를 듣던 태일의 친구들도 눈물범벅이 된 채 울고불고 난리를 치며 슬피 울며 친구 태일을 애도했다. 그러는 중에도 관을 붙들며 서럽게 통곡을 하는 이소선 어머니를 관에서 떼어내며 달래주는 모습도 간간히 보였다. 아들의 얼굴을 두 번 다시 볼 수 없다는 생각을 하니 하늘이 무너지는 듯 애통함이 밀려왔다. 그러는 사이에 영구차가 벌써 출발을 한다며 서두르는 모습이 보였다. 곧바로 쌍문동 교회로만 향한다는 말을 듣던 소선은 한 번 더 소리를 질렀다.

"평화시장으로 가서 영결식을 하자. 그리로 가서 평화시장 태일이 친구들이 참석한 가운데 해야지 어디로 가려고 하냐! 세상에 이럴 수는 없는 일이다. 태일이가 어린 여공들을 위해 근로기준법을 연구했고 그 어린 여공들을 위해 죽었는데, 평화시장도 안 돌아보고 대체 어딜 간단 말이냐!"

평화시장은 절대 안 간다며 다시 한 번 확인해주는 담당자의 말에 까무러칠 것만 같아 분노가 일어났던 것이다. 소선은 자신과 일절 의논하지 않은 장지 결정에 대한 것도 문제를 삼았다. 장례식을 마치면 서울에서 아주 먼 곳에 있는, 이름도 들어보지 못한 곳에다 묘지를 쓴다는 말을 듣자 어림없는 수작이라며 더욱 강력하게 반발한 것이다. "평화시장도 안 되면 국립묘지로 가자! 내 아들은 만인을 위해서 죽은 것이니 국립묘지로 갈 수 있다. 국립묘지로 가자!"

이소선이 울고불고 난리를 피우니까 누군가 국립묘지로 간다는 가짜 소식을 슬쩍 전해왔다. 이윽고 멀찌감치 버스가 한 대 오자 사람들이 타고 있었는데 자세히 보니 평화시장 노동자들 한 무리가 병원으로 올라오는 모습이 보였다. 소선은 그들을 보자마자 또 다시 눈이 뒤집힐 것만 같았다.

"영결식은 태일이 친구들이 있는 평화시장 앞에서 해야지 왜 자꾸 어디로 가려고 하냐!"

그러나 장례를 준비하는 공무원들과 업주대표들은 영결식은 창현교회에서 하게 되었다며 다시 한 번 못을 박더니 운전기사들을 향해 출발할 것을 채근했다. 평화시장에서 장례식을 거행할 경우 노동자들의 동요와 데모가 일어날 것을 염려해서 서울 외곽에 떨어져 있는 교회에서 조용히 치르기로 자기들끼리 결정을 하고 미리 손을 쓴 것이다. 이소선이 아무리

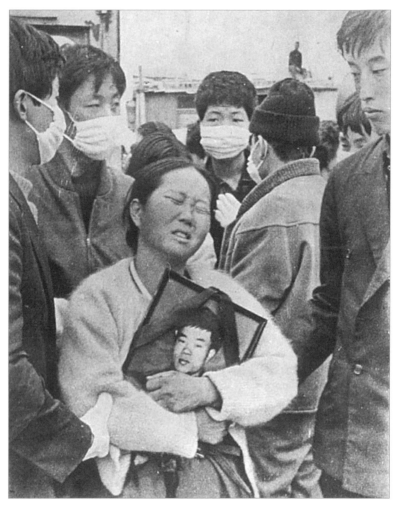

아들의 영정을 끌어안고 오열하는 이소선. 이 사진은 전태일 사건을 상징하는 가장 유명한 장면 중에 하나이다.

평화시장으로 가야 한다며 떠들어도 영구차와 버스는 정해진 곳으로 출발할 준비를 서두르고 있었다. 억울해서 견딜 수 없던 소선은 마침내 조문객들을 가득 태운 버스 꽁무니에 달라붙어 평화시장으로 가자며 몸부림을 쳤으나 매정한 버스는 창동으로 향하고 말았다.

2. 창현교회 마당에서 영결식과 설교를 맡은 김익순 목사

창현교회 영결식은 평화시장에서 장례식이나 노제를 지낼 경우 노동자들의 격렬한 반정부 시위를 염려해 당국이 내린 치밀한 사전 조치의 결과였다. 한사코 평화시장으로 가야 한다며 반복해서 소리쳤건만 이에 아랑곳 하지 않고 버스는 이윽고 쌍문동 창현감리교회를 향해 서서히 출발했다. 유족들과 외부 손님들이 탄 버스 외에도 버스와 차량 몇 대가 꼬리를 물고 창동 방향으로 쏜살같이 달리기 시작했다. 창현교회에서 장례식(영결식)을 거행하게 된 배경은 간단했다. 시시각각 사태추이를 지켜보며 민감하게 정세를 파악하던 정부와 정보기관은 대한수도원 전진 원장과 창현교회 방영신 목사를 접촉해 교회에서 영결식을 치를 수 있도록 손을 쓴 것이다.[66]

방영신과 전진은 상당히 보수적인 목회자들이라서 이번 전태일의 죽음을 매우 못마땅하게 여기고 있던 터였다. 그러나 이소선의 뜻에 반하여 장례식을 주도하던 당국은 설교를 김익순 목사에게 맡기도록 설득해 창현교회에서 장례식 예배를 드릴 수 있도록 협상하고, 예배당 내부가 아닌 교회 앞마당에서 치르기로 합의를 한 것이다. 설교를 맡은 김익순 목사는 영안실에서 이소선을 회유하는 바람에 이소선에게 망신을 당한 적이 있는 이였다.

이소선과 버스 행렬들이 교회 앞마당에 도착하자 이미 단상 정면에는 큰 천막이 설치돼 있고 좌편에는 큰 차일(遮日)을 치고 영결식을 치를 수 있는 준비가 마쳐진 상태였다. 단상 주변에는 윤보선 전 대통령, 한국노총위원장인 최용수, 노동청장 이승택 등 저명한 인사들과 유력한 정재계

66 김동완, 「저자와의 인터뷰 증언」, 2006.9.9.

조악한 글씨로 적힌 영결식 현수막 아래 조문객들과 시민, 신자, 전태일의 동네 주민 등 5백 명이 넘는 인원이 입추의 여지 없이 가득 찼다.

인사들이 보낸 조화들이 가지런히 놓여 있었다. 교회 마당에는 전태일이 사랑했던 평화시장의 이런 여공들과 수많은 노동자들 그리고 노총 간부들을 비롯한 정치인, 언론인, 교수들이 자리를 잡았다. 그뿐만 아니라 불교와 가톨릭을 비롯해 타종교인들과 창현교회 신도들, 어린이들, 경찰들과 형사들까지 뒤섞여 자리를 잡고 서 있다 보니 마당은 입추의 여지 없이 조문객들로 가득 찼다. 교회 앞마당에서 치르다 보니 장례예배를 위해 풍금(오르간)과 설교 강대상까지 밖으로 운반되어 나왔고 마이크 음향시설까지 동원되는 등 꽤나 신경을 쓴 흔적이 역력했다.

단상 정면에는 가로로 "근조, 고 전태일 영결식"이라고 적힌 가로 현수막이 내걸렸고 단상 천막 안에는 작은 받침대 위에 관을 올려놓았다. 관 앞에는 작은 테이블 위에 향로 네 개와 영정이 놓였는데, 기독교식이지만 일반 조문객을 고려해 영정을 중심으로 좌우에 각각 두 개의 향로를 올려놓은 것이다. 좌측에는 십자가가 새겨진 나무 강대상이 놓여졌고 그 옆에는 풍금을 놓았다.

이처럼 각계각층에서 찾아온 조문객들이 교회 앞뜰에 마련된 식장을

장례식장 우편에 자리 잡은 이소선과 유가족들 모습

가득 메우자 오전 10시 정각, 목사의 사회로 엄숙한 가운데 영결식이 시작
되었다. 이소선과 유족들은 단상 우측에 한데 모여 선 채로 영결식에 참석
했고, 창현교회 목사의 집례로 예배는 찬송과 기도로 시작됐다. 성경 낭독
이 이어지고 숙연한 가운데 별 무리 없이 영결식이 진행되자 이소선은 계
속해서 기도를 올렸다. 아들과의 약속을 지키겠다는 기도만 계속해서 올
리다 보니 설교가 귀에 들어오지 않을 정도로 기도에 몰입이 되었다. 그도
그럴 것이 설교를 맡은 목사가 다름 아닌 김익순이었기 때문에 그의 설교
가 귀에 들어올 리가 없었던 것이다. 영안실에 있는 엿새 동안 자기를 찾
아와 회유했고 급기야 참다못한 이소선은 그를 향해 육두문자를 날리지
않았는가.

　영결식은 처음부터 마칠 때까지 평화시장 어린 시다들의 눈물바다 속
에서 진행될 정도로 흐느끼며 우는 소리가 여기저기 들렸다. 특히 구성진

전태일의 친구가 나와서 조사를 하는 동안 이소선이 오열하는 모습. 좌측은 김익순 목사, 중간이 전태일의 동료, 우측이 이소선

장송곡 찬송가들이 울려 퍼지자 어린 여공들은 영안실에 조문왔을 때처럼 "오빠! 오빠!" 하며 통곡을 하는 모습들이 여기저기 눈에 띄어 보는 이들의 심금을 울렸다. 설교가 끝나고 나자 장례준비위원장을 맡은 최용수 노총위원장이 나와서 "고인의 가심을 애도하며 유지를 받들어 노동조건 개선과 노조결성을 관철하겠습니다"라는 내용의 조사를 육중한 목소리로 낭독했다. 이때 누군가가 이소선의 곁으로 조용히 다가오더니 이곳에 장준하 선생이 참석 중에 있으니 그분에게 가서 정중하게 인사를 드리고 장례식 순서에 잠깐 나와서 한 말씀만 해 달라는 부탁을 드려 보라는 귀띔을 해주었다. 이소선은 즉시 인근에 서 있던 장준하를 찾아가 인사를 나눈 후 정중히 부탁을 했더니 웃음을 머금으며 사양을 하는 것이었다. 이어서 유족대표가 나와 조사를 했고 평화시장 동료가 단상으로 나와서 애끓는 심정으로 마지막 조사를 낭독했다.

평화시장 친구와 유족대표가 조사를 낭독하는 동안 이소선도 단상 옆에 서서 슬픔을 억누르며 듣고 있었다. 마지막 순서로 이소선이 단상 앞으

로 나와 "아들 태일이의 유지를 반드시 관철시켜서 노동자들의 노동여건
이 향상되고 노조가 무사히 결성되도록 해주시옵소서"라는 기도를 올렸
다. 망자의 모친이 직접 나와서 장례식에서 기도를 올리는 일은 전례가 없
는 일이었으나, 이소선은 마치 하늘과 땅을 향해 선포하듯 당당하게 기도
를 올린 것이다. 하소연하듯 졸라대듯 하고 싶은 말들을 조목조목 기도로
쏟아내었다. 이소선이 오열을 하며 기도를 하자 장내는 흐느끼는 소리들
이 더욱 더 거세게 들려오며 울음판이 되었다.

이어서 노동청장, 노총위원장과 장준하 선생을 필두로 내빈들의 분향
향배가 이어졌다. 이윽고 목사의 축도로 영결식 예배 순서가 모두 끝났다.
그러나 운구행렬이 식장을 떠나 장지로 향할 때 이소선은 또 다시 한바탕
소동을 벌여야 했다.

3. 장지행 버스 소동과 경기도 마차리 모란공원에서의 하관식

영결식 예배를 마치고 장지를 향하려는 버스 안에는 단출하게 유족들
과 외부 손님들만 달랑 태우고 출발하려는 광경이 이소선의 눈에 띄었다.
나이 어린 여공들을 버스에 탑승하지 못하도록 여기저기서 막는 것을 쉽
게 목격할 수 있었다. 소선은 이번에도 담당자들이 자신의 말을 듣는 척
마는 척하자 이번에는 영구차에 아직 실리지 않은 태일의 관 위에 올라타
며 소리를 질렀다.

"이게 어찌 된 일이냐. 태일이가 사랑하는 평화시장 아이들을 태우고
가야지, 왜 안 태우는 거야? 다른 사람들은 다 못 가도 좋으니 어린 여공들
은 모두 데려가야 한다. 이대로는 절대 못 간다. 이놈들아!"

몸부림을 치며 관 위에서 버티며 항의하자 그제야 담당 공무원들은 여
공들 일부만 버스에 탑승하도록 허락해 겨우 장지까지 갈 수가 있었다.[67]

전태일이 실린 영구차는 서울을 벗어나서 한참을 신작로를 달리더니 언덕을 넘고 산을 몇 번이나 넘고 넘어 어디론가 한없이 달리고 있었다. 이윽고 영구차 행렬이 서울에서 까마득히 떨어진 어느 산골짜기에 도착했다. 가까스로 경기도 마차리에 소재한 모란공원 묘지[68]에 오후 4시 정각에 도착한 것이다. 전태일이 잠들 이곳은 조성된 지 얼마 되지 않은 곳이라 그야말로 아무도 모르는 낯선 장소였다. 또 산을 깎아서 밀어 버린 지 얼마 되지 않다 보니 여기저기 붉은 황토가 보였고 곳곳의 지형들이 공사 현장을 중단한 것처럼 흉물스럽게 방치된 곳도 많았다. 공동묘지로 알고 왔는데 풀이나 잔디조차 없어 황량하기 그지없었다. 단지 무덤들이 여기저기 새로 조성되고 있었고, 이름 없는 이들의 쓸쓸한 무덤들만 전태일을 기다리고 있는 듯했다.

이처럼 적막감에 휩싸인 산기슭에 아들 태일이 영원히 누워 있어야 한다고 생각을 하니 이소선의 마음은 천 갈래 만 갈래 찢기는 듯했다. 장지에 도착하자 곧 바로 하관예배가 시작되었다. 간단한 예배를 드린 후 마지막 절차로 지상에 놓여있던 관을 땅속에 내리는 시간이 되었다. 하얀 천을 꼬아 만든 굵은 줄에 전태일의 관이 묶인 채 무덤 속으로 천천히 내려가고 있었다. 그 모습을 바라보자 이소선은 이내 혼미해지더니 앞으로 기우뚱 넘어지고 말았다. 아무리 애를 써도 눈을 제대로 뜰 수가 없었기 때문이다. 눈앞이 노랗게 변하는가 싶더니 다시 하얗게 변하기를 반복하더니 이내 정신이 어질어질해졌다. 다시금 정신을 바짝 차린 소선은 순간 아들의 죽음에 대한 억울함과 분노가 치밀었다. 그녀는 두 주먹을 불끈 쥐고 무덤

---

67 이소선, 위와 같음.

68 모란공원은 오늘날 민주열사들의 묘역으로 조성되어 전태일의 뒤를 따라서 민주주의를 위해 목숨을 바친 수많은 인사들이 잠들어 있다. 그곳에 안장된 열사들의 평균나이는 34세이다.

가에 모여 있던 공무원들과 업자들을 향하여 외쳤다.

"당신들 똑똑히 잘 들어요. 만일에 이번에도 노동조합 문을 여는데 협조하지 않거나 또 다시 우리를 속인다면 그때는 어느 누구든지 용서하지 않고 다 죽여 버릴 것이다."

이소선은 두 주먹을 휘두르며 울부짖은 후 이를 악물었다. 분노를 가라앉히고 정신을 추스르고 난 소선은 취토하는 순서가 되자 제일 먼저 흙을 한 삽 떠서 반듯하게 누워있는 아들의 관 위에 뿌렸다. 순간 마치 자신의 창자가 쑥 빠져 내려가는 것처럼 가슴이 아파오며 통증이 밀려왔다. 그러나 그와 동시에 "주신 자도 여호와시요 취하신 자도 여호와시오니 여호와의 이름이 찬송을 받으실지니이다"(욥 1: 21)라는 성경 말씀이 떠오르며 큰 위로가 되어 순간의 아픔을 이겨낼 수 있었다. 그것은 마치 슬픔에 젖은 여인에게 내가 너를 떠나지 않고 영원히 함께 하겠다는 첫 번째 하늘의 음성으로 받아들여졌던 것이다.[69] 이렇게 해서 소선은 지난 댓새 동안 영안실에서 벌어졌던 처절한 투쟁의 나날을 모두 보내고 아들을 땅에 묻는 것으로 장례식 일정을 모두 마쳤다. 그러나 어찌 된 일인지 이소선의 얼굴은 아들을 잃은 처량한 어머니의 모습은 오간 데 없고 마치 큰 전쟁을 끝낸 용맹스런 전사처럼 결의에 차 있었다. 이제 또 무수한 고난과 역경이 기다리고 있을 청계피복노조 설립을 위한 2차 대전을 치러야 한다. 이제 나약한 어머니가 아니다. 전태일의 화신으로 새롭게 거듭난 것이다. 원래 진리로 새롭게 변화되었다고 수도원 원장이 새로 지어준 이름이 이변진이 아니던가? 이제는 어머니가 곧 아들 전태일이 된 것이다. 아들이 자신에게 육화되어 이제 한 몸이 된 것이다. 이소선은 장례식을 마치고 집으로 돌아오는 길에 입술을 굳게 깨물며 조용히 기도를 올렸다.

---

69 이소선, 「저자와의 인터뷰 증언」, 2007.1.22..

▲하관식 후 무덤 봉분이
완성되자 통곡을 억누르
며 침착하게 기도를 올리
는 이소선

▶사진 위는 하관식이 끝
난 후 두 딸과 함께 한 이
소선

▼전태일 큰 집 사촌 형과
함께한 이소선

장례식을 모두 마치고 창동 집으로 돌아와 두 딸 순옥, 순덕 그리고 전태일의 사촌들과 함께한 이소선

주님, 이 시간 이후 제가 어떻게 살아야 하는지 당신의 선한 길과 크신 섭리 가운데 인도해주시옵소서.

그러자 마음속 깊은 곳에서 하늘에서 내려오는 기쁨과 평안이 샘솟듯 함을 느꼈다. "하나님이 나와 함께 하시는데 내가 누구를 두려워하겠는 가?"라는 생각이 들며 "만일 하나님이 나를 위하시면 누가 우리를 대적하 리요"라는 성경 구절이 새롭게 떠올랐다.[70] 아들의 장례식을 마치고 집으 로 돌아오는 길목에서 이소선에게 두 번째 내려 준 하늘의 음성이었다.

하나님, 풀 한 포기라도 당신의 뜻이 아니면 거두어가지 않으신 하나님, 당신 의 아들을 통해 무슨 일을 이루려하십니까?

---

70 이소선, 위와 같음. 신약성경 로마서 8장 31절.

아들의 분신 소식을 전해 들었을 때 가장 먼저 차분한 마음으로 드렸던 기도였다. 이제부터 무엇을 해야 하는가를 생각하며 하나씩 헤쳐 나갔듯 하관을 마치고 난 지금도 하늘의 도우심을 간절하게 기도하며 미래를 하늘에 의탁했던 것이다. 이날부터 이소선은 죽어가는 아들과 맺은 유언을 하늘처럼 여기고 그 약속을 지키는 과정에서 스스로 투사가 되는 길을 걸었으며 모든 집안일을 중단하는 것은 물론이고, 모든 사리사욕을 멀리하고 오직 아들의 당부를 이루는 일에만 몰두하여 마침내 모든 노동자들의 어머니가 되었다.

4. 전태일의 묘지를 서울에서 백리 길로 내쫓은 박정희 정권

전태일의 묘지를 서울 인근도 아니고 서울에서 거의 100리나 떨어진 곳으로 결정하게 된 배경이 있었다. 박정희 정권은 청와대의 진두지휘 아래 노동청과 정보기관, 평화시장 업주들과 결탁하여 몇 개월 앞으로 다가온 대통령 선거를 의식해 이번 전태일 분신 항거 사건이 더 크게 확대되어 대선에 지장을 주거나 혹여 정권에 불이익이 되지 않도록 치밀한 계획을 세운 결과였다. 만일 전태일의 영결식을 평화시장에서 거행한다면 노동자들이 자극을 받거나 분노가 촉발되어 데모가 발생하거나 소요사태가 벌어질 것을 대비해 영결식과 노제를 강력하게 막기로 한 것이다. 그리고 전태일의 묘지를 멀리 떨어진 외진 곳으로 결정한 데는 더 무서운 시나리오가 있었다. 그것은 먼저 4.19혁명이 끝난 후 희생자들의 묘지가 왜 서울 외곽 수유리에 조성되었는가를 생각해 보아야 한다.

4.19혁명 직후 군경의 총탄에 희생된 이들을 안장할 묘역과 위령탑은 원래 서울 한복판에 조성되기로 이미 확정되어 있었다. 학생대책위원회가 주도해 서울시청 앞 광장에 4.19위령탑을 세우기로 결정했고, 그와 동

시에 희생자들의 묘지는 혁명유족회가 주도해 서울 남산 팔각정 부근에 1만 5천 평 규모로 조성하기로 확정하고 시설을 만들고 있었다. 그러나 시설을 조성하는 도중에 박정희 군부가 5.16쿠데타를 일으켰던 것이다. 박정희는 4.19 위령탑과 묘지를 서울 한복판 시청 앞 광장과 남산에 조성하면 진보 학생들과 시민들이 빈번하게 반정부 시위를 할 것을 예상해 서울 변두리로 쫓아버린 것이다. 오늘날의 수유리 4.19 묘역은 박정희의 뒤틀린 역사관을 증명하는 현장이기도 하다. 그로부터 10년이 지난 1970년 11월 박정희는 10년 전 자신이 자행했던 4.19묘지 변두리 추방정책을 이번에도 그대로 적용한 것이다.

그런 연유로 4.19혁명 정신만큼이나 숭고한 전태일의 희생정신을 두려워한 박 정권은 전태일의 묘지를 서울에서 100리나 떨어진 외진 산골짜기로 내쫓은 것이다. 가까운 서울에 묘지를 허락하면 묘역을 구심점으로 노동자들의 잦은 데모와 반정부 활동이 벌어질 것을 의식했던 것이다. 그 결과 분신 사건 이후 몇 년 지나지 않아 세상 사람들은 벌써 전태일의 이름을 잊어버리고 있었다. 10여 년 동안 언론에서는, 전태일은 이름이 드러나서는 안 되는 존재였고, 사회면 단신 기사들에서 불순 노동단체의 행사나 간첩 체포 사례 등과 연관되어 간혹 언급될 뿐이었다. 그러나 정권의 탄압에도 불구하고 전태일의 이름을 잊지 않기 위한 치열한 투쟁이 이어져 모란공원 묘지 앞에서 작은 추모식을 열 수밖에 없었고, 1980년대 중반에 이르면서 공식적인 추모제를 열고 각종 집회에서 '전태일 열사'를 당당하게 소리쳐 부를수 있었던 것이다.

5. 유택에 영원히 잠들다

전태일의 장례식 하관예배를 모두 마치고 각자 집으로 돌아가고 나니 전태일만 홀로 무덤에 남았다. 그가 영원히 쉴 수 있는 무덤가 주변은 너무 황량하여 적막하기 그지없었다. 전태일의 묘지가 있는 마차리 모란공원 묘역 터전은 1966년 들어 처음으로 조성됐는데 전태일이 안장되기 한 해전에 공사가 마무리되면서 1969년부터 일반인의 매장이 시작되었다. 전태일이 안장되던 1970년 11월 중순경에는 이름 모를 이들의 무덤 봉분들이 듬성듬성 보였을 뿐이다. 그러나 역사적으로 전태일이 최초의 안장자로 의미를 부여해야 할 것이다. 전태일을 필두로 이 묘역에는 이타적인 삶을 살거나 노동운동과 민주화운동, 통일운동 등을 위해 희생되거나 정권의 탄압에 의해 살해된 이들이 묻히기 시작했기 때문이다.

전태일을 뒤따르던 노동열사들과 민주화를 위해 목숨을 바친 민주열사들 그리고 조국통일을 위해 자신의 한 생애를 바친 통일열사들이 연이어 주변에 묻히기 시작하면서 그 수가 점점 불어나더니 50년이 흐른 지금은 빈틈이 없을 정도로 포화상태가 되었다. 그 많은 무덤들 중에서도 주목해야 할 사람이 있는데 그가 바로 조영래이다. 후일 『전태일 평전』을 쓴 조영래 변호사도 전태일의 지근거리에 묻히면서 죽어서마나 우정을 나누고 있고, 세월이 흘러 이소선 어머니도 아들의 뒤를 따라 곁에 누우면서 모자간의 정을 다정하게 나누고 있다.

조영래도 단명했으나 그래도 전태일보다는 곱절의 나이를 더 살았다. 단명한 둘은 생존 시에 서로 존재를 알지도 못했고 알 길도 없었으나 죽음이라는 매개로 깊어진 관계가 되었다.

11월 말의 싸늘한 날씨 속에 그의 묘지 앞에는 '기독청년 전태일'(좌)이라는 비석이 세워졌으며 그 후 '삼백만 근로자의 대표'(우)라는 비문이 추가되었다.

1주기 추도식에서 무덤 앞에 엎드려 오열하는 이소선

1주기 추도식을
마치고 평화시장
여공들과 함께한
이소선과 전태삼

1주기 추도식을 마치고 아
들의 묘지 앞에 있는 이소선

1주기 추도식을 마친 삼동회 친구들을 비롯한 청계피복노조 친구들

최근의 전태일 묘소 전경. 우측에는 조영래가 쓴 추모비가 새로 세워졌다.

　같은 연배지만 두 사람은 하늘과 땅 만큼이나 각자 다른 길을 걸어왔다. 한 사람은 초등학교도 제대로 졸업하지 못한 사회의 밑바닥 인생을 살아왔고 한 사람은 엘리트 코스인 명문 중·고등학교와 명문 대학을 다닌 수재였다. 그러나 한편으로는 두 사람이 태어난 장소(경북 대구)와 사망한 장소(명동성모병원)가 공교롭게도 같았고, 마지막에는 유택인 묘지(마석 모란공원)까지도 몇 발자국 지척에 두고 있으니 이런 인연도 드물 것이다. 그뿐 아니라 생전에는 동숭동 법대 캠퍼스 담장을 사이로 전태일은 자취 방에서 지냈고 조영래는 캠퍼스에서 공부하며 지내기도 했으니 삶과 죽음의 경계처럼 생전의 인연도 알 듯 모를 듯 아슬아슬하기만 했다.

　어느 해인가 서서히 몸이 아파오는 것을 감지한 조영래는 겨울비가 소리 없이 내리는 어느 날 조용히 이곳을 찾았다. 아산 중턱에서 묘지 봉분까지 안개가 자욱이 내려와 앉던 몽환적인 분위기 속 친구의 묘지 앞에 선 조영래는 자신의 건강이 악화될 것을 예견하고 어쩌면 지상에서 마지막

상봉을 위해 찾아온 것이었다. 편안한 삶을 내던지고 자신과 아무런 인연도 없는 생면부지의 노동자 전태일의 삶과 투쟁 그리고 죽음을 복원시키려고 노력해 온 조영래는 자신이 쓴 평전이 지금까지 많은 사람들과 사회를 변화시키는 역할을 한 것을 깊이 회상하며 친구의 무덤을 어루만졌다. 이어서 자신이 쓴 추모비도 어루만지며 깊은 감회에 젖어들었다.

　　세월이 흐를수록 더욱 생생하게 되살아나는 죽음이 있어 여기 한 덩이 돌을 일으켜 세우나니 아아, 전태일. 우리 민중의 고난의 운명 속에 피로 아로새겨진 불멸의 이름이여.

　　1948년 8월 26일 대구의 한 가난한 노동자 가정에서 태어나 어린 시절부터 낯선 도회지의 길거리를 그늘에서 그늘로 옮겨 다니며 신문팔이, 껌팔이, 구두닦이, 리야카 뒤밀이로 허기진 밑바닥 삶을 이어오다가 평화시장의 재단사가 된 그는 거기에서 노동자의 청춘과 생명과 건강을 갉아먹는 지옥과 같은 노동현실을 보았다. 허리도 펼 수 없는 비좁은 다락방의 먼지 구덩이 속에서 햇빛 한번 못 본 채 하루 16시간을 기계처럼 혹사당하는 어린 소녀들의 어두운 눈망울 앞에 절망과 분노로 몸서리치던 그는 뜻있는 재단사들을 삼동친목회로 묶어 작업시간 단축, 건강진단 실시, 임금인상, 다락방 철폐 등 '인간 최소한의 요구'를 내세우고 싸우던 끝에 업주들과 경찰의 폭력 앞에 저지당하자 1970년 11월 13일 평화시장 앞길에서 '근로기준법 화형식'을 거행하며 스스로 몸을 불살라 스물두 해의 짧은 생애를 마쳤다.

　　이 폭탄과 같은 죽음이 사람들의 억눌린 가슴 가슴을 뒤흔들어 저 숨 막히는 분단과 독재의 형틀에 묶여있던 노동운동의 오랜 침묵을 깨뜨렸고 굴종과 패배를 모르는 그의 불타는 넋은 청계피복노조를 결성하고 이소선 어머니와 평화시장 노동자들의 헌신적인 투쟁으로 이어졌으며 70년대와 80년대에 걸쳐 폭압에 맞서 싸우는 모든 사람들의 무한한 용기의 원천이 되었다. 아아, 저

스물두 해의 아픈 삶을 결단하여 가진 자들의 야만과 횡포에 온몸을 부딪쳐
간 그의 피어린 발자취가 있었기에 오늘 이 땅에 노예의 굴레를 벗어던지고
사람답게 사는 자주 민주 평화의 새 세상을 쟁취하려는 일천만 노동자와 사천
만 민중의 우렁찬 해방의 함성이 있나니.

지나는 길손이여, 이 말없는 주검 앞에 눈물을 뿌리지 말라. 다만 기억하고
또 다짐하라. 불길 속에 휩싸이며 그가 남긴 마지막 한마디, '내 죽음을 헛되이
하지 말라'

1988년 11월 13일, 삼동친목회와 청계피복노조가 일천만 노동자의 뜻을 모
아 조영래의 글과 장일순의 글씨로 새기다.

적막감 속에서도 명랑하게 들려오는 새
소리는 더욱 구슬프게만 들렸고 주변은 고
요하고 숙연했다. 무덤에 세워진 친구 태일
의 흉상을 바라보니 얼굴의 눈가엔 빗물이
고여 있어서 마치 눈물을 흘리는 것처럼 보
였다. "나도 이제 자네 곁으로 갈 것이네"라
며 중얼거리던 조영래는 이윽고 무덤을 떠
나 집으로 돌아갔다. 그리고 1990년 12월
조영래는 그렇게 허망하게 세상의 끈을 놓
고 친구 태일의 곁으로 다시 왔다.

모란공원에 있는 전태일의 묘지에 당도
하려면 조영래의 무덤을 거쳐 가야 하는 것
처럼 조영래는 친구 전태일을 "외치는 자"
였고 길을 "예비하는 자"였다. 조영래가 있
었기에 전태일이 다시 살아날 수 있었고 그

조영래 변호사가 쓴 추모비 전문.

런 전태일이 있었기에 조영래는 존재할 수 있었던 것이다. 불교신자였던
조영래가 기독교신자였던 전태일의 순교자적인 삶을 살고자 노력하며 모
든 인간적 순수의 결정체로서 마흔네 살의 삶을 불살랐던 것은 하늘의 섭
리였다. 그 불꽃이 타오르는 빛이 되어 이제는 스물두 살에 불꽃이 된 친
구를 따라서 빛으로 이곳에 온 것이다. 빛나는 우정은 죽음보다 강했다.
한 친구는 타오르는 불길에 영혼을 던졌고, 한 친구는 그 영혼을 꽃으로
피웠다. 만인을 위한 꿈을 하늘이 아닌 이 땅에서 이루고자 했던 두 친구
가 다정하게 누웠으니, 죽음마저 초월한 둘의 우정이 너무나 육중해 이곳
은 돌덩이처럼 무겁게 느껴지는 곳이 되고 말았다. 이어서 전태일의 무덤
옆에는 40년간 아들의 화신이 되어 살아온 어머니 이소선도 2011년 9월
아들의 곁에 묻혔다. 이소선은 병원에서 마지막으로 숨이 넘어가는 아들
에게 약속했다. "내 몸이 가루가 되어도 네가 원하는 일을 끝까지 이룰 테
니 염려하지 말거라!" 그 후 노동운동과 민주화운동 투쟁을 하느라 경찰에
게 잡혀간 일이 250번을 넘었고 여러 차례 구속도 되어 재판도 받았고 감
옥에도 다녀왔다. 전태일의 어머니였던 41살의 이소선은 이후 노동자의
어머니로 다시 41년을 살아냈다. 아들의 유언을 성취하고자 이소선이 아
닌 전태일로 살아간 그는 아들의 곁으로 가까이 오기까지 40년이 걸렸다.
이소선의 죽음은 전태일의 죽음이다. 전태일은 이소선으로 통해 살아있
었던 것이며 어머니에게 육화되어 싸웠던 것이다.

　전태일과 그의 어머니 이소선을 빼놓고 대한민국 노동운동사를 말할
수 없을 것이다. "사람은 책을 만들고 책은 사람을 만든다"는 말이 있듯이,
"그 어머니에 그 아들"이었고 "그 아들의 그 어머니"였다. 서슬 퍼런 유신
정권 아래서 한 청년 노동자가 자기 처지를 비관해 자살한 것쯤으로 넘어
갈 뻔했던 죽음의 사건이 결코 헛되지 않게 된 것은 오로지 이소선 어머니
가 있었기 때문에 가능했다. 물론 남아있는 전태일의 동생들과 평화시장

아들 전태일의 묘지 뒤편 왼쪽에 자리한 이소선의 묘지

친구들 그리고 청계천 노동자들이 뒤에서 함께 했기에 가능했다. 이소선
은 비록 가난했기 때문에 자녀들한테 물질적으로 풍요롭게 해주지는 못
했지만, 전태일을 비롯한 네 자녀들에게 어려서부터 어떻게 삶을 살아야
하는가를 엄하게 가르쳤고 정의로운 길을 알려줬다. 그래서 어머니의 그
런 삶의 태도가 전태일에게 영향을 끼친 것이며 전태일은 그런 어머니에
게 받은 정신적인 영향을 다시 자기 삶의 현장에서 구체적으로 행동한 것
이다. 그러니 이소선의 정신적인 유산은 전태일에게 영향을 끼쳤고 그 결
과 다시 전태일로부터 이소선 어머니에게 되돌아온 것이다.

　이소선에게 꿈 많은 처녀 시절은 일제강점기 저항의 시절이었고, 결
혼 후에 지속된 어려운 살림과 배고픔, 사업 실패와 남편의 무책임한 횡포
와 주벽, 아이들의 잦은 가출, 무작정 상경, 화마와 질병 등을 겪으며 그런
가운데도 강인함과 정직함이 체화되었다. 전태일의 분신 항거 이후에도
수많은 투쟁과 연행, 폭행, 구속의 연속이었지만, 연약한 몸을 이끌고 당
당히 모든 것을 이겨냈던 이소선의 그 모든 원동력은 자신의 고난을 통해
이웃을 돌아보는 이타적 사랑이었다.

　　오로지 아들과의 마지막 약속을 지키기 위해 노동자의 눈물을 닦아주러 아픈 몸을 이끌고 달려가던 '모든 노동자의 어머니'에게 다른 삶이란 존재하지 않았다. 전태일과 이소선은 '인간에 대한 무한한 사랑'이라는 절대가치에 목숨 건 사람들이었다. 전태일 정신의 계승은 무엇이며 참된 노동운동은 무엇이고 인간회복 운동은 무엇인가? 자칫 전태일의 이름을 들먹이는 것조차 위선일 수도 있으나, 대답은 의외로 간단하다. 바로 전태일과 이소선이 자기보다 더 어리고 가냘픈 약자들과 노동자들을 먼저 보살피고 진정으로 그들을 사랑한 것처럼, 그들을 사랑하고 있는지를 먼저 생각하고 실천하는 것이야말로 전태일 정신을 계승하는 것이며 노동운동과 인간성 회복의 첫출발인 것이다. 그래서 우리는 전태일의 죽음보다 그의 삶을 먼저 알아야 한다.

| 덧붙임 |

못다한 이야기

I.

장례식 전후의 국내 주요 집회와 시위들
1970년 11월 13일 (금)~12월 31일 (목)

　　전태일의 분신 항거 사건은 장례식 이후에도 한국 사회에 커다란 충격을 주었다. 무엇보다 박정희 정권의 수출주도형 산업화의 어두운 이면과 한강의 기적이라는 외형적 찬사 뒤에 형언하기 어려울 정도로 고통을 받던 수많은 노동자들이 직면한 문제에 대해 사회 전반의 지식인과 지도자들이 비로서 조금이라도 눈을 뜨게 되었고, 정치지도자들 또한 노동문제에 대해 새로운 인식을 가지는 계기가 되었다. 분신 사건 직후 대학생들이 가장 먼저 민첩하게 문제의 심각성을 인식하고 발 빠르게 움직여 미래를 향한 빛을 비추어 주었다.

　　대학생들은 민주화 세력과 연대해 투쟁을 확대하면서 노동자 문제가 국가사회의 총체적인 문제와 연관되어 다뤄지도록 경종을 울렸다. 장례식 이후에도 많은 대학생들이 적극적으로 시위에 동참하거나 자체적으로 추도식을 거행하며 시위를 확산시켜 나갔는데, 학생들의 시위에 이어

기독교계와 타종교계의 집회도 연달았다. 결국 전태일의 분신 항거 사건은 자본에 길들여지지 않은 건강한 노동으로만 건강한 혁명이 가능하다는 것을 모두에게 보여주었고, 동시에 자본에 길들어버린 노동자 조직은 절대로 노동자계급을 대변할 수 없다는 사실도 일깨워 줬다. 분신 항거는 노동운동과 민주화운동의 기폭제가 되어 노동문제뿐 아니라 우리나라 민주주의의 발전과 민주화를 앞당기는 큰 계기가 되었다.

1. 전태일 장례식 전후의 국내 주요 집회와 시위 현황

아래의 도표에는 대학생과 종교분야의 시위와 집회[1]만을 중점적으로 수록하였다. 장례식 전후의 주요 집회와 시위 현황[2]을 살펴보도록 하자.

전태일 장례식 전후의 국내 주요 집회와 시위 현황

	일시	주관 단체(기관)	결의 내용과 활동 내용
1	1970.10.7.	「경향신문」 석간 사회면	전태일의 노력으로 「경향신문」 10월 7일자 석간 사회면에 평화시장의 열악한 환경을 고발하는 특집기사가 대서특필되다.
2	1970.10.10	서울대학교 법대(法大) 이념서클 '사회법학회'	서울대 학생회 서클조직인 '사회법학회'에서 주간소식지 '자유의 종'을 창간했는데 마침 10. 10 발행된 제2호에 「경향신문」 10월 7일자 평화시장 특집기사를 모두 전재했다. 그 후 장기표가 전태일을 만나 평화시장의 실태를 특집으로 더 다뤄야겠다고 계획하고 있던 중 전태일 분신 항거 사건이 발생하다.
	1970.11.13. 오후 1시 40분, 청계천 평화시장에서 전태일 분신 항거		
3	1970.11.14.	서울대학교 법대 학생회	전날의 분신 사건을 계기로 서울대 법대 학생들이 모여 '인권수호학생연맹준비위원회'를 결성하기로 결의하고 노동실태조사에 모든 학생들이 적극 협조할 것과 자체 조사결과 노

1 성공회대학교 민주주의와사회운동연구소, 『사이버 NGO자료관』, 86-93번 참조.
2 『한국 민주화운동사 연표』, 민주화운동기념사업회, 197-200 참조.

	일시	주관 단체(기관)	결의 내용과 활동 내용
4	1970.11.16~18.	NCCK (한국기독교 교회협의회)	동조건이 가혹할 경우 정부에 건의할 것을 결의하다.
			NCCK, 청년문제협의회 개최. 각 기독교단 청년대표 20명이 참가하여 전태일 분신 항거와 관련해 노동조건 개선을 주장하는 '성명서' 발표.
5	1970.11.15	연세대 신학과 주최 공개강좌 (주제: 정치와 신학)	일요일 오후 연세대 신학과에서 주최한 공개강좌가 새문안교회에서 개최되었다. 서남동 학장의 사회로 진행된 강좌는 연대 브라이덴슈타인 교수, 한국기독학생회총연맹(KSCF) 사무총장 오재식 박사 등이 강사였으며 이날 오재식은 전태일의 분신 항거를 중점으로 강연하여 뜨거운 반향을 불러 일으켰다.
6	1970.11.16.	서울대학교 법대 학생회	서울대 법대 학생들이 '민권수호학생연맹준비위원회' 이름으로 노동조건개선을 위한 모임 개최하다.
			서울대 법대 학생 1백 명이 전태일의 시신을 인수해 학생장으로 거행하기로 이소선 어머니와 계약하고 이 사실을 공포하다.
7	1970.11.18.	서울대학교 상대(商大) 학생회	서울대 상대 학생들이 학생총회를 열고 "정부는 인간 생존권 보장 위한 구체적인 근로자 대책을 마련하고, 기업가는 근로자의 인간적인 삶의 기초보장, 노총은 본래 사명완수" 등을 결의하고 "학생운동과 노동운동을 결부시켜 추진하자"고 촉구한 뒤 단식농성에 돌입하다.
8	1970.11.20.	서울대 문리대와 법대 학생회가 공동으로 주최하고 서울 시내 각 대학교 학생회가 동참	서울대 법대와 문리대는 서울 시내 각 대학 총학생회, 청년학생, 종교단체들을 집결해 전태일 추도식을 거행하려 했으나 학교 당국의 강력한 제지로 중단되다. 학교 측의 저지에도 불구하고 서울대 법대생들은 학교 구내에서 전태일의 영정을 들고 추도식 시위를 감행했고 이때 법대 200명, 문리대 100명, 이화여대 학생 30명이 모여 전태일을 죽인 기업주, 어용노총, 지식인 모든 사회인들을 고발하는 항의시위에 나서 기동경찰과 충돌해 10여 명이 연행되자 48시간 시한부 농성을 벌이다.
9	1970.11.20.	서울대학교 상대 학생회	학교 측의 제지에도 불구하고 서울대 상대 학생들이 모임을 갖고 '민권쟁취를 위한 우리의 선택'을 채택하다.
10	1970.11.20.	서울대학교 전체 총학생회	경찰은 서울대학생 전원이 시위에 가담하자 총학생회장 노동일 등 학생 40여 명을 연행하여 그중 33명을 그날 밤 훈방조치하고 나머지 7명을 구속하다.

	일시	주관 단체(기관)	결의 내용과 활동 내용
11	1970.11.20.	연세대, 고려대 총학생회	연세대생 200여 명, 고려대생 300여 명이 항의 집회를 열고 모순된 경제 질서, 극단화된 계층화, 현 정권의 개발독재를 전 민중에게 고발하는 내용의 들어간 '국민권리선언문'을 채택하다.
12	1970.11.20.	문교부 당국과 서울대학교 당국의 휴교령	서울대학교 학생들을 중심으로 학생 소요사태가 갈수록 격렬하게 전개되자 이날을 기해 서울대학교에 무기한 휴교령이 발표되는 바람에 학교의 모든 업무가 중단되다.
13	1970.11.21.	서울대학교 문리대, 법대	휴교령이 내려진 서울대학교 교정에는 학생들의 철야농성이 벌어졌고 이날 밤 법대생 1명이 한강물에 뛰어들어 투신을 기도하였다. 문리대생 1명이 휘발유통을 가방 속에 넣고 교정에 들어가 분신을 시도하려다가 경찰에 체포되다.
14	1970.11.21.	신민당(新民黨) 대통령 후보 김대중	당시 신민당 대통령 후보로 선출된 야당 지도자 김대중은 전태일 사건과 관련해 이날 특별성명을 발표하였으며 동시에 정치쟁점화하다.
15	1970.11.21.	연세대 총학생회	연세대 총학생회는 시국선언문을 채택하고 전태일의 죽음 애도하며 "근로조건개선" 등 5개항을 결의하다.
16	1970.11.21.	숙명여대 총학생회	숙명여대 총학생회는 근로조건개선을 요구하는 성명을 발표하고 근로조건 개선이 될 때까지 전교생이 검은 리본을 달기로 결의하다.
17	1970.11.22.	새문안교회 대학부와 KSCF (한국기독학생회 총연맹)	새문안교회 대학부 학생 40여 명은 회장 서경석의 주도로 전태일 분신에 대해 '참여와 호소의 금식기도회'라는 이름으로 김종렬 목사가 설교하면서 추모농성을 벌이기 시작했으며 이는 기독교학생운동의 서막을 연 것이다. KSCF가 그동안의 보수적인 노선을 청산하고 70년대 민주화운동의 주역이 되는 최초의 집회였다.
18	1970.11.23.	신민당	당시 야당이었던 신민당에서 '전태일 분신 특별조사위원회'를 구성하다.
19	1970.11.23.	연세대 법대 학생회	연세대 법대생 300여 명, '오적(五賊) 화형식'을 갖고 "전태일의 죽음을 헛되이 하지 말자"는 성토대회를 개최하다.
20	1970.11.24.	한국 외국어대 총학생회	총학생회 주도로 전태일 추모식을 갖고 근로조건 개선 결의문을 채택하다.
21	1970.11.24.	장로회신학대학교 총학생회	전태일 분신 항거에 대한 성명서를 발표하고 전태일 사건의 일차적 책임이 정치 지도자에

	일시	주관 단체(기관)	결의 내용과 활동 내용
			있다고 주장하다.
22	1970.11.25.	감리교신학대학교 총학생회	김동완 전도사의 주도로 신학교 안에서 전태일의 모친 이소선을 강사로 초빙해 신앙간증 집회를 개최한 후 이를 계기로 전태일의 삶이 널리 알려지도록 했으며 이때 200여 명의 학생들이 시위하다.
23	1970.11.25.	서울대학교 문리대, 법대 학생회 공동주최	서울 문리대, 법대학생회 공동으로 '노동실태 조사단' 구성키로 결의하다.
24	1970.11.25.	연동(蓮洞)교회에서 신구교 합동으로 5개 단체가 공동주관	개신교 측에서는 한국기독학생회총연맹(KSCF), 한국기독교도시산업선교 실무자 협의회가 가톨릭 측에서는 가톨릭노동청년회(JOC)와 가톨릭학생운동(Pax Romana), 서울대교구연합회가 공동주관했다. 연동교회에 모여 신구교 5개 단체가 합동으로 전태일 추모예배를 개최하였으며 이 예배에서 전태일의 죽음을 우리의 속죄의 제물로 받고 모든 불의한 권력에 맞서는 싸움에 몸 바칠 것을 고백하는 '헌신고백문'이 발표되다.
25	1970.11.26.	서울대, 고려대, 연세대를 비롯한 일부 대학교 정치외교학과 학생회	서울대, 고려대, 연세대 등 일부 대학교의 정치외교학과 학생들이 모여 "근로조건 개선하고 노조 결성 보장하라"는 공동선언문을 채택 발표하다.
26	1970.12.6.	대구청옥(靑玉) 고등공민학교 학생모임	대구 청옥고등공민학교 학생 50여 명과 교사들이 모여 동교 출신인 전태일 동문에 대한 추도식을 개최하다.
27	1970.12.7.	KBUF(한국대학생불교연합회)	한국대학생 불교연합회 경북지부 대학생들이 대구 덕산동 보현사(普賢寺)에서 전태일 추도식을 개최하다.

2. 20일(금), 서울대 법대 추도식

전태일의 장례식을 마친 이틀 후인 20일(금)에는 서울대 법대에서 자체적으로 추도식이 열렸다. 전태일의 시신을 인도받았다면 장례식을 치를 예정이었으나 경찰의 봉쇄와 저지로 뜻을 이루지 못했다. 이날은 애초에 서울 시내 각 대학교 학생들은 물론 노동자들과 종교단체가 대규모로 합세

서울대 법대 학생회 임원들의 대책 회의 장면

서울대 법대 학생 100여 명의 모임

서울대 법대와 문리대는 서울 시내 각 대학 총학생회, 청년학생, 종교단체들을 집결해 추도식을 거행하려 했으나 학교 당국의 제지로 법대생들만 모여 전태일의 영정을 모시고 교내에서 추도식을 감행했다.

서울대 법대생들이 스크럼을 짜서 전태일의 영정을 호위하면서 문리대 쪽으로 행진하고 있는 장면

해 합동으로 추도식을 거행하기로 계획했으나 학교 당국과 사정기관의 저
지로 무산되었다. 워낙 많은 경찰들이 삼엄하게 학교 정문 출입을 통제하
자 오재식은 독일 출신 연세대 교수인 브라이덴슈타인을 동반하여 외국인
교수라고 앞세우고 자신은 그의 통역을 자처하여 무사히 법대 교정 진입에
성공했고 나머지 학생들과 추모 화환은 다행히 학교 뒤편 담장을 넘겨 반
입할 수가 있었다. 법대 추도식 단상에는 겨우 서울대 법대학생회와 한국
기독학생회의 이름으로 된 두 개의 화환만이 덩그러니 놓여 있었다.

3. 22일(일) 서울 새문안교회 금식기도회

한편 새문안교회에서는 전태일의 장례식을 마친 사흘 후인 22일(일)
대학생부 소속 학생 40여 명이 "전태일을 죽음으로 몰고 간 사회와 그 공
모자인 자신들의 죄를 참회하는 금식기도회"를 가졌다. 새문안교회 대학
부는 교회당 건물 바깥에 "참여와 호소의 금식기도회"란 제목의 플래카드
를 외벽에 내걸고 새문안교회 교육관을 점거하다시피 하며 농성에 들어
간 것이다.[3] 주일예배를 마친 이날 오후 교회 바로 옆에 있는 광화문 사거
리를 향해 스피커를 틀어놓고 전태일 분신 사건의 진상을 행인들에게 알
리고 시민들의 각성을 호소하는 방송을 하기도 했다.

그렇다면 서경석이 당시를 회고하며 쓴 <서경석 컬럼>을 통해 당시
상황을 살펴보도록 하자. 대학생부 회장으로 서울대 4학년이던 서경석은
어느 날 조영래가 자신을 급하게 찾는다는 전갈을 후배 원정연에게 들었
다. 서둘러 가보니 조영래는 아무 말 없이 동아일보에 난 전태일의 일기를
요약한 기사를 보여 주었고 그때부터 서경석은 만사를 제쳐두고 조영래

---

3 위와 같음.

를 돕기 시작했다. 처음에는 서울법대 교정에서 전태일 추모식을 가지려고 계획을 했는데, 경찰과 사법 당국의 탄압으로 무산되었고 임종률의 집을 아지트로 삼아서 최고 지도부는 조영래가 맡았고 일반 학생운동 쪽은 장기표가 맡았으며 서경석이 추모식을 준비했는데 탄압이 심해 일이 제대로 진척되지 않았다. 모든 것이 무산된 뒤 서경석은 낙심한 마음으로 조영래와 택시를 타고 가다가 새문안교회 앞을 지나게 되었는데, 그때 갑자기 새문안교회에서 일을 벌이면 어떨까 하는 생각이 스쳐간 것이다. 두 사람은 택시에서 내려 다방으로 이동해 차를 마시면서 자기 생각을 말했더니 조영래가 적극 찬성해 주었다. 당시에는 교회에서 데모를 한다는 것은 상상도 할 수 없는 일이었다.

서경석은 은밀하게 데모를 준비했다. 우선 당시 산업은행에 근무하던 박세일을 불러내 "오늘 밤 모든 준비를 해야 하니 아지트를 마련해달라"고 부탁하고, 새문안교회에 가서 대학생회 회원들을 10여 명쯤 데리고 나왔다.[4] 그리고는 박세일이 마련해 둔 서울법대 선배인 정성철(훗날 경실련 변호사)의 집에 가서 전단지와 현수막을 만들었다. 그 집에서 밤을 꼬박 새우며 농성준비를 한 뒤 세수도 변변히 하지 못한 채 다음날 아침이 되자 교회로 이동했다. 전날 밤 대학생회 지도를 맡은 김종렬 목사에게 어떤 일이 벌어질 것이라고 미리 알리고 일이 벌어지더라도 "목사님은 뒤로 빠지시라"고 귀띔했다. 그러나 그는 그 자리에 남아 비장한 어조로 눈물어린 설교를 하는 바람에 학생들에게 많은 감동을 주었다. 대학생 예배가 끝난 후 서경석은 대학생 전체를 모아놓고 선동을 하기 시작했다.

나는 새문안교회 세례교인입니다. 그런데 나는 전태일 같은 노동자가 분신을

---

4 서경석칼럼, "나의 스토리(두번째 글)/ 13. 아! 전태일", 2007.3.16.

하는 이런 상황을 외면하고서는 도저히 기독교인으로 살아갈 수가 없습니다. 내가 정말로 새문안교회 세례교인답게 살아가려면 행동하지 않으면 안 된다고 생각합니다. 나는 나의 이 행동으로 앞으로 엄청난 불이익을 당하겠지만 그 불이익이 두렵지 않습니다. 그리고 여러분들도 나와 함께 농성의 대열에 참여하시기를 간절하게 호소합니다.5

혼신의 힘을 다해 격정적인 목소리로 말하고 나서 대학생들의 반응을 지켜보았다. 반대가 심하면 모든 일이 허사가 될 수밖에 없었기 때문이다. 그때 뜻하지 않은 사건이 일어났다. 그 당시 새문안교회 대학생회에 서울상대 학생 중에 박현이라는 친구가 있었는데, 그 친구는 평소 대학생회에서 서경석의 지도노선에 대해 가장 반기를 들었던 친구였다. 그런데 그 친구가 갑자기 앞으로 뚜벅뚜벅 걸어 나와 마이크를 받아 쥐더니 놀랍게도 의외의 말을 하기 시작했다.

나는 여태까지 새문안교회 대학생회에서 가장 말썽꾸러기였습니다. 가장 말썽꾸러기인 내가 이 농성에 참여하기로 결심했습니다. 그러니까 나보다 훌륭한 다른 모든 분들도 기꺼이 이 집회에 참여해주실 것으로 믿습니다.6

박현의 발언은 사실상 선동이 완전히 끝나버린 것이나 마찬가지였다. 그곳에 있던 120명 예배 참석자 중에서 대학생회 활동을 하지 않던 40여 명은 돌아가고 나머지 80명은 농성에 참여하기로 했던 것이다. 그들은 새문안교회 교육관 4층으로 올라가 4층 예배실을 점거하고 4층으로 올라오

---

5 서경석, 위와 같음.
6 서경석, 위와 같음.

새문안교회에서 개최된
"참여와 호소의 금식기도회"
에서 기도하는 장면

새문안교회에서 개최된
"참여와 호소의 금식기도회"
모임을 하는 장면

는 모든 층계를 책상으로 봉쇄했다. 그리고 교회 건물 바깥에 '참여와 호소의 금식기도회'라는 플래카드를 내걸고 단식농성에 들어간 것이다. 전태일의 죽음의 원인에는 사회가 그 책임이 있고 자신들도 모두 공모자라며 속죄를 위한 금식기도회를 시작한 것이다. 광화문 거리를 향해 스피커를 들이대고는 전태일 분신 사건의 진상을 알리고 시민들의 각성을 호소하는 방송을 시작했다.

당연히 교회가 발칵 뒤집어졌다. 강신명 목사를 위시한 당회원 전부가 농성 학생들을 만류했지만 그들은 집회를 강행했다. 그러나 마지막에는 당회의 간곡한 권유를 받아들여 교회 본당 1층 기도실로 농성장소를 옮겼다. 다음날 아침에 눈을 떠보니 강신명 목사가 제단에 엎드려 무릎을 꿇고 간곡하게 기도를 하고 있었다. 강 목사의 모습에 감동이 된 학생들은 호소를 외면할 수 없어 결국 다음 날 낮에 폐회예배를 드리고 농성을 풀고 서경석은 종로서에 연행되어 간단한 조사를 받고 풀려 나왔다. 그리고 교회의 노력으로 어느 학생도 피해를 입지 않았다. 이 사건으로 서경석도 기독학생운동 지도자로 사람들에게 알려지게 되었으며 새문안교회 학생부는 전태일의 분신을 가장 앞장서서 아파하며 동참했던 청년들로 기록되게 되었다.

4. 25일(수), 신구교 합동 전태일 추모예배

경찰이 전태일의 주검을 옮겨 창현교회에서 가족장으로 순식간에 치러버리자 기독교계는 11월 25일이 되어서야 연동교회에서 추모예배를 드릴 수 있게 되었다. 또 같은 날 연동(蓮洞)교회에서 신구교 합동으로 5개 단체가 주관하여 신구교 합동으로 전태일 추모예배를 개최하였는데 이 예배에서 전태일의 죽음을 우리의 속죄의 제물로 받고 모든 불의한 권력에 맞서는 싸움에 몸 바칠 것을 고백하는 '헌신고백문'이 발표되었다. 이날 개신교와 천주교의 공동 집전으로 추모예배를 거행했으며 이날 장공 김재준 목사는 다음과 같이 호소했다.

우리 기독교인들은 여기에 전태일의 죽음을 위해 애도하기 위해 모인 게 아닙니다. 한국 기독교의 나태와 안일과 위선을 애도하기 위해 모였습니다.

이는, 자본과 정치가 결탁해 노동자들을 착취하고 억압하는 사회적인 죄에 대해 구약성서의 예언자들이 사회적 약자들의 인권을 짓밟는 구조적 악에 대항해 야훼의 이름으로 사회적 정의를 주장한 것처럼 목소리를 내는 것이 아니라, 기독교 신앙을 예수 믿고 성공적인 삶을 살다가 죽어서 천당에 가는 개인적인 것으로 믿고 침묵하던 기독교계의 반성이었다. 그러나 이런 추도집회와 시위는 최소한의 법적 보호도 받지 못한 채 저임금과 장시간 노동에 시달리던 노동자들의 현실을 고발하여 사회적으로 노동문제에 대한 관심을 높이고, 노동자들 스스로 자신들의 환경을 개선하려는 노력에 나서도록 하는 계기가 되도록 신자들과 사회를 계몽하는 일에 촉매제가 되었다.

5. 전태일 분신 항거 12일 만에 최초의 노동자 분신 사건 발생

그러나 안타깝게도 같은 날 노동자 한 사람이 분신을 시도하는 사건이 발생했다. 11월 16일 이후 서울 시내 명문대를 중심으로 농성과 시위가 잇따라 벌어졌으며, 종교계에서도 예배와 추도집회가 이어갔고, 노동계도 가만히 있지 않았다. 11월 25일 조선호텔 노동자이던 이상찬이 노조 활동 보장을 요구하며 분신을 시도하였는데, 이는 전태일의 분신 항거 후 발생한 첫 분신 항거 사건이었다. 그러한 저항은 1972년 유신체제가 성립되기 전까지 노동자들의 저항과 단체행동이 활발히 전개되었다.[7]

전태일의 분신 항거는 사회 각 분야 중에서 가장 큰 영향을 받은 곳이 노동계였다. 자본가들에게 착취와 부당해고를 당하면서도 단결하여 투

---

7 조선호텔 노동자 이상찬이 분신을 시도한 것은 전태일의 분신 항거에 대한 베르테르효과의 차원을 넘는 심각한 사건이었다. 베르테르 효과란 유명인의 자살이 있은 후에 유사한 방식으로 잇따라 자살이 일어나는 현상을 말하는데, 불과 열흘 전 세상을 떠들썩하게 했던 전태일의 분신 사건이 이상찬에게 조금이라도 영향을 준 것은 사실이다. 그뿐 아니라 11월 21일에는 서울대학교 문리대와 법대학생들이 휴교령이 내려진 가운데 학교 교정에서 학생들의 철야농성이 벌어졌는데 이날 밤 법대생 한 명이 한강물에 뛰어들며 투신을 기도했고 문리대생 한 명은 휘발유통을 가방 속에 넣고 교정에 들어가 분신을 시도하려다가 경찰에 체포되기도 했다.

쟁할 생각을 못하던 노동자들이 죽음으로써 노동자들의 인권침해를 고발한 전태일을 보면서 각성하기 시작한 것이다. 1970년 11월 25일, 조선호텔 노동자 이상찬의 분신을 시도한 데 이어 1971년 9월 한국회관(음식점) 노동자 김차호의 분신 시도, 8월 신진자동차 노조 조합원과 가족 1900여 명의 파업농성, 한진상사 파월노동자 400여 명의 대한항공 빌딩 옥상 방화농성 등이 주요한 사건들이었다. 1971년의 노동자의 투쟁은 1600여 건에 이르렀는데, 이는 전년도 165건에 비해 10배가 넘는 규모였으며 당시 신민당 대통령 후보였던 김대중은 1971년 1월 23일 연두 기자회견에서 '전태일 정신의 구현'을 공약으로 발표하기도 했다.

6. 10배로 증가한 노동자들의 권리 찾기 열풍과 유신정권의 탄압

전태일의 분신 항거 사건 이후 대학가의 학생들을 중심으로 각계각층의 노력과 지원에 의해 노동계는 의식변화가 구체적인 행동으로 나타나기 시작했다. 한국의 노동법은 1953년 최초로 제정됐다. 그러나 1960년대 이후 역대 정권은 국가안보와 경제개발이라는 명분 아래 노동관계법에 대한 개악을 수차례 시도했다. 분신 항거하기 한 해 전인 1970년도 한 해 동안의 노사분쟁이 겨우 160~170건 정도에 불과했는데 전태일 분신 사건 발생 다음 해인 1971년도에는 한 해 동안 1650여 건으로 무려 10배가 증가했다. 대학생들의 시위와 관심이 추동되어 이런 좋은 결과가 나타난 것이다. 전태일의 영향으로 비약적으로 증가한 노동쟁의는 확실히 박정희 정권에게 최대의 위협이었다. 결국 분신 사건 직후 장례식 합의를 기점으로 전국의 노동자들의 대상으로 근로조건개선과 노조설립 등을 허가해주기로 약속을 했으나 1년 만에 악법을 만들고 말았다.

노동기본법 중에 단체교섭권과 단체행동권이 있는데 그것을 완전히 봉쇄해버리는 법령을 발표한 것인데, 그것이 바로 국가보위법이다. 이 법은 마치 노동계의 국가보안법과 같은 것이었다. 1971년 박정희 정권은 국가비상사태 선언에 이어 그것을 빌미로 제정된 국가보위법 제9조 1항에서 "비상사태 아래서의 근로자의 단체교섭권 또는 단체행동권의 행사는 미리 주무관청에 조정을 신청하고 그 결정에 따라야 한다"고 규정해 사실상 노동자들의 노동기본권을 부정하며 전태일의 항거를 무색케 했다. 그 후 전두환 정권에서는 그 국가보위법을 없애면서 그 대신에 노동법을 개악하여 사실상 노동삼권을 동결하는 방식으로 여전히 노동자들의 기본적인 권리를 억압하는 등 노동자들은 수난을 겪어야 했다.

이처럼 유신헌법은 국가보위법을 통해 노동조합의 단체교섭권과 단체행동권을 박탈하면서 사실상 노동운동 일체를 금지시켜버렸다. 그리고 한국노총도 어용화시키고 말았으며 급기야 박정희는 3월 10일 '노동절'이라는 절기 명칭을 '근로자의 날'로 바꾸기까지 했다. 그 결과로 1971년에는 1,656건에 달했던 노사분규가 이듬해인 1972년에는 346건, 1973년에는 367건으로 대폭 줄어들며 사실상 전태일 이전 상태로 되돌려 놓았다. 하지만 아들 전태일의 뜻을 받들어 이소선 어머니와 평화시장의 삼동회 친구들과 여성노동자들이 설립한 청계피복노조를 중심으로 응축되어 있던 분노는 10년을 넘길 수가 없었다. 1978년 원풍모방과 동일방직을 기점으로 전태일의 정신은 다시 한 번 용솟음쳤고, 급기야 1979년 YH무역 노조의 민주당사 투쟁과 부마항쟁으로 이어져 유신 정권의 몰락을 가져오는 역할을 한 것이다. 부마항쟁도 학생들의 시위 수준을 넘어 부산과 마산 시민들의 궐기였다는 점에서 전태일이 촉발시킨 노동문제가 그 근본적인 에너지로 발원된 것이다.

7. 전태일의 화신이 된 이소선과 가족들을 향한 감시와 탄압

이후 이소선은 전태일과 뜻을 함께했던 삼동회 친구들과 청계천 노동자들과 함께 청계피복노조를 만들었다. 그러나 베트남전쟁의 종식과 미중 간의 화해로 정권안보의 위기감을 느낀 박정희 정권은 사회문제를 안보문제와 결부시켰으며 특히 노동운동을 안보문제와 직결해 안보 위기나 안보 저해요인으로 본 것이다. 그러다 보니 정보기관에서 집중 관할하면서 이소선과 청계피복노조가 받은 좌경 빨갱이 혐의는 이루 헤아릴 수가 없었으며 청계피복노조원들에 대한 중앙정보부 측의 집요한 탄압과 반공교육 참석 요구를 빌미로 통제했으며 전태일의 가족들이 받은 감시와 탄압도 극에 달했다. 특히 이소선의 오빠 이상복이 일본에 유학을 해 재일교포로 살고 있다는 것을 알게 된 중정 측은 이상복을 빨갱이로 매도하기도 했다. 평범한 재일교포인 전태일의 외삼촌 이상복을 간첩으로 모함하는 것은 물론이고 그와는 별도로 노동운동의 정신적 지주였던 이소선을 여간첩으로 내몰았다.

1971년 4월 20일에는 재일교포 간첩단 사건이 보도되었는데, 그 사건에 연루된 당사자들이 했던 간첩활동의 한 실례로 전태일 분신자살사건 보고가 언급되기도 했는데 이는 전형적인 간첩조작사건이었다. 또 1972년부터 1979년까지 문인들과 지식인들이 연루된 간첩단 사건과 학원 침투 간첩단의 범죄 내역에서 사회불안을 조성하는 도시산업선교회와 더불어 전태일의 분신 사건은 끊이지 않고 간첩이나 용공혐의와 연루되는 것으로 조작되었다. 경찰과 중앙정보부에 끌려가 고문을 당하기도 했으며 세 번이나 교도소에 갇히기도 했고 아파트 한 채를 주겠다는 정권의 회유도 있었으나 그 모든 것을 당당히 물리쳤다. 실제로 담당 형사들은 이소선이 마치 간첩인 것처럼 창동 동네 사람들에게 소문을 퍼뜨렸고 전태일이 살던 집에는 아무도 얼씬도 하지 못하도록 공포를 조장했다. 동네 사람들은 화재민촌 시절부터 함께했던 이소선과 전태일 식구들이 간첩이라고 믿지 않았으나 이소선이 사는 집 앞에 초소까지 세워 두고 감시하는 상황이라, 동네 이웃 주민들은 어린 순덕이가 집에 혼자 있는 줄 알면서도 들여다볼 엄두도 내지 못했던 것이다. 이소선과 가족들을 얼마나 감시하며 탄압했는지 전순옥이 국회의원 시절 국회 필리버스터 나흘째 되던 날 발언했던 증언만 들어봐도 짐작할 수 있다.

저와 우리 식구들은 중앙정보부의 24시간 감시 속에 살았습니다. 저의 큰오빠 전태일이 '근로기준법을 준수하라'는 유언을 남기고 떠나신 후 우리 가족에게 남겨진 것은 '전태일'이라는 이름과 유언 그리고 중앙정보부의 감시와 억압, 핍박의 연속이었습니다. 어머니가 중앙정보부의 회유를 거절한 뒤 국가안보라는 거창한 이름 아래 우리 가족은 중앙정보부에 의해 모든 집 전화 내용

이소선이 청계피복노조 간판을 어루만지며 아들의 유지를 다시 새기며 애통해하고 있다.

을 도청당했고, 24시간 감시 체계에 있었으며 동네 슈퍼 한번 가는 것도 힘들 정도였고 개인사찰은 물론이며, 미행, 동행 등으로 혼자 산책 한번 제대로 한 적이 없었습니다.

그러나 이소선과 남은 자녀들은 비록 생활이 궁핍했지만 사사로운 이익이나 감정에 굴복하지 않고 불의와 타협하지 않으면서 평생 전태일의 유지를 받들며 살아왔다. 특히 청계노조의 정신적 지주인 이소선은 한국 사회의 척박한 노동 현장에서 탁월한 예지와 승리를 향한 낙관으로 용감하게 투쟁함으로써 수십 년간 노동운동을 선도했고 방향을 제시해왔다. 그 결과 2009년과 2010년에는 민주노총에서 노동자 집회를 여의도 광장과 서울시청 광장에서 열었는데 집회의 이름이 "전태일 열사 정신계승을 위한 노동자 대회"였을 정도로 이제 전태일의 저항 정신은 모든 노동자들의 정신 속에 전이되어 큰 영향을 주고 있다.

전태일 분신 항거 현장에 대한 이견 논박

1. 김영문은 전태일의 옷에 불을 붙이지 않았다

조영래 변호사가 집필한 전태일 평전(이하 평전)은 저자가 엄혹한 시기, 제한된 상황에서 수집한 채증 자료들의 사소한 오류로 인해 책 내용 후반부에 착오를 일으킨 문장들이 몇 개 발견되었다. 특히 평전 후반부는 책의 절정이라 할 수 있는 분신 항거 장면이 등장하는데 가장 문제가 되는 부분이 전태일의 옷에 누가 불을 붙였냐는 것이다. 그런데 조영래는 불을 붙인 사람을 전태일의 친구 '김개남'(가명)으로 단정했는데 이는 사실과 다르다. 분신 장면과 그 직후에 벌어진 일에 대해 김영문과 현장에 있던 회원들의 증언들을 종합하면 몇 가지 사소한 오류를 발견할 수 있다. 이를 바로 잡으면, ① 불을 점화한 사람은 친구 '김개남'이 아니고, 전태일 스스로 불을 붙였다. ② 화염에 휩싸인 전태일을 향해 '어느 회원이 근로기준법 책을 집어 던졌다'고 언급됐는데, 이미 전태일은 자신의 몸에 기름을 끼었고 내려올 때 근로기준법 책도 품 안에 넣고 내려왔다. ③ 사용한 연료를 '석유'로 단정했는데, 실제로는 석유인지 휘발유인지는 아무도 모른다. 그런 이유로 본 실록에서는 '기름'으로 표현했으며, 여러 정황으로 볼 때 '시너'로 추정된다. ④ 불을 지핀 도구가 '성냥불'이라고 단정했는데, 성냥인지 라이터인지도 모른다. 그러나 여러 정황상 라이터로 추정되기 때문에, 본 실록에서는 '라이터'로 기술했다. ⑤ 전태일을 인근 병원으로 옮길 때 '앰뷸런스'(응급차)로 단정했는데, 실제로는 택시를 불러 이송했다. 사건이 발생하자 삼동회원 중 한 명이 큰길가로 뛰어나가 택시를 잡아온 것이다. 결론적으로, 분신 현장에서 전태일의 옷에 불이 점화되는 모습을 지척에서 똑바로 지켜본 사람들은 김영문(김개남)이라는 친구 단 한 사람뿐이며, 다른 증인은 없다는 것이다. [1]

또 전태일은 분신 항거를 단행할 때 결코 어느 누구의 도움이나 사주를 받지 않았으며 본인 스스로 계획하고 결정한 결과로 분신을 감행했다. 세간의 의혹처럼 분신 항거를 계획하고 이행하는 과정에서 사전에 다른 특정한 이념단체(진보단체)나 노동운동단체(기독학생운동단체) 등과 의논하거나 상의한 적도 없었으며 그런 단체들의 사주나 지시도 받지 않았다. 단지 앞서 밝힌 대로, 분신 항거 하루 전날 대구 청옥학교 시절의 친구 두 명(정원섭, 김예옥) 외에는 분신 항거에 대한 구체적인 고민을 어느 누구에게도 직접 털어놓은 적이 없었다.

그렇다면 왜 이런 오해가 생겼을까? 그것은 조영래 변호사가 책을 집필할 목적으로 많은 목격자와 증언자들을 대상으로 자료를 수집하는 과정에서 전태일의 옷에 불이 붙는 과정을 제대로 보지 못한 주변 사람들이 착오를 일으켜 조영래에게 잘못 구술하는 바람에 빚어진 결과였다. 조영

1 김영문, 위와 같음.

래는 김영문을 보호하기 위해 김개남이라는 가명을 써서 그가 불을 붙인 장본인으로 묘사한 것이다. 더구나 김영문은 전태일의 분신 항거 발생 1년 후 군에 입대하는 바람에 조 변호사를 직접 만나서 실제 분신 상황을 설명할 기회조차 없었고, 조영래 역시 경찰에 수배 중이어서 집필을 위한 기초자료 확보와 취재가 극히 제한적이었기 때문에 이런 결과를 초래한 것이다. 김영문이 군대에 가 있는 동안 조영래에 의해 여러 증언들이 채집되었고 그로 인해 뜻하지 않게 김영문이 김개남이라는 가명으로 등장해 전태일의 요청에 따라 불을 붙여준 장본인으로 묘사된 것이다.

김영문은 제대 후 서대문의 한 중국음식점에서 조 변호사를 만나 잠시 이야기를 나눌 기회가 있었으나 당시도 이 부분에 대한 진실을 말할 기회가 없었다. 왜냐하면 당시 김영문은 남들이 자기를 그렇게 오해하고 있는 줄을 알지 못했을 뿐 아니라 일부 극우세력들이 이 문제에 대해 반론을 제기하거나 수면 위로 드러나지 않았던 시기였기 때문이다. 일반적으로 석유 같은 기름 냄새가 펄펄 풍기는 친구의 몸에 선뜻 불을 붙여 줄 수 있는 사람은 드물 것이다. 그러나 조영래는 전태일의 부탁을 받은 김영문이 깊은 생각 없이 옷깃에 불을 댕겨 준 것으로만 여기고 있었기 때문에 당시에도 김영문에게 재확인 작업을 할 필요가 없었던 것이다. 조영래에게 결정적인 증언을 했던 담배 가게 주인이나 가게 옆에 서 있었던 삼동회원들은 건물구조로 보나 그들이 서 있던 위치로 보나 전태일의 분신 정황을 정확히 목격할 수 없었다. 김영문이 전태일을 따라가는 과정에서 거의 1미터도 채 안 되는 거리에 다다를 때 전태일의 몸에 갑자기 불이 붙었기 때문에 이런 절묘한 상황으로 인해 주변 사람들 김영문이 불을 붙여준 것으로 오해했던 것이다. 또 김영문은 당시 담배를 피우지않는 사람이라 평소에 성냥이나 라이터를 가지고 다니지도 않았을 뿐더러 그날 전태일을 뒤에서 따라가기는 했어도 그와 접촉하지도 않은 상태에서 먼저 불길이 치솟았던 것이다.

이처럼 평전 내용의 사소한 오류로 인해 그동안 오해를 받고 살아온 김영문은 마음에 부담감과 상처가 남았고 그 억울함은 계속되었다. 특히 일부 극우세력들로부터 전태일의 몸에 불을 붙여준 "의문의 배후세력"이라는 공격을 받아왔다. 또 그들은 평전의 사소한 오류를 빌미로 전태일의 죽음이 "계획된 살인이다" 혹은 "전태일은 이미 자신을 조종하는 멘토를 두고 있었다"는 등의 낭설을 지어냈으며, "전태일은 자기 의지와 상관없이 아무것도 모른 채 어둠의 세력에 의해 어이없이 타살된 것이며 빨갱이들에게 이용당해 죽은 것이다"라는 등의 허위 사실을 퍼뜨렸던 것이다.

세월이 흘러 2019년 11월 16일 소위 '문재인 퇴진 국민혁명 집회'에서 시민단체 대표를 가장한 '세종건강한교육학부모회' 대표 김유나는 단상에 올라 "우리나라가 대한민국인가, 조선인가? 그런데 오늘 저 뒤에 전태일 힙합 음악 문화제가 있다. (중략) 전태일을 먼저 한번 이야기해보자. 전태일은 이 청계천 광장에서 근로자노동법 책을 끼고 있다가 분신해서 죽었다고 했나? 거짓이다. 좌파들이 그 아이에게 신나를 뿌리고 불을 지펴서 뜨겁다고 소리치는 그 아이를 불도 꺼주지 않고 분신하게 내버려 둔 것이다. 국민들을 선동한 것이다. 그런데 저기서 아이들에게 분신을 선동시키고 폭력집회를 선동시키는 힙합 음악 문화제를 저 경복궁 앞에서 한다는 것이냐? 이게 대한민국 역사 교육의 현장이다"라고 주장했다. 심지어 2020년 2월 13일 민경욱 자유한국당 의원은 자신의 페이스북에 "청계천 전태일도 조작한 건 마찬가지! 너희 김일성의 장학금 받은 놈들이 휘발유 뿌리고 라이터 땡긴 거지!"라며 빨갱이 음모론을 내세워 논란을 일으켰다. 이와 같이 전태일의 죽음에 대해 의혹을 제기하며 매도하는 세력들은 그때부터 50년이 흐른 지금까지도 지속적으로 공격하고 있다.

특히 평전에 등장하는 김개남에 대한 언급이 1983년 초판 이후 계속 등장하다가 2009년 신판부터 슬그머니 사라졌다는 것을 크게 문제 삼으며 더욱 공격적으로 비판하고 있다. 뉴라이트 계열의 극우세력들은 전태일의 분신 항거 사건에 대한 의혹들을 제기하며 "죽음을 선동하는 어둠의 세력이 존재하고 있다. 외부세력이 노동현장에 접근한 증거 중의 하나가 바로 전태일 분신 사건이다"라며 음모론을 주장하고 있는데, 그들 중에 선봉에 있는 사람이 바로 연세대 류석춘 교수이다. 그는 언론기사를 통해 "그렇다면 가명으로 등장하는 김개남이야말로 오재식(한국기독학생회 학사단을 조직한 사회운동가)이 증언하고 있는 현장조직에 침투한 활동가일 가능성이 높다"며 확인되지 않은 의혹을 제기했다.

이어서 류석춘은 "그렇다면 김개남은 누구인가? 평전이 말하듯 이 이름은 가명이다. 그리고 앞에서 추론했듯 김개남이야말로 학생운동 출신으로 노동운동 현장에 투신한 활동가 조직원일 가능성이 높다. 이러한 추론을 뒷받침하는 기록은 또 있다"라며 양국주 선교사[2]와 이승종 목사 그리고 오재식 박사의 발언들을 근거로 이런 의혹을 부풀려갔다. 특히 미국을 거점으로 활동하는 양국주 선교사와 더불어 그와 친분이 있던 미국 샌디에고 예수마을교회를 담임했던 이승종 목사[3]라는 두 명의 근본주의 성향의 극우 목회자들은 평소에도 전태일의 삶과 죽음에 대해 근거 없는 낭설을 퍼뜨리며 왜곡에 앞장선 사람들이었는데 류석춘은 이들의 주장을 아무런 검증없이 자신의 주장에 인용한 것이다. 그러나 헛된 영웅심리와 허언증에 사로잡혀 있던 두 명의 목회자들이 저지른 망언들은 단순한 해프닝이라고 보기에는 너무나 고의적이고 악의적이었다.

특히 「조선일보」의 문갑식 기자[4]는 신빙성도 없고 검증과정도 거치지

2 양국주(梁國柱), 선교사로서 서빙 더 네이션스 대표.
3 샌디에고 예수마을교회 원로목사/ https://www.hijcc.com.
4 당시 「조선일보」 기획취재부장. 입력: 2009.10.31.

않은 양국주 선교사의 궤변을 인터뷰 기사화[5]하여 전태일에 대한 왜곡에 앞장섰다. 또 이런 근거 없고 검증되지 않은 기사를 류석춘[6]이 재인용하여 기사화[7]했고, 더 나아가 그것을 바탕으로 동영상 강의[8]까지 방송함으로써 일반 대중들에게 전태일의 삶과 죽음에 대해 심각하게 훼손을 하고 있다. 특히 양국주는 「조선일보」와 인터뷰에서 "(자기 자신이) 전태일이 분신하는 현장 곁에 있었고, 전태일은 지금 미국 샌디에이고에 있는 이승종 목사가 직접 교육을 시켰다"는 과대망상증에 가까운 날조된 이야기를 늘어놓았으며, 전태일의 평소 성품에 대해서도 "성격이 과격하고 다혈질 인 사람"이라고 깎아내리며 얼토당토않는 주장을 늘어놓았다.

그러나 필자가 미국에서 양국주, 이승종 두 명에게 직접 확인해 본 결과 이 목사는 "나는 전혀 양 선교사에게 그런 말을 한 적이 없습니다"라며 발뺌을 하면서 양국주에게 모든 책임을 전가했다. 반대로 양국주는 이승종에게 책임을 전가하는 파렴치한 모습을 각각 보여줌으로써 양국주의 증언과 인터뷰 내용이 모두 사실 무근의 허구로 드러났다.[9] 특히 이승종은 "전태일이 분신할 당시 나는 고등학교 3학년 학생인데 어떻게 제가 서너 살이나 나이가 많은 전태일을 가르칠 수 있겠습니까? 그리고 당시 저는 전남 광주에 살고 있었고 전태일은 서울에 살고 있었는데 거리상으로 어떻게 만날 수 있고 교육을 시킬 수 있겠습니까? 나와 전태일은 아무런

---

5 문갑식의 하드보일드, 학생운동권 代父에서 분쟁지역 돕기 나선 양국주의 '탈레반 인생' http://news.chosun.com/site/data/html_dir/209/10/30/2091301113.html.

6 자유한국당 혁신위원장 역임. 연세대학교 사회과학대학 사회학과 학과장 역임. 뉴라이트전 국연합 공동대표. 연세대학교 이승만연구원 원장.

7 류석춘의 한국사회 읽기, '전태일 평전'의 3가지 함정 http://monthly.chosun.com/client/ news/viw.asp?ctcd=I&nNewsNumb=2161210061&page=8.

8 정기재TV강의, [극경류석춘 교수의 대한민국 읽기 - 1. 전태일 평전의 함정 https://www. youtube.com/watch?v=gc8EPRZW1YQ.

9 양국주, 「저자와의 인터뷰 증언」, 218년 11월 17일, 19일, 22일.

관련이 없고 단 한 번도 만나 본 적이 없습니다. 모두 사실무근입니다"라며 평소 자신의 허풍이 근거없는 거짓말이었음을 실토했다.[10]

한편 전태일을 생전에 실제 한 번도 만난 적도 없는 양국주도 허황된 영웅심리에 의해 자기를 부풀려 주변사람들에게 마치 자신이 전태일을 배후에서 조종하고 영향을 끼친 기독교학생운동단체의 대표 운동가로 과대포장을 했던 것이며 실제 전태일의 평화시장 분신 현장에 있었거나 목격하지도 않았으면서 거짓으로 인터뷰를 했던 것이다. 더욱 한심한 사실은 양국주의 허풍과 궤변을 인터뷰한 「조선일보」 기사를 근거로 류석춘이 월간조선을 통해 "전태일 평전의 3가지 함정"이라는 제목으로 기사를 게재했고 그 기사를 바탕으로 다시 극우언론인 정규재가 운영하는 '정규재TV'에 출연해 전태일을 왜곡했던 것이다. 그는 엉터리 자료와 데이터를 근거로 전태일은 업주들로부터 착취당하지 않았다고 주장하는가 하면 "전태일의 극단적인 선택은 불가피하지 않았으며, 따라서 아름답지도 않다. 다만 불행했을 뿐이다"라며 전태일의 이타적 죽음마저 부인하며 모독하는 몹쓸 짓을 저질렀고 월간조선을 통해서는 "전태일 주변에 미국의 급진적 사회운동가 솔 알린스키의 영향을 받은 활동가들이 있었다"고 주장하며 전태일의 죽음의 본질을 본격적으로 훼손하기 시작했다.

2. 전태일의 활동과는 별개의 학사단(한국학생사회개발단) 활동

그렇다면 한국학생사회개발단(이하 학사단)에서 훈련받은 학생들이 전태일 분신 사건 이전부터 평화시장에서 활동하게 했다는 오재식(吳在植)이 누구인지 잠시 살펴보자. 전태일이 분신 항거한 이틀 후인 11월 15

10 이승종, 「저자와의 인터뷰 증언」, 218.11.15.

▼1969년 11월 23일 기독학생회와 YMCA대학부가 통합돼 한국기독학생회총연맹(KSCF)이 출범했다. 사진은 1970년 1월 초 첫 시무식 준비 모습. 오재식은 초대 사무총장을 맡고 있었다.

▲전태일의 분신 사건 당시 KSCF 사무총장을 지낸 오재식. KSCF의 학사단이 평화시장에 들어가서 노동운동을 한 것은 맞지만 전태일과 직접 접촉하거나 영향을 끼친 적은 없다.

일 새문안교회당에서는 연세대 신학과 주최로 '정치와 신학'이라는 공개 강좌가 개최되었는데 첫 번째 강사로 나선 사람이 당시 한국기독학생총연맹(KSCF) 사무총장 오재식 박사[11]였다. 그는 '오늘의 정치신학의 동향'이라는 제목으로 전태일의 분신 항거를 언급하며 시국에 대해 격정적인 열변을 토함으로써 참석자들로부터 뜨거운 반응을 받았고 강연을 마친 후에는 연대 서남동 학장과 이대 현영학 교수, 연대 김득렬 교수, 독일에서 온 연대 브라이덴슈타인(Breidenstein)[12] 교수 등과 함께 명동성모병

---

11 오재식(1933.3.26.~2013.1.3.) 한국기독학생총연맹(KSCF) 간사를 시작으로 전태일 분신 항거 당시 사무총장 역임. 진보적 기독교운동의 좌장으로 아시아기독교협의회 도시산업선교부 부장(1971~1979년), 80년대는 한국기독교교회협의회(NCCK)와 세계교회협의회(WCC)에서 활동했고 90년초에는 스위스 제네바에서 WCC개발국장을 역임. 1994년 한국크리스챤아카데미 사회교육원장, 월드비전 국제본부 북한사업부 자문, 2003년 월드비전 회장, 성공회대학교 NGO대학원 초빙교수, 아시아교육연구원장 등을 역임하였다.

12 연세대 강의를 위해 독일교회가 파견한 브라이덴 슈타인(Gerhard Breidenstein, 부광석)은 KSCF(한국기독학생총연맹) 연구간사로 더 많은 시간을 할애했다. 그가 기독학생운동 지침용으로 쓴 글을 제자였던 박종화, 노정선이 번역해 출판한 것이 『학생과 사회정의』(대한기독교서회, 1971)라는 책이다.

원 영안실로 달려가 전태일 빈소에 조문하고 이소선 어머니를 문상하기도 했다. 또 오재식은 빈소에서 만난 서울대 법대학생들과 전태일의 장례식에 대해 의논한 끝에 명동성모병원 길 건너에 있는 영락교회에서 거행하기로 결정하고 한경직 목사를 찾아가는 등 전태일 사건과 관련해 활동을 해왔던 평신도 사회운동가였다. 그런데 오재식은 훗날 여러 인터뷰에서 전태일 분신 사건 당시 자신이 사무총장으로 있는 KSCF에서 조직한 학사단 활동가들이 전태일 분신 항거하기 이전부터 평화시장에서 활동했다고 주장한 것이다.

> "전태일 열사가 분신을 했다. 평화시장에도 학사단이 있었다. 분신하는 곳에도 학사단이 있었다. 나는 그 때 새문안교회에 있었다. 연세대 신학대에서 주최하는 강연에서 학생운동에 대해서 강의하기 위해서였다. 그 때 현장에 있던 친구가 내게 급하게 이야기를 전했고, 나는 그 강의에서 전태일의 이야기를 바로 했다. 이것이 현실이고, 이것이 현장이라고. 노동자가 방금 분신자살을 했다고 하는데, 그것은 그 사람의 자살이 아니라, 항의를 알리기 위해서 자기 몸을 태운 것이라고 이야기했다."[13]

오 박사는 지역조직을 통한 바닥의 지지(최하층 빈민)를 받아야만 성공할 수 있다는 신념을 갖고 귀국하자마자 학사단을 조직해서 힘없고 가난한 민중의 고통 속으로 들어가기 위해 서울 전역을 대상으로 조직을 구성했는데 그중에서도 동대문, 청계천 일대 빈민가와 평화시장에서 그런 일을 벌였다고 했다.

---

13 오재식, 제5차 Y청년운동 기획연구팀 모임 특강, 〈알린스키 조직운동과 학생사회개발단 이야기〉, 장소: 한국YMCA전국연맹, 2011.7.12.

그래서 학사단은 학생신분을 감추고 공장과 건설현장 채석장 등지로 찾아들어 갔습니다. 전태일이 분신한 평화시장에도 학사단이 들어가 있었습니다. 그래서 그날 저는 전태일의 분신 소식을 금방 알 수 있었습니다.14

오재식은 서울대 종교학과를 졸업하고 1960년에서 1964년까지 한국학생기독교운동협의회(KSCC) 간사를 지낸 후 미국으로 건너가 예일대학교 신과대학을 졸업하고 귀국해 1967년부터 1968년까지 한국 YMCA전국연맹 대학생부 간사를 지낸 후 1969년부터 1971년 1월까지 KSCF(한국기독학생회총연맹) 총무를 맡았던 것이다. 그리고 이듬해인 1971년 1월 일본으로 나가면서부터 1971년부터 1981년까지 해외를 거점으로 아시아기독교협의회 도시농촌선교회(CCA-URM) 간사, 국제부(CCA-IA) 간사를 지냈다고 했다.15

서울 광화문 새문안교회에서 열린 신학 강연회 연단에 올라 청중을 쭉 둘러봤다. '방금 동대문에서 활동하는 학사단 학생이 제게 와서 보고를 했습니다. 평화시장에서 일하던 한 노동자가 근로기준법을 지켜달라고 여러 차례 업주에게 호소를 했는데, 꿈쩍도 안 하니까 자신의 몸을 불사르며 이를 주장했다고 합니다. 이러한 사실은 지극히 열악한 노동환경을 개선해달라고 국민들에게 온몸으로 호소하고 있는 것입니다. 오늘 이 자리에 '현장은 무엇인가'를 얘기하러 왔지만, 더 이상 말할 것도 없습니다. 이것이 바로 현장이기 때문입니다.16

---

14 오재식 구술/ 정리 이영란, 〈나에게 꽃으로 다가오는 현장〉, 현장을 사랑한 조직가 48회, 한겨레신문, 2013.3.14.
15 오재식, 「저자와의 인터뷰 증언」, 2005.6.11.
16 오재식 구술/ 정리 이영란, 〈나에게 꽃으로 다가오는 현장〉.

그는 그렇게 1970년부터 1981년까지 국제기구에서 근무하며 한국의 민주화를 지원하며 지냈다.[17] 그런데 오재식이 과거 미국에 유학을 가 있던 2~3년 동안 시카고의 주민조직운동가인 사울 알린스키(Saul Alinesky)에게 지역조직(CO) 방법론을 훈련받고 귀국해서 알린스키의 현장조직운동의 이론을 기초로 학생들과 후진들을 가르치며 학사단 조직을 했던 것이다. 오죽하면 중앙정보부 비밀사찰 문건에는 오 박사에 대해 '조직의 귀재'라고 적혀있을 정도였다.

3. 평화시장에서 활동한 KSCF의 학사단은 전태일과 무관했다

전태일을 폄하하는 세력들은, 부친으로 인해 노동운동에 본격적으로 관심을 가지게 되는 1968년부터 분신 항거하던 1970년 11월까지 2년 반 동안의 행적 중에 마치 전태일이 이상한 운동세력과 접촉을 하고 연대한 것처럼 근거 없는 의혹을 제기하고 있다. 류석춘은 심지어 "오재식과 같은 인물로부터 교육받아 노동운동의 이론과 실제를 이미 알고 있는 활동가의 영향 없이 과연 전태일 스스로 생각하고 판단해서 '설문조사'라는 방식을 선택할 수 있었을까?"라며 전태일의 바보회와 삼동회 같은 자발적인 설문조사 활동마저도 급진적인 운동세력의 배후 조종의 결과였다고 의심한 것이다. 그들은 그 근거로 알린스키(Saul Alinsky)의 저서 *Rules for Radicals*를 번역해 출간한 『급진주의자를 위한 규칙』의 추천사를 쓴 오재식 박사의 아래 글을 자신들의 주장으로 삼고 있다.

---

17 1985년 귀국 후 한국기독교교회협의회(NCCK)의 초대 훈련원장직을 맡아 에큐메니칼 운동현장과 평화통일운동에 전념했다.

미국 Industrial Area Foundation(IAF) 의 창시자 사울 알린스키(Saul Alinsky). 오재식은 알린스키의 운동방식을 배운 대로 적용해 한국에 돌아와 학사단을 조직했다.

나는 귀국 후 다시 기독학생 운동으로 복귀하여 기독학생 운동 단체들의 통합 과정에서 한국학생사회개발단(학사단)을 결성할 것을 제안했다. 그리고 1967년에 출범한 학사단 운동에 사회문제에 대한 앨린스키의 접근방법을 풀어 넣었다. 훈련받은 학생들은 두세 명으로 팀을 구성하여 서민들의 수많은 삶의 현장에 투입되었고 신분을 밝히지 않은 채 현장의 목소리와 울음소리를 수록하였다. 현장의 상황을 정확하게 파악한 후, 선동하지 않고 차분하게 그들을 조직하는 것이 목적이었다. 이렇게 접근한 수많은 현장 가운데 하나가 1970년 전태일 분신 사건이었다. 이 비극적인 사건은 노동운동자들의 운동을 활성화시키는 기폭제가 되었다. 기독학생 운동이 노동운동과 손을 잡고 1970년대 민주화운동을 시작하게 된 것이다.[18]

그러나 필자(최재영)는 2005년과 2011년에 서울 종로와 광화문 등지에서 오재식 박사를 만나 왜곡세력들의 주장과 상관없이 이 부분에 대한

---

18 사울 D. 알린스키 저/박순성·박지우 공역, 『급진주의자를 위한 규칙』(*Rules for Radicals*) (아르케, 2008), 3(추천사).

구체적인 사실 확인 작업을 하였다. 어느 날 세종로에 있는 아시아교육연구원을 찾아가 오 박사를 인터뷰하면서 과거 그가 조직하고 양성했다는 학사단 활동에 대해 구체적인 진술부터 몇 가지 들었다. ① 학사단 소속 학생들이 과연 전태일의 평화시장 분신 현장에 실제로 있었는지의 여부, ② 학사단원들이 평소 동대문지역과 청계천 평화시장 지역에서 어떤 방식으로 활동을 했는지의 여부, ③ 전태일과 학사단이 실제 접촉이 있었거나 연대했는지의 여부 등을 집중적으로 짚고 넘어갔다. 왜냐하면 오 박사는 그동안 여러 차례 언론과의 인터뷰나 강연을 할 때마다 전태일이 분신하던 날 강연할 때 단상에 올라가기 전에 마침 분신 현장에 있던 학사단 요원이 곧바로 달려와 그 사실을 자신에게 가장 먼저 보고 한 것처럼 주장했기 때문이다. 필자는 그런 부분을 심도 있게 질문했고 오 박사는 의외로 친절하고 진솔하게 답변을 해주었다.

(최) 오 박사님은 전태일 분신 사건 당시 마침 새문안교회에서 열린 연세대 강좌에서 특강을 시작하면서 청중들에게 '전태일이라는 노동자가 평화시장에서 분신을 했다. 그런데 그 평화시장에도 우리 학사단이 있었고 분신하는 장소에도 우리 학사단이 있었다'고 계속 주장해 오셨는데 그게 어떻게 된 내막인지 분명히 알고 싶습니다. 그리고 그날 강연하기 직전에 '방금 동대문에서 활동하는 학사단 학생이 제게 와서 보고를 했습니다'라는 표현으로 리얼하게 말씀하셨는데 그 부분에 대해 근거를 제시해주시기 바랍니다.

(오) 결론부터 말씀드리면 당시 서울 시내 빈민촌과 노동현장에 우리 학사단 학생들이 파견되어 활동한 사실은 맞지만 학사단 학생들이 평소 전태일을 직접 접촉한 적은 없었습니다. 또 전태일의 바보회나 삼동회 같은 자생적 노동운동에 우리 학사단 요원들이 직접 관여를 했거나 영향을 준 사실도 없습니다. 그냥 우리 학사단 학생들 몇 명이 평화시장에서 조용히 취업을 한 정도라고

보시면 됩니다. 따라서 전태일의 분신 사건은 우리 학사단에서도 사전에 전혀 인지하지 못했던 사건이고 나한테 와서 분신 소식을 알려준 학생은 분신 현장 주변에 가서 목격자들을 상대로 리포트를 한 정도의 내용을 나에게 알려준 거라고 보시면 됩니다.[19]

(최) 그렇다면 오 박사님은 그동안 왜 전태일 분신 사건과 직접 상관이 없는 학사단이 마치 전태일과 무슨 연관이 있거나 영향을 끼친 단체처럼 대중들에게 인식되도록 과장되게 표현을 하셨나요?

(오) 그 점은 저도 충분히 인식하고 공감합니다. 원래 우리 학사단은 노동자들과 생활하면서 현실적인 대안으로 노동문제를 스스로 제기하도록 하고 주체적으로 자발적 운동을 하도록 유도하는 것이 목표였지만 우리 정책이나 전략에 있어서 폭력이나 분신 같은 방법 등은 가르친 적도 없고 사용하지도 않습니다. 우리나라 상황에서는 미국의 알린스키의 지역조직 방법론을 그대로 실천하는 것이 가장 바람직하다고 여기고 서울의 여러 지역들은 물론 동대문, 용두동, 청계천 등의 빈민지역이나 평화시장 공장에서도 활동을 해 온 것은 사실입니다.

(최) 당시 오 박사님의 강연을 현장에서 들었던 서울대 법대생들 중에 나중에 서울대 법대 교수로 재직했던 최종고, 안경환 교수들은 그 날을 정확히 회고하면서 오 박사님은 전태일이 분신하던 당일인 13일(금요일)에 강연을 한 것이 아니고 이틀 후인 15일(일요일) 오후에 새문안교회에서 강연을 했다고 증언했습니다. 그런고로 분신 현장에 있던 학사단 요원이 오 박사님 강연장으로 달려와서 보고를 했다는 것은 도저히 앞뒤가 안 맞습니다. 당시로서는 분신 사건이 이미 언론을 통해 세간에 널리 알려진 상태였고 사건 발생 후 이틀이 지난 상태였기 때문에 학사단 요원이 긴박하게 분신 소식을 전달했다는 그 자

---

19 오재식, 「저자와의 인터뷰 증언」, 2011. 7. 22.

체는 이미 신속성도 없고 따라서 신빙성이 없다고 판단됩니다. 오 박사님의
강연에 실제 참석했던 두 법대생 안경환, 최종고 교수는 조영래 평전이라는
책에서 '오 선생 강연은 정말 내가 들어본 강연 중에 제일 시원한 얘기였다.
자신도 자기 얘기에 감동이 되는 듯 설교하듯 힘주어 내리 퍼부었다. 나중에
들으니 전군(전태일)에 관한 보도를 읽고 몇 개월 준비한 아카데믹한 강연준
비를 다 버리고 새로 전부 현실적인 문제를 추려 오늘 강연을 했던 것이라 한
다. 1970. 11. 15'라며 그 날을 정확히 기억했습니다. 그들의 일기장에 적어
놓았기 때문에 정확한 내용이라고 봅니다. 결국 오 박사님은 전태일의 분신
사건을 최초로 접하게 된 시간은 당일 분신 현장에 있던 학사단 요원으로부터
의 직접 보고가 아니라 신문기사를 통해 알게 된 것으로 판명이 되었습니다.
그날 강연을 위해 몇 달 전부터 준비한 원고를 포기하고 신문기사에 보도된
전태일 분신 이야기를 토대로 강연을 했다는 의미입니다. 이제 그 부분은 오해
가 풀리고 밝혀졌으니 몇 가지만 더 여쭤보겠습니다. 알린스키에 대해 미국인
들은 어떻게 이해하고 있는지요?"

(오) 알린스키도 매카시즘에 의해 한때 공산주의자로 몰릴 정도로 많은 오해를
받기도 했지만, 어디까지나 그는 오직 현장의 가난한 사람들에게 중점을 두고
활동한다는 원칙을 지켰기 때문에 미국을 비롯해 각 나라마다 호응이 좋았던
것입니다. 목회자들이 많이 관련된 단체지만 기독교 신앙을 원칙으로 운동이
전개된 것도 아니고 그렇다고 급진적으로 보이기 때문에 사회주의적인 요소나
특정 이데올로기 등의 원칙으로 보일 수 있으나 그런 방식으로 이 운동을 한
것은 결코 아닙니다. 그러다 보니 기업가나 독지가들이 알린스키의 활동에 감
동을 받아 기부를 하게 되는데 그 중에서 가장 먼저 돈을 준 마샬 필드 3세라는
사람이 준 자금으로 만든 단체가 바로 Industrial Area Foundation(IAF)
라는 조직입니다. IAF는 그 분야의 활동가를 길러내는 단체입니다. 아마 그
때가 1940년 무렵이고 2차 세계대전이 한창 진행될 때였는데 그때부터 지금

학사단 서울지구 1차 수련회 장면. 학사단에 등록된 학생들은 현장에 나가기 전에 정기교육과 수련
회를 통해 훈련받아야 했다.

까지 변함없이 활동가나 리더들을 길러내고 있는데 그 중에는 오바마 대통령과
힐러리도 이 IAF에서 훈련을 받을 정도로 대단한 조직입니다.

(최) 그렇다면 알린스키의 조직들이 지금도 미국에서 왕성하게 활동을 하고
있는가요?

(오) 물론입니다. IAF가 아직도 운영 중에 있고 힐러리의 경우에는 대학교
졸업 논문 주제도 알린스키였지요. 오바마의 경우에는 그가 대선 출마 준비를
위해 공적 자금을 안 쓰고 순수한 모금으로만 했는데도 그 결과는 공화당보다
월등히 많은 선거액수가 모여졌습니다. 그 이유는 알린스키의 지역조직을 잘
활용했기 때문입니다. 오바마는 투표도 안 하는 사람을 찾아가서 이번에는 꼭
찍어야지 하는 마음을 갖도록 해서 투표율을 높였는데 그건 오바마의 발상이
아니라 사실 '바닥을 움직이면 무엇이든지 할 수 있다'는 알린스키의 발상이며
전략인 것이지요. 현재 미국의 정치지도자들에게도 알린스키의 영향이 지대
하게 미쳤을 뿐만 아니라 도시의 이름 없는 빈민들에 이르기까지 그의 영향력
은 안 미친 곳이 없습니다.

(최) 그렇다면 한국을 포함해 아시아 국가에서의 알린스키의 영향력은 어느

정도입니까?

(오) 알린스키는 처음에 시민조직을 하려니 움직여지지 않으니까 결국 중산층이 움직여야 해결되겠다 싶어 이미 60년대부터 중산층으로 조직을 운영했던 것입니다. 알린스키는 전태일 사건 이듬해인 1971년에 동경을 방문하고, 이어서 서울 청계천 평화시장을 방문했고, 이어서 싱가포르를 방문한 후 이듬해인 72년에 운명했습니다. 한국이 가장 활발하게 움직였다고 볼 수 있습니다.

(최) 현재 한국의 학사단 활동은 어떻게 되고 있습니까?

(오) 전태일의 분신 사건이 발생하던 해 4월 서울에서 와우 아파트 붕괴사고가 났는데 그 사건을 계기로 '연세대 도시문제연구소'는 주요 서민거주지역 아파트촌으로 활동가들을 파견해 주민조직화를 통한 주거권 확보 운동을 펼쳤습니다. 마침 연세대 도시문제연구소의 연수위원회는 70년 1월부터 세 차례 훈련 프로그램을 해왔는데 이런 부실 서민아파트 문제를 집중적으로 파고들어 많은 요원들을 파견해 직접 가서 살며 주민조직 활동을 하도록 했습니다. 그래서 도시문제연구소 연수위원회에서는 71년에 그 명칭을 '수도권 도시선교위원회'라는 이름으로 바꾸고 일곱 군데 지역으로 활동영역을 넓혀나갔으며 박형규 목사를 중심으로 허버트 화이트(Herbert White)라는 조직가의 지역주민 조직운동을 훈련받은 활동가 15명이 서로 연대하면서 점점 빈민, 농촌, 노동자운동으로 퍼져나가게 되었습니다. 그리고 이 단체는 다시 '수도권 특수지역 선교위원회'로 바뀌었고 나중에는 '한국특수지역 선교위원회'로 이름으로 다시 바뀌면서 79년까지 계속되다가 '도시산업선교회'로 이어지며 민주화운동의 구심점 역할을 하게 됩니다. 그 후 주민조직 훈련의 한 갈래로서 96년도에 설립된 '한국주민운동정보교육원'으로 그 맥이 이어져 지금까지 이어져 오고 있습니다. 그러나 학사단 활동이 가장 활발했던 시기는 71년이었는데, 저는 전태일 분신 사건 직후인 71년 1월 아시아기독교협의회(CCA)의 도시산업선교(URM) 간사로 뽑혀 갑작스레 도쿄로 떠나며 해외에서 한국의

학사단운동이나 도시문제연구소 운동을 지원하는 일을 하였습니다.

(최) 그 부분에 대해 한 가지 확인을 더 하겠습니다. 방금 71년 1월에 일본으로 떠난 것에 대해서도 저는 의문이 듭니다. 오 박사님은 한국을 떠난 사실을 두고 '그 뒤로 저는 정보기관에 노출이 되어 피신할 수밖에 없었고, 그 길이 오랜 외국생활로 이어졌습니다'라고 여러 번 공식석상에서 언급하셨던데 진실이 무엇인가요? 일본으로 발령받아서 간 것이 자의적이 아니고 도피생활이었단 말인가요?

(오) 사실 저는 전태일 분신 사건 직후부터 두세 달 동안 정보기관의 압력과 감시를 더 많이 받아 왔습니다. 그 이전에도 마찬가지였구요. 그러다 보니 차라리 이럴 바에야 외국으로 나가서 근무하는 것이 더 좋겠다는 판단이 들어서 형식상으로는 도쿄 발령이었으나 사실 도피성이었으니 그런 말 못 할 내막이 저에게 있었습니다.

알고 보니 연세대 류석춘은 자신이 근무하는 대학교의 연구소(연세대 도시문제연구소)에서 행했던 공식적인 빈민운동사업과 학사단 활동들을 제대로 파악하지도 못하고 전태일 분신 사건의 배후세력을 자기 학교 연구소라고 매도하는 결과를 초래하는 어리석은 주장을 한 것이다.

(오) 저는 1967년 초반 YMCA전국연맹 대학부 간사를 맡아서 한국학생기독교운동협의회(KSCC-협의회) 회원 단체들의 통합을 추진하는 방안의 하나로 학사단을 조직하자고 제안했지요. 다행히 한국기독학생회(KSCM)와 YWCA도 나의 제안에 동의했고 68년 들어 학사단을 위한 실무팀이 꾸려졌지요. 그때 난 알린스키에게 배운 지역조직 모델을 바탕으로 학사단 프로그램을 구상했습니다. 먼저 학사단을 자원한 학생들을 대상으로 알린스키의 지역조직 프로그램 훈련을 시킨 뒤 두세 명씩 조를 짜서 가난한 동네에 들어가 자

취를 하거나 하숙을 하면서 빈민들을 위해 자원봉사를 하면서 그들의 이야기에 귀를 기울이도록 했습니다. 대부분 학생들이라서 주로 방학을 이용했는데, 일용노동자나 채석장 인부, 공장 노동자로 취업을 했습니다. 방학이 끝나면 학생들은 활동 보고서를 작성해 각 학교에서 발표를 했는데, 각 대학마다 좋은 반응이었습니다.

(최) 연세대 도시문제연구소에 대해서 좀 더 구체적으로 설명해주시지요.

(오) 1968년 미국 장로회 도시산업선교부의 조지 토드로부터 편지를 받았는데 내용인즉슨 한국에서 주민조직운동과 도시빈민을 위한 선교조직을 하나 만들자는 내용이었지요. 아마 알린스키의 조직운동 훈련을 받은 저를 한국의 거점 인물로 삼고자 했던 것 같습니다. 그 결과 조지 토드와 함께 한국 내 도시빈민 조직운동의 기반이 될 연세대 도시문제연구소(현 공공문제연구소) 설립을 지원했고 그해 12월 연세대 정법대 부속으로 노정현 교수를 소장으로 국내 첫 도시문제연구소가 문을 연 것입니다. 그 연구소는 한 가지 더 개신교와 가톨릭이 연합한 특별한 연구소였지요. 연구소가 자리를 잡고 난 뒤 토드는 허버트 화이트를 연구소의 부소장 겸 상임총무로 부인과 함께 파견했고요. 언어가 통하지 않는 곳이라며 몇 차례 거절하던 화이트를 토드가 겨우 설득해 보낸 것이지요.

(최) 부임한 화이트는 어떤 방식으로 활동을 했는지 궁금합니다.

(오) 화이트는 오자마자 도시빈민 선교사업에 본격적으로 착수했는데 당시 연수위원회 위원장을 맡고 있던 박형규 목사와 여러 위원들과 의논해 우선 신학교 졸업생을 비롯한 젊은 평신도 8명을 뽑아서 6개월 동안 훈련시킨 후 그들을 청계천변 빈민촌으로 데려가 주민들과 똑같이 먹고 자고 일하도록 했던 것입니다. 빈민지역의 실태를 조사하고 주민을 조직하는 작업에 참여하도록 했는데 나름대로 규칙이 있었습니다. 지역민들을 만날 때는 수첩이나 노트를 지니지 말고 되도록 허름한 차림을 하는 등 아주 세심하게 지도하며 내재적 관점

으로 빈민들의 생생한 삶의 현장을 볼 수 있도록 훈련했던 것입니다. 부당한 처사에 절망하는 사람들에게는 연대의 힘으로 희망을 갖도록 도왔고 무엇보다 혼자 싸우는 것은 힘드니 비슷한 처지의 주민들끼리 힘을 합쳐야 된다며 주민조직의 필요성을 일깨워준 것이지요. 화이트는 그런 식으로 활동가들이 현장에서 구체적인 사례를 듣고 돌아오면 한꺼번에 보고서를 작성하도록 했으며 2주에 한 번씩 보고서를 작성해 발표하도록 했습니다.

(최) 그 후 학사단은 어떻게 되었나요?

(오) 69년을 1차 연도로 삼아 3개년 계획으로 추진되었는데 '농촌으로부터 도시로', '자선사업에서 사회개혁으로', '개체운동에서 사회운동'이라는 3개의 주제로 활동의 기본 전략과 방향이 잡힌 것입니다. 마침 69년 말에 한국기독학생회총연맹(KSCF)라는 이름으로 마침내 세 단체가 통합되어 제가 초대 사무총장을 맡으면서 학사단 활동은 더 활발해지기 시작했습니다. 학사단은 전태일이 분신 항거하던 해인 70년 서울 연희동 아파트지대, 봉천동 연립주택지대, 이문동 저탄지대, 경기도 광주 이주단지 등 빈민지역에서 23개 팀 162명이 지역 활동을 펼쳤으며 단원들은 각자 정해진 현장에 들어가 집중적으로 문제를 파악해 갔고 지역주민을 조직해 함께 시위를 하거나 청원서를 작성해 당국에 고발하는 등 부당한 현실 문제들을 사회에 폭로해 여론을 환기시키는 일을 했습니다. 서울시의 도로 확장 계획에 따라 청계천변에 살고 있던 판자촌 주민들은 자진 철거하라는 계고장을 받았는데 그나마 판자촌 소유주들은 경기도 광주 대단지의 터를 20여 평씩 분양받을 수 있어 새 보금자리로 옮겨가면 되지만 세입자들은 하루아침에 거지 신세가 되었지요. 그때 마침 아시아협의회에서 동아시아 빈민가 조사 프로그램 때문에 알린스키를 초청했는데 통역하는 조승혁 목사를 대동해 직접 청계천 빈민가를 둘러보게 했지요. 알린스키는 빈민가 세입자 문제를 확인하고는 곧바로 학사단에 도움을 요청했던 것입니다. 그래서 학사단 단원들이 현장으로 들어가 주민들과 연대활동

을 벌이게 된 것이며 그래서 모든 총력이 청계천 빈민가 세입자들에게 집중되었고 사실 평화시장 노동자들 문제는 크게 신경을 못 썼던 상황입니다.

이와 같이 오재식 박사가 이끈 KSCF나 학사단 그리고 연세대 도시문제연구소의 빈민조직 활동이나 노동현장 조직 활동 등의 내막이 이러함에도 불구하고 뉴라이트 극우학자들은 "숱한 난관을 뚫고 열심히 살아서 성공한 수많은 성공사례들은 마다하고 '분신자살'이라는 극단적 선택을 한 한 젊은이의 죽음을 영웅화하고 추앙하고 있다. 그런데 그를 죽음으로 내몬 '자본가들의 가혹한 착취'는 사실과는 전혀 다른 선동이다"[20]라며 전태일의 죽음을 왜곡하는 데 앞장서고 있다.

4. 분신 항거를 목격한 여공들의 증언과 그들의 변화

전태일의 분신 항거 소식은 을지로 청계천 일대에 삽시간에 퍼졌으며 기자들에 의해 각 언론사에서도 긴급뉴스로 신속히 보도되었다. 전태일이 사경을 헤매며 쓰러져 있는 동안 소문을 들은 노동자들이 현장으로 나오려다가 경비원들과 경찰들의 제지를 받자 더 이상 근접할 수가 없어 전태일의 모습을 볼 수가 없었다. 다만 일부 여공들이 자신들이 일하던 공장 옥상으로 신속히 올라가 전태일이 바닥에 쓰러져 있는 광경을 볼 수 있었다. 참혹한 광경을 목격한 것만으로도 두려운 공포심과 안타까운 동정심에 사로잡혀 눈물을 흘린 여성들도 많았다. 우선 현장에서 직접 목격한 두 명의 여공들의 이야기를 들어보도록 하자. 19살의 꽃다운 나이에 평화시장에 들어와 시다로 일하던 천원순이 목격한 증언[21]이다.

---

20 박기성(성신여대 경제학과 교수) 전태일 분신 46주기 세미나 발제문, 자유경제원 주최 (장소 리버티홀), "전태일 생애 바로보기-누가 전태일을 이용하는가", 2016.11.7.

전태일의 몸에서 갑자기 불길이 확 치솟기 시작하더니 한참을 허우적거리더니 잠시 후 그 자리에서 깡충깡충 뛰더라고요. 그러더니 뭐라고 크게 소리를 지르며 외쳐댔습니다. 불길이 점점 타 들어가자 또 다시 허우적거리더니 비틀비틀하면서도 데모하는 사람들쪽으로 빠르게 걸어 왔습니다. 그러더니 몇 마디를 다시 크게 외치더니 바닥에 쓰러졌어요. 그 처참한 모습은 말로 표현하기가 힘들고 생각만 해도 지금도 온몸에 소름이 끼칩니다.

또 충남 부여 출신의 16살 임금자[22]는 동대문시장에서 미싱사로 일하고 있다가 분신 현장을 직접 목격했다. 당시 자신이 다니는 공장에서는 점심시간에 도시락을 싸 오지 못하는 날은 회사 근처 칼국수 집에서 점심을 사먹었는데 그 날도 도시락을 준비하지 못한 그녀는 칼국수를 사먹으려고 줄을 서 있다가 식당 안의 창문 너머로 어떤 사람이 불길에 휩싸여 막 뛰어가는 장면을 생생하게 목격했다. 너무 놀라서 꿈인지 생시인지 구분이 안 될 정도로 충격적인 장면이라서 줄을 서 있던 대열에서 이탈해 무조건 밖으로 뛰쳐나갔다. 현장에 도착해 보니 많은 사람들이 전태일의 주변을 둘러싸고 있어서 쓰러진 모습은 직접 볼 수 없었다. 그러나 저 사람이 왜 분신을 시도했는지는 내막을 자세히 알 수는 없었지만 빙 둘러 서 있는 사람들 한가운데 누군가가 쓰러져 비참하게 죽어가고 있다는 생각만으로도 갑자기 가슴 깊은 곳에서부터 알 수 없는 안타까움과 공포로 인해 떨려오기 시작했다. 병원에 실려 가는 모습을 본 그녀는 가슴이 뛰며 옥죄어 오는 것 같아 칼국수도 먹는 둥 마는 둥 제대로 식사도 못 하고 공장으

21 천원순(참여성노동복지센터 근무), 「저자와의 인터뷰 증언」, 2006.8.12.
22 임금순은 청계노조의 결성식 날 노조사무실로 스스로 찾아와 노조활동을 시작했다. 그녀는 인간관계를 전태일의 죽음을 목격한 사람과 그렇지 않은 사람으로 나눌 정도로 전태일의 죽음에 큰 의미를 부여하는 생애를 살고 있다.

로 돌아와 다시 오후 일을 시작하는데 손이 떨려 제대로 일이 손에 잡히지 않았다. 이처럼 전태일의 분신 현장을 생생히 목격한 천원순과 임금자는 전태일의 몸에 불이 붙어 타들어 가는 동안 아무도 손을 쓰지 못하고 사람들은 그저 우왕좌왕하기만 했다고 증언했다.

또 한 명의 여공은 서울의 가난한 가정에서 태어난 이순자[23]였다. 그녀는 14살이던 1967년부터 청계천 봉제계통의 일을 시작했는데 분신 사건을 목격할 당시 17살이었으며 동화시장 현대사에서 시다로 일을 하고 있었다. 그날도 공장에서 일을 하고 있는데 외출했다 들어온 사람들이 말하길 "어떤 사람이 자기 몸에 불을 붙였는데 병원으로 실려 갔다"며 웅성대는 소리가 들렸다. 몹시 궁금한 이순자는 사장[24]에게 다가가 물었으나 "깡패 놈들이 나쁜 짓을 하고 있으니 너희들은 절대 밖에 나가지 말고 안에서 일만 하고 있어라"는 답변만 돌아왔다. 노조가 활성화되지 못했던 시절이라 사장이 말하면 그런 줄만 알았던 것이다.

박명옥[25]이 전태일에 대해 처음 이야기를 들은 것은 분신 사건이 난 당일 라디오를 통해서였다. 공장에서 라디오를 켜놓고 일하고 있었는데 긴급뉴스에 전태일이 죽었다는 이야기가 나온 것이다. 밖에 외출하고 들어온 사람들도 수군대기 시작했다.

---

23 청계노조에 가입한 이순자가 속한 크로바 클럽은 이승철을 지도위원으로 일주일에 한 번씩 사무실에서 모임을 가졌다. 크로바 클럽은 청계노조 여성노동자들의 모임인 아카시아회 중에도 가장 열성적인 모임 중의 하나였다.

24 당시 현대사 사장은 훗날 사업주 대표로서 청계노조에 나름대로 협조적이던 최용갑 대표였다. 개인적인 성품은 화통하고도 정이 많은 사람이었다고 전해진다.

25 박명옥이 일하던 공장은 월급 때가 되면 공장장과 사장이 월급을 봉투에 담아 이름이나 직책을 부르지 않고 1번, 2번 하며 술집 여종업원 부르듯 호칭했다. 박명옥은 다른 가게에 비해 턱없이 적은 액수를 받으면 봉투를 집어 던지고 그냥 나오거나 당장 그만 두겠다고 싸우기도 했으나 아직 일이 서툴거나 성격이 순한 사람들은 주면 주는 대로 받고도 아무 불평을 못했다. 그러나 박명옥은 여성노동자들을 대표해 사장과 담판을 짓고 정상적인 월급을 받아내는 역할을 했다.

"어떤 깡패 놈이 일하는 공장의 환경이 안 좋아서 고쳐달라고 하다가 죽었대."

"사장하고 대판 싸워서 홧김에 죽었나?"

"싸운 것이 아니고 혼자서 기름을 몸에 끼얹고 불을 붙여 타죽어 버렸대."

밖에 외출하고 들어온 사람들도 수군대기 시작했으며 점심시간에 직접 분신 현장을 본 사람들도 많았다. 다들 국민은행 근처에는 가기도 무섭다고 했다. 그러나 다들 깡패가 불에 타 죽어 무섭다고 하는데 이상하게도 박명옥은 전태일이란 사람에게 호감을 느끼기 시작했다.

김명례[26]는 전태일과 같은 동네인 창동에 살고 있던 27살 미싱사였다. 초등학교를 나오자마자 시다생활을 시작해 가족을 먹여 살리던 그녀는 전태일이 분신한 후에야 그가 어떤 일을 하다가 죽었는지 제대로 알게 되었다. 자신보다 나이도 어린 사람이 남을 위해 죽었다는 소식을 들은 그녀는 쏟아져 나오는 눈물을 참을 수 없었다. 더구나 같은 동네 이웃에 사는 동생이 비참한 방법으로 죽었다는 사실 때문에 그 이튿날부터 회사도 나가지 않고 자기 발로 직접 명동성모병원 영안실로 찾아갔다. 동네 사람들만 모여서 웅성대고 있을 뿐 명색이 상가집인데 먹을 것이 하나 없다는 것을 확인한 김명례는 곧장 창동 집으로 달려가 들통에 팥죽을 가득 끓여와 조문객들에게 나눠주는 등 장례식을 마칠 때까지 회사도 안 나가고 조문객들을 시중들며 매일 병원을 지켰다.

이와 같이 전태일의 분신 항거를 직간접으로 목격했던 여공들은 그 사건이 훗날 자기들의 삶 자체를 바꿔놓았다고 증언했다. 특히 장례식을 마친 후 전태일의 뜻과 유언을 계승하기 위해 세워진 청계피복노조가 태동

---

26 김명례는 청계노조가 만들어질 때 일할 사람이 부족하다는 말에 부녀부장까지 맡아 일을 했다. 계속되는 싸움과 남자들만의 거친 사무실 분위기를 못 이겨 얼마 후 그만두기는 했으나 마음은 늘 노조를 잊지 않았다.

하는 과정에서 분신 항거를 목격한 여공들이 매우 큰 역할을 한 것으로 확인되었다. 이렇게 그의 분신 항거를 목도한 여성 노동자들은 전태일의 뒤를 따르는 계승자들이 되어 노동계의 조용한 투사들이 되었다. 분신 항거 장면을 보았다는 사실만으로도 그들은 전태일로부터 벗어날 수 없는 운명이 되어 버렸으며 전태일과 떼려야 뗄 수 없는 존재가 된 것이다. 이후 최초의 민주노조이자 가장 많은 열성 조합원을 가진 청계노조가 설립되는 과정에도 이들의 협력과 헌신이 크게 뒷받침되었다. 그렇다면 이 목격자들은 삶이 어떻게 변했을까?

노조 조합원들의 역량을 분출할 곳을 찾기 시작한 청계피복노조의 힘이 모아진 곳은 다름 아닌 이소선 어머니가 사는 창동의 전태일 집이었다. 창동 집에 매일 드나들던 이들 중에는 이순자가 있었는데 그러다보니 그녀의 삶이 점차 바뀐 것이다. 이순자가 노동조합에 가입한 것은 그로부터 2년 후 소위 오야 미싱사가 되어 평화시장에서 일할 때였다. 어느 날 공장들을 돌아다니며 노조 가입원서를 받고 있던 양승조가 노조 가입원서를 나눠주자 이순자는 사장 눈치를 보지 않고 이름을 써냈으나 노조활동은 하지 않았고 그로부터 다시 2년이 지난 후 시은사에 다닐 때 본격적으로 노조에 참여하면서 삶에도 엄청난 변화를 가져왔다.

한편 칼국수집에서 전태일의 분신을 목격한 임금자는 청계노조 임현재가 공장을 돌아다니며 노동조합에 관한 벽보를 붙이는 것을 보고 그와 대화를 통해 노조에 대해 관심을 갖게 되었다. 노조 결성식 때는 자진해서 옥상에 있는 노조사무실로 올라가 참여하면서 열심 있는 활동가가 됐고 그 후 노조에서 결코 빼놓을 수 없는 사람이 되었다. 또 분신현장을 목격한 천원순은 10대 때부터 시다(보조)로 일을 시작해 동대문을 떠나지 않고 재봉틀을 돌리는 프로 봉제사가 되어 동대문 의류상가 인근 하청공장 밀집지역 창신동에서 전태일의 동생 전순옥과 함께 수다공방이라는 모범업체에서 일을 했다.

박명옥은 오래된 숙련공인 자신조차도 근로조건을 개선해 보려고 애썼지만 아무 소용이 없었기 때문에 전태일의 죽음이 남달리 가슴에 사무치고 공감되어 도저히 잊을 수 가 없었다. 전태일 분신 항거 당시에도 이미 15년이 넘는 베테랑급 기술자였던 그녀는 전태일이란 사람이 오죽 답답했으면 죽음을 택했을까 충분히 이해가 되었다. 그 후 노조사무실이 있는 옥상으로 올라가는 계단에서 슬피 울고 있는 전태일의 어머니 이소선의 모습을 발견하고 위로의 말을 건넨 것을 계기로, 노동조합이 무엇인지, 노사협의회가 무엇인지도 모르는 채, 엉겁결에 노조에 가입해 노동자 대표의 한 사람이 되었다.

박명옥의 경우처럼 전태일 사건을 현장에서 목격하거나 전해 듣고 스스로 청계피복노동조합을 찾아온 여성노동자들은 임금자, 유정숙, 정선희 외에도 여러 명이 더 있었다. 또 임영란, 황명옥, 이정희, 김명례 같은 이들은 전태일과 함께 같은 공장에서 일하거나 같은 동네에 살아서 잘 알던 사이들로 초창기 청계노조가 자리 잡는 데 큰 도움을 주었다.[27] 여공들은 10대 중반의 나이에 공장의 잡동사니 일과 단추 구멍 만드는 시다 일을 비롯해 미싱사, 재단사 등을 거쳐 마침내 최고의 숙련공이 되어 당당하게 청계노조 활동을 전개했다. 그리고 그들은 청계천 피복상가에서 일하는 수만 명의 노동자들이 더 이상 기계가 아닌 인간으로, 노예가 아닌 노동자로 거듭나도록 싸웠으며 이들은 이런 과정을 통해 마치 전태일이 그랬던 것처럼 자신들의 상처뿐만 아니라 동료의 아픔을 자신의 고통으로 인식하게 됐고 자신보다 더 못한 처지의 가난한 이웃들에게 눈을 돌리는 성숙한 노동자들이 되어 갔다.

---

27 안재성, 『청계, 내 청춘. 청계피복노조의 빛나는 기억』(돌베개, 2007).

III.

분신 항거를 보도한 신문 기사들과
일기장 도난사건
1970년 11월 13일(금)~12월 31일(목)

1. 가장 먼저 신속히 보도한 「중앙일보」 석간

평화시장에서 일하면서도 전태일은 오래전부터 신문과 방송 등 언론
의 기능과 역할이 무엇인지 분명히 인지하고 있었다. 그래서 삼각산수도
원에 오르기 전인 1967년 12월부터 바보회를 조직해 그 단체가 진정단체
가 되기를 원했고, 수도원에서 하산한 후인 1970년 9월부터는 삼동회를
통해 더 효과적인 진정단체로서 거듭나도록 해 투쟁단체의 역할도 병행
하도록 조직을 재정비하며, 언론을 통해 자신의 투쟁목표를 이루고자 했
던 것이다. 전태일은 자신의 노력으로 평화시장 노동문제를 들고 「동양방
송」의 라디오 스튜디오 문을 두드리기도 했고 「경향신문」을 통해 평화시

분신 다음 날 보도된「경향신문」석간 기사. 경향은 이미 한 달 전 전태일이 요구한 평화시장 노동 여건 참상을 단독 보도했다.

장 노동문제가 보도되도록 힘쓴 것이다. 그리고 자신의 힘으로 평화시장 노동문제가 보도되자 그 기사에 환호했고 그에 힘입어 목숨 건 저항을 시도했던 것이다.

전태일의 분신 항거 사건이 발생하자 국내 언론은 분신 항거 소식과 노동문제를 특집 기사로 다루고, 그 여파로 인해 종교계와 대학생을 비롯한 시민사회단체들의 추모집회, 철야농성이 이어졌다. 언론 중에서 분신 소식을 가장 먼저 보도한 것은 당시 석간으로 발행되던「중앙일보」였다. 사회면 머리에 "처우개선 요구…농성 좌절되자 재단사가 분신"이라는 제목으로 비중 있게 보도했다. 기사가 신속하게 나올 수 있었던 것은 시위현장에 직접 찾아갔던「중앙일보」기자가 현장취재를 했기 때문이다. 기자가 도착했을 때는 전태일의 몸에 붙은 불이 소화된 직후였다. 전태일은 해리상태를 겪은 후 바닥에 쓰러져 있었는데「중앙일보」를 비롯한 몇몇 기

자들은 참혹한 상태에 있는 전
태일을 상대로 질문을 던지며
인터뷰를 시도했다. 그러나 앞
이 잘 보이지 않는 상황에서 비
틀거리며 자리에서 일어나려
고 애를 쓰면서 무엇인가 말을
하려고 했지만 목소리는 들리
지도 않았다. 그러나 기자는 나
름대로 전태일의 뜻을 간파했
던 것이다.

「중앙일보」는 그날 이후로
도 계속해서 11월 14일, 토요일
자 신문에 "분진 속… 혹사의

분신 다음 날 보도된 「동아일보」 석간신문 기사.

「인간밀림」 분신소동 일으킨 청계천 6가…"라는 제목으로 후속 보도를 이
었고, 장례식을 마치고 난 11월 25일(수) 신문에 기획보도로 "긴급진단, 근
로전선 이상 없나" 등의 기사를 통해 열악한 노동실태를 고발했다.「중앙
일보」의 이 같은 보도와 더불어 여타 다른 신문에서도 전태일의 분신 항거
다음날인 11월 14일(토)자 조간과 석간들을 통해 일제히 정치면이나 사회
면에 앞다투어 보도했다. 이때 거의 모든 신문들은 단순한 사실 보도에 그
치지 않고 전태일의 죽음을 부른 열악한 노동실태를 지적하는 심층 보도
를 추구했다. 단지「조선일보」만 스포츠 소식이나 각계 동정을 실었던 사
회 2면(종합 8면)에 사진게재도 없이 초라한 단신 기사 하나로 처리했다.
이미「중앙일보」가 석간을 통해 하루 전날 저녁에 특종처럼 보도한 상태
였기 때문에「조선일보」는 차별성을 띠기 위해서라도 오히려 관례상 사
건에 대한 심층적인 보도를 했어야 옳았다. 그러나 단신에 그친 것은「조

선일보」가 평소 취해온 보도 관행을 깬 이례적인 일이었다.[28]

전태일 분신 항거에 대한 주요 일간지들의 첫 보도기사

	신문사	보도 일자	기사제목	기사 크기	보도 지면	사진 게재
1	중앙 (中央)	13일(금) 석간	처우개선 요구… 농성좌 절되자 재단사가 분신	2단	사회1면	없음
2	중앙 (中央)	14일(토) 석간	분진 속… 혹사의「인간 밀 림」분신 소동 일으킨 청계 천 6가 피복 제조 상가	세로 3단	사회1면	없음
3	경향 (京鄕)	14일(토) 석간	혹사 등 항의… 분신 평화시장 재단사, 병원서 숨져	세로 3단	사회1면	있음
4	동아 (東亞)	14일(토) 석간	弄聲근로자 燒身自殺(큰 제목) 處遇改善외치던 靑年, 「기준법」껴안은채	중간 머리	사회1면	전태일 사진
5			월 3천원… 혹사에 질병	머리 기사	사회1면	검은 교모 쓴 전태일 사진
6	한국 (韓國)	14일(토) 석간	즐거운 작업을… 꺾인 집 념 재단사 전 씨 분신자살	머리 기사	사회1면	평화시장 거리사진과 전태일 사진
7	조선 (朝鮮)	14일(토) 조간	市場 종업원 焚身자살	2단	사회2면	없음

2 사회적 파장을 축소 보도한 「조선일보」 기사들

전태일은 피를 토하는 절규와 함께 자기 몸을 불사름으로써 열악한 근
로환경과 노동착취 현실 등을 고발하고자 했고 그런 의도에서 언론사들
을 대상으로 취재를 요청한 상태였다. 그 결과 중앙, 동아, 한국, 경향, 조
선 등 국내 5대 일간지들이 일제히 그의 죽음을 애도하며 대부분 안타깝

28 민주언론시민연합 신문모니터위원회(http://www.ccdm.or.kr.) 참조. 각 해당신문사
필름 참조

다는 논조를 보였고, 일부 신
문은 당시 노동현장의 문제
점을 고발하기도 했다. 전태
일의 죽음을 계기로 대학가
와 종교계를 중심으로 추도
식과 성토 집회가 잇달아 열
리는 등 노동현실개선을 위
한 사회적 관심이 최고조로
형성되었다. 그러나 여러 신
문사 중에서도「동아일보」
는 대학가의 시위와 동태를
보도하는 데 가장 적극적이
었고,「중앙일보」는 분신사
건을 가장 먼저 신속히 보도
했다. 그러나「조선일보」의

「조선일보」는 분신 다음 날 석간에 사진게재도 없이 초
라한 단신기사 하나로 처리했다.

경우 이 사건의 사회적 의미를 간과하거나 축소 보도하는 등 매우 소극적
으로 일관했다.「조선일보」는 대학가의 항의시위 등은 작게 취급한 반면
몇몇 업주에 대한 구속 사실은 크게 보도함으로써, 마치 문제가 있는 업주
들이 구속되는 것으로 이번 사태가 해결되어 가고 있는 듯한 분위기로 사
회적 파장을 가라앉히려 한 의도가 엿보이도록 했다.[29] 여러 혐의가 아래
와 같이 곳곳에서 발견되고 있는데 사회적 파장을 축소 보도한「조선일
보」의 일부 기사를 몇 가지만 확인해 보도록 하자.

---

29 민주언론시민연합 신문모니터위원회, 위와 같음.

1) 11월 17일 자 보도

「조선일보」는 분신 사건 발생 4일 만인 11월 17일, "한 청년의 참화가 말해주는 것"이라는 제목의 사설을 실었다. 이 사설에서 평화시장 내의 열악한 노동 현실을 열거한 후 "성장의 영감에 짓눌린 비뚤어진 퇴적이 적지 않아 있었던 것이 아닌가"라고 묻고 "우리 노동인들의 법에 보장된 권익은 어느 때에 가서나 찾을 수 있는 것인가"라고 한탄했다. 여기까지는 아무도 이의를 제기할 사람은 없을 것이다. 하지만 사설의 핵심적 주제와 그 대안을 담은 맺음말 부분에 가면 가면 문제가 달라진다. 말미에서 "우리 사회에 노동운동은 건재하고 있는가. 구체적으로 노총의 존재의의와 사명을 묻고 싶은 것이다. 근로대열의 올바른 참여 없이 우리의 신앙인 근대화는 참되게 이루어지지 않는다"고 주장했다. 원래 '조국 근대화의 신앙'이라는 말은 1967년 1월에 발표된 박정희 대통령의 연두교서에서 나온 말이다.

> 우리의 후손들이, 오늘에 사는 우리 세대가 그들을 위해 무엇을 했고, 조국을 위해 어떠한 일을 했느냐고 물을 때, 우리는 서슴지 않고 「조국 근대화의 신앙」을 가지고 일하고 또 일했다고 떳떳하게 대답할 수 있게 하자.30

이처럼 박정희 정권이 3년 전 내세운 '조국근대화'(祖國近代化)라는 단어를 종교적 용어인 '신앙'(信仰)이라는 단어로 동일화하면서 이번 전태일 분신 항거 사건의 해결방안을 엉뚱한 곳에서 찾았다.31 신앙은 절대성을 내포하고 있다. 조국 근대화라는 담론은 박정희식 경제성장을 포장하

30 1967년 1월에 발표된 박정희 대통령의 연두교서중 일부 내용.
31 민주언론시민연합 신문모니터위원회, 위와 같음.

던 구호였는데 이런 주장은 차마 언론의 논조라고 보기에는 민망하며 정권을 홍보하는 차원을 넘어 정권을 대변하고 있음을 보여주고 있다. 조국 근대화가 신앙이라면 그러한 신앙이라는 미명 하에 노동자들의 인권과 권리는 개발독재 하의 폭정에 짓밟혀 신음소리조차 낼 수 없는 억압과 맹신이다. 전태일의 죽음은 박정희의 경제성장과 조국근대화 그리고 유신으로 상징되는 민주주의 압살에 정면으로 도전한 것임에도 불구하고 「조선일보」는 오히려 그의 죽음의 의미를 이처럼 퇴색시키고 왜곡하였다.

2) 11월 20일 자 보도

며칠 후인 11월 20일 "이름뿐인 근로감독관"이라는 기사 내용 역시 노동현실을 지적하는 듯했지만 노동자의 고통스러운 현실에 대한 언급이 전혀 없이 단지 영세작업장을 담당하는 근로감독관이 부족하다는 것에 초점을 맞춰 문제의 핵심을 피해 가고 있었다. 또 사설에서는 노조활동과 노조강화를 주장하면서도 실제 노조가 결성된 사실이나 이후 노조에 대한 탄압에는 침묵으로 일관하고 있다.[32] 전태일이 죽게 된 동기는 이름뿐인 근로감독관들의 거짓과 기만 그리고 이중성 때문이었다. 노동현장을 철저히 감독해 공정하고 객관적으로 문제를 해결해야 할 감독관들이 전태일의 요구를 철저히 무시했으며 안일하게 대처했다. 그 결과 전태일은 제구실도 하지 못하는 허울 좋은 근로기준법에 대한 화형식을 계획했고 그것이 저지당하자 자신의 몸을 불사른 것이다. 그러나 기사와 사설은 마치 수술을 해야 할 심각한 환자에게 상처용 빨간약을 발라주는 것처럼 본질에 접근하지 못한 표피적인 글 장난에 불과했다.

---

32 민주언론시민연합 신문모니터위원회, 위와 같음.

3) 11월 27일 자 보도

11월 17일 자와 같은 논조의 사설이 열흘 후인 11월 27일에도 이어졌다. "고조되는 노동문제에 대한 범사회적 관심"이라는 사설에서 "노동문제의 핵심은 노조에 있는 것"이라고 주장하며 노조가 노동운동을 적극적으로 전개해 나갈 것을 주문했다. 하지만 업주와 당국의 탄압으로 노조결성 자체가 어려웠던 당시 상황을 고려할 때 이러한 주장은 문제의 소지와 해결방안이 될 수가 없었다. 실제로「조선일보」의 사설에서 "존재 의의와 사명"을 따져 물은 당시 한국노총은 사회주의 계열의 전평(조선 노동조합 전국 평의회)에 반대하기 위해 이승만 정부의 적극적 후원을 받아 1946년 만들어진 '대한독립촉성 노동총연맹'의 후신이다. 당시 이 조직은 노동자의 권익향상과는 거리가 먼 어용조직이며 위원장은 유정회[33] 국회의원으로 진출하는 등 어용적 색채가 강한 것은 이미 잘 알려진 사실이다. 같은 날 사설은 노총에 대해 "과거와 같은 안일한 자세를 버리고 노조의 조직 확대에 근로자의 권익홍보에 보다 진지한 노력을 하라"고 주문하고 있는 것으로 보아 노총이 제 역할을 하고 있지 못하다는 사실은「조선일보」도 이미 알고 있었다. 법으로 이미 보장되어 있는 근로기준법을 통해 근로환경여건을 개선하고자 사력을 다했던 전태일을 끝내 죽음으로 내몬 것은 악덕 업주와 이를 비호했던 경찰, 노동청 등 국가권력과 정부 관료들이었다. 그럼에도 전태일의 죽음을 불러온 근본적인 원인이나 동기를 따져 묻지 않은 채 정체성도 불확실한 당시 노조 단체의 문제만을 언급한 것 자체

---

33 박정희 1인의 입법부 장악을 위해 만들어진 조직으로서 유신정우회(維新政友會)의 약칭이다. 1972년 10월 유신에 따라 제4공화국이 출범하면서 전국구 의원들이 구성한 원내교섭단체이다. 10.26사태 이후 활동 정지상태에 들어갔고, 제5공화국 헌법의 발효 시점에서 통일주체국민회의와 함께 해체되었다.

가 현실을 호도하려는 것이었다. 그 이후로도 「조선일보」는 1971년부터 1983년까지 전태일의 모란공원 추도식조차 제대로 보도하지 않았으며 전태일의 죽음을 기념하며 매년 11월 13일 전후로 개최되는 전국 노동자 대회도 단순 집회나 시위 차원에서 보도를 해 왔다.[34]

3. 분신 후 전태일에 대한 일간 신문사들의 30년간 보도 행태

분신 사건을 당일 석간에 가장 먼저 보도한 「중앙일보」에 이어 다음 날인 1970년 11월 14일자부터 이듬해까지 국내 일간신문들은 1970년 의 남은 한 달 반 동안과 이듬해인 1971년도에만 전태일 사건을 집중적 으로 다루었다. 노동현실을 비판하는 사설이나 칼럼 몇 편만 기사화했을 뿐, 진정으로 전태일의 죽음과 그 의미를 비중 있게 다루지는 않았다. 한 예로 분신 사건을 보도한 1970년 11월 13일자부터 1999년 12월 31일 까지 「동아일보」와 「경향신문」에 전태일을 언급하는 기사를 찾아보면 1972년도부터는 기사가 전무하다가 1980년대 중반에 이르러 조금씩 증 가하기 시작했고 1990년대에 급증한 것을 볼 수 있다. 이는 1979년 박정 희 대통령의 죽음으로 유신 정권이 종말을 고한 이후인 1980년부터 1987년까지 노동자, 학생들의 시위가 크게 늘어나며 26개의 기사에서 전태일을 언급했다. 그럼에도 불구하고 1970, 1980년대가 박정희 유신 정권과 전두환 신군부 정권의 언론 검열이 일상적으로 자행되던 시기였 음을 감안하면 일간지가 전태일의 정신을 일반 대중들에게 가감없이 전 했다고 보기는 어렵다

특히 전태일의 제보와 노력으로 특보를 낸 후 편집부 간부들이 정보기

---

34 민주언론시민연합 신문모니터위원회, 위와 같음.

관에 불려간 「경향신문」은 분신 사건이 발생한 1970년 11월 14일부터 12월 31일까지 모두 17개의 전태일 관련 기사를 실었으며, 1971년에는 1년 동안 7개의 기사만 실었고, 이들 24건 중에 21건은 사회면의 단신 소식에 불과했다. 특히 분신 사건 다음 날인 14일자 「경향신문」 사회면에 실린 "혹사 등 항의… 분신"이라는 단신 기사보다는 당일 사회면에서 가장 크게 배치된 기사는 따로 있었다. 서울시 대중목욕탕의 요금이 어른 60원, 어린이 40원에서 어른 80원, 어린이 50원으로 대폭 오른다는 목욕값 인상 내용이 그것이었다. 그리고 1970년의 남은 한 달과 1971년 분신 보도 이후 후속 기사가 몇 차례 등장한 것은 그나마 전태일의 장례식과 여러 단체들의 추모식 때문이었다. 이소선이 아들의 유지를 받들어 노동 조건이 개선될 때까지 장례식을 거부하다가 8개 요구 사항을 노동청장이 공개적으로 수락한 후 장례를 치르는 과정에 대한 소식 그리고 장례식 이후에 벌어진 각 대학별 추모식과 시위가 기사화된 것이 전부였다.

기사 중에는 평화시장 피복상가 노조의 결성소식이나 대선 후보 김대중이 유족에게 조위금을 보낸 소식 등을 기사화했으나 시간이 흐를수록 전태일 관련 기사들은 반공을 국시로 내세운 박정희 정권이 전태일 분신 사건과 결부시킨 간첩조작 사건을 점점 여과없이 보도하기 시작했다. 비근한 예로 1971년 4월 20일, 재일교포 간첩단 사건을 보도했는데 간첩들의 활동 내용 중에는 전태일 분신 사건을 북측에 리포트했다는 내용도 언급되었다. 그리고 이듬해인 1972년에는 기사 수가 1개였고 1973년에는 아예 하나도 없었다. 다만 1972년부터 1979년까지 7개의 기사를 보도했는데 그 내용들이라는 것이 전부 문인과 지식인이 연루된 간첩단 사건이나 학원 침투 간첩단의 범죄 활동 내용을 다루면서 전태일 분신 항거와 청계피복노조의 활동, 도시산업선교회 활동을 불순한 세력들로 연계시켜 해당 간첩단 사건을 보도한 것이다. 이처럼 진보성향의 신문사라고 분류하는「경향신문」마저 1972년에서 1980년대 초반까지 전태일이 거의 언급되지 않았는데 이는 정권의 눈치를 의식하며 의도적으로 전태일 지우기로 해석된다.

4. 전태일의 일기장을 몰래 가져가 주간지 특종을 내다

1) 일기장을 입수한 지 8일 만에 보도된 특종(1970.11.22.)

매일 아침 조간으로 발행되는「조선일보」가 전태일의 분신 직후 후속보도에 소극적 태도를 보였던 것과는 달리, 분신 사건 발생 약 열흘 후인 11월 22일자「주간조선」은 당시 국내 언론사상 최초로 전태일의 친필일기를 과감히 게재하며 보도했다. 큰 쟁점으로 떠오르며 사회적 파장을 불러일으킨 전태일이라는 인물의 생애가 열흘이 지나도록 자세히 밝혀지지 않던 상황에서 그 같은 감동적인 삶이 부분적으로나마 세상에 널리 알려졌다는 점은 긍정적으로 평가할 만했다. 그 기사를 취재한 장본인은 당시 입사 2년차 이상현 기자였다. 훗날 그는 자신의 취재에 의해 보도된 그 기사를 일컬어 "우리 노동운동사에 길이 남을 특종"이라는 표현으로 자화자찬하기도 했다.[35] 그러나 그의 말을 그대로 수긍하기에는 많은 의혹과 오류가 배후에 도사리고 있었다. 의혹과 오류는 여러 가지다.

첫째로, 당시 이 기자가 취재한 특종 기사 내용에는 사실과 다른 내용들이 많이 발견된다. 이는 단순한 오류로 볼 수가 없는 것으로, 진실 보도가 생명인 언론의 사명을 망각한 심각한 진실호도가 아닐 수 없다.

둘째로, 보도의 기초자료가 되는 전태일의 일기장 원본을 입수하는 과

---

35 민주언론시민연합 신문모니터위원회, 위와 같음.

정이 비상식적인 방법이다. 36

일기장 원본을 입수하는 과정은 이러하다. 이 기자는 분신 사건 다음 날인 14일(토) 오후 3시경에 영안실에 들려 조의금 접수처에서 방명록으로 겸하여 사용하던 일기장 한 권을 손에 쥐고 신속히 병원을 빠져나간 후 곧바로 전태일이 살던 창동 집으로 이동해 전태일의 사진들과 나머지 일기장도 모두 가져간 것이다. 이는 비상식적인 방법으로 일기장을 입수했다는 증거이다. 그것은 전태일의 일기장들은 훼손과 분실 등의 사건이 연이어 발생하는 단초가 됐다.37 일기장을 입수했다면 한시라도 지체하지 말고 일기를 공개하거나 아니면 유가족에게 돌려줬어야 했다. 일기장을 자체적으로 입수한 이후에도 신문사 측에서는 웬일인지 1주일간 아무런 반응이 없었다. 정권에 대한 눈치 보기로, 청와대와 노동청 등을 의식하고 있었던 것이다.

다른 경쟁 신문사들은 전혀 갖지 못한 '일기장 원본'이라는 특종 자료를 입수하고도 무려 8일 동안이나 두었다가 일간신문이 아닌 주간지에 게재했다. 그리고 이 기자와 노동청은 일기장을 놓고 8일 동안 보도에 대한 의견을 교환하고 조율하는 등 정부를 감시해야 하는 언론의 기능과 역할을 무시한 채 기회주의적인 태도로 일관했다. 더욱 기가 막힌 것은 이 기자가 가져간 일기장들은 훗날 조선일보사가 아닌 노동청에 가서 되찾을 수 있었다. 최소한 일기장을 가져간 2~3일 후에는 일간신문에 내용을 공개하며 기사를 올렸어야 했는데 무려 일주일이 넘도록 덮어두다가 주간지에 올린 것이다. 독자들에게 전달된 날은 8일이 지난 11월 22일(일)

---

36 일기장 도난사건의 전말은 본서 2권 46장 무심코 일기장 한 권을 가져와 조의금 명부로 사용하다(387~389), 48장 도난당한 일기장을 찾으러 노동청으로 몰려간 이소선 일행(449~453) 그리고 〈덧붙임〉 III. 분신 항거를 보도한 신문 기사들과 일기장 도난 사건(551~555)에서 소상히 다루고 있다.

37 이소선, 「저자와의 인터뷰 증언」, 2007. 10. 3.

이었다. 영안실에서 가져간 일기장은 편지로 쓴 대통령에게 보내는 진정
뿐만 아니라 전태일의 회상수기를 비롯하여 그의 주옥같은 문학적 단상
들이 빼곡하게 기록된 노트였다.[38] 그 일기장 노트는 전태일이 남겨 놓은
모든 일기장 중에서도 가장 분량이 많고 제일 두꺼운 노트였다. 그럼에도
불구하고 「주간조선」은 박 대통령이나 정부 당국과도 마찰의 소지가 없
는 "대통령에게 써 놓은 편지"만을 선택해 기사화했던 것이다.

2) 전태일의 생애를 폄하한 「주간조선」 기사 내용

그러면 1970년 11월 22일 자로 보도된 「주간조선」 기사는 사실과 어
떤 차이가 있는가? '나 하나 죽어지면 뭔가 달라지겠지'라는 제목의 이 특
집 기사는 사건 경위와 전태일의 삶을 정리한 부분 그리고 그의 수기를 발
췌한 부분 등으로 크게 둘로 나눠진다. 그러나 이 기사에는 꼭 필요한 설
명들은 의도적으로 삭제되어 보도의 의의를 충분히 살리지 못했으며, 전
체적인 내용에서는 사건이 발생하게 된 원인에 대해서 사실 확인 없이 허
무맹랑한 내용들을 나열했다.

첫째로, "과로와 조그마한 사업마저 실패한 데다 지난해 부친마저 세
상을 뜨자 생활고와 함께 전 씨는 허탈감에 빠지기 시작했다"고 썼다. 이
는 전태일이라는 인물에 대한 기초적인 취재와 정보조차 인지하지 않은
것이고, 기자 스스로 입수한 자료에 근거하지 않고 독단적인 상상에 의존
한 추리적 기사에 불과하다.

둘째로, "학력에 비해 퍽 머리를 많이 쓰는 편으로 이상론자인 기질이
다분한 성격의 소유자인 듯"이라고 썼다. 이는 전태일의 인격이나 정신적

---

38 이소선, 위와 같음.

인 상태를 왜곡되게 평가한 것이다.

셋째로, "집안의 부채 등 생활걱정에 직장환경 조건의 불만이 겹쳐 고민해 온 것으로 보인다"고 썼다. 의도적으로 집안의 생활고를 크게 부각시킨 후 실직상황을 상세하게 적었다. 이 글은 전태일의 주변 스케치를 취재하며 이상주의자였던 한 청년이 생활고에 짓눌려 자살이라는 극단적인 방식을 택한 것처럼 받아들여지게 했다.

위와 같은 기사 내용들은 사실과 다를 뿐 아니라 전태일에 대한 무지와 기자의 주관적인 시각에서 작성된 것이다. 전태일은 실제로 사업을 했던 적이 없다. 물론 그가 생전에 모범업체 설립에 관한 계획과 꿈이 있었던 것은 사실이지만, 그가 직접 사업을 시도한 적은 없었다. 그럼에도 불구하고 "사업마저 실패했다"고 기술을 했다. 그리고 당시 부친의 사망은 이미 1년도 넘게 지난 일이었고, 또 아버지 전상수의 죽음은 전태일로서는 다소 충격적이었으나 아버지가 운명함으로써 오히려 더 적극적으로 노동문제에 개입할 수가 있었다. 전태일은 변화의 기미가 전혀 없이 무성의한 태도와 횡포로 일관하는 정부당국과 사업주들에게 자기 한 몸을 희생해서라도 자극을 주고 경각심을 불러 일으켜 수만 명의 평화시장 노동자들을 구해내려 했던 것이다. 전태일이 죽은 이유는 자신이 안 죽으면 저 여공들이 폐병에 걸려죽거나 사람구실을 못한다고 여겼기 때문이다.

그러나「주간조선」에는 이런 중요한 사안들은 전혀 언급되지 않았다. 특히 전태일과 함께 했던 동료들의 사실적인 증언은 빠진 반면 잠시 함께 일했던 어느 종업원의 "무엇 때문에 그만 두었는지 모르겠다"는 무성의한 답변을 섞어 전태일의 뜻을 훼손하였다. 또 그의 생애를 관심 있게 조명하거나 통찰력 있게 다루지 않은 채 현실과 동떨어진 이상주의자인 양 호도한 것은 왜곡의 극치였다. 전태일이 마치 이상주의자이면서 두뇌회전이 빠른 얍삽한 사람으로 치부해 버렸던 것이다. 전태일은 당시 평화시장 일

대에서는 소문난 5년차 일류
재단기술자였기 때문에 자신
과 같은 또래들의 월수입과
비교가 안 될 정도로 최고의
대우를 받는 사람이었다. 실
제 그는 백화점에 걸려있는
제품 옷을 한번 슬쩍 쳐다만
봐도 즉석에서 그 제품을 동
일하게 만들어낼 수 있는 재
능을 지녔으며 오히려 원래의
제품을 변형시켜 더 멋진 제
품을 만들어내는 일류기술자
였다.[39] 그렇기 때문에 전태일
은 자신의 부귀영달만을 생각
해 현실과 타협했다면 그는

「주간조선」의 특집기사 내용은 전반적으로 전태일의
생애가 폄하되었다.

결코 죽지 않았으며 죽을 이유도 없다. 그러나 「주간조선」은 전태일이 집
안의 부채와 생활고 그리고 직장에 대한 불만 등으로 인해 자살한 것처럼
적었기 때문에 전반적으로 주간조선의 전태일 특집기사 내용은 곡필의
극치를 보여주고 말았다.

---

39 김재철, 「저자와의 인터뷰 증언」, 2006. 10. 29.

IV.

전태일 일대기와 신상옥 감독

1. 전태일 일대기 영화제작을 시도하기까지

지금은 흔히들 신상옥 감독 부부의 북행 사건을 납북이라는 말로 표현하지만 당시는 밀입북을 한 것이 아니냐는 이야기들이 무수히 나돌았다. 그 이유는 박정희 대통령과 신상옥 감독 사이를 불편하게 만든 사건이 벌어지면서 전조가 시작됐기 때문이다. 신 감독은 1952년에서 1959년까지 7년 동안 '서울영화사'라는 공식 영화사 이름과 제작브랜드로서 '신상옥푸로덕슌'이라는 이름으로 활동했던 시기가 있었다. 1952년 <악야>라는 작품으로 데뷔한 신 감독은 '신상옥푸로덕슌'이라는 회사명으로 15편의 영화를 만들며 미국 할리우드 메이저 영화사 이름을 벤치마킹해 회사 이름을 '신필름'으로 바꾸고 영화 제작에 필요한 인력을 자체 조달하기 위해 1천 평 규모의 영화촬영소를 용산에 조성했다. 또한 1960년부터

1965년까지 제작한 영화들 중에 <로맨스 빠빠>, <성춘향>이 대흥행을 거두며 1960년대 중후반까지 가장 전성기를 맞았다. 그 후 신 감독은 안양 촬영소(1966~1970)를 인수했으나 무리한 사세확장으로 인한 재정압박 과 함께 영화산업 전체의 경기 불황까지 겹쳐지면서 하향세로 접어드는 힘든 시기를 만났다.

1961년 영화사 통폐합 조치, 1962년 영화법 제정과 개정을 거치면서 엄격한 기준의 통과가 요구되던 당시에도 신필름은 유일하게 등록 허가 를 받아 거대한 영화회사가 된 것이다. 1961년 <성춘향> 등으로 엄청난 부와 명예를 힘입었기 때문에 가능한 것이다. 헐리우드 영화사들처럼 메 이저 기업을 꿈꾸던 신상옥은 1966년 안양촬영소를 인수해 홍콩을 비롯 한 해외 합작 영화 프로젝트의 추진을 하는 등 왕성한 활동을 했지만 역부 족이었고, 재정적 위기에 몰리기 시작한 신필름은 한때 약 200여 명에게 월급을 주던 영화사 위상이 흔들리기 시작했다. 1960년대 중반 이후 흥 행작들이 감소하고 잇따른 부도 사태와 타사와의 경쟁 등으로 인한 양산 체제의 가속화 등으로 위기를 맞은 신필름은 전태일 사건이 발생한 1970 년 회사 이름을 '안양영화주식회사'로 변경하고 회사 규모를 대폭 축소하 기에 이르렀다. 그가 만든 작품은 1961년부터 1970년도까지 총 12편이 며 '신필름' 아래 있던 '안양필름'이 제작한 영화까지 모두 합하면 150편 이 넘는 작품을 연출 제작한 거장이었으나 불경기는 인력으로 해결되는 것이 아니었다.

그런 와중에도 신 감독은 전태일 분신 사건 이듬해인 1971년 초 어느 날부터 전태일의 일대기를 영화로 찍겠다는 계획을 주변에 말하고 다닌 것이다. 정부와도 밀접하게 관계를 맺으며 사업을 해야 하는 사업의 특성 상 당시 전태일을 공공연히 언급하고 다닌다는 것은 배짱이 두둑해야 가 능한 일이었다. 이 사실을 접한 박정희 정권은 당연히 예민하게 대처하며

영화 촬영을 저지하기 위해 다
각도로 다각도로 방책을 세우
기에 이르렀다. 이미 1959년에
현존하는 대통령을 영화화한
<독립협회와 청년 이승만>라
는 작품을 제작한 바 있는 신 감
독은 전태일의 분신 항거에 크
게 감명을 받고 있었던 것이다.
평소 정의감이 투철하고 예술
적 감수성이 뛰어난 그에게 전
태일이라는 이름 자체가 금기
사항이었던 예민한 시기지만

신상옥 감독과 배우 최은희 부부

오히려 그것이 영화 소재가 되고도 남았던 것이다. 영화의 본질은 사회성
과 오락을 겸해야 하는 산업이 아닌가! 신 감독은 자신의 작품들이 창조성
과 기술적 감각 그리고 대중적 감각이 결합된 산물로 보았다. 따라서 전태
일의 일대기를 다루는 영화는 충분히 사회성과 시대성을 내포한다고 판
단한 것이다. <이조 여인 잔혹사>라는 영화를 끝으로 움츠리고 있던 신 감
독은 전태일의 분신 사건을 맞이해 개인적으로 전태일이라는 인물에 파
고들게 된 것이다.

2. 전태일 영화제작의 뜻을 굽히지 않자 영화사 등록말소가
되다

이북이 고향인 신상옥(申相玉) 감독 [40]은 함경북도 청진 태생으로 전형
적인 함경도 사나이의 성격을 지닌 데다 강직하면서 고지식한 성품을 지

넜다. 평소 개성이 강하
며 천재적인 예술 감각
을 지녀 거장으로서의
면모를 갖춘 그는 박정
희와는 5.16 쿠데타 직
후부터 인연이 있었다.
쿠데타 직후 국가재건
최고회의 의장직을 수
행하던 박정희는 신 감

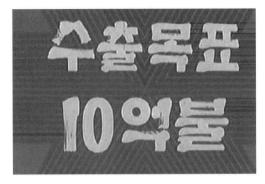

1970년도 수출목표액이 10억불이었는데 그해 11월 전태일의 분신 항거 사건이 터졌다.

독이 만든 <상록수>라는 영화를 관람하며 눈물까지 흘렸다는 얘기 나올 정도로 신 감독의 영화들은 당대에 인기가 대단했고 박정희에게도 영향을 끼쳤다. 심훈의 장편소설을 각색해 1961년 개봉한 <상록수>를 감명 깊게 본 박정희는 그 영화를 발판으로 '새마을 운동'을 기획했다는 일화가 있을 만큼 두 사람은 끈끈한 인간관계를 유지했다. 국민들에게 '5.16 쿠데타'라는 단어를 완화시켜 '5.16혁명'으로 주입시키던 박정희 의장은 이듬해인 '5.16 혁명 1주년'을 기해 1962년 5월 16일 저녁에 열린 제9회 아시아 영화제 폐막행사에 참석해 최우수작품상을 수상한 <사랑방 손님과 어머니>의 제작자인 신 감독에게 금상 트로피를 수여했던 것이다. 이어서 함께 시상식에 올라온 부인 최은희는 남편 신 감독이 트로피를 받기 직전에 무대 위에서 박정희에게 아름다운 자태로 절을 올리는 등 박정희와 신상옥 부부와의 관계는 순조롭게 이어졌다.

그리고 이듬해 열린 대선에서 상대 후보 윤보선을 누른 박정희는 5대 대통령에 공식 취임을 했고 취임 이듬해인 1964년에는 수출 1억 불 목표

---

40 본명은 신태서(申泰瑞)이다.

를 달성했다. 그에 힘입은 박정희는 매년 수출목표를 늘려가다가 1970년
도에는 수출목표액을 무려 10억 불로 잡았다. 이에 노동자들이 불철주야
혹사당하며 10억 불 수출목표를 달성하기 위해 일하던 와중에 그해 연말
전태일의 분신 사건이 터진 것이다. 박정희는 신경이 몹시 예민해졌다.
더구나 분신 사건 한 달 전에 실시된 신민당 대통령 후보 지명대회에서
김대중이 선출됐다는 소식을 들은 박정희는 재떨이가 수북해질 정도로
줄담배를 피웠고 이에 김대중이 후보로 지명될 가능성이 없다고 보고한
중앙정보부장 김계원에게는 불벼락이 떨어졌다. 분신 항거 사건이 발생
하자 아니나 다를까 여기저기서 노동쟁의와 노사분규가 늘어난다는 보
고가 속속 올라오자 박정희는 수출목표에 차질이 빚어질 것만 같아 초조
하던 중이었다.

그도 그럴 것이 분신 항거 이듬해인 1971년에 일어난 노동 분규 사건
은 1,656건으로 이는 전년도의 165건의 열 배가 넘는 수치였다. 또한 71
년 4월에 치를 대선에서 야당 후보로 선출된 김대중은 1971년 1월, 신년
기자회견을 통해 '전태일 정신의 구현'을 선거공약으로 내걸고 "노동 삼
권을 재정비해 자유로운 노동조합운동을 보장하고, 근로기준법의 잘못
된 조항을 바로 잡겠다"고 밝히는 등 박정희로서는 전태일 사건이 대선가
도에 아킬레스건으로 간주되던 시기였다. 야당후보 김대중에게 압도적
인 인파가 몰려들었으며 10만 인파가 몰려드는 건 보통이었고, 서울 장충
단공원 유세에서는 백만 명의 인파가 몰려들기도 했다.

이처럼 전태일의 분신 항거 사건으로 인해 박정희의 신경을 곤두서게
하는 일들이 여기저기 터지고 있는 마당에 느닷없이 신 감독마저 전태일
일대기와 분신 사건을 주제로 영화를 제작하겠다고 나섰으니 박정희 입
장에서 볼 때 그것은 불난 집에 부채질하는 격이었다. 결국 박 대통령이
신 감독을 설득해 영화제작을 만류하려 하였으나 두 사람은 팽팽하게 고

집을 꺾지 않았다. 권력을 떠나 견해 차이는 서로 양보하지 못 하는 고집불통의 적수이기도 했기 때문이다.

신상옥은 박정희 정권과의 불화와 더불어 무리한 사세 확장과 방만한 운영 등으로 부도를 맞아 1973년 회사명을 '주식회사 신 프로덕션'으로 바꾸고 겨우 영화사업을 연명하다시피 했다. 그러다가 1975년 홍콩과 합작한 <장미와 들개>의 예고편 검열 과정에서 삭제된 키스 장면을 극장에서 상영했다는 이유로 박정희 정권으로부터 영화사 말소 명령을 받아 회사 허가를 취소당한 것이다. 이로써 신상옥의 모든 영화사업은 완전히 중단된 것이다. 이때 신상옥은 마지막 안간힘으로 법원에 회사 허가 취소에 대한 행정소송을 냈다가 남산으로 끌려가는 일까지 겪었으며 결국 소송은 취하되기에 이르렀다. 신상옥이 박정희 정권의 만류에 응하지 않자 영화제작 감찰권을 박탈당하고 회사 인가를 취소당하여 침체의 늪에 있던 신 감독은 그 무렵 신인 여배우 오수미와 깊은 관계를 맺고 아들과 딸을 낳아 불임 체질의 최은희와 1976년 이혼하기에 이른다.

3. 중정측이 선물한 신상옥의 영화를 본 김정일 비서

신상옥과 박정희의 갈등의 단초가 전태일 일대기 영화 제작 때문이라는 말들은 낭설이 아니었다. 그 같은 사실은 미국 로스엔젤레스에서 신상옥 감독 내외와 친분이 있던 미주 동포 김상옥의 증언을 통해 사실로 확인이 되었다. 미주에서 헌병대전우회 부회장을 맡아 활동하던 김상옥은 신 감독 내외와의 관계를 통해 알려지지 않은 비사들과 전태일 영화 이야기, 입북하게 된 경위와 배경도 소상히 증언하였다. 김상옥과는 별도로 신 감독 내외가 미국으로 망명한 후 조사과정에서 인연이 있던 전 CIA 요원 마이클 리(李明山)의 여러 증언을 교차 검증해 보면, 김상옥과 마이클 리 모두 동일한 증언으로 확인된다. 전태일의 일대기를 영화화하려다가 박정희 정권에 의해 국내 영화 활동과 영화사 운영에 제동이 걸렸다는 내용은 공통적인 사실이었다.

한편 신 감독과 박정희의 갈등이 빚어진 얼마 후인 1972년, 7.4남북공동성명이 합의되어 선포되는 과정에서 남측은 중앙정보부장 이후락이 박정희의 밀사로 평양을 방문했고, 북측은 김일성 수상의 밀사로 박성철 부수상이 서울을 방문하는 등 남북 간 화해무드가 조성되고 있었다. 그리고 1972년 5월 박성철이 서울을 방문하고 평양으로 돌아갈 때 중앙정보부 측에서는 흑백영화 신 감독의 작품 <사랑방 손님과 어머니>의 필름을 선물로 건네줬다. 그리고 몇 년의 세월이 흘러 신 감독이 더 이상 국내에서 영화제작 활동을 할 수가 없고 은행 빚만 누적되어 고전한다는 소식을 북측의 김정일 비서가 알게 된 것이다. 김정일 비서는 1972년 10월 로동당 중앙위원회 제5기 제5차 전원회의에서 중앙위원회 위원으로 선출되고, 이듬해 9월 제7차 전원회의에서는 조직 및 선전 담당 비서로 선출, 1974년 2월에는 제8차 전원회의에서 당 중앙위원회 정치국 위원으로 선출되는 등 되며 막강한 지도자로 부상하던 시기였다.

평소 영화에 대해 깊은 관심과 조예가 깊은 김정일은 수천 개의 영화필름을 소장하며 영화를 연구하거나 관람을 즐기는 것은 물론 전문가의 수준을 능가하는 예술적 재능도 지니고 있었으며 통일의 상대인 남측 영화에도 관심이 지대했다. 그러던 중 신상옥 감독의 소식이 전달된 것이며 그 후 어떤 과정이 있었는지 드러나지는 않았으나 신상옥 부부가 갑자기 사라진 것이다. 드디어 최은희는 1978년 1월 13일 남포항을 통해 평양에 도착했고, 같은 해 7월 14일 신상옥도 평양에 도착하여 두 사람은 평양에서 상봉했는데 이는 이혼 후 7년 만에 다시 만난 것이다. 최은희는 2008년 시사저널과의 인터뷰에서 입북에 대한 해명을 다음과 같이 밝혔다. 검증

김정일 비서와 함께 한 신상옥, 최은희 부부 (사진출처: 엣나인필름)

된 사실은 아니지만 우선 최은희의 주장을 직접 들어보도록 하자. 기자가 "알려진 것처럼 김정일에 의한 납북이 신상옥 감독을 북한으로 데려오기 위한 것이었나?"라는 질문에 "북한은 모든 일에 치밀한 작전을 꾸민다. 그런 면을 볼 때 낙후된 북한 영화산업을 일으키기 위해 신 감독을 납치하려고 했던 것 같다. 신 감독 납치가 여의치 않으니까 나를 먼저 납치한 것 같다. 내가 하루아침에 사라지자 신 감독은 나를 찾겠다고 홍콩까지 왔다가 납북되었다"고 답변했다.

또 "영화산업 부흥이 신 감독을 납치한 목적이었다면 김정일은 왜 그를 5년 동안이나 감옥에 가두었는가?"라는 기자의 다음 질문에 최은희는 "(목소리를 높이며) 항간에는 자진 월북했다는 이야기가 무성한데 아무리 진실을 말해도 믿지 않는 사람도 있다. 우리를 빨갱이라고 몰아붙이는 사람도 있는데, 일일이 변명하고 싶지도 않다. 신 감독은 좌익 사상을 가질 만한 사람이 아니다. 영화계가 다 아는 사실이다. 그는 1.4 후퇴 때 북한에서 남한으로 넘어온 사람이고, 성격도 어디에 얽매이지 않고 하고 싶은 대

로 일하는 타입이다. 내가 오죽하면 야생마라는 별명까지 붙여주었겠는
가?"라고 답변했다.

김정일 비서는 신상옥 부부에게 '신필름 영화촬영소'를 지어주고 촬
영소 총장(사장)을 맡도록 했으며 영화제작에 관한 것이라면 최우선 순위
로 전폭적 지원을 했다. 두 사람은 북측 영화예술에 새로운 바람을 일으켰
고 북측의 다른 영화배우들도 적극적으로 호응하며 그들을 따라준 덕분
에 <탈출기>, <「불가사리>, <돌아오지 않는 밀사·이준 렬사>, <소
금> 등 총 8편의 영화를 북에서 제작, 연출했다. 1978년부터 1986년까
지 북에서 신필름 영화촬영소 총장을 맡으면서 제작한 영화 <이준 렬
사>는 체코의 카를로비바리영화제에서 감독상을 받았고, <소금>은 모
스크바영화제 여우주연상을 수상하는 등 왕성한 활동을 했다.

4. 탈북 후 박정희의 치부를 폭로한 영화를 제작하다

우여곡절 끝에 1986년 3월 13일 오스트리아 빈의 미 대사관을 통해
탈북한 신상옥 부부는 미국으로 망명해 영화제작에 몰두하기 시작했으
며 신변의 불안 때문에 한국으로 가지 않고 미국에만 머물던 부부에게 전
두환, 노태우 정권은 수차례 그를 만나 한국으로 돌아올 것을 권유했다.
어느 날 노태우 대통령의 부탁을 받은 강원용 목사가 LA를 방문해 신 감독
을 만나 철저한 신변 보장을 약속할 테니 서울로 가자는 설득을 했고 이를
수락한 부부는 탈북 3년 만인 1989년 5월, 마침내 서울을 방문했다. 그러나
정해진 국보법에 따라 부부는 안기부에서 21일 가량 장기 조사를 받았고 이
듬해인 1990년 영화를 제작해 개봉했는데 그 작품이 바로 KAL-858기 폭탄
테러 사건을 다룬 <마유미>(Virgin Terrorist)라는 영화였다. 이를테면 복귀
작을 내놓았는데 안기부의 권유와 입김으로 인해 반공영화를 만든 셈이

다. 그 후 1992년 허리우드에서 <닌자키드>(3 Ninjas) 시리즈를 제작했고 1993년 한국에서 <증발>을 연출 제작했다.

특히 <증발>은 김형욱 실종 사건을 축으로 5.16부터 10.26까지의 정치상황을 그렸는데 영화 줄거리는 정보부장이 파리에서 붙잡혀와 대통령에게 피살되는 장면은 물론 대통령의 애정 행각까지 등장했다. 그때는 이미 유신정권이 몰락한 이후였으나 신 감독은 박정희 정권의 부패와 권력 암투를 여러 가지 측면에서 다룬 것이다. 당시 신 감독은 1994년 2월 5일 「중앙일보」와의 인터뷰에서 "문민시대에 이 정도의 소재를 영화로 못 만든다면 그건 정치적·사회적 소재는 영화화하지 말라는 것이나 다름없다. 개인적으로 나는 박 대통령으로부터 신세를 많이 졌다. 그러나 작품과 개인적인 친분관계는 별개의 문제라고 생각한다. (중략) 옛날이야기를 다시 꺼내 뭐하느냐는 질책도 있었지만 나로서는 이 영화를 통해 한국 정치사의 일그러진 과거를 청산하고 싶었다"고 제작 동기를 밝혔다. 박정희의 일그러진 과거 속에는 전태일 영화를 반대했던 박 정권의 흑역사도 포함된 것이다. 전태일의 일대기를 영화로 만들려다 박정희 정권의 눈 밖에 난 신 감독은 우여곡절 끝에 북으로 갔고 다시 탈북해 복수라도 하듯 박정희의 치부를 드러내는 영화를 찍었던 것이다.

V.

분신 항거, 10.26 사태의 도화선이 되다

1. 분신 항거 사건에 대한 청와대 대책회의
— 1970년 11월 16일

전태일 분신 항거 사건이 발생할 당시 청와대 대통령 비서실장을 맡았던 사람은 김정렴(金正濂)이었다. 박 대통령은 그가 1년 전 비서실장에 취임할 때(1969.10.21.) 자기 대신 나라 경제정책을 잘 챙겨 달라는 부탁을 했고 그 후 김 실장은 역대 최장수 비서실장의 기록을 남길 정도로 박정희의 곁에서 오랫동안 경제정책을 주도했다. 김 실장은 취임과 동시에 일관성 있게 경제정책이 추진되려면 부총리 겸 경제기획원 장관의 강력한 조정력이 중요하다고 판단된다면서 자신의 역할은 부총리를 전적으로 지원하는 것이라고 천명했다. 당시 부총리 겸 경제기획원장관은 김학렬(金鶴烈)이었다. 김 부총리는 박 대통령의 절대적 신임을 등에 업고 예산권을 거머쥐고 다른 부처의 장관들을 주도했으며 청와대 경제수석도

박정희 대통령이 경제 담당 각료와 보좌진들과 함께 수출진흥확대회의를 주재하는 모습. 전태일 분신 항거 이후에도 10여 년간 노동자들의 처우개선은 진척이 없는 상황에서 수출목표 달성에만 여념이 없었다.

부총리를 협력해주는 역할에 불과할 정도로 막강한 실세가 되었다. 이미 1964년 1억 불을 달성하고 이번(1970년도)에 10억 불 목표액을 달성했기 때문에 청와대는 분위기가 한껏 고무되던 때였다.

이때 대통령비서실 외자담당비서관으로 김용환(金龍煥, 훗날 재무무 장관)이 부임했고 재무부 장관은 남덕우(南悳祐), 상공부 장관은 이낙선(李洛善), 건설부 장관은 이한림(李翰林), 수산청장(水産廳長)은 구자춘(具滋春) 등이 일했다.[41] 마침 이날(11.13.) 오후에는 박 대통령 경제 브레인들의 저녁식사 겸 정기회의가 청와대에서 예정되어 있었다. 김 부총리 주재 하에 청와대 경제 수석비서관 등 경제 관련 각 부처 각료들은 대통령이 배석하기 전에 미리 모여 간단하게 사전논의를 했다. 그 후 대통령이 배석한 가운데 정식 회의를 마친 그들은 대통령과 함께 저녁식사 장소로 이동했으며 식사를 끝낸 후 비서실에 돌아온 김 실장은 일정을 마무리하며 잠시 휴식

---

41 김정렴, 『한국경제정책 30년사』 (중앙일보사, 1995).

을 취하던 중에 KBS 라디오와「중앙일보」석간 등 언론을 통해 전태일의
분신 소식을 접했다. 그 시각부터 청와대는 분주하게 움직이기 시작했으
며 잠시 후 언론 보도 외에 노동청과 중앙정보부 등 정보기관에 의해 관련
보고가 속속 올라오기 시작한 것이다. 사건 초기 청와대 측에서는 이 사건
을 큰 문제로 다루지 않았고 단순 사건으로 처리하려 했다. 그러나 전태일
분신 사건은 시간이 흐를수록 일파만파 사회적인 파장을 불러일으키며 무
섭게 번지자 긴급 대책에 나섰다. 여론과 야당이 정부의 무책임 등을 지적
하며 사태가 부정적으로 변하게 되자 11월 16일(월) 오전 일찍부터 관계기
관 긴급대책회의가 열렸다. 이날은 이승택 노동청장을 배석시켜 업무보고
를 받았다. 그리고 머리를 맞댄 각료들은 특별대책을 세웠는데 이때 그들
의 표정들은 역사상 처음으로 발생한 분신 사건이라는 예기치 못한 사태에
모두가 큰 충격을 받은 듯 긴장감이 역력했다.[42]

그렇다면 노동자 처우에 대한 인식의 대전환을 가져오게 된 이 사건을
두고 대통령을 위시한 각료들과 청와대 참모들은 어떻게 이 사건에 대처했
는지 살펴보도록 하자. 이때부터 청와대는 매일 시시각각 전태일 사건 대
책회의가 열리다시피 했다. 당시는 대통령 선거철이 절정에 달하는 시기
였기 때문에 여론과 지지율에 민감하던 청와대 측은 노동청장을 대책위원
장으로 임명해 진두지휘하도록 했다. 청와대로부터 이번 사건을 더 이상
확산시키지 말라는 지시를 받은 이 청장은 우선 장례식부터 무사히 치르고
유족의 요구사항에 합의하라는 윗선의 지침을 받고 마침내 이소선 어머니
를 비롯한 삼동회원들과 근로조건 8개항에 서명하기도 했다.[43] 특히 청와
대를 비롯한 정보기관과 치안 관계 기관에서는 5개월 앞으로 다가온 대통
령 선거에서 신민당의 김대중 후보와 상대하는 박 대통령을 당선시키기 위

---

42 이승택,「저자와의 인터뷰 증언」, 2005. 10. 21.
43 이승택, 위와 같음.

해 분신 사건을 조용히 무마하려고 민첩하게 대처한 것이다. 전태일의 분
신 항거 사건에 대한 박 대통령의 직접적인 반응을 어떠했는가.

2. 젊은 사람이 예절 하나는 바르구먼
— 1970년 11월 23일

전태일의 장례식을 마친 며칠이 지난 11월 22일(일)이 되자 주간지인
「주간조선」에서 전태일의 일기장이 처음으로 세상에 공개되며 기사화됐
다. 그리고 이튿날인 23일, 일주일이 시작되는 월요일 오전이 되자 「주간
조선」의 보도내용과 함께 전태일 분신으로 인한 국내 정세와 대학가 시위
등에 대해서 비서실장의 보고가 있었다. 김정렴 실장이 박 대통령에게 사
건의 경위를 보고하고 대책 마련에 대한 설명을 이어갔다.

"어이, 김 실장, 그럼 전태일이가 나한테 썼다는 그 편지 어디 한번 자
세히 읽어봐."

김 실장은 말이 떨어지자마자 전태일이 박 대통령에게 썼다는 편지 내
용을 보도한 주간지를 펼쳐 들었다. 그리고 박 대통령이 잘 들릴 수 있도
록 천천히 또박또박 읽어 내려가기 시작했다. 말없이 다 듣고 난 박정희는
눈을 지그시 감고 아무 말 없이 한참을 앉아 있더니 한마디 던졌다.

"아, 그 친구, 젊은 사람이 그래도 예절 하나는 바르구만. 데모하는 문
제들이 더 이상 확산되지 않도록 더 자세히 알아보고 빨리 조치를 취하도
록 해."[44]

박정희는 편지 서두에 전태일이 자기에게 공손하게 인사하는 문구들
을 듣고 나름대로 흡족한 표정을 지었던 것이다. 편지 서두는 마치 조선시

---

44 김용환, 「저자와의 인터뷰 증언」, 2006.9.8.

대의 군왕들에게나 표현하는 문구들이었으니 당사자로서는 듣기 좋았을 것이다. 박정희는 그 자리에서는 더 이상 평화시장 노동문제 대해서 언급하지 않았고 모든 것을 비서실장과 정보기관에 일임하고 자리에서 일어났다.[45] 그러나 그 후로도 대학가와 노동자들의 시위로 나라 안팎이 온통 떠들썩하게 되자 5개월 앞으로 다가온 대통령 선거에 치명적인 악재가 될 수 있다는 판단이 들은 청와대는 거의 모든 부서와 기관들이 총동원돼 문제 해결을 위해 뛰기 시작했다.

이미 중앙정보부 직원과 청와대에서 직접 파견한 직원들 서너 명은 전태일의 시신이 영안실에 안치될 때부터 병원에 나타나 주변 동태를 파악하거나 조문객들을 체크하는 등 사찰을 시작했고 장례식 직후에도 전태일의 집안 친척들과 동생 전태삼을 만나서 어려운 일이 있으면 연락하라며 명함까지 건네주기도 했다. 이후로 이소선은 줄곧 이들의 감시 대상이 되었다. 박정희의 참모들은 대선을 앞둔 대통령에게 당선 후를 내다보고 각자 더 큰 신임을 얻으려고 과잉 충성을 하거나 오히려 분신 사건 문제를 더욱 예민하게 처리했다. 또 박정희가 다시 당선되는 데 가장 큰 장애요인이 된다고 판단한 전태일 분신 사건 관련 집회에 대해서는 온갖 폭력을 동원해 억압하기 시작했다.

3. 구자춘과 전태일 형제와의 인연

전태일의 분신 항거 당시 박정희 정권하에서 수산청장을 지내던 구자춘(具慈春)[46]은 김종필 등과 함께 5.16쿠데타 세력으로서 박정희의 신임

---

45 김용환, 위와 같음.

46 육군대령으로 예편한 구자춘은 서울시경 국장을 거쳐 제주도지사, 경상북도지사를 거쳐 서울시장과 내무부 장관에 임명되었으며 훗날 국회의원 등을 역임했다. 젊은 시절 육군종

을 받으며 승승가도를 달리고 있었다. 박 대통령 내외의 총애를 받던 그는 서울시장 재직 시절에는 막강한 권력을 휘두르며 비자금 마련에 몰두하기도 했고 서울 시내 도로와 교량을 뜯어고치거나 심지어 독립문까지 함부로 이전하면서 "황야의 무법자"라는 별명을 얻기까지 했다. 이처럼 구자춘은 박정희와 함께 개발독재의 상징적인 인물로 꼽혔는데, 앞서 밝힌 대로 구자춘은 초급장교 시절 전태일, 전태삼 형제와 짧은 인연이 있었다. 구자춘은 부인이 병이 들자 전태일의 외할머니 김분이에게 부인을 맡겼고 부인은 전태일의 외가에서 지내기 시작했던 것인데, 태일, 태삼 형제가 외가에 다니러 가면 부인이 형제를 돌봐 주었고, 특히 어린 태삼을 귀여워했었다.[47] 그러나 구자춘은 전태일 분신 항거 이후에 서울시장으로 재직하면서, 전태일이 서울시 철거반에게 어린 시절에 당했던 것처럼, 도시 빈민가와 무허가 판자촌을 철거하는 일에 발 벗고 앞장섰다. 구자춘은 전태일 형제와의 인연을 아는지 모르는지, 전태일 사후에도 전태일의 가족들이 사는 쌍문동 집은 서울시 철거반원들에 의해 빈번하게 수난을 겪었다.[48]

4. 전태일, 박정희에게 방아쇠를 당기다

박정희 유신정권의 몰락을 가져온 최초의 불씨는 전태일의 분신 항거 사건으로 볼 수 있다. 김재규로 하여금 박정희에게 권총을 겨누게 할 수밖에 없었던 동기를 촉발케 한 주체 세력들은 바로 전태일의 후예들이기 때

학교를 졸업하고 초급장교에 임관되어 육군 제933부대 대대장을 지내던 중령시절에 5.16 군사혁명을 준비하던 포병부대 대대장인 신윤창(申允昌) 중령에게 설득되어 결국 자신의 휘하부대 1개 대대를 쿠데타에 투입하게 되면서 박정희와의 인연이 시작되었다.

47 전태삼, 「저자와의 인터뷰 증언」, 2006.10.23.
48 이소선, 「저자와의 인터뷰 증언」, 2006.10.11.

문이다. 말하자면, 권총 안에 장전되어 있는 총알을 발사한 최초의 화력은 1970년 11월 13일 오후 1시 40분 청계천 평화시장에서 발화된 것이다. 전태일이 자기 몸에 기름을 뿌리고 온몸을 태운 그 불씨는 꺼지지 않고 계속 활활 타오르다가 10여 년 후 궁정동 김재규의 손에 잡힌 권총을 발사하는 화력이 되었던 것이다. 전태일이 분신 항거한 지 10여 년의 세월이 흐른 1979년 10월 26일, 저녁 6시 박정희 대통령은 청와대 인근 궁정동 안가 만찬장에서 자신의 부하 김재규 중앙정보부장의 총탄에 맞고 절명한다. 박정희를 향해 총을 쏜 사람은 분명 김재규였으나 그 사건의 원인을 역추적해 보면 박정희를 쏜 사람은 김재규가 아니라 전태일이었다. 3년 전인 지난 1977년 이미 100억 불 수출목표를 달성했던 박정희 정권은 '서독은 11년, 일본은 16년이 걸렸지만, 한국은 불과 7년 만에 목표를 달성했다'고 "1인당 국민소득 1천 달러의 고지를 동시에 점령했다"며 자화자찬에 여념이 없었다. 그 이후로도 10.26사태가 발생하던 날까지 청와대의 경제 파트 관계자들은 노동자들의 처우개선은 진척도 없는 상태에서 또 다시 수출목표에만 정신이 없었다.

10.26사건이 발생한 원인에 대한 분석은 아직도 여러 각도에서 해석하기 나름이다. 합수부 측은 "김재규와 차지철의 알력과 박정희에 대한 불만의 표출"이 원인이었다고 발표를 했고, 사건 당사자인 김재규는 "부마사태 현장 시찰 후 박정희 정권의 정당성에 대한 회의를 느꼈기 때문"이라고 주장을 했다. 또 세간의 여러 음모론 중에는 "박정희의 핵개발 추진에 따른 미국 측의 은밀한 개입"이라는 주장도 있다. 그러나 박정희 저격 사건의 직접적인 배후에 YH사건—김영삼 총재 제명 파동—부마항쟁으로 이어진 역사의 흐름을 부정할 수 없다. 부마항쟁이 확산되고 격화되면서 위기에 봉착한 정치 권력 핵심들의 내분이 빚은 필연적 귀결로 보는 것이 합리적이다.

전태일의 분신 항거 후 그의 뜻을 이어받은 YH여성노동자들의 신민당사에서 노동자 권리투쟁을 하였고 그로 인한 김영삼 의원 제명파동 그리고 그 여파로 부마항쟁사건이 발행하며 결국 10. 26사 건으로 귀결되었다.

　전태일이 분신 항거하자 비서실장에게 사건을 보고 받은 박정희가 "예 절 바른 젊은이"로 평가했는데 바로 그 예절바른 청년이 9년의 세월이 흐 른 뒤 무섭게 돌변해 자신의 심장에 총을 겨눈 것이다.[49] 김재규는 왜 박정 희에게 총을 겨누었나. 김재규는 그날 만찬장에서 부마사태의 처리능력과 방식에 대해 박정희의 꾸지람을 받는 것과 동시에 차지철의 부추김과 농간 에 분한 마음을 억제하지 못해 총을 쐈다.[50] 그렇다면 즐거워야 할 만찬의 여흥자리가 왜 그토록 살벌하게 되었는가? 그것은 바로 부마사태 때문이었 다. 부산과 마산의 시민봉기 사건이 만찬자리의 핵심대화였고 그 대화로 인 해 대통령을 중심으로 배석한 참석자들과 차지철 경호실장 간에 격론이 벌 어졌고 급기야 김재규는 박 대통령과 차지철 실장을 저격한 것이다.

　부마사태는 왜 일어났는가. 부마시민봉기를 유발한 직접적인 원인은 박정희가 신민당 총재 김영삼을 국회에서 제명하고 축출한 사건에서 비 롯된 것이다. 그렇다면 박정희는 왜 김영삼을 축출했나. 그것은 바로 신민 당사에서 항의농성을 하던 YH무역 여성노동자들 때문이다. 여성노동자 들을 폭력적으로 진압하면서 발생한 문제로 김영삼이 박정희를 맹공격 하는 주된 원인이 되었던 것이다.[51] 그렇다면 YH무역노동자 농성사건은

49 성공회대학교 민주주의와사회운동연구소, 〈사이버 NGO자료관〉, 1579, 1581, 1585, 1589 참조.
50 김종진, "박정희 독재 정권의 종말 고한 10.26사태", 「월간 의정평론」 26호 (1990. 10), 94-97.

왜 일어났나. 그 사건의 발생 배경을 거슬러 올라가면 전태일의 분신 항거로 인해 이소선 어머니의 주도로 탄생한 청계피복 노조의 노동자들이 그 중심에 있었기 때문이다. 전태일의 후예들인 청계피복 노조가 YH무역노동자들에게 직간접 영향을 끼쳤으며 이에 전태일의 투쟁정신을 이어받은 YH노동자들이 분연히 일어났기 때문이다. YH사건의 내막을 간단히 들여다보자.

1979년 8월 9일 새벽 4시를 기해 YH무역기숙사를 출발한 여성노동자들은 두세 명씩 짝을 지어 신민당사로 진입해 이날부터 농성을 시작했다. 이 사실은 신문 1면과 라디오 등에서 대서특필 되었고 여러 민주노조 단체나 진보인사들이 적극 지원을 나오면서 농성은 무르익어 갔다. 그러자 YH경영자 측에서는 이 틈을 이용해 폐업신청을 실행에 옮겼고 신민당은 고스란히 200명의 YH노동자들을 떠안게 된 것이다. 그러나 농성 사흘째에 접어든 8월 11일 새벽, 박정희 정권은 천여 명이 넘는 전투경찰을 예고도 없이 신민당사로 투입시켜 농성 중인 여성노동자들을 군화발로 짓밟고 곤봉세례와 갖은 폭력을 행사하며 최루탄을 쏘아 댔다. 농성하던 여공들을 구타하고 강제로 무릎 꿇어앉게 해 경찰 호송버스에 던져 넣는 과정에서 김경숙(당시 19세)이 의문의 죽음을 당했고 야당의원 30명과 기자 12명을 포함해서 무려 100여 명이 넘는 인원이 부상을 당했다.[52]

결국 이 사건으로 김영삼은 박 정권에 의해 1979년 10월 4일 의원직을 박탈당했고 이에 저항하던 60명의 야당의원들도 모두 의원직을 사임하는 입법부 사상 초유의 사건이 발생했다.[53] 이런 무자비하고 고압적인 진압과정이 보도를 통해 알려지자 YH사건은 남한 사회 내에서 박정희 반

---

51 전순옥, 『끝나지 않은 시대의 노래』(한겨레신문사, 2004), 334-342.

52 함규진, 『역사법정』, 포럼, 20 5.

53 두산백과사전(EnCyber & EnCyber.com) 참조.

대파들을 규합하고 집결시키는 촉매제 역할을 했던 것이다.[54] 더구나 자기들의 지역 대표인 김영삼이 제명당한 사실이 알려지자 경남지역을 비롯해 국민적 분노감정이 전국적으로 번져갔고 심지어 박정희의 정치적 기반인 대구에서조차 시위가 일어났다. 부산에서 시작된 박정희 퇴진 반정부시위는 폭력시위로 확산되면서 마산에까지 무섭게 번져 나갔다. 결국 10월 18일에는 부산에 계엄령을 선포했고 이어 마산에서도 계엄령이 선포되었다. 시위는 박정희의 정치적 지지 기반인 대구는 물론 김종필의 고향인 청주에 이어 급기야 수도 서울에까지 번져 나간 것이다. 계엄령은 부산에 이어 마산에서도 선포되었는데, 이 사건은 과거 4.19학생시민혁명으로 이승만이 하야할 수밖에 없던 상황과 매우 흡사했고, 박정희는 이승만과 동일한 과정과 절차를 밟고 있었던 것이다. 그러나 이승만은 그 사건으로 하야를 선택했지만 박정희는 결국 비극적 죽음을 맞이하게 된 것이다.

이 사건에서 반드시 주목해야 할 것은 YH여성노동자들이 노조를 맨처음 결성할 때 서울 수유리 아카데미하우스(원장 강원용 목사)에서 운영하는 노동교육 프로그램에 참여했는데 이때 YH노동자 리더들에게 가장 영향을 끼친 단체가 바로 전태일의 분신 항거로 인해 이소선 어머니의 주도로 탄생한 청계피복 노조 지도자들이었다. 이때 YH노동자들은 전태일의 희생정신과 인간사랑의 정신을 기반으로 한 적극적인 투쟁정신을 이어 받아 정신적인 무장을 했던 것이다. 결국 YH노조원들은 이때 청계피복노조로부터 전수받은 영향으로 YH기숙사 농성과 신민당사 농성을 이끌었던 것이다. 이 같은 맥락에서 볼 때 박정희의 죽음의 배경에는 부마민주항쟁 사건이 있었고, 그 부마항쟁의 원인에는 김영삼 의원에 대한 제명

---

54 한국정신문화연구원 편, 『박정희 시대 연구』(백산서당, 2002).

사건이 있었으며, 김영삼 제명의 배경에는 YH무역 여성노동자들의 농성 사건이 있었던 것이다. 또한 YH농성사건의 배후에는 인간사랑과 철저한 투쟁정신으로 무장한 청계피복노조가 있었고 그 노조에는 이소선 어머니가 있었고, 이소선의 가슴에는 전태일이 있었던 것이다. 결국 박정희가 죽게 된 10. 26 궁정동 사태의 배후와 원인에는, 평화시장에서 있었던 전태일의 저항의 불길이 도화선이 되었음을 확인할 수가 있다.[55]

5. 전태일의 가족과 청계 노조원들을 빨갱이로 몰던 유신정권의 몰락

청계피복 노조 활동을 감시하며 탄압하던 박정희 정권의 정보기관 조사원들은 노조원들 가운데 박계현을 조사실로 끌고 갔다. 일주일간 거의 한잠도 못 자고 씻지도 못한 채 까맣게 칠한 야구방망이로 얼굴을 제외한 온몸을 닥치는 대로 두들겨 맞고 경찰서로 이첩될 무렵 호텔 같은 넓은 방으로 옮겨졌다. 갑자기 방안으로 수사관이 들어오더니 얼굴을 찌푸리며 이상한 말을 던지는 것이었다.

"박계현! 너 진작 잡아다가 조질라 그랬는데 인제 잡아와서 다행인줄 알아. 너 때문에 우리 국가 위신이 말이 아냐. 우리 군인들 사기가 말이 아니라고!"[56]

무슨 말인가 되물어보니 수사관은 행동으로 보여주듯 비디오 모니터를 켰다. 그런데 화면 속엔 자기와 이소선 어머니를 비롯해 평화시장 여공들이 출연한 장면이 나오는 것이었다. 노조를 복구한 직후 어느 날 신당동 사무실에 미국의 NBC 방송이 찾아와 특집 프로그램을 제작한다고 하길

---

55 전순옥, 위의 책, 334-348.
56 안재성, 〈청계 내 청춘〉, 전태일재단 홈페이지 연재, 83회. 2018.8.17.

래 이소선 어머니와 박계현이 열다섯 살 안팎의 어린 시다 다섯 명과 함께
출연해 청계천의 가혹한 노동 여건에 대해 있는 그대로 카메라 앞에서 실
상을 밝힌 적이 있었다. 그 인터뷰 장면은 고스란히 찍혀서 미국에서
NBC채널로 방송이 나간 것이다. 그런데 보안대 수사관의 설명에 의하면
이 프로그램 영상물이 북측으로 넘어가 '고려공산청년동맹'이라는 단체
에서 남측 노동자의 실상을 선전하는 데 쓰이고 있다는 것이었다. 그러나
필자가 확인한 바에 의하면 당시 이북에는 고려공산청년동맹이라는 단
체는 존재하지 않았다. 과거 일제강점기 조봉암, 박헌영 등이 관련된 이
단체는 코민테른과 국제공산청년동맹으로부터 지부로 승인받은 단체였
으나 여러 우여곡절 끝에 와해되었다. 아마 수사관들이 박계현을 협박하
기 위해 거짓말을 했든지 아니면 단체 이름을 혼동했을 가능성이 크다.

전태일의 유언과 정신을 계승한 청계피복 노동교실이 이승철 집행부
가 들어서면서 활성화된 이후 외부 교육 프로그램 중에는 당시 중앙정보
부에서 전국의 노동조합을 대상으로 실시하던 반공교육도 세 차례나 있
었다. 1976년 8월 2일 노동교실 실장인 이소선 어머니를 포함한 52명이
철원지구 제이 땅굴을 견학했는데 이 시기는 반공교육과 산업시찰은 이
승철 집행부 시기만이 아니라 유신체제가 붕괴될 때까지 계속되었다. 중
앙정보부는 특히 지부장에 대한 정신 교육을 중시해서 이승철은 1976년
7월 26일부터 무려 3주간 남산 세무서 근처 자유아카데미 건물 4층에서
실시된 반공교육에 출석해야 했다. 당시 중앙정보부는 일반인들은 엄두
조차 내지 못한 북측 영상기록물을 보여주었는데 이는 북에 대한 상투적
인 비판 대신 북에서 만든 신문과 영화를 여과과정 없이 그대로 보여줌으
로써 스스로 북을 혐오하게 만들려는 의도였던 것이다.[57]

---

57 안재성, 위와 같음.

얼마 후 양승조 구속 사태가 벌어지자 정보부는 이승철에게 북측의 뉴스를 녹음해서 들려주기도 했다. AP통신사 보도를 그대로 인용해 전태일이 분신한 평화시장에 만들어진 청계피복노조원들이 광장시장 앞에서 시위를 했다는 짤막한 내용이었다. 정보부는 청계노조가 싸워봐야 북측에 이용될 뿐임을 보여주려는 의도였으나 이승철은 또 다른 의미에서 실망했다고 한다.

> 노동자와 농민을 위한다는 북에서 미국 통신사의 보도를 살도 붙이지 않고 그대로 방송하는 것에 실망스러웠습니다. 아예 한 줄도 기사화하지 않는 한국의 언론도 한심하지만, 형식적인 보도에 그치는 북측도 맘에 들지 않았습니다.

이처럼 중앙정보부가 직접 나서서 감시하니 집행부의 처신의 폭은 좁을 수밖에 없었다. 경동교회에서 '노동해방'이라는 단어가 들어간 유인물이 나오자 정보부에 비상이 걸려 글을 쓴 사람을 찾던 것도 이 무렵이었다. 중앙정보부 요원들은 "해방이란 단어는 혁명과 같은 말인데 이런 말은 북한만 쓴다. 누가 누가 이 글을 썼는지 빨리 밝혀내라"며 노조 간부들을 연행해 추궁하기도 했다. 반공이 제일의 국시가 된 극우보수 정권 치하였기 때문에 노동조합 문서를 포함한 모든 공문에 '반공으로 뭉친 마음 승공으로 통일하자', '혼란 속에 간첩 오고 안전 속에 번영 온다' 같은 표어를 인쇄해야 했으며 중·고등학교는 물론, 한국노총 산하 노조의 집회장마다 '북괴 집단을 쳐부수고 북한 동포를 구출하자', '새마을을 가꾸고 승공통일을 이룩하자' 같은 구호가 빠지지 않았다. 이처럼 한때는 청계노조도 살아남기 위해서는 형식적으로나마 권력의 요구에 따라야 했다. 청계노조의 강령 첫 항은 '우리들은 방공체제를 강화하고 자유경제 확립으로 민주적 국토통일을 기한다'였다. 그뿐 아니라 노조 간부들은 동대문구 홍릉에

있는 중앙정보학교에 한 명씩 차례로 가서 1주일 동안 반공교육을 받아야
했다. 이 해 4월의 대의원대회 결의문에는 '순수한 우리의 조직을 정치적
또는 사회적으로 악용하려는 불순한 흉계를 과감히 분쇄한다'는 조항도
들어 있었다. 이런 시대 상황에서 노동해방이란 말을 곧 노동혁명으로 이
해되었다.

1979년 8월 중순, 대표적인 민주노조 중의 하나였던 YH노조여성조
합원들이 폐업에 항의해 야당인 신민당사에서 농성을 벌일 때만 해도 사
람들은 이 연약한 여성노동자들이 박정희 폭정의 시대를 마감하는 기폭
제가 되리라고는 아무도 생각하지 못했다. 경찰이 국회의원들을 잡범 다
루듯 끌어내고 사지가 붙잡힌 여성노동자들이 짐승처럼 철창 차에 내던
져 갇히고, 스물세 살의 미싱사 김경숙이 억울하게 의문사를 당하는 일이
벌어졌을 때만 해도 그 여파가 얼마나 클지를 생각하지 못했다. 마침내 이
사건으로 야당 당수 김영삼이 의원직에서 제명당하면서 부산과 마산에
서 대규모 시위가 발생하고 이 연쇄적인 사건들이 권력 내부의 분열을 일
으켜 결국 박정희를 죽음으로 이끌고 갔다. 박정희는 자기 꾀에 자기가 넘
어간 것이다. 권력기관에 종사하는 자기 부하들로 하여금 자신에게 집중
해서 충성하도록 시스템을 구축해놓았다. 그리고 자신의 수하에 있는 모
든 각료들과 참모들끼리는 서로 견제하도록 해 자신에게 배반하거나 거
역하는 일을 사전에 차단했다. 결국 10.26사건도 부하들 간의 견제와 충
성경쟁 그리고 모든 시스템과 조직을 자신에게 집중하여 과잉 충성하도
록 만든 병폐 때문에 발생한 사건이다.

1979년 10월 27일, 이소선은 이날도 어김없이 하루 일과가 시작되는
아침이 돌아오자 여느 때처럼 청계노조 사무실에 출근하기 위해 분주하
게 채비를 차리고 있었다. 사무실에 출근하기 전 병원 영안실에서 얻어오
는 헌 옷가지들을 세탁하려고 비누를 사러 밖으로 나갔다. 거리로 나가보

니 시장 여기저기에서 사람들이 웅성거리고 있는 모습이 눈에 띄었다. 그런데 라디오 방송에 귀를 기울이던 사람들은 이소선이 묻는 말에 아무런 대꾸도 없이 침울한 표정으로 라디오를 듣기만 했다. 라디오에서는 조용한 음악이 잔잔히 흐르는 가운데 아나운서의 울먹이는 목소리가 들렸는데 그것은 바로 박정희의 죽음을 알리는 방송이었던 것이다. 이소선은 재빨리 집으로 돌아와 마음 놓고 라디오를 켜고 자세히 들어보니 박정희가 죽은 것이 틀림 없었다. 순간, 태일이가 죽고 난 후 10여 년간 박정희 정권에게 당했던 분노와 함께 억울하게 압제당하면서 짓눌렸던 가슴이 갑자기 확 트이는 기분이 들었다. 이소선이 정신없이 노조 사무실로 달려가 보니 벌써 모두들 부고 소식을 알고 있었다. 이소선이 들어서자 조합원들도 달려들어 서로 끌어안으며 눈물을 터뜨렸다.

"어머니, 박정희가 죽었대요! 박정희가 죽었어요!"

"그래! 우리를 그렇게 못살게 굴던 박정희가 죽었구나. 우리 청계노조 조합원들도 이제 어깨를 펴고 살겠구나. 태일아 너도 하늘에서 보고 있냐? 이 에미는 너무나 기뻐서 가슴이 터질 것만 같구나."

이소선은 기뻐서 가슴이 터질 지경이지만 한편으로는 눈물이 앞을 가렸다. 온몸으로 유신 시대를 헤치고 살아온 지난 날들이 주마등처럼 스치자 눈물이 흘러나왔다. 이소선의 눈물에는 기쁨과 회한이 뒤섞여 있었던 것이다. 노조 사무실에는 점점 더 많은 사람들이 모여들어 떠들썩해졌다. 일부는 기쁨을 감추지 못하고 악수를 나누거나 부둥켜안기도 했다. 모두들 다시는 군사독재로부터 고통받지 않으리라 생각하며 새로운 기대감에 부풀었다. 고난의 시대는 가고 새로운 세상이 열리리라 생각하며 다시는 이 땅이 군화발로 더럽혀지지 않으리라 생각했다. 박정희의 죽음은 오랜 고통에 시달리던 민주화를 갈망하던 세력들에게는 커다란 환희와 희망을 불러 일으켰다. 전태일의 죽음은 이소선을 통해 부활체로 살아났고 박정희 정권과 벌인 10년 동안의 처절한 투쟁을 이어온 이소선 어머니는 암담한 유신의 밤을 밝히는 횃불이 되었다. 박정희가 자신의 오른팔이던 중정부장 김재규의 총에 맞아 죽은 사건이야말로 전태일이 살아 있다는 증거이자 수많은 전태일이 연이어 탄생하고 있다는 증거이다. 전태일의 죽음과 그 뜻을 이어받은 이소선 어머니가 주축이 된 청계피복노조는 소소해 보였으나 가히 혁명적이라고 할 만한 크고 작은 사건들을 연이어서 촉발시켰다.

그러나 민중의 힘에 의하지 않은 변화는 언제든지 뒤집어질 수 있는 불안을 소지하고 있었다. 박정희는 죽었으나 무소불위의 권력을 행사하던 전두환 군부는 권력을 장악해 계엄령을 구실로 각 대학교에는 전차와 중무장한 무기들을 주둔시켰고 모든 정치활동은 중지되었다. 다시 어둠이 찾아온 것이다. 박정희를 이은 최규하가 대통령에 취임하고 1980년 서울의 봄이 왔다. 전두환은 자신의 12.12쿠데타와 5.18 광주학살을 정당화하기 위해 김수환 추기경 등 각계 인사들을 초청해 청와대 만찬을 열었다. 당시 1981년 12월 10개월 만기 출소한 이소선 어머니는 김수환 추기경을 만난 자리에서 전두환을 면담하게 되면 청계피복노조 사람들을 풀어 줄 것을 건의해 달라는 부탁을 했다. 그 후 실제로 김 추기경은 청와대를 방문한 자리에서 청계피복노조 사람들을 풀어달라고 청하자 전두환은 다음과 같이 일언지하에 거절했다.

"내가 그 사람들 때문에 미국에 가서 얼마나 고생한 줄 아십니까? 엄청난 망신을 당했습니다. 그 사람들이 데모하는 장면이 미국 텔레비전 방송들에 계속 나오는 바람에 내가 어딜 방문해도 앞으로 못 다니고 뒷문으로 허겁지겁 도망다닐 정도였습니다. 그런데 나보고 그 사람들을 풀어주라는 말입니까?"[58]

이처럼 전태일의 뜻을 계승한 이소선 어머니의 주도로 조직된 청계노조는 박정희 정권을 종지부 찍었을 뿐 아니라 곧이어 등장한 전두환 살인 정권과도 맞서 싸운 것이다.

58 이소선, 「저자와의 인터뷰 증언」, 2006.10.11.

전태일의 분신 항거와 북조선(북한)의 반응

1. 분신 열흘 후 「로동신문」과 조선중앙TV에 보도되다

　　전태일의 분신 항거 소식이 남측과 해외 언론들을 통해 연일 보도가 확산되자 그 소식은 3.8선 철조망을 넘어 이북에도 신속하게 전해졌다. 11월 13일(금) 한낮에 발생한 전태일의 분신 항거 소식이 가장 먼저 남측 「중앙일보」를 통해 알려진 후 북측에는 열흘 지난 후인 23일(금) 당 기관지 「로동신문」에 기사화되었으며, 하루 전인 22일(목)에는 '조선중앙TV' 방송 뉴스를 통해 처음으로 보도되었다. 아마 북측 지도부와 언론 등은 사태 추이를 지켜보며 사건의 내막을 확인하는 절차로 인해 시일이 걸린 것 같았다. 남녘에서 벌어진 전태일의 평화시장 분신 항거 소식을 전해들은 북녘의 인민들과 평양시민들은 놀라움과 함께 안타까운 심정으로 사건을 접했으며 특히 김일성 수상59과 노동당 간부들, 최고인민회의 간

---

59 1972년 12월에 조선사회주의 헌법을 채택하여 국가주석으로 추대되었다.

부들은 물론 노동단체 대표들도 일제히 남측의 열악한 노동현실에 대해 깊은 우려를 나타내기 시작했다. 전태일의 분신 사건을 보고받은 김일성 수상이 구체적으로 어떤 반응을 보이고 어떤 대책과 지시를 내렸는가에 대한 명확한 자료는 아직 확인되지 않는다.

2. 남측의 노동현실을 교육할 때 어김없이 전태일이 언급되다

전태일의 분신 항거 소식이 평양의 신문과 방송으로 나간 후 북측의 학계나 노동계, 학교 등에서는 남측의 열악한 노동현실이 지속적으로 거론되었으며 남측의 노동여건과 박정희 정권의 인권 탄압 소식이 전해지는 경우 전태일의 분신 항거 소식도 늘 함께 거론되기 일쑤였다. 그러나 북측이 전태일 분신 사건을 프로파간다(선전선동) 도구로 이용하려는 의도보다는 통일전선 차원에서 자주 언급했다. 현재 남측에 거주하는 장기수들과 고령의 탈북자들은 전태일의 분신 사건을 북녘의 신문과 방송을 통해 생생히 들어서 알고 있었다. 또 필자가 북을 여러 차례 방문하면서 관료들과 고령의 평양시민들을 통해 확인해 본 결과 그들도 전태일의 사건을 뉴스를 통해 또렷이 기억하고 있었다. 또 최근 탈북자들의 여러 증언을 들어보면 "제가 조선에서 살았을 때 남조선 노동자들의 투쟁소식과 로동 환경에 대한 강연을 들을 때면 항상 전태일 렬사가 빠지지 않고 등장합니다. 로동자들의 권리를 외치면서 분신 투쟁한 사람이라고 말입니다"라고 말하는 이가 있는가 하면, 또 어떤 이는 "고등중학교나 대학생들에게 남측의 노동현실을 언급하는 경우에도 전태일의 투쟁 이야기를 꼭 설명해 주던 것을 기억합니다"라고 증언했다.

그뿐만 아니라 2004년 5월 '남북노동자통일대회'를 위해 남측을 방문한 북측 직총 관계자들에게 남측의 「매일노동뉴스」 기자들이 "전태일 열사를 알고 있습니까?"라고 질문하자 일제히 "물론 잘 알고 있습니다"라고 대답했다. 그리고 오랜 세월이 지난 후「로동신문」이나「우리민족끼리」혹은「조선중앙TV」등의 언론 매체에서는 남측에서 벌어지는 노동단체들의 군중집회나 민중대회 소식을 자세히 보도하는가 하면 노조들의 파업, 데모, 시위 등의 소식을 구체적으로 보도하고 있다. 최근(2018년 11월 18일) 북측의「우리민족끼리」사이트에서는 남측 민주노총 주관의 노동자 대회를 아래와 같이 보도하기도 했다.

> 지난 10일 남조선의 서울 중구 태평로에서는 민주로총의 주최하에 여러 로동단체들이《전태일렬사 정신계승 2018전국로동자대회》를 열고 11월 21일 총파업과 12월 1일 민중대회참가를 공식 선포하였다. 참가자들은《로동자는 기계가 아니다!》,《초불의 념원이다!》,《적폐청산, 로조할 권리, 사회대개혁 이룩하자!》등의 구호를 웨치며 모든 로동자들이 단결하여 투쟁에 떨쳐나설 것을 호소하였다. 또한 결의문을 통해《우리가 바로 전태일이다. 우리는 기계가 아니다》라고 하면서 11월 21일 총파업결의,《탄력근로제, 최저임금법, 규제완화법》개악을 비롯하여 자본가 청부립법의《국회》일방처리 저지, 공공부문 비정규직의 일방적인 자회사 고용 강력저지, 로동자, 민중의 힘으로 직접 사회대개혁을 이루는 투쟁 개시 등을 결의하였다.

전태일 분신 사건은 북측 당국보다는 오히려 남측 당국에 의해 그동안 왜곡돼 왔다. 특히 박정희 정권은 전태일의 죽음에 대해 온갖 비난과 매도, 흑색선전을 동원하면서 도구로 활용했을 뿐만 아니라 폭압과 압제로 대응해왔다. 1991년 4월 명지대학교 학생인 강경대가 백골단의 과잉진압으로 쇠파이프로 구타당해 방치된 채 사망한 사건이 발생했다. 시국은 이 사건에 대한 항의로 치달아 한 달 후에는 김영균, 천세용, 김기설, 윤용하 등이 잇따라 분신하는 '분신정국'이 조성되었다. 그러나 안타깝게도 4.19나 3.15처럼 혁명적인 시위로 이어지지는 못했다. 대다수 국민들은 민주적 절차로 대통령을 뽑는 시대에 격렬한 시위를 해야만 하는 당위성을 찾지 못했고 잇따른 분신이 학생들과 노동자들의 자발적 의사에 의한 것이 아닌지도 모른다는 의심을 품으며 국민적 공감대가 형성되지 못한 것이다. 이때 북측 당국에서는 강경대 학생을 김일성종합대 명예학생으로 추서하는 결정을 내렸던 것이다. 북측의 이런 조치는 전태일의 분신 항거 사건 때와는 사뭇 다른 결정이었다. 남측의 정권은 가해자이면서도 해결을 하거나 포용하는 것이 아니라 오히려 은폐하고 압박했다. 그러나 북측은 희생된 학생들을 일일이 챙겨주고 기억했고 기념했다.

3. 남측의 학생 열사들이 북측대학의 명예졸업생에 추대되다

1988년 2월 26일 서울대학교 제42회 졸업식장에서 학사모를 쓴 졸업생들이 기습시위를 벌였는데 그 이유는 같은 졸업생들이 박종철 열사의 명예졸업장 수여를 요구하기 위해서였다. 그러나 서울대와 교육부 측은 이듬해인 1989년 제43회부터 '졸업식'이라는 익숙한 말 대신 '학위수여식'이라는 명칭을 사용하면서까지 졸업식 구조와 의미를 변형했고 박종철의 명예졸업장 수여를 거부했다(박종철은 2001년도에 명예졸업장을 받았다). 그러나 남측의 해당 대학교에서 명예졸업장 수여를 거부하고 있는 동안 평양의 김일성종합대학교에서는 이미 박종철을 편입·등록시켰으며 1989년 명예졸업장을 수여했던 것이다. 남측의 추모연대(민족민주열사 희생자추모단체연대회의)가 공개한 31명의 명예졸업자 명단을 보면 북측이 북측이 해당 학생들에 대한 업적과 활동은 물론 전공과목 등을 세심하게 배려를 한 것을 볼 수 있다.

1988년 2월 제42회 서울대 졸업식장에서 졸업생들이 박종철 열사의 명예졸업장 수요를 요구하며 기습시위를 벌이고 있다.

　6.10항쟁을 촉발시킨 박종철 열사는 김일성종합대 조선어문학부 조선어학과 3학년에 1987년 3월 3일 등록됐다가 1989년 8월 10일 졸업했으며 '투쟁업적'란에는 "대학교 총학생회산하 '민주화투쟁위원회'조직책으로 반독재민주화투쟁에 참가. 1987. 1. 14. 치안본부 대공분실에 납치·고문 끝에 학살. 강제화장 당함"이라고 기술돼 있었다. 이는 박종철이 희생할 당시 서울대 인문대학 국어국문학과 3학년에 재학 중이었으며 이때 북측은 조선어문학부 조선어학과라는 비슷한 전공에 똑같은 학년으로 명예학생으로 등록했으며 재학기간도 1년으로 졸업학년인 4학년과 일치하는 등 해당 학생의 신상과 전공 분야를 세심하게 고려한 것을 볼 수 있다.

　이와같이 1980년대 말에서 1990년대 초반까지 민주화운동과 통일운동, 반미운동을 하던 중 정권에 의한 타살이나 분신 항거를 감행한 남측의 대학생 28명이 북측 대학교에 편입 등록되어 명예졸업생이나 명예학생이 된 것은 남측이 몰랐던 북측 사회의 단면 중 하나이다. 또 이들 28명 외에 가장 최연소 '명예학생'이 두 명 있었는데 그들이 바로 2002년 미군의 장갑차에 깔려 숨진 신효순·심미선 학생이다. 이 두 명은 2003년 3월 북측의 평양모란봉 제1중학교에 명예학생으로 등록됐다가 2005년 3월 명예졸업장을 수여받은 것으로 되어있다. 또 일반인으로는 유일하게 1969년 '통일혁명당' 사건으로 사형을 당한 김종태 서울시당 책임자가 포함되어 있었고, 생존자로는 1987년 평양에서 열린 13차 세계청년학생축전에 전대협 방북대표로 참가했던 임수경이 포함됐다.

공장기업소, 대학들에 명예인사, 명예학생으로 등록된 남녘의 애국렬사들과 학생명단

1	김종태	통일혁명당 서울시당 위원장	해주사법대학을 김종태사범대학으로 개칭.
2	박종철	서울대학교 인문대학 국어국문학과 3학년(22세)	김일성종합대학 조선어문학부 조선어학과 3학년
3	김태훈	서울대학교 사회과학대학 경제학과 4학년(22세)	김일성종합대학 경제학부 정치경제학과 4학년
4	박혜정	서울대학교 인문대학 국어국문학과 4학년(22세)	김형직사범대학 어문학부 국어국문학과 4학년
5	리재호	서울대학교 사회과학대학 정치학과 3학년(22세)	김형직사범대학 김일성동지혁명력사학부, 김일성동지혁명력사학과 3학년
6	한영현	한양대학교 공과대학 기계학과 3학년(25세)	김책공업종합대학 기계제작학부 공작기계학과 3학년
7	김세진	서울대학교 자연과학대학 미생물학과 4학년(21세)	평양의학대학 기초의학부 기초의학과 4학년
8	최온순	동국대학교 사범대학 수학교육학과 2학년	김종태사범대학(현 김종태대학) 물리수학부 수학과 2학년
9	황정하	서울대학교 공과대학 토목학과 4학년(23세)	건성건재대학 건축공학부 건축공학과 4학년
10	박관현	전남대학교 경영대학 행정학과 4학년(28세)	경공업대학(현 한덕수경공업대학) 경공업경영학부 방직경영학과 4학년
11	진성일	부산산업대학교 행정학과 3학년(23세)	상업대학(현 장철구상업대학) 경리학부 상업경영학과 3학년

12	리동수	서울대학교 농과대학 원예학과 1학년	원산농업대학과 과수학부 과수학과 1학년
13	김두황	고려대학교 정경대학 경제학과 3학년(23세)	원산경제대학(현 정준택원산경제대학) 계획경제학부 경제계획과 3학년
14	김성수	서울대학교 자연과학대학 지리학과 1학년(18세)	남포사범대학(현 삼광대학) 력사지리학부 지리학과 1학년
15	리한렬	연세대학교 경영학과 2학년(21세)	평양의학대학 의학부 의학과 2학년
16	조성만	서울대학교 화학과 4학년(25세)	김일성종합대학 화학학부 화학과 4학년
17	최덕수	단국대학교 법과대학 법학과 2학년(20세)	김일성종합대학 법학부 법학과
18	박래전	숭실대학교 인문대학 국문학과 3학년(25세)	김형직사범대학 어문학부 국어국문학과 3학년
19	남태현	서울교육대학 륜리교육학과 4학년(24세)	김형직사범대학 교육학부 교육학과 4학년
20	리철규	조선대학교 공과대학 전자공학과 4학년(24세)	김책공업종합대학 전자공학부 공업전자공학과 4학년
21	림수경	한국외국어대학교 룡인 분교 프랑스 어학과 4학년	김형직사범대학 외국어학부 영어학과 4학년/ 김일성종합대학 외국어문학부 프랑스어문학과 4학년/ 김책공업종합대학선박공학부 선박건조학과 4학년/ 원산경제대학(현 정준택원산경제대학) 계획경제학부 경제계획과 4학년/ 김종태사범대학(현 김종태대학) 외국어학부 영어학과 4학년/ 평양연극영화대학 문학리론학부 영화리론학과 4학년/ 평양외국어대학 3학부 프랑스어학과 4학년/ 원산농업대학 원림 및 경제식물학부 원림학과 4학년
22	강경대	명지대학교 경제학과 1학년(19세)	김일성종합대학 경제학부 재정경제학과 1학년
23	박승희	전남대학교 자연대학 식품영양학과 2학년(20세)	경공업대학 식품가공학부 2학년
24	김영균	안동대학교 민속학과 2학년	김철중사범대학 력사지리학부 력사과 2학년
25	천세용	경원대학교 공과대학 전자계산기학과 2학년 (20세)	김책공업종합대학 전자계산기학부 전자계산기학과 2학년

26	남태혁	동국대학교 철학과 2학년(27세)	김형직사범대학 철학부 철학과 2학년
27	안성모	동국대학교 철학과 2학년(26세)	김형직 사범대학 철학부 철학과 2학년
28	김귀정	성균관대학교 프랑스문학과 3학년(25세)	평양외국어대학 3학부 프랑스어학과 3학년
29	리내창	중앙대학교 예술대학 조소학과 3학년(27세)	평양미술대학 조각학부 조각학과 3학년
30	신효순	경기도 양주군 조양중학교 학생(14세)	평양모란봉 제1 중학교 4학년
31	심미선	경기도 양주군 조양중학교 학생(14세)	평양모란봉 제1 중학교 4학년

원래 이 명단은 이미 2006년 남측의 추모연대 측에서 통일부를 통해 일반에 공개한 것이다. 그동안 남측의 민주화희생자 유가족이나 관계자들이 방북할 경우 북측이 이들에게 명예졸업장 사본을 전달한 사례 등은 있었으나 위의 명예학생 명단이 공개된 것은 처음이었다. 2005년 10월말 사회단체 원로대표들이 집단체조 아리랑공연 참관행사에 참여하던 중 김택진 추모연대 통일위원장이 북측 민화협(민족화해협력범국민협의회) 측에 명단 입수를 구두로 요청한 데 대해, 2006년 11월말 개성실무 접촉을 위해 방북한 '겨레하나'가 북측 민화협으로부터 전달받은 문건이다.

이에 추모연대는 '겨레하나'로부터 11월 25일 명단을 넘겨받았으며, 11월 30일 통일부에 신고 절차를 마쳐 공개한 것이다. 명단은 명예인사들의 이름, 성별, '직위 및 당시 나이', '투쟁업적', '등록된 (북측) 공장 및 기업소'로 구성되어 있다. 희생된 학생들 중에 유일한 생존자로 명단이 올라간 학생은 임수경인데, 문건에는 "민족의 장한 딸, 통일의 꽃"이라고 기술돼 있으며, 김형직사범대학, 김일성종합대, 김책공업대학, 원산경제대학, 김종태사범대학, 평양연극영화대학, 평양외국어대학, 원산농업대학 등 명예학생으로 등록된 대학만도 무려 8곳에 이른다. 필자는 전태일

No.	이름	성별	력위 및 당시 나이	투쟁업적	등록된 공장, 대학	등록날자	출생날자
1	강영지	남자	통일혁명당 서울시위원장	조국통일성업에 나섰다가 1969.7.10 체포되어 사형당함.	평양시기계전문 직공장을 김중 태연거시전화 용광으로 개칭. 애국사업대학을 김중태시전 대학으로 개칭.	1969.7.12	
2	박승희	남자	서울대학교 인문대학 국어운동학과 3학년 (22세)	1984년 입학한 후 《연구》에 가입. 대학교 총학생회사하《민주애국해방대》조직으로 전투대학투쟁 벌여. 1987. 1. 14 《처란호구》대통령실에 항의. 고문으로 학살, 상식자당함.	김일성종합대학 로문학부 국어학과 3학년	1987.3.3	1989.8.10
3	김세진	남자	서울대학교 사회과학대학 경제학과 4학년 (22세)	1978년에 입학한 후 운동현실에서 활동. 1991.5.27 방북 연민투쟁 1 위기념강의와 총성투쟁에 참가. 학우들과 미국투쟁 올림픽스기가 위하여 대학교소년을 수십여 날거나 《이게먼데, 전주한미도와라》를 위치며 상식사거 피여	김일성종합대학 경제학부 정치경제학과 4학년	1987.3.3	1988.6.4
4	이재호	여자	서울대학교 인문대학 국어운동학과 4학년 (22세)	1983년 입학한 후 대학원 어린 운동단체에 입대하여 군사회조직을 장대하는 최고취투를 결행. 파출고문에 읽기 안상방법으로 1988.5-21 투쟁현장에서 분신.	김일성학교대학 로문학부 국기국문학과 4학년	1987. 3.6	1988.8.17

'북의 공장기업소, 대학들에 명예인사, 명예학생으로 등록된 남녘의 애국렬사들과 학생명단' 사진.
(자료제공: 추모연대)

열사가 혹시 어느 학교의 명예학생으로 등록되었거나 북측의 열사로 추소되었는지의 여부가 궁금하여 문의하였으나 아직은 그 어디에도 공식적으로 등록되거나 추서된 것이 없는 것으로 확인되었다. 한편 위 31명의 열사 명단과는 별도로 서울대 김세진·이재호의 경우 다른 열사들과는 달리 2006년 북측의 민족민주애국렬사에 추서된 것으로 확인되었다. 그러나 필자가 판단하기에 북측에서는 전태일 열사를 남측의 노동운동과 민주화운동에 기여한 공로가 너무 큰 영웅열사로 여기고 있기 때문에 특정 학교나 열사 칭호, 영웅 칭호를 고려하지 않은 것으로 결론을 내렸다.

4. 전태일 렬사가 그렇게 훌륭합니까?

필자는 여러 차례 방북을 하면서 틈날 때마다 전태일 열사에 대한 북녘사회의 인식에 대해 알아보았다. 그러나 너무 세월이 오래 지나서 그런지 1980년대 말과 1990년대 초반 남측 사회의 민주화와 통일을 위해 군사정권과 맞서 교내에서 학생운동을 주도하다가 전두환·노태우 정권에 의해 희생됐거나 자결한 열사들과 희생자들보다 전태일 열사에 대한 인지도는 약해 보였다. 전태일의 분신 항거 사건이 수십 년이 지난 지금도 아직 풀지 못한 과제로 남겨둔 분야가 있는데 그것이 바로 전태일과 북조선(북한)이다. 남측에서는 전태일의 항거와 정신에 대한 노동자 관점의 재현도 아직 제대로 실현되지 못했는데 북측을 거론하기에는 역부족이었다. 사회과학의 입장에서는 평생 혼자 주경야독한 '사회과학자'로서 전태일을 재현하는 작업을 시도할 만했다. 필자가 방북을 하면서 틈날 때마다 전태일 열사를 거론하며 북측 사회에서 '렬사'는 어떤 의미이며 전태일과 같은 방식으로 희생한 열사들이 북에도 존재하는지 여기저기 대화를 통해 들어보았다. 아울러 남북 양측은 이미 노동정책과 노동여건 그리고 노동자들의 이익 분배 시스템이 서로 판이하게 운영되어 왔으며 노동자들의 노동운동 활동 또한 그 의미와 차원이 다르기 때문에 그 부분도 알아보았다.

북한을 '북괴'로 호칭한 전태일이 평소 사회주의나 공산주의를 공부했을 리가 만무하다. 그러나 사회과학에 대해 아무런 연구도 하지 않은 전태일은 오로지 자신의 삶 자체를 이론으로 승화시켜 헤겔과 마르크스를 이미 넘어선 경지에 도달했다. 그의 수기장의 일기와 메모, 창작소설과 시 등을 살펴보면 그는 자생적 사회주의자로도 볼 수 있다. 그런 부분들에 대해 김철주사범대학의 정치학 강좌장 정기풍 교수와 대동강변에 있는 평양호텔 세미나룸에서 만나 대담을 통해 북측의 견해를 들은 적이 있었으며 대화 중간에 최고인민회의 상임위원을 겸직하고 있는 조선그리스도교련맹(조그련) 위원장인 강명철 목사도 합류하여 심도있게 대화를 나눈적이 있다.

(최) 방금 이북에도 열사들이 많다고 했는데 그분들은 대체로 어떤 이유에 의해, 어떤 방식으로 열사가 되신 분들인가요?

(정) 예를 들어 리수복과 안영애 그리고 김광철과 길영조 등의 영웅 렬사들은 자신이 속한 공동체를 위해 자신의 한 몸을 바쳐 희생했다는 공통점이 있습니다. 우리 조선에서는 영웅과 렬사를 동등하게 여기는데 주로 영웅은 자신의 숭고한 뜻을 이루고 살아서 돌아온 분들을 지칭하고, 렬사는 그 뜻을 이루기 위해 목숨을 버린 분들입니다. 그러나 크게 구분하지 않고 같은 뜻으로 사용하는 경우가 많습니다. 자신의 몸을 바친 영웅 렬사들은 력사의 소명 앞에서 나라와 공동체를 위해서 보통 사람으로는 도저히 할 수 없는 큰일을 내어 인민대중들로부터 열광적으로 존경받는 분들 아닙니까? 리수복은 강원도 금강군 전투 중에 적군의 대포 화구를 직접 가슴으로 막아 장렬하게 전사한 분입니다. 그런데 그분이 더 유명해진 것은 무엇보다 그 전투에 참가하기 전에 쓴 시 때문입니다.

(최) 어떤 내용의 시를 썼는지 궁금합니다.

(정) 시에는 이런 것이 적혀 있었습니다.

'나는 해방된 조선청년이다. 생명도 귀중하다.

찬란한 내일의 희망도 귀중하다.

그러나 나의 생명, 나의 희망, 나의 행복, 이것은 조국의 운명보다 귀중치 않다. 하나밖에 없는 조국을 위하여, 둘도 없는 목숨이지만 나의 청춘을 바치는 것처럼 그렇게 고귀한 생명, 아름다운 희망, 위대한 행복이 또 어데 있으랴'

그런데 이 수기장이 널리 알려지면서 청년학생들 사이에 그를 따라 배우겠다는 열풍이 불길처럼 타올랐던 것입니다.

(최) 이념을 초월해서 참으로 감동적인 시라고 생각됩니다. 리수복이 일기장에 적은 시는 마치 남측의 전태일 열사의 일기장을 떠오르게 합니다. 다른 이들을 위해 불꽃으로 산화한 남측의 전태일과 북측의 리수복은 서로 죽음의 방

식과 의미에 있어서 매우 흡사하다고 여겨집니다. 전태일은 닭장 같은 좁은 공간에서 밤낮으로 혹사당하는 어린 나이의 여성 노동자들을 위해 노동청과 방송국도 찾아가도 안 되니까 나중에 대통령한테까지 편지도 썼는데 그래도 안 되니까 자신의 몸을 불사르는 방법 외에는 경각심을 줄 수 없겠다고 생각한 것입니다. 그래서 수많은 밤을 번민하다가 마침내 결심을 굳히고 난 후 자신의 일기장에 주옥같은 글들을 남기고 마침내 산화한 것입니다.

(강) 아, 어떤 글을 남겼습니까?

(최) 기억나는 대로 한번 암송해보겠습니다.

'이 결단을 두고 얼마나 오랜 시간을 망설이고 괴로워했던가? 지금 이 시각 완전에 가까운 결단을 내렸다. 나는 돌아가야 한다. 꼭 돌아가야 한다. 불쌍한 내 형제의 곁으로, 내 마음의 고향으로, 내 이상의 전부인 평화시장의 어린 동심 곁으로. 나를 버리고, 나를 죽이고 가마. 조금만 참고 견디어라. 너희들의 곁을 떠나지 않기 위하여 나약한 나를 다 바치마. 너희들은 내 마음의 고향 이로다.'

이렇게 남겼습니다.

(강) 매우 감동적입니다. 전태일 렬사가 그렇게 훌륭합니까? 리념을 초월해 전태일 렬사라는 분이 남긴 수기와 리수복 렬사가 남긴 수기가 같은 맥락에서 리해가 되었습니다.

(최) 나머지 안영애, 김광철, 길영조는 어떤 영웅 열사들입니까?

(정) 그리고 보니 우리도 전태일 렬사같은 훌륭한 렬사들이 많습니다. 리수복과 안영애가 50년대 살았던 분들이라면 김광철과 길영조는 80년대와 90년 대를 사신 분들입니다. 먼저 김광철은 소대장 신분으로 신병훈련소에서 훈련을 지휘하던 중 안전핀이 빠진 수류탄이 병사들 앞에 떨어지자 그것을 온 몸으로 막아 열 명의 병사들을 구한 분입니다. 또한 길영조는 공군조종사로서 훈련 도중 뜻하지 않은 사고를 당해 지휘관으로부터 비행기에서 탈출하라는 명령

을 받았으나 만일 탈출할 경우 자신은 살 수 있어도 비행기가 마을 주택에 떨어지면 큰 피해를 줄 수 있다고 판단해 기수를 바다 쪽으로 돌려 일부러 바다에 추락해서 숨진 분입니다.

(최) 김광철 열사는 남측의 강재구 소령의 수류탄 산화와 너무 동일하고 길영조 열사는 남측의 공군 대위 이상희 조종사와 거의 비슷한 경우에 해당되는군요. 이 대위도 1991년도에 비행 훈련 도중 다른 전투기와 충돌사고가 발생했는데 상대 비행기 조종사는 즉시 탈출했으나 이 대위는 추락하는 순간 마을 민가가 보이니까 탈출하지 않고 비행기를 안전한 곳으로 기수를 돌렸지요. 민간인들의 무고한 죽음을 막기 위해 죽는 순간까지 조종간을 놓치 않고 기체를 미나리밭으로 추락시켜 결국 자신의 몸을 장렬히 산화했던 것입니다. 당시 그의 나이가 꽃다운 23세였고요.

(정) 김광철, 길영조 렬사처럼 남조선 국방군에도 젊은 나이에 자신들이 속한 공동체를 위해 자기 목숨을 아끼지 않는 모범적인 군인들이 있었군요.

(최) 정 교수님과 강 목사님을 통해 북측에도 남측처럼 이타적인 희생을 하신 분들이 무척 많다는 것을 알게 되었습니다. 그렇다면 그분들을 어떤 식으로 추모를 하고 유지를 받드는지 궁금합니다.

(강) 최 목사님이나 저나 모두 기독교 목사입니다. 기독교에서는 부활과 영생에 대한 교리가 있지 않습니까? 그것과 마찬가지라고 생각합니다. 비록 영웅 렬사들의 육체는 소멸됐으나 그분들이 속했던 사회공동체 속에 다시 사회적 생명체로 부활해 영원히 함께 하고 있다는 것이 우리들의 립장입니다. 우리 공화국에서는 어느 한 사람의 생애를 평가할 때 그 사람이 이뤄 놓은 업적이나 일한 분량으로 평가하기보다는 공동체 집단을 위해 자신의 개인적인 삶을 얼마나 바쳤는가를 그 가치 기준으로 평가합니다. 예를 들면 자신의 생애 절반만 바치고 많은 일을 한 사람보다는 비록 일한 양은 적지만 자기 생애 전부를 바친 사람이 더 높이 평가된다는 의미입니다. 그러니까 개인의 육체적 생명은

끝이 나도 그 사람이 지닌 사회정치적 생명은 영생하게 된다는 말입니다. 그런 의미에서 전태일 렬사는 지금 북과 남 우리 민족 구성원 모두의 곁에서 영생하고 있는 것으로 믿습니다.

(최) 북녘사회는 전체주의 국가로서 공동체 집단과 조직을 매우 중요하게 여기는 것으로 알고 있는데 개인과 전체와의 관계를 어떻게 이해하는 것이 좋을까요?

(정) 우리 조선은 오래전부터 "하나는 전체를 위하여, 전체는 하나를 위하여"라는 구호가 있습니다. 영어로는 "One for all, All for one"이라고 합니다. 이런 유명한 사회적 문구가 있는가 하면 "다섯 손가락이 있다면 그 중 한 손가락으로는 크게 쓸모가 없지만 다섯 개를 모두 합치면 바윗돌도 깬다"는 말도 있어서 우리 인민들이 자주 사용합니다. 이처럼 우리는 어릴 때부터 집단의 성원이 되어 조직생활을 하는 것을 당연하게 받아들이고 보람 있게 여깁니다. 자기 운명을 자신이 속한 조직의 운명과 결합시켜 조직의 고귀한 목표실현에 기꺼이 자기의 모든 지혜와 힘을 바치는 것이 곧 우리들의 운명입니다. 그래서 어떠한 시련 속에서도 변함없이 조직의 위업에 헌신하는 것이 고귀한 삶이라고 여기는 것입니다.

박학다식한 북측의 대학교수와 정치적으로 높은 위상에 있으면서 3대째 대대로 기독교 목회자 가정에서 자란 북측 목회자와의 대화를 통해 전태일 열사의 생애가 북측에서도 큰 울림으로 다가왔다는 사실을 알게 되었고 공감했다. 또 이미 북측 사회에는 수많은 전태일이 있다는 것도 알 수 있었다. 살아생전에는 엉터리로 살던 형편없는 사람들도 죽기 전에 예수만 믿으면 천국 가서 영생복락을 누린다는 개신교의 허황된 근본주의 교리보다는 이런 살신성인의 이타적인 삶을 살고 산화한 사람들이 부활하여 영생한다는 이야기가 나에게는 훨씬 더 공정하고 합리적으로 들렸다. 또 강 목사는 정의로운 사회를 위해 최선을 다함으로써 그 조직 성원들로부터 사랑과 존경을 받는 것이 바로 영생의 출발이라고 부연해주었다. 18세의 어린 영웅 리수복 열사와 23세의 젊은 전태일 열사의 산화 사건 그리고 북측의 김광철과 남측의 강제구 소령의 산화 사건, 북측 조종사 길영조와 남측 조종사 이상희 대위의 장렬한 산화 사건에서 보듯이 고상한 차원의 이타적인 목표를 향해 사는 것이 바로 이념과 사상을 초월해 모든 인간이 추구하는 가장 복된 삶이라는 것이다.

(정) 후세들이 영웅 렬사들의 유지를 계승하여 우리가 물려받은 오늘의 조국 강산을 더욱 아름답게 건설하도록 고무하기 위해 아직도 이름조차 기록되어 있지 않은 렬사들이 있지 않는가 하여 세심히 찾고 있으며 이름 없이 희생된 렬사들의 무명공적도 널리 알리는 것과 동시에 다시 살아 돌아온 영웅들 속에 는 혹시 제대로 사회대우를 받지 못하고 있는 분들이 있지 않는가를 항상 살펴 보고 있습니다. 그 결과 가는 곳마다에서 자라나는 후대들이 렬사들의 고상한 혁명정신과 영웅적 사적에 크나 큰 감동을 받고 있습니다.

북측 사회는 자신들이 존경하는 영웅 열사들을 그냥 상징적 의미로만 간주하는 것이 아니었다. 이미 국가 차원에서 제도적으로 영웅증서(英雄 證書)나 렬사증(烈士證)을 교부하여 그들로 하여금 거기에 걸맞는 혜택을 받도록 한다는 것이다. 영웅칭호와 그에 따른 훈장, 메달, 증서 등이 수여 된다. 렬사칭호 또한 '렬사증'이 있어야만 평양 신미리 애국렬사릉이나 각 도 단위에 조성된 10여 곳의 지역 렬사릉에 안장될 수 있다. 그리고 가족 들은 그런 각종 영웅 렬사 증서들과 유물들을 소중히 간직하면서 자랑스 럽게 여기고 있었다. 무엇보다 사회주의 국가인 북조선은 인간을 육체적 생명 그 이상의 의미로 보고 있었으며, 인간을 사회정치적 생명을 가진 고

귀한 존재로 보고 있다는 데 매우 놀랐다. 육체를 지닌 개인의 한 생애는 죽음으로 끝이 나지만 그 사회와 집단은 영원히 존재하고 발전한다고 보는 것이다. 그리고 이웃과 공동체의 이익을 위해 헌신하며 자기 목숨까지도 타인과 민중을 위해 기꺼이 희생할 때 그 사람은 영원한 사회적 생명체가 되어 영생하게 된다는 원리를 충실히 따르고 있었다. 민중과 혁명의 이익을 자기 자신의 것으로 동일시하고 그 실현을 위한 헌신과 투쟁에 자기 목숨을 바칠 때 개인의 육체적 생명은 끝이 나도 그가 지닌 사회정치적 생명은 자신이 속한 공동체와 영생하게 된다는 의미였다.

5. 전태일 렬사는 영웅적인 로동자입니다

이어서 필자는 북측의 대동강타일공장(천리마타일공장으로 변경), 평양껌공장, 평화자동차생산공장을 비롯한 여러 생산 공장들과 기업소 등을 방문해 틈나는 대로 북녘의 현장 노동자들과 대화를 시도하였으며 전태일 열사와 관련된 이야기에 대한 반응도 알아보았다. 특별히 필자 일행과 동행한 정기풍 교수와 더불어 천리마타일공장 윤갑병 부기사장도 필자의 요청에 따라 북녘의 노동 구조와 노동자들의 처우개선에 대한 대화를 나눴다. 또한 전태일 분신 항거 사건과 결부하여 자신들의 입장과 관점을 상세히 들려주기도 했다

(최) 남측에는 '스트라이크'라고 해서 노동자들이 자신들의 요구를 관철시키기 위해 작업을 완전히 포기하는 '동맹파업'이 있습니다. 그리고 '사보타주'라고 해서 노동시간을 충분히 채우지 않는다든지, 불완전한 제품을 만든다든지 하는 방식으로 노동자들의 요구를 업주 측에 끝까지 관철시키기도 합니다. 혹시 북측에도 그런 제도가 허용되는지 궁금합니다. 또 북측에도 노동자들의 파

업이나 데모가 있는지도 궁금합니다.

(윤) 우리 북조선은 자기 스스로를 위해 일하기 때문에 노사분규라는 것 자체가 존재하지 않습니다. 자신이 일한 대가가 자기에게로 그대로 돌아오기 때문에 파업을 할 필요가 없습니다. 파업을 하면 자신에게 손해가 되지 않겠습니까? 노사분규라는 것은 계급적 착취사회에서나 발생하는 것인데 계급 갈등과 계급 간 모순이 제거된 우리 공화국 사회에서는 그런 사건들이 발생할 수 없는 구조라고 보시면 됩니다. 전태일 렬사가 당한 억울한 일들을 우리 로동자들은 겪어 본 적이 없습니다.

(최) 제가 예상했던 대로 남측의 노동현실이나 노동구조 시스템과는 너무 다르군요.

(정) 로동의 모든 결과가 로동자 집단의 리익을 위해서 돌아가는데 무슨 파업이니 태업이니 그런 행동들이 필요가 있는가 말입니다. 로동자의 리익은 우리 사회주의 체제가 알아서 스스로 공정하게 분배해 준다 말입니다. 그저 우리 로동자들은 서로 믿고 도와줄 일만 남아 있는데 노사분규가 웬 말입니까? 그런 행동들은 다만 우리 사회를 파괴하는 의미밖에는 없습니다. 그러나 자본주의를 따르는 남조선 사회는 우리와 경우가 아주 다르다고 봅니다. 외국자본을 끌어들이거나 매판 자본가들에게 리권을 부여해주고 로동자들에게는 정당한 대가를 지불하지 않고 노예적 착취에 기반하여 노동력을 착취하는 사건들이 빈번하게 발생하고 있다면 당연히 강력하게 투쟁해 요구를 해야 합니다.

(윤) 우리 조선은 일제가 물러가고 곧바로 사유재산 제도를 폐지하고 착취계급을 소멸시켰기 때문에 애초부터 최 선생이 말씀하는 그런 노사관계의 성립이 안 됩니다. 로동자가 주인이기 때문에 로동 3권 등 기본권의 필요성 자체가 없다고 보시면 됩니다. 남조선 로동자들이 투쟁하는 것은 외국 독점자본과 매판재벌들 같은 반인민적인 재벌들이 로동자에게 돌아갈 리익을 공정하게 분배하지 않고 로동자들의 피를 빨아먹으면서 민생을 도탄에 몰아넣어서 발생

하는 것 아니겠습니까?

6. 우리는 전태일 렬사처럼 억울한 로동자가 없는 사회입니다

전태일의 짧은 생애와 저항 정신 그리고 분신 항거라는 완전하리만치 확고한 진정성은 이제는 충분히 북측 사회에도 입증해야 할 가치가 된다고 여겨졌다. 우리 민족 전체 공동체의 차원에서 볼 때도 전태일의 상징성과 진정성은 남과 북에서 충분히 존중받고 공유되어야만 한다. 다행스럽게도 전태일은 오래전부터 3.8선 철조망을 넘어 북에서도 평가하고 인정하는 상징적인 인물이 되고 있었다. 그렇다고 해서 전태일이 당장 통일지향적인 상징성이 있다든지 남과 북을 이어주는 오작교의 역할을 하리라고 기대하지 않는다. 그러다가는 자칫 이데올로기적 도구가 되기 쉽기 때문이다.

김철주사범대 정기풍 교수와 천리마타일공장 윤갑병 부기사장과의 대화 도중에 평양껌공장을 참관하던 날이 갑자기 떠올랐다. 그날 여성 노동자와의 대화를 통해 확인한 사실 중의 하나가 새로 바뀐 노동법에 의해 생긴 휴가제도였다. "저희 여성근로자들은 산전, 산후 휴가 기간을 기존 150일에서 산전 60일과 산후 180일로 하여 모두 240일로 확대되었습니다"라는 답변을 듣고 순간 내 귀를 의심했었으나 이는 사실로 확인되었다. 남측에 사는 사람들은 북에 대해 너무 모르는 정보가 많았다.

> **(정)** 저희 공화국은 전태일 렬사의 희생이 필요가 없을 정도로 노동구조가 잘 갖춰진 사회라고 이해하셔도 될 것 같습니다.
>
> **(최)** 정말로 북조선 노동자들은 전태일 열사의 투쟁방식이 필요 없는 완벽한 사회가 맞는지 궁금합니다.

(정) 우리나라는 전태일 렬사의 억울하고 안타까운 사건이 적용될 수 없는 사회입니다. 전태일 렬사가 비참하게 죽어간 70년 11월은 우리 로동자들이 60년대 경제발전의 자신감으로 완전한 사회주의 국가건설에 일떠선 시기였습니다. 그러다 보니 '피바다' 근위대나 '꽃파는 처녀' 근위대가 로동 현장에 함께 하며 로동자들의 사기를 북돋아 주다 보니 생산 활동의 좋은 성과가 있었습니다. 가열찬 로동의 결과로 우리 로동자들도 많은 로임을 받고 풍요로운 생활을 영위하며 끊임없이 새 기록, 새 기준을 창조해나가던 시기였는데 로동자들을 핍박하는 것이 웬 말이고 로임 착취가 웬 말입니까? 우리 로동자들에게는 그런 일이 도저히 있을 수가 없습니다.

(윤) 우리나라는 전태일 사건이 적용될 수 없는 로동자들을 위한 나라입니다.

(최) 이북에서는 전태일의 분신 항거 자체가 무의미할 정도로 노동제도가 완벽하고 노동자들만을 위한 시스템이 구축됐다는 의미군요. 저도 사회주의나 공산주의 체제는 자본주의 제도와는 달리 사유재산이 아닌 공유재산 제도를 실현해 빈부의 격차와 계급의 차이를 없애는 것으로 알고 있습니다만 노동자들을 위한 국가의 기본 정책들이 궁금합니다. 조선노동당 마크(로고)를 보면 로동자들을 상징하는 그림들이 있고 당 이름에도 '로동'이라는 단어가 들어가 있는 것으로 보아 당과 노동자와 직접 연관이 있을 듯합니다.

(정) 좋은 질문입니다. 조선로동당 마크를 보면 우리나라 전체 로동자들의 위상이 보입니다. 마크를 보면 로동계급, 농민, 지식인을 비롯한 근로대중이 단결되어 있다는 것을 상징하기 위해 망치와 낫과 붓을 자루 중간지점에서 교차시켜 세워놓은 것을 볼 수 있습니다. 당규에는 망치가 '혁명의 로동 계급인 로동자를 의미하며, 낫은 농민을, 붓은 지식인(근로 인테리) 등을 뜻한다'고 명시되어 있습니다.

(최) 당을 이끄는 중추세력과 당에 소속된 전체 성원들을 차지하는 직업군들이 서로 균형과 조화를 이루며 당원을 구성하고 있는 것이 마크를 통해서 엿 볼 수가 있군요.

(정) 과거 우리나라는 예로부터 붓은 인문(人文)을 뜻합니다. 가령 봉건사회에서도 시골 마을에 산봉우리가 있으면 동네 어른들이 문봉이니 필봉이니 문필봉(文筆峰)이니 하면서 동네 아이들이 산봉우리를 바라보며 학문에 정진하며 자신의 미래를 꿈꾸며 희망적으로 살도록 했습니다. 이처럼 조선로동당은 세계 역사에서도 보기 드물게 인문학적인 가치를 지닌 공산주의 인민사회를 지향하고 있는 정당이기 때문에 로동자에 대한 정책은 완전하다고 볼 수 있습니다.

(최) 사전에 보면 노동당의 영문표기는 "Workers' Party of Korea"인데 직역을 하면 '노동당'이 아니고 '노동자의 당'이더군요. 그렇다면 당명 자체가 '노동자의 당'이니만큼 당의 이념이 과연 노동자들을 중심으로 형성되고 있는지 혹은 노동자들을 얼마나 위하고 있는지 궁금합니다. 또 국가를 이끌어가는 당의 노동정책은 어떠하며, 노동자들을 어떻게 대우하고 있는지 관심이 안 갈 수가 없습니다.

(정) 우리 주석님께서는 조국의 앞날이 풍전등화와 같던 일제 강점시기 15년간 풍찬노숙을 하며 조선의 자주독립과 해방을 위해 만주일대에서 항일무장투쟁을 이끄셨습니다. 그리고 해방(8.15)을 맞이한 지 닷새가 되는 날(원산항으로 환국을 한 달 앞둔 시점)인 8월 20일, 혁명1세대 군사정치 간부들 앞에서 연설을 하셨는데 그중에 일제가 물러가고 난 후의 조선의 로동자들이 당면한 문제와 생활보장에 관한 강령을 발표하셨습니다.

(최) 해방 닷새 만에 노동자의 생활보장을 선포했다니 매우 현실적이고 선견지명이 있으셨군요.

(정) 고스란히 남아있던 일제 잔재들과 제도들을 청산하는 혁명인인 내용이

담긴 강령이었으며 해방된 조국에서 펼쳐나갈 사업들에 대한 구체적인 청사진들이었습니다. 주석님은 "그러면 현 단계에서 인민 주권이 실시하여야 할 행동강령은 무엇입니까?"라고 질문을 던지신 후에 13개 항목을 발표하셨는데 그중에 로동자들에 관한 주목할 만한 것이 있습니다. 여섯 번째 항목에 '8시간 로동제와 로동자들의 생활을 보장할 만한 최저임금제를 실시하며 실업 로동자들에게 직업을 보장하여 줄 것이다'라는 내용입니다. 그리고 이날 연설에서 제시된 내용들은 얼마 후 북조선임시인민위원회를 통해 마침내 적용되고 실현되었던 것입니다. 인민대중들의 지원에 힘입어 토지개혁 단행과 로동자들에 대한 대우와 모든 산업시설을 국유화하는 등의 혁명적 조치를 단행하시면서 나라를 안정화시켰던 것입니다.

(윤) 그렇습니다. 그때부터 지금까지 우리 조선은 당과 내각은 물론 모든 국가기관, 기업소, 사회협동단체들이 가장 우선시하는 사업은 로동자들의 안전과 근로조건 보장이었습니다. 로동자들에게 안전하고 문화위생적인 근로조건을 보장하기 위해 로동자들의 로동안전시설과 고열, 가스, 먼지 등을 막고 채광, 조명, 통풍 등을 보장하는 산업위생조건을 갖추며 그것을 끊임없이 개선하고 완비하여 노동재해와 직업성 질환을 막는 일에 집중하고 있기 때문에 우리 로동자들은 마음 놓고 일을 할 수가 있습니다.

(최) 제가 황석영 선생의 방북기 『사람이 살고 있었네』[60]를 읽어본 지가 무척이나 오래됐습니다만 아직도 기억에 생생하게 남는 내용이 있습니다. 해방 직후 성진제강소에는 한 톤(T)의 강재(鋼材)가 천금같이 중요했던 시기였으나 노동안전시설이 갖추지 않은 원철로를 아까워하지 않고 폭파시켜버렸다는 내용입니다. 당시 성진제강소에는 일제가 만들어 놓은

---

60 황석영, 『사람이 살고 있었네』(시와사회사, 1993), 79.

원철로가 있었는데 전기장치를 안전하게 하지 않아 걸핏하면 노동자들이 감전되는 사고가 빈번했던 죽음의 일터였다고 합니다. 그러나 강철이 아무리 귀중해도 노동자의 목숨과 바꿀 수 없다고 하여 기어이 폭파시켜 버렸다는 이야기입니다. 방북 중이던 황 선생이 그 이야기를 듣고 북조선이 노동자들을 얼마나 위하는 나라인가를 새삼 깨닫고 귀국해서 쓴 글이었는데 저도 많이 공감을 합니다.

사회주의라고 하면 일반적으로 주요 생산기반과 수단의 국가소유체제 단계를 의미하지만 공산주의는 그 단계를 훨씬 넘어 공동생산, 공동소유의 단계를 의미한다. 필자가 지금까지 방북하면서 노동 분야를 연구하고 체득한 결과로 북측 사회는 이미 공산주의에 더 가깝다고 여겨졌다. 사회주의보다 한 단계 더 선진화된 매우 정밀한 사회라고 봐야 할 것이다. 체제 자체가 노동자들의 소유로 완전히 전변한 사회이다 보니 모든 국가의 재부가 오직 노동자들과 인민을 위해 존재하는 구조인 것이다. 단순한 이론상으로 주요사업의 국유화 정도를 넘어 북측은 이미 인민이 모든 생산 재화를 소유하고 분배하는 그런 단계에 도달한 것이다. 북측은 이미 공산주의 사회에 가깝지만 미래지향적인 사회가 되려고 스스로 겸허한 태도를 유지하며 아직도 사회주의 체제라고 말하는 것으로 보였다. 지금까지 북녘사회에서 전태일은 과연 어떤 의미이며 전태일의 분신 항거 사건이 북녘의 인민들과 노동자들에게는 어떻게 받아들여졌을까를 알아보았다. 한걸음 더 나아가 전태일의 분신 항거의 정신이 우리 민족의 통일의 기폭제가 될 수 없을까도 고민해 볼 수 있을 것이다. 전태일이 탈신화화되고 남과 북 양측에서 진정성 있는 통일지향적 표상으로 확립되는 순간, 조국통일은 눈앞에 성큼 다가올 것이기 때문이다.

7. 48년 만에 전태일 묘소를 참배한 북녘의 노동자들

2004년 6월, 6.15 선언 4주년을 맞아 남과 북의 대표들이 서울에서 '우리민족대회'를 열고 마지막 날인 16일 환송만찬이 열렸다. 참석한 남북, 해외 600여 명의 대표들은 이날 저녁 인천 문학경기장 컨벤션센터에서 열린 만찬에서 남측의 이소선 어머니를 비롯해 많은 인사들이 참석해 석별의 정을 나누었다. 이때 북측의 장금숙 조선녀성협회 중앙위원은 이소선 어머니와 같은 테이블에 앉아 손을 잡고 특별한 애정으로 석별의 정을 나누었다. 장금숙 위원은 연설을 통해 "이번 우리민족대회는 말 그대로 우리민족끼리 손을 잡고 벌린 흥겨운 통일잔치였으며 6.15정신을 민족통일의 생명선으로 확고히 틀어쥐고 전 민족적인 자주통일운동을 더욱 억세게 벌려나가야 합니다"라며 만남의 의미를 더했으며 함께 앉은 이소선 어머니에게 더없는 깊은 관심과 연민을 나타냈다.

세월이 흘러 이소선 어머니가 세상을 뜬 한참 후인 2018년 8월에는 4.27판문점 선언 이후 남과 북의 노동단체가 축구를 통한 상호 교류를 성사시켜 '남북노동자통일축구대회'를 열었다. 판문점 선언 이후 열리는 첫 민간교류이자 2007년 이후 북 노동단체의 첫 방문이었다. 북측의 주영길 조선직업총동맹(직총) 중앙위원회 위원장이 직총 건설노동자팀과 직총 경공업팀 그리고 6.15 공동선언실천 북측위원회 관계자 등 64명을 인솔해서 서해육로로 방문한 것이다. 축구대회에는 3만 여 명의 시민과 노동자들이 "우리는 하나다"를 외치며 벅찬 함성 속에 경기가 치뤄졌다. 아울러 남북 노동 3단체 공동기자회견에 참석한 남북의 노동단체는 '판문점 선언 이행을 위한 공동합의문'을 채택하고 오는 10월 4일 다시 만나 남북 노동자 대표자회의를 열어, 정례 교류사업에 대해 논의하기로 결의했으며 남북노동자 통일운동기구도 구성해 판문점 선언 이행을 위한 구체적

2018년 8월, 북측의 노동자 단체인 직총 대표단과 축구선수단들이 마석에 있는 전태일 열사의 묘소에 헌화 참배하고 있다. 전태일의 정신은 통일의 밑거름이 되는 인간 존엄과 화합이다.

인 강령도 만들기로 했다.

그리고 북측 노동단체 대표들은 마지막 날인 12일 오전 경기도 마석 모란공원을 방문해 전태일 열사와 이소선 어머니, 문익환 목사의 묘소에 참배를 하기 위해 처음으로 이곳을 찾았다. 전태일의 동생 태삼과 순옥이도 참석해 참배를 온 북측 대표단과 선수단을 맞이했고 유족을 대표한 전태삼은 "오랜 시간 우리가 함께 만나기를 기다렸던 북한 노동자들과 정말 남북의 노동자들의 하나된 모습이 너무 감동스러웠습니다"라는 환영의 말을 했다. 그 말은 전태일을 대신한 인사말이었다. 북측의 직총 대표단과 축구대회에 참가한 노동자 선수들이 모두 열을 지어 전태일의 묘소에 둘러서 헌화했고 문익환 목사의 아들 배우 문성근이 "열사의 정신을 기리며 일동 묵상하겠습니다"라는 안내와 함께 남과 북의 모든 노동자 대표들이 묵념을 했다. 고개를 숙이는 북측 노동자들 앞에 남측의 노동운동을 상징하는 전태일 열사가 누워 있는 것이었다. 남과 북의 노동자들이 한마음 한 뜻으로 뜻을 기리는 날이 돌아왔으니 이 얼마나 감격스러운 일이던가.

참배를 마친 북녘의 대표들은 한참을 서서 묘비명을 읽는가 하면, 해설하는 노동자의 설명에 고개를 끄덕이기도 하고 묘역을 자세하게 둘러보기도 했다. 남북의 노동자 대표들이 모두 함께 전태일을 매개로 노동자로서의 애환을 공유하는 시간을 갖게 된 것이다. 그리고 함께 이별의 아쉬움을 달래며 북으로 돌아가는 대표 선수단에 일일이 악수를 청하며 "우리는 하나다!" "다음에 또 다시 만납시다" "우리 함께 평양에서 냉면 먹읍시다"라고 외치며 코리아반도기를 흔들었고 북측 대표단들도 미소로 답하며 "우리는 하나입니다"라는 구호로 화답했다. 이처럼 이제 전태일은 남과 북을 이어주는 중개자가 되었고 통일의 촉매제가 되고 있는 것이다. 북측 대표단과 선수단이 버스에 오르고 버스가 큰 도로로 나갈 때까지 버스 안과 밖에서 남과 북의 노동자들은 서로를 마주보며 손을 흔들었다. 그렇게 전태일의 혼과 사상도 그들과 함께 북행한 것이다.

전태일 사진과 유서

전태일 열사 분신항거 50주기 영정
(이 초상의 출처와 저작권은 주식회사 세힘[대표 정경
섭]에게 있다.)

첫 번째 유서는 1969년 9월에 작성됐고, 이어서 두 번째 유서는 1970
년 4월, 세 번째 유서는 1970년 8월 9일에 작성되었다. 주옥같은 유서들은
겉으로 볼 때는 중복되는 내용으로 보이나 각각 고유한 특성과 메시지가
다르기 때문에 세 편의 유서를 모두 전재한다.

\<첫 번째 유서\> 1969년 9월

친구여 나를 아는 모든 나여. 부탁이 있네.

나를, 지금 이 순간에 나를, 영원히 기억해 주기 바라네.

그러면 뇌성 번개가 천지를 무너뜨려도

하늘이 바닥이 빠져도 나는 두렵지 않을걸세.

그 순간 무엇이 두려워야 된단 말인가. 두려워서야 될 말인가.

도리어 평온해야 될 걸세. 조금이라도 두려움을 가진다면 나는 나를 버릴걸세.

완전한 형태의 안정을 구하네. 순간, 그 순간만이 중요한거야.

그 순간이 지나면 그 후론 거짓이 존재하지 않네.

그 후론 아주 안전한 완성된 白일세.

그 순간은 향기를 발하는 백합의 오후였다고 이야기를 나누게.

그리고 내 자리는 항상 마련하여 주게. 부탁일세. 테이블 중간이면 더욱 만족하겠네.

그럼 이만 작별을 고하네. 안녕하게.

아. 너는 나의 나다. 친구여 만족하게. 안녕

<두 번째 유서> 1970년 4월

사랑하는 친우여, 받아 읽어주게.

친구여 나를 아는 모든 나여

나를 모르는 모든 나여

부탁이 있네. 나를, 지금 이 순간의 나를 영원히 잊지 말아주게

그리고 바라네. 그대를 소중한 추억의 서재에 간직하여 주게

노성 번개가 이 작은 육신을 태우고 꺾어 버린다고 해도 하늘이 나에게만

깨져 내려온다 해도 그대 소중한 추억이 간직된 나는 조금도 두렵지 않을 걸세

그대들이 아는, 그대 영역의 일부인 나.

그대들의 앉은 좌석에 보이지 않게 참석해서 미안하네. 용서하게

테이블 중간에 나의 좌석을 마련하여 주게 원섭이와 재철이 중간이면 좋겠네

그대들이 아는, 그대들의 전체의 일부인 나. 힘에 겨워 힘에 겨워

굴리다 다 못 굴린 그리고 또 굴려야 할 덩이를

나의 나인 그대들에게 맡긴 채 잠시 다니러 간다네.

잠시 쉬러 간다네.

어쩌면 반지의 무게와 총칼의 질타에 구애되지 않을지도 모르는,

않기를 바라는 이 순간 이후의 세계에서 내 생애 다 못 굴린

덩이를, 덩이를 목적지까지 굴리려 하네. 이 순간 이후의 세계에서

또 다시 추방당한다 하더라도

굴리는 데, 굴리는 데 도울 수만 있다면, 이룰 수만 있다면

<세 번째 유서> 1970년 8월 9일

이 결단을 두고 얼마나 오랜 시간을 망설이고 괴로워했던가? 지금 이 시각 완전에 가까운 결단을 내렸다. 나는 돌아가야 한다. 꼭 돌아가야 한다. 불쌍한 내 형제 곁으로, 내 마음의 고향으로, 내 이상(理想)의 전부인 평화시장의 어린 동심 곁으로. 생(生)을 두고 맹세한 내가, 그 많은 시간과 공상속에서,

내가 돌보지 않으면 아니 될 나약한 생명체들.

나를 버리고, 나를 죽이고 가마. 조금만 참고 견디어라. 너희들의 곁을 떠나지 않기 위하여 나약한 나를 다 바치마. 너희들은 내 마음의 고향이로다.

오늘은 토요일. 8월 둘째 토요일. 내 마음에 결단을 내린 이날. 무고한 생명체들이 시들고 있는 이때에 한방울의 이슬이 되기 위하여 발버둥치오니

하나님, 긍휼과 자비를 베풀어 주시옵소서

-1970. 8. 9

아들의 영정을 품에 안고 오열하는 이소선 어머니
(민주사회장으로 치러진 이소선 여사의 장례식 행렬에서
영정, 만장, 걸개그림 등과 함께 사용된 그림이다.)